붉은 여왕

REINA ROJA

붉은 여왕

후안 고메스 후라도 지음
김유경 옮김

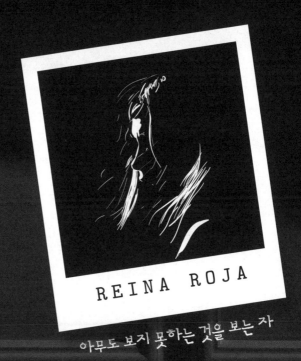

REINA ROJA

아무도 보지 못하는 것을 보는 자

시월이일

차례

방해

안토니아 스콧은 하루에 3분만 자살을 생각할 수 있다. 다른 사람들에게 그 3분은 아주 짧은 시간일 수도 있다.

하지만 그녀에겐 아니다. 사람들은 그녀의 머리가 엄청난 마력을 자랑한다고 말하지만, 그래도 스포츠카 엔진 정도는 아니다. 또, 처리 능력이 어마하다고 말하지만, 컴퓨터 같지는 않다.

오히려 그녀의 머릿속은 뭔가를 들고 빠르게 나무 덩굴 사이를 휙휙 날아다니는 원숭이들로 가득한 정글 같다. 거기에는 송곳니를 드러낸 원숭이 떼와 수많은 것들이 공중에서 왔다 갔다 한다. 그래서 안토니아는 딱 3분만 맨발로 가부좌를 틀고 앉아서 눈을 감고 다음과 같은 일들을 할 수 있다.

-눈앞에 보이는 창문에서 뛰어내렸을 때 땅에 닿는 속도 계산하기.

-영원히 잠드는 데 필요한 프로포폴 밀리그램 수 계산하기.

-저체온증으로 심장이 멈추기 위해서 얼음 호수에 잠겨 있어야 하는 시

그녀는 프로포폴(간호사에게 뇌물을 먹여서) 같은 규제 약물을 구할 계획을 세우고, 1년 내내 얼어붙는 호수 중에서 집으로부터 가장 가까운 곳을 알아낸다(소리아에 있는 '네그라 호수'). 창문으로 뛰어내리는 건 별로 당기지 않는데, 우선 창문이 너무 작고, 혹시라도 상처만 입고 입원하게 되면 병원 식당에서 주는 구역질 나는 음식이 곧장 엉덩이 살로 갈 것 같아 찜찜하기 때문이다.

그녀에게 있어서 자살 방법을 생각하는 그 3분은 오로지 자신만의 3분이다. 그 시간은 신성하다. 그녀가 온전한 정신으로 있는 시간이기도 하다.

그래서 그녀는 저 아래 3층에서 들리는 낯선 발소리가 그녀만의 의식을 방해하는 게 너무너무 싫다. 우선 같은 건물에 사는 이웃들의 발소리는 아닌 게, 이미 그녀는 그들의 계단을 오르는 방식을 알기 때문이다. 일요일이니 우체부도 아니다.

아무튼 그게 누구든 그녀는 누군가 자신을 찾아왔다고 확신한다.

그리고 그건 말할 것도 없이 더 싫다.

제1부

준

"우리나라에서는," 앨리스가 숨을 헐떡였다.
"우리가 해왔던 것처럼
한동안 아주 빨리 달렸다면,
보통은 다른 곳에 가 있어야 하죠…."

"거기는 아주 느린 나라구나!"
여왕이 말했다.
"같은 곳에 머물기 위해서는
여기에서 힘껏 달려야 해.
만일 다른 곳으로 가고 싶다면
적어도 두 배는 더 빨리 달려야 하고."

_ 루이스 캐럴, 《이상한 나라의 앨리스》

임무

존 구티에레스는 이 계단이 맘에 안 들었다.

미관상의 문제는 아니다. 오래되어서(들어오면서 확인해보니 1901년에 지어진 건물이다) 삐걱거리고 119년이나 사용하다 보니 가운데 부분이 푹 꺼졌지만, 나름 단단하고 니스 칠까지 해서 관리가 잘된 편이기 때문이다.

불빛은 거의 없고 천장에 매달린 30촉짜리 전구는 그림자를 더 짙게 만들 뿐이었다. 계단 위로 올라가다 보니 이 집 저 집 문틈 아래로 다른 나라 언어로 말하는 소리와 이국적인 냄새, 이상한 악기로 연주하는 기이한 곡이 새어 나왔다. 일요일 오후, 저녁 식사 때가 다가오는 시간, 마침내 그는 마드리드 구시가지의 라바피에스에 있다.

이런 계단 위에서 존에게 거슬리는 건 전혀 없었다. 왜냐하면,

아주 오래된 것들(그는 어머니와 함께 산다)과 어두운 장소(그는 게이다) 그리고 입국 절차가 수상쩍은 외국인들과 의심스러운 주변 상황들(그는 경찰 경위다)을 다루는 데 익숙하기 때문이다. 다만 이곳을 올라가야 한다는 사실 하나가 존을 괴롭게 했다.

'망할 놈의 오래된 건물. 엘리베이터도 없다니. 우리 빌바오[1]에서는 있을 수도 없는 일이야.'

그는 생각했다. 존이 뚱뚱해서가 아니다. 적어도 그는 경찰서장의 눈에 띌 정도로 뚱뚱하지는 않다. 그는 나무통 같은 몸통과 거기에 잘 어울리는 두 팔을 가지고 있다. 그의 몸을 샅샅이 살펴보지는 않았지만, '돌 들어 올리기'[2]를 할 만한 근육은 있다. 그의 돌 들어 올리기 기록은 293킬로그램이다. 그에게는 그냥 취미로 할 만한 운동이다. 그는 주말에 한가한 편이라, 이 운동을 하며 토요일 아침을 보낸다.

시간이 흘러도 여전히 빌바오는 빌바오고, 경찰은 경찰이다. 많은 사람은 존이 힘겹게 오르는 백 년 된 계단보다 더 오래된 사고방식을 갖고 있다.

존은 상사가 뭐라고 할 만큼 그렇게 뚱뚱하지는 않다. 그건 중요한 문제가 아니다. 하지만 서장에게는 그를 질책할 더 좋은 이유가 있었다. 그를 질타하고 경찰서에서 쫓아낼 만한 이유 말이다. 존은 공식적으로 정직 상태로 월급도 끊긴 상태다.

---

1   스페인 북부 바스크 중심 도시
2   다양한 형태와 크기의 돌을 땅바닥에서 어깨 위로 들어 올리는 바스크 지방의 스포츠

그는 아주 뚱뚱하지 않지만, 나무통 같은 몸통에 비해 두 다리는 이쑤시개처럼 가냘프다. 생각이 제대로 박힌 사람이라면, 아무도 그를 민첩하다고 생각하지 않을 것이다.

3층까지 올라간 존은 층계참을 발견했다. 층계의 중간 구석에 박힌 사분원 모양의 소박한 쉼터. 그는 마치 천국과도 같은 그곳에 앉았다. 숨을 고르기 위해서, 전혀 내키지 않는 만남을 준비하기 위해서, 어떻게 삶이 이렇게 빨리 나락으로 떨어질 수 있는지를 생각하기 위해서.

'완전 궁지에 몰렸군.'

그는 생각했다.

플래시백

"…에이씨 완전 엉망진창이야, 존 구티에레스 경위."

서장이 이 말로 결론을 맺었다. 그는 바닷가재 같은 얼굴색을 하고 압력밥솥처럼 숨을 푹푹 쉬어댔다.

존이 마드리드 라바피에스 지역의 6층 계단을 마주하기 전날, 빌바오 고르도니스 거리에 있는 경찰서. 그의 앞에는 문서 위조와 증거 조작, 공무 집행 방해 및 업무 태만이라는 각종 범죄 내용이 놓여 있었다. 그리고 징역 4년에서 6년까지.

"만일 검사 기분이 나쁘면 최대 10년까지도 때릴 수 있어. 그러면 판사는 화색이 만연해서 바로 판결을 내리겠지. 부패 경찰을 좋아할 사람은 아무도 없으니까."

서장은 철제 책상을 두들기며 말했다. 그들은 그 누구도 초대받고 싶어 하지 않는 심문실 안에 있었다. 존 구티에레스 경위는 프리미엄 패키지를 받는 중이었다. 숨 막히는 더위와 질식해서 죽을 것 같은 더운 난방과 강렬한 불빛, 딱 보기에 빈 물 주전자까지 완벽하다.

"저는 부패 경찰이 아닙니다. 저는 주머니에 단 한 푼도 넣지 않았다고요."

존은 넥타이를 풀고 싶은 충동을 억누르며 말했다.

"지금 그게 중요한 게 아니잖아. 도대체 무슨 생각을 한 거야?"

존은 데시레 고메스(일명 '데시' 또는 '브리요스'라고도 부름)를 생각하고 있었다. 열아홉 살 소녀 데시는 거리 생활을 한 지 3년 정도 되었다. 그녀는 포주에게 발로 걷어차이고, 잠들면 누군가가 그녀의 팔에 약물 주사를 놓는 생활을 하고 있었다. 그녀가 있던 거실의 인형 소품과 뱀피 무늬 작은 비키니는 존이 생전 처음 보는 것들이었다.

그런데 존은 자기도 모르는 사이에 몇몇 소녀에게 마음이 쓰이기 시작했고, 갑자기 세상 모든 것이 아름다운 노래로 변했다. 심각할 게 하나도 없었다. 그는 미소를 지으며 그녀와 6시에 커피 약속을 잡았다. 당연히 오전은 아니고, 오후 시간이다.

그런데 갑자기 포주가 그 소녀를 함부로 대하는 게 눈에 거슬렸다. 포주에게 그만하라고 말했지만 포주는 그의 말을 듣지 않았다. 그의 머릿속에는 빠진 치아만큼이나 많은 조각이 빠졌기 때문이다. 그녀가 존을 쳐다보며 울자, 그는 격앙됐다. 자기도 모르는 사이에 여자한테 빠진 존은 그 포주가 6~9년 형을 받게 하려고, 몰래 포주의 차에 375그램의 헤로인을 실었다.

"아무 생각도 하지 않았습니다." 존이 대답했다.

서장은 믿지 못하겠다는 표정을 지우려는 듯, 한 손으로 얼굴을 문지르지만 잘 안 됐다.

"그럼 적어도 자네가 그 애한테 그 짓은 안 했다면. 하긴 자네 여자는 안 좋아하지? 아니면 양쪽에 다 낚시질하는 건가?"

존은 고개를 저었다.

"만일 그 계획만 제대로 진행됐어도," 서장이 빈정거린다. "길에 있는 그런 쓰레기 같은 놈을 치우려는 건 정말 기발한 발상이었거든. 헤로인 375그램은 바로 감옥행이니까. 정상 참작할 만한 내용이 있어도 그냥 바로. 성가신 서류 작업도 필요 없이 말이지."

존의 계획 자체는 훌륭했다. 하지만 데시에게 그 계획을 말해주는 게 좋겠다고 생각한 게 문제였다. 물론 그건 그녀에게 눈두덩이에 시퍼런 멍이 들고 타박상을 입고, 갈비뼈가 부서지는 일이 더는 없을 거라는 걸 알려주기 위해서였다.

그런데 헤로인에 찌든 어린 데시는 갑자기 포주를 불쌍하게 여기며 미안해했다. 그녀는 포주에게 존의 계획을 다 불었다. 포주는 데시를 구석 쪽으로 몰아넣었고, 그녀는 그곳에서 휴대전화로 몰래 존이 헤로인을 싣는 장면을 찍기 시작했다. 그런 다음 포주는 그 영상을 300유로(그는 그 돈을 물어냈다)를 받고 라섹스타 텔레비전 채널에 팔았다.

다음 날 포주는 대량 마약 거래로 체포되었다. 그리고 당연히 아주 난리가 났다. 그 소식은 모든 신문과 텔레비전 화면을 도배했다.

"서장님, 저를 촬영한다는 걸 몰랐습니다."

존은 당황해서 말했다. 그는 붉은 곱슬머리를 긁적이고 뻑뻑하게 난 흰 턱수염을 문질렀다.

존은 그 영상이 떠올랐다.

데시의 손이 엄청나게 흔들리고 구도도 엉망이었지만, 꽤 많은 분량이 촬영되었다. 화면에 잡힌 작은 인형 얼굴은 그 세트와 제법 잘 어울렸다. 그녀는 경찰에 부당하게 고발된 무고한 남자의 애인 역할로 오스카에서 수상할 법한 연기를 펼쳤다. 오후 쇼나 심야 좌담회에 등장한 포주의 사진은 존이 봤던 모습(암내가 나는 셔츠에 누런 이)이 아니었다. 방송에서는 10년 전 그가 제대로 이해하지도 못한 채 받았던 첫 성찬식 사진을 화면에 띄웠다. 이 작은 천사가 경로를 이탈한 건 전적으로 사회의 책임이 되는 셈이었다.

"자네는 우리 경찰서의 명예를 바닥에 내동댕이쳤어. 멍청한 게 틀림없어. 멍청하고 어수룩한 거지. 정말 무슨 일이 일어나고 있는지 냄새도 못 맡았던 거야?"

존은 두 번째로 고개를 저었다. 그도 인터넷상에서 떠도는 짤을 보고서야 이 사건을 알았다. 그것이 전국적으로 퍼지는 데는 두 시간도 채 걸리지 않았다. 존은 곧장 경찰서로 갔고, 거기에는 이미 검사가 그의 서장에게 소리치고 있었다.

"서장님, 죄송합니다."

"죄송하다는 말로 간단히 해결될 문제가 아니야."

서장은 씩씩거리며 일어서서는 분노를 못 이기고 방을 나가 버렸다. 마치 자기는 한 번도 증거에 손을 댄 적이 없고, 법을 위반하거나 여기저기서 속임수를 쓴 적이 없었던 것처럼 난리였다. 그도 거기서 거기지만 존처럼 바보같이 걸리지 않았을 뿐이다.

서장은 존이 벌을 받기 전에 스스로 괴로워할 시간을 줬다. 시간 개념을 흐리게 하기 위해 시계와 휴대전화를 빼앗았다. 나머지 개인 소지품은 봉투 안에 들어 있다. 느낌도 의미도 없는 시간이 아주 천천히 흐르는데, 자신의 어리석음으로 스스로 고문하기에 충분한 시간이다.

언론에서 난리를 치는 바람에 이제 그가 궁금한 건 바사우리 감옥에서 몇 년을 썩어야 할지뿐이다. 그 감옥에는 몇 명의 친구들이 주먹을 꽉 쥐고 그를 기다리고 있다. 자신들을 그곳에 처넣은 경찰을 습격할 날만 손꼽아 기다리고 있다(3대 1로). 어쩌면 경찰에서는 그를 보호한답시고 거기보다 더 먼 곳, 그러니까 그의 어머니가 찾아올 수 없는 곳으로 보낼지도 모른다. 그가 좋아하는 일요일의 코코차[3]가 들은 도시락을 가져오지 못할 곳으로. 9년이면 1년에 일요일이 50일 정도니까, 대략 코코차를 먹지 못하는 일요일을 450번이나 보내야 나올 수 있다. 그가 볼 때는 처벌이 좀 과한 것 같다. 그리고 어머니도 이미 연로하다. 그녀는 스물일곱 살에 하느님의 명령대로 거의 완전히 처녀였던 몸으로 그를 낳았다. 지금 그는 마흔세 살이고 그녀는 일흔 살이다. 존이 출소할 때가 되면 코코차를 만들어주실 어머니는 이 세상에 계시지 않을지도 모른다. 물론 이 뉴스를 듣고 어머니가 바로 돌아가시지 않는다면. 이미 2층 여자가 어머니에게 말했겠지만. 그 여자는 정말 질이 안 좋다. 안 좋은 의도로 늘 이런저런 말을 떠들어대기 때문이다.

존은 이 다섯 시간이 마치 50시간 같았다. 그는 한 곳에 가만히

---

3   바스크 지방의 전통 생선 스튜

있어 본 적이 없어서 철창 뒤의 미래가 견디기 힘들 것 같았다. 하지만 자살을 생각하지는 않았다. 다른 무엇보다 생명을 중요시하고 나름대로, 낙관주의자이기 때문이다. 그는 신이 머리 위에 벽돌을 한 트럭 떨어뜨려도 가장 크게 웃을 사람이다. 하지만 그는 스스로 목을 맨 밧줄에서 빠져나갈 방법을 알지 못한다.

그가 어두운 생각에 깊이 빠져 있는 사이에 문이 열렸다. 그는 서장을 다시 만나길 원했지만, 거기에는 키가 크고 마른 낯선 사람이 서 있었다. 사십 대의 가무잡잡한 피부, 이마의 윗부분 양쪽이 많이 벗겨짐, 잘 다듬어진 콧수염과 인형 같은 눈, 원래 그런 건 아니고 눈에 뭔가를 그린 것 같다. 주름진 정장. 서류 가방. 싹 다 명품.

그가 미소를 지었다. 불길한 신호다.

"검사님인가요?" 존은 의아해하며 물어봤다.

생전 처음 보는 그 낯선 남자는 마치 자기 집에 있는 것처럼 편안해 보였다. 그는 콘크리트 바닥에 철제 의자를 소리 내 끌고 미소를 지으며 책상 맞은편에 앉았다. 그는 가방에서 서류 몇 장을 꺼내서 살펴봤다. 마치 반경 1미터에는 아무도 없다는 듯 전혀 주변을 신경 쓰지 않았다.

"검사님이군요." 존이 확신했다.

"음… 아닌데요. 검사는 아닙니다."

"그럼, 변호사?"

그 낯선 사람은 노여움과 즐거움 사이를 오가며 거친 숨을 내쉬었다.

"변호사. 아니요, 변호사도 아닙니다. 그냥 멘토르라고 부르시죠."

"멘토르? 이름입니까, 성입니까?"

낯선 사람은 그를 올려다보지도 않고 계속 서류만 넘겼다.

"지금 경위님 상황이 아주 위태롭군요. 정직에 월급도 정지되셨네요. 그리고 이 책상 위에는 몇 가지 고발 건도 있고요. 자 이제 좋은 소식을 전하죠."

"이것들을 사라지게 할 마술 지팡이라도 가지고 계신 겁니까?"

"그 비슷한 건 있죠. 경위님은 20년 넘게 이 조직에 있으면서, 수많은 사람을 체포했습니다. 불복종에 대한 불만들도 있었고요. 게다가 윗사람들을 잘 참지 못하는 편이네요. 그리고 지름길을 좋아하는 편이고."

"항상 문자 그대로 규칙을 다 따를 수는 없으니까요."

멘토르는 새로운 서류들을 조심스럽게 다시 가방에 넣었다.

"경위님, 축구 좋아하세요?"

존이 어깨를 으쓱했다.

"육상 경기는 종종 보죠. 습관 같은 거죠. 육상은 역시 육상이니까요. 말해 뭐하겠어요."

"그럼 이탈리아 팀 경기를 보신 적도 있겠네요? 이탈리아 격언에 이런 말이 있습니다. '네수노 리코르다 일 세콘도(Nessuno ricorda il secondo: 2등은 아무도 기억하지 않는다).' 결국, 이긴다면 방법 따위는 중요하지 않다는 거죠. 그러니까 반칙을 꾸미는 건 전혀 부끄러운 게 아닙니다. 그래서 상대편 선수를 걷어차는 것도 경기 일부입니다. 현자는 이런 철학을 개똥철학이라고 했죠."

"현자 누구요?"

이번에는 멘토르가 어깨를 으쓱했다.

"경위님은 개똥철학 신봉자일 텐데요. 포주 차량 트렁크로 세운 최근 공적을 보면 알죠. 물론, 심판이 당신을 보지 못할 거로 생각했겠죠. 하지만 그런 반복되는 비열한 짓은 말할 것도 없이 소셜 네트워크에 '#경찰독재'라는 해시태그로 막을 내리게 됩니다."

"저기, 멘토르, 아니 이름이 뭐든."

존이 탁자 위에 커다란 팔을 올려놓으며 말했다.

"전 지금 너무 피곤합니다. 내 경력은 이미 결딴났고, 어머니는 걱정이 되셔서 제정신이 아니실 겁니다. 집에도 못 가고 있어서, 몇 년간 어머니를 보지 못할 거란 말도 못 했거든요. 그러니 어서 본론으로 들어가시든가, 아니면 빨리 꺼지시죠."

"거래를 하나 제안하죠. 당신은 제가 원하는 것을 하고, 저는 당신을 이런 상황… 당신 상사는 이런 걸 뭐라고 했었죠? 이런 엉망진창인 상태를요. 아무튼 여기에서 빼주는 겁니다."

"검찰이랑 얘기할 건가요? 그리고 언론 쪽이랑도 합의를 보는 건가요? 어서, 말씀하시죠. 저도 알 만큼은 압니다."

"저 같은 낯선 사람의 말을 들어주는 게 쉬운 일은 아니란 걸 압니다. 하지만, 분명 경위님이 도움을 청할 만한 사람이 있을 겁니다."

존은 지금 의지할 만한 사람이 없다. 이 제안은 그렇게 좋지도 나쁘지도 않다. 그것을 깨닫는 데 다섯 시간이 걸렸다.

결국 존은 그에게 항복했다.

"그래서 나한테 원하는 게 뭡니까?"

"존 구티에레스 경위님, 제가 원하는 건 당신이 제 오랜 친구를 만나주는 겁니다. 그리고 그녀를 집 밖으로 데리고 나와서 함께 춤을 춰주세요."

존은 그 말을 듣고 웃음을 터뜨렸지만, 그 안에는 기쁨이 전혀 없었다.

"이런, 안타깝게도 제 취향을 잘못 알고 계신 것 같네요. 당신 친구는 저와 춤추는 걸 안 좋아할 겁니다."

멘토르가 다시 미소를 지었다. 입이 귀에 걸릴 정도로 환한 미소지만, 처음 미소 지었을 때보다 더 걱정스러워 보였다.

"아닐 겁니다, 경위님. 진짜 그건 제가 장담하죠."

춤

결국 존 구티에레스는 다소 떠름한 분위기로 멜란콜리아 거리
(마드리드 라바피에스 지역) 7번지의 마지막 계단을 마주하고 있다.
존은 서장에게 멘토르에 관해 물었지만, 그는 아무것도 설명하고
싶지 않은 눈치였다.

"도대체 어디서 나온 놈입니까? 국가정보원? 아님, 내부 조사
과 소속? 어벤져스 멤버?"

"그냥 그 사람이 말하는 대로 해, 질문하지 말고."

혐의는 벗었지만, 고용과 월급은 그대로 정지 상태다. 그리고
그가 포주의 차에 마약을 싣는 모습이 담긴 영상도 텔레비전과
신문에서 마술처럼 사라졌다.

존이 멘토르의 이상한 제안을 받아들이자, 약속대로 이런 모든
일이 벌어졌다. 물론 소셜 미디어에서는 계속 그 일에 대해서 떠

들지만, 존은 별로 신경 쓰지 않았다. 트위터 하이에나들이 또 다른 시체를 찾아 하얗고 순수한 뼈를 갉아먹는 건 시간 문제니까.

존은 호흡이 불안정하고 심장도 쪼여오는 것 같았다. 계단을 걸어 올라와서만은 아니었다. 멘토르는 존이 일을 처리한 대가로 안토니아 스콧과의 만남만 요구한 게 부족하다고 생각했는지, 다른 요구도 덧붙였다. 그 두 번째 요구가 더 어려워 보였다.

계단 마지막 층에 도착하니 다락방으로 통하는 문이 보였다.

초록색. 오래된 냄새. 벗겨진 칠.

열려 있다. 그것도 활짝.

"계신가요?"

그는 이상한 낌새를 느끼며, 집 안으로 들어갔다. 응접실은 휑했다. 가구도 옷걸이도, 수심이 엿보이는 재떨이도 없고, 까르푸 매장 할인 카드만 달랑 놓여 있었다. 그리고 물기도 없는 빈 타파통들이 잔뜩 쌓여 있었다. 그 통 안에서 카레와 쿠스쿠스를 비롯한 예닐곱 국가의 각기 다른 냄새가 났다. 존이 올라오면서 맡았던 바로 그 냄새들이다.

응접실 맞은편에는 복도가 있는데, 거기도 비어 있었다. 그림이나 선반 하나 없었다. 한쪽에 문이 두 개, 맞은편에 문이 하나 있었고 가장 안쪽에 문이 또 하나 있었다. 모든 문은 열려 있다.

첫 번째 문은 화장실이었다. 슬쩍 들여다보니, 칫솔 한 개와 콜게이트 딸기 맛 치약, 비누가 보였다. 그리고 샤워실에는 샤워젤 한 병과 셀룰라이트 방지 크림 여섯 통도 있었다.

'아이고, 아직도 그 마법을 믿고 있다니.' 존이 생각한다.

샤워실 오른쪽 방은 침실이었다. 텅 비었다. 열린 붙박이 옷장에는 옷걸이가 몇 개 걸려 있었고 옷은 몇 벌 없었다.

존은 이렇게 간소한 살림으로 사는 사람이 누굴까 궁금해졌다. 문득 그 사람이 죽은 게 아닐까 하는 생각에 혹시 너무 늦게 온 것은 아닌지 걱정이 됐다.

좀 더 앞으로 가다 보니 왼쪽에 작은 부엌이 있었다. 접시가 쌓여 있다. 작업대 상판은 흰색 사일스톤이었다. 그리고 지저분한 디저트 숟가락이 싱크대 중간에 놓여 있었다.

복도 끝에는 거실이 있었다. 다락방 모양. 그대로 노출된 벽돌들, 어두운 나무 들보들. 희미한 빛이 들보들 사이에 있는 두 개의 채광창을 통과하고 있었다. 그리고 창문으로도.

밖에는 해가 지고 있었다.

그곳에서 안토니아 스콧은 가부좌 자세로 방 한가운데 앉아 있었다. 서른몇 살쯤 되어 보였다. 검은색 바지에 흰색 티셔츠를 입고 있다. 맨발로. 그리고 그녀의 앞에는 아주 긴 케이블로 충전 중인 아이패드가 놓여 있었다.

"저를 방해하셨어요. 너무 예의가 없으시군요."

안토니아는 아이패드 화면을 낡은 마룻바닥 쪽으로 뒤집으며 말했다.

존은 원래 다른 사람의 말에 화가 나면 곧장 반격을 가하는 편이다. 상대방이 공격해오는 것을 미리 차단하기 위해서 또는 연습 삼아 꼭 그렇게 하고야 만다.

"그런데 항상 이렇게 문을 열어두십니까? 지금 사는 동네가 어떤지 몰라요? 내가 사이코패스 강간범이라면 어쩌려고요?"

안토니아는 당황해서 눈을 깜빡였다. 그녀는 이런 식의 대화를 잘 받아치지 못한다.

"당신은 사이코패스 강간범이 아니잖아요. 경찰이죠. 바스크 출신이고."

바스크 출신인 건 누가 봐도 알 수 있다. 억양만 들어도 바로 티가 난다. 하지만 존은 경찰인 걸 알았다는 사실에 깜짝 놀랐다. 보통 경찰은 뭔가 경찰 냄새가 난다. 하지만 존은 월급 대부분을 옷을 사는 데 쏟아붓고 있고, 지금은 멋진 스리피스 울 정장과 이탈리아 구두를 신고 있다. 누가 봐도 영락없는 기업의 마케팅 이사처럼 보였다.

"그런데 내가 경찰인 건 어떻게 알았죠?"

존은 문턱에 기댄 채 물어봤다.

안토니아는 존의 재킷 왼쪽 부분을 가리킨다. 재단사가 무기 튀어나오는 부분을 가리기 위해서 애는 썼지만, 티가 났다. 게다가 튀어나온 배도 그걸 숨기는 데 도움이 안 됐다.

"저는 존 구티에레스 경위입니다."

존이 사실을 인정했다. 그는 바로 손을 내밀어야 하나 잠시 주저하다가 결국 타이밍을 놓쳤다. 그녀가 신체 접촉을 좋아하지 않는다는 멘토르의 주의를 받았기 때문이다.

"멘토르가 보냈군요."

안토니아가 확신했다. 질문형이 아니었다.

"제가 온다고 미리 연락을 받았나요?"

"그런 건 필요 없어요. 여기는 아무도 오지 않으니까."

"이웃들만 음식을 주러 오는군요. 당신에게 아주 고마운가 봅니다."

안토니아는 어깨를 으쓱했다.

"제가 여기 건물주거든요. 음, 정확히는 제 남편 소유죠. 그 음식들은 제가 세입자들에게 청구하는 집세고요."

존은 재빨리 머리를 돌렸다. 5층짜리, 층당 세 집, 한 가구당 천 유로.

"오, 엄청나게 비싼 쿠스쿠스 요리군요. 아니면 끝내주게 맛있든가."

"제가 요리하는 걸 안 좋아해서요."

안토니아가 미소를 지으며 말했다.

순간 존은 그녀가 아름다워 보였다.

'미인도 아니고, 서로 반할 일은 없겠지만.'

언뜻 보면 얼굴이 새하얀 도화지 같은데 그렇게 눈에 띄는 편은 아니었다. 중단발로 자른 곧고 검은 머리카락 때문에 그렇게 보이는 건 아니었다. 단, 웃을 때 얼굴은 크리스마스트리처럼 빛났다. 그리고 처음에는 눈이 갈색인 줄 알았는데 다시 보니 올리브 녹색이고, 입 양쪽에 보조개가 패였고, 완벽한 브이라인이다.

하지만 진지한 얼굴이 되자, 그 효과도 사라졌다.

"이제 나가주시죠."

그녀가 바깥쪽을 향해 가라는 손짓을 하며 말했다.

"제가 전해야 하는 말을 들어주기 전에는 못 나갑니다."

"설마 멘토르가 처음으로 보낸 사람이라고 생각하는 거예요? 당신 앞에 세 사람이나 있었다고요. 마지막 사람은 여기 온 지 6개월도 채 안 되었고요. 저는 모두에게 똑같은 말을 할 수밖에 없습니다. 전 관심이 없어요."

존은 붉은 곱슬머리를 긁적이며 크게 심호흡을 했다. 그 거대한 몸통을 다 채우려면 몇 리터의 산소와 몇 초의 시간이 필요했다. 그는 3분 전에 만난 이 이상하고 외로운 여자에게 도대체 무슨 말을 해야 할지 떠오르지 않았다. 멘토르가 그에게 요구한 것은 이게 다였다.

'그녀를 차에 태우세요. 방법은 상관이 없어요. 제가 책임질게요. 거짓말을 하든, 위협하고 속이든 뭐든. 그냥 그녀를 차에 태우기만 하면 돼요.'

차에 태우기만 하면 된다. 그는 이후에 벌어질 일에 대해서는 말해주지 않았다. 그래서 그는 그것에 집착할 수밖에 없다.

'도대체 이 여자가 누구지, 왜 이렇게 중요한 걸까?'

"이럴 줄 알았다면, 쿠스쿠스 요리라도 가지고 올 걸 그랬네요. 무슨 일이 있는 겁니까, 혹시 경찰이었나요?"

안토니아는 떨떠름하게 혀를 찼다.

"정말 당신에게 아무 말도 안 해줬어요? 그가 전혀 말하지 않은 모양이군요. 우리가 어디로 가는지도 모른 상태에서 나를 차에 태우라고 했겠죠. 그가 내리는 어리석은 임무 중 하나예요. 고맙지만 사양하겠습니다. 저는 그 사람과 떨어져 있을 때 상태가 훨씬 좋거든요."

존은 빈 방과 벽들을 가리켰다.

"그래 보이네요. 모두가 거추장스러운 것들에서 벗어나 이렇게 비어 있는 맨바닥에서 자고 싶어 하죠."

그녀는 조금 뒤로 물러서더니 절반쯤 눈을 감았다.

"저는 바닥에서 안 자요. 병원에서 자죠."

그녀가 툭 내뱉었다.

'이 말에 상처를 받았나 보네. 그리고 괴로우면, 오히려 말을 하는 편이고.' 존은 생각했다.

"도대체 무슨 일이죠? 당신에게 일어난 일은 아닌 것 같고. 당신 남편이군요, 맞죠?"

"그건 당신이 상관할 바가 아니에요."

순간 생각의 퍼즐 조각들이 맞아 들어가면서 존은 호기심을 멈출 수가 없었다.

"그에게 무슨 일이 있군요. 지금 몸이 아프고, 당신은 그와 함께 있고 싶고. 알겠네요. 하지만 제 입장도 좀 생각해주시죠. 당신을 차에 태우라는 명령을 받았어요. 만일 그 임무를 못 하면, 제게 안 좋은 일이 생길 거라서요."

"그건 제가 알 바가 아닙니다."

그녀의 목소리가 다시 차갑게 얼어붙었다.

"뚱뚱하고 무능한 경찰에게 벌어진 일, 그러니까 그들이 당신에게 저를 찾아오라고 한 건 저랑 상관없는 문제라고요. 어서 여기서 나가주시죠. 그리고 멘토르에게 다시는 이러지 말라고 전해주세요."

존은 얼굴이 굳은 채 한 발 뒤로 물러섰다. 그는 이런 별종에게 무슨 말을 해야 할지 도저히 모르겠다. 그는 이토록 시간 낭비 같은 일에 끼어들 수밖에 없었던 자신을 저주했다. 이제 그는 빌바오로 돌아가서 서장과 마주하고, 자기 어리석음의 결과를 슬퍼할 수밖에 없었다.

"알겠습니다."

굴욕을 당해 당황한 그는 복도 쪽으로 돌아서 내려가기 전에 한마디했다.

"하지만 이번에는 다르다고 꼭 전하라고 했습니다. 이번에는 꼭 당신이 필요하다고요."

화상 통화

안토니아 스콧은 그의 커다란 등이 복도에서 사라지는 모습을 지켜보며 점점 멀어지는 느리고 무거운 걸음 수를 셌다. 그리고 열세 걸음이 될 즈음에, 다시 아이패드를 뒤집었다.

"할머니, 이제 됐어요."

화면에는 친절한 눈에 머리를 잘 손질한 노파가 보였다. 주름 진 얼굴에는 리오하노 포도밭보다 더 많은 고랑이 파여 있었다. 와인을 마시고 있으니 그 얼굴이 진짜로 더 그렇게 보였다.

"그런데 왜 전화했어? 10시가 되려면 아직 조금 더 남았는데."

"누군가 올라오는 소리가 들려서요. 혹시 안 좋은 상황이 벌어 질 경우를 대비해서 통화를 하고 있었으면 해서요."

둘은 영어로 대화를 나눴다.

조지나 스콧은 글로스터 외곽의 체드워스에 살고 있다. 이곳은 영국 시골의 작은 마을로 수 세기 전에 시간이 멈춘 곳이다. 엽서에도 나오는 작은 마을, 로마인 마을이다. 그곳의 벽은 이끼로 덮여 있다. 그곳에 사는 할머니는 안토니아와 초고속 인터넷망을 통해 하루에 두 번씩 통화한다.

"그 남자 잘생겼던데. 목소리도 좋고." 할머니는 손녀의 집에 누군가가 드나들길 바라며 밀했다.

"할머니, 그 사람 게이예요."

"아가, 말도 안 돼. 곱슬머리에 손을 갖다 대는 사람은 절대 게이가 아니야. 예전에 내가 게이를 몇 명 치료해본 적이 있어서 알아."

안토니아가 눈을 부릅떴다. 스콧 할머니는 '정치적 올바름'[4]이라는 말이 곧 윈스턴 처칠을 뜻한다고 확신한다.

"할머니, 근데 그 사람 정말 못생겼어요."

"아가, 난 이제 아흔세 살이야."

노파는 이 말로 모든 걸 정당화한다. 그리고 포도주를 더 따르기 시작했다.

"멘토르는 제가 다시 일했으면 해요."

순간, 적색 포도주가 살짝 흔들리더니 탁자 위에 조금 떨어졌다. 소리가 잠깐 끊긴다. 할머니는 거의 서명을 할 수 없을 정도로 손 떨림이 심한데, 와인을 따를 때만큼은 섬세한 성형외과 의사처럼 손 떨림이 싹 사라진다. 그런 분이 와인을 흘리시다니.

---

4   인종·민족·언어·종교·성차별 등의 편견이 포함되지 않도록 하자는 주장을 나타낼 때 쓰는 말

"하지만 그건 네가 원하는 게 아니잖니, 그렇지?"

할머니의 목소리는 늑대 티라고는 찾아볼 수 없는 순진한 어린 양으로 변했다.

"제가 원치 않는다는 걸 아시잖아요."

안토니아는 이걸로 다시 논쟁하고 싶지 않아서 할머니 말을 순순히 인정했다.

"물론이지, 아가."

"제 잘못으로 마르코스가 3년이나 침대에 누워 있어요. 저 때문에, 제 직업 때문에요."

"아니야, 안토니아. 너 때문이 아니야. 방아쇠를 당긴 그 개자식 때문이지." 할머니가 낮은 목소리로 대답했다.

"제가 미리 차단했어야 했는데."

"내가 고작 뒷방 늙은이긴 하다만, 내가 볼 때 네가 저지르지도 않은 죄 때문에 스스로를 비난한다면, 차라리 그 다락방에 그냥 그대로 앉아 있는 게 나을 거 같구나."

그녀는 갑자기 이빨을 드러낸 늑대처럼 말했다.

안토니아는 잠시 침묵했다. 머릿속을 왔다 갔다 하는 수많은 원숭이가 함정에서 빠져나가기 위해 발버둥을 치며 전속력으로 날아다니기 충분한 시간이다.

"할머니, 저에게 왜 이러시는 거예요?"

"네가 혼자서 썩어가는 모습을 지켜보는 게 너무 안타까워. 넌 재능을 낭비하고 있잖아. 그것도 순전히 너의 이기심 때문에."

"이기적인 건 할머니 아니에요?"

안토니아는 반문했다.

지난날, 열아홉 살의 조지나 스콧은 간호사로 자원봉사를 지원해서 디데이 70시간 만에 노르망디에 도착했다. 그녀는 눈썹 위까지 오는 거대한 헬멧을 쓰고 모르핀 병이 가득 들어 있는 판지로 만든 가방을 껴안았다. 나치들이 아주 가까이에 있었고, 그녀는 그곳에서 계속 그들의 다리를 자르고, 상처를 꿰매고, 진통제를 찔러 넣었다.

안토니아가 이런 할머니를 사사로운 이기심을 가진 존재로 생각하는 건 상상도 할 수 없는 일이다.

"이기심, 그래. 너는 끔찍하게 따분한 사람이 되었어. 낮에는 온종일 집에 갇혀 있고 밤에는… 더 안 좋아지지. 네가 일하던 때가 그립구나. 내게 일 이야기를 해주던 때가 말이지. 나는 살날이 그리 많지 않아. 이거랑," 노파는 잔을 들며 말한다. "너를 볼 날도. 이 와인 맛도 예전 같지 않구나."

안토니아는 그 말만은 믿을 수 없다는 듯 웃음을 터뜨렸다. 할머니는 물의 유일한 두 가지 목적이 목욕과 해산물 요리라고 생각한다. 하지만 안토니아는 할머니가 무슨 말씀을 하고 싶은지 충분히 이해한다.

그 일이 일어난 이후, 세상의 축이 바뀌었다. 물론 그녀의 축은 아니다. 이 세상은 더는 그녀와 어울리지 않는다. 마지못해 살아가는 세상에서 그녀의 하루하루는 죄책감과 지루함으로 이어지는 끝없는 연도(連禱)다.

"할머니 말이 맞을지도 몰라요." 그녀는 잠시 기다렸다가 말했다. "머릿속에 다른 걸 좀 채우면 더 나아질지도 모르죠. 오늘 밤만요."

할머니는 와인을 한 모금 더 삼키고 사탕 광고처럼 흐뭇한 미소를 지었다.

"그래 아가, 딱 하룻밤만이야. 잘못될 게 뭐가 있겠니?"

두 가지 질문

존은 계단을 올라왔을 때처럼 다시 아주 천천히 내려갔다. 지금 그는 평소 같지 않았다. 원래대로라면 그는 이런 열받는 상황에서 무게를 이용해(그가 뚱뚱해서가 아니다) 아주 미친 듯이 복수한다.

하지만 지금 그는 믿을 수 없을 정도로 쉽고 터무니없는 일을 하지 못했다는 자책감으로 뭘 어떻게 해야 할지 몰라 천천히 내려가고 있었다.

3층 층계참 즈음에서 전화벨이 울렸다. 존은 전화를 받기 위해 그곳에 앉았다. 그는 걸어가면서 통화하는 걸 별로 안 좋아한다. 숨이 차서 소리가 이어졌다 끊어졌다 하는 게 싫기 때문이다.

알 수 없는 전화번호지만, 금방 누군지는 알 것 같았다.

"싫다고 하네요." 그가 전화를 들자마자 말했다.

"정말 실망스럽습니다, 존 구티에레스 경위님."

수화기 너머에서 멘토르가 난감해하며 투덜거렸다.

"도대체 제게 무슨 기대를 하신 건지. 그 여자는 지금 제정신이 아닙니다. 가구도 하나 없는 텅 빈 아파트에서 산다고요. 이웃들은 하느님의 사랑으로 그녀에게 먹을 것을 날라줍니다. 그리고 아픈 남편에 대해서도 입 벙긋하지 않아요."

"그녀의 남편은 지금 병원에 있어요. 3년 동안 혼수상태로. 안토니아 스콧은 그 일을 자기 탓이라고 해요. 그게 그녀를 움직이게 만드는 지렛대가 될 수도 있을 겁니다. 하지만 그렇게 권하고 싶은 방법은 아닙니다. 만일 다시 그녀와 이야기한다면…."

"뭐라고요? 이봐요, 나는 내 역할을 다했고, 당신의 메시지를 전했다고요. 그러니 이제 당신이 직접 만나라고요."

멘토르는 한숨을 쉬었다. 길고 깊은 숨이다.

"경위님, 모든 사람이 전부 초콜릿케이크를 원한다면, 모두 다 뚱뚱해질 겁니다. 하지만, 사람들이 원하는 건 다 다르죠. 무슨 방법을 쓰든 상관없는데, 지금 우리가 원하는 건 당장 그녀를 차에 태우는 겁니다."

존은 옆에 놓여 있던 작은 슬롯머신에 동전을 넣었다.

"저에게 너무 많은 비밀을 감추고 있는 것 같군요. 당신이 지금 무엇을 하고 있는지 말해준다면 모를까…."

수화기 너머에는 침묵, 긴 침묵이 흘렀다. 슬롯머신 화면이 돌아가는 소리가 들릴 정도로 고요하다.

"모든 내용은 기밀임을 명심하시길 바랍니다. 그렇지 않으면 안 좋은 일이 벌어질 것입니다."

"물론이죠."

그 순간 전혀 예상치 못하게 슬롯머신 화면에 딸기 그림 세 개가 나타났다.

"아주 복잡한 사건이 있는데, 그녀의 도움이 필요합니다. 이 사건에 관해서 설명해드리죠."

멘토르는 그에게 이야기를 시작했다. 1분도 채 지나지 않았지만, 그 정도면 충분했다. 처음에는 좀 회의적이었지만, 시간이 지나자 그 이야기를 듣고 있다는 사실이 믿기지 않았다. 그는 자기도 모르게 자리에서 일어섰다. 그리고 아무 생각 없이 주위를 빙빙 돌기 시작했다. 원래는 없던 습관이다.

"알겠습니다. 그런데 적어도 제가 누구를 위해 일하는지는 말해주셔야 하지 않나요?"

"그건 별로 중요하지 않습니다. 때가 되면 알아야 할 사항은 또 말씀드리겠습니다. 지금은 안토니아 스콧을 제가 방금 휴대전화로 보낸 주소로 데려가는 것만 신경 써주시면 됩니다."

존은 전화기가 귀를 흔드는 것 같은 느낌이 들었다.

"그런데 그 여자가 왜 그렇게 중요한 겁니까? 분명 행동 분석 부서에 예닐곱의 범죄학 전문가가 있는데…."

"물론 있죠." 멘토르가 말 중간에 끼어든다. "하지만 안토니아 스콧은 평범한 사람이 아닙니다."

"도대체 뭐가 그렇게 특별하죠? 클라리스 스탈링[5]이라도 됩니까?"

---

5   영화 〈양들의 침묵〉의 FBI 요원, 조디 포스터 분

점점 지겨워지기 시작한 존은 그를 재촉했다.

멘토르의 목소리가 더 또랑또랑해졌다. 대답하려는 의욕이 없어 보였다. 마치 별로 하고 싶지 않은 말을 하게 될 것처럼, 마지못해 입을 열었다. 그는 정말 말하고 싶지 않다.

"구티에레스 경위님… 말씀하시는 그 여자는 경찰관도, 범죄학자도 아닙니다. 총을 쥐지 않고, 배지도 달지 않았지만, 이미 수십 명의 생명을 구했습니다."

"어떻게요?"

"말해줄 수는 있겠지만, 경위님을 위한 깜짝 선물을 망치고 싶지 않네요. 그래서 당신은 그녀를 차에 태우고 일을 하게 만들어야 합니다. 지금 당장."

멘토르가 전화를 끊었다. 존이 되돌아서서 내려오던 계단을 다시 오르려고 하는데, 그를 부르는 소리가 들렸다.

"경위님."

존은 난간 위로 몸을 기울였다. 3층 아래 어둠 속에서 안토니아가 그에게 손을 흔든다.

'이 마녀야, 사악한 여자 같으니, 제기랄.'

그가 생각했다. 그는 자신과 주변 사람들에 대한 말버릇이 그리 좋지 못한 편이다.

그가 다가가자, 그녀가 웃고 있었다.

"두 가지 질문이 있습니다. 그 대답을 제대로 해주시면, 오늘 밤에 함께 갈게요."

"뭐라고요…?"

그녀가 한 손가락을 든다. 그러고는 거의 존의 가슴 부분까지 가까이 다가왔다. 키는 신발 높이를 포함해서 1미터 60센티미터가 안 될 것 같다. 왜소하지만, 뭔가 만만치는 않다. 이제 좀 더 가까워진다. 그녀의 목에 상처들이 나 있다. 피부에 두껍게 긁힌 자국 비슷하다. 아주 오래된 상처다. 그리고 그 상처는 너무 커서 셔츠 아래로 이어져 있다.

"첫 번째 질문. 당신은 무슨 잘못을 한 거죠? 뭔가를 아주 많이 망친 건 알아요. 멘토르는 선택할 옵션이 남아 있지 않은 사람만 고르니까요. 그는 평범한 사람이라면 아무도 나와 함께 일하려고 하지 않을 거라는 자신만의 논리에 사로잡혀 있거든요."

"정말 터무니없는 논리이군요." 존이 대답했다.

그의 빈정거림이 새로 산 고어텍스 점퍼 위에 내리는 비처럼 안토니아 위에 미끄러져 내렸다. 그녀는 가슴에 걸쳐 맨 크로스백의 끈을 잡아당기면서 그의 대답을 기다리고 있다.

존은 대답할 수밖에 없었다.

"그러니까… 포주의 트렁크에 375그램의 헤로인을 넣었습니다."

"그건 정답이 아니에요."

"그 인간쓰레기 포주가 소녀 중 한 명을 때렸어요. 그러다가는 결국 그 아이가 그 손에 죽을 것 같더라고요."

"아직도 틀렸어요."

"알아요. 하지만 그 일에 유감은 없습니다. 제가 붙잡힌 게 유감이죠. 매춘부에게 그걸 말한 제가 바보인 거죠. 그 아이가 저를 몰래 촬영했습니다. 오래도 찍었더라고요. 그래서 감옥에 갈 수 있는 상황이죠."

안토니아가 고개를 끄덕였다.

"당신은 확실한 문제가 있군요."

"확실히 아주 예리하시네요. 두 번째 질문은 뭐죠?"

"당신의 행동에서 이런 종류의 비리가 흔한가요? 그것들이 당신의 일을 방해하고 판단에 영향을 줍니까?"

"물론, 거짓말하고 증인을 구타하고, 거짓 증거도 제시하고, 유죄 판결을 받을 때까지 판사에게 뇌물을 주려고 안달이죠. 그렇지 않으면 제가 어떻게 경위 자리까지 왔겠습니까?"

안토니아는 눈도 깜빡이지 않았다. 그러나 그녀는 존의 말투에서 그의 말이 정확히 문자 그대로는 아닐 수도 있겠다는 느낌을 받았다.

"질문을 좀 더 간단하게 바꿔드리죠. 당신은 좋은 경찰인가요?"

존은 그런 모욕쯤은 무시했다. 그녀의 질문이 너무 중요하기 때문이다. 실제로 거기에 그의 모든 것이 걸려 있다.

"제가 좋은 경찰이라면요?"

그는 그 모든 혼란이 시작된 후로 계속해서 스스로에게 그 질문을 던져왔다. 그리고 그때까지도 그는 자신이 저지른 유치한 실수 때문에 그 진실을 볼 수가 없었다.

"네, 맞아요. 저는 굉장한 경찰이죠."

안토니아는 눈도 깜빡이지 않고 그를 살펴본다. 그녀 눈에는 저울, 줄자, 앉은뱅이저울이 다 들어 있었다. 존은 판단을 받고 있다는 느낌이 들었다.

"좋아요. 오늘 밤에는 당신과 함께 가겠습니다. 나중에는 당신이 저를 버리게 될 겁니다."

그녀가 결론을 내렸다.

"잠깐만요. 이제 제가 질문할 차례예요. 제가 보지 못한 사이에 어떻게 여기까지 내려온 거죠?"

그녀는 그의 등 쪽을 가리킨다.

"저 문 뒤에 엘리베이터가 있어요."

존은 너무 놀라 입을 떡 벌린 채 문을 쳐다봤다. 그는 그 문을 열 생각도 못 했다. 거의 눈에 잘 띄지 않는 문이다. 그 지저분한 전구 빛 아래에서는 더더욱.

그가 정신을 차리는 순간, 이미 그녀는 정문을 향해 걷고 있었고, 따라갈 수밖에 없었다.

"시간 낭비가 아니었으면 좋겠네요. 딱 한 번만 더 할 건데, 꼭 그만한 가치가 있기를 바랍니다."

"그만한 가치요?"

"흥미로운 일 말이죠."

존은 멘토르가 전화로 흥미로운 사건이라고 했던 말들이 떠올라 혼자 웃었다.

"네, 아마 깜짝 놀라게 될 겁니다."

여정

　안토니아는 그들을 기다리고 있는 차를 보더니, 미소를 지었다. 경찰의 특권인 보도 위에 올라온 바퀴 네 개. 거대한 아우디 A8. 메탈릭 블랙, 빛가림 창, 반짝반짝 빛나는 바퀴, 가격은 십만 유로 이상. 존은 이렇게 비싼 자동차를 타본 적이 없지만 그녀의 미소가 충분히 이해가 간다.

　"친구 분이 준비한 차가 마음에 드십니까?"

　안토니아는 고개를 끄덕였다.

　존은 아기에게 딸랑이를 흔들듯 그녀에게 열쇠를 흔들어 보였다. 그는 빌바오에서 하는 운전에 넌더리가 난 후로 자기 집 응접실보다 큰 이런 차를 정말로 몰아보고 싶었었다.

　"당신이 운전할래요?"

　안토니아는 고개를 저었다.

이것이 이동하는 내내 그녀와 나눈 유일한 대화다. 그가 노력하지 않아서가 아니다. 그는 치밀한 계획 하에 안토니아가 숨긴 정보를 찾기 위해 수많은 질문을 던졌다. 하지만 신기하게도 그녀는 그중 하나도 묻지 않았다. 그저 눈을 감고 창에 머리를 기대고 있을 뿐이다.

'아기들이 보통 차만 태우면 바로 잠들던데.'

드라마 〈모던 패밀리〉를 보면서 아이들에 대한 모든 것을 배우는 존이 생각했다.

20분 후 아우디는 멘토르가 알려준 위치에서 부드럽게 흔들리며 멈췄다. 그러자 안토니아가 앉은 자리에서 몸을 세웠다.

"이제 다 왔나요?"

"거의."

그들은 보안 차단기 앞에 멈춰 있었다. 문에서 경비원 두 명이 나와서 양쪽에 한 명씩 차를 둘러쌌다. LED 손전등의 강한 빛이 존과 안토니아의 졸린 눈을 비췄다.

"손전등 좀 내려주시겠습니까, 귀여운 분?"

존이 배지를 창밖으로 내밀며 말했다.

그 경비원이 가까이 다가왔다. 어둠 속이라 얼굴이 거의 보이지 않지만, 모자를 눈썹까지 당겨서 쓰고 힘을 주고 있어서 존은 그가 매우 긴장하고 있음을 알 수 있었다. 그는 배지에 손을 대지 않고 자세히 살펴봤다. 그리고 몇 초 후 동료에게 차단기를 올리라고 집게손가락으로 손짓을 했다.

"가셔도 됩니다."

"혹시 이틀 전에도 여기서 근무하셨나요?" 존이 물었다.

존이 물어보자 잠시 정적이 흘렀다.

"아니요, 저는 쉬는 날이었습니다."

'거짓말을 하고 있거나, 아니면 뭔가를 숨기고 있군.'

존은 의심스러웠다.

"그러면 저 동료분께서는?"

"여기서는 아무도, 아무것도 보지 않았습니다. 두 번째 원형 교차로까지 직진해서 다시 오른쪽 길로 끝까지 따라가십시오."

존은 캐묻지 않는 편이 나을 것 같아서, 다시 자동차 시동을 걸었다. 차단기가 올라갔고 상향등이 강철판을 비추자 그곳의 이름이 드러났다.

라 핀카(LA FINCA)[6]

이곳은 라바피에스와 완전히 다른 딴 세상이다. 깨끗하고 잘 정리된 개인 소유 길로 몇백 미터 가다 보면 바로 알 수 있다.

'화려한 상류층, 아주 속물적인 곳이군.'

길을 따라가자, 큰길 근처에 여러 타운 하우스 단지가 나타났다. 하지만 불빛에 비친 모습들이 점점 멀어지자 더 크고 비싼 단지들이 나타났다. 그리고 그곳의 따뜻한 빛들은 마치 어둠의 바다에 떠 있는 섬들 같았다.

"이곳에 관한 기사를 본 적이 있어요. 백만장자들의 프라이버시를 보호해주는 초호화 주택단지 말이죠." 안토니아가 정보를

---

6   스페인어로 '농장'이란 뜻이 있음.

찾기 위해 숄더백에서 아이패드를 꺼내 검색하며 말한다. "기업가나 축구 선수들이 사는 이런 집들은 2천만 유로 정도 됩니다. 유럽에서 가장 안전한 장소라고들 합니다."

존도 TV에서 라 핀카에 대해서 본 적이 있는 것 같다. 레알 마드리드팀의 절반은 사생활이 보장되는 이곳에 살고 있다. 그 보도 프로그램에서는 많은 장면이 나오지는 않았지만, 이 인공 도로 저편은 지금 지나온 곳보다 훨씬 더 밝게 빛난다. 다만, 밤에는 이 프라이버시의 낙원에 뭔가 불길한 분위기가 감돈다.

"이곳이 사람들이 생각하는 것만큼 안전할지는 모르겠네요."

존은 멘토와 나눈 전화 내용을 생각하며 말했다.

그는 창문을 내리고 천천히 운전하며 그들이 들어온 이 세상을 이해하려고 노력했다. 겉으로 보기에는 영혼이 없는 곳 같다. 거기에서 들리는 유일한 소음이라고는 관리가 잘된 잔디밭에서 우는 귀뚜라미 소리와 인공 호수에서 불어오는 바람뿐이다. 존은 경비원이 알려준 대로 두 번째 원형 교차로에서 오른쪽으로 향했다. 거기에서 두 번째 보안 차단기를 통과하자마자, 또 다른 경비원이 급하게 내려왔다.

'VIP 단지 중에서도, VIP 단지 같은데.' 존이 생각했다.

이 단지는 진입로에서 한참 더 떨어져 있다. 보도를 비추는 가로등도 적고, 집의 접근을 막는 벽과 문도 훨씬 더 높다. 차단기를 통과하고 500미터 정도 지나고 나서야 존의 눈에 거리의 끝이 어슴푸레하게 들어왔다. 바로 앞, 길 중간에 있는 마지막 집의 입구 앞에 존이 운전하는 차와 같은 검은색 아우디 A8가 세워져 있었다.

"이 제안이 당신에게 기회가 될 겁니다."

존이 도로 연석 옆에 차를 세우며 말했다.

멘토르는 다른 차 옆에 기대서 초조한 듯 계속 시계만 바라봤다. 깨끗하게 다림질된 셔츠를 입었지만, 양복은 전날과 같았다. 하지만 헤드라이트 때문에 피곤함에 찌든 잿빛 얼굴에 유리처럼 반짝이는 인형 눈이 그대로 드러났다.

존은 엔진을 끄고 차에서 내렸다. 하지만 그녀는 차에 그대로 있었다.

"잘하셨습니다. 존 구티에레스 경위님."

멘토르는 그 자리에서 꼼짝하지 않고 말했다. 존은 그에게 다가가 임무를 완료했다는 표시로 뒤쪽을 가리켰다.

"여기 당신의 마스코트가 왔습니다. 이제 서로 비겼네요."

"우리는 계약서를 잘 지키니까요." 멘토르가 헛기침한 후에 인정한다. "하지만 이제 당신은 직업상 이게 무슨 일인지 알고 싶어서 난리일 겁니다, 안 그래요? 당신 상사인 서장도 저도 그 호기심이 불만스러운 채로 남아 있길 원하지는 않습니다."

존은 그 말에 약이 올라 씩씩거렸다. 그는 원래부터 존을 쉽게 놓아줄 생각이 없었다. 존은 그의 말을 곧이곧대로 믿었던 자신의 어리석음을 저주했다.

"차에 태우기만 하면 된다고 했잖아요. 나는 그동안 당신이 보낸 협박꾼 중에 저 여자의 방어벽을 무너뜨린 유일한 사람이라고요."

"그래서 당신을 집으로 돌려보내지 못하는 겁니다."

멘토르는 한 음절씩 강한 어조로 단호하게 말했다. 그가 그들 사이의 합의 조건을 변경한 이유는 마치 코끝에 난 여드름처럼 너무 모욕적이었다.

"어쨌든 오늘 밤에는 함께 있겠다고 약속했습니다. 그 후에는 집으로 돌아갈 수도 있지만요. 그러니까 오늘 밤 이후에는 제가 별 도움이 안 될 거라고요."

멘토르는 아니라는 듯 어깨를 으쓱했다.

"제 예감으로는 안토니아가 저 안에 있는 것을 보면 계속 남아 있을 것 같거든요. 그렇게 된다면 당신이 그녀를 돌봐주셔야 합니다. 그녀는 스스로를 잘 챙기지 못하거든요."

"그건 말할 필요도 없죠."

"그럼 합의된 겁니다."

존은 잠시 대답할 시간을 가졌다. 목구멍에서 분노가 타오르지만, 적어도 멘토르의 속임수는 예상 가능한 부분이었다. 아버지가 세상을 떠나기 전에 하신 말씀 중에서 기억에는 생생하지만 무시해왔던 말이 있다. "어떤 거래가 실제보다 너무 좋게 보인다면, 아닐 때를 생각해보렴."

그렇다고 다른 대안이 있는 것도 아니다. 그는 이 우아하고 신비한 작은 남자가 어떻게 데시가 찍은 영상을 대중의 눈에서 사라지게 만들었는지 알 수가 없다. 하지만 어떻게 했든 간에 그는 손가락 하나로 그 마법을 원래 상태로 되돌릴 수도 있을 것이다. 그의 경찰 일도, 어머니가 해주시는 코코차도 먹지 못하게 일을 다 망쳐놓을 수 있다.

그리고 멘토르가 말한 것 중 적어도 하나는 일리가 있다. 이쯤 되니 존 구티에레스 경위는 이 모든 미스터리를 알아내고 싶었다.

"어쩔 수 없군요. 제가 약점을 잡혔으니."

존은 그의 말을 따르기로 했다.

"제 뜻을 알아주시니 기쁩니다."

존은 안토니아가 아직 기다리고 있는 차 쪽으로 돌아봤다.

"근데 왜 내리지 않는 거죠?"

멘토르는 존의 팔꿈치를 붙잡고 아우디에서 더 멀리 떼어놓았다.

"쳐다보지 마세요. 지금 준비 중입니다. 이건 그녀에게 쉬운 일이 아닙니다."

연습

혼자 차 안에 있던 안토니아는 힘들게 숨을 쉬고 있었다. 이동 중에 눈을 감고 있었는데도 마음이 진정되지 않았다.

그녀는 마음을 가라앉히기 위해서 자신의 능력을 몇 가지 시험해봤다.

이동 중 자동차 바퀴 회전 횟수 계산하기(약 7,300번).

고트족 왕들 이름 역순으로 외워보기(존이 계속 말을 거는 바람에 게사레이코에서 두 번이나 막힘).

모음으로 시작하는 거리들을 통과하지 않고, 집과 레티로 공원 사이의 최단 경로를 추적하기(교통이 혼잡할 경우 11분 더 걸림).

그런데 이렇게 해도 별 도움이 안 됐다. 그녀의 심장은 계속 뛰고 숨이 거칠어졌다. 존이 옆에 없는 지금, 공황 상태가 찾아왔다. 아마도 그녀는 누군가 의지할 대상이 없을 때만 공황 상태가 오는 것 같았다.

안토니아는 가능한 그 상황을 피하려고 했지만, 마침내 현실이 그녀를 따라잡았다. 그녀는 자신을 속이는 데 선수급이다. 하지만, 차에서 내려 옛날에 하던 일로 돌아가는 것이 두려운 만큼 이 일을 원한다는 사실도 인정할 수밖에 없었다.

그리 좋은 생각은 아니지만. 사랑하는 남자에게 준 모든 피해 때문에 다시는 이곳으로 돌아오지 않겠다고 맹세했지만. 명치에서 걸린 무거운 납덩이가 그녀에게 운전석으로 옮겨서, 차 시동을 걸고 가속 페달을 꽉 밟고 그 새장에서 빠져나오라고 요구하지만. 그리고 머리가 헝클어지고, 타이어가 긁히는 소리가 나지만. 스콧 할머니를 실망하게 해드리겠지만.

그 순간 안토니아는 창밖으로 인공 호수 표면을 바라보며 흠칫 놀랐다.

만가타(Mångata)

스웨덴어로 이 단어는 달빛이 물 표면에 반사되어 마치 길을 낸 것처럼 보이는 것을 의미한다.

안토니아는 예전에 마르코스와 게임을 했었다(한다, 한다, 한다, 그녀는 주변에 들릴 정도로 혼잣말을 반복한다). 스페인어 구절을 만드는 데 필요한 단어를 고르는 건데, 아주 어려운 단어나 아름답고 번역할 수 없는 감정을 뜻하는 단어들을 찾는 게임이다. 그리고 먼저 찾은 사람은 마치 귀한 보물을 주듯 상대방에게 그것을 선물한다. 그리고 바로 지금(돌풍과 구름 사이) 그녀가 가장 좋아하는 단어 중 하나인 물 위에서 미세하게 떨리는 은빛 선이 눈앞에서 나타났다.

만가타

늘 그렇듯이 이것은 우주의 신호다. 이것은 안토니아가 원하는 바로 그것을 의미한다. 우주가 우리에게 신호를 보내는 이유는 그 신호를 보고 우리에게 어울리는 일을 하게 하기 위해서다.

그녀는 다시 마음의 부담이 줄고 호흡도 제자리를 찾았다. 머릿속에서 뛰어다니던 원숭이들도 좀 더 잠잠해졌다. 비록 일시적이긴 해도, 그것은 확신에서 오는 아름다움이다. 그럴 때 뭔가 안도감이 든다.

안토니아는 붙잡고 있던 공기를 내쉬고 차 문을 열었다.

현장

그 집으로 이어지는 길에는 널찍한 석회암 타일이 박혀 있었고, 불빛들이 그것을 밝히고 있었다. 가까이 다가가는 순간, 존은 그 저택이 얼마나 큰지를 실감했다. 이 집도 안토니아가 말한 2천만 유로가 넘는 라 핀카의 집 중 하나일 것이다.

그곳에는 모든 조명이 켜 있었다. 흰색 외관을 물들이고 있는 황금색 불빛뿐만 아니라, 방의 조명들도 모두 켜 있었다. 정문에서 일부분만 보이는 수영장은 길이가 10미터 이상이었다. 인공 호수 위에 세워진 수영장의 외벽은 두꺼운 유리로 되어 있었다. 낮에 집에서 이곳을 바라보면 두 수면이 같다는 착각을 불러일으킨다.

"자, 뒤쪽으로 갑시다."

멘토르가 그쪽을 가리켰다.

안토니아와 그는 인사도 나누지 않았다. 그녀는 그의 뒤를 따라 걷기 시작했다.

수영장까지 가는 길에도 같은 모양의 대리석 타일이 깔려 있었다. 모퉁이를 돌자, 눈앞에 검은색 강철 파골라와 유명 디자이너들이 만든 의자가 놓인 야외 식당이 펼쳐졌다. 그리고 나무 바닥은 수영장 공간과 식당을 연결하고, 이것은 열려 있는 거실의 거대한 유리문까지 이어졌다. 내부는 두꺼운 주름 커튼 때문에 보이지 않았다.

과학 수사대 같은 흰색 보호복을 입은 키 큰 여성이 한 손에는 시가를, 다른 한 손에는 휴대전화를 들고 식당 의자에 앉아 그들을 기다리고 있었다.

"그 담배가 박사님을 죽일 거예요."

멘토르가 인사를 하며 말을 건넸다.

여자는 전화기에 시선을 고정한 채 이해할 수 없는 말을 중얼거리며 담배에 또 불을 붙였다. 그러자 멘토르가 난색을 보이며 혀를 찼다. 그리고 그는 출발선에 선 달리기 주자처럼 천천히 몸의 무게 균형을 잡고 기대하는 눈빛으로 안토니아에게 고개를 돌렸다. 멘토르는 입술이 그녀의 오른쪽 귀에 거의 닿을 정도로 몸을 기울인 채 말했다.

"한 손이 혼자 손뼉 치면 무슨 소리가 날까요?"

안토니아는 대답하지 않고 조명이 켜진 방으로 한 발짝 들어갔다.

'도대체 이게 무슨 일이지?' 존이 생각했다.

안토니아를 따라가려고 하자, 멘토르가 손으로 가슴팍을 막

왔다.

"하나 더. 들어가기 전에 주의할 사항이 있습니다. 앞으로 당신이 보게 될 것, 이 조사, 나의 존재 또는 안토니아 스콧의 존재는 기밀입니다. 아마도 이상한 것들을 보고 들을 거고, 그 내용에 동의하지 않을지도 모릅니다. 하지만 당신은 착한 병사가 될 거죠?"

"저는 고삐 잡히는 걸 별로 안 좋아합니다만."

존은 앞으로 나아가려고 하면서 대답했다.

멘토르는 힘이 세지만(값비싼 양복 아래 숨겨진 겉모습보다 훨씬 더 강하다), 존의 거대한 몸과는 상대도 안 된다. 그는 올렸던 팔을 마지못해 내렸다. 그의 가슴팍에 생긴 옷 주름은 존이 이틀 전부터 참아온 그를 후려갈기고 싶은 엄청난 욕구를 좀 더 강하게 자극했다.

"제가 당신에게 힘을 쓰지 않게 해주시죠. 당신에게 그렇게 큰 걸 요구하는 게 아닙니다. 그저 입 다물고 조용히 놀아달라는 것뿐입니다." 멘토르가 강조했다.

두 사람은 이제 눈으로 힘겨루기를 했다. 저울이 반대편으로 기울어졌다. 존은 침을 삼키고, 분노를 억눌렀다. 언젠가 폭발할 때가 오겠지만, 지금은 아니다.

"그럼 잠깐 놀아보죠."

그의 입은 이렇게 말했지만, 눈은 다른 약속을 하고 있었다.

멘토르는 휴전에 만족하고 물러섰다.

밤에도 바깥 날씨는 따뜻했다. 하지만 집 안은 너무 추웠다.

'누가 온도 조절기를 너무 낮게 설정해놓은 모양이군.'

존이 커튼을 젖히다가 그 사실을 확인했다.

존이 거실로 들어가는 순간, 그가 안다고 확신했던 두 가지가 살짝 흔들렸다.

그의 삶은 호화로운 생활과 거리가 멀었지만, 그래도 그런 삶이 뭔지는 알고 있다고 믿고 있었다. 그의 어머니는 소명 의식이 강한 초등학교 교사였고, 그녀가 받던 월급은 아버지가 다른 여자와 떠날 때 넘기고 간 네 마리의 암캐들을 잘 돌볼 수 있을 정도였다.

하지만 어머니는 부자 친구들이 있어서 빌바오나 알라바에 있는 그들을 종종 방문했다. 그들 부부는 성씨를 동등하게 사용하고 각자 부동산이 있으며, 자동차도 여러 대를 몰았다. 간식으로 직접 자른 최고급 호셀리토 하몽을 먹고, 밤에는 대부분 베가 시실리아 와인(스페인의 전설적 와인)을 마신다. 그리고 일요일마다 세 군데 농장을 다니며 사냥도 즐긴다. 존도 그들의 집을 방문한 적이 있는데, 그날 네르비온의 반대편 호숫가에 있는 자신의 아파트로 돌아와서 마치 하늘을 만지고 온 것 같다고 생각하며 잠이 들었었다.

그리고 몇 년 후 존은 그 거실에 발을 들이는 순간, 그동안 하늘이 무슨 색인지조차 몰랐다는 사실을 깨닫는다.

건축가는 인간계의 수준에 맞추려고 심혈을 기울였지만, 실제로 실내 공간은 그 수준 이상이었다. 위층까지 두 배로 트인 층고와 천장에 난 채광창, 4미터 높이의 창문. 한쪽에는 벽난로가 있는 식당, 뒤쪽에는 현관과 분리된 벽과 연못을 비롯해 모든 것을 다 갖추고 있었다. 그리고 예술적 취향이 돋보이는 벽에 걸린 그림들까지. 존은 마크 로스코(Mark Rothko)와 호안 미로(Joan Miró)의 그림까지는 알아본다. 다른 화가도 알 듯한데, 네덜란드 사람인 것만 확실하고 이름이 혀끝에서 맴돌았다. 결국 알아내는 건 포기하고 스스로 그 정도 수준밖에 안 된다고 생각하고 말았다. 거실에 걸린 그림들의 가치는 그 집의 열 배 정도는 될 것이다.

'여기에 사는 사람은 현실 세계와 동떨어져 있고, 인간이 무엇인가 하는 생각 따위는 하지 않고 살겠지.'

그런 생각이 그의 머릿속에 갑자기 난입했다가, 약간의 당황스러움을 남긴 채 재빨리 사라졌다.

거실 다른 쪽 끝에는 또 다른 거실이 있었다. 거기에 걸린 80인치 TV는 너무 얇아서 마치 벽에 걸린 그림 같았다. 그런데 구석에 놓인 단단하고 부드러운 가죽 소파 앞에서 존의 두 번째 확신이 흔들렸다.

어떤 면에서 경찰은 개와 비슷하다. 보통 개의 1년은 인간의 7년과 같다고들 한다. 존은 경찰로 20년이 넘는 세월을 보내면서, 지겹도록 죽음을 보았다. 골목에서 약에 취한 마약 중독자, 미라플로레스 다리에서 뛰어내리는 젊은이, 십 대 이웃에게 칼에 찔린 두 명의 노인. 너무 많이 보고 나니 모든 종말이 반복된다는 것을 깨닫게 되었다. 심장 박동의 희미함, 깨지는 듯한 소음, 그리고 고독. 그는 이 모든 것들에 무감각해졌다. 그래서 그는 더는 놀라거나 충격을 받을 만한 죽음이 없을 거라고 믿었다.

하지만 지금 소파에서 죽어 있는 십 대 소년을 보고 나서 그렇지 않다는 것을 깨달았다.

"빌어먹을!"

존이 소리쳤다.

그 소년은 열여섯 살이나 열일곱 살밖에는 안 되어 보였다. 바지에 흰 셔츠를 입고 있고, 한때 갈색빛이 돌던 그의 피부는 이제 소파 커버와 거의 구별할 수 없을 정도로 옅어져서 거의 투명할 정도였다. 삶의 모든 흔적이 몸을 떠났고 믿기 힘들 정도로 많이 야위었지만, 소파에 앉아 있는 모습은 정자세로 곧았다. 한쪽 다리는 다른 쪽 다리 위로 꼬고 있고, 오른손은 무릎에, 왼손은 진하고 거무스름한 액체가 가득한 와인 잔을 들고 있었다. 신발이나 양말은 신지 않았고, 맨발은 입술과 같은 청록색을 띤다. 눈은 뜨고 있고, 공막은 노르스름했다. 웃는 듯하게 살짝 열린 입이 꽤 외설적이었다. 아랫입술에서 피떡이 떨어져 턱의 패인 부분에 몰려 있었다.

존은 먹지도 않은 저녁을 토해낼 수밖에 없을 정도로 원시적이고 무자비한 메스꺼움을 느꼈다. 그는 안으로는 위장 속 내용물을 지키고, 밖으로는 직업 정신을 지키기 위해서, 분노와 연민이 뒤섞인 주먹을 움켜쥐었다.

그는 마음을 진정시키고 난 후, 시체 옆에 쪼그리고 앉아서 피해자의 얼굴을 살펴보는 안토니아 쪽으로 시선을 돌렸다. 그녀는 마치 키스하는 것처럼 보일 정도로 그 얼굴에 가까이 달라붙어 있었다.

"스콧." 멘토르가 부드럽게 그녀를 불렀다. "확인한 부분들에 대해서 알려주세요."

그가 이곳에 들어오는 소리도 못 들었는데, 그 신비한 인간은 그의 등 뒤에 가까이 와 있었다. 그의 목소리는 두 가지 효과가 났다. 존을 진정시키고, 안토니아를 현실 세계로 되돌아오게 했다.

그는 언제 어디서든지 그들과 이렇게 소통한다.

"폭력의 흔적은 없습니다." 존이 가까이 다가가야 할 정도로 그녀의 목소리는 너무 작다. "외부에 상처가 없고, 손이나 팔에 방어 자국도 없습니다."

안토니아는 말을 이어가는 데 힘든 노력이 필요한 것처럼, 다시 말을 멈췄다.

"죽음의 원인은," 멘토르가 그녀의 말을 이끌었다.

그녀는 숄더백에서 니트릴 장갑 두 개를 꺼내 끼고서 시체의 엄지손가락을 눌러보았다.

"저혈량 쇼크 또는 저산소혈증, 또는 둘 다일 수도 있어요. 심장이 몸 전체로 펌프질할 수 없는 상태이고, 동시에 신장도 망가졌습니다. 느리고 고통스러운 죽음의 형태죠. 청색증은 거의 없는데, 입술과 발가락에만 나타났어요. 분명 진정된 상태에서 눕혀 놓았을 거예요. 그렇지 않으면 손에도 나타났겠죠. 두통과 메스꺼움 때문에 몸을 구부리고 비틀 수밖에 없었을 겁니다. 피부에 그의 지문이 남았을 것입니다."

"간단하게 말하자면?" 존이 물어봤다.

"과다 출혈로 사망했습니다."

누군가 존의 등 뒤에서 말했다.

아들

"자, 여러분께 우리의 법의학자 아구아도 박사님을 소개하죠. 어제 오후부터 여기 범죄 현장에서 일하고 계십니다."

멘토르가 말했다.

밖에서 기다리고 있던 한 여성이 안으로 들어와서 그들과 합류했다. 하지만 지금은 아까와 달리 보호복 모자를 벗고 말총으로 묶은 긴 금발 머리를 하고 있었다. 나이는 대략 마흔쯤 되어 보였다. 긴 속눈썹에 옅은 화장, 코 피어싱, 입술에는 피곤한 미소, 눈에는 장난기 섞인 나른함이 들어 있었다. 존은 그녀가 먼저 손을 내밀지 않아준 것이 감사했다. 법의학자들의 손만 봐도 오싹한 느낌이 들기 때문이다.

"과다 출혈이라고요? 어떻게, 칼인가요, 총인가요?"

"살인자는 경동맥에 캐뉼라[7]를 삽입하고서 피를 뺐습니다."

박사가 대답했다.

"아주 천천히 했어요. 서두르지 않고 천천히."

안토니아가 말을 덧붙였다. 그들에게 말해주기 위해서라기보다는 혼잣말에 가까웠다. 사체가 극도로 얇아진 걸 보면 알 수 있었다. 사람 몸에는 4~5리터의 혈액이 있다. 그 모든 액체가 없어지면, 사람은 지금 그들 앞에 놓인 것처럼 빈 껍질만 남는다. 소년의 마지막 순간을 상상하는 존의 마음속에 연민의 물결이 넘쳤다.

"방어 흔적이 없다고 하셨는데, 피해자가 어떻게 이런 과정을 순순히 따랐을까요?"

그가 질문했다.

"점액 샘플을 채취했는데 벤조디아제핀의 흔적이 있습니다. 부검하지 않은 상황에서 지금 제가 말씀드릴 수 있는 건 이것이 전부입니다."

"이미 부검 이야기는 끝났잖아요, 아구아도. 가족들이 허락하지 않으니, 그 이야기는 꺼내지 마세요."

멘토르가 그녀에게 충고했다.

존은 뭐가 뭔지 하나도 감이 잡히지 않았다. 그가 안토니아 집계단에서 멘토르와 통화를 했을 때, 그는 불가능해 보이는 살인 사건이 일어났다고 했었다. 살인자가 이런 철통 보안이 되는 장소에 들어왔고, 흔적도 없이 사라졌기 때문이다. 존은 부검하지 않은 이런 말도 안 되는 일이 벌어졌을 거라고는 예상치 못했다.

폭력 범죄 발생 시 부검 여부 결정은 가족이 아닌 수사 판사가

---

7   몸속에 삽입하는 튜브로 액체나 공기를 통하게 하기 위한 의료기구

내린다. 물론 여기엔 그 과정도 없다. 수사와 범죄 현장의 모든 것이 이상하게 돌아가고 있다. 어떤 공식 절차도 따르지 않는데, 형사소송법이나 정해진 규범을 따르지 않았다. 게다가 여성 법의학자가 딱 한 명? 지원 부대도 없고, (존을 제외한) 경찰들도 없다? 뭐 때문에 이러는 걸까…?

존이 끼어들었다. 꼭 해야 할 중요한 질문을 아무도 하지 않기 때문이다.

"그런데 이 피해자가 누굽니까?"

아구아도 박사는 잠시 나갔다가 파일을 들고 돌아왔다. 그 안에는 곱슬머리에 슬픈 눈을 가진 키 크고 마른 소년의 사진이 들어 있었다. 그는 나이와 상황에 걸맞게 해변에서 무심한 자세를 취하고 있다. 세상에서 어떤 걱정도 없이 굽히거나 흔들리지 않는 모습. 존은 그 사진은 그해 여름에 찍었을 거로 추측해본다. 존은 사건 전 모습이 담긴 이런 사진들이 너무 싫다. 자신을 향해 입을 떡 벌리고 달려오는 운명 앞에 아무것도 모르는 순진한 인간의 모습과 비교해보는 게 너무 싫다.

사진 속의 소년은 여덟, 아홉 살쯤 되어 보이는 소녀와 손을 잡고 있었고, 그녀는 플라스틱 공을 들고 이가 빠진 채로 웃고 있었다.

'저 소녀는 다시는 오빠와 놀지 못하게 되었군. 이런 사실을 어떻게 아이에게 말해줄까. 그런 일은 항상 가장 어렵다. 누군가의 얼굴을 쳐다보며 너의 세계가 산산조각이 났다고 말해주는 것. 그 조각들을 원래의 모습으로 다시 맞춰줄 방법은 없다. 이미 누군가가 그 조각 중에 몇 개를 가지고 갔으니까.' 존이 생각했다.

사진 아래 아구아도가 적어놓은 피해자의 이름이 있었다. 존은 큰 소리로 이름을 읽다가 성이 적힌 부분에서 멈칫했다.

소노로. 틀림없다.

"잠깐만요. 알바로 트루에바. 그 소년은…."

"네, 아들입니다. 그들 중 한 명. 경위님도 이 아이 어머니 은행에 계좌가 있으시죠?"

멘토르가 끼어들었다.

존은 숨을 깊게 쉬어본다. 머릿속으로 계좌가 있는 곳을 이리저리 생각해봤다.

"빌바오에서는 집에서 가까운 BBVA 또는 BBK 은행을 많이 이용합니다만."

"정말 너무 놀라서 꼼짝도 할 수 없게 만드는 재주가 있군요." 멘토르가 비꼬듯이 대답했다.

순간 존은 실내는 기껏해야 13도나 14도면 되는데, 이렇게 에어컨을 최대치로 틀어놓은 이유를 깨달았다.

"이거 이래도 괜찮은 거죠, 그죠? 그래서 이렇게 빌어먹게 춥군요. 사체가 가능한 한 손상되지 않아야 하니까. 만일 여기에서 이 사건을 마무리하면, 누군가 시체를 가족에게 몰래 넘기겠군요. 그럼 그들은 그 아이가 수영장에서 익사나 그 비슷한 걸로 사망했다고 하고 스캔들이나 언론 기사 없이 장례식을 치를 거고."

"물론 관이 열린 채로 하는 거죠. 의욕이 넘치는 방부 처리업자가 시체를 어떻게 처리하는지 보면 아마 깜짝 놀라실 겁니다."

존은 주위의 거대한 거실과 엄청나게 비싼 그림들을 가리켰다.

"이 모든 돈, 이 권력은 많은 의욕을 불러일으키죠, 맞죠? 그래서 당신도 비싼 차를 타고 작은 비밀들을 품고, 냉소적인 말들을 뱉으면서 이런 일을 하는 거겠죠? 부자들 똥을 닦아주는 일?"

멘토르가 입술을 꽉 깨물고 탁한 눈빛에 잔뜩 어두운 표정으로 그들 돌아봤다.

"지금 그런 일이 벌어지고 있다고 생각하는 겁니까?"

"뭔 일이 일어나고 있는지 전혀 모르겠네요. 당신이 이미 그 일을 처리했으니까. 제가 보고 믿는 건, 소파에서 죽은 아이가 당신에게 중요하다는 겁니다. 지금 사람들이 너무 바쁘잖아요…." 존은 잠시 망설였지만, 사건의 핵심은 피해갈 수 없었다. "서로 다른 이해관계들을 위해 말이죠"

"그렇다면 뭐가 옳은 건지도 말씀해주실 거죠? 두 번째 줄에 있는 뚱뚱한 경찰 선생?"

"적어도 난 그 누구의 하수인은 아니죠"

멘토르는 방금 예상치 못한 짓을 한 동물원의 동물을 바라보는 듯 즐겁게 존을 바라봤다.

"사과드립니다, 경위님. 제 일은 그렇게 간단하지 않고, 의도한 대로 늘 성공하는 것도 아닙니다."

존은 그의 사과를 믿을 수 없었다. 사실, 아무것도 믿기지 않지만. 하지만 남은 선택이라고는 그의 얼굴을 갈기는 것뿐이기에, 우선은 그의 말에 속는 척했다.

"우리 모두 피곤한 상태니까요. 그리고 이런 상황은 도움이 안 되니까." 존이 대답했다.

"게다가 어둠 속에서 일하는 당신에게는 더 안 좋죠"

멘토르는 이 안에 들어와서 거의 꼼짝도 하지 않는 안토니아

쪽을 가리키며, 아구아도 박사와 이상한 눈빛을 교환했다.

"경위님, 저분께 이 공간을 양보하시죠. 저와 함께 밖으로 나와 주시면, 진실을 말씀드리겠습니다."

한 잔

안토니아 스콧은 등 뒤에서 존과 멘토르가 실랑이를 벌이다가 밖으로 나갔다는 사실도 모른 채 범죄 현장의 모든 내용을 살펴보며 그 안에 빠져들었다. 그녀의 시선이 이 단서에서 저 단서로 계속 이어졌다.

위까지 단추가 채워진 흰색 셔츠.

부자연스러운 몸의 위치.

참나무 바닥, 소파, 손으로 짠 인도산 카펫에 피가 전혀 없음.

두 눈, 한 손은 무릎 위 다른 한 손엔 많이 채워지지 않은 잔.

"아, 숨 막혀."

그녀가 쉰 목소리로 말했다.

그녀는 계속 쪼그리고 앉아서 밀려오는 정보의 홍수를 막기 위해 눈을 감는다. 다시 만가타를 눈앞에 그려보려고 애쓰지만, 그것은 아주 멀리 있다.

셔츠, 몸통, 소파 팔걸이 위의 잔.

이라는 이미지들로 쌓은 벽돌 담 맞은편에 있다.

그녀는 혼자 할 수 있다고 믿었다.

하지만.

혼자서 할 수가 없다. 자잘한 내용이 너무 많아서 참기 힘들 정도로 피곤하다.

결국, 그녀는 항복한다.

'딱 한 번만. 이번이 마지막이야.'

그녀는 한 손을 뻗었다. 거의 애원하다시피.

뒤에서 아구아도 박사가 다가왔다. 작은 금속 상자를 들고 왔는데, 거기에서 빨간 캡슐을 꺼내서 안토니아의 손바닥에 올려놓았다.

"물 좀 드릴까요?"

그녀는 아무 대답도 하지 않고 주먹을 꽉 쥐고 있다가 캡슐을 입에 넣었다. 앞니로 젤라틴을 부수고 오랫동안 기다려온 쓴 가루를 풀어 혀 아래로 받자, 점막이 화학 혼합제를 흡수하여 전속력으로 혈류로 운반한다. 그녀는 10까지 센다. 숫자 사이에 숨을 한 번씩 쉬면 그 약은 한 번에 한 걸음씩 가야 할 곳으로 내려간다.

즉시 세상이 점점 더 느려지고, 더 작아진다. 손과 가슴, 얼굴에 짜릿한 전류가 느껴졌다.

"고마워요." 그녀가 말했다. 박사에게, 캡슐에. "고맙습니다."

"당신이군요. 너무 만나보고 싶었습니다. 이미 하신 일에 대해서 많이 들었습니다. 발렌시아에서 한 일…."

아구아도가 말을 꺼냈다.

"네, 제가 했어요." 안토니아가 말을 끊었다. 그건 사실이다. 그녀는 다시 정신을 차렸다. "새로운 법의학자시군요."

"로브레도는 당신을 기다리다 지쳐서 1년 전에 떠났습니다. 지금은 무르시아에서 일하고 있어요. 당신과 일할 기회가 있었다면, 무르시아로 가고 싶지 않았겠죠."

아구아도가 안토니아에게 파일을 내밀며 말했다.

'똑똑한 사람이군.'

안토니아가 생각했다. 그녀는 몸짓으로 파일을 거부했다. 아직 준비되지 않았다. 우선 혼자서 모든 걸 살펴봐야 한다.

"범죄 현장에는 피가 한 방울도 없습니다. 물론 컵만 빼고요." 박사가 말했다.

그 진한 액체는 소년이 손에 들고 있는 보헤미아 크리스털 유리잔 안쪽 벽에서 이미 굳기 시작했다. 그 살인자가 거기에 피를 부을 때, 분명 와인을 채우듯 잔을 가득 채웠을 것이다.

"피해자의 혈액인가요?"

"방금 브로모크레졸 테스트를 마쳤는데, 지금으로써는 컵에 있는 피와 피해자의 혈액이 같은 그룹 B 양성이라는 것만 알 수 있습니다. DNA 검사를 하면 자세히 알게 되겠죠."

'그러니까 앞으로 5일이 더 걸리겠군. 그때 난 여기에 있지 않을 텐데.'

"머리카락에 있는 이 성분은 뭡니까?"

안토니아가 좀 더 가까이에서 그것을 살펴보기 위해 몸을 일으키며 물어봤다.

소년의 머리가 불빛 아래에서 빛났다. 그의 곱슬머리는 뒤로 빗질이 되었는데 언뜻 보기에는 젤을 바른 것 같지만, 너무 끈적끈적하고 차지게 보였다. 작은 방울 하나가 관자놀이 아래로 흘러내렸다.

"99퍼센트 올리브유." 박사가 보고서를 읽으며 말했다. "계피와 아직 확인하지 않은 또 다른 화합물도 있습니다. 제가 몹랩(MobLab)를 타고 와서, 우선 뒤쪽에 주차해놨습니다. 하지만 그 안에는 이걸 정확히 알아볼 도구가 충분하지 않아서요."

몹랩은 법의학 도구가 가득 들어 있는 승합차다. 겉으로 보기에는 창문이 없는 일반 검은색 메르세데스 스프린터처럼 보인다. 하지만 그 내부로 들어가면 시험관, 화학 물질, 컴퓨터로 가득 찬 우주선에 들어온 것 같다. 그렇지만 그 안에서 할 수 있는 일에도 한계는 있다.

"샘플을 본부에 보내셨나요?"

"네, 몇 시간 내에 뭔가가 나올 겁니다."

아구아도가 대답했다.

안토니아는 그 퍼즐 조각을 기다려야 한다는 사실에 좌절했다. 그녀는 누군가 의도적으로 남긴 세부 사항들을 살펴보고, 거기에서 무엇이 가장 중요한지 알아챘다. 그녀는 유리잔을 가리켰다.

"부엌은 들여다보셨습니까?"

"주방 사이드보드에 빈 곳이 있습니다. 제조사와 모델은 일치합니다."

살인자는 집에 있던 물건들을 이용해서 메시지를 남겼다. 그가 유일하게 주방에서 가져온 건 그 기름이다. 포도주와 기름. 안토니아는 전에 이와 비슷한 것을 읽은 적이 있다. 아니면 들은 적이 있다. 갑자기 그 순간이 떠올랐다.

그녀가 어렸을 때. 7년 2개월 8일째 되는 날. 라 메르세 성당에서. 모두 검은 옷을 입고 있었다. 그곳에서는 어머니가 가장 좋아하는 꽃인 아나스타시아 꽃향기가 났었다.

"시편입니다. 시편 23편. 무슨 구절인지 기억은 안 나지만."

안토니아는 시체를 가리키며 말했다.

아구아도 박사는 당황스러운 눈으로 그녀를 바라봤다.

"당신은 읽은 내용은 다 기억한다고 알고 있는데요."

'내가 읽은 내용이 아니다. 장례식에서 들었을 뿐. 30년 전. 그날부터 성경을 읽는 건 그다지 의미가 없어졌다.'

"항상 그런 건 아닙니다." 안토니아가 대답했다.

"제가 알 것 같네요. '주께서 내 원수의 목전에서 내게 상을 차려 주시고 기름을 내 머리에 부으셨으니 내 잔이 넘치나이다.' 이 구절을 말씀하시는 건가요?"

안토니아는 모호하게 앓는 소리를 냈다. 피가 넘친 컵, 머리에 기름칠. 우연의 일치. 그런데 그녀는 우연을 믿지 않는다.

"이제 파일 내용을 볼 준비가 되었습니다, 아구아도 박사님."

안토니아는 15분 만에 그 법의학자가 준비한 수백 페이지의 데이터와 도표 및 정보를 읽어냈다. 전임자가 정리했던 내용보다 훨씬 깔끔하고 예리했다. 안토니아는 그녀에게 칭찬을 해줘야 할지 망설여졌다. 왜냐하면 팀과 가능한 한 멀리 떨어지고(지침 번호 11), 그들과 공감하지 않아야 하며(지침 번호 3), 관계는 가능하면 단일 방향이 되어야 하기(지침 번호 17) 때문이다. 물론 과거에는 이 규칙을 지켰다.

이제는 아니다.

"박사님, 보고서가 너무 훌륭합니다. 참, 로브레도가 무르시아로 갔다니 정말 기쁘군요. 그때 우리는 변화를 이루어냈었죠."

아구아도는 붉어진 뺨을 보이지 않으려고 뒤돌아섰다.

안토니아는 다시 보고서 내용에 집중했다. 해변에 있는 소년의 사진이 있는 부분이 최악이었다. 그녀는 피해자들을 사람으로 보면 안 된다는 걸 안다. 그녀는 모든 훈련을 통해 감정의 벽을 만들어왔다. 그 결과 사람들을 사건이나, 모양을 보고 결론을 낼 수 있는 상형문자 조각 정도로 생각하게 되었다. 전에는 그다지 노력하지 않아도 그렇게 할 수 있었다.

하지만 지금은 아니다.

'마르코스 사건 이후로 모든 게 바뀌었다. 내가 그에게 그렇게 하고 난 후에. 그가 우리에게 그 짓을 한 후에.'

그녀는 그 사진 속 소년과 약속한다. 하지만 지킬 수 없는 약속이다. 마르코스에게 한 약속, 그녀 자신과 한 약속과 반대고, 스콧 할머니의 기대를 저버리는 약속이기 때문이다.

'너에게 이 짓을 한 사람을 잡아줄게.'

그녀는 사진 속의 소년에게 말했다.

머릿속으로 이런 말이 만들어지자, 후회스러웠다. 그렇다고 했던 말을 취소할 방법도 없다. 이래서 죽은 자들에게 약속하는 것은 나쁜 짓이다. 실패하면 사과하기가 더 어려우니까.

설명

멘토르는 밖에 있는 식당으로 걸어가 의자 중 하나에 앉았다. 르코르뷔지에 의자 아니면 그 비슷한 의자다. 한마디로 비싸고 불편한 의자. 존이 생각할 때, 이게 고문용으로 만들어진 게 아니라면, 자신과 같은 체격을 가진 사람에게는 전혀 맞지 않는다.

탁자 위에는 아구아도 박사의 말보로 라이트가 주인을 잃은 채 놓여 있었다. 담배 포장지의 경고문에는 한 소년의 관이 찍혀 있다. 존은 소름 끼치는 우연에 심장이 쪼그라들어서, 그 그림에서 눈을 돌렸다.

멘토르가 아무 생각 없이 담배 봉지를 집어서 존에게 한 개비 권했지만, 그는 고개를 저었다. 멘토르는 담배에 불을 붙이고 세 번 빨고는 악마처럼 기침하더니, 유리 표면에 문질러 끄고 나서 스프링클러의 물속으로 던졌다.

"현장 오염은 별로 신경 안 쓰시나 보죠?"

"오염시킬 것이라도 있었으면 좋겠습니다. 아구아도가 지금 26시간 동안 계속 조사 중입니다. 집 전체를 수색하고 지문을 수집했습니다."

존은 감탄하며 휘파람을 불었다. 아구아도는 각 제곱미터를 격자무늬로 나누어서, 분류 기호를 붙이고, 사진 촬영을 한 다음, 이상한 부분들을 찾아내야 했다. 이렇게 큰 집에서는 네다섯 명이 달라붙어서 해야 할 분량이었다.

"어마어마한 분이군요."

"아구아도 박사는 스페인에서 최고입니다. 함께 일하게 된 건 저에겐 행운, 그녀에게는 불행이죠."

"그래서 나온 결과라도?"

"그러기 위해서는 유가족이랑 현장에 있었던 직원들 유전자 검사가 필요합니다. 전혀 기대는 안 하지만요. 머리카락과 섬유가 있지만, 누가 알겠습니까. 아시는 것처럼 그것들은 전혀 도움이 되지 않습니다. 흔히 TV에 나오는 상황 같았으면 좋겠지만요."

존은 이 말뜻을 잘 알고 있다. 텔레비전 시리즈는 과학자의 작업에 대한 왜곡된 이미지를 보여줘서 때때로 경찰들도 대중들처럼 기적을 믿고 같은 함정에 빠진다.

멘토르는 이미 꺼진 담배를 탁자에 한 번 더 짓누르고 담뱃갑을 멀리 치웠다.

"전 몇 달 전에 담배를 끊었어요. 종종 왜 그랬을까 생각하죠."

"나중에 몸을 아주 망치는 것보다는 지금 조금 고통스러운 게 낫죠."

"맞아요. 그런데 경위님은 왜 경찰이 되셨습니까?"

존은 황당하다는 표정을 지었다.

"난 지금 당신 말을 들으러 밖으로 나온 거잖아요."

"좀 예쁘게 봐주시죠, 경위님."

순간 경직. 존은 그에게 어떤 대답을 해야 할지 모르겠다. 공식적인 대답, 친구에게 하는 대답, 자신에게 해주는 말이나 진실한 대답. 시간 때문이든 감정 때문이든 결국 이 대답이 나온다.

"아무도 저한테 해코지 못하게 하려고요."

이제 멘토르가 그의 정직함에 놀랄 차례다.

"아…."

"알아요, 알아. 당신처럼 크고 강한 남자, 그리고 그 모든 빌어먹을 일. 이런 정신 분석으로 절 괴롭히지 마시죠. 아버지는 우리를 버렸고, 저는 도박을 좋아합니다. 어머니와 함께 살고 있고, 저는 온갖 싸구려 농담과 말들을 잘 알죠. 하지만 실제로는… 두려워요. 저는 항상 두려웠어요."

"뭐가 두려운 거죠?"

"모두 다요. 십 대 때 당한 공격. 학교에서 절 쫓아내려고 한 거. 사고들. 에이즈에 걸리는 거, 잘 모르겠어요. 아무튼 경찰로 일하는 게 저한테 도움이 돼요. 이 모든 일에 가까이 있고, 다른 사람들의 불행을 보는 일이요. 일종의 마법 방패가 되는 거죠. 마치 그런 일이 나에게는 일어나지 않을 것만 같은."

"너무 많이 고통스럽지 않기 위한 약간의 고통이군요."

멘토르가 말했다.

"맞아요."

"하지만 오늘은 아니었죠?"

존은 대답하지 않았다. 뻔한 내용에는 별로 대답하지 않는 편이다.

두 사람은 잠시 침묵하다가 다시 제자리로 돌아왔다. 멘토르는 의자에 약간 몸을 기댄 채 멀찍이 떨어뜨려놓았던 담뱃갑을 제자리로 옮기기 위해 손끝을 부지런히 움직였다. 라이터의 불꽃은 밤의 어둠 속에서 잠시 그의 얼굴을 드러냈다. 이번에는 담배를 연거푸 세 모금 빨지 않고, 정성껏 삼키며 연기를 즐겼다.

"이 모든 계획은 5년 전에 브뤼셀에서 나왔습니다. 피셔 연구소에서. 혹시 그곳을 아시나요?"

"제 관심사가 아니라서요."

"유럽 연합의 싱크 탱크입니다."

"싱크 탱크는 압니다. 세상에 가장 좋은 것이 무엇인지 잘 안다고 생각하는 부유한 대학생 멍청이들이죠."

멘토르가 이를 드러내고 웃으며, 두 팔을 들어 올렸다.

"인정. 사실 때때로 우리 같은 얼간이들이 사건을 해결합니다. 몇 년 전에 연구가 있었습니다. 2012년 테네리페 공항에서 발생했던 공격을 기억하십니까?"

존이 고개를 끄덕였다. 그 사건을 어떻게 잊겠는가. 가장 가까운 보안 카메라가 폭탄이 폭발하는 것을 포착한 후 새까맣게 변했다. 다른 카메라도 똑같이 끔찍한 이야기를 남겨놓았다. 사람들은 공포에 휩싸였고, 재빠르지 못한 사람들은 땅에 내던져지고 짓밟혔다.

"이 연구소에서는 공격이 있기 전에 여러 경찰에서 자료들을 입수해서 조사했었습니다. 지역 경찰, 카나리아 자치단체, 시민 경비대, 경찰. 그들은 모두 각자 퍼즐 조각을 가지고 있었습니다. 그런데 아무도 그것들을 다른 사람들과 공유하지 않았죠."

"오래된 이야기죠."

존이 인정한다. 그는 그 사건을 잘 알고 있다. 빌바오의 경찰관으로 거의 매일 지방 경찰들과 싸워야 했기 때문이다. 경찰들 사이의 관계는 은퇴하고 맞은 일요일처럼 쓸쓸하다. 질투, 급여 차이. 수년간의 원한. 그리고 결국 사람들은 상처 입었다.

"테네리페 사건은 2015년 토리노와 2017년 바르셀로나의 람블라스 거리에서 일어난 것과 똑같습니다. 그 연구는 독일인들이 진행했죠. 그들도 거기 소속입니다. 18명의 경찰."

"빌어먹을 혼돈 그 자체였죠."

"그 연구는 테러에만 국한된 건 아니고 다른 주요 사례들도 포함됩니다. 레메디오스 산체스 같은 비정형적 연쇄 살인범들 같은. 당시 24일 동안 열 번의 공격으로 세 명의 노인이 사망했습니다. 또는 뒤셀도르프에서 온 광대 코바취 사례도 있어요."

"블랙 스완. 예측할 수 없는 사건들."

존이 이 용어를 꺼내자 멘토르의 얼굴에 놀란 표정이 역력했다. 최근 이론에 따르면 블랙 스완이란 과학이나 역사가 예측할 수 없었던 끔찍하고 파급력이 큰 사건인데, 이후에나 합리적으로 설명될 수 있다. 예를 들면, 911테러나 2008년의 부동산 위기 또는 힙색의 재유행 등이다.

"저는 경위님이 탈레브[8]의 책을 읽으셨을 줄은 몰랐습니다."

멘토르는 존을 마치 처음 보듯 바라보며 말했다.

"절 과소평가하지 마시죠."

존은 자신을 죽은 사람 취급하지 말라며, 치과 대기실에 있는 낡은 잡지를 뒤적이다가 이 개념을 알았다고 대답했다.

"절대 그러지 않겠습니다. 아무튼 그 연구의 결론은 유럽에서 우리가 새로운 세계를 만드는 것이었습니다. 국경도, 관세도 없 이요. 그 악당들이 마음대로 옴직일 수 있는 5백만 제곱킬로미터. 그리고 서로 경쟁하는 수백 개의 경찰 기관. 그때 '붉은 여왕(Red Queen)' 프로젝트가 등장했습니다."

"《이상한 나라의 앨리스》에 나오는 그 여왕 말인가요? 그 머리 를 자르는?"

"거기에서 나온 이름은 맞아요. 오래된 진화론입니다."

"책에서 앨리스와 붉은 여왕이 달리고 달리는 구절을 기억하 십니까?"

존은 애매하다는 손짓을 했다. 원래보다 더 똑똑하게 보이려고 하는 건 나쁜 일이고, 그런 속 보이는 연극은 그리 오래 가지 않 는다.

"붉은 여왕은 앨리스에게 자신의 나라에서 가만히 있으려면 달려야 한다고 말합니다. 진화론에 따르면 포식자를 따라잡기 위 해서는 끊임없는 적응이 필요한 거죠."

멘토르가 말했다.

---

8   나심 니컬러스 탈레브(Nassim Nicholas Taleb). 레바논 태생의 미국 위기분
     석 전문가로 저서 《블랙 스완》에서 '검은 백조 이론'을 처음 제시하여 이후
     의 미국 경제 위기를 예측함.

"하지만 우리는 이미 그렇게 하고 있는데요."

존은 자신을 변호했다.

"어떻게요? 더 많은 경찰로? 더 많은 컴퓨터로? 더 많은 무기로? 아니면 작년에 경찰서에서 받은 사이버 범죄 과정을 말씀하시는 건가요?"

"무슨 말을 해야 할지 모르겠군요. 저는 주로 앵그리 버드 게임을 하면서 시간을 보냈는데."

"결국 범인들이 유리한 이유는, 아무도 모르게 보이지 않게 더 빨리 움직이기 때문입니다."

존은 다시 집 쪽을 쳐다봤다.

"슬슬 이해가 가기 시작하는군요."

"이 프로젝트는 실험으로 시작되었습니다. 유럽 연합의 각 국가에 있는 중앙 부서 및 특수 단위입니다. 아주 특별한 목표를 가지고 있습니다. 언론에 숨겨야 했던 목표들 말이죠."

"예를 들면."

"연쇄 살인마. 특히 파악하기 어려운 폭력 범죄자들. 소아성애자. 테러리스트."

"외로운 쓰레기들이군요." 존도 수긍한다.

"그들처럼 우리 단체도 속한 곳은 없습니다. 계층도 없습니다. 내부 경쟁, 관료주의도 없습니다. 그저 저는 코드명이 멘토르인 연락 요원입니다."

"아, 멘토르가 진짜 당신 성인 줄 알았는데."

그가 쓴웃음을 지었다.

"각 멘토르에게는 항상 비범한 기술팀이 있습니다. 메달도, 상도, 승진도 없습니다. 그리고 최첨단 창, 경기장, 두 사람, 방패든 자가 있습니다." 존을 가리키며 말한다.

"그리고 한 명의 붉은 여왕."

"제 역할은 분명하네요. 경찰 배지와 총을 가지고 다니는 일회용 운전사."

"그렇게 싸게 팔아넘기지 마시죠. 저희의 가장 중요한 재산인 붉은 여왕을 보호하고 조언해주려면 숙련된 경찰관이 필요합니다."

"그렇다면, 그녀가?"

멘토르는 잠시 멈추고 담배를 피웠다.

"그 여왕은 범죄 현장에 나타나서 보고 나서 떠납니다. 우리 부서는 문제가 무엇이든 독점적으로 책임지지는 않습니다. 그리고 진짜 경찰의 어깨너머로 보면서 변두리에서만 일합니다."

"이번만 빼고."

"이번 사건은 제외하고요. 이번에 특별한… 상황이 발생한 거라서."

존은 멘토르의 냉소 앞에 이를 드러내고 활짝 웃으며 고개를 흔들었다. 그는 남성 생식기, 무장 침입, 경제적 약함 등 모든 것을 표현된 그대로 말하는 걸 좋아하는 경찰이었다. 성기, 테러, 가난처럼 더 쉽게 알아들을 수 있는 표현들도 있는데 말이다.

"그런데 그녀는 어떻게 발굴한 겁니까?"

"각 국가에서 비용을 많이 들여서 오랫동안 후보자 선택 과정을 진행했었어요. 후보자들에게는 극소수의 사람만이 지닌 일련의 특징이 있어야 했거든요. 인간관계 최소, 이동의 자유, 뛰어난 수평적 사고[9] 능력. 키가 크든 작든, 남성이든 여성이든, 뚱뚱하든 마른 사람이든 전혀 상관없습니다. 속편의 제임스 본드를 찾는 건 아니니까요. 다만 특별한 두뇌를 찾고 있었습니다. 아무도 보지 못하는 걸 볼 수 있는 사람들 말이죠."

멘토르의 목소리에는 경위가 눈치 채지 못하는 자부심이 들어 있었다.

"그럼 당신이 직접 그녀를 찾은 건가요?"

"프로젝트가 시작되기 3개월 전에 스페인에만 붉은 여왕이 없었습니다. 이미 1년 정도 계속 찾고 있었는데 말이죠. 저는 수천 개의 파일 자료를 참고하고 수십 명을 인터뷰했습니다. 그리고 마침내 그녀가 나타났습니다. 그리고 제가 그녀를 알아본 겁니다." 멘토르가 말했다.

2013년 6월 14일, 마드리드

키 크고 마른 남자는 녹초가 된 채로 눈을 비빈다. 아직 일과가 제대로 시작되지도 않았는데.

이번 주 시나리오는 문제에 대한 새로운 접근 방식 찾기다. 지금까지는 지능 테스트와 성격 테스트를 동시에 진행했다. 키 큰 남자는 인지 심리학과 행동 분석 전문가다. 하지만 이제까지 유효한 증거들을 식별하는 데는 그것이 별로 도움이 안 됐다. 그는 CIA, FBI, MI6(영국 비밀정보부)에서 만든 가장 매력적인 검사들을

9 　이미 확립된 패턴에 따라 논리적으로 접근하지 않고, 통찰력이나 창의성을 발휘하여 기발한 해결책을 찾는 사고 방법

시도했다. 하지만 그 모든 검사에는 필수 요소가 빠져 있었다. 즉, 그들은 후보자의 지능은 고려했지만, 순발력에 대한 검증은 반영하지 않았다.

'나 지금 뭐 하고 있는 거지. 결국 중요한 건 기본적인 자질인데.'

그래서 그들은 이번 주에 다른 방법을 시도 중이다. 이 테스트는 주요 정보기관보다 훨씬 덜 매력적인 다국적 석유 회사에서 설계되었다. 그들은 불가능한 목표를 가진 위기 상황에서의 반응을 평가하기 위해 그것을 사용하기로 했다. 키 큰 남자는 그의 조수가 그 시험을 제안했을 때 유용할 거라는 생각보다는 흥미롭게 바라보았다. 매번 테스트를 실패하다 보니 흥미로운 변화의 기회가 될 거라 생각이 들었기 때문이다. 하지만 수십 번을 해봤지만, 이전 테스트랑 비슷하게 별 효과가 없음이 입증되었다.

"그나마 시험 대상자가 우주선에서 가지고 있는 물건들을 하나하나씩 쭉 읊는 건 면했잖아요."

"나사 테스트는 아주 유용해요."

조수가 커피를 마시며 말한다.

키 큰 남자는 그녀를 부러운 눈으로 쳐다봤다. 몸에 카페인을 추가하고 싶은 마음이 간절하지만, 식사 전에 세 번째 코르타도[10]를 마신다면 불편한 오후를 보낼 수도 있다. 더는 그럴 수 없다.

"맙소사, 우리 할머니도 그런 곳에 가면 물 대신 산소를 선택해야 한다는 건 알 것입니다. 그리고 나침반이나 권총을 가져가서

---

10 쓴맛을 없애기 위해 소량의 우유를 넣은 에스프레소

는 안 된다는 것도요. 지금 달에 있는 건데! 어쨌든 시작합시다. 오늘 첫 번째 후보는 누구지?"

"793번. 26살. 산업 엔지니어."

"들여보내."

조수가 앞에 있는 키보드의 버튼을 누르자 문이 열렸다.

그들은 마드리드 콤플루텐세 대학교 심리학과에 있었다. 그 테스트를 위장하는 데 이보다 좋은 장소는 없다. 학생 시험을 본다고 하면 아무도 의심하지 않는다. 장소도 이보다 좋을 수는 없다. 흰색 방에 창문이 없고, 온도 조절이 가능하며 단방향 뷰어가 제공된다. 한쪽에는 유리, 다른 쪽에는 거울로 되어 있다. 통제실과 확성기도 있다.

키 크고 마른 남자는 거의 1년 전 후보자 선택 과정이 시작되었을 때 이 장소가 맘에 들었다. 그는 이제까지 보호를 받았던 본가를 보호하는 대신 부자들을 보호했는데, 초기에는 연구를 그리고 나중에는 피셔 연구소를 보호하는 일에 전념하게 되었다. 이전의 삶은 훨씬 지루했다. 그래서 그 실험실에 갔을 때 이상한 느낌을 받았다. 마치 스파이 영화 같은 느낌. 또는 빅브라더 같은.

"스파이 영화 찍는 것 같군."

"아니면 빅브라더, 그죠?" 조수가 말했다.

키 큰 남자는 그녀가 맘에 들었다. 그녀는 좋은 사람이었다. 아침의 꽃이랄까. 그녀는 5킬로미터를 달려서 완벽하게 직장에 도착하고, 항상 모든 것에서 긍정적인 면을 보는 사람이다. 시간이 갈수록 그녀에 대한 평가가 점점 더 좋아졌다. 그는 이제 그녀나 이 테스트를 거쳐 간 700명이 넘는 멍청이들, 똘똘이들, 괴짜들 때문에 화가 나지 않는 날들도 많아졌다.

그동안 그들은 프로필을 올릴 만한 여섯 명의 후보자를 선정했다. 하지만 세 번째 테스트 후 그들의 서류들은 다 폐기되었다. 결국 아직 최종 후보가 없다. 이것은 또다시 시작해야 한다는 뜻이다.

'한 명도 없군. 아무도 없다니. 이미 다른 모든 국가는 프로젝트를 시작했는데.'

그는 브뤼셀 관리들에게 엉덩이를 걷어차일 거라는 걸 잘 알고 있었다. 그는 그게 싫었다. 그가 이 일을 하기 전에는 책 앞에만 앉아 있었다. 다른 사람의 생각을 학습하는 일이었다. 그는 새로운 걸 만들어내는 것보다는 기존의 것들을 반복하는 일을 더 잘했다. 그래서 그들이 붉은 여왕 프로젝트의 일을 제안했을 때, 그는 생각도 하지 않고 단번에 이 기회를 받아들였다. 이제 그는 이 뜻밖의 사건 속으로 믿기 힘들 정도로 깊숙이 들어와 있다.

793번의 테스트가 거의 30분 동안 이어졌다. 물론 그는 결국 포기했고, 석유 플랫폼은 가라앉고 모두 죽었다. 이래서 이 테스트가 복잡하고 어렵다. 무엇을 하든, 무슨 대답을 하든 후보자는 이것을 통과할 수가 없었다. 질문을 만든 소프트웨어는 그 사람이 포기하거나 실수할 때까지 계속해서 도전과 문제를 무대에 던졌다.

"그래도 나쁜 점수는 아니네요." 조수가 말했다.

일말의 희망이다….

"뽑힐까요?"

"음… 거의 초록 불이지만, 아니야."

재빨리 불이 꺼졌다. 키가 큰 남자는 참아보려고 안간힘을 쓰며 다시 눈을 비볐다.

"794번 들여보내."

자그마한 여학생이 들어왔다. 마치 실 같았다. 거울을 보고 미소를 지을 때까지는 별로 크게 눈에 띄는 게 없었다. 어느 정도는 예뻐 보였다.

'미인은 아니니, 정신을 잃지는 말자.'

하지만 그녀에게는 뭔가가 있어 보였다.

"안녕하세요." 키 큰 남자가 객실과 관찰실을 연결하는 인터콤 버튼을 누르며 말한다. "이제 제가 이야기를 하나 들려드릴 겁니다. 하게 될 모든 답변은 우리 연구에서 얻은 점수에 반영됩니다. 최선을 다해주시길 바랍니다."

여자는 아무 대답도 하지 않았다.

"제 말 들리십니까? 인터콤에 문제가 있는 것 같군."

키가 큰 남자는 그가 버튼을 놓지 않았다는 걸 모른 채 말했다.

"아주 잘 들립니다. 최선을 다하려고요." 그녀가 대답했다.

키 큰 남자는 미소를 짓고 많은 응모자 중 처음으로 그녀를 괴롭혀보고 싶다는 마음이 들었다.

"좋아요, 시작합니다."

그는 화면에 나타나는 텍스트를 읽기 시작했다. 일주일 정도 하다 보니 거의 줄줄 외울 정도였다.

"당신은 해양 석유 플랫폼의 지휘관입니다. 지금은 밤이고 당신은 평화로운 잠을 즐기고 있습니다. 갑자기 조수가 한밤중에 당신을 깨웁니다. 비상등이 켜져 있고 알람이 울립니다. 충돌 경고가 있습니다. 유조선이 당신을 향해 접근하고 있습니다."

"그 플랫폼은 어디에 있죠?" 여자가 질문한다.

"바다 한가운데, 전혀 도움을 받을 수 없는 먼 곳에 떨어져 있습니다."

"정확한 위치가 필요합니다."

"여기서 정확한 위치는 중요하지 않습니다."

"저는 그게 필요합니다." 여자가 우겼다.

"유조선이 당신을 향해 오고 있습니다. 선상에는 30만 톤의 원유가 실려 있습니다. 당신의 첫 번째 반응은 무엇입니까?"

"해도에서 이 플랫폼의 정확한 위치를 찾는 겁니다."

키 큰 남자는 당황했다. 이런 대답은 그녀가 처음이었다.

"아가씨." 키 큰 남자는 화가 섞인 목소리를 억누르며 말했다. "필요도 없는 자료를 얻으려고 애쓰는 이유를 물어봐도 되겠습니까?"

그녀는 여러 번 눈을 깜빡이더니 마치 질문에 대한 대답을 다 했다는 듯 두 손을 펼쳤다.

"해결책을 찾으려면 먼저 문제와 관련된 위치를 알아내야 합니다."

키 큰 남자가 조수에게로 향했다.

"소프트웨어에 플랫폼의 위치를 요청해."

"북위 83도 44분, 서경 64도 35분."

조수가 버튼을 짧게 누르고 대답했다.

키 큰 남자는 인터콤을 통해 위치를 말해줬다.

"이제 정확한 위치를 알았으니, 두 번째 반응은 무엇입니까?

그가 맡은 사람들의 생명을 구하려면 반응 시간이 필수적이라는 것을 상기시켜드립니다."

여자는 몇 초 동안 깊이 생각했다.

"달력을 보는 겁니다."

키 큰 남자는 코로 거친 숨을 내쉬었다. 콧바람이 너무 세서 앞에 있는 서류가 흔들렸다.

"장소뿐만 아니라 시간도 요청해야겠군, 안 그래?"

키 큰 남자는 인터콤의 버튼을 누르기 전에 말했다. 조수가 다시 요청 사항을 입력하고, 화면에 날짜를 표시해줬다.

"달력에 따르면 2013년 1월 23일입니다. 지금은 어떤 행동을 취하고 계십니까?"

"저는 다시 잠자리에 듭니다."

"미안하지만, 내용을 잘 이해하지 못하신 것 같은데요."

"저는 다시 잠자리에 들 겁니다." 그녀가 다시 한 번 강조한다. "제게 주신 플랫폼의 위치는 눈으로 볼 때 북극해 한가운데에 있습니다. 위도와 날짜를 고려하면 바다가 완전히 얼어 있어서 유조선은 매우 빨리 접근할 수가 없습니다. 이제 끝난 건가요?"

넋이 나간 키 큰 남자는 인터콤을 끄고 프로그램에 데이터 입력을 마친 조수에게로 향했다.

"가장 높은 점수를 받았네요." 그녀가 놀라면서 말한다. "개발자들에 따르면, 7백만 명 중 한 명만 하게 되는 대답입니다."

"대체 어떤 여자지?"

조수가 서류를 살펴본다.

"후보 794번. 안토니아 스콧."

"성이 특이하군."

"외동딸로 바르셀로나에서 태어났습니다. 아버지의 직업란에 '외교관'이라고 쓰여 있습니다. 서류에서 쓰여 있는 건 이게 다네요."

스피커를 통해 여자의 목소리가 들렸다.

"저기요? 이제 가도 될까요?"

"잠시 기다려주시죠, 괜찮으시다면요. 결과를 평가 중입니다."

키가 큰 남자는 버튼을 다시 놓기 전에 서둘러 말했다.

"다른 내용은 없어?"

"작성한 양식에서는 없습니다. 자체 조사 내용을 살펴보겠습니다. 음… 혼자 테스트 보기 싫다고 한 친구가 같이 가자고 해서 따라왔네요. 지금 일은 안 하고 있습니다. 잘생긴 남자 친구가 있고, 히스패닉 문헌학을 공부했습니다. 성적은 평범하군요. 평균 성적은 6점."

키가 큰 남자는 이곳을 지나쳐간 성적이 뛰어난 후보자들에게 이미 실망한 터였다.

"실제로 모든 과목에서 6점을 받았습니다."

조수는 컴퓨터를 검색하고 나서 말했다.

그 말을 듣고 키가 큰 남자는 잠시 멈췄다가 웃기 시작했다.

"물론, 물론이지." 그는 무릎을 치며 말했다.

"뭐가 그렇게 웃기세요?"

"자네 모든 유로밀리언스 복권의 숫자를 다 맞추기보다 더 어려운 일이 뭔지 아나? 절대 복권을 하지 않는 거지. 최고의 복권은 노동과 경제 활동이야."

키가 큰 남자는 너무 흥분해서 '미스터 원더풀' 매장에서 산 머그잔에 새겨져 있는 말도 안 되는 글귀에 분노했던 것조차 까먹을 정도였다.

"모든 복권 숫자를 맞추기보다 더 어려운 일은 모든 숫자를 다 틀리는 거라고."

"그게 이거와 무슨 상관이 있는지 모르겠는데요."

조수가 당황한 표정으로 말했다.

"모든 과목에서 정확히 똑같은 점수를 얻는 게 얼마나 어려운지 아나? 객관식, 구두, 질문 및 답변, 심화 시험을 보는데? 여러 교수가 주관적으로 점수를 매기는데? 매번 6점을 받는 건 수석을 하기보다 훨씬 더 어려운 일이라고."

조수가 눈을 크게 뜨고 입으로 레몬을 한입 빨아 먹는다.

"오. 오." 그리고 또다시 내뱉는다. "오."

"맞아. 평생 다른 사람들 눈에 띄지 않기 위해 열심히 애쓴 사람이 여기 있었군."

키 큰 남자는 수족관의 유리를 통해 물고기들을 부르는 것처럼, 거울에 비치는 여자의 얼굴을 매만졌다.

'하지만 난 당신을 찾아냈어요, 스콧 양.'

약간의 질투

"그런데 그걸 어떻게 알았죠? 어떻게 그녀를 알아본 거죠?"

존이 물어봤다.

멘토르는 담뱃불을 툭툭 털어 껐다.

"그 부분은 말씀드리기가 좀 그렇습니다. 아무튼 이제 스페인에도 붉은 여왕이 있고, 그녀는 아무나가 아닙니다."

"그게 무슨 뜻이죠?"

"당신도 안토니아가 특이하다는 건 눈치 채셨겠죠."

"특이하다는 건 완곡어법 같습니다만. 그녀의 행동 정도면 미쳤거나 바보스럽다고 오해받기 십상이니까요."

"사람들이 실수하는 거죠. 실제로는 아주 다릅니다. 그녀는 이 지구상에서 가장 똑똑한 인간입니다."

존은 믿지 못하겠다는 듯 코를 킁킁거렸다. 나사가 빠진 것처럼 정신 나간 여자를 대수롭지 않게 차에 태우고 온 것과 그녀가 천재라는 몰랐던 사실을 발견한 것은 또 다른 일이다. 그녀는 이 말에 뭐라고 대답할지 궁금했다.

"뭐라고요? 다시 한 번 말씀해주시죠."

그가 팔짱을 낀 채 되물었다.

"지구상에서 가장 똑똑한 인간이라고요. 우리가 알고 있는 한. 방글라데시에 아이큐가 243인 염소 치는 목동이 있습니다. 백 프로 확신할 수는 없지만, 현재 기록상 가장 높은 아이큐를 가진 인간은 안토니아 스콧입니다. 그녀는 나사에서 일하거나, 국가를 운영하거나, 원하는 모든 것을 할 수 있습니다. 그런데 그 일들 말고 저를 위해 일해 달라고 설득한 겁니다."

"그녀가 떠나기 전까지, 맞죠?"

경위는 그의 기분을 망칠 요량으로 한 방 쏜다. 두껍고 덧없는 그림자가 멘토르의 눈을 스쳐 지나갔다.

"처음에는 다 잘되었습니다. 그녀는 비용이 많이 드는 힘든 훈련을 해냈습니다. 11건의 사건에 참여해서 10건을 해결했습니다."

"혹시 제가 알고 있는 사건도 있습니까?"

"이 프로젝트는 외과 수술처럼 중요한 사건들을 처리하기 위해 존재하는 겁니다. 따라서 별다른 제목은 달리지는 않습니다. 끝나면 저희는 한쪽으로 물러서니까요."

"그러면 익명의 경찰관이 체포 사항을 기록하나요?"

"그 비슷합니다. 사실 그녀는 전체 프로젝트에서 최고 점수를 얻었습니다. 그러다가 3년 전에 모든 것이 엉망이 되었죠."

"뭐 때문에 그런 겁니까?"

"항상 모든 것을 망치는 그것 때문이죠. 진정한 사랑."

존(사랑에 관한 이런저런 경험이 많고, 놀라울 정도로 규칙적으로 사라지는 파도 속에 이름을 적을 대상을 찾아냄(9년에 여섯 번 정도))은 마치 용수철처럼 의자에서 벌떡 일어났다.

"남편에 관한 긴가요, 맞죠? 말해주시죠. 얼른."

멘토르는 턱을 매만지며 신중한 모습을 보였다. 그러고는 고개를 저었다.

"제가 말한다면, 그녀의 신뢰를 저버리는 일일 겁니다."

실망한 존은 어깨를 구부리고 의자에 털썩 주저앉았다.

"당신은 엄청난 말꾼이군요. 이야기 클라이맥스에서 멈추다니."

"그녀가 나중에 직접 말해줄 겁니다. 그럴 만하다고 생각한다면요."

'저 자식이 자신감이 대단하다는 걸 인정할 수밖에 없군.'

존은 생각했다.

"당신은 그녀가 돌아올 거로 생각하시는군요. 이미 제가 말씀을 드렸는데. 오늘 밤까지만 있을 거라고."

멘토르의 얼굴에는 우쭐거리는 미소가 가득했다.

"그건 별로 좋은 생각이 아닐 텐데요."

"사건을 위해서, 아니면 당신을 위해서?"

"저는 지난 3년 동안 많은 압박을 받았습니다. 스페인에서는 우리 팀을 필요로 하는 매우 심각한 안보 위협이 있었지만, 우리가 도울 수가 없었습니다. 그녀가 떠난 이후로 아무것도 못 했으니까요." 멘토르가 그대로 인정했다.

"그럼 그녀 대신 다른 사람을 찾을 생각은 없었나요?"

"물론 시도는 했죠…." 흐리는 말끝에 좌절감이 가득했다. "하지만 찾지 못했습니다. 붉은 여왕이 없으면, 이 팀은 아무 의미가 없습니다. 이 프로젝트는 우리의 생존이 달린 마지막 기회입니다."

"그래서 안토니아에게 여러 사람을 보냈던 거군요. 그래서 저를 찾아왔던 거고."

"그녀를 달랠 수 있는 사람이 필요했습니다."

그 순간 존은 몇 년 전 집을 들어섰을 때, 3인용 소파에서 그의 사랑과 마주했던 곤란한 순간이 떠올랐다. 그때 그는 한 발 뒤로 물러서서 조용히 문을 다시 닫았다. 존은 누구도 괴롭힐 수 있는 사람이 아니었다. 문이 완전히 닫히기 전, 바람을 피운 남자친구는 존 쪽으로 고개를 돌렸다. 그들의 눈이 마주쳤지만, 그는 하던 일을 계속했다.

그 둘 사이를 맴돌던 맑고 잔인한 가혹함(좋든 싫든 일어난 일로 받아드릴 수밖에 없고, 후회하지 않는다)은 멘토르는 그녀가 수단에 불과하다는 사실을 곧바로 인정했을 때 존이 느꼈던 것과 매우 비슷했다. 그러자 이상하게도 존의 마음속에 연민과 경이감, 혐오가 뒤섞였다. 어쩌면 약간의 부러움도.

"어떻게 그러고도 매일 밤에 잠을 잘 수 있죠?"

순간 경직됐다. 멘토르는 겸손하게 참회하는 표정을 지었다. 아니면 거울 앞에서 잘 만든 거의 완벽한 모방품일지도.

"제가 하는 일에는 타협이 필요합니다. 저는 이 모든 과정을 통해 좋은 것이 나온다고 저 자신을 위로하는 거죠."

'거의, 거의 그 말이 믿어진다.'

"아기처럼 잠들겠죠, 맞죠?"

"밤새. 한 번에 곯아떨어져서."

'정말 부럽군.'

존은 늘 이런 오염되지 않은 개자식들을 존경해왔다. 그들은 항상 갈수록 일을 더 힘들게 만든다. 존이 그런 사람 중 한 명이 되는 건 불가능할 것 같다. 바보처럼 착한 사람. "넌 바보처럼 착해. 아니, 바보지." 그의 어머니가 항상 했던 말이다. 하지만 존이 정말로 되고 싶은 사람은 멘토르처럼 약간 비열한 인간이다.

그가 아무리 나빠도, 존은 그 개자식이 맘에 들기 시작한다.

"이게 다 사실입니까? 이번에는 거짓이 없는 건가요?"

"대부분은 사실입니다, 거짓말은 아주 조금. 아니라면, 제가 사람이 아닙니다."

멘토르는 활짝 웃으며 말했다. 그때 집 안에서 조사 중이던 안토니아에게 전화가 왔다. 멘토르는 일어서서 재킷 단추를 우아하게 잠갔다.

"경위님, 하실 말이라도? 일할 준비 되셨습니까?"

존은 천천히 일어나서 긴 팔을 뻗고 뚝 소리 내며 손가락 관절을 꺾었다.

"이 빌어먹을 의자에서 엉덩이를 뗄 수 있다면 뭐든지요."

네 시간 전, 존과 안토니아가 도착할 무렵

카를라 오르티스는 카르멜로가 운전하는 길보다 노트북 화면에 더 집중하고 있었다. 코루냐에서 출발할 때부터 줄곧 비가 내렸다. 끈질기게 오는 이 비가 포르쉐 카이엔의 앞 유리를 세차게 내리쳤다. 뒷자리에 앉은 그녀는 그를 거의 쳐다보지도 않고, 작성 중인 중요한 보고서에 열중하고 있다.

구아다라마 터널을 지날 즈음, 비가 그치고 맑은 하늘이 펼쳐지자 그때서야 그녀는 컴퓨터에서 고개를 들었다.

"매기는 괜찮을까요?"

카르멜로는 백미러를 통해 그녀에게 안심하라는 눈빛을 보냈다. 주름진 파란 눈으로. 그녀는 백미러를 통해 예전 기억 속에 남아 있는 그의 재미있고, 웃기며, 사랑스러운 눈빛을 쳐다보았다. 그는 평생 그녀의 가족과 함께해왔다. 정말 가족이나 마찬가지다.

"부인, 매기를 끌어안고 있는 것보다 낫습니다. 새로 산 밴은 정말 초호화 그 자체예요."

하지만 카를라는 아직 완전히 안심할 수가 없었다. 그 밴(지프에 부착된 말 수송 트레일러)은 돈을 주고 살 수 있는 차 중 최고가이며, 마드리드까지 가는 데 얼마 걸리지도 않는다. 하지만 그녀는 늘 동료들에 대한 걱정이 많았다. 어린 시절 승마 클럽에서 말 타는 법을 배우다가 세 남자가 잔뜩 긴장해서 움직이고 싶어 하지 않는 조랑말 한 마리를 트레일러에 올리는 장면을 목격했다. 그들은 그 말을 밀며 고삐를 당겼지만, 그 말은 저항했다. 말발굽이 밴의 안쪽에 닿아서 딸가닥거리는 소리가 나자, 말의 두려움은 공포로 변했다. 말은 빠져나가려고 애쓰면서 뒷발로 버티고 몸을 일으켰다. 그러다가 트레일러 모서리에 부딪혀서 그 충격으로 목덜미를 다치는 바람에 즉시 땅에 쓰러졌다. 그리고 바로 죽었다.

카를라는 그 몸이 뭉개지던 소리를 절대 잊지 못할 것이다. 그리고 두 남자는 트레일러가 뒤집히면서 바닥에 떨어진 채로 질질 끌려갔다.

하지만 매기는 겁이 많은 그런 부류의 조랑말이 아니다. 열한 살의 홀슈타인(독일의 말 품종) 암말로 세계 최고의 트레이너들로부터 교육을 받고 자랐다. 당연히 몸값도 꽤 비싸다. 그녀의 아버지는 경매에서 430만 유로에 매기를 얻었다. 하지만 카를라에게는 그 말의 가격이 얼마든 상관없었다. 매기는 6년 동안 그녀의 가족과 함께했다. 가족이나 마찬가지다.

"잠시 차를 세워주세요."

카르멜로는 첫 번째 휴게소에서 차를 세웠다. 카를라는 차에서 내려 다리도 펴고 담배도 몇 모금 빨고는 매기 상태를 점검했다. 그 암말이 창밖으로 코를 내밀자, 카를라는 밤색 털 위에 난 아름다운 흰색 점을 두 번 쓰다듬는다.

'이 말이 전체를 망쳤다고 했는데, 그 바보들이 뭘 알겠어.'

"카멜로, 거기까지 얼마나 남았죠?"

그녀는 차에 돌아오며 물어봤다.

"1시간도 채 안 남았습니다. 하지만 원하시면 먼저 집에 모셔다드리고 매기를 승마 센터로 데리고 가겠습니다."

운전자는 GPS를 확인한 후 말했다.

카를라는 잠시 생각에 잠겼다. 40분 일찍 잠자리에 들 수 있다는 엄청난 유혹에도 불구하고, 그녀는 암말을 우리 안에 잘 보관하고 싶다는 마음이 더 강했다. 오늘 밤 잘 자고 내일모레는 시합에 나가야 하기 때문이다. 그래서 그녀는 마드리드로 올 때도 말과 함께 오기 위해 개인용 비행기도 거부했다. 그러니 몇 분 더 자겠다고 매기를 카르멜로의 손에만 맡겨두는 건 말도 안 되는 일이다.

"아니요, 계속 가죠. 저는 우선 매기를 데려다 놓고 난 후에 집으로 갈게요."

카를라는 다음 주 월요일 주주 총회를 위해 준비 중인 프레젠테이션에 집중해야 했다. 충분하지 않다는 걸 알고 있지만, 어느 정도는 결과물에 만족했다. 그녀는 아버지가 운영하는 섬유 제국의 여성 의류 마케팅 책임자로, 매년 지속적인 성장의 압박을 받고 있다. 3년 연속 목표치에 도달하고 있지만, 아버지는 18세에서 25세 사이 여성들의 제품 반응이 저조하고 예상보다 매장의 성장이 더디다고 불평할 것이다. 그는 항상 불만족스러운 부분을 찾는다. 물론 순응주의자가 된다고 해서 세상에서 가장 부자가 되는 것은 아니지만.

카를라는 맥이 빠지고 지쳐서 노트북을 닫고 대신 휴대전화를 꺼냈다. 자정이 넘은 시간이다. 아들 마리오와 이야기하기에는 너무 늦었지만, 보모인 테레즈는 아직 깨어 있을 것이다. 그녀는 아마도 지금 자기 침실에 40인치 TV를 두고, 보지 말라고 했던 거실의 큰 TV에서 〈더 크라운(The Crown)〉을 보고 있을 것이다. 그러나 카를라는 중요하지 않은 부분들에 대해서는 굳이 기분 나쁜 소리를 하지 않으려고 노력하는 편이다. 그녀에게도 어느 정도는 숨 쉴 구멍은 있어야 하니까. 게다가 테레즈는 마리오가 태어난 이후로 그녀의 가족과 함께해왔다. 거의 가족이나 마찬가지다.

배터리가 다 닳아서 10프로도 안 남았다.

'왓츠앱으로 메시지는 보낼 수 있겠군, 충전은 좀 있다가 해야지.'

> 카를라: 별일 없죠?
>
> 테레즈: 다 순조롭고 별일 없어요. 사모님도 괜찮으시죠?
>
> 카를라: 집으로 가는 중. 마리오 좀 볼 수 있어요?

몇 초 후 테레즈는 세상 걱정 없이 스파이더맨 파자마를 입고 침대에서 거꾸로 누워서 쥐 죽은 듯이 자는 마리오의 사진을 보냈다. 카를라는 아이를 목욕시키고 재울 시간에 집에 없었던 것에 죄책감이 들었다. 하지만 그녀는 빨리 마음을 다잡았다. 결국, 그녀도 보모 손에서 자랐고 어머니를 거의 보지 못했다. 그리고 그 결과가 그리 나쁜 편은 아니었다.

모든 것 중에 일이 우선이다. 카를라는 아주 잠깐 스카프를 매만지며 잠시 눈을 감고 생각하다가, 머리를 부딪혔다. 차가 급정지하는 바람에 무릎에서 노트북도 떨어졌다.

"카르멜로, 무슨 일이에요?"

"승마 센터로 가는 진입로가 막혔습니다. GPS에는 200미터도 안 되는 곳에 있다고 나오는데, 공사 표지판이 보이네요."

카를라는 앞 유리를 통해 밖을 내다봤다. 이곳은 라 모랄레하 근처의 새로운 주택단지 내에 있는 최첨단 센터로 내일모레 열기로 되어 있어서 아직 조명이 제대로 설치되지 않았다. 밖에는 어둠과 나무뿐이다. 포르쉐의 헤드라이트는 '공사 중이니 돌아가시오'라고 적힌 표지판을 비추며 깜박였다.

"저기에 누가 오네요." 카를라가 앞을 가리키며 말했다.

손에 야광봉을 든 사람이 다가왔다.

"경비원인 것 같습니다."

그는 나무에 거의 가려진 왼쪽 비포장도로를 가리켰다.

"좀 돌아서 가야 할 것 같군요."

카를라가 상황을 알아채고 중얼거렸다.

그녀는 나머지 문제 해결은 카르멜로에게 맡기고 다시 바닥에 떨어진 노트북을 찾기 시작했다. 화가 난 채 찡그린 얼굴로 그것을 집어 들었다. 만일 컴퓨터 자료가 사라진다면, 프레젠테이션도 끝이다. 그것은 곧 세상의 끝을 의미할 것이다.

'지금 나에게 일어날 수 있는 최악의 일이지.'

그녀가 생각했다.

갑자기 차가 멈추는 바람에 전화기도 바닥에 떨어졌다. 지금은 어디에 있는지 보이지도 않는다. 그녀는 왼손으로 시트를 집은 채, 오른손으로 전화기를 찾았다.

'대체 어디 있는 거야?'

등받이와 거의 평행한 불편한 자세로 있다 보니 목이 아팠다.

"거의 다 왔나요?"

카를라는 카르멜로에게 물어봤다. 그녀의 손가락이 아이폰처럼 느껴지는 부분을 스쳤다. 거의 앞좌석 부분 아래에 떨어져 있었다. 휴대전화가 진동하고 메시지가 도착했다.

'거의 다 왔어. 조금만 더.' 그녀는 팔을 뻗으며 생각했다.

"이게 무슨 일이죠, 믿을 수 없네요. 또다시 돌아가라는데요?"

카르멜로가 운전대를 치며 말했다. 카를라는 몸을 비틀어서 휴대전화를 주우려다가 멈추고 고개를 들었다. 조금 있다가 그곳에 도착해서 차 조명등을 켜놓고 휴대전화를 줍기로 했다. 지금은 카르멜로 눈이 부시게 하고 싶지는 않았다.

"근데, 도대체 이 사람들은 지금 우리가 어디로 가길 바라는 거죠? 만일 저기 승마 센터가 있다면."

카를라가 오른쪽으로 100미터도 안 되는 거리에 높은 벽을 가리키며 말했다.

헬멧과 반사 조끼를 입은 사람이 장갑을 낀 손에 야광봉을 들고 다가왔다. 그는 카르멜로에게 창문을 내리라고 손짓했다. 그리고 그 운전자는 말을 그대로 따랐다.

"안녕하세요." 야광봉을 든 남자가 인사를 했다.

"하나 여쭤볼게요. 승마 센터로 가려면 어디로 가야 합니까? 시간이 늦어서 암말이 잠을 자야 하거든요."

카르멜로가 물었다.

'피곤하거나 긴장하면 아르테이호[11] 억양이 튀어나오는군. 꽤 강하네.' 카를라는 피식 웃으며 생각했다. 그녀는 그런 말투가 재미있다. '그나저나 너무 늦었어. 이거 너무 피곤한데.'

그녀는 담요에 싸여 침대에 누워 있는 모습을 상상했다. 내일 매우 힘든 하루가 그녀를 기다리고 있었다.

"아주 간단합니다. 차에서 내리시면 바로 설명해드리겠습니다."

---

11 스페인 갈리시아 자치 지역 라코루냐 지방 북부 해안가 지역

카르멜로가 차 문을 열고 비포장도로에 발을 디뎠다. 그러자 그 남자는 야광봉을 올려 어둠 속을 가리켰다. 그리고 마치 그곳으로 들어가는 방법을 더 잘 가르쳐주려는 듯 운전자 쪽으로 몸을 기울였다.

"저쪽을 보세요."

"어디요?"

그 순간 트레일러 안에 있던 매기가 안절부절못하며 발버둥 치며 울부짖기 시작했다. 말은 이미 알고 있었다.

카를라는 카르멜로가 뭔가를 알아채고 혼란스럽게 뒤돌아서기 바로 직전, 야광봉을 든 남자의 오른손에서 빛나는 무언가를 봤다. 이미 늦었다. 칼은 아래로 움직이고 축축하게 찰칵 소리를 내며 운전자의 목으로 파고들어 지방층을 지나 경정맥을 끊었다. 그 남자는 카르멜로와 마주 서서 왼팔로 그를 붙잡고, 마치 그의 가슴을 꽉 누르는 지렛대처럼 야광봉을 이용해서 목 안에 박힌 이상한 부분까지 닿으려고 애썼다. 14센티미터의 날카로운 칼이 그의 살에서 빠져나오자, 이어서 산소가 부족한 피가 카르멜로의 심장으로 향하는 대신 포르쉐의 열린 문에 사방으로 튀어서, 자동차 서랍 함에 스며들고 땅바닥을 물들였다.

카르멜로는 무릎을 꿇고 필사적으로 피를 멈추며 손가락 사이로 달아나려는 생명을 몸 안으로 다시 넣으려고 애썼다. 그가 내는 거품소리는 점차 유리 같은 날카로운 소리로 변해갔다.

카를라는 비명을 지르고 싶었지만, 입이 벌어지지 않았다. 하지만 목구멍은 두려움과 놀람으로 타들어갔다. 땅에 쓰러져 죽어가는 몸과 그녀가 늘 고마워하는 상냥하고 예의 바르며 사랑스러운 카르멜로 사이의 끔찍한 불협화음.

'가족이나 마찬가지인데.'

그녀는 순간 어린 시절의 그 조랑말이 떠올랐고, 카르멜로가 더는 그의 손자를 볼 수 없을 것 같다는 생각이 들었다. 그녀는 그의 손주 중 한 명을 알고 있다. 마리오와 동갑이어서 함께 농장에서 논 적도 있다.

'마리오, 오, 하느님, 내 아들.'

카를라는 지금 칼을 들고 있는 남자(더는 야광봉을 든 남자가 아님)가 이미 돌아서서 전조등 앞을 지나서 포르쉐를 덮치기 시작하는 걸 알아챘다. 만일 마리오를 다시 보고 싶다면, 지금 뭔가를 해야 한다. '지금 당장.' 하지만, 그녀의 손가락은 땀에 젖어 미끄러지고, 그녀는 손잡이를 찾지 못한 채 두려움에 휩싸였다. 마침내 손잡이를 잡는 순간 딸깍거리는 소리가 나고 문이 열렸다. 그리고 칼을 든 남자가 '바로 거기에' 있었다.

그 순간 카를라는 바깥쪽으로 나가기 위해 차 문을 밀었다.

한 장의 사진

"그는 여기서 죽지 않았습니다."

두 남자가 거실로 돌아오는 순간 안토니아 입에서 가장 먼저 나온 말이다.

이미 소파에는 그 소년이 없었다. 그녀가 조사를 끝내자 아구아도 박사는 그를 바닥에 있는 검은색 지퍼백에 넣었다.

"계속하시죠." 멘토르가 주문했다.

"여긴 두 번째 무대입니다. 그는 여기서 죽지 않았어요. 여기서 죽었다면 흔적이 있어야 해요. 범인 시체를 여기에 두고 쇼를 꾸몄어요. 누구를 보라고 그랬는지는 모르겠지만."

존은 그녀를 이상하게 쳐다봤다. 그녀는 뭔가 변해 있었다. 여기 도착했을 때 그녀는 자동차 헤드라이트에 최면이 걸린 겁먹은 토끼 같았다. 그녀는 여기에 완전히 합류하는 건 아니라는 분위기를 계속 풍겼지만, 그래도 애정이 있어 보였다. 하지만 지금은 조용하다 못해 고요했다. 이전 모습처럼. 또한, 그녀의 자세도 좀 변했는데, 두 어깨가 약간 더 솟아 있고, 턱도 들려 있었다. 달라졌다.

"저희도 모릅니다. 저희가 아는 내용을 정리해드릴까요?"

안토니아는 고개를 끄덕였고 주머니에 손을 넣은 채로 벽에 기댔다.

"여드레 전에 위에서 전화를 받았습니다." 멘토르가 검지로 하늘을 가리키며 말했다. "그들은 당신이 일하러 갈 준비가 되었는지 물었습니다. 모르겠다고 했지만, 한번 설득해보겠다고 했어요. 그러자 위에서 설명하기로는 당신이 참여할 필요가 없을 수도 있지만, 심각한 일이 벌어졌다고 했습니다."

"그 소년이 실종되었었군요."

존은 자신 있게 끼어들었다.

"네. 수업 중에 화장실에 간다고 하고는 돌아오지 않았어요. 이것이 저희가 아는 전부입니다. 학교에는 보안 카메라가 없었고, 선생님들은 그가 수학 시간에 담배를 피우러 갔다고 생각했다고 합니다. 그러잖아도 이런 일이 자주 발생해서 선생님이 부모님에게 이메일을 보내기로 했고요. 그러자 그의 아버지는 즉시 아들이 몸이 좋지 않아 다음 날 수업에 가지 않을 거라고 답장했습니다."

"부모는 이미 알고 있었군요. 그를 데려간 사람은 이미 부모에게 경고한 거네요."

그녀가 확신했다.

존은 손으로 머리카락을 훑었다.

"그리고 그들은 부모에게 납치 사실을 경찰에 신고하지 말라고 했겠죠."

"부모는 인맥이 넓은 사람입니다. 그들은 누구를 의지해야 할지 잘 알고 있었습니다. 범인이 전화를 끊자마자 그들은 가장 윗선에 연락하기 시작했습니다. 저는 소년이 사라진 지 1시간 반 만에 전화를 받았고요."

'정의는 모든 사람에게 공평하니까.'

존이 생각했다. 순간 그는 맥주가 너무 당겼다.

"그 후에는요?"

"이후에는 우리에게 아무것도 하지 말라고 했습니다. 필요한 경우 개입할 준비만 하고 있으라고요. 그게 다입니다."

'일주일을 낭비했군. 일주일 동안 살인자가 마음대로 활보하고 다니면서 이 불쌍한 알바로에게 이 짓을 할 수 있게 해준 거네.' 존은 생각했다.

"어제 오전 7시에 서비스 직원이 알바로 트루바의 시신을 발견했습니다. 그리고 그들이 우리에게 이 사건을 맡아달라고 요청했습니다." 아구아도 박사가 끼어들었다.

"당신이 이 파티에 참여할 거라 믿으면서요."

멘토르가 덧붙였다.

안토니아는 일어나서 그들에게 다가갔다.

"이 소년은 어떻게 될까요?"

"수막염이라고 할 겁니다. 고열에 시달렸고. 의사 중 한 명이 이를 증명할 것입니다."

그녀는 그를 바라보며 눈도 깜빡하지 않았다.

"이건 우리가 일하는 방식이 아니잖아요, 멘토르. 전에는 규칙을 아주 조금만 어겼습니다. 허용 범위 내에서만요. 하지만 이건… 옳지 않아요."

"전이었다면 옳지 않았겠죠, 안토니아. 하지만 당신은 떠났었죠. 우리를 버렸잖아요."

멘토르가 어깨를 으쓱하며 말했다.

"이렇게 코앞에서 절 비난하지는 마시죠."

그녀가 그를 손가락으로 밀며 말했다.

멘토르는 파일에서 소년과 여동생이 해변에서 찍은 사진을 꺼내 안토니아에게 보여줬다.

"이 이름이 아침 방송 프로그램에 나오면 아이가 더 유리한 재판을 받을 거라고 말하지 마세요. 만일 그 이름이 트위터에서 유행하는 주제가 되고, 늑대들이 그 삶을 갈기갈기 찢어놓는다면 어떻게 되겠어요. 만일 여동생이 실제로 오빠에게 일어난 일을 계속 떠올리며 자라야 한다면요. 다른 소녀라면 잊을 수 있을지도 모르죠. 하지만 이 어린 소녀는," 멘토르가 집게손가락으로 사진을 두드리며 말했다. "유럽 최대 은행 회장의 딸입니다. 그들은 그녀에게 이 일을 절대 잊지 못하게 만들 거예요. 기사가 나올 때마다 그들이 함께 찍은 사진이 실리고 '비극으로 점철'이란 말이 더해질 겁니다. 당신 아들이라면 이런 일이 벌어지길 원했겠어요?"

멘토르는 너무나 진실한 표정을 지으며 안토니아를 쳐다봤다.

존은 순간 박수를 보내고 싶은 유혹에 사로잡혔다.

'저 자식은 최고의 재료로 그녀를 조종하고 있군. 진실에 너무 가까워서 거의 구별할 수 없는 거짓말로. 이제는 그 헛소리가 무슨 뜻인지 알겠어. 이 녀석은 이기기 위해서라면 죽어가는 할머니의 목이라도 밟을 놈이야.'

"잠깐만요, 혹시 아들이 있어요?"

존은 그가 들었던 마지막 말의 뜻이 뇌에 도달하는 순간 질문을 던졌다.

그녀는 아무런 대답 없이 멘토르를 계속 쳐다봤다.

"이 짓을 한 사람이 또 사람을 죽이는 일은 없을 거라고 말해 줘요."

그가 부드러운 목소리로 말했다.

그녀는 크게 심호흡을 했다. 대답하는 데 뜸을 들이다가, 입을 열어 아주 천천히 말하기 시작했다.

"철저한 납치 계획. 특히 피비린내 나는 비양심적인 범죄. 이 일을 한 사람은 매우 똑똑하고, 맞아요, 다시 또 살인을 저지를 겁니다. 이것은 시작에 불과합니다."

"그럼 연쇄 살인 사건인가요?" 아구아도 박사가 물었다.

"아니요. 이건 다릅니다. 종류가 다른 짐승이에요. 한 번도 본 적이 없는 사건입니다."

세 시간 전

카를라는 포르쉐의 문을 열었다. 곧이어 그 남자가 카를라에게 달려들었다. 차 문은 굶주린 동물의 입처럼 그녀 뒤에서 닫혔지만, 카를라는 이미 밖에 있고, 손이 바닥으로 떨어졌다. 카를라의 발은 완전히 바닥에 닿지 않았고, 바닥이 평평한 신발이 울퉁불퉁한 땅 위로 미끄러졌다.

넘어지지 마, 지금은 넘어지면 안 돼.

그러면 잡힐 거야.

카를라는 차 안에서 많은 시간을 보낸 후라 비틀거리고 근육에 힘이 없었지만, 달릴 수 있을 만큼 자세를 바로잡았다. 한 걸음, 두 걸음, 지금은 달려야 한다. 가능한 한 그곳에서 멀어져야 한다.

한 손이 그녀를 향했다. 우지직, 무언가가 찢어지는 소리가 났다. 카를라의 몸이 갑자기 멈추고, 일순간 목구멍에서 헉헉거리던 숨도 멈췄다.

그 남자의 손가락이 스카프를 잡았다. 조금 전 그녀가 들은 건 겁먹은 것처럼 목이 부서지는 소리가 아니라, 스카프를 잡아당기는 소리였다. 그리고 그 남자는 그것을 자기 쪽으로 당겼다.

카를라는 스스로 몸을 팽그르르 돌렸다. 그녀의 몸은 마치 말 잘 듣는 사람이나 시곗바늘처럼 오른쪽에서 왼쪽으로 정확히 돌았다. 그렇게 그녀의 몸이 풀려나면서, 남자의 손에 있던 스카프는 땅에 떨어지고, 둘 사이에 추격전이 시작됐다.

"이리 와." 남자는 뒤에서 으르렁거렸다.

카를라가 매기가 탄 밴 주위를 돌자, 매기가 울부짖었다. 그리고 트레일러를 사이에 두고 그녀는 추격자와 반대 방향으로 뛰었다. 반대편에는 도로만 있고, 갈 만한 곳이 없었다. 게다가 바닥이 평평한 샌들 비슷한 걸 신고 있어서 아주 멀리까지 갈 수가 없었다. 그렇다고 그것을 벗을 수도 없었다. 바닥에는 모래와 돌멩이가 가득하고, 먼지와 메케한 냄새가 났다. 그녀의 발은 몇 초 만에 엉망이 될 것이고, 그 추격자(튼튼한 밑창, 길고 강한 남성 다리를 가짐)는 그녀를 순식간에 따라잡을 것이다.

승마 센터에 불빛이 보이잖아.

저리로 가, 이 바보야.

그녀의 머릿속에서 소리가 들린다. 11개월 전에 돌아가신 어머니의 목소리다.

카를라는 달려서 그 차를 벗어났다. 그때 승마 센터로 올라가는 비포장도로에 빛나는 야광봉을 들었던 남자가 보였다. 그녀는 그가 어떻게 그렇게 빨리 움직일 수 있었는지 이해할 수가 없었다. 다시 기운이 빠진 카를라는 갓길을 지나서 나무들 사이로 들어갔다. 그러자 덤불 가지들이 부러지면서 허벅지에 상처를 입었다. 그녀는 청바지 대신 치마를 입은 것이 후회스러웠다. 물론 마지막 후회는 아니다.

이미 늦었다. 옷이 덤불 가지에 엉키자 카를라는 손을 허우적거리며 앞으로 넘어졌다. 나무의 몸통 덕분에 떨어지지 않았지만, 얼굴이 바닥으로 향한 상태였다. 나무가 부러지는 소리가 들렸다. 그녀는 참고 있던 탄식을 쏟아냈다.

코피가 흘렀다. 엄청.

'코가 깨지다니. 아, 너무 아파.'

그녀는 이를 꽉 물었다.

계속 가.

등 뒤에서 숲으로 들어오는 무겁고 광폭한 그 남자의 발소리가 들렸다. 하지만 지금은 카를라가 좀 더 유리했다. 목적지까지 몇 미터가 안 남은 것, 어둡다는 것, 어둠의 축복이랄까.

그녀는 나무 뒤에 숨은 채 무엇을 해야 할지 생각했다. 참나무의 껍질이 거칠고 두꺼웠다. 손은 끈적거리고, 코로 들어오는 나무 냄새가 향기로웠다.

'경찰에 전화해야지.'

전화기는 차 안에 있잖아,
그것도 의자 아래.

'그럼 나뭇가지로 공격해서, 놀라게 만들어야지.'

그 사람은 너보다 훨씬 크잖아.

'그렇다면 트레일러로 달려가 매기를 타고 바람처럼 질주해야지.'

그러기도 전에 먼저 네 길을 막을 거야.
그리고 문빗장을 열고 매기가 내리도록 도와주려면
몇 초는 걸리잖아.
안장 없이 말을 타도, 한 번에 미끄러지지 않고

균형을 잡는다고 하더라도 말이야.

어둠 속에서 도주로를 찾기도 전에

그가 포르쉐를 타고 뒤쫓아 올 수도 있고.

여전히 어머니를 닮은 그 목소리는 카를라에게 다른 선택의 여지를 주지 않는다.

승마 센터에 가서

도움을 요청해야 해.

"이리 오라니까." 남자가 반복했다. "얼른 와." 점점 더 가까워졌다.

손전등 불빛이 예민한 촉수처럼 나무 사이를 들여다보며 그녀를 찾기 시작했다.

카를라는 몸을 구부리고 땅을 더듬거리며 어둠 속에서 방향을 잡으려고 애썼다. 손톱을 찢는 마른 가지. 뭔지 알고 싶지 않은 반죽처럼 부드러운 것. 솔방울, 아니, 이건 쓸모가 없었다. 마침내 그녀는 한 손에 작고 울퉁불퉁한 돌을 쥐었다.

칼을 든 남자의 발걸음이 아주 가까이 다가왔다. 지치고 쉰 듯한 그의 숨소리가 들렸다.

카를라는 가능한 한 반대 방향으로 돌을 던졌다. 하지만 아주 멀리까지는 안 나갔다. 안타깝게도 소리가 가깝게 들렸다.

이게 네가 할 수 있는 유일한 방법이야, 이걸 활용해.

칼을 든 남자가 돌아섰고, 그가 들고 있는 손전등 불빛이 굶주린 짐승처럼 트레일러 주변을 샅샅이 뒤지기 시작했다. 카를라는 신발을 벗기로 마음먹었다. 물론 아프겠지만, 정말 아프겠지만, 최대한 소리를 내지 말아야 한다. 지금은 어떤 소리도 내지 않는 게 유일한 탈출 방법이었다. 그녀는 몸을 구부리고 승마 센터 방향으로 걸었다. 한 걸음씩 걸을 때마다 영혼이 괴롭고, 발소리가 숲 전체로 '나 여기 있어. 날 잡아줘!'라고 소리 지르며 메아리치는 것만 같았다. 정신적 고통은 물론 바닥에 깔린 솔가지가 발바닥, 발가락 사이의 부드럽고 약한 부분을 찌르기 시작하자 고통이 더해졌다. 계속 반복해서 찔리다 보니 역설적이지만, 한 번만 찔렸을 때보다 오히려 덜 고통스러웠다. 그녀는 아드레날린에 몸을 맡겼다. 가장 위기의 순간에 찾아오는 어처구니없는 번뜩임 덕분에 그녀는 지난날 대학에서 배운 문구를 떠올렸다.

'한 번 찔린 상처는 비극이고, 천 번 찔린 상처는 통계다.'

숲이 끝나는 곳에서 20미터만 더 가면 승마 센터 담벼락이 나오고, 그곳에는 마른 덤불과 건축 자재가 높게 쌓여 있다.

길이 없어. 문도 없고.
담 주위를 돌아가야 해.

'하지만 곧 누군가에게 걸릴 거야. 누군가가 날 보겠지.'

모퉁이 근처에 강철 대들보와 모래주머니 몇 개가 놓여 있는 것이 보였다. 거기로 달려가기만 하면 모퉁이를 돌기 전에 잠시 숨어 있을 수 있었다.

80미터 정도 될 거야. 어쩌면 더 짧을 수도 있고.

대학 시절에는 네가 12초면 주파 가능한 거리였지.

팔을 직각으로 구부리고 손가락을 펴고

최고의 속도를 낸다는 각오로 자신 있게 전력 질주해.

카를라는 어둠 속에서 방향을 정하기 위해 상처가 가득한 참혹한 맨발을 더듬었다. 간신히 박힌 가시 몇 개를 뽑아냈지만, 다른 가시들은 피부와 근육 사이에 박히고 부러져서 치료하려면 핀셋과 소독제를 넣은 온수 목욕, 많은 반창고가 필요했다.

'난 오늘 밤 집으로 돌아갈 거야. 내가 집에 가면. 집에 도착하면. 오늘 밤에 아이에게 뽀뽀해줄 거야.'

카를라는 살짝 몸을 일으켜서 뒤를 돌아보았다. 칼을 든 남자의 흔적이 보이지 않고, 소리도 들리지 않았다. 어쩌면 그는 그녀를 놓쳤을 수도 있다. 피곤해서 집으로 돌아갔을 수도 있다. 어쩌면 처음부터 그가 한 일은 나무에서 물고기를 찾는 일이었을지도.

카를라는 천천히 길로 나와서 조심스럽게 발을 딛으려고 애썼다. 이제는 발목이 접질려지고 날카롭고 거친 돌들로 인한 발바닥 통증은 뇌까지 찌릿하게 전달됐다. 이 고통에 비하면 조금 전 지나온 솔가지 숲은 천국의 침대였다는 것을 절실하게 느껴졌다. 각 단계는 세 단계의 고통으로 이루어진다. 첫째, 발이 아직 공중에 있는 상태에서 느끼게 될 고통의 예상. 둘째, 땅과 살짝 접촉할 때 이미 있는 상처로 인한 고통. 셋째, 몸의 모든 무게가 발에 실리고 비명을 지르지 않으려고 열심히 이를 꽉 물어야 하는 진짜 고통.

오십 걸음.

스무 걸음.

'꼭 해낼 거야.'

그 순간 포르쉐의 헤드라이트가 그녀가 바라보는 방향에서 직각으로 있는 벽을 비추며 움직였다.

카를라는 서둘렀다. 그리고 그녀가 가야 할 유일한 장소를 생각하며 힘을 얻었다. 아들이 있는 그녀의 집에 가고 싶은 마음이 간절했다.

그 차는 카를라가 모래주머니가 있는 곳에 도달하는 그 순간 위치를 바꿔어 곧바로 카를라 쪽을 비췄다. 순간 그녀는 모래주머니 뒤에 쪼그리고 앉았다.

'날 못 봤겠지. 날 봤을 리가 없어.'

차가 그녀를 향해 다가오더니 멈췄다.

카를라의 귀에 차 문 열리는 소리가 들렸다.

"이리 나와." 칼을 든 남자가 말했다. 6미터도 채 되지 않은 거리였다. "이리 나와, 안 나오면 내가 당신 수말의 목을 벨 거야."

'그 말은 암말이라고. 암말이고 이름은 매기라고.'

카를라는 마치 모래주머니 속으로 사라지고 싶은 것처럼 머리를 모래주머니에 대고 최대한 몸을 웅크리려고 애썼다. 하지만 그런 일은 일어나지 않았다.

"이리 나와." 칼을 든 남자가 반복했다. "지금 나와. 아니면 내가 당신 수말의 목을 벨 거야."

그러자 카를라는 주먹을 움켜쥐고 두려움과 좌절감에 비명을 질렀다.

나가지 마. 고작 암말일 뿐이라고.

어머니의 목소리가 말했다.

'매기를 해치게 둘 수는 없어. 그녀는 내 가족이야.'

결국 카를라는 그 자리에서 일어섰다. 칼을 든 남자는 이미 그녀의 옆에 서 있었고, 쉰 호흡을 몰아쉬며 강한 팔로 그녀에게 달려들었다. 카를라는 복에서 쇠붙이를 느끼고, 세상은 사라졌다.

밴

"알았어요, 그럼 우리가 알고 있는 것부터 시작하죠."

존이 끼어들었다.

존과 안토니아는 몹랩에 앉아 적어둔 내용을 비교 중이었고, 아구아도 박사(이미 작업복을 벗고 청바지와 스웨터 차림에 헤드폰을 착용 중)는 맥북에 내용을 입력 중이었다. 음악은 매우 시끄러운데 존이 모르는 외국 록 음악이었다.

차 내부에는 네 명 정도 편안하게 작업할 수 있는 공간이 있었다. 열린 문 사이로 존의 눈에 멘토르가 들어왔다. 그는 세 명으로 된 팀을 짜고 있었는데, 그들은 창이 없는 또 다른 검은 승합차를 타고 온 사람들로 진한 파란색 보호복을 입고 있었다. 그들은 금속 상자와 비닐봉지를 꺼내서 저택 차고로 접근을 막기 위해 설치해놓은 흰색 테라초(대리석을 골재로 한 콘크리트) 위에 쌓았다. 비록 존은 멘토르가 그들에게 무슨 말을 하는지는 듣지 못했지만, 그들이 무엇을 하게 될지는 확실히 알았다. 그들은 집에 남겨진 자국들을 지울 것이다.

"이 소년은 수업이 끝나기도 전에 학교에서 사라졌어요. 부모는 은밀하게 재빨리 도움을 요청했고요."

"살인자는 그들과 통화를 했어요." 안토니아가 확신 있게 말했다. "그 후 어제 아침까지는 아무 연락도 없었고, 소년의 시체가 마치 마술처럼 부모 집 거실에 나타난 겁니다. 이럴 때 당신이라면 어디서부터 시작하겠습니까?"

존은 씁쓸하게 웃었다. 그가 일하는 곳에서 다루던 사건들은 주로 마약 때문에 서로 찌르고, 창녀들이 사라지거나(그녀들이 다른 곳으로 가길 바라지만, 운이 없으면 다시 포주들 아래로 들어온다), 여기에서 사라졌다가 저기에서 불탄 채로 나타나는 자동차들에 관한 일이었다. 빌어먹을 행동들이 쌓여서 만들어진 빌어먹을 삶이다.

"이것은 제가 다루던 사건들과는 달라서요."

"그래도 그냥 한번 생각해보세요."

그는 빠르게 목록을 읊었다. 부모의 재정 보고서 즉, 은행 및 신용카드 기록, 가족, 친구 및 주변 사람들, 전화, 소년의 컴퓨터, 그리고 잠재적인 증인과의 인터뷰. 그가 가장 먼저 요구하려고 했던 내용이다.

"그런 것들은 하나도 도움이 안 됩니다. 이 부모는 평범한 사람이 아니거든요. 그들의 재무 보고를 받으면 몇 달 동안 아무 일도 하지 않고 그것만 계속 봐야 할 겁니다. 그리고 목격자도 소년이 화장실에 가려고 일어났다고 하는 선생님 외에는 없습니다." 그

117

녀가 대답했다.

"뭔가를 봤는데 말하지 않은 사람이 있을 수도 있죠. 아니면 그걸 모를 수도 있고. 함께 학교에 가보면 알 수 있겠네요."

그러자 그녀는 이런저런 몸짓을 하면서 명령을 내리고 있는 멘토르를 가리켰다.

"그가 허락하지 않을 겁니다. 그건 우리가 일하는 방식이 아니니까요. 만일 우리가 학교에 가면 6분도 안 돼서 학생 중 한 명이 우리 사진을 인스타그램에 올릴 겁니다. 그러면 15분 후에 바로 기자들이 나타날 거고요."

존은 화가 나서 손바닥으로 허벅지를 쳤다.

"이런 식의 비밀주의는 그 살인자를 찾는 데 도움이 안 되잖아요. 이런 식으로는 사건을 해결할 수 없다고요."

"당연히 경찰은 이런 식으로 일을 하지 않겠죠. 하지만 우리는 경찰이 아닙니다. 경찰은 느리고 안전하며 예측 가능한 방법으로 일을 합니다. 고개를 숙인 채 목표만 향해서 가고, 가는 길에 뭐가 있든 다 뭉개는 코끼리죠. 하지만 우리는 다른 집단입니다."

'그래, 난 경찰이다. 느리고 안정적이지. 하지만 코끼리는 아니다. 난 뚱뚱하지 않으니까.' 존이 생각했다.

그런 다음 그는 다시 몹랩의 문을 가리키는 그녀의 시선을 따라갔다. 밖에서 기다리던 그 남자는 이제 전화 통화로 바빠 보였다.

좌절한 존은 안토니아의 말에 동의하지 않았다. 마치 옷을 입고 두 개의 추를 발에 묶인 채로 네르비온 강에 던져진 느낌이었다.

"제가 당신들의 이런 게임에 끼어들고 싶은지 잘 모르겠습니다." 존이 말했다.

"제가 당신에게 부탁한 적은 없어요. 원하면 언제든지 가도 돼요." 안토니아가 말했다.

"정말 그럴 수 있으면 좋겠네요."

"당신이 여기 있다면, 그건 실수를 했기 때문이겠죠."

존은 그녀에게 운명이 그를 조롱하고 싶어 한다는 무시무시한 농담을 던졌지만, 그것보다는 자신이 손에 닿지 않는 치즈를 앞에 두고 철커덕하는 소리와 함께 막 덫에 걸려 등이 쪼개진 생쥐 같다고 말하는 게 더 나을 것 같았다.

"좋아요. 지금 우리는 코끼리가 아니에요. 그럼 뭘까요?"

"우리는 있는 그대로를 포착하고, 그걸 처리하는 사람들입니다."

"그러면 우리는 뭘 사용할 수 있는 거죠?"

안토니아는 사건의 모든 요소를 하나씩 머릿속으로 훑어봤다. 조작되었지만 단서가 없는 시체. 준비된 장면. 살인자가 교란 목적으로 사용한 집안 요소들. 그녀는 머릿속으로 움직이는 검은 그림자인 범인의 몸을 정확하게 배치해볼 수 있었다. 보안을 뚫기 힘든 주택단지에 들어오고 나가는 그 그림자를 말이다.

"사람이 다른 사람을 죽일 때는 늘 상상을 초월하는 혼란 그 자체예요. 사방에 피가 튀기고, 의자들은 뒤집히고 가구들도 부서지죠." 그녀가 말했다.

'맞아, 이도 빠져서 널려 있고, 유리나 병도 여기저기 흩어져있지.' 존도 생각했다. 그는 인간이 인간에게 사나운 짐승이 될 때 어떤 일이 일어나는지 수도 없이 보았다.

"하지만 이 경우는 정반대잖아요. 범인이 다른 곳에서 그 소년을 죽였다고 했으니 단서가 없는 거고."

"발자국도, 머리카락도, 천 쪼가리 하나도 없어요. 식탁에 신분을 알 만한 어떤 흔적도 남겨두지 않았고요."

"그러게요. 보통은 아주 자잘한 거라도 뭔기를 남기는데."

"하지만 당신은 틀렸어요. 우리가 사용할 수 있는 게 있어요. 우리는 그 범인이 뭔가 메시지를 남겼다는 걸 알고 있어요. 그렇게 생각할 충분한 이유도 있고요. 소년의 머리카락에 있는 기름 말이에요."

"시편 23편. 종교적 이유라는 건가요?"

"그건 저도 모릅니다. 하지만 우리는 그가 그 메시지를 남기기 위해 아주 많이 노력했고, 실수 없이 그렇게 했다는 사실을 짐작할 수 있죠. 실수를 남기는 것보다 그 범인에 대해 더 많이 알 수 있는 내용이죠. 이것 좀 보세요."

안토니아는 아이패드를 검색해서 사진을 보여줬다. 그리 멋지지는 않았다.

"오래된 사건인가요?" 존은 시선을 떼지 못하며 물어봤다.

"초기 사건 중 하나죠."

사진 속에는 침실에서 죽은 여성이 보였다. 침구는 널브러져 있었고, 어두운 얼룩으로 가득했다. 그리고 희생자의 얼굴은 베갯잇으로 덮여 있었다.

"연쇄 살인범이었어요. 몇 년 전 세비야에서. 그를 잡기 전에 세 명의 희생자가 생겼죠. 모두 비슷하긴 하지만, 이 사건은 세 번째로 일어났습니다. 살인자는 세비야의 한 도시, 에시하 길가에 있는 바의 주인이었습니다."

"아, 가위 킬러. 기억나요. 그럼 그를 잡은 사람이 당신이었 나요?"

존은 갑작스러운 존경심이 솟아올랐다. 그녀는 다빈치가 그린 것처럼 수수께끼 같은 미소를 지었다.

"그 사람은 고등학교 때부터 성적 학대 및 학대의 이력이 있었 습니다. 나쁜 경험이었지만, 그는 어느 정도 그 일에서 벗어나고 있었어요."

"어느 날 그 어린 천사가 자신의 목표치를 높이기로 작정하기 전까지는요."

"그는 영리한 사람이었습니다. 할 수 있는 한 최선을 다해 자신 의 흔적을 덮으려고 노력했고, 그래서 첫 번째 흔적을 숨길 수 있 었어요. 스페인에 연쇄 살인범이 생기지 않는 건, 범인들 대부분 이 거의 항상 실수를 저지르고 두 번째 피해자가 생기기 전에 잡 히기 때문이죠. 아무튼 그는 영리했어요. 이 장면을 한번 잘 보 세요."

"완전 엉망이군요."

"혼돈 그 자체죠. 그는 자신의 쾌락과 욕망의 대상, 즉 원하는 것을 취하는 동안에는 어떤 폭력도 불사합니다. 여자의 몸에 난 상처가 깨끗하지 않은데, 가위로 찌르기 전에 꽤 흔들렸다는 뜻 이에요. 그리고 그러고 나면… 죄책감, 후회가 밀려오는 거죠."

"그래서 여자의 얼굴을 가린 거군요."

존이 사진을 가리키며 말했다. 안토니아는 헤드폰을 벗고 의심스럽게 바라보는 아구아도 박사의 팔을 툭 쳤다.

"현장 사진을 스크린에 띄워주시겠어요?"

박사는 고개를 끄덕이고 마우스를 움직였다. 잠시 후, 몹랩 내부의 한쪽 벽면을 가득 채운 30인치 모니터 일곱 개에 아구아도가 찍은 사진들이 나타났다. 거실, 침실, 그리고 물론 소파와 피해자의 사진들이다.

"당신에게 보이지 않는 것은 무엇입니까?" 그녀가 물었다.

"죄책감이나 후회가 보이지 않는군요."

안토니아는 잠시 멈췄다. 그녀의 눈은 사진 속의 회전목마에 고정되어 있었고, 눈동자가 하나에서 또 하나로 이동했다. 존은 참을성 있게 기다렸지만, 직관적으로 안토니아의 상태가 안 좋은 걸 알아챘다. 그녀의 눈에서 거실에서 쪼그리고 앉아 시체를 조사할 때와 똑같이 떨리는 빛이 나타난다.

"괜찮아요?"

안토니아는 한참 후에야 그의 질문을 들은 것처럼 보였다. 하지만 그 질문에 대한 대답이 아닌, 스스로에게 던지는 질문에 대답했다.

"모든 게 가짜야." 그녀가 말했다. "이건 그게 아니라…."

그녀의 말이 중간중간 끊어졌다.

'마치 배터리가 다 닳은 것 같군.' 존이 생각했다.

아구아도 박사는 존과 안토니아 사이에 끼어들어서 그녀에게 뭔가를 줬다. 하지만 안토니아는 박사의 손을 뿌리쳤다.

"아니요. 생각해야 해요."

"이렇게 하면 더 쉬울 겁니다."

"아니라고 말했어요. 저리 가세요."

"안토니아…."

"저리 가라고 했습니다."

안토니아의 목소리가 마치 유리를 긁는 다이아몬드처럼 거칠고 날카로웠다. 아구아도는 불편한 상태로 몸을 일으키며 청바지를 매만지고 스웨터 소매를 잡아당겼다.

"저는 멘토르가 도움이 필요한지 가보겠습니다."

존은 박사가 밴에서 나갈 때까지 기다렸다가 의자에서 몸을 일으켜서 안토니아 쪽으로 몸을 기울였다.

"가짜라고 말했는데."

안토니아는 그를 바라봤다. 자기 생각을 전달하고 싶어 하는 표정이 역력했다.

"이건 소년에 관한 사건이 아닙니다. 이것은 다른 것을 위한 것입니다. 힘을 위한 거예요."

"힘이요? 어떤 힘이죠?"

"제가 볼 때, 이 살인자는 완전 범죄를 저질렀다고 생각할 겁니다. 하지만 실수를 저질렀어요. 그는 우리에게 두 가지를 남겼습니다… 두 가지를…."

"두 가지요?"

안토니아가 고개를 숙였다. 다시 고개를 들었을 때, 그녀의 뺨에 굵은 눈물이 흘러내리고 있었다.

"미안해요. 난 내가 이걸 할 수 있을 거로 생각했어요. 그런데 못하겠어요."

그리고 자리에서 일어나더니 밴에서 내렸다.

비행기

이것은 아침 하늘에 떠 있는 하나의 점일 뿐이다.

'봄바디어 글로벌 익스프레스 7000'은 저녁에 라 코루냐 공항에서 이륙해서 동이 튼 후 마드리드에 착륙할 예정이다. 이 비행기에 탑승한 유일한 승객이자 이 비행기의 소유주는 창밖으로 스페인 수도에 사는 사람들보다 먼저 태양이 떠오르는 모습을 보게 될 것이다.

"회장님, 2분 남았습니다."

조종사가 항공기 인터폰으로 전했다.

라몬 오르티스는 비행 중에도 비서가 직접 건네준 전날 판매 보고서와 싱가포르의 새로운 매장 개장 문제 및 기타 사소한 문제가 포함된 서류에서 눈을 떼지 않았다. 아무리 그라고 해도 원하는 대로 모든 걸 계속 살펴볼 수는 없지만 크든 작든 그의 통제에서 벗어날 수 있는 건 하나도 없다는 소문(스스로도 믿게 됨)이 퍼져 있다. 그는 매장 중 한 곳에 갑자기 말도 없이 나타나거나 전화를 걸어 관리자(편리하게도 그 사람의 이름은 미리 전달받아 알고 있음)를 찾아서 소소한 일들에 관해 이야기 나누기를 좋아한다. 그는 그 관리자가 나중에 만나는 모든 사람에게 이런 사실을 전하게 될 것임을 알고 있다. 이것이 바로 전설이 만들어지는 방법이다. 이렇게 적은 노력을 늘이고도 가능하다.

여든세 살인 라몬 오르티스는 코흘리개 시절부터 오랫동안 이 길을 걸어왔다. 어린 시절 그는 눈길 속에서 신발을 망가뜨리지 않기 위해 그것을 손에 들고 5킬로미터나 걸어 집으로 왔었다. 그때는 다른 신발이 없었기 때문이다.

그는 그 신발들의 단단한 가죽과 전용 비행기의 좌석을 덮는 부드러운 송아지 가죽 사이에서 수많은 아침을 맞았다. 팔걸이에 손을 올리고 바깥 풍경을 감상해도 불안함이 전혀 없는 건 아니다. 물론 그 가죽은 훌륭하지만. 그는 수년간 엄청나게 호화스러운 생활을 했지만, 여전히 남의 옷을 입고 있는 것 같았다. 마치 대출받은 것처럼.

이 비행기 좌석을, 40년 전 그가 첫 번째 매장을 열었을 때부터 썼고 집에 보관하고 있는 체스터필드 소파와 똑같이 맞추자고 주장한 사람은 바로 딸 카를라였다. 비용이 너무 비쌌고 결국 그것 때문에 비행기 가격이 추가로 10만 달러나 늘어났다. 하지만 카를라와는 싸움이 안 된다. 무슨 일이라도 그녀의 한마디면 바로 게임 끝이다.

"가만히 계세요, 그냥 가만히 계시라고요. 이러시면 공동묘지에서 가장 부자가 되실 거예요."

물론 맞는 말이긴 하다. 그는 묻혀야 할 곳에 묻히게 될 테니까.

"1분 전입니다, 회장님." 조종사가 말했다.

라몬은 늘 그에게 태양이 떠오르는 순간을 미리 알려달라고 했다. 일에 몰두하더라도 그 장면을 놓치고 싶지 않았기 때문이다. 그는 조종사가 살짝 속임수를 쓰고 있다는 걸 알고 있다. 왜냐하면 정확한 순간을 맞추기 위해서 비행기가 살짝 위로 올라가기 때문이다. 가장 부유한 사람이 가질 수 있는 특권 중 하나는 시간을 선택할 수 있다는 것이다.

그는 목에 걸어둔 독서용 안경을 벗어서 가슴팍에 떨어뜨리고 그 광경을 보기 위해 몸을 뒤로 젖혔다. 그런데 그 순간 단단한 마호가니 테이블에 진동이 울리면서 분위기가 깨졌다. 휴대전화가 울리고 있었다. 봄바디어의 위성 연결 덕분에 와이파이가 연결되고 분당 50유로 외에 추가 비용 5만 유로가 든다. 하지만 그는 이 비용에 대해 불평하지 않는다.

"비행 중에 중요한 전화를 놓치고 싶지 않으시겠죠."

카를라가 말했었다.

소수의 사람만이 그의 번호를 알고 있어서, 자신의 휴대전화가 울리면 항상 중요한 일이라는 걸 알고 있다. 그럼에도 불구하고 그는 창밖으로 눈을 돌렸다.

페이스타임으로 걸려온 전화였다. 카를라의 사진이 스크린에서 그를 반겼다. 하지만 카를라는 보통 일찍 일어나는 편이 아니고, 이런 시간에 전화하는 건 더더욱 드문 일이다.

"지금 이 시각에 깨서 뭐 하는 거니?"

하지만 대답하는 목소리는 카를라가 아니었다.

"좋은 아침입니다, 오르티스 씨."

"누구십니까? 이 번호는 어떻게 가지고 있는 겁니까?"

깊고 건조한 목소리는 왜 그가 그 전화번호를 가졌는지 그리고 왜 딸의 페이스타임으로 전화를 거는지 아주 자세하게 설명해줬다.

"이봐요, 어떻게 그 아이를 다치게 한다는 건지…."

"이미 다치게 했습니다, 오르티스 씨. 그리고 더 많이 다치게 할 겁니다. 그리고 이건 당신이 막을 수 없는 일입니다. 그러니 이제 입 닥치시죠." 그가 중간에서 말을 끊었다.

그제야 라몬 오르티스는 그의 말에 귀를 기울였다. 이미 태양이 떠올라 그의 얼굴을 가득 비추고 있지만, 전혀 신경이 쓰이지 않았다. 그의 안에 어둠이 덮치고 있기 때문이다. 그리고 딸을 데리고 있는 그 남자가 그의 말을 끊었을 때, 그는 생전 처음으로 무엇을 해야 할지 막막했다.

"5일." 그가 마지막으로 한 말이다.

'5일이라.'

라몬 오르티스는 몇 분 동안 머리를 짜내어봤다. 그는 지금 긴장 상태라는 것과 이미 착륙했다는 것, 그리고 조종사가 비행기에서 내릴 수 있다고 말하는 것조차 알아채지 못했다.

라몬은 결정을 내렸다. 그리고 주소록에서 전화번호를 찾았다. 그처럼 극소수의 사람들만 사용할 수 있는 번호를. 사용할 필요가 없을 거로 생각했던 그 전화번호를.

병원 침대

스콧 할머니는 실망했다. 그건 안토니아도 마찬가지다.

"아가야, 실망스럽구나." 할머니는 그녀에게 말했다.

"그건 저도 마찬가지예요." 안토니아는 계속 파일을 뒤적거리며 대답했다.

안토니아는 몽클로아 병원 134호실에 있었다. 아이패드가 탁자 위에 놓여 있고, 그녀는 손톱 정리를 제대로 해볼 생각이었다. 이 병실 안에서 선택할 수 있는 유일한 조명은 유행이 지난 19세기식 희미한 불빛이었다. 다행히도 그녀는 자기만의 불빛이 있다. 집에서 구부릴 수 있는 전기스탠드를 가져왔다. 실은 더 많은 것들을 가져왔다. 처음에는 거의 모든 옷을 다 들고 왔다. 거기에 서랍장과 다리미, 네스프레소 커피 머신 그리고 화장실 바닥을 차지하는, 몇 개인지도 모르는 미용 및 위생 제품들까지. 그래서 화장실에 들어가는 건 거의 지뢰 찾기 게임 수준이다. 물론 셀룰라이트 크림은 잘 찾지만. 마르코스가 가까운 장래에 그걸 사용할 것도 아닌데.

"넌 이제 거기에서 나와야 해."

"하룻밤이라고 말했잖아요."

"난 우리가 했던 말을 일일이 곱씹지 않아." 스콧 할머니는 거짓말을 했다. "하지만 계속 네 안에 갇히는 건 아무런 도움이 안 된다는 걸 너도 알 거야."

손톱을 다듬으면서 화상 통화할 때의 좋은 점은 상대방이 방해하지 못하도록 눈을 숨길 수 있다는 점이다.

"전 괜찮아요."

이것은 어릴 적부터 그녀가 외운 주문이다. 그녀처럼 주변의 모든 일(아버지의 외도, 어머니가 울기만 하면서 숨겼던 병, 이상하고 몸집이 작은 그 소녀 앞에 있던 모든 사람에 대한 불편함)을 모두 알아채는 사람이 항상 아무 표현도 하지 않으려고 애썼다는 건 아이러니하다.

물론 스콧 할머니랑은 이야기했었다. 그래서 할머니의 눈에서 벗어나는 일은 거의 없다. 그녀는 손녀가 돈을 벌 방법이 없고, 자신을 빼고는 거의 아무와도 이야기할 수 없으며, 혼수상태로 누워 있는 남편의 병실에 살고 있다는 사실을 추론할 수 있을 정도로 판단력이 뛰어나다. 그녀는 아무 도움 없이 스스로 그것을 알아냈다. 노인들의 지혜.

"아가, 얘기할 때는 내 얼굴을 좀 쳐다보렴."

"지금 손톱이 엉망진창이라서요."

그녀는 대답하면서 손톱을 갈기 시작했다.

다정하지만 덧없이 지나가는 한순간, 안토니아는 할머니가 그 대화를 포기할 거로 생각했다. 하지만 오해였다. 그녀가 잠시 멈춘 건 다즐링 차(각설탕 3개를 넣음)를 마시고 버터 빵을 먹기 위해서다. 그녀는 당뇨지만 자기만의 기준에 따라 생활한다.

"시간이 많이 지났어. 난 너의 수많은 변명을 참아왔단다. 자기 연민, 눈물. 하지만 이제 더는 안 되겠구나. 너는 아주 좋은 직업을 가지고 있어. 상황들을 바꿀 수 있는 직업이잖니. 지루하지 않은 직업 말이야."

'만약 모든 것이 그렇게 쉬웠다면.' 안토니아가 생각했다.

물론 할머니 말씀도 맞다. 그녀가 하는 일(했던 일)은 그녀가 한 번도 생각지 못했던 일이다. 그녀는 십 대 시절부터 스스로 도전하기 힘든 사람이란 걸 깨달았다. 그녀가 시도하는 지식의 분야가 무엇이든 간에 그것들은 몇 주도 안 돼서 회색빛으로 변했다. 순수한 추리 능력으로 지적인 만족을 느끼는 영역에서 재능 있는 사람들이 늘 물리학이나 수학을 선택하는 것과는 달리 그녀는 숫자를 별로 좋아하지 않았다. 그렇다고 그걸 못한다는 뜻은 아니다. 그녀는 연필이나 종이를 사용하지 않고도 몇 초 만에 아홉 자리의 제곱근을 계산할 수 있었다.

하지만 세상이 변하고 엄청나게 복잡해지는 시대에는 그런 능력이 결코 사랑받을 수 없다고 생각하는 사람들도 많다. 물론 그녀도 그렇게 생각하는 쪽에 속했다. 그러나 그녀는 정말로 관심이 있는 대상, 그러니까 모든 생각과 감각을 쏟아 부을 수밖에 없는 그런 대상을 절대 찾을 수 없을 거라 생각했다.

하지만 그녀가 마르코스를 만났을 때 처음으로 그런 생각이 싹 사라졌다. 그리고 두 번째로 같은 마음이 든 건 그녀가 멘토르를 만났을 때였다. 그녀는 이 둘을 통해 사랑을 알았다. 물론 서로 다른 사랑이지만. 첫 번째는 그녀에게 사랑을 주었고, 두 번째는 그녀에게 사랑할 대상을 주었다. 물론 사랑이 있는 곳에는 늘 엄청난 고통이 따랐다.

그녀가 준 고통, 그녀가 받은 고통.

"할머니," 결국 안토니아는 손톱 줄과 매니큐어 리무버를 옆에 내려두고 할머니를 불렀다. "맹세코, 정말 그러려고 했어요. 그런데 너무 어려워요. 제가 할머니 속을 태우네요."

"전에는 할 수 있었잖니."

"옛날은 옛날이고, 지금은 지금이에요."

"마르코스에게 그 일이 일어났을 때…"

"그냥 일어난 일이 아니에요, 할머니."

"일어났지."

할머니가 상체를 일으키고 화면을 향해 손가락을 흔들면서 말했다. 할머니의 단호한 비난의 손가락. 물론 그녀는 어디를 쳐다봐야 할지 모르겠고, 결국 손가락은 다른 방향을 가리켰다. 그 결과 효과가 조금씩 줄어든다.

"총을 쏜 건 네가 아니잖니."

"그래도 그건 제 책임이에요."

"아니, 네 책임이 아니야. 마르코스에게 그 일이 벌어졌을 때, 충격을 받은 건 이해해. 하지만 넌 계속 앞으로 나아가야 해. 다시 예전으로 돌아가고 싶지 않니? 내가 볼 땐 그게 맞는 것 같구나.

다른 직업을 찾아보렴."

안토니아는 카페에서 커피를 만들거나 언어학 교수인 아버지처럼 문헌학 학위(아버지에게서 벗어나기 위해서 얻음)를 이용해 뭔가를 할 생각은 전혀 없다.

'상당한 딜레마에 빠지게 하는 상황이야.'

딜레마, 갈등, 대안, 의심, 논쟁, 교착 상태. 어떤 경우에는 문헌학 학위가 도움이 되기도 한다. 그녀는 이런 빌어먹을 상황을 정의할 수 있는 많은 동의어를 알고 있다.

"할머니…" 안토니아가 입을 떼기 시작했다.

하지만 할 말이 별로 없어서 다시 닫았다. 인생이 아무리 비참해 보여도 살아가야 하기 때문이다. 그 방법을 좀 알 수 있었으면 좋겠다.

"시간이 충분히 지났어. 인제 그만 숨어."

할머니는 그 말로 대화를 끝맺었다.

할머니는 전화를 끊고 안토니아의 혼란스러운 얼굴만 화면에 남겨둔 채 아이패드 화면에서 사라졌다. 안토니아가 지금 보고 싶은 것은 바로 자신의 마지막 모습이다.

그녀는 태블릿을 끈다. 지난 3년 동안 자기 얼굴과 사이가 좋지 않았다. 피할 수 있는 한 피했고, 해가 진 후에는 한 번도 자기 얼굴을 본 적이 없었다.

'시간이 충분히 지났어.'

그녀는 침대에 누워 있는 남자를 바라봤다. 한때는 보기만 해도 뭔가를 자를 수 있을 정도로 예리한 얼굴이었는데, 이제는 창백하고 생명력 없는 왁스 마스크가 되었다. 예전에 검고 두껍고

긴 머리카락은 이제 곧고 가늘어 후 불기만 해도 날아갈 것 같았다. 그의 입술, 스칠 때 뱃속에 나비가 날아드는 듯한 기분을 만들어주던 그 입술은 건조하고 갈라졌다. 심줄이 불끈 솟던 단단한 근육들은 이제는 그저 증언 속에 있을 뿐, 더는 존재하지 않는다는 고통스러운 기억만 불러일으킨다.

안토니아는 그의 손을 잡으며 위로를 찾았다.

그의 두 손은 변하지 않았다. 더는 끌과 망치를 다루지 않고, 더는 그녀의 얼굴에 헝클어진 앞머리를 정돈해주지 않고, 더는 그녀의 가슴을 감싸지 않으며, 밤에 그녀를 만지지 않지만, 여전히 똑같은 손이었다. 매듭이 있는 손가락, 네모난 손바닥. 남자의 손, 조각가의 손이다.

그녀가 너무나 사랑하고 그리워하는 마르코스에게 남은 거라곤 그 손과 튼튼한 심장뿐이다. 1분에 76번씩 뛰는 심장. 종종 그녀는 지난 1,116일 동안 그녀의 유일한 침대였던 소파에서 피로가 사라질 때까지 끊임없이 삐삐삐 울려대는 심전도를 쳐다보다가 잠이 들곤 했다. 그러다가 아침이 되면 남편을 생각나게 하는 모든 것을 싹 치운 아파트로 돌아와서 혼자만의 의식을 수행한다. 제정신으로 있게 해주는 의식. 하루에 3분, 단 3분 동안 모든 것, 고통과 죄책감, 천부적인 재능을 가진 마음의 감옥에서 벗어나는 생각을 할 수 있다.

안토니아 스콧은 하루에 3분만 자살을 생각할 수 있었다. 하지만 전날 밤 뜬눈으로 새우고 돌아온 그녀는 다시 아파트로 돌아갈 힘도, 마르코스와 자고 싶은 힘도 마음도 없었다. 그래서 그녀는 바로 거기에서 비참하지만, 평온하게 있을 수 있는 시간의 할

당량을 채우고자 했다.

신발을 벗는다.

바닥에 앉아 가부좌를 튼다.

두 눈을 감는다.

폐를 비운다.

누군가 문을 두드렸다.

믹스 샌드위치

"별로 안 좋아 보이네요."

존은 한 손에 자판기 커피를 들고 미소를 지으며 병실 문 앞에 서 있다. 그의 우아한 콜드 울 이탈리안 정장은 너무 주름이 많이 져서 양털이 아닌 것처럼 보인다. 뒷머리는 위쪽으로 올라가 있는 게, 차에서 잔 티가 확실히 났다.

"절 어떻게 찾았죠?" 안토니아가 물었다.

"제가 세상에서 가장 똑똑한 사람은 아니지만, 경찰이잖아요."

"그냥 혼자 있고 싶어요."

"전 그냥 당신과 이야기하고 싶을 뿐이에요."

"여긴 못 들어와요."

"그럴 생각도 없어요. 병원이라면 아주 딱 질색이거든요."

"병원 좋아하는 사람은 아무도 없죠."

안토니아는 그의 코앞에서 문을 닫았다.

존은 다시 문을 두드리고 싶은 마음이 간절했지만, 분수 옆 벤치에 앉아서 기다려야 한다는 판단력 정도는 있었다. 그는 병원 감염이 스페인에서 세 번째 사망 원인이라고 경고하며 벽에 붙은 살균제 통을 사용하도록 권장하는 우아한 코믹 산스체로 작성된 포스터를 읽으면서 시간을 죽였다. 존은 그 통을 계속 펌프질했지만, 해도 해도 안 나왔다. 텅 비어 있었다.

몇 분 후에 그녀가 밖으로 나왔다. 신발을 신고 어깨에 숄더백을 걸치고 있었다.

"병원 카페로 가죠."

존은 조용히 그녀를 따라 아래층으로 내려갔다. 경찰들은 나름으로 전략을 갖고 있다. 가장 쓸 만한 전략 중 하나는 만일 상대가 지난 3일 동안의 평균 수면 시간이 세 시간 반밖에 안 된다면, 그냥 말하게 두는 것이다.

안토니아는 바에 앉아 있었다. 웨이터는 단골손님을 위해 미소로 그녀를 맞았고, 묻지도 않고 캔에 담긴 다이어트 콜라와 얼음 한 잔을 내놓았다.

"당신은요?" 그녀가 존에게 물었다.

"저도 같은 걸로, 꼭 깨끗한 유리잔에 담아주세요."

웨이터는 그에게 짓궂은 표정을 짓더니 식기 세척기에서 가장 흐릿한 유리잔을 조심스럽게 선택했다.

"둘 다 달걀이 들어간 믹스 샌드위치 줘, 피넬."

"항상 여기서 식사를 하나 봐요?" 존이 그녀에게 물었다.

"저녁은 여기에서 해요. 다른 때는 보통 집에서 먹고요."

존은 찌푸린 표정으로 문 앞에 놓여 있던 말라비틀어진 타파 통들을 떠올렸다. 믹스 샌드위치가 나오는 순간, 존은 이 병원이 오랜 전통을 고수하는 곳임을 확인했다. 프라이팬은 분명 개시 이후 한 번도 씻지 않았을 것이다.

"경위님은 채소를 먹는 게 좋을 것 같은데요."

그녀는 등받이 의자를 삐걱거리는 149킬로그램 거구의 경찰을 쳐다보며 빈정댔다. 그는 잠시 뜸을 들였다.

"저 안 뚱뚱해요, 힘이 센 거죠. 한 가지 고백할 게 있는데," 그는 큰 비밀이라도 나누려는 듯 목소리를 낮추며 말했다. "전 먹는 걸 좋아해요."

"저도 비밀이 있어요. 후각 상실증이에요."

존이 눈썹을 들어 올리며 이야기를 계속하라는 신호를 보냈다.

"아무것도 냄새를 맡지 못한다는 뜻이죠."

"전혀요? 감기에 걸렸을 때처럼요?"

"태어날 때부터요. 단맛과 짠맛처럼 아주 강한 맛만 느낄 수 있어요. 나머지는 별 감각이 없고요."

"양파를 자르면? 눈물이 안 나요?"

"다른 사람들처럼 울긴 하죠. 그건 냄새와 상관이 없어요. 양파의 유황 분자가 눈의 수분과 반응해서 황산을 만드는 거니까요."

"대박." 경위의 진심이 자기도 모르게 튀어나왔다. 그녀는 정말 친절해도 너무 친절하다. 그는 너무 감동하면 생각을 깊게 못한다. 그래서 그만 그 큰 손으로 안토니아의 팔뚝을 꽉 붙들고 말았다. 그때 등받이 없는 의자가 큰 소리를 내며 바닥으로 떨어졌고, 카페에 있던 다른 손님 여섯 명이 그 광경이 벌어지는 쪽으로 고개를 돌렸다.

"미안해요."

존은 사과했다. 둘은 동시에 의자를 집기 위해 몸을 구부리다가 서로 머리를 부딪혔다.

'바보, 바보, 바보. 절대 만지지 말라고 했잖아.'

"다시는 제 몸에 손대지 말아요. 세상에 완전 돌덩이네요. 벽에 부딪힌 줄 알았어요."

안토니아는 부딪힌 이마를 누르며 말했다.

"사람마다 머리를 이용하는 게 다 달라요. 제 머리는 문을 부수는 용이에요."

"그렇겠죠."

피델은 냅킨에 얼음 조각들을 싸서 나타났다. 물론 그녀를 위해서. 존도 아프긴 했지만, 이럴 때 뭔가를 더 요구하기가 부끄러웠다. 그럼에도 불구하고 배고픈 건 어쩔 수 없다. 안토니아는 한 손으로 얼음을 잡고 다른 한 손으로는 샌드위치를 들고 먹었다. 그리고 사이드로 제공된 감자 칩까지 해치웠다. 거기에 코카콜라를 또 주문했다.

'시간 끌기 전술이네. 내가 먼저 말하기를 기다리고 있군. 하지만 누가 더 고집이 센지를 겨루는 경기에서 빌바오 사람을 이기긴 정말 어렵지.' 존은 생각했다.

그렇게 그는 아무 말도 없이 기름진 샌드위치를 교양 있는 작은 입으로 마무리했다.

"좋아요, 원하는 게 뭐죠?"

안토니아는 기다리다 지쳐 먼저 말을 꺼냈다.

"음, 솔직히 말하면 저는 끈질기게 언제 오냐고 물어보는 어머니에게 가고 싶어요. 옷장을 옮기려면 제가 필요하거든요. 어머니가 메시지를 보내실 때마다, 내가 30분 내에 괴로워질 거라는 걸 알죠."

"어머니가 편찮으세요? 아니면 그 비슷한 거라도?"

"그냥 집착이에요. 어머니는 제가 애리조나에 있는 빙고장으로 데리고 가길 원하세요. 혼자 빙고라고 외치는 게 부끄러우니까요."

"제가 이 일을 계속하지 않을 거라는 걸 알면, 당신에 대한 어머니의 집착은 곧 사라질 거예요."

존은 지친 미소로 고개를 끄덕였다.

"당신과 한패인 그 친구가 이미 저를 봐줬어요."

사실이었다. 멘토르는 그에게 더는 이곳에 있을 필요가 없다고 말했다. 물론 다른 말을 하기도 했다. 모든 것을 바꾸는 한 마디.

그녀는 그를 의심스럽게 바라봤다.

"그런데 여기는 왜 온 거죠? 작별 인사라도 하려고?"

"아뇨. 전 당신이 원하는 것이 무엇인지 알고 싶어서 왔어요."

"벌써 말했잖아요. 남편과 함께 있는 거라고. 그리고 당신이 무슨 말을 하게 되더라도 그건 제가 원하는 주제가 아니라는 걸 분명하게 말씀드리죠."

그녀는 존의 눈에 떠오르는 의문의 낌새를 알아채고 곧바로 경고했다.

"알았어요. 그런데 알바로 트루에바에게 무슨 일이 일어난 겁니까?"

그녀는 일주일이 넘게 고민하는 사람처럼 그 일을 생각했다. 그런 다음 정신을 차리기 위해 잔을 입에 댔다. 물론 다이어트 콜라라서 영화에 나오는 모습 같지는 않았다.

"그건 제 문제가 아니에요. 소년은 죽었고 아무것도 바뀌지 않을 거예요."

"그 짓을 저지른 놈은 저 밖에서 자유롭게 활보하고 있어요."

"그자에 대해서는 다시는 듣지 못할 수도 있고요."

존은 세게 코를 킁킁거리며 다른 쪽을 쳐다봤다.

"자, 좋아요. 지금 당신이 말한 건⋯."

그는 재킷 주머니에 손을 넣어 사진을 한 장 꺼냈다. 그리고 그것을 탁자 위에 올려놓았다. 금발 염색, 큰 갈색 눈, 높이 솟은 광대뼈. 마흔보단 서른에 가까워 보였다. 직장 생활을 시작해서 잘나가기 시작한 여대생 같은 평범한 모습. 카메라 시선을 피하고 있는 그녀의 미소에는 수줍음이 묻어 있었다. 게다가 어느 정도는 인간미가 보이고, 구김살은 없어 보였다.

안토니아는 그녀의 얼굴을 어디선가 본 것 같았다. 그러다가 갑자기 기억이 떠오른다. 그녀가 병원을 돌아다니며 방황하다가 발견했던 잡지. 밝은색 바지를 입고 말에 올라타서 집중하는 포즈를 취하는 여자의 얼굴.

"제가 생각하는 그 사람인가요?"

"카를라 오르티스."

존은 바텐더가 바의 맞은편 끝에서 텔레비전에 정신이 팔려 있는 걸 확인한 후에 조용히 대답했다.

"세계에서 가장 부자의 상속인이죠."

그녀는 관심 있는 정보가 생기면 여러 번 눈을 깜빡이곤 했다. 그런 다음 피할 수 없는 일에서 벗어나고 싶어 하며 피곤한 한숨을 내쉬었다.

"그녀를…? 그녀를 찾았나요?"

"아니요. 지금 아는 건 운전사와 그녀가 가장 좋아하는 암말과 함께 사라졌다는 것뿐이에요. 어제 오후 자동차를 타고 라 코루냐를 떠나서 마드리드로 향했는데, 도착하지는 않았어요."

"사고를 당했을 수도 있죠."

"그녀의 아버지가 오늘 아침 일찍 납치범의 전화를 받았습니다."

안토니아의 머릿속에 거대한 중장비 기계가 움직이기 시작했다. 존은 전에도 이 모습을 본 적이 있다. 그는 안토니아가 그렇게 하도록 가만뒀다.

"우리의 남자 짓일 수도 있겠군요."

'설마 그 남자는 아니겠지. 근데 우리의 남자라고 말하다니. 재수 없게 맡게 된 놈인데. 빌바오로 돌아간다면 얼마나 좋을까, 에이씨 망할 놈.' 존은 생각했다.

더는 질문할 필요가 없지만, 어쨌든 물어봤다.

그리고 안토니아 스콧은 그녀가 할 수 있는 유일한 대답을 했다.

제2부

카를라

재판을 이기는 거짓말들,
한마디로 하자면
도시 물고기의 수족관 유리를
더럽히는 것들.

_ 〈도시의 물고기(Peces de Ciudad)〉 노래 중

불편

"이 상황에 접근하는 방법에 대해 이야기해봅시다."

멘토르가 말했다.

그는 대법원 옆에 있는 정원 중 파리 광장으로 그들을 불렀다. 그곳은 이름만 정원이다. 잘못 친 네 개의 울타리들은 제외하고라도, 거기에서 자라고 있는 건 돌뿐이기 때문이다. 멘토르는 가로등 옆 벤치에서 앉아 그들을 기다렸다. 공원 문을 닫는 그 시간에 공원을 찾은 유일한 방문객은 남자 한 명과 땅을 쿵쿵거리는 개뿐이었다.

"무슨 이야기를 해야 한다는 겁니까? 위로 올라가서 그와 이야기를 하고, 일을 시작합시다." 존이 불평했다.

"불편할까 봐 걱정입니다."

"사람이 더 왔군요."

안토니아가 말했다. 질문형이 아니었다.

멘토르가 격앙된 몸짓을 했다.

"오르티스 씨가 적임자에게 전화했고, 그 사람이 다시 우리에게 전화했습니다. 하지만 지금 그의 변호사가 긴장해서 그도 덩달아 긴장한 상태고요. 지금 USE(국가 경찰 납치 및 갈취 전담부) 사람들이 저 위에 와 있고, 지금은 저도 좀 긴장이 되는군요."

'USE, 엘리트 집단. 냉혹한 인간들, 전문가들.'

존은 부럽다는 생각이 들었다.

"그래서요? 그들한테 맡기고 우리는 집에나 갈까요?"

"저희는 이 사건도 이제까지 해왔던 것처럼 할 겁니다, 경위님. 두 분은 방해하지 말고 한쪽에 그냥 계시면 됩니다. 물론 입도 너무 벌리지 마시고요."

"그게 무슨 뜻입니까?" 존은 짜증스럽게 물었다.

"우리가 또 다른 사건에 대해서는 아무것도 모른다는 뜻이에요." 안토니아가 설명해줬다.

'라핀 카에서 살해된 소년 사건은 아예 없는 거란 소리군. 다른 경찰 부서 간 기밀 유지와 불필요한 경쟁과 피하고자 만들어진 부서가 되기 위해는 오래된 악덕을 따르는 것도 나쁘지 않지.'

"다른 사건은 없는 겁니다. 이것만이 유일한 사건입니다."

멘토르는 '유'자를 아주 길게 말하면서 계속 반복했다.

"모두 이해하셨죠?"

안토니아는 고개를 끄덕였고 존도 마지못해 따라 했다. 그들의 의혹들이 확인되고 카를라 오르티스의 실종과 소년의 살인 배후에 같은 사람이 있다면, 그들은 규칙을 따라야만 할 것이다.

"당신은 같이 안 가나요?" 그녀가 멘토르에게 물었다.

"전 전화 좀 하고요. 조심해서 잘 올라가고, 소란은 일으키지 말아요. 아, 그건 그렇고, 스콧…."

안토니아가 그를 쳐다봤다.

"…다시 돌아와서 기뻐요."

안토니아는 대답하지 않고 돌아섰다. 그녀가 떠나자 멘토르는 존에게 작은 금속 상자를 건넸다.

"이게 뭐죠? 마라카[12]처럼 들리는데요."

존이 상자를 흔들면서 물어봤다.

"당신이 잘 보관해둬요. 안토니아를 위한 겁니다."

"알약이요? 언제 줘야 하는 건데요?"

"달라고 하면요." 멘토르가 그에게 윙크하며 말했다.

아파트는 헤네랄 카스타뇨스 거리에서 도보로 몇 분 안 되는 곳에 있었다. 엔리케 바레라의 건축 사무소가 최고 수준으로 개조한 천 제곱미터 펜트하우스. 아름답고 아늑한 거실이 있는 집이다. 존은 위로 올라가보지도 않고 단 몇 번의 휴대전화 클릭만으로 이 모든 걸 알아냈다. 지금은 아래층 인터폰 옆에서 올라오라는 허락을 기다리며 대기 중이다. 연예인들 다루는 유명한 잡지에 이 모든 사진이 실렸다. 그리고 카를라 오르티스의 인스타그램에도 여러 사진이 있다.

'이 사람들의 삶은 영원히 쇼케이스 진열장이군. 화려하게 꾸며진 진입로 같은. 이렇게 사진을 올리면서 바보들에게 문을 열

---

12   박의 속을 꺼내고 안에 돌멩이를 넣은 악기

어주는 거지. 사람들은 이걸 모르는 걸까?'

존은 생각했다.

카를라 오르티스가 올린 마지막 사진은 그곳 테라스에서 아들과 함께 찍은 것으로, 그 뒤에 정확하게 대법원 건물이 보인다. 구글 지도를 사용하는 228,000명의 팔로워의 손가락들이 그곳의 정확한 주소를 찾는 데는 10분도 채 걸리지 않는다.

'그래도 아이는 뒤돌아 있군. 그나마 그건 잘한 짓이네.'

드디어 출입구가 열렸다. 안토니아와 존은 고개를 끄덕이며 인사하는 경호원을 지나 엘리베이터를 타고 마지막 층까지 올라갔다. 또 다른 경호원이 아파트 현관문을 열고 기다리고 있었다.

'보안이 너무 철저해서 시간이 더 걸린 거군.'

이 집 벽에는 마크 로스코 그림이 걸려 있지 않았지만, 입구를 들어서니 그 안에는 그것이 있을 것 같다는 느낌이 들었다. 바닥에는 회색 마이크로 시멘트가 깔려 있었고, 가구는 빈티지 스타일의 목재에 인더스트리얼 스타일로 만들어졌다. 풍경을 담은 흑백 사진과 카를라와 아들 사진도 벽에 걸려 있었다. 하지만 다른 남자들 사진은 없었다. 거대한 응접실은 82인치 TV가 걸린 또 다른 거실로 이어졌다. 다른 쪽에는 벽난로가 있었다.

그곳에는 작지만 단단해 보이는 한 남자가 초조하게 이리저리 왔다 갔다 하고 있었다. 그를 본 존의 머릿속에 가장 먼저 떠오르는 단어는 '땅딸막한 대머리'였다. 흰색 셔츠의 소매는 걷어 올렸고 겨드랑이는 땀으로 흠뻑 젖어 있고, 젖은 얼룩들은 가슴 쪽에 거의 몰려 있었다. 그는 그들이 들어올 때 인사도 하지 않았다. 낯선 사람들의 행렬에 별 관심이 없어서 거의 쳐다보지도 않았다.

소파에는 노트북과 녹음기가 켜져 있었고, USE 요원인 호세 루이스 파라 경감과 미겔 산후안 경사가 이미 그곳에 있었다. 호세 루이스 파라(깨끗이 면도 된 머리, 수염, 수컷 우두머리의 힘을 꽉 준 악수)가 대장처럼 보였다.

"윗선에서 말한 그 관찰자분들이시군요."

그가 말했다. 그의 목소리는 전문적이지만 눈빛은 다른 동료가 있는 게 별로라는 걸 그대로 드러냈다.

"저희는 방해하지 않을 겁니다. 하던 일을 계속하시죠."

존이 벽에 기대서서 말했다.

"오르티스 씨는 이미 할 말은 다 한 상태라 지쳐 있습니다."

양복을 입은 백발의 남자가 방 한가운데에서 팔짱을 끼고 서 있다가 은은한 목소리로 대화에 끼어들었다. 인간미라고는 없어 보이지만, 영화 배우 마이클 케인을 닮았다. 존은 애쓰지 않아도 그 사람이 변호사인지 단번에 알 수 있었다.

"토레스 씨, 지금 시간이 늦었고, 너무 불안한 하루를 보내서 지치셨다는 걸 잘 알고 있습니다. 하지만 지금은 사건 초기 단계라서 별로 할 일이 없습니다. 용의자 목록 작성을 도와주지 않으면, 저희가 할 수 있는 일은 거의 없습니다."

"나는 괜찮소." 라몬 오르티스가 대답했다.

"라몬." 그 변호사는 그에게 낮은 목소리로 경고했다. "의사가 무슨 말을 했는지 알잖아요."

'목소리를 낮추지만, 모두가 알아들을 수 있을 정도다. 내 의뢰인은 팔십 대 노인이군. 너무 세게 쥐어짜면, 바스러지겠지.'

"내가 괜찮다고 했잖아. 자네도 이분들에 대해서 들었으면서.

사건 초기가 중요하다고."

"저희는 회장님 따님과 연락할 수 있는 전체 명단이 필요합니다. 특히, 그녀에게 해를 끼칠 수 있는 사람들 명단이요."

파라가 끼어들었다.

"전남편은 어떻습니까?" 산후안이 질문했다. 그는 턱수염이 빽빽하게 났고 안경을 썼으며, 빅펜 끝을 끈질기게 물고 있다가 상사의 눈치를 보며 입을 열었다.

"보르하 말이요? 그 사람은 아니오." 오르티스가 대답했다.

결혼 3년 만에 테니스 선수와 백만장자 딸의 이혼은 가십 잡지를 장식했었는데, 존은 그때 좋은 분위기에서 합의가 이루어졌다는 내용을 본 적이 있다.

"어떻게 그렇게 확신하십니까?"

"그는 별 볼 일 없는 인간이요. 결혼 기간 동안 내 딸과 싸울 용기도 없었는데, 어떻게 그런 일을 벌인다는 말이오."

"혼전 계약서에 서명하신 걸로 알고 있습니다."

"그는 바로 물러섰지. 매달 5천 유로를 받고 나가서 조용히 사는 거로."

'이게 상호 합의군!'

"어쩌면 그 금액이 적다고 여길 수도 있을 텐데요. 결국, 따님은….'

"그가 해야 할 일이 있다면 격주로 내 손자를 만나는 일뿐이오." 오르티스는 그의 딸이 80억 유로를 물려받게 될 상속자라는 걸 떠올리는 걸 불편해하며 끼어들었다. "그것도 그렇고 그는 딸 아이를 많이 사랑한단 말이오. 게다가 어제 이비자에서 토너먼트 경기까지 했으니 그는 아니지."

파라와 산후안은 서로를 쳐다봤다. 존은 그들이 지금 낚시질을 하고 있다는 걸 알고 있다. 그들은 전남편이 범인이 아니라는 건 분명히 알지만, 무슨 일이 일어나는지 보려고 라몬 오르티스를 떠보는 중이었다.

"어쩌면 누군가 그를 도와줄 수도 있죠."

파라가 더 깊게 파고들었다.

"오, 설마."

오르티스가 의자에 기댄 채 말했다. 잠시 숨이 가빠지는 것 같았다.

"여러분…."

변호사 토레스가 그에게 다가와 어깨를 붙잡는다. 오르티스는 부드럽지만 단호하게 그를 뿌리쳤다. 얼굴이 붉어졌지만, 대화를 그만둘 생각은 없어 보였다.

"그는 아니오! 나한테 전화한 사람은 다른 사람이었고, 보르하의 친구가 될 만한 사람처럼 들리지는 않았단 말이오."

"그 사람과 무슨 대화를 나누셨는지 전부 다 이야기해주시면 좋을 것 같습니다."

안토니아가 처음으로 입을 뗐다. 모두의 시선이 그녀에게로 향했다.

"그 내용은 이미 저 안에 다 있습니다. 내일 오르티스 씨의 진술에 대한 요약본을 제공할 겁니다." 파라는 컴퓨터를 가리키며 말한다. "자 그럼 용의자 목록으로 돌아가서…."

"다시 들어도 좋을 것 같습니다만."

안토니아가 다시 말을 잘랐다.

"미세스… 이름이 뭐든 간에 지금 알아봐야 할 게 많고, 오르티스 씨는 지금 지친 상태라고요." 파라가 불만을 드러냈다.

"물론 오르티스 씨가 같은 대화를 반복하려면 아주 큰 노력이 필요하다는 걸 잘 알고 있습니다."

존은 순진하고 진지한 목소리로 말을 받았다. 파라가 그를 노려보지만, 이미 늦었다.

"전혀 힘들지 않소. 피곤할 뿐이지. 오늘 오전 6시 47분에 내 휴대전화로 연락을 받았소." 오르티스가 말을 시작했다.

"전화로요?"

"페이스타임으로 걸려왔소. 카를라가 그걸 많이 사용해서. 더 안전하다면서. 나는 뭐가 뭔지 잘 모르겠지만."

"그 납치범이 뭐라고 했습니까?"

"낮은 목소리의 남자였고, 내 딸 카를라를 데리고 있다고 했소. 딸을 다치게 하지 말라고 했더니, 이미 다치게 했다고 하더군. 그러더니 딸을 더 많이 다치게 할 거고, 멈출 수 없을 거라고 했소."

"또 더 한 말이 있나요?"

"그리고 자기 이름을 말하더군. 에세키엘이라고."

카를라

가장 먼저 다가오는 건 고통이었다.

온몸을 채우는 날카롭고 참을 수 없는 고통. 비명을 지를 수밖에 없는 고통.

그녀는 영원할 것 같은 이 시간에 폐를 다 쥐어짜서 비명을 질렀다. 가슴이 찢어질 것 같은 원초적인 외침이었다. 아직 두려움은 없었다. 그건 나중에 밀려올 것이다. 우선 가능한 한 빨리 이 고통을 멈추고 싶었다. 하지만 그치지 않았다.

살짝 몸을 일으키자 기운이 빠졌다. 그녀는 부러진 코를 바닥에 대고 두 팔을 뻗은 채였고 온몸이 만신창이였다. 움직일 때마다 코뼈와 이마뼈가 서로 부딪혔다. 얼굴 안쪽에서 계속 그런 게 느껴지면서 어색하게 긁히는 소리가 났다.

아무것도 볼 수가 없었다. 새까만 어둠뿐이다. 두려움은 아직 오지 않았다. 찌르는 듯한 고통은 사라졌지만, 여전히 망치질 같은 소리가 반복됐다. 지금 얼굴은 계속 모질게 두들겨 맞는 북에 씌운 천 조각과 같았고, 눈과 헤어 라인, 귀, 턱으로 일정한 진동의 고통이 퍼졌다.

카를라는 조용히 흐느꼈고, 그녀의 뇌는 통증이 어디서 오는지, 어떻게 조절해야 하는지 알아보려고 했다. 앉으려고 애썼지만, 갑자기 머리에서 피가 흘러서 고통이 더 심해졌다.

'진정하자. 진정해.'

그녀는 다시 누워봤다. 이번에는 등을 대고 누웠더니 북 연주가 좀 잦아드는 것 같았다. 아주 많이 줄어든 건 아니지만, 다른 감각을 위한 공간은 생겼다.

입 안은 건조하고 썼다. 말라비틀어진 피 때문에 입술과 치아 바깥쪽이 붙어버렸다. 그것들이 떨어질 때 고통스러웠다. 그나마 큰 고통을 잊게 해주는 감당할 만한 작은 고통이었다. 마치 생쥐 한 마리가 여기저기를 쏘다녀서 정작 방에 있는 호랑이는 쳐다보지 않는 것처럼 말이다. 하지만 그 생쥐가 쥐구멍 속으로 사라지면, 호랑이는 날카롭게 웃으며 먹이를 요구한다.

입 안에서 쓴 건 피가 아니었다. 솜털처럼 부풀어 오른 마른 혀 끝에 쇠 맛과 휴대용 건전지 맛이 났다. 나머지 입천장과 뺨은 화학적이고 불쾌하며 이상한 맛에 이미 정복당했다.

'입 안에 뭔가가 있군.'

팔다리는 자신의 것이 아닌 것 같았다. 몸이 다 따로 놀고 힘이 빠져서 머리에서 명령이 내려와도 마지못해 겨우 반응했다. 위는 작고 단단한 산 덩어리로, 무언가가 빠져나가려고 고군분투 중인 것 같았다. 마침내 총소리처럼 시끄럽고 건조한 트림이 빠져나오자, 입 안에는 이상한 악취가 가득했다. 그 공기가 빠지자 수문이 열리고, 위 속에 있던 내용물이 따라 올라왔는데, 아주 많지는 않았다. 카를라는 경련이 멈출 때까지 도저히 간직하고 있기 힘든 침과 담즙을 두세 번 토해냈다.

그 순간 기억이 떠올랐다. 우회로. 칼을 든 남자. 숲속 추격. 그녀가 항복하는 순간 찔린 목.

'아니. 아니야.'

그 상황이 그녀 앞에 아주 분명하게 펼쳐졌다. 최악의 상황.

그 순간 두려움이 다가왔다.

증거

"그게 다였나요?"

오르티스는 바로 대답하지 않았다. 그는 감정을 억누르고 변호사를 슬쩍 쳐다보면서 도움을 구했다. 존은 딱 보면 거짓말을 하는지 아닌지 알지만, 그의 몸짓에서는 이상한 낌새를 찾지 못했다.

"그게 다였고. 그런 다음 전화를 끊었소."

"특별히 요구한 건 없었습니까? 다시 전화하겠다고 하거나?"

"없소." 오르티스가 통명스럽게 대답했다.

'대답이 너무 칼 같군.'

"다시 전화할 겁니다. 항상 그렇죠." 산후안이 말했다.

"당신은 그자가 따님의 전남편과 아는 사람 같지는 않았다고 하셨는데, 그건 무슨 뜻입니까?" 파라가 자기 대화 부분을 챙기려고 작정하며 끼어들었다.

"그는 목소리가 거칠었소. 무자비한 사람 같은 느낌이 드는. 그러니까 보르하는 그것과는 정반대인 사람이오."

'딸의 전남편을 좋아하는 사람도 있군. 하지만 그렇다면 과연 누구지?'

"따님이 아는 사람 중에는 에세키엘이란 이름을 가진 사람이 없다는 거네요. 그렇죠?"

"없소. 내가 아는 선에서는. 나도 모르는 이름이고."

"저희는 그 이름이 실명이 아닌 가명이라는 가정 하에 작업을 진행할 겁니다."

'누가 엘리트 집단 아니랄까 봐.' 존이 생각했다.

"전화 통화에 대해서 더 물어보고 싶은 게 있습니까? 아니면 우리가 가던 길을 가도 되겠습니까?"

파라가 안토니아에게 물었다. 그녀는 사과하며 화장실에 가야 겠다고 중얼거렸다. 아무도 그녀를 신경 쓰지 않았다.

"그럼 계속하시죠. 따님은 어젯밤 10시부터 오늘 아침 사이에 사라졌습니다. 그녀에 대한 마지막 기록은 운전사인…."

"카르멜로. 그는 한 가족이나 마찬가지요."

오르티스는 불안해하며 방 안을 배회했다.

"그녀의 운전사인 카르멜로 노보아 이글레시아는 바야돌리드의 비야누에바 데 로스 카바예로스 지역에 있는 주유소에서 주유하려고 차를 세웠습니다. 그의 신용카드에 78유로가 찍혔고요. 주유하고 생수 두 병과 캐러멜 한 봉지를 샀습니다. 당시 카를라가 그 차에 있었는지 확인하려고 주유소에 보안 카메라 녹화본을 요청했습니다."

"그게 무슨 뜻이오?"

"오르티스 씨, 카르멜로 노보아를 알게 된 지 얼마나 되셨습니까?" 파라가 의자에 기댄 채 질문했다.

"아, 이제야 알겠소. 내 전 사위를 붙잡을 수 없으니, 이제는 카르멜로를 잡겠단 소리군. 납치범은 낯선 사람이라고 몇 번이나 말해야 알겠소?" 오르티스가 받아쳤다.

"오르티스 씨, 저희가 가족 사항부터 조사해야 한다는 걸 양해해주시길 바랍니다. 실종 사건이 발생하면 가족 중에 범인이 나올 확률이 78퍼센트입니다. 그래서 저희는 항상 가장 가까운 사람들부터 시작해서 원을 점점 넓혀 나갑니다."

"이건 실종 사건이 아니잖소. 납치 사건이지."

"요구 사항이 없는 납치죠. 저희가 알기로는."

파라가 덧붙였다.

'이거 뭔가 냄새가 나는군. 어쨌든, 덩치만 좋아 보였는데 그 벗어진 머릿속에도 뭔가가 들어 있긴 하군.' 존이 생각했다.

"저희가 생각해도 앞으로 그자가 뭔가를 요구하지 않을까 싶습니다. 말씀을 하신 것처럼요." 변호사는 라몬 오르티스의 침묵 앞에 끼어들며 말했다.

"네, 그렇죠. 저희가 말한 대로 될 겁니다. 그래도 그 운전사 카멜레오 노보아 씨를 믿을 수 있는 사람이라고 말씀하시겠습니까?"

'저 인간은 뭔가 냄새를 맡았고, 저 노인네 주변에서 미적거리면서 실수를 하는지 확인하고 있군. 그가 전부 다 말한 게 아니란

걸 알아챈 거지. 그래도 이건 낡은 수법이야.'

"그는 아주 믿을 만한 사람이오."

"저희가 라 코루냐의 직원을 보내서 노보아 씨에 대해서 좀 알아봤습니다." 파라가 모바일에 열려 있는 왓츠앱 창을 보여주면서 설명했다. "그가 카지노 아틀란티코를 정기적으로 드나든다고 하더군요."

오르티스는 거기에 아무런 대꾸도 하지 않았다.

"알고 계셨습니까?"

"그런 건 제 의뢰인이 굳이 알 필요가 없는 사항입니다만…."

"그렇소, 그건 알고 있었소. 그는 스스로 통제가 되는 사람이고." 그가 끼어들었다.

"일주일에 며칠 밤은 가는 것 같습니다만. 특히 블랙잭을 하러."

"나도 알고 있소."

"게다가 빚이 10만 유로 이상이나 되고요."

토레스 변호사는 그 말을 듣고 놀라서 고개를 들고 오르티스를 걱정스럽게 바라봤다. 오르티스는 일어서서 벽난로에 기대어 엄지손가락의 끝을 물어뜯었다.

"이런 말을 하는 건 편하지 않은데…."

"이해합니다, 오르티스 씨. 하지만 중요한 내용입니다."

파라가 우겼다.

각질을 뜯고 난 후에, 오르티스가 대답했다.

"카르멜로는 아내가 죽었을 때 위기를 겪었지. 결혼 31년 차였거든. 그래서 내가 그에게 카드 패를 주었소."

"그러면 당신을 따라갔던 겁니까?"

"몇 달 전에. 이미 말했잖소, 그는 우리 가족이나 다름없다고. 나는 그의 큰 손자의 대부기도 하고."

"그럼 그에게 돈도 주셨나요?"

"물론, 아니지. 그건 좋은 생각이 아니었을 거요."

오르티스가 말했다.

"당신이 볼 때는 별로 큰돈도 아니었을 텐데요, 아닌가요?"

"제 의뢰인의 재산은 이 사건과 무관합니다, 파라 경감님."

변호사가 끼어들며 막았다.

"무관하다고는 하지만, 그렇지 않다는 걸 아실 것 같은데요?"

오르티스가 벽난로 위 장식품 중 초콜릿색과 오렌지색이 은은하게 도는 세라믹볼을 바닥에 던져서 박살냈다. 바스러지는 토기 소리가 파라의 주장 이후에 생긴 불편한 침묵을 얼어붙은 물리적 침묵으로 바꾸어 놓았다.

"나는 부자요." 오르티스는 인상을 구기며 말했다. "나는 돈이 아주 많지. 카르멜로의 문제들은 손만 까딱해도 해결할 수 있고. 대신 나는 그를 지원했소. 그에게 도움을 청하면서. 앞으로 남은 날 동안 계속 우리와 함께하자고 말이오. 가족 중 누군가와는 함께해야 할 일이지. 카르멜로는 우리 가족이나 다름없소."

"당신이 볼 때는 아무것도 아닌 그 돈을 주지 않겠다고 했으니 그자로서는 수치스러웠을 겁니다. 그래서 화가 날 수도 있는 거고요. 여섯 시간 동안 운전을 했으니 기회야 많았겠죠. 고속도로 휴게소에서 뭐라도 핑계를 대고 나와서 따님을 제거하고, 공범에게 전화했을지도 모릅니다."

그는 경찰이 하는 말에 거부감이 점점 줄어들기 시작했다. 오르티스는 자기 실수를 인정하는 사람이 아니었다. 당연히 이십 대 가난한 시절의 그가 아니기에 실수가 훨씬 적기도 하고.

"그러니까 당신 말인즉슨, 내 탓이란 거군. 당신은 내가 내 딸의 불행의 원인이라고 비난하고 있어."

결국 오르티스는 분개했다.

"그렇게 말한 건 아닙니다, 오르티스 씨. 그저 증거에 눈을 뜨시길 바랄 뿐입니다."

그리고 오르티스가 눈을 뜨자, 그 증거와 함께 그의 양어깨가 무너지고 폐에서 공기가 빠져나왔다. 그는 막 울기 직전처럼 보이고, 계속 오른팔로 왼팔을 주물렀다.

"컨디션이 별로군." 그가 중얼거렸다.

그러자 변호사가 그에게 다가가 어깨에 손을 얹었다.

"조금만 참으세요. 의사가 대기 중입니다"

변호사가 그의 귀에 대고 말했다. 그리고 변호사는 거기에 있던 사람들에게 말했다.

"여러분, 이만 조사를 끝내겠습니다."

파라와 산후안은 마지못해 발을 뗐다. 그들은 이 일의 전개에 별로 만족하지 않는 것 같았다.

"카를라의 컴퓨터를 열 암호가 필요한데요."

"그 정보는 없지만 가능한 한 돕겠습니다. 제가 개인적으로 처리하겠습니다."

토레스는 그들과 오르티스 사이를 오가며 말했다.

안토니아는 그 변호사라는 차단기를 제치고 오르티스에게 다가갔다.

"회장님, 한 가지만 더요. 손자 분은 지금 어디에 있습니까?"

오르티스는 그녀를 바라보며 이 여성이 누구이며 딸의 집에서 무엇을 하고 있는지 이해하려고 애썼다. 그 말에 대답하는 오르티스의 목소리는 마치 백만 마일 떨어진 곳에서 나오는 것 같다.

"그 아이는 안전한 곳으로 옮겼소. 스페인 외곽으로. 이 모든 사건이 신문에 나오는 상황에서 여기에 있는 게 좋지 않을 것 같아서."

"저희는 그러지 않을 겁니다, 오르티스 씨." 파라가 말했다.

'저희는 믿으셔도 됩니다. 비밀은 지켜드리겠습니다.'

존이 마음속으로 말을 덧붙였다.

카를라

쇠몽둥이의 천둥 같은 타격이 그녀의 비명을 중단시켰다.

그녀는 잠시 정신을 잃었고, 시간이 얼마나 지났는지 알 수가 없었다. 무작정 탈출구를 찾아봤지만, 아무것도 찾을 수 없다는 사실만 어렴풋이 깨달았다. 카를라는 불안에 휩싸여 허파에서 희미하게 헐떡거리는 소리를 낼 수 있을 때까지, 목소리가 쉴 때까지 도와달라고 소리쳤다. 그 순간 주위에서 쾅 하는 소리가 부정확하고 흐릿한 울림으로 퍼졌다.

"난 소리 지르는 거 싫어."

울림이 사라지자, 누군가가 말했다.

굵은 목소리였다. 남자의 목소리.

"선생님, 저기요, 선생님. 도와주세요."

카를라는 가느다란 목소리로 대답했다.

"선생님… 제 말 들리세요?"

카를라가 목소리를 겨우 내서 물었다. 마치 다 쓰고 난 풀무 소리 같았다.

"들려. 난 소리 지르는 거 안 좋아해."

"선생님, 전 여기서 나가야 해요. 내보내주세요, 제발요. 저는 어둠이 무서워요."

"이메일 비밀번호 대."

카를라는 토할 것 같았다. 정말 너무너무 더웠다. 숨을 제대로 쉴 수 없을 정도로 산소도 거의 없는 것 같았다. 어쨌든 이곳에서 나가야 한다.

"내보내주세요! 나가고 싶어요!"

그녀는 몸을 앞으로 기울인 채 기어가며 어둠 속에서 손을 뻗어 탈출구를 찾았다. 그녀의 손가락에 단단하고 금속 같은 것이 닿았다. 거기에 기대자 살짝 꺼졌다가 다시 제자리로 돌아왔다.

문. 문이다.

카를라는 금속판에 기대어 무릎을 꿇고 계속 문을 두들기기 시작했다. 그녀의 손바닥은 그 금속 문의 소심한 속삭임을 끌어냈다.

"열어요! 열어주세요, 제에에에에발…!"

간청의 마지막 음절은 점점 약해지는 울음소리로 갈라졌다. 그녀는 바닥에 주저앉아 금속판에 등을 대고 계속 울었다.

그 순간 두 번째 타격이 왔다. 금속판에 등을 대고 있는 그녀의 어깨와 손, 머리를 비롯한 몸 전체가 울리기 시작했다. 귀가 울리고 횡격막이 수축하고 코의 통증이 배가되며, 충격에 혀까지 깨물고 말았다.

"소리 지르는 것도 싫고, 우는 것도 싫다고."

카를라는 다시 비명을 지르고 싶었다. 온몸을 다해 소리를 지르면서 제발 빨리 이곳에서 나가게 해달라고 빌고 싶었다. 하지만 극도의 피로와 고통 그리고 다른 무언가가 그녀에게 기다리라고 말했다.

그녀는 조용히 주먹을 쥐며 소리를 지르지 않기로 했다.

"이제 좀 진정되었나?"

"네." 카를라가 속삭였다.

"자 비밀번호 대."

카를라는 대답하려고 입을 여는데, 다시 무언가가 그녀를 막았다. 전에 들어본 목소리다. 숲에서 들었던 소리.

입도 벙긋하지 마.

'날 죽일 텐데.'

아무 말도 하지 마. 비밀번호 말해주면,

'모든 것에' 접근할 수 있단 말이야.

'만일 나를 또 때리면, 불 수밖에 없을 텐데.'

그러니까 협상해. 그는 원하는 게 있어.

163

너도 그에게 뭔가를 요구하란 말이야.

"비밀번호." 그 남자가 반복했다.

"안 돼요."

"알려주지 않으면, 거기 들어가서 널 죽일 거야."

카를라는 그 위협에 다시 움츠러들었다. 그리고 호흡도 가빠졌다.

'허풍이야.'

"당신은 날 죽이지 않을 거예요. 날 죽이면 비밀번호를 모를 테니까."

"내가 그 안에 들어가면 말할 때까지 널 망가뜨릴 수 있어."

'더는 못해, 못하겠어. 말해주고 말자.'

너무 쉽게 포기하지 마.

넌 항상 너무 쉽게 포기했어.

카를라는 주먹을 움켜쥐고 머리를 앞뒤로 흔들면서 고통에서 빠져나와 침착하게 생각해보려고 애썼다.

'괜찮아. 괜찮아.'

"이름이 뭐예요? 저는 카를라예요. 카를라."

카를라는 이름을 반복했다. 그가 어딘가에서 이 이름을 들었거나 읽었을지 모른다.

말해. 납치범. 강간범. 살인자라고.

그는 카를라를 해칠 수 있었지만, 카를라는 그에게 사람으로 보이려고 애썼다. 인간처럼 보여야 한다. 자신이 단순한 덩어리나 사물이 아니라는 걸 알려줘야 한다.

"이미 알고 있어."

"그러면 당신의 이름은 뭐죠?"

"…에세키엘이라고 불러."

"에세키엘… 저는 카를라라고 해요. 절 내보내주시면 돈을 드릴게요. 지금 바로 계좌로 보내줄 수 있어요. 그러고 나서 절 내보내주셔도 돼요. 맹세코 여기서 있었던 일들은 입 밖에도 내지 않을게요."

"난 돈은 필요 없어. 비밀번호가 필요하지."

"좋아요. 그럼 물이나 좀 주세요."

"…내가 물을 주면, 비밀번호를 대야 해."

질문이 아니라 명령이었다.

더 긴 침묵 끝에 금속 문이 삐걱거리는 소리가 들렸다.

"거기 있어."

"어디요? 아무것도 안 보여요!"

딸깍하는 소리가 들렸다. 직사각형 빛이 어둠 속에서 바닥과 문 끝 지점까지 윤곽을 드러냈다. 그 중앙에는 반 리터의 물병이 놓여 있었다. 병이 내뿜는 빛은 비현실적이었고, 주변이 온통 검은색뿐임을 깨닫게 했다. 카를라는 재빨리 그 병 쪽으로 다가갔다. 뚜껑을 열고 입에 넣자 플라스틱병이 그녀의 불안한 손안에서 삐걱거렸다. 두 모금을 마셨는데 금방 절반이 줄었다. 그 물은 펀치를 두 방 날리듯 텅 비고 약한 그녀의 위 속으로 떨어졌다. 결국 경련이 일어났고, 카를라는 그 물을 다 저장하지도 못한 채 대부분 바닥에 토해냈다.

"물을 마셨으니, 이제 비밀번호를 댈 차례야."

카를라는 직사각형 빛에 가까이 갔다. 높이는 한 뼘, 폭은 두 뼘을 넘지 않았다. 무릎을 꿇은 채 그쪽에 얼굴을 내밀었다. 그 반대편에는 손전등 불빛 아래 부츠가 보였다. 광선 때문에 눈이 아팠다. 한 손을 들어 손가락으로 무언가를 보여주려고 했다.

"잠깐만요. 우리 이야기 좀 해요. 우리는 이야기할 수… 난 할 수…."

직사각형 모양의 빛이 금속 소리와 함께 사라지고 반대편에서 딸깍하는 소리가 들렸다. 문빗장 거는 소리 같았다.

'안 돼, 안 돼.'

"나 좀 내보내 줘요!" 그녀는 다시 문을 두드리며 외쳤다.

"물 주면, 비밀번호 댄다며. 말해."

카를라는 혼란스러워서 울고, 절망했다.

말해주지 마. 그걸 말하면
협상이고 뭐고 다 없어지는 거야.

"제발…."

이번에는 연속 세 번의 강한 타격이 카를라의 세상을 강타했다. 고막이 울리고 문이 흔들렸다. 카를라는 바닥에 무릎을 꿇고 웅크린 채 두 손으로 귀를 막았다.

그녀는 울면서 암호를 읊기 시작했다.

마사지

안토니아와 존은 조용히 엘리베이터를 타고 내려왔지만, 건물 출입구 쪽으로 가자 USE 소속의 한 남자가 문을 막아섰다.

"못 가게 막으려는 건 아니시죠?"

그 경찰은 머리를 흔들고 뒤를 가리키고 나서 팔짱을 꼈다. 뒤를 돌아보자 얼굴이 붉어진 파라가 보였다. 그는 한 번에 두 계단씩 내려왔다.

"당신들 어디 소속입니까?" 그가 존을 쳐다보며 물었다.

"진정합시다, 경감님, 우리 모두 다 친군데."

존은 재킷 주머니에서 배지를 꺼내 눈높이에 맞췄다. 하지만 파라는 그것을 쳐다보지도 않았다.

"당신이 누군지 알고, 존 구티에레스 경위. 내가 모르겠다는 건 왜 3급 경찰이 이렇게 중요한 1급 사건에 코를 대고 있느냐는 겁니다. 분명한 내 사건에. 그건 그렇고 당신은 또 누구신지?"

안토니아는 그의 공격적인 말투에 약간 움찔했다. 그녀는 꼼짝도 할 수가 없었다. 또 다른 경찰이 앞으로 나아와서 그녀를 뒤에서 위협했다.

"이분에게는 말 시키지 마시죠. 그리고 뒤로 물러서세요. 불똥이 튈 수 있으니."

존이 그녀를 보호하며 두 경찰을 향해 경고했다. 그러자 그녀 뒤에 있던 또 다른 경찰이 움찔하며 살짝 뒷걸음쳤다.

"저 사람이 누군지 물었는데."

"그게 뭐가 그렇게 중요합니까? 우리가 온다고 듣지 않았습니까?"

존은 자신의 신분증을 그대로 보이며 말했다.

"저 윗선에서 말을 하긴 했지. 두 명의 관찰자가 온다고."

"그래서 우리가 관찰했잖아요. 우리가 당신을 보고 있었던 게 싫은 겁니까?"

존은 마지막 말을 특히 강조했다. 그래서 너무나도 이성애자이자 한 가정의 아버지이며 소매 단에 스페인 문장(紋章)과 폴로를 수놓은 것을 자랑스러워하는 경감 호세 루이스 파라를 화나게 만들었다.

"내 말 똑똑히 들어, 이 호모…."

존은 온몸을 긴장하며 눈을 향해 날아올 펀치를 받을 준비를 하지만, 결국 오지는 않았다. 대신 안토니아의 목소리가 날아들었다.

"파라 경감님, 저는 안토니아 스콧이라고 합니다. 인터폴과 함께 유명 범죄 분석을 하고 있습니다."

존은 돌처럼 굳어버렸다. 그녀의 목소리는 부드럽고, 미소는 반짝반짝 빛났다. 진정 화해의 화신이었던가. 그녀는 파라에게 손까지 내밀었다. 마치 세무 조사의 책임자를 대하듯 신체 접촉을 피하던 그녀가 한 손까지 내밀다니.

다행히도 파라는 그녀와 악수할 생각은 없어 보였다. 그는 그 말을 믿을 수 없다는 듯 약 30센티미터 아래로 그녀를 내려다봤다.

"당신이 인터폴에서 뭘 한다는 겁니까!"

안토니아는 숄더백에서 신분증을 꺼냈다. 파라 경감은 그것을 받아 들고 아주 이상하다는 듯 살펴봤다.

"그래서 인터폴이 여기에서 무슨 짓을 꾸미고 있는 거죠?"

그는 그녀의 신분증으로 손바닥을 치며 말했다.

"저는 전 세계에서 준비하는 중요한 프로젝트를 맡고 있습니다. 특수 범죄자들과 그들에 맞서기 위한 새로운 방법을 찾는 일을 하죠. 저는 오랫동안 당신 같은 USE 전문가와 협력하게 해달라고 요청해왔습니다. 그래서 이렇게 중요한 실종 사건을 조사하고 있다는 소리를 듣자마자 바로 마드리드행 첫 번째 비행기를 탔습니다."

'자신감과 성취욕이 넘치는 이런 부류의 남자들이 좋아하는 게 하나 있다면, 그건 바로 자존심을 살살 마사지해주는 거지.' 존이 생각했다.

"그들의 방법을 연구하면 전 세계 경찰이 귀중한 정보를 얻을 수 있습니다. 매일 팀별로 일하는 건 아니지만, 굳이 말씀드리자면 지난 6년 동안 저는 87건 정도의 사건을 해결했습니다." 그녀가 계속 말을 이어갔다.

'이렇게 음흉한 여자였다니.'

파라는 아랫입술을 살짝 물어뜯었다. 그 말을 믿고 싶은 유혹에 빠졌다.

"실제로 성공률은 88.3퍼센트입니다. 그리고 이분은?" 그녀는 존을 가리키며 말했다. "그리고 여기 존 구티에레스 경위가 제 연락원으로 배정되었습니다. 현재 직업 전환 단계에 있죠."

"정확히 말하자면, 고용과 급여가 정직 상태죠. 존 구티에레스, 그 창녀는 어쩌고 있나?"

존의 입속에 파라 대령의 어머니, 아내, 자매(만일 있다면)를 끌어들여 온갖 욕설을 퍼부을 말들이 계속 맴돌았다. 하지만 지금은 그 말을 삼켜야 한다.

"제가 망쳤죠. 그래서 보시다시피 여기에서 보모 노릇 하며 이러고 있는 거고."

"경감님, 저희가 여기 있는 게 좀 이상하다는 걸 압니다. 하지만 저를 믿어보세요. 저희는 그저 사건을 어떻게 하시는지 보고 싶을 뿐입니다. 그리고 어쩌면 이 일에 작은 도움이라도 될지도 모르고요."

파라는 만족스러운 티는 내지 않지만, 진지하게 고개를 끄덕이며 처음의 반대 입장을 접으려고 했다.

"부디 꼭 작은 도움이라도 되길 바랍니다. 조금이라도 방해가 된다면, 인터폴이든 뭐든 다 가만두지 않을 겁니다. 그리고 저 몰래 증인과 따로 이야기를 나눌 수 없습니다. 꼭 우리 쪽 사람이 한 명이라도 끼어야 합니다. 알겠습니까?"

"그런 건 엄두도 내지 않을 겁니다." 안토니아가 대답했다.

파라는 순한 눈빛으로 존을 뒤돌아봤다.

"이 여자 분이 한 말 명심하고."

"그럼 이제는 자러들 가시죠. 내일 아침 경찰청에 오면 누군가가 당신들에게 진행 상황에 관한 업데이트해줄 겁니다."

경감은 마치 유치원 아이들 두 명을 달래서 잠자리에 들여보내는 것처럼 말했다.

에세키엘

나는 근본적으로 좋은 사람이다.

남자가 노트에 적어본다. 그는 항상 이것을 들고 다닌다. 특별한 건 아니다. 초등학생이라면 다 가지고 있는 노트로 모든 가게에서 3.95유로면 살 수 있다.

나는 모든 사람이 그러는 것처럼 실수를 저질렀다. 난 완벽하지 않다. 때때로 내 충동에 끌려다닌다. 나는 거의 늘 불손한 행동과 생각을 하고, 일할 때도 종종 그런다. 도저히 피할 수 없을 때도 있고, 다른 선택이 없을 때도 있는데, 그건 내가 아무리 강하게 나를 다잡으려고 해도 육체가 약하기 때문이다. 그럴 때면 곧바로 내가 더럽고 부끄럽다는 생각이 들어서 종종 이성을 잃는다. 손과 얼굴에 압박의 무게가 느껴져서 제대로 잠을 잘 수가 없다. 짜증이 난다.

남자는 그 장을 찢어서 재떨이에 놓고 종이 한 귀퉁이에 불을 붙였다. 처음에는 천천히 타고, 불꽃이 위쪽 가장자리에 도달하면 더 빨리 타기 시작했다. 게걸스러운 불의 혀는 매번 그의 손가락을 찾는다. 하지만 절대 닿지 못한다.

불꽃은 늘 육체를 갈망한다.

남자는 새로운 종이에 써 내려갔다.

하지만 불길을 피할 방법들은 있다. 고백은 우리 영혼을 씻어주고, 예수님이 두 팔을 벌려 기다리는 천국에 가도록 우리를 준비시킨다. 하지만 고백, 고백성사가 전부는 아니다. 이 땅에서 회개하고 하느님의 뜻을 행하려는 확고한 의지를 갖는 게 꼭 필요하다. 그리고 좋은 사람이 되는 것도. 나는 좋은 사람이다.

그는 집중력이 흐려져서 글을 쓰다가 말았다. 그의 손글씨는 항상 깔끔하고 둥글고 분명한데, 오늘은 거미 다리처럼 가늘고, 각양각색이다. 그는 부드럽고 성실한 글씨로 자기 생각을 옮길 수 있을 때 자연스럽게 흘러나오는 정직하고 소박한 즐거움을 느끼지 못한다. 물론 마음의 평화도 없다. 이것은 그가 어렸을 때 아버지가 가르쳐준 것이다. 아버지는 거칠고 강한 남자였지만, 현명했다. 그는 더러운 행동을 했는데 주변에 고해성사를 받아줄 신부님이 없을 때 영혼을 정화하는 방법을 알고 있었다. 아벨이 희생 제물을 바친 것처럼 그것들을 종이에 적어 하느님께 바쳐야 한다. 그럴 때 그 연기는 하늘로 똑바로 올라간다.

아버지는 매일 밤 종이에 글씨를 쓰고 불태웠다. 종종 아버지의 손마디에 불에 덴 흔적이 있었던 기억이 난다. 그렇게 죄가 사라지면, 그의 얼굴에는 평온함이 가득했다.

그는 그 기억에 관해 쓰고 싶었지만, 쓸 수가 없었다.

카를라 오르티스가 또 비명을 지르고 있었다.

저것이야말로 이기심과 배은망덕의 결정판이었다. 그는 그녀가 요구한 물을 주었는데, 주지 말 걸 그랬다. 그는 그녀를 두들겨 패서 컴퓨터 비밀번호를 알아낼 수도 있었다. 때릴 수 있었지만, 그렇게 하지는 않았다.

그는 폭력을 싫어하는데, 그건 착한 사람에게서 나오는 것이 아니기 때문이다. 그는 폭력을 쓰는 게 벌벌 떨리게 싫지만, 다른 대안이 없을 때는 가능한 한 짧게 하고, 최대한 빨리 고백서를 작성해야 한다. 평화로운 해결책을 찾아서 폭력을 피하고 싶었지만, 그 결과는 별로 좋지 않다. 착한 행동을 했는데도 나쁜 일이 생긴다.

그는 일어나서 파이프 렌치로 금속 문을 세게 쳤다. 두 번. 그러자 수감자는 재빨리 입을 다물었다. 그는 다시 책상으로 돌아갔다. 만족스러웠다.

이번에는 잘못을 저지르지 않았다. 그는 범죄자가 아니고, 절대 그런 적도 없다. 그는 항상 정직한 일을 해왔다. 강요가 아니라면 이런 일도 하지 않았을 것이다. 만일 그들이 그에게 다른 선

택권을 주었다면 말이다. 그래서 그는 잘못을 저지르지 않았음에
만족했다.

납치에서 가장 어려운 점은 늘 가족과의 소통이다. 휴대전화
와 이메일, 모든 것이 추적당할 수 있기 때문이다. 하지만 그는 그
녀의 아버지에게 전화하기 전에 그들만의 규정에 따라 만든 단계
를 잘 지켰다. 인터넷에 연결하기 전에 그의 주소를 가린 익명의
VPN 서버를 사용하고, 즉시 컴퓨터 연결을 끊는 것이다. 그 외 조
작들은 아주 간단했다. 그녀의 암말을 죽인 것이 그녀에게 끼친
유일한 손해인데, 말의 울음소리 때문에 다른 사람들 눈에 띄는
걸 막기 위해서였다. 그는 원래 무고한 동물을 해치는 걸 별로 안
좋아한다. 그래서 다른 곳을 쳐다보면서 말의 척수를 끊었다. 나
무 사이에 차를 숨긴 후 트레일러를 풀어 놓았다. 그제야 자신이
저지른 실수를 깨달았다. 매우 심각한 잘못이었다.

지금 당장, 가능한 한 빨리 그 문제를 해결해야 했다.

주장

안토니아는 존보다 여섯 걸음 앞서서 자동차 쪽으로 걸어갔다. 차는 콜론 광장 근처 헤노바 거리에 이중 주차를 해두었다. 존은 그녀가 몇 미터 앞서가도록 뒀다. 결국 차 열쇠는 그에게 있으니까. 그리고 그는 마치 적들의 두개골을 밟듯 땅을 밟는 미묘한 몸짓에 그녀가 화가 났다는 것을 알아챘다.

그들은 차에 타서 안전띠를 맸다. 존은 10시 10분 모양으로 운전대를 잡고 카스테야나 거리에서 레콜레토스 거리까지로 내려오는 차량을 계속 바라봤다. 거의 새벽 3시가 다 되어서인지 차가 많지는 않았다.

존이 여자에 대해 알고 있는 중요한 사실 중 하나는 여자들이 매우 화가 나서 아주 조용할 때 왜 그렇게 조용한지, 화가 났는지 물어봐주어야 한다는 것이다.

"왜 그러는데요?"

존은 그 질문에 대한 여성의 흔한 대답인 '아무것도 아냐'를 기대했건만, 솔직한 대답을 얻어냈다.

"그 남자랑 굳이 싸울 필요가 없었다고요."

'나에게 감사를 전하는 멋진 방법이군.'

"이봐요, 그는 완전히 힘센 남자라고요."

"당신들 둘 다 마초잖아요. 뭘 먹든 남자는 다 똑같아요."

존은 속으로 욕을 하며 조용히 양심을 살펴보고는 머리를 긁적였다. 그는 아직도 뭐가 잘못인지 잘 모르겠다.

"나는 당신을 변호해야 했어요, 안 그래요? 그들이 우리를 위협했다고요. 그리고 내 파트너가 그 누구, 그게 하느님이라도 위협을 받지 않게 하는 게 제 일이고요."

"파라는 마음만 먹으면 우리 일을 매우 어렵게 만들 수 있어요."

"그건 이미 알고 있죠. 그리고 그들이 우리 영역을 옥죄일 때 그냥 있으면, 우리를 심부름꾼 정도로 만들거나 쫓아낼 거라는 것도요. 아니면 내부 조사과장이 와서 말할 수도 있겠죠. 이 슈퍼 경찰 사건에 끼어들지 말라고."

"지금 해결 방법은 왼손처럼 있는 거예요. 약하고 서툰 모습으로 그냥 가만히 있으라고요. 이미 어떤지 봤잖아요."

"해결 방법이라… 그가 그걸 곧이곧대로 믿을 거로 생각하는 거예요? 그래요, 당신이 읊은 그 숫자 덕분에 살짝 후광이 비치긴 했어요. 하지만 당신에게 그 빛이 사라지면, 그는 바로 또 그런 머저리 같은 짓을 할 거라고요. 그는 우리가 여기 있는 거 자체를 싫어해요."

"전 그런 식으로 일하는 데 익숙해요."

"전 아니에요. 처음이라고요. 게다가 이 사건에서는 중요한 정보도 숨겨야 하잖아요."

"그래서 그가 우리를 완전히 구석으로 밀게 할 수가 없는 거예요."

"그런데 왜 그 근육질 경감한테 모든 걸 말하지 않아야 하는 겁니까? 지금 카를라 오르티스를 데리고 있는 그놈이 이미 납치, 살해당해서, 그들이 어찌할 바를 몰라 혼란에 빠져 있다고 의심하는 겁니까?"

'그럼 환상일 텐데.' 존은 그런 상황에 있는 파라 경감의 얼굴을 상상하고 만족스러워했다.

"우리는 그 말은 하지 않을 겁니다."

"왜죠?"

"멘토르가 하지 말라고 했으니까요."

"멘토르, 당신에게 하기 싫은 일을 시키면서 이 거짓말의 수렁으로 끌고 가는 그 양반 말하는 거 맞죠?"

그녀가 놀란 눈을 깜빡였다.

"맞아요, 그 사람."

그녀는 여느 때처럼 빈정거림에 신경 쓰지 않고 대답했다.

존은 분노에 차서 코를 쿵쿵댄다.

"내 말은 이 사건에서는 당신이 그의 계책을 따를 필요가 없다는 겁니다."

"그도 그러는 이유가 있겠죠."

"전에는 그 피 흘린 소년을 위해 정의를 찾아가는 빌어먹을 고독한 총잡이 사건이 중요하기도 하고 아니기도 했어요. 거기서 위태로운 건 부모의 사생활과 스캔들이었으니까요. 하지만 지금 이건 아니에요. 이번은 생명이 위태롭다고요. 카를라 오르티스랑 그녀의 운전사까지 위험해요. 그녀만 사라진 것처럼 보이지만요, 젠장."

존이 운전대를 치며 말했다.

이건 적절한 주장이었다. 그가 보기에 그녀는 그 말을 천천히 받아들이고 처리하고 있었다. 그는 양방향으로 지나가는 자동차 숫자를 세기 시작했다. 서두르는 사람들, 뜬눈으로 그들을 기다리는 사람들이 있는 곳으로 향하는 생기 있는 사람들.

'아, 너무 피곤하다.'

북쪽으로 향하는 차 11대, 남쪽으로 향하는 차 6대를 셀 때쯤 그녀가 입을 열었다.

"아직은 아무 말도 할 수가 없어요. 파라가 운전사에 대해 말한 것도 가능성은 있어요. 운전사에게 휴대전화와 방법들, 기회들이 있으니까요. 그러니까 그에게 라 핀카 살인 사건에 대해 말하기 전에 우리 스스로 뭔가 알아내는 게 나을 거예요. 우리가 말하고 싶더라도요."

"당신은 말하고 싶지 않잖아요."

그녀가 어깨를 으쓱했다.

"보통 나를 부른다는 건 사건이 너무 어려워서 다른 사람들이 하면 일을 그르칠 가능성이 크다는 뜻이에요."

'뭔가 맞는 말이야. 근육질 경감을 열받게 할 수 있는 게 있다면, 그건 신문 첫 면에 실린 그녀의 사진이겠지. 세계 최고의 재산을 가진 부유한 상속녀가 숨어 있는 곳이 어디든 그곳에서 나오는 데 도움이 될 만한 사진 말이지. 그리고 적시에 울리는 전화. 중요한 건 카를라 오르티스 납치를 대중들이 알고 모르고가 아니라, 언제 그녀의 사진이 올라갈지다. 그리고 거기에 다른 사건을 추가한다면⋯.'

"그래요, 나도 파라를 믿지는 않아요. 하지만 운전사에 대한 그의 의견이 의심스럽다고 말한 건 당신이잖아요. 정말 그가 카를라 오르티스를 납치했을 수도 있다고 생각하는 거예요?"

"뭘 할지 결정하기 전에 우선 그걸 확인해야 해요. 만일 운전사가 아직 살아 있다면, 당신에게 달걀이 들어간 믹스 샌드위치를 사주죠."

그녀는 쓸쓸한 미소를 지으며 말했다.

"그럼, 우리는 뭘 하죠?"

존이 차 시동을 걸며 물어봤다.

"우선 뭘 좀 먹어요. 배고파 죽겠어요."

"지금 새벽 4시예요."

"자 가요, 얼른."

카를라

에세키엘이 떠나면, 침묵이 돌아오고, 시간이 사라진다.

우리는 일과 음식, 대화, 잠 등 일상에서 벌어지는 일에 너무 익숙해져서 시간을 당연하게 생각한다. 하루하루의 자연스러운 흐름, 작은 도전들, 기쁨과 좌절이 모두 우리의 지평선이 된다. 시간은 그 자체로 진정제가 되어 뻔한 현실에 대해 무감각하게 만든다. 우리 존재의 모든 것, 만지는 것, 씹는 것, 소유하고, 잠자리를 갖는 것, 상처를 주고받는 것은 모두 바로 여기 존재하고, 우리의 느낌에서 시작해서 생각들로 끝난다. 카를라에게 시간을 빼앗으면, 그 가혹한 현실만이 남는다. 이것이 바로 당신이고, 이게 바로 현 상황이다. 우리는 그 현실을 받아들이기가 너무 어려워서, 그것을 피하는 일에 한평생을 바친다. 우리 사회, 우리 문화, 우리 머리도 마찬가지다. 이것들은 하나의 목표에 전념하기 위해 완벽하게 설계된 작업 속의 세 가지 기둥이다. 그 목표는 바로 피할 수 없는 육체의 진실을 피하는 것이다. 그리고 그 육체는 무너지는 감옥이다.

시간을 빼앗기면, 눈에서 베일이 벗겨진다.

받아들일 수 없다.

그런 상황에 있다면 누구라도 그럴 것이다. 왕비가 되리라는 걸 알고 (그녀의 부모가 아무리 알리지 싶지 않았어도, 알려질 수밖에 없는 일들이 있다) 공주처럼 자란 카를라 오르티스에게는 더욱 그렇다.

그래서 카를라는 태아 자세로 두 손으로 귀를 막고 이 상황을 받아들일 수 없다는 자세를 취했다. 이곳은 상당히 편안한 영역이었다.

그녀는 세계에서 가장 부자의 상속인 카를라 오르티스다. 몇 년 안에(오래 기다리지만, 서두르지 않는다. 아버지를 너무 사랑하지만, 그것은 삶의 법칙이다), 그녀는 순서대로 세상에서 가장 부유한 여성이 될 것이다. 세계에서 가장 부유한 여성은 서른네 살에 남은 시간이 별로 없어서는 안 된다.

그녀는 절대로 그곳에 없다. 이 일은 일어나지 않고 있다.

그녀는 코앞에 경마 시합도 앞두고 있다. 그녀는 매기의 배에 매는 띠를 항상 두 번씩 확인한다. 굴레랑 부츠도. 그리고 올라타기 전에 뒤꿈치로 땅을 두 번 친다. 행운을 위해.

넌 아니, 넌 거기에 없어.
네 부츠랑 헬멧, 채찍은 어디에 있지?

아니, 그녀는 사무실에서 보고서를 준비하고 있다. 중요한 보고서를. 잘했다는 성과를 보여주는 보고서. 1년 이상 그녀는 절대 얻지 못할 아버지의 승인을 얻기 위해 싸워왔다.

아니, 넌 거기에 없어.
레이저 포인터, 컴퓨터, 화면은 어디에 있지?

아니, 그녀는 아들과 함께 집에 있다. 지금은 밤이고 아들은 〈검볼 시리즈〉나 〈스펀지밥〉 또는 〈렉스카타도레스〉 다른 회차도 보고 싶어 한다. "그럼 한 편만 더 보고 자는 거야.", "그다음엔 그림책 읽어줘, 엄마", "그래, 읽어줄게."

아니, 넌 거기에도 없어.

그러자 분노가 밀려왔다. 그녀는 부츠를 신고 있지 않고, 회의실의 긴 마호가니 책상에서 발표할 파워포인트 앞에 있지 않으며, 세상에서 가장 좋은 아들의 갓 목욕한 머리카락 향기를 맡을 수도 없기 때문이다.

'나는 카를라 오르티스야! 이건 나한테 벌어질 수 없는 일이라고!'

눈을 떠. 너에게 일어나고 있는 일이야.

'이건 불공평해. 난 좋은 엄마고 아들을 돌보잖아. 난 좋은 딸이고, 훌륭한 전문가야. 난 훌륭한 여전사야. 나는 좋은 사람이고, 태어나서 평생 최선을 다해 주변 사람들과 잘 어울렸다고. 이건 공평하지 않아.'

삶은 공평하지 않아.

'난 할 일이 많아. 사업을 해야 하고 아이도 키워야 해. 내 삶은 앞으로 나아가고 있어. 이런 일들은…. 다른 사람들에게나 일어나는 거야.'

어떤 사람들?

카를라는 들리는 목소리를 외면하고 싶었다. 하지만 어둠 속에 누운 그녀 옆에서 그 소리가 너무 또렷하게 들렸다. 그녀의 모든 생각을 반박하는 목소리. 하지만 그녀는 그 질문에 대답한다.

"내가 아닌 다른 사람들." 카를라가 속삭였다.

하지만 여기 있는 건 너야.

'이것은 다른 사람에게나 일어나야 하는 일이야.'

나이 든 사람?

가난한 사람?

누군가… 없어져도 되는 사람?

카를라는 이런 자신이 화가 나고 혐오스러워서 눈물이 났다. 그녀의 대답이 '그렇다'이기 때문이다. 지금 그녀는 누군가와 이 자리를 바꾸고 싶었다. 모르는 사람 아무나. 그 생각이 너무 강하고 생생해서 순식간에 라 코루냐로 돌아가서 해안 산책길을 걷고 있는 모습이 눈앞에 나타났다. 사람들 무리가 그녀를 향해 걸어오고, 카를라는 그들 중에서 누군가를 선택한다. 그녀는 누군가를 어둠 속에 대신 가두고 살아남아서 자유롭고 행복하게 지낼 수 있을까? 그녀를 지나가는 모든 사람이 그녀 쪽으로 고개를 돌린다. 수녀, 어머니, 자전거 탄 사람, 손자의 손을 잡은 할아버지. 하찮은 삶을 사는 그들은 모두 공허한 표정으로 그녀를 쳐다보고, 그들 중 한 명씩 1초도 안 되게 주저 없이 자신들의 삶을 그녀의 삶과 바꾸려고 할 것이다. 그녀는 그들 중 한 명의 팔을 붙잡고 끌고 와서 그녀를 향해 다가오는 어둠 속으로 그 사람을 밀어 넣으려고 한다. 하지만 모두 그녀를 피한다. 그녀는 계속 걷고 있고 모두가 사라져서 카를라만이 어둠 속에 남아 있다.

그녀와 그 목소리만.

넌 특별하지 않아.

넌 너만 특별하다고 생각하지.

하지만 아무도 그렇게 생각하지 않아.

아니, 그녀는 특별하다. 그녀는 카를라 오르티스다. 그녀는 수천 명을 책임지는 사장이 되고 몇 년 후에는(오래 기다리지만, 서두르지 않는다. 아버지를 너무 사랑하지만, 그것은 삶의 법칙이다) 수십만 명의 대표가 될 것이다. 그녀가 밖에 나가면 파파라치가 문밖에서 기다리고 있었다. 그녀의 모든 몸짓, 쓰는 말, 웃은 뉴스와 사진, 댓글로 이어졌다. 그녀의 아버지는 중요한 인맥을 가진 대단한 사람이다. 현재 그녀의 실종은 지구상의 모든 미디어에서 퍼지고 있고, 전 세계적으로 해시태그가 이어진다. '#카를라는 어디 있는가', 또는 '#카를라 집으로 돌아와' 스페인 전체가 그녀를 찾으려고 난리고, 아주 작은 단서에도 주의를 기울일 것이다. 그녀의 아버지는 그녀를 구하기 위해 전국구로 군대를 모집할 것이다.

순식간에 그녀의 환상은 분명한 사실이 된다. 문제는 시간이다. 아마도 제복을 입은 많은 남자가 이곳에 들어와 이 금속 문을 뜯고, 그녀에게 아들을 안겨줄 것이다. 아버지는 밖에서 그녀를 기다리고 있을 거고, 언론들도 마찬가지다. 카를라는 피곤해 보이지만, 눈은 침착하고 머리는 품위가 있다. 수줍음이 많지만 강한 미소를 지어 보인다. 그녀가 망가지지 않았음을 여실히 보여준다. 이 사진은 전 세계에 돌 것이다. 그리고 몇 달 후, 생각이 좀 정리되면, 믿을 만한 기자와 함께 이 시련에 관해서 아주 잘 준비된 첫 번째 인터뷰를 할 것이다. 그리고 그것은 전 세계의 강한 여성들이 입는 그녀의 브랜드에 대한 훌륭한 홍보가 될 거고, 판매량도 많이 증가할 것이다. 그리고 그 결과 아버지는 마침내 그의 이복 자매보다 그녀를 더 사랑하게 될 것이다.

이건 시간문제다. 아마도 몇 분 내에.

비밀번호

안토니아는 존을 엠바하도레스 원형 교차로 근처의 작은 술집
으로 안내했다. 밖에는 택시들이 데모 중이고 안에서는 배고픈
택시 기사 무리가 모여 있었다. 이곳은 지저분한 술집이라서 보
건 검사에서 바퀴벌레가 하나만 나와도 문을 닫을 만한 곳이었다.
존이 볼 때 〈주방의 악몽〉이라는 텔레비전 프로그램도 이곳에서
의 촬영은 거부할 것 같았다. 하지만 누군가 주문을 받으러 왔다.
오, 선입견들. 존은 맥주 300cc와 후추를 곁들인 등심 한 조각을
받았다. 이 고기는 너무 커서 지역 우편번호가 따로 있을 것 같고,
이 정도면 인류도 화해시킬 수 있을 것 같았다. 그녀는 치즈가 들
어간 안심 샌드위치와 전자레인지에 다시 돌린 토르티야[13] 조각

---

13 달걀과 감자를 함께 기름에 튀긴 스페인 음식

에 만족했다.

'와, 엄청나게 잘 먹네. 그런데 어떻게 저렇게 마른 거야. 하긴 머리를 쓰려면 엄청난 에너지가 필요할 테니.'

"그런데, 전에 꺼냈던 배지는?"

존이 식사를 끝내고 물어봤다.

"진짜 맞아요. 아니면 아무 의미 없는 플라스틱 조각일 수도 있고요. 멘토르가 여러 개 줬어요."

"당신 친구는 정말 깜짝 상자군요."

"개자식이죠."

'이제 하지만이 나올 차례군.' 존이 예상했다.

"…하지만 그가 하는 일, 우리가 한 일에는… 뭔가 도움이 돼요. 항상."

말을 하고 난 그녀의 얼굴이 어두워졌다.

TV(계속 나오는 '채널24시간') 소리가 잠깐 그 공백을 메웠다.

"나한테 별로 말하고 싶지 않은 모양이군요."

"이건 내 일들이니까요."

그녀가 말하고 나서 갑자기 웃었다.

"왜 그렇게 웃어요?"

"아니에요. 전에 저를 파트너라고 불렀잖아요. 이제 가능한 한 빨리 당신을 떼어내지 않아도 되는 건가요?"

존은 팔짱을 끼고 있었다. 신중한 답변이 필요한 중요한 질문이다. 그렇다, 안토니아 스콧은 부담스럽고 보수적이며 거만하고, 먹을 때는 악취미도 있다. 그리고 예측할 수 없고 보통은 미친 사람처럼 행동하거나 세게 밀어붙이기도 한다.

하지만.

"네, 그런 것 같네요. 우리는 이 일에 발을 함께 담갔고, 제 일은 끝까지 당신을 돕는 일이니까요. 빌바오에서 저를 기다리는 사람은 없어요. 빙고 게임을 하는 어머니와 맛있는 코코차 뿐이죠."

"경찰서에서는 파트너가 없었나요?"

"3개월 전에 은퇴했습니다. 아주 좋은 삼촌이죠. 아주 재미있고요. 스크래블 보드게임 계의 크리스티아누 호날두죠. 말하고 보니 갑자기 보고 싶네요."

"남자 친구는?"

"지금은 없어요. 당신은?"

"남편이 있잖아요. 그가 어디 있는지 알면서."

"언제부터 거기에 있었던 거죠?"

"3년 전이요."

"이미 당신은 삼십 대잖아요. 근데 서른몇 살이죠?"

"서른몇 살인 게 뭐가 중요하다고."

안토니아는 구겨진 기름진 냅킨을 던지면서 대답했다.

"글쎄요. 몸은 때때로 밤의 리듬을 요구하니까요."

안토니아는 갑자기 얼굴이 발개졌다. 그 효과는 놀라웠다. 그녀의 뺨이 순식간에 빨갛게 변했다. 존은 하이디 이후로 이렇게 빨간 볼을 본 적이 없었다. 만화 그 자체였다.

"설마요… 이봐요, 미세스 스콧… 다른 남자와 하룻밤 정도는 보냈잖아요. 당신한테는 좋은 거고."

존이 맥주를 들고 목을 가리키며 말했다.

그녀는 입을 열고 그 말을 거부하려고 했지만, 소용없는 짓임을 깨달았다.

"그건 축하할 만한 게 아니에요. 별로 자랑스럽지 않아요."

그녀는 무미건조하게 말했다.

"이봐요, 몸은 필요한 걸 원한다고요."

"지금 몸이 원하는 건 일하는 거예요."

존은 화난 얼굴로 그녀를 쳐다봤다. 그리고 다시 시계를 쳐다
봤다. 그리고 그녀를 다시 쳐다보며 더욱 화를 냈다.

"내 말은 몇 시간만이라도 쉬자는 소리예요. 당신의 친구 멘토
르가 4성급 호텔의 방을 예약해놨다고요. 그는 개자식이지만 센
스 있는 개자식이더라고요. 그리고 지금 난 너덜너덜해진 상태
예요."

"나쁜 생각을 한 모양이군요. 자, 맥주를 들고 뒷자리로 갑
시다."

존은 그녀를 따라 가능한 한 다른 손님들과 떨어진 곳으로 갔
다. 그녀는 손에 묻은 샌드위치 기름을 바지에 문질러 닦고 숄더
백에서 아이패드를 꺼냈다.

"존, 우리가 조심해야 할 게 또 있어요. 전 라몬 오르티스와 나
눈 대화가 전혀 성에 차지 않았어요. 그의 눈 속에서 두려움을 봤
거든요."

"딸에 대한 걱정 때문이겠죠. 그건 당연한 거예요."

"물론 당연해요." 그녀는 다시 말하고 나서 잠시 침묵했다.

"당신이 본 건 뭔데요?"

"저는 사람의 감정을 해석하는 데 최고는 아니에요."

"그건 그렇죠. 하지만…."

"하지만 이런 경우 두려움은 불안과 의심, 심리적 충격이라는 세 가지 방식으로 나타납니다. 지금 이 상황에서는 세 번째가 더 많이 나타나야 하는 거고요. 그리고 그녀를 보호해야 한다는 욕구도 커야죠."

"우리는 지금 평범한 사람에 대해 말하는 게 아니잖아요. 이건 수십만 명을 고용하는 백만장자에게 벌어진 사건이라고요."

"알아요. 그렇다고 해도 그는 그 여자의 아버지잖아요."

존은 맥주를 쭉 들이켰다.

"이런 내용은 다 책에서 봤죠?"

그녀가 천천히 고개를 끄덕였다.

"음, 전 책을 많이 읽지는 않지만, 제 직감도 같아요. 그는 우리에게 거짓말을 했어요."

"그는 뭔가 숨기고 있어요. 그리고 말하지 않은 내용은 그에게는 가장 중요한 일이고요."

"그러면 이제 우리가 뭘 해야 할 것 같아요?"

"많은 결론을 내리기 전에 파라와 다른 사람들보다 조금 더 앞서야 해요. 내 계획은 우선 카를라의 모바일 위치 서비스를 사용하는 것에서 시작하는 겁니다."

"거기서 시작하죠. 그런데 그걸 하는 데는 천재적인 머리까지 필요하지는 않아요. 파라는 가장 먼저 애플에 전화해서 정보를 얻을 겁니다."

"그리고 애플은 그것을 제공하는 데 며칠이 걸릴 거고요. 지금 당장 그는 카를라 사무실 컴퓨터를 사용해서 애플리케이션에 접근하려고 하지만, 클라우드의 암호가 필요할 거예요. 그런데 그게

191

없는 거죠."

"그렇죠. 그러니까 당신이 그걸 알아내려는 거군요, 그죠?"

그가 맥주를 마시며 물어봤다.

"해볼 수는 있죠."

안토니아는 아이패드를 열고 자판을 두들기기 시작했다.

"말도 안 돼요, 안토니아. 수백만 개를 조합해봐야 하는데."

"6,450억 개 정도."

그리고 조금 더 있었다.

"음, 시간이 좀 걸릴 테니까 전 맥주를 더 마시고 있을게요."

"무알코올로요. 잠시 후에 운전해야 하니까요."

'알았다고. 내가 운반할 것은 침대로 이 아름다운 몸을 옮기는 것뿐이지. 나는 완전 녹초 상태라고.'

존은 생각하며 주문대 쪽을 향했다.

그는 맥주를 집어 들었다. 바싹 마른 올리브 몇 개가 위에 떠 있었고, 흠뻑 젖은 올리브는 아래에 깔려 있었다. 이 술집은 아주 인심이 좋았다. 그리고 다시 테이블로 돌아왔다. 그녀는 벌써 타자하는 걸 멈추고 팔짱을 끼고 그를 기다리고 있었다.

"벌써 포기?"

"무슨 말씀. 벌써 찾았죠."

존은 너무 놀라서 맥주를 다 쏟을 뻔했다. 빌바오 출신이 맥주를 버린다는 건 정말 놀랐을 때나 나오는 행동이다.

"설마요."

그녀는 아이패드 화면을 돌려서 카를라 오르티스 계정에 어떻게 접근했는지 보여줬다.

"어떻게 한 거예요?"

"약간의 일반 심리학을 이용해서." 그녀가 진지하게 설명하기 시작한다. "암호의 주인을 연구해서, 사용할 수 있는 가장 쉬운 키워드를 생각하고, 생년월일 전후에 추가하는 겁니다. 아들, 아버지, 애완동물 생일, 졸업 연도 등… 거기에서 대충 기본적인 조합이 만들어지죠. 그렇게 몇 개 시도해보니, 나오네요."

존은 너무 놀라 입이 띡 벌어졌다. 턱이 너무 바닥에 박혀서 크레인으로 뽑아내야만 할 것 같았다. 그녀가 다시 말해주지 않았다면 계속 그러고 있었을 것이다.

"책상 서랍 뒤쪽에 이게 적힌 포스트잇을 붙여놓았더라고요. 제가 미리 그것을 발견했어요. 전에 화장실 간다고 하고 나갔을 때 말이죠. 자, 이제 우리가 그녀의 휴대전화를 찾을 수 있는지 한번 보자고요."

카를라

하지만 아무도 오지 않는다.

카를라에게 몇 시간, 몇 분, 몇 개월이 흘렀다. 시간이 사라졌기 때문에 정확히 알 수는 없다.

존재하는 건 지금뿐이고, 지금은 어둠이다.

그리고 아무도 오지 않는다.

아무도 오지 않아.

"이건 그냥 시간문제야. 움직이지 말고 5분만 더 가만히 있어보자." 그녀가 중얼거렸다.

카를라는 한 세기가 흐르게 둔다. 아니면 1분일지도. 알 수가 없었다. 그런데 울음이 터지기 시작했다. 슬픔은 분노와 부정처럼 갑자기, 아주 격렬하고 강하게 다가왔다. 그녀는 위로할 수 없는 커다란 슬픔을 느꼈다. 그녀가 무슨 실수를 했는지, 무슨 잘못을 해서 이 벌을 받는 건지, 모든 게 다 끝났다. 하늘은 불길 없이 타오르고, 빛은 무너지고 부서졌다. 그 불은 음악과 애무, 정의, 웃음, 모든 것을 삼켰고 그 자리에는 재만 남아 있었다. 그 금속문 반대편에는 아무것도 없다. 세상이 사라졌다. 다른 도시, 다른 나라에는 일하고 놀고 먹고 웃고 사랑을 나누는 사람이 없다. 만약 있다면 그녀는 그 사람들을 미워해야 할 거다. 모든 것이 바다에 쓸려갔다고 생각하고 자신을 버리는 편이 낫다.

그만해, 쓸모없는 멍청이 같으니.

'날 좀 내버려 둬.'

일어나.

'못해.'

보르하를 더 흥분하게 만들 수 없었기 때문에 못하겠니?
아들을 재우는 시간에 집에 있지 못해서 못하겠니?
아버지가 너보다 이복 자매를 더 사랑해서 못하겠니?

194

'그만해, 엄마!'

카를라는 울었다. 그러나 더는 슬픔이나 분노, 거부의 눈물이 아니었다. 그녀는 그 눈물이 왜 나오는지 모르지만, 눈이 짓무르지 않고, 몸에서도 탈수증상이 생기거나 땀도 나지 않았다.

일어나.

카를라는 어쩔 수 없이 그 목소리를 따랐다. 에세키엘이 떠난 후 처음으로 그녀는 일어나려고 시도했다. 다리와 팔의 근육이 말을 듣지 않고 뻣뻣했다. 아주 심한 경련이 생기는 것 같았고, 코의 통증이 몇 시간(아니면 몇 달 아니면 몇 분) 동안, 마치 사라진 적이 없는 것처럼 돌아와 있었다. 고통과 함께 의식과 의지의 흔적도 다시 그녀에게 다가왔다. 일어설 수는 있었다. 하지만 어깨가 천장에 부딪혀서 완전히 일어서지는 못했다. 천장은 돌로 되어 있었다. 만지면 시원하다. 거칠다. 위협적이다.

카를라는 다시 바닥에 주저앉았다. 천장이 너무 가깝다는 걸 알고 나니 다른 공황 발작이 나타났고, 진정하는 데 몇 분이 걸렸다. 진정되자 팬티와 허벅지 사이가 축축하고 차가워졌다. 모르는 사이에 오줌이 흘렀다. 하지만 이 정도는 문제도 아니다. 지금 가장 큰 문제는 아무것도 볼 수 없다는 사실이다.

만일 지난주에 카를라의 친구가 뭐가 가장 두려운지 물어봤다면, 아마도 늙음과 냉담, 정부의 무능함 등 어른용 목록을 읊었을 것이다. 하지만 몇 시간 아니 며칠 아니 몇 달 전에 공포에 휩싸여 에세키엘에게 했던 말은 절대 하지 않았을 것이다.

카를라는 어둠이 정말 두렵다.

그녀는 세 살 때부터 누군가 방에 있는 전등을 끄면 어머니가 다시 불을 켤 때까지 비명을 지르고 또 질렀다. 그리고 다섯 살이 될 때까지 아기 전등을 꼭 켜고 자야 했다. 그것이 없으면 제대로 잠을 잘 수 없었다.

열세 살 때, 이복 자매가 어느 밤 그녀 방으로 들어와 벽에서 푸르게 빛나던 전등을 꺼버렸다.

"넌 더는 아기가 아니야." 그녀가 카를라에게 말했다.

로사는 나쁜 사람이 아니다. 하지만 그녀는 카를라에게 큰 애정을 느끼지 못했다. 로사의 어머니는 여덟 살 때 돌아가셨다. 그녀의 아버지는 재혼했고, 곧바로 카를라가 태어났다. 이렇게 로사는 어머니를 배신하는 것처럼 느껴진 두 사건을 경험했다. 그래서 카를라와의 관계에서는 항상 증오의 그림자가 있었다. 어쩌면 그 때문에 그녀들은 항상 서로 반감을 품었을지도 모른다. 로사의 눈은 사시고 몸이 뚱뚱하며, 머리카락도 수북하고 촌티가 났다. 그녀는 책을 좋아했는데 걸음걸이가 무겁고 이상했다. 그리고 항상 카를라를 상처 입은 동물로 여겼다. 로사는 모두가 원하는 금발과 얇은 다리, 모두가 비위를 맞추기 위해 애쓰던 카를라를 수프에 앉은 파리 보듯 쳐다보았다.

물론 불을 끄던 밤에도 그녀의 눈에는 차가움이 있었다.

어쩌면, 증오일지도.

그녀에게 항의하고 애원해도 소용이 없었다. 그녀의 어머니는 이해심이 있는 분이었지만, 그녀의 아버지는 달랐다. 아버지는 카를라를 자신의 후계자로 키우고 있었고, 로사는 후계자가 되고 싶어 하지 않았다. 로사는 의사가 되기 위해 공부했다. 천 조각 따위는 전혀 관심이 없었다. 그래서 그녀의 눈에는 카를라를 단련시키는 건 뭐든 다 좋아 보였다.

하지만 카를라는 적어도 어둠에는 단련되지 않았다. 그녀는 아버지가 방에 들어와서 불이 켜진 것을 나무라면 변명하기 위해 방바닥에 물건들을 흩어놓았다. 그리고 불을 켜놓아야 일어날 때, 물건들이 발에 채지 않는다고 둘러대곤 했다. 그녀는 문 아래에 빛이 새어 나가지 않도록 수건으로 막는 법도 배웠다.

그녀의 어둠 속에는 늘 괴물들이 숨어 있었다. 살과 뼛속에 들어있는 찐득찐득한 물질에 굶주린 괴물들, 파악하기 어려운 모양의 괴물들은 서로의 날카로운 이빨 사이에서 으스러져서 죽어갔다. 그녀는 그 괴물들을 볼 수 없지만, 그들은 그녀를 분명히 볼 수 있었다.

카를라는 항상 그것을 알고 있었다. 그리고 그녀가 옳았음이 밝혀졌다. 이제 카를라는 자신이 너무 두려워하는 어둠과 맞닥뜨려야 했다. 주변을 살펴보고 그 상황을 다스릴 방법을 찾아야 했다. 하지만 그녀의 마음은 내키지 않은 것 같았다. 이번에는 새로운 모습이긴 하지만, 파악하기 힘든 모습이다. 형광 안전 반사 조끼를 입은 남자, 칼을 든 남자. 금속 문 반대편의 그 모습을 상상했다. 어둠 속에 숨어서 칼을 들고 그녀의 손바닥에 못을 박기 위해서 팔을 뻗기만을 기다리는 모습.

간단한 것부터 시작해.

무릎을 꿇어.

197

카를라는 그 목소리를 귀담아들으려고 했다. 그렇지 않으면 무슨 다른 일을 할 수 있을까?

그녀는 떨리지만, 태아 자세에서 몸을 돌려 양쪽 무릎을 바닥에 댔다. 그다음에 손바닥을 댄다. 그리고 마침내 몸을 일으켰다.

먼저, 위로.

그녀는 팔을 들었다. 거의 느껴지지 않을 정도로 아주 천천히. 그녀는 손가락 끝이 천장에 닿자(손톱으로 살짝 스쳤다) 마치 프라이팬에 화상을 입은 것처럼 재빨리 손을 뗐다. 그녀는 다시 시도해보면서 이번에는 손끝으로 천장을 만졌다. 세 번째 시도였다. 그리고 그것을 더듬었다. 무릎을 꿇으면 머리 위로 대략 한 뼘 정도가 남았다. 아마도 120센티미터 정도?

이제 좀 더 어려운 일을 할 차례였다. 이제 움직여야 한다.

그녀는 목소리가 다시 말할 때까지 기다리지 않았다. 이미 무슨 말을 할지를 알고 있다. 지금 어디에 있는지 알아야 하고, 도구가 있는지도 확인해야 했다. 어떻게 할지를 결정하는 데 한참이 걸렸다. 결국 그녀는 바닥을 기기로 했다. 먼저 감옥 문 역할을 하는 금속판을 찾았다. 그녀는 문에 엉덩이와 한쪽 다리를 붙이고, 한 손을 땅에 대고(그녀는 여기저기 뛰어다닐 수 있다는 생각은 아예 하지 않고, 각질이 생긴 발로 땅을 기었다), 다른 손으로 문을 움직여봤다. 손가락들을 뻗어봤다. 뭔가를 찾으면서. 손으로 더듬으면서.

금속 문의 가장자리를 찾았다. 위쪽에는 일종의 통풍구인 아주 작은 구멍들이 많이 나 있었다. 그녀는 그 구멍 중 하나에 눈을 대봤지만, 아무것도 보이지 않았다. 작지만 느낄 수 있을 만한 시원한 공기의 흐름이 눈 속을 스쳐 지나갔다.

대략 문 길이는 2미터 정도 되는 것 같았다.

나머지는 또 살펴봐야 했다. 카를라는 의식이 있는 상태지만, 금속 문에서 떨어지기가 쉽지 않았다. 어떻게든 탈출 경로로 확인된 곳에서부터 다시 멀어졌다. 다시 하는 걸 결정하기까지 오랫동안 망설였다.

계속해야 해.

네가 지금 어디 있는지는 알아야지.

계속 같은 방법으로 반복했다. 어깨로 반대쪽 벽에 기대어 팔을 뻗은 채로 기어가기 시작했다. 오래 걸리지 않는다. 금속판과 반대편 벽 사이의 거리는 불과 130센티미터 정도밖에 안 됐다. 그녀의 세계는 이제 3평방미터의 면적으로 축소되었다.

그녀는 한쪽 구석 바닥에서 하수구 비슷한 걸 찾았다.

'방금 화장실을 찾은 것 같은데.'

그 순간 아주 오래전, 보르하와 신혼여행을 갔을 때, 그녀는 피지섬에 있는 1,500제곱미터 방갈로의 한쪽 끝에서 방금과 똑같은 말을 외쳤었다. 그리고 반대편 끝 쪽에서는 새신랑이 벨보이를 빨리 보내려고 너무 많은 팁을 쥐어주었다.

카를라는 기억과 지금의 현실 사이의 간극이 너무 커서 박장대소가 터졌다. 신경질적이고 참을 수 없는 웃음. 시끄러운 웃음. 눈물이 날 때까지 웃었다.

그리고 그때 벽 반대편에서 누군가 그녀를 부르는 소리가 들렸다.

위치

존 구티에레스 경위는 한 번도 밤샘이란 걸 해본 적이 없었다. 그저 자정 무렵에 하는 시리즈물을 보며 소파에서 잠옷을 입고 잠드는 정도가 다였다. 그는 다음 에피소드를 건너뛰고 넷플릭스 로고가 두 번 큰 소리를 내면, 세 번 정도 코를 골고 나서 침대로 간다. 불행히도 나쁜 사람들은 나쁜 일을 하기 위해 밤을 선택한다. 따라서 밤샘을 하는 것은 그가 선택한 직업에서는 의무다.

'나는 이 직업을 선택하지 않았다. 이것이 나를 선택했을 뿐.'

존은 학교를 졸업하고 사회생활을 시작할 때가 되자 두려웠다. 이 부분에 대해서 멘토르에 했던 말은 사실이다. 하지만 그의 안에는 불씨보다 더 많은 불이 남아 있었다. 그 불에 이름을 붙이면 그 불이 줄어들지도 모른다. 아무튼 그는 그 마음의 불 때문에 874페세타(스페인의 옛 통화)를 내고 경찰 시험 신청서를 썼다. 그리고 그는 그곳에 가서 신체검사를 통과했다(그는 뚱뚱하지 않지만, 몸 때문에 손해를 보긴 했다). 그리고 아빌라의 경찰 학교에 들어가서 유니폼을 입고 한 손엔 총을 들고 거리에서 사람들을 보호했다. 팜플로나에서 1년, 그리고 라 리오하에서 또 1년. 그렇게 그는 신분증을 만드는 일에서 벗어났다. 어머니에게는 이 일을 했다고 말했고, 그녀는 그런 말을 믿는 척했다. 그리고 빌바오로 돌아왔다. 거기에서 경위가 되었다. 그리고 이 일에 발을 담갔다. 절대 빠져나갈 수 없을 정도로 깊숙이. 그리고 그 불이 그가 겪은 모든 빌어먹을 일들에도 불구하고, 사십 대에도 여전히 변함없이 타오르고 있다.

존은 사흘 동안 지칠 대로 지쳤지만, 안토니아와 함께 차로 돌아와 시동을 걸자 그 불이 다시 타오르는 것 같았다. 카를라 오르티스의 계정의 '아이폰 찾기' 응용 프로그램이 지도에서 한 지점을 표시하고 있고, 지금 그쪽을 향해 가고 있었다.

"휴대전화가 꺼져 있네요. 그런데 이상한 점이 있어요. 카를라 오르티스 같은 사람은 노트북을 가지고 있을 텐데요."

안토니아가 말했다.

"집에는 어떤 컴퓨터가 있었는데요?"

"아이맥 프로. 애플에서 나온 것 중에 가장 비싼 거예요."

"그녀는 이동이 많은 회사 중역이에요. 그러니 당연히 같은 브랜드의 노트북을 가지고 있었겠네요."

"클라우드에서 나머지 장치들과 같은 위치 서비스를 사용했겠죠."

한 번도 애플을 사용한 적이 없는 존은 이런 작동 방식이 낯설었다.

"전 그게 어떻게 작동하는지 잘 몰라서요." 그가 대답했다.

"새 애플 제품을 사면 먼저 계정과 연결해요. 도난당했거나 분실하면 비밀번호를 사용해서 다른 계정에서 계정에 연결하면 어디에 있는지 확인할 수 있거든요. 또는 이런 경우처럼 마지막으로 사용한 위치가 어딘지 알 수도 있죠. 다시 그 장치가 켜지고 인터넷에 연결되면 클라우드에서 해당 정보를 업데이트해요."

"그렇다면 노트북은 없는 건가요?"

"네, 없을 수 있어요. 그런 생각은 안 들지만요. 아니면 누군가 클라우드에서 그것을 삭제했거나. 그래서 비밀번호가 필요한 거예요."

"그러니까 카를라가 직접 삭제 했거나, 아니면 누군가 그녀에게 비밀번호를 대라고 강요했거나."

"그렇네요. 그렇다면 아직 그녀가 살아 있을 가능성이 있군요."

좋은 소식이었다. 불을 피울 수 있는 약간의 연료가 있었다.

"이제 다 왔어요." 존이 알렸다.

그곳에 도착하는 데 20분도 채 걸리지 않았다. 아직 아침 여섯 시 전이고, M-30 도로는 거의 사막같이 한산했다. 존은 액셀을 살짝 밟았다. 그는 원래 빨리 달리는 걸 좋아하지 않는다. 하지만 카를라 오르티스의 남은 시간은 빨리 달리고 있었고, 이것은 그들이 얻은 첫 번째 확실한 단서다.

"140으로 밟아도 놀라지 마세요." 존이 말했다.

안토니아는 전혀 동요하지 않았고, 덕분에 그들은 금방 도착했다.

그들이 도착한 곳은 둘 다 잘 모르는 곳이다. GPS가 "목적지에 도착했습니다."라고 말하자 존이 차를 멈췄다. 그들은 외딴 길 위에 있었다.

"이제 뭘 하죠?"

"이러한 시스템이 특히 인구가 많지 않은 지역에서 항상 정확한 건 아니에요. 만일 도시에서 정확도가 50미터 이내라면, 여기 시골에서는 200미터 이상이 될 거고요." 그녀가 말했다.

"만일 에세키엘이 이 전화기를 차창 밖으로 내던졌다면요? 그건 우리가 이 넓은 곳에서 10센티미터짜리 물건을 찾아야 한다는 뜻이겠죠? 전 수학은 젬병인데."

"약 125,664제곱미터가 넘습니다. 반올림해서."

안토니아는 눈 깜짝할 사이에 대답했다.

"반올림을 해서… 우리 낮에 다시 오죠. 사람들 좀 많이 데리고."

"너무 빨리 포기하지 말아요. 봐요, 저기 뭔가가 있어요."

한 건물이 아니라 벽으로 둘러싸인 단지처럼 보였다. 입구에는 불이 켜져 있었다. 녹색 출입문이 달린 경비실이었다. 존은 그 옆에 차를 대고 창문을 두 번 두드렸다.

"아무도 없는 것 같은데요." 그녀가 말했다.

"그나마 문은 열려서 다행이네요."

존은 경비실 입구 옆에서 머리를 수그리고 주머니에서 무언가를 꺼내서 뒤적뒤적하더니 기뻐했다.

7~8년 전, 어느 오후

존은 도둑을 쫓고 있었고, 거의 코앞까지 따라잡았다. 루이스 미겔 에레디아가 이렇게 달아난 게 벌써 네 번째였다. 그는 십 대 소년이라서 두 다리가 가벼웠다. 그에 비해 존은 약하고 느렸다. 그렇다고 그가 뚱뚱하다는 건 아니다. 그 아이는 갈수록 성장해서, 이제 달아나면서 존 구티에레스 부경위를 놀릴 정도가 되었다. 뛰다가 존 쪽으로 몸을 놀린 후 가운뎃손가락을 들어 보이는 그의 모습은 너무 행복해 보였다. 그러나 불행히도(또는 다행히도, 대상에 따라 다르므로) 뒤를 돌아서는 순간 그는 야산 앞 도로에 세워진 멈춤 표지판을 미처 보지 못했다. 그리고 존이 있는 쪽까지 우당탕하는 소리가 들렸다.

순간 존은 재빨리 그를 덮쳤다. 그렇게 길바닥에 널브러진 소매치기, 루이스미[14]는 이제 정신이 들기 시작했다. 그의 입술은 피로 흠뻑 젖어 있었다.

"앞으로 너무 많이 뛰지 마, 알겠어, 루이스미?"

존은 무릎에 두 손을 얹은 채 말했다. 그는 아직도 숨이 가빴다. 존은 그가 일어나도 계속 달리지 못하도록 거시기를 여러 번 걸어차고 싶은 유혹이 들었다. 너무 그러고 싶어서, 오른발 끝이 근질거릴 정도였다. 하지만 존은 그를 일으켜 세운 다음 도로 표지판에 기대도록 도와주었다.

존이 그를 일으키자, 피가 존이 입은 광고용 흰색 티셔츠의 가슴 쪽을 빨갛게 물들여 회사명과 전화번호를 뒤덮고 있었다.

---

14   루이스 미겔을 줄여서 부르는 이름

"제길, 가지고 있는 옷 중에 깨끗한 건 달랑 이거 하나뿐인데."

그는 자신과 경찰관 바지 위에 헤모글로빈을 뿌리면서 말했다.

"이제 더는 안 봐줘." 존이 주머니에서 손수건을 꺼내 그의 코를 눌러 피를 막으면서 말했다. "또 뛰기만 해봐, 네 영혼을 부술 테니까."

"전 원래가 뛰는 사람이라고요."

루이미스는 이렇게 말하고 싶었지만, 코가 손수건에 꽉 막혀서, '저워띠라요.'라고 말하는 것처럼 들렸다.

"그래, 이 바보야. 그건 그렇고 어떻게 오차르코아가 지역에서 문을 따기 시작한 거야? 거기 가난한 사람들만 사는 거 몰라?"

'물론 그 아이는 가장 안 좋은 산프란시스코 지역에 산다.'

"거기가 아니면 어디서 도둑질을 하라는 거예요?"

"아반도이바라로 지역으로 가. 나도 너한테서 좀 벗어나게. 거기에서 널 잡아도 머리통을 날리지는 않을 테니까. 기껏해야 잡아만 두겠지."

존의 큰 손안에 붙들린 루이스미는 간신히 몸을 움직이며 고개를 저었다.

"거긴 교통비가 너무 비싸요. 문들은 또 얼마나 단단한지."

"근데 여기서는 건질 게 별로 없잖아." 존이 손수건을 떼자 피가 멎었다. "자, 얼른 경찰서로 가."

루이스미는 긴장하고 다시 달아나려고 했지만, 그를 잡는 존의 팔 한쪽 무게가 그의 몸무게와 거의 같았다. 그런 팔이 존의 몸통 양쪽에 붙어 있었다.

"경찰서는 못 가요. 내일 시험이 있는데 공부를 안 했거든요."

"시험? 그래 뭔 시험을 보는데?"

"직업훈련을 받고 있어요."

"어서 가라니까."

"맹세해요."

그는 가방에서 노트를 꺼냈다. 가방 바닥에는 그가 산 것 같지는 않은 휴대전화가 여섯 대나 들어 있었다.

"풀어줘요. 그래봤자, 판사가 내일 풀어줄 거잖아요, 미성년자니까."

존은 잠시 머리를 긁적이다가 결국 그를 놓아주었다. 그 대가로 존에게 문을 따는 법을 가르쳐주겠다고 약속했다.

"당신처럼 늙은 개도 아주 하기 쉽거든요."

존은 전혀 기대하지 않았다. 심지어 그가 정말 시험공부를 한다는 것도 믿지 않았다. 그 노트도 훔쳤을 수 있기 때문이다. 하지만 그로부터 두 달 후, 정말로 루이스미가 고르도니스 경찰서에 나타났다. 그는 겨드랑이 아래 중등 직업훈련 자격증을 끼고 있었다. 그리고 존을 위한 작은 도구상자도 들고 왔다.

"전 이제 도둑질 안 해요. 빨리 아저씨 집으로 가죠."

그에게 말했다.

"우리 집엔 너랑 못 가. 어머니가 계시거든."

그러자 루이미스는 그를 아르트산다 지역의 버려진 건물로 데리고 갔다. 그는 가지고 온 도구상자의 도구들을 이용해서 거기 있는 모든 자물쇠를 여는 방법을 가르쳐주었다.

"모든 건 손의 감각에 달렸어요. 잔 떨림을 느끼고 나면, 덜컹!"

"오, 이 도둑놈, 언젠가는 한 여자를 아주 행복하게 해주겠네."

존이 자물쇠 여는 기구를 사용하며 말했다.

"물론이죠. 혹시 자물쇠 만지는 사람이 얼마나 버는지 알아요?"

승마 센터

"이제 됐어요."

존이 전등 안에 있던 조각들을 일렬로 구멍에 집어넣고 돌리자 찰칵 소리가 났다. 순간 그는 루이스미가 표지판에 부딪혔을 때가 생각나서 좀 씁쓸했다. 그때 그는 라 핀카에서 피를 흘린 아이보다 그렇게 나이가 많지 않았다. 하지만 너무 다른 삶이다.

존은 일어서서 안토니아가 들어가도록 길을 비켜줬다.

경비실에서 건물 내부로 연결되는 문에는 내부 래치만 달려 있었다. 맞은편에는 커다란 안뜰과 엄청난 고요가 있었다. 그리고 그 앞에는 단층짜리 건물이 있었다. 오른쪽 담 옆에 또 건물이 있고 정면에는 어둠이 있다.

"여기가 말들을 보관하는 곳이네요." 존이 말했다.

"어떻게 알죠?"

"말 냄새 안 나요?"

"안 나는데."

"아. 그렇군요. 미안해요."

존은 그녀의 후각 문제가 생각나자마자 사과했다. 갑자기 누군가 그들의 얼굴에 손전등을 들이댔다. 존은 본능적으로 안토니아 앞을 막아섰다.

"꼼짝 마! 손 들어!"

"자, 진정해요. 우린 경찰입니다."

어쨌든 존은 손을 올리며 말했다.

그 경비원은 땅 쪽으로 손전등을 내렸다. 스무 살도 안 돼 보였다. 심지어 총도 없다. 그는 강렬한 전등 빛과 엄청난 용기로 무장하고 손을 들라고 명령했던 거다.

"그런데 어떻게 들어오셨습니까?"

"경비실 문이 열려 있던데요. 도대체 무슨 생각으로 열어둔 거죠?"

"제가 이번 주에 처음 이 일을 시작해서요. 아무튼 여기에는 들어오시면 안 됩니다."

"전화했는데, 아무도 없어서요."

"화장실에 다녀오느라고요."

"어깨에 지푸라기가 붙었네요."

그녀가 경비원의 셔츠를 가리키며 끼어들었다.

"아, 마구간 뒤에 있는 건초 더미에서 눈을 좀 붙였어요. 이번에는 교대 시간이 좀 안 좋아서요. 참기가 힘들었어요."

"그럼 다음 주는 쉬시겠군요. 근데 신분증도 요청하지 않고, 우리가 경찰이란 걸 어떻게 알았죠?"

그 청년은 잠시 생각에 잠겼다.

"경찰도 아닌데, 저에게 왜 경찰이라고 말했겠어요?"

'공격할 수 없는 반박이군.'

"뭔가 두고 갔겠거니 생각했어요." 경비원은 계속 이어갔다. "당신 동료들이 오후 내내 여기에 있었거든요. 제가 올 때쯤에 그들은 떠났고요. 그들은 도난당한 암말인가 암튼 그 비슷한 걸 찾으러 왔어요. 제 상사는 그들에게 여기 주변을 보여주었지만, 아무것도 찾지 못했고요."

안토니아와 존은 서로를 쳐다봤다.

"그런데 누구의 암말이었죠?" 그녀가 질문했다.

"그걸 제가 어떻게 알겠어요. 저희에게는 아무 말도 해주지 않아요. 전 야간 경비원일 뿐인데요. 어젯밤에 암말이 도착했어야 하는데, 도착하지 않았다는 것만 알고 있어요."

"잠시 실례합니다."

존이 안토니아를 옆으로 끌어당기며 말했다.

"여긴 카를라가 열릴 대회를 위해 암말을 가져오기로 한 곳일 거예요. 새로운 장소라서 구글 지도에도 안 나와요."

안토니아가 말했다.

존은 휴대전화 손전등을 켜고 벽에 간판을 비춰봤다. '모랄레하 스포츠 클럽 경마센터 & 스파 그랜드 오픈'이라고 적혀 있었다. 바로 다음 날이다. 참가자 목록에는 카를라 오르티스와 그녀의 암말 매기가 들어 있었다.

"저기 목록이 있네요. 모두가 볼 수 있는 곳에."

"여기 한 바퀴 돌죠." 안토니아가 요청했다.

"USE 요원들이 철저히 조사했을 거예요."

"알아요. 근데 카를라의 휴대전화가 여기 반경 200미터 안에 있어요. 있다고 한 곳에 있지 않으면, 어디에 있겠어요…."

그녀는 말을 하다가 중간에 끊었다. 그리고 돌아서서 경비원 쪽으로 달려갔다.

"사다리가 좀 필요한데요."

"사다리요? 정비실에 있을 텐데요…."

"그럼 됐어요."

입구 근처에는 초록색 큰 쓰레기통 두 개가 있었는데, 어두워서 까맣게 보였다. 안토니아는 그중 한 개의 뚜껑 위로 올라갔다. 그런 다음 담 위로 올라가려고 애썼지만, 너무 높았다.

"안 도와줄 거예요?"

안토니아의 당혹스러운 행동을 지켜보던 존이 쓰레기통 쪽으로 다가갔다. 거기에 뭐가 있는지 모르겠지만, 당연히 그가 찾고 싶은 건 없었다. 물론 안토니아가 그것까지 신경 쓸 필요는 없다.

"내가 쓰레기통 위로 올라갈 거로 생각한다면, 당신은 미친 거예요. 이 옷은 톰 포드 거라고요."

"톰 포드가 아니잖아요. 당신 월급으로 그 옷을 어떻게 사요."

"음, 거의 진품에 가까운 짝퉁이에요. 그런데 내가 얼마 버는지 알아요?"

"닥치고 여기로 올라와요. 진짜 톰 포드로 사줄 테니까."

"땡전 한 푼도 없으면서. 이웃들이 음식으로 집세를 내는데."

"우선 여기로 올라오면, 나를 돕는 동안 멘토르가 당신에게 얼

212

마 줄지 말해줄게요."

존은 안토니아처럼 올라가보려고 했지만, 끝까지 가지는 못했다. 그가 뚱뚱하기 때문은 아니다.

"여기로 와서 좀 도와주세요."

존이 경비원에게 전화로 부탁했다. 경비원이 와서 무릎 높이로 손에 깍지를 끼고 존을 받쳐줬다.

"지금 무슨 일을 하시는 건지 좀 알았으면 싶은데요."

"이봐, 나도 좀 알았으면 좋겠다니까."

그 청년이 전등 중 가장 빛나는 전구는 아닐지언정, 존의 몸무게를 받치고 이 지방 덩어리를 위로 올릴 수 있을 정도로 힘은 셌다. 존은 우아함 부족, 품위 부족, 목적 없는 자살처럼 굼뜨게, 그러나 올라갔다.

"내 월급이 얼마라고 하던가요?"

"나중에 말해줄게요. 우선 날 도와줘요."

존은 경비원이 해준 그대로 무릎을 굽히고 안토니아를 담벼락까지 올려줬다. 안토니아는 그 위에 걸터앉았다가, 그다음에는 일어섰다. 다행히도 그 위에 박혀 있는 유리 조각들은 없었다. 존이 볼 때 거기엔 고양이들도 올라가지 않을 것 같았다. 그런 생각을 할 여유가 없었다. 그는 쓰레기통 뚜껑 위에서 발을 헛디디지 않고, 안토니아의 몸에 손을 대지 않으면서 안토니아가 넘어지지 않도록 열심히 노력해야 한다. 그 뚜껑은 119킬로그램 몸무게를 지탱하기가 힘든지 아래로 푹 꺼졌다.

'이봐, 아가씨, 오래 있지는 말라고.'

담

안토니아는 담 위에 서서 새벽녘 쪽빛이 옅어지기 시작한 어둠을 바라봤다. 날도 춥고 해가 뜨려면 아직 30분이나 남았지만, 소나무 꼭대기들은 검은색에서 회색으로 변하는 하늘을 배경으로 이미 서서히 윤곽을 드러내고 있었다. 바람은 소나무 숲에서 속삭이고 매미들의 울음소리는 간헐적으로 불규칙하게 울렸다. 풍경의 맨 아래쪽에서 주요 도로가 눈에 들어왔다. 안토니아의 발아래서 중학교가 끝나는데, 아직 이 길은 포장이 안 되어 있었다.

안토니아는 위치를 찾기 위해 아이패드를 꺼내지는 않았다. 화면을 켜면 눈이 부실 테니까. 지금은 눈이 희미한 불빛에 조금씩 익숙해져야 한다.

대신 더 좋은 방법이 있었다. 안토니아는 여기 도착하는 동안 공부했던 이 지역의 지도를 머릿속에 떠올렸다. 그녀는 그것을 눈앞에 펼쳐진 풍경 위에 겹쳐 놓았다. 승마 센터는 언덕 꼭대기에 있고, 20미터 차이가 나는 두 개의 소나무 숲으로 둘러싸여 있는데, 이 숲들은 단지 뒤쪽에서 서로 만난다.

'부자들이 말 타자고 누군가 자연으로부터 많은 땅을 빼앗았군.'

안토니아는 그렇게 생각하다가 재빨리 해야 할 업무 외 다른 것들은 지워버리려고 노력했다.

'여기. 지금.'

마음 지도 속에서 장소의 위치가 정해지기 시작하고, 위치 서비스에 나타난 카를라의 마지막 전화 연결 지점이 추가됐다. 그리고 그 주위에 원을 그리고 있는 곳을 기준으로 위치를 계산했다. 거의 반대편 교차점에 있다.

'우리가 찾을 것을 찾아보자. 승마 센터에는 없어.'

안토니아가 생각했다.

이제 안토니아는 마음 지도에 카를라 오르티스의 자동차를 그리고, 그것을 주요 도로에서 경마센터까지 여행하게 만들었다. 머릿속 교차점을 그린 지점에서 선이 끊어졌다.

왼쪽에는 땅이 고르지 않고, 계단 모양으로 조성된 소나무 숲은 산이 된다. 자동차가 지나갈 만한 곳이 아니다. 다른 방향, 오른쪽에는 경사가 더 완만하다.

그녀는 직접 보지 못했지만, 그 나무 사이에 길이 있다는 걸 알고 있었다.

"저기 있어야 해."

카를라

처음에 카를라는 그 목소리가 머릿속에서 울리는 소리인 줄 알았다. 존재하지 않는 목소리. 어머니의 목소리처럼 들리지만, 이미 11개월 전에 돌아가셔서 그 목소리가 될 수는 없는 소리. 그런데 들린다.

"저기요? 거기 누구 있어요?"

벽의 반대편에서 매우 희미한 소리가 들렸다.

'드디어 오고 있어. 드디어 그들이 날 찾으러 오고 있다고!'

카를라의 심장이 피를 뿜기 시작하고 아드레날린이 솟구쳤다. 드디어. 카를라는 이것이 감당해야 하는 일이라는 걸 알았다. 시간문제일 뿐이라는 걸. 카를라는 벽까지 기어가서 벽을 두드리기 시작했다.

"네! 저 여기 있어요! 도와주세요. 제발 좀 도와주세요!"

맞은편에는 침묵이 있었다. 그것도 무거운 침묵이.

"저기요? 내 말 들려요?" 카를라가 계속 외쳤다.

"잘 들려요."

다른 사람이 대답했다. 실망스럽게도 마드리드 말투가 묻어나는 부드러운 여성의 목소리였다. 방향을 잃는다.

카를라의 흥분은 실망으로 변했다. 구조 대원과 이야기하는 게 아니라, 다른 피해자와 이야기를 하는 거라니. 울음이 돌아오려다가 목구멍에 걸리고, 그녀는 애써 숨기며 다시 말을 꺼냈다.

"이름이 뭐예요?" 카를라가 질문했다.

"모르겠어요… 당신에게 그걸 말해줘야 할지."

"왜요?"

"당신이 누군지 모르니까요."

다른 여자의 목소리는 아주아주 겁에 질려 있었다. 하지만 이런 사실은 그녀에게 두려움을 주는 대신 용기를 심어줬다.

"저는 카를라예요." 카를라는 성까지 말하려다 멈칫했다.

"저는 산드라예요." 그녀가 뜸을 들이다가 대답했다.

"산드라, 우리가 지금 어디 있는지 알아요?"

"아니요." 산드라는 울음이 터지기 직전 같았다.

"그럼 누가 우리를 납치했는지 알아요?"

"키 큰 남자. 그가 내 차에 탔어요. 칼을 가지고요."

"그가 이름을 말해주던가요?"

"에세키엘. 에세키엘이라고 했어요."

"당신에게도 상처를 입혔나요, 산드라?"

그 순간 산드라는 무너졌다. 거의 들리지 않게 절망적으로 흐느끼는 소리만 들렸다. 그 소리는 둘 사이에 놓인 벽에 가려졌다.

불안은 안 된다. 그 불안은 가늘고 유독한 안개처럼 벽에 스며들어 카를라의 폐로 들어온다. 그녀는 산드라의 운명도 자신과 같다는 걸 알고 있다.

"당신에게 상처를 입혔군요."

그녀가 조금 진정되었을 때쯤 카를라가 말했다.

"그 얘기는 하고 싶지 않아요."

하지만 카를라는 그것에 대해 이야기하고 싶었다. 카를라는 그가 산드라에게 한 짓을 아는 것보다 더 흥미로운 주제는 없다는 생각이 들었다.

카를라는 침을 삼켰다. 산드라에게 대답을 강요하지 않으려고

217

애썼다. 그 기회가 닫히기를 원하지 않았다. 그때 머릿속(머리는 참 희한하다)에 브롬튼에서 만났던 협상 과목 교수가 떠올랐다. "정보에 대한 불안을 나타내지 말고, 감정에 휩쓸리지 말라." 미스 레이스. 나쁜 년, 그때 얼마나 애를 먹었는지 모른다. 그때 교수는 언젠가 이 지식이 생명을 구할 수 있을 거라고 했었다. 물론, 기억할 수만 있다면.

카를라는 주의를 돌렸다. 주제를 바꿨다. 같은 내용을 확인하기 위해 지금은 살짝 돌아서 간다.

"혹시 무슨 일을 하세요?"

"택시 운전이요. 그래서 그가 절 골랐나 봐요." 산드라가 대답했다. "당신은요?"

"저는 의류 브랜드 쪽 일을 해요. 관리하는 일."

"어디서요?"

카를라가 그녀에게 이름을 알려줬다.

"저도 거기 옷 입는데. 주로 세일할 때 사죠. 늘 제 사이즈에 맞는 걸 사는 건 아니지만요." 산드라가 말했다.

물론 사지 못했을 것이다. 고객이 열흘마다 매장을 방문하게 하려고 아주 빨리 물건을 빼는 것이 그들의 사업 전략이기 때문이다. 이건 그녀의 아버지가 생각해낸 방법인데, 그 천재적인 아이디어 때문에 돈이 쏟아져 들어왔다.

"지난주에 거기 매장에 갔었어요. 제가 좋아하는 파란색 탑이 있었어요. 흰 꽃무늬가 있는. 하지만 세일을 해도 아주 비싸더라고요." 산드라가 계속 말을 이었다.

카를라도 아는 제품이다. 시즌 히트작 중 하나다. 하지만 별로 맘에 들지 않는 옷이었다.

"산드라, 만일 우리가 여기서 나가게 된다면, 저랑 거기 같이 가요. 당신이 원하는 건 뭐든 골라도 돼요."

"절 위해서 그렇게 해주신다고요?"

"물론이죠."

"물론 둘 다 여기서 나간다면요."

둘 다 조용하다.

"근데 어떻게…?"

"밤에 퇴근해서 나오는 중이었었어요. 그 남자가 옆에 밴을 세우고 저를 공격했어요. 목에 뭔가 찌르는 듯한 고통을 느꼈죠. 제생각엔 약을 먹인 것 같아요. 그리고 깨어보니 여기였어요. 그 후로는 잘 지내지 못하고 있어요."

"무슨 일인데요?"

"계속 졸려서요. 물에 뭔가를 탄 것 같아요. 맛이 이상하고 써요. 깨어 있기가 힘들어요."

산드라의 목소리가 점점 더 꺼져가는 것처럼 들렸다.

그 순간 놀란 카를라는 삼 분의 일도 남지 않은 자신의 물병을 만지작거렸다. 뚜껑을 열고 한 모금 더 마셔본다. 아무 맛도 없고 냄새도 나지 않는다. 에세키엘이 뭘 원하는지는 몰라도, 두 사람을 똑같이 대하는 것 같지는 않다.

"아무것도 마시지 말아요."

"너무 덥고 목이 말라요. 근데 떠나기 전에 저한테 물이 다 떨어졌다고 했어요. 그렇지 않을 수도 있지만요."

"떠나요? 어딜 떠나요?"

그는 어디로 갔을까? 우리들만 두고 간 걸까? 생각만 해도 끔찍한데, 두 가지 감정이 들었다. 한편으로는 안도감이 들면서도, 또 한편으로는 공포가 밀려왔다. 만일 그에게 무슨 일이라도 생긴다면? 그가 사고를 당해서 아무도 자신들을 발견할 수 없다면? 어둠 속에서 배고픔과 목이 말라 죽는 것보다 더 가혹한 운명은 생각나지 않았다. 살아남기 위해서는 에세키엘이 꼭 필요하다. 카를라는 그가 떠난 것을 산드라가 어떻게 알고 있는지 알아내야 했다.

산드라는 대답이 없었다.

"산드라. 내 말 잘 들어봐요. 깨어 있어야 해요. 산드라."

"못하겠어요." 그녀의 목소리가 거의 들리지 않았다.

"그가 떠났다는 걸 어떻게 알죠? 어떻게 안 거예요, 산드라?"

침묵이 아주 오랫동안 이어진다

"있어요… 구멍이."

그리고 아무 소리도 없었다.

길

"저기 있어야 하는데."

담을 오른 지 11초 만에 안토니아가 말했다.

"뭐가요?"

"나무들 사이의 길이요."

"이렇게 어두운데 그게 보여요?"

"머릿속으로 볼 수 있어요. 먼저 내려가는 거 좀 도와줘요. 뒤를 돌아서려니까 겁이 좀 나서요."

"어떻게? 잡아주길 바라는 거예요?"

"저 정도는 잡아줄 수 있을 것 같은데요."

"이봐요, 당신 같은 사람은 네 명도 거뜬해요."

'한, 다섯 명쯤.'

존은 그녀의 허리를 붙잡고서 담에서 내려주기로 한다. '돌 들어올리기' 300킬로그램 기록 보유자가 볼 때 그녀는 깃털처럼 가벼워서 바람에 날아가지 않도록 주머니에 돌이라도 넣어줘야 할 것 같았다.

"당신은 몸에 손을 대는 걸 안 좋아하는 것 같아서요."

"안 좋아하죠. 하지만 미리 마음의 준비를 하면, 좀 더 수월해요."

그들은 경비원에게 인사하고 차로 돌아왔다. 경비원은 그들을 보내면서 경비실 문이 열려 있었다는 걸 아무에게도 말하지 말라고 부탁했다.

"걱정하지 말아요. 무덤까지 가지고 갈 테니."

존이 그에게 확실하게 대답했다.

"이 길을 따라가죠. 가능한 한 천천히 아주 천천히. 상향등도 켜고요."

존이 운전대를 잡자 안토니아가 방향을 안내했다. 길을 내려갈 때마다 아우디 A8의 제논 헤드라이트(하늘로 뻗는 힘이 너무 세서 복면을 쓴 자경단을 불러들일 수 있을 정도)가 앞쪽을 훤한 대낮으로 바꿔놓았다. 안토니아가 숄더백을 몸에 딱 붙이고, 오른쪽으로 시선을 고정한 채 아주 조금씩 내려가고 있어서 존은 계속 브레이크를 밟았다 놓기를 반복해야 했다. 속도를 내지 않으려니 어째 모양새가 빠졌다. 아우디는 자신이 한가한 노파의 산책을 위한 차가 아니라고 항의하며 앞으로 쭉 나아가고 싶어 했다.

"근데 우리가 지금 뭘 찾고 있는지 알 수 있을까요?"

존은 창밖으로 머리를 내밀며 물었다.

그녀는 손짓으로 조용히 하라는 표시를 했다. 그리고 몇 분 후

GPS가 알려줬다.

"출발하기 전에 찍었던 곳에 다 왔는데요."

그가 다시 고개를 내밀며 말했다.

안토니아는 10미터 전방에서 발을 멈추고, 길가에 있는 덤불들 옆으로 몸을 웅크리더니 순식간에 시야에서 사라졌다. 다시 나타난 그녀가 무언가를 질질 끌고 왔다.

존이 몸을 좀 일으키니 안토니아가 덤불을 잡아당기는 게 보였다. 그 뿌리는 제대로 된 덤불들처럼 땅에 붙어 있지 않았다. 누군가 나쁜 계략을 꾸미기 위해서 놓아둔 것이었다.

안토니아는 그에게 차를 움직여보라고 손짓했다. 존은 덤불이 나무들 사이의 비포장도로를 막고 있다는 걸 깨달았다. 존은 오른쪽에서 빛나는 게 눈에 들어오자, 뭔지 알아보려고 차에서 내렸다.

"내가 뭔가를 본 것 같은데요." 존이 안토니아에게 말했다.

그가 덤불 속에 숨어서 빛나는 물체를 찾아냈다. 그리고 뭔가에 걸려 있는 그것을 잡아당겼다. 그것을 들고 와서 자동차 헤드라이트의 불빛 아래에 놓는 순간, 존의 입에서 휘파람이 흘러나왔다.

"여기서 무슨 일이 있었는지 슬슬 이해가 가기 시작하네요."

안토니아는 표지판을 세우고 그 위에 있던 마른 잎 두 개를 치웠다. 그 위에 '공사 중이니 돌아가시오.'라고 적혀 있었다.

"거의 새것이에요."

"당연히 훔친 거겠죠."

"꼭 그렇진 않아요. 이런 건 온라인으로 살 수도 있거든요.

20유로도 안 해요."

"어떻게 알아요?" 존은 그녀를 다시 쳐다보며 놀랐다.

"거의 이런 식이긴 한데, 궁금해서 알아봤었죠."

"그러니까 누구나 이런 공식 간판을 살 수 있고, 감자를 곁들인 대형 스테이크보다 더 싼값으로 도로를 막을 수 있다는 뜻인가요?"

"원하면 시청 이름으로 고칠 수도 있어요."

그녀는 '라스 로사스 시청'이라고 분명하게 적힌 표지판 모서리를 가리키며 말했다.

"정말 아무 증명서도 요구하지 않나요?"

"안 해요. 우리 경마센터 경비원 친구가 말한 것처럼, 시청 소속이 아닌데 왜 시청 소속이라고 말하겠어요?"

'그런데 납치하려고 다른 쪽으로 길을 돌린 사이코패스라면. 하지만 이 이 방법은 인터넷에서 알아냈겠지. 거기에는 우리 주소와 전화번호, 습관 취향만 있는 게 아니니까. 거기에선 우리를 해칠 수 있는 도구들도 제공하니까.' 존이 생각했다.

"자, 이 길로 가면 어디가 나오는지 가보죠."

존이 아우디로 돌아와서 아래로 내려가는 동안 그녀는 차 앞쪽에서 길을 살피며 걸었다. 웅덩이나 갈림길도 없었고, 이번에는 존이 속도에 잘 맞춰주니 안토니아는 고마웠다. 40~50미터 전방에서 길이 넓어졌다. 나무들은 지름이 약 20미터 정도 되는 공터는 길로 남겨두었다.

안토니아가 발을 멈췄다. 땅에 있는 무언가가 그녀의 눈길을 끌었다. 존은 차에서 내려 그녀에게 다가갔다. 돌이 많은 땅에는 어둡고 넓은 얼룩이 나 있었는데, 아직 부서지지 않은 새벽빛과 같은 검은색이었다. 그녀는 몸을 구부려서 얼룩지고 바싹 마른 흙 한 줌을 집어서 코에 갔다 댔다. 존이 볼 때는 그렇게까지 할 필요가 없었다. 서 있기만 해도 특유의 금속 냄새가 났기 때문이다. 하지만 어쨌든 그녀는 그렇게 했다.

"냄새가 나요."

존이 얼굴을 돌렸다.

"안토니아, 긴말할 것도 없이, 피예요."

"많은 양의 피. 누구든 간에 여기에서 벗어날 수는 없었겠네요." 그녀가 말했다.

"아마도 목을 찔린 것 같네요."

전에 이런 비슷한 자국들을 본 적이 있는 존이 추측해보았다. 전에 마약 중독자 두 명이 코르테스 지역에서 5유로를 갚는 문제로 싸운 적이 있었다. 진 사람이 오리 연못 옆에 있던 땅에 짙은 색 웅덩이를 남겼었는데, 이것과 크게 다르지 않았다.

"여기 좀 비춰주세요."

안토니아가 조금 더 앞을 가리키며 존에게 요청했다. 존은 휴대전화 손전등을 켜고 바닥에 난 흔적을 확인했다. 불빛이 약해서 자국들만 겨우 보이지만, 그 자국은 아무렇게나 널려 있는 돌들 사이에서 자세히 보면 일렬로 나 있었다.

그 자국은 몇 걸음 더 앞에 그 구덩이와 길에서 조금 떨어진 덤불 속으로 사라졌다.

존은 재킷 단추를 풀고 권총집을 드러냈다.

"내 뒤로 서요. 불은 당신이 비추는 게 낫겠어요."

휴대전화를 안토니아에게 건네며 말했다.

"오버하지 말아요. 이 짓을 한 사람은 이미 이 자리를 뜬 지 오래라고요."

존은 어렸을 때부터 항상 다른 사람을 보호하려는 보호 본능이 있었다. 그의 몸집과 심장 크기 때문인 것 같았다. 그렇다, 이 세상에는 어쩔 수 없는 일들이 있었다. 이쨌든 한 손으로는 안토니아의 손에 쥐여주기 위해 휴대전화를 흔들고, 또 다른 손은 조심스럽게 그녀를 뒤쪽으로 밀었다.

"내 말 좀 들어요."

그녀가 휴대전화를 집어 들었다.

"그 경비원에게 손전등을 빌릴 걸 그랬네요."

'아니면 좀 더 밝은 맥라이트 손전등을 가져올걸.'

존이 생각했다. 그는 늘 그것을 가지고 다녔다. 하지만 지금 그것은 빌바오 경찰서에서 두 블록 떨어진 곳에 주차된 차 안에 있을 것이다.

존이 나무 사이로 들어가 그 흔적을 따라가다 보니 발밑에 있던 솔잎들이 바삭거리며 그곳에 들어온 것을 나무랐다. 그리고 나머지는 침묵했다.

존은 머리가 근질거리는 것 같은 이상한 느낌이 들었다. 전에도 어쩌다 한 번씩 이런 느낌이 든 적이 있었다. 일이 잘 풀리지 않을 때. 그는 평생 총을 쏜 적이 없다. 총은 아주 소수의 경찰만 쐈다. 하지만 종종 꺼내보긴 했다. 그리고 그 긴장감(그의 두개골과 머리카락 사이를 왔다 갔다 하는 백 마리의 곤충)은 항상 거기에 있었다.

존은 권총집에 손을 넣고 고리를 풀었다.

"조심해요."

"이건 전혀 겁먹을 필요가 없어요. 적어도 이건."

안토니아가 왼쪽으로 불빛을 비추며 말했다.

밝은 빛의 원 안에 한 손이 들어왔다. 옅은 회색 피부는 유령 같은 빛을 발했다. 그들은 가까이 다가가서, 카르멜로 노보아 이글레시나의 손이 몸에 붙어 있는지 확인했다. 그는 키스투스 꽃잎이 몇 송이 깔린 위에 얼굴을 위로 향한 채 누워 있었다. 운전사의 텅 빈 눈은 나무 꼭대기를 바라보며 마치 그 죽음의 의미에 대한 해답을 찾으려는 것 같았다. 하지만 결국 그는 그것을 찾지는 못했다. 속눈썹에 반짝이는 이슬방울이 그 사실을 안타까워했다.

카르멜로는 알 수 없는 이중적 미소를 짓고 있었다. 웃는 듯 보이는 입술과 목 옆으로 처참한 입이 또 벌려져 있었다.

"저한테 믹스 샌드위치 하나 사줘야 해요."

안토니아가 말했다.

경찰 일을 하면서 수년 동안 사체의 특유한 악취에 수도 없이 입을 틀어막던 존은 이틀 만에 먹은 유일하게 괜찮은 음식물을 그대로 담아두기 위해 양쪽 이를 꽉 다물었다.

"운전사를 범인으로 모는 파라의 근거 없는 의심이 걱정스럽네요." 그가 정신을 차리고 나서 말했다.

"만일 그가 공범자인데 에세키엘이 그의 흔적을 지우지 않은 거라면요. 하지만 그건 가능성이 작아 보이긴 해요. 제가 틀렸어요, 존. 당신 말이 맞았어요. 우리는 가능한 한 빨리 파라에게 라 핀카의 사건에 대해서 말해줘야 했네요."

"이런, 천하의 안토니아 스콧이 실수를 하다니. 기계가 멈춘 모

227

양이군요."

"유치하게 굴지 말아요. 저걸 확인하는 게 가장…."

존은 손을 들어 그녀의 말을 끊었다.

"방금 이 소리 들었어요?"

거칠게 으르렁거리는 소리. 분명 자동차 시동을 거는 소리다. 엔진의 위협적인 포효가 한 번, 두 번 최대 속도로 회전했다. 새벽 숲의 형체 없는 고요함 속에 마치 그 소리가 사방에서 울리는 것만 같았다.

둘 다 어리둥절한 표정으로 주위를 둘러봤다.

"뭐죠…?"

그 순간 포르쉐의 헤드라이트가 켜지고 동시에 세 가지 일이 벌어졌다. 운전자가 브레이크를 풀자 500마력 엔진의 힘으로 움직이는 자동차는 거대하고 시커먼 포식자처럼 안토니아 스콧을 향해 달려들었다. 그 불빛을 받은 안토니아는 그 자리에 그대로 얼어붙어 있었다. 발이 땅에 붙어서 움직일 수가 없었다. 2톤짜리 자동차가 꼼짝도 못하는 몸까지 달려오는 데 걸리는 시간(1.5초, 어쩌면 2초) 동안 그녀는 늘 마음이 쓰였던 그 개념을 이해했다. 자동차가 사슴과 토끼를 치려는 순간 그들이 도망치지 않는 이유가 무엇일까? 그 답은 자체 신경계 때문이다. 즉, 해 질 무렵 포유류가 위협을 받아 눈이 멀면 포유류 몸의 자연적인 메커니즘은 그냥 그 자리에 있는 것이다. 죽기 전의 마지막 생각으로는 그리 나쁘지 않다.

그리고 3초. 존 구티에레스 경위는 자신의 안전은 조금도 신경 쓰지 않고, 의무를 넘어서는 용기로 그녀를 향해 몸을 던졌고, 거대한 고급 SUV의 범퍼가 그녀의 가슴과 충돌하기 바로 직전에 그녀를 땅에 내던졌다. 시속 30마일은 5층에서 떨어지는 속도와 같았다.

'지금 내가 무슨 멍청한 짓을 한 거지.'

존은 아직도 안토니아의 몸 위에서 생각했다.

"떨어져요, 저리 가라고요!"

그녀는 그의 몸 아래 도마뱀처럼 미끄러지며 말했다.

존은 벌떡 일어서서 총을 겨누며, 도로로 이어지는 나무 사이를 가로지르는 포르쉐의 불빛을 바라봤다. 그는 이등변 자세(발을 벌리고 무릎을 유연하게 하고 왼손이 오른손을 잡은)를 하고 총을 쐈다.

뒷유리를 향해 쏜 총알이 트렁크를 망가뜨렸다. 연습 부족이었다. 게다가 그 망할 놈의 포르쉐가 북에 붙어 있는 구슬처럼 울퉁불퉁한 땅에서 이리저리 튀면서 가고 있어서 총을 맞추기가 더어려웠다.

안토니아가 그의 앞을 막아서는 바람에, 두 번째 총알은 쏘지못했다.

"젠장, 대체 뭐 하자는 거예요? 옆으로 빠져요!"

안토니아는 대답하지 않았다. 그리고 자동차 쪽으로 곧장갔다.

'이 여자가 날 죽이겠군. 아니면, 내가 저 여자를 죽이든가.'

존은 생각하며 안토니아의 뒤를 쫓아갔다.

고속도로

존 구티에레스는 이 고속 추격전이 맘에 들지 않았다. 이건 미학적인 문제가 아니다. 영화에서 이런 장면을 보면 모든 것이 마술같이 진행된다. 가속 장착, 화면 변화, 음악, 전면 스피커에서 후면으로 이동하는 소리로 움직임을 느낄 수 있다.

존이 이 고속 추격이 싫은 건 조수석에 앉아야 하기 때문이다. 그는 안토니아가 시동을 걸고 공터에서 차를 돌리고 있을 때, 간발의 차이로 차에 올랐다. 관성으로 차가 잠시 멈추는 바람에 문을 열고 탈 수 있었다. 그녀는 이미 도로 쪽을 향해서 갈 준비를 하고 있었다.

"왜 내 앞을 막아선 거죠? 내가 당신을 쏠 수도 있었다고요!"
존은 안전띠를 매면서 물었다.

하지만 안토니아는 아무 대답도 하지 않았다. 그리고 소풍 바구니나 들고 걸을 수 있는 정도의 좁은 길에서 시속 90킬로미터를 밟았다. 자동차가 지나면서 범퍼에 긁힌 덤불들이 뿌리째 뽑혔다. 하지만 안토니아는 아랑곳하지 않았다.

존은 이전에 그녀의 이런 표정을 본 적이 있다. 흐리멍덩한 눈, 긴장된 턱. 뇌가 처리할 수 있는 용량보다 더 많은 것을 처리하고 있다는 표정이었다. 그녀의 머리는 두 가지 복잡한 문제를 동시에 처리해야 하고, 그녀는 동시에 그것을 하기로 마음먹었다.

아우디 A8 최고 속도 225km/h.

시체의 위치.

나무들 사이의 거리.

포르쉐 카이엔 터보의 최고 속도. 모른다. 미리 그걸 알아보지 않은 자신을 저주한다.

'손에방어흔적없이목을찌르는건동시에할수있는일이아니다…'

다시 불안했다. 이 속도로 운전하는 건 좋은 생각이 아니다. 결국 안토니아가 존을 쳐다본다면, 그건 항복이라는 뜻이다. 한 번만 더.

'이번만. 이번이 마지막이야.'

"멘토르가 나 주라고 준 거 있죠?"

안토니아가 손을 내밀며 말했다.

존은 처음에는 가는 길에 집중하느라 그녀의 말을 못 알아들었다. 그는 앞쪽을 가리켰다.

"조심해요!"

진로가 다시 바뀌어서, 승마 센터와 고속도로를 연결하는 비포장도로를 막 빠져나가려는 순간이었다. 안토니아는 돌이 많은 길에서 바퀴를 반대 방향으로 돌리면서 차량 후면을 제어하기 위해 고군분투했다. 아우디는 브레이크 역할을 해준 나무 덕분에 뒷문만 움푹 파인 채로 비포장도로를 빠져나왔다.

포르쉐의 흔적은 보이지 않았다. 그 차는 그냥 앉아 있기만 해도 뻗어가는 사륜구동이었다. 그리고 그런 지형에서는 훨씬 더 유리했다.

"멘토르가 날 위해 준 게 없냐고요?"

안토니아가 존의 어깨를 치며 물었다.

존은 마침내 그녀가 원하는 걸 알아챘다. 그는 금속 상자가 원래 있던 자리에 있기를 기도하며 주머니를 뒤져봤다. 그는 처음이자 마지막으로 아버지가 주신 시계를 넣고 다니던 그 조끼 주머니까지 뒤져서 마침내 그것을 찾아냈다.

그는 그 상자를 열었다. 두 칸으로 나뉘어 있었다.

"어떤 걸?"

"빨간색." 안토니아가 손바닥을 펴며 말했다.

존은 그녀에게 약을 줬다. 안토니아는 그것을 입에 넣었다. 존은 그녀가 약을 깨무는 소리를 듣고, 아주 능숙하고 정확하게 혀를 움직이는 모습을 지켜봤다. 존은 전에도 누런 이와 실핏줄이 보이는 마른 사람들에게서 이런 숙달된 몸짓을 본 적이 있다.

"운전대 잡아요." 그가 명령했다.

그러자 그녀가 눈을 감았다. 엑셀에서 발을 떼지 않고서 눈만 감았다.

"나까지 죽일 작정이에요!"

존은 안전띠를 풀고 운전대를 대신 잡으며 말했다. 고속도로는 직진 도로지만, 그런 속도로 갈 때는 무슨 일이고 벌어질 수 있었다. 그의 운전 지원은 정확히 10초 동안 이어졌다. 존은 그녀가 귀에 속삭이는 정도의 작은 소리로 숫자를 세고 있다는 걸 알아챘다. 0까지 세지는 않았다(그랬다면 11초일 것이다). 그러더니 한마디 내뱉었다.

"알았어요." 그러고는 다시 핸들을 잡았다.

존은 다시 제자리로 돌아와 필사적으로 안전띠를 찾았다. 그것을 매고 있을 때만, 그녀를 나무랄 수가 있었다. 하지만 이제 그녀가 달라졌기 때문에, 그렇게 할 수는 없었다. 더 똑바로 앉고, 어깨도 높아진 것 같았다. 그리고 눈도 더는 흐리멍덩하지 않고, 레이저가 나올 것 같았다.

"상또라이. 당신 정말 미쳤어." 존이 말했다.

"시속 200킬로미터로 밟을 테니까 마음 단단히 먹어요."

안토니아는 기어 레버를 밀어서 시퀀셜 모드로 바꾸고, 스틱을 살짝 쳐서 기어 하나를 더 올렸다. 이곳 허용 속도에 두 배인 시속 100킬로미터 정도밖엔 안 된다. 아우디의 바퀴는 비포장도로용이 아니다.

'젠장, 전에 차를 좋아하냐고 물어봤을 땐 이 여자가 이럴 거라고 상상도 못했지.'

비포장도로는 200미터 앞에서 끝나고 곧 고속도로로 합류했다. 그리고 여기에 그 용의자가 있었다. 검은색 포르쉐 카이엔 터보를 타고 이 외로운 길에서 과속으로 달리고 있었다.

목표가 보이자 안토니아는 가속 페달을 세게 밟았다.

"필요해요." 그녀는 매우 차분한 목소리로 존에게 말했다.

"인터넷에서 저 차 최대 주행 속도 좀 찾아주세요."

"지금 휴대전화로 검색을 하라는 말이에요?"

존은 양손으로 상단 손잡이를 잡으면서 말했다.

"백 살까지 살고 싶은 거예요?"

"음, 당연히 생각은 해봤죠."

"그럼 시리한테 물어봐요."

안토니아는 고속도로로 들어가는 커브 길을 돌면서 뒤집히지 않으려고 속도를 살짝 줄였다. 존은 아주 자신이 있는 건 아니지만, 우선 한 손을 떼고 전화기의 측면 버튼을 눌렀다.

"시리야, 포르쉐 카이엔이 얼마나 빨리 달리지?"

시리는 잠시 생각한 후에 대답했다.

"이것이 내가 인터넷에서 찾은 내용입니다. 달릴 때, 시속 100킬로미터로 가요."

존은 시리가 빌바오의 악센트를 이해하지 못하다고 생각해서 다시 직접 검색하기로 한다.

"최대 286킬로미터." 존이 대답했다.

안토니아가 입술을 꽉 다물었다. 그 차가 아우디의 최고 속도보다 60킬로미터를 더 낼 수 있다는 소식에 절반은 실망하고, 절반은 힘을 내서 운전에 집중했다. 이제 그녀는 모든 감각과 능력을 그 거대한 기계가 움직이는 데 쏟아 부었다. 타이어가 아스팔트에 닿는 순간 모든 주의 사항들은 버렸다. 지금까지는 하나라도 지켰다면 이제는.

"꽉 잡아요." 그녀가 존에게 말했다.

"여기서 더?" 그가 놀라 대답했다. 이미 너무 꽉 쥐어서 손가락

매듭이 하얗게 될 지경이었다.

'그나마 손잡이는 차에 잘 붙어 있어서 정말 다행이야.'

"멘토르에게 전화해서 용의자가 북쪽으로 향하는 A-6에 있다고 전해요." 그녀가 시켰다.

고속도로 교통 상황은 아직 여유가 있었다. 아침 일곱 시도 안 됐는데, 벌써 해가 다 떴다. 그래서 시속 160킬로미터 정도로 밟을 수 있다. 마치 물리 법칙과 상식이 비껴가는 것처럼 그녀는 좌우로 차를 지나치기 시작한다. 2분 후 저 멀리서 포르쉐가 보인다. 그렇게 늦은 건 아니다.

"저 차가 방향을 바꾸고 있어요!" 존이 소리쳤다.

"M-50 출구."

곧 그 차는 그들의 눈에서 사라질 것이다. 안토니아는 가속 페달을 더 세게 밟았다. 그녀는 그 길을 잘 알고 있었다. 교통량이 훨씬 적고 우회로가 아주 많았다. 여기서 거리를 좁히지 못하면, 다시 차를 놓치고, 그러면 그는 사라져버릴 것이다.

이제 안토니아는 5초 만에 그녀보다 먼저 우회로를 선택한 차들을 앞질러야 했다. 하지만 거대한 아우디가 낄 만한 틈이 없었다. 마지막 차가 거북이 속도로 차선에 들어갔을 때만 오른쪽에서 그 차를 추월했다. 뒤에서 경적이 울리고, 저주가 쏟아지는 게 상상이 됐지만, 가볍게 무시했다.

"가자, 가."

그들 앞에는 거대한 직진 도로가 있었다. 시속 200킬로미터로 왼쪽 차선을 따라갔다. 가속 페달을 바닥까지 밟고, 엔진을 최대로 끌어 올렸다. 조금씩 속도가 올라가자 포르쉐와 점점 더 가까워졌다. 100미터, 80미터. 60미터.

"조심해!"

또 다른 차, 폭스바겐 파사트가 피아트를 추월하고 있었다. 안토니아는 추월하게 됐다가 파사트와 피아트 사이에 끼어들었다. 아우디의 뒤 범퍼와 피아트의 사이의 간격은 30센티미터도 채 안 됐다. 피아트는 그녀의 차가 재빨리 끼어들자 급브레이크를 밟았다. 그녀는 조금도 망설이지 않고 다시 폭스바겐 파사트 앞으로 추월하고, 파사트도 브레이크를 밟았다.

존이 뭔가를 중얼거렸다.

"뭐라고요?"

"당신한테 한 말이 아니에요. 운전자들의 수호성인인 산 크리스토발에게 애리조나 빙고 장으로 돌아가게 해달라고 기도했지."

"좋네요, 도움이란 도움은 다 받아야 하는 상황이니."

다시 추월. 마지막으로.

이제 포르쉐와 거리는 40미터도 안 되고, 도로엔 장애물도 없었다.

"저자가 분명 우리를 봤을 거예요."

"젠장, 당연히 봤겠죠. 지금 시속 200킬로로 가는데, 저쪽도 속도를 줄이지 않아요."

아우디 엔진으로는 겨우 가능한 수준이지만, 거대한 SUV의 후류[15] 덕분에 거의 따라잡을 수 있었다. 두 차가 거의 딱 붙어 있었다.

'지금 브레이크를 잡으면, 우린 다 죽어.'

존이 생각했다. 그의 심장이 마약상 생일에 초대받은 플라멩코

무용수 같은 발장단을 굴렸다.

"옆쪽에 아무도 없는지 봐줘요." 안토니아가 소리쳤다.

"없어요!"

그녀는 날카롭고 정확한 방향으로 포르쉐의 후류에서 벗어나 그 차를 따라잡기 시작했다. 바람이 거칠게 때리자 아우디의 속도를 줄이고 최고 성능의 차량 옆에 일직선으로 서기 위해 고군분투했다.

몇 센티미터만 더. 그녀는 발꿈치뼈가 닿을 때까지 가속 페달을 꽉 밟았다. 계속 누르고 있는 장딴지 근육 때문에 한쪽 다리가 너무 당겼다.

"존, 전화기! 저 옆으로 붙을 때 사진 찍어요!"

존은 휴대전화의 잠금을 풀고 카메라 앱을 사용하기 위해 고군분투했다.

한 번 더 시도했다.

이제 창문이 일직선에 있었다. 그리고 거기에 에세키엘이 있었다. 대장일 수도 있고 심부름꾼일 수도 있다. 튼튼한 팔. 검은 스키 마스크 뒤에서 증오로 불타오르는 강렬한 눈. 그의 세 번째 눈인 총구가 안토니아를 똑바로 바라보고 있었고, 쏘기 직전이었다.

존의 비명은 그들의 생명을 구하는 첫 번째 소리였다.

"멈춰요! 브레이크!"

---

15 고속 주행 중인 자동차의 뒤쪽 공기 흐름이 흐트러져 기압이 낮은 상태의 영역으로, 이곳에 차량이 진입하면 공기 저항이 적어지고 엔진이 동력을 얻어 선행 차량을 따라갈 수 있음.

총알이 포르쉐의 창문을 산산조각 냈지만, 그는 멀리 사라졌다. 같은 차선의 200미터도 안 되는 거리에 있는 사륜구동 트럭 때문이었다. 안토니아는 정확한 시간에 엑셀에서 발을 떼고는 포르쉐 뒤로 다시 갈 수 있을 정도로 천천히 브레이크를 밟았다. 하지만 그도 이번에는 그녀가 포르쉐의 후류를 이용해 전진하도록 허용하지 않을 것 같았다. 그러면서 그는 갑작스럽게 핸들을 꺾었다. 그는 안토니아의 길을 막고 있고, 그녀는 포르쉐와 충돌하지 않도록 속도를 많이 줄여야 한다. 눈 깜짝할 사이에 그 트럭이 거의 안토니아의 위에 있었다.

그녀는 가드레일에 부딪힐지 30톤과 충돌할지를 결정해야 했다. 다행히도 제대로 선택했다.

아우디는 같은 속도로 마치 종잇장을 뚫듯 강철 - 아연 합금을 관통했다. 두 번째로 그들의 생명을 구해준 것은 완만한 땅의 경사였다. 그 자비로운 신의 변덕은 차가 공중에서 만든 궤적과 거의 일치했다. 바퀴는 땅에 닿아도 터지지 않고, 관성은 여러 번 뒤집혀야 한다는 것을 깨닫기 전에 50미터 정도 가던 길을 갔다. 왼쪽 앞바퀴가 터질 즈음, 마찰과 중력으로 속도가 줄어들고, 자동차가 운전석 문 쪽으로 뒤집히기만 하고 마지막 몇 미터 정도 가다가 황량한 들판 한가운데서 멈췄다.

존(지면과 90도로 있음)은 에어백 무더기에 눌리지만 않았더라도, 상태가 괜찮은지 온몸을 더듬어봤을 것이다. 전면, 중앙, 옆쪽 및 다리 쪽에서 에어백이 터졌다. 30분 후, 에어백 바람이 다 빠지자, 그는 안전띠를 풀었다. 그리고 안토니아를 불렀지만, 아무런 대답도 없었다. 그는 그녀의 얼굴이 보일 때까지 그들을 가로막는 중앙 에어백을 손으로 쳤다. 안토니아는 눈을 감고 있었고, 코피가 뺨을 타고 흘러내리고 있었다.

'안 돼, 안 돼.'

존은 서둘러 목의 맥박을 확인했다. 너무 떨려서 그것을 찾는 데 시간이 걸렸다. 그리고 찾아내, 안도의 한숨을 쉬었다. 맥박이 강하고 규칙적으로 뛰었다. 에어백에서 얼굴만 맞은 것 같았다.

"내가 만지지 말라고 했잖아." 안토니아가 중얼거렸다.

'맥박은 정상이고, 됐어, 멀쩡해.'

"근데 운전하다가 죽지는 말자고요."

"아니, 그런 말은 한 적이 없잖아요."

안토니아는 그 말에 놀랐다. 늘 말을 곧이곧대로 알아듣는 게 문제다.

"이건 공존을 위한 기본 규칙이라고요."

존이 차에서 내렸다. 그 순간 세상은 아무것도 움직이지 않을 정도로 느리게 움직이지만, 황량한 땅은 안정적이고 안전하다. 그는 그녀가 차에서 내리도록 도와줬다.

"결국 그놈을 놓쳤네요."

"그런 것 같네요."

안토니아가 가장 가까운 돌을 걷어차며 맞장구쳤다.

안토니아는 여전히 좀 어지러웠고, 결국엔 쓰러졌다.

에세키엘

그는 은신처로 돌아오면서 폐에는 열기를, 위에는 배터리 산을 가지고 온 듯, 폭발 직전의 흥분 상태였다.

'바보, 멍청이, 천치.'

매우 짧은 시간에 저지른 두 번째 실수였다. 순식간에 모든 걸 망칠 수도 있는. 이 모든 게 조심하지 않아서다. 모두 다 가장 기본인 걸 깜빡했기 때문이다.

그는 그때 장갑을 낀 채로는 칼을 다룰 수가 없어서, 장갑을 벗었다. 그리고 그 여자가 도망쳤을 때, 균형을 잃고 잠시 창문에 기대었다. 그는 늘 남은 흔적은 지워야 한다고 명심했었는데, 추격의 긴장과 흥분 속에서 그걸 깜빡했다. 숲속에서 카를라를 사냥하는 것은 생각보다 어려웠다. 그녀를 해친 건 아니지만, 대신 그녀의 말을 이용해서 동물을 통해 첫값을 치르는 원시적인 속죄제를 보여주었다. 하지만 그녀는 살아 있고 아주 가치가 있다. 그 무엇보다 귀하다.

이렇게 에세키엘은 그녀를 잡기 위해 수많은 위험을 감수했다.

'바보, 멍청이. 너무 곧바로 했어.'

좀 더 있다가 했으면 좋았을 텐데, 첫 번째 작업을 끝낸 지 얼마 안 된 시간이었다. 그의 작품의 제1장. 첫 번째 사람을 잡는 건 그리 어렵지 않았다.

그는 상처 하나 내지 않고 소년을 제압했고, 인도적으로 대했다. 하지만 그는 이번 여자보다 더 크게 비명을 질러서 입에 재갈까지 물렸다. 물론 그건 그가 더 겁을 먹었기 때문이다. 에세키엘은 소년의 어머니에게 말했던 약속 시간이 다 되어서 피할 수 없는 종말이 다가왔을 때, 소년에게 부드러운 목소리로 말하고 나서 약을 사용했다. 그래서 소년은 꼭 필요한 것 이상의 고통은 겪지 않았다.

'나는 근본적으로 좋은 사람이다.'

그들은 몇 달 동안 열심히 작업했다. 그런데 가장 어려운 일은 그 작품을 부모님에게 돌려주는 거였다. 그리고 그는 다음 장을 시작하기 전에 좀 더 쉬어야 했다. 하지만 이 여자를 잡을 기회가 생겨서 차마 놓칠 수가 없었다. 그녀는 명단의 위에 적혀 있었다.

그런데 그 실수, 그 어리석은 실수 때문에 모든 것을 망칠 뻔했다. 그는 앉아서 글을 쓰면서 마음을 진정시켰다. 노트를 펴고 쓰기 시작했다.

아버지는 항상 이런 말씀을 하셨다. 못 하나 때문에, 말편자를 잃고, 말을 잃고, 기수를 잃고, 전투에 지고…

에세키엘은 글씨를 제대로 쓸 수가 없었다. 집중할 수가 없었다. 그는 종이를 찢었다. 늘 하던 대로 그것을 태우지는 않고 축축하고 기름때로 전 벽을 향해 던졌다. 그는 노트와 펜을 조심스럽게 탁자 위에 올려놓았다. 그리고 분노가 파도처럼 일렁거려서 두 팔로 탁자 위를 싹 쓸어버렸다. 재떨이가 바닥에 떨어져 박살이 났다.

뭔가 기분전환을 해야 했다. 기분 전환이 필요했다. 지금 당장. 노트에 쓰는 것만으로는 도움이 안 됐다. 글은 나중에 원하는 것을 갖고 난 후에 쓸 것이다.

지금 그를 도울 수 있는 건 딱 한 가지뿐이었다. 그는 일어나서 복도를 걸어 내려와 바닥의 녹슨 찌꺼기를 밟고 나서 그 여자가 있는 곳 앞에 멈추어 섰다.

문 반대편에서 그녀의 거칠어진 숨소리가 들렸다. 에세키엘은 무거운 금속판을 들어 올릴 밧줄에 손을 가까이 가져갔다. 그는 정성스럽게 자르고 매듭지어서 만든 줄을 쓰다듬었다. 살짝만 잡아당겨도 줄이 올라갔다. 아주 간단했다.

'안 돼, 안 돼, 그녀에게는 그럴 수 없어.'

그는 필요한 것을 얻기 위해 복도 끝까지 걸어갔다.

카를라

벽 반대쪽에서 소리가 울려 퍼졌다. 끔찍한 소리였다.

상상 속에서 그 소리는 구체적이고 구분할 수 있는 행위들로 변했다.

카를라는 산드라를 향해 소리치고 대신 항의하고 변호해야 한다는 걸 알았다. 시끄럽더라도 뭔가는 시도해야 했다. 그녀는 말의 피모색 스물네 가지를 아주 확실하게 알고 있었다. 하지만 이런 것들을 알아도 지금 상황에서는 아무짝에도 쓸모가 없었다.

소음이 멈추지 않았다. 계속 벽을 통해 들어왔고, 카를라의 영혼을 두려움과 수치심으로 물들였다. 카를라는 뭔가를 하기로 했다. 그녀는 두 손으로 귀를 가리고 작은 소리로 피모색을 외우기 시작했다.

"밤색마. 갈색마. 파이볼드. 레드 로운. 순백마…"

멈춰도 소리가 계속 들렸다. 끔찍한 소리.

카를라는 더 빨리 외워본다.

뼈

사고가 난 지 30분 만에 도착한 멘토르는 기분이 좋을 리 없었다. 그는 시민 경비대 밴 안에 앉아 있는 둘을 발견했다.

"이봐, 스콧. 발렌시아 사건 이후로 아우디를 부순 적은 없잖아요. 그래도 스크래치는 하나뿐이군."

그가 뒤집힌 아우디를 가리키며 말했다.

"당신이 저쪽 차가 어떻게 되었는지 봤어야 했는데."

안토니아가 받아쳤다.

"나도 정말 꼭 보고 싶네요. 그런데 이게 말하려면, 적어도 용의자를 체포할 만할 주도면밀함은 있었어야지요."

멘토르가 분노하며 대답했다.

"그놈이 운전하던 차가 더 좋았거든요. 우리도 카이엔으로 주세요." 그녀가 어깨를 으쓱하며 말했다.

"우선 저희를 좀 풀어주시면 좋겠습니다만."

존이 뒤로 묶인 팔을 가리키며 둘 사이를 끼어들었다.

안토니아와 존의 신분증은 아무런 소용이 없었다. 시민 경비대는 이 사건 현장에 나타나자마자(천천히, 그들은 프리우스를 타고 왔다) 그들에게 수갑을 채웠다. 그리고 음주 측정기 테스트, 약물 테스트를 했고, 둘 다 음성이어서 정신과 의사를 부르려고 하던 참이었다. 그들은 자신들이 고분고분한 것이 기적이라고 흥분하며 말했다.

"내 코 봤어요?" 안토니아가 코를 가리키며 말했다. 콧구멍은 가득 찬 솜으로 부어 있었다.

"깨지지도 않았네요. 원래대로라면 당신들은 죽었을 거예요."

멘토르는 그리 화가 난 것 같지는 않았다, 아마도.

"근데 이런 일 처리하는 비용이 얼마나 드는지는 알아요?"

그가 화내며 말했다.

안토니아는 시선을 돌려 다른 쪽을 쳐다봤다. 아픈 몸에 피곤하고 배도 고프고 졸려 죽을 지경인 존은 이것을 그녀의 잘못으로 몰아가야 할지, 그녀를 두둔해야 할지 제대로 판단이 서지 않았다. 우선은 후자를 선택하기로 했다.

"적어도 안토니아가 운전자의 시체는 찾았잖아요."

"아, 맞다. 당신 친구 파라 경감이 지금 여러분들이 발견한 범죄 현장에 가 있어요. 너무 당황해서 어쩔 줄 몰라 하면서."

"파라가 너무 기뻐할 필요는 없는데."

존이 웃음을 참으려고 애쓰며 말했다.

"경위님, 이건 어떻게 생각하십니까? 당신들이 그의 의견을 뭉

겠을 뿐만 아니라, 범죄 현장을 엉망으로 해놨고, 아무에게도 알리지 않고 단독으로 움직였고, 용의자까지 탈출시키고… 게다가 파라를 바보로 만든 것에 대해서."

"우리가 이렇게 열심히 할 필요는 없었는데 말이죠."

멘토르가 고개를 흔들었다.

"게다가 수백 명의 민간인이 지켜보는 가운데 고속도로에서 시속 200킬로의 추격전이 벌어졌어요. 다행히 기자들은 없었지만요. 언론에는 '다행히 부상 없이 끝난 불법 경주'라고 알렸습니다."

"내 코 봤어요?" 그녀가 또 코를 가리켰다.

"깨지지도 않았잖아요. 경위님, 잠시 저랑 이야기 좀 나누시죠."

멘토르는 존의 수갑을 풀어주고, 자동차 잔해가 있는 쪽으로 함께 걸어갔다.

"솔직히 경위님한테 더 많은 것을 기대했는데."

멘토르는 그녀에게서 멀리 떨어지자 입을 뗐다.

"사람들이 저에게 기대했다고 말했을 때마다 1유로씩 받았다면, 지금쯤 아마도…"

"스콧을 보호해야 했다고요."

"당신을 포함해서?"

"특별히 저도요."

존은 고개를 푹 숙였다. 그건 사실이었다. 그는 그 상황을 훨씬 더 잘 처리할 수도 있었다.

"쉽지 않네요."

"알아요."

멘토르는 재킷에서 말보로 담뱃갑을 꺼냈다. 상자에서 담배를 꺼내 흡연 경고 사진 위에 필터를 두 번 두드렸다. 그 장면은 마치 영화 〈워킹 데드〉 번외 장면과 비슷했다.

"담배 끊은 거 아니었어요?"

"말 같지도 않은 소리. 이미 가지고 있는 문제만으로도 충분해요."

자동차는 마치 죽어가는 동물처럼 누워서 아침 햇살에 배를 내놓고 있었다. 존은 바퀴 하나를 손으로 때렸다.

"살면서 이렇게 무서웠던 건 처음이에요."

"그러니까 운전을 못 하게 막았어야죠."

"중요한 건 저 빌어먹을 여자가 정말 어마어마하게 운전을 잘한다는 거예요."

"네, 그래요, 그렇긴 해요. 에세키엘이 운전한 그 차 성능이 별로였다면, 벌써 그놈은 카를라 오르티스의 행방을 불고 경찰서에서 수갑을 차고 있었을 겁니다."

멘토르가 수긍하며 말했다.

"안타깝게도 그렇게 되지는 않았는데. 이제 뭘 어떻게 해야 하는 거죠?"

멘토르는 영국 헤비메탈 밴드인 아이언 메이든 지포 라이터로 담배에 불을 붙였다. 존은 눈썹을 치켜떴다. 그가 볼 때 멘토르는 브루스 딕킨슨(아이언 메이든의 보컬)의 팬은 아니다.

'차라리 현악 4중주면 모를까.'

"이제, 이제 카를라 오르티스 사건은 우리 손을 떠났습니다."

"뭐라고요?"

"이게 제가 줄 수 있는 유일한 해결책입니다. 그나마 관찰자로서 참여할 수 있었던 건 파라의 호의였습니다. 10분 전에 말하기를, 만일 그가 당신들을 다시 본다면, 자기 거시기를 잘라버리겠다고 하더군요."

"이성애자 녀석들은 정말이지 거시기에 대한 집착이 너무 심하다니까요."

"사실은 그가 내부 조사과[16]에 고발하려고 했습니다."

존은 하얗게 질렸다. 그 어떤 경찰도 동료를 내부 조사과에 보고한다고 위협하지는 않았다. 표지판도 주소도 없는 그저 '세아베르무데스'라고 알려진 그 건물은 나쁜 사람들을 사냥하는 사람들이 모인 곳인데, 경찰들 사이에서도 매우 꺼리는 곳이다. 그곳에서 일하는 사람들은 스페인 전역 7만 명의 관료들에게 경멸과 미움을 받고 있다. 하지만 그들보다 더 많은 경멸스러운 존재가 있다면, 바로 경찰이면서 동료 경찰을 고발하는 인간이다. 그는 살면서 여러 가지 일들을 겪었지만, 한 번도 그런 위협을 받은 적은 없었다.

"별로 심각하지 않게 말하는군요."

"정말 심각한 일이죠. 파라는 권력을 얻고 인정을 받고 싶어 하는 중독자입니다. 그리고 그의 손에서 카를라 오르티스 납치 사건은 시한폭탄이고요."

"겉으로는 얼마나 겸손한 척을 하는지."

---

16   스페인 경찰관의 법률 위반 및 직업적 위법 행위에 대한 사건 및 의심 가능성을 조사하는 법 집행 기관의 부서

"저는 당신이 오르티스를 찾는 책임자가 되었으면 했지만, 더는 그럴 수 없게 되었습니다. 붉은 여왕 프로젝트의 핵심은 존재하지 않는다는 겁니다. 이제 카를라는 파라와 그가 속한 USE 손에 달렸습니다."

"그가 썩 잘하고 있는 것 같지는 않은데요."

존이 안토니아에게 머리로 사인을 보내며 말했다. 그녀는 밴에 앉아 그들을 주시하고 있었다.

"내가 왜 당신하고만 이야기하자고 했을까요? 그녀는 내가 지금 당신에게 무슨 설명을 하고 있는지 정확히 다 알 거예요."

멘토르는 담뱃불을 비벼 끄더니 안토니아를 등지고 섰다.

"아무튼, 그녀는 말하는 입술도 읽을 줄 알거든요. 지금 충분히 멀리 떨어져 있는 것 같지만, 혹시 모르니 뒤돌아서 이야기 나누죠."

존도 그를 따라 했다.

"우리 아버지는 개를 키우셨어요." 멘토르가 말을 이어갔다. "녀석은 사랑스러운 복서로 이름은 샘이었죠. 착하고 사랑스러웠어요. 몇몇 친구분들이 녀석에게 하몽 덩어리를 선물로 주었고, 그러면 아버지는 저에게 그것을 정육점에 가져가서 얇게 썰고 뼈를 바르라고 하셨어요. 그런데 한번은 제가 깜빡하고, 뼈들을 그냥 탁자 위에 뒀어요. 당연히 그 개가 그것들을 집어갔죠."

그는 말을 이어가기 전에, 꺼냈던 담배에 다시 불을 붙였다.

"우린 거의 세 시간 동안 부엌에 들어갈 수가 없었습니다. 녀석은 완전히 미쳤고, 소유욕과 영역에 대한 집착이 어마어마했어요. 뼈를 뺏길까 봐 접근하려는 모든 사람을 위협했습니다. 그것들을 다 먹을 때까지 멈추지 않았어요. 턱의 압력이 제곱센티미터 당 200킬로그램이나 되는 그 짐승은 누구에게도 물려고 덤벼들었어요."

"그래서 아버님이 녀석을 안락사했나요?"

"다음 날에요. 아버지는 저더러 수의사에게 데려가라고 하셨어요. '네가 그랬어, 네가 망쳤어.'라고 하시면서요. 아버지는 그리 교양 있는 분은 아니셨거든요. 저는 터벅터벅 걸어가는 내내 울었죠. 샘이 아주 아주 행복해했는데. 엄청나게 설사를 하긴 했지만, 너무 행복해했었죠."

존은 천천히 고개를 끄덕였다. 그는 멘토르가 무슨 말을 하고 싶어 하는지 알 것 같았다.

"그럼 안토니아를 카를라 오르티스 사건에서 떨어뜨려 놓겠습니다."

"아니요. 그녀는 그러지 않을 겁니다. 샘이 햄 뼈를 먹지 못하게 설득할 수 없었던 것처럼, 그녀는 이 사건을 절대 포기하지 않을 거예요."

"그런데, 당신이 그녀를 희생물로 삼기 위해 데리고 왔잖아요."

"그녀가 이 뼈를 떨어뜨리지는 않겠지만, 대신 다른 뼈를 물게 만들 수는 있습니다. 오르티스 사건은 안 돼도, 알바로 트루에바 사건은 계속 진행하실 수 있습니다. 두 길은 모두 같은 목적지로 이어지니까요. 우선 그녀를 파라와 부하들에게서 멀리 떨어뜨려 놓으세요. 이해하셨죠?"

브루노

기자가 되는 게 뭔가 의미 있었을 때가 있었지.

브루노 레하레타는 가끔 이 문장을 내뱉는 걸 좋아한다. 빌바오의 신문 〈엘 코레오〉의 편집국, 자칭 살아 있는 전설인 예순세 살의 기자를 존경할 만큼 멍청한 인턴이 근처에 있을 때 말이다. 검은 조끼와 티셔츠, 반지들(엄지에 하나를 포함해서), 청바지와 부츠, 주름과 검은 머리카락(그는 늙었다는 것을 인정하고 싶지 않아서 염색한다). 꽁지머리를 한 브루노는 첫날 편집국에 들어온 아직 수염도 나지 않은 청년들에게 항상 구세계의 구루였다.

물론 이제 그런 인턴들은 없지만. 오늘날 기자는 유튜버와 트위터와 인스타그램의 팔로워 수, 기사 클릭 수로만 존경을 받는다. 〈[죽은 유명인 이름 삽입]에 대해 알아야 할 10가지〉 10개의 페이지를 이용해 클릭하고, 클릭하면 신문 노출 수가 늘고, 광고주들에게 오래된 거짓말을 계속 팔 수 있다. 우리는 중요하고, 사람들은 여전히 우리 말을 듣는다. 부디 계속 우리에게 한 푼씩 던져주시길!

물론 항상 이랬던 건 아니다. 그는 책상에 발을 올리고 기억을 더듬었다. 편집국에 아무도 없어서 이러고 있을 수 있었다. 사람들이 다 나가고 나면 가능하다. 요즘은 모두 재택근무를 선호한다. 그는 시간을 죽이는 것 외 다른 할 일이 없다. 오전 열 시. 그가 젊었을 때 이 시간 편집국에서는 미친 듯이 타이핑을 하고 있었고, 자료실 담당들은 사진을 찾고, 사진기자들은 편집부를 드나드느라 바빴다. 종이 신문의 시대. 1980년대, 1990년대. 황금기. 전성기.

그래서 언론인이 되는 것은 굉장한 일이었다. 경찰과 정치인들이 무슨 일이 벌어졌는지 소식을 제보했다. 하지만 그는 갈등의 격변기에 제대로 대처하지 못했다. 그러고는 밀레니엄 세대의 스타일로 나올 뉴스를 상상해봤다. '마지막 ETA 폭탄으로 얼마나 많은 사람이 죽었는지 궁금한가요? 그 대답을 들으면 깜짝 놀랄 거예요!'

오늘날에는 아무도 신문에 관심이 없다. 그리고 신문에서는 중국 도자기나 이전 대통령처럼 쓸모없는 사건은 아무도 신경 쓰지 않는다. 아니, 아무도 시사 뉴스에 관심이 없다. 중요하게 보는 건 유명 소설가인 페레스 레베르테가 어느 정치인에게 보낸 최신 반박 글뿐이다. 그리고 어쨌든 피해자가 성폭력으로 살해된 여성이면 곧바로 사람들의 관심이 쏠린다.

'하지만 이건 그저 이런 범죄를 보고 화를 내는 게 유행이라서 그런 거지. 전에는 스물일곱 면 중 단 한 면에도 작은 기사를 내지 않았는데. 그리고 그런 사건은 지금과 비슷하거나 더 많았고.'

신문사에서는 브루노가 떠나주길 원했다. 그런데 그에게 알린 게 아니라, 그도 신문을 보고 알았다.

"내가 더 잘할 수 있는 게 없어." 그가 그들에게 말했다.

"자유 시간, 은퇴를 즐기시는 게 훨씬 좋으실 거예요." 그들은 아주 정중하게 말했다. (브루노는 노예제도 이전 시대만큼이나 오래전에 그들과 계약을 맺은 상태다.)

"지금 내가 그만두면, 빌어먹을 연금만 있으니 위로금은 받아야겠는데." 그가 말했다.

하지만 신문사는 그 돈을 주지 않았다. 왜냐하면 연금도 쌓여서 금액이 여섯 자리나 된다. 게다가 매달 월급도 3천 유로씩 받고 있는데, 이 신문사에서 대표 다음으로 많이 받고 있었다. 이 신문사는 두 공룡 중 누가 더 먼저 죽을지를 지켜보고 있었다. 활자 매체냐 브루노 레하레타냐. 브루노는 거의 술도 안 마시고 담배도 안 피우고, 업소 여자들도 덜 만나는 편이다. 게다가 위궤양이나 심상 마비를 일으키게 힐 자녀도 없다. 그러니 죽을 가능성은 50퍼센트다.

하지만 브루노는 일을 할 수 있기를 간절히 원했다. 물론 그가 좋아하는 서부 영화에서 마지막으로 지평선을 향해 걸어가는 멋진 카우보이는 그렇지 않다고 말하겠지만. 그가 좋아하는 건 아침에 윤전기에서 인쇄되어 나오는 첫 호 신문의 잉크 냄새, 손에 묻는 검은색, 대단한 사람의 얼굴이 담긴 표지, 그가 쓴 기사를 좋아하지 않을 어떤 인물, 그리고 나머지는 광고들이다.

하지만 세월이 흐르면서 그는 이런 마지막 기회도 얻지 못할 것이다. 딱 34초 전까지는 그렇게 생각했다.

그가 무심코 TV에서 시선을 고정하기 전까지 그는 지루하게 또 다른 하루를 맞는 노인네에 불과했다. 그런데 아침 뉴스에서 그 소식을 들었다. '…다행히 부상 없이 끝난 불법 경주. 마드리드 외곽에서 발생한 엄청난 사고…'

브루노는 여자 아나운서가 하는 말은 별로 신경 쓰지 않았다. 그에게 중요한 건 그에 눈에 들어온 사람이었다. 더도 덜도 아닌 차 옆에 있는 존 구티에레스 경위. 그 장면을 카메라가 멀리서 잡았고, 마치 조사 위원회에서 만든 화면처럼 과도한 줌으로 이미지도 흔들렸다. 하지만 그가 맞다. 우아한 정장과 튼튼한 실루엣을 가진. 그가 뚱뚱하다는 건 아니다.

그를 보는 순간 브루노의 감각이 예민해지고 표정이 날카로워졌다. 존 구티에레스 경위에 대해서 들었던 마지막 소식은 부적절한 행위로 조사를 받는다는 내용이었다. 포주의 트렁크에 헤로인을 넣는 그의 영상이 바이러스처럼 퍼져나갔었다. 그러다가 하룻밤 사이에 그 뉴스가 사라졌다. 마치 마술처럼.

모두에게 불행히도 브루노는 존 구티에레스를 알고 있었다. 한 사람은 내고 싶고, 또 한 사람은 원하지 않는 기사에 대해 몇 마디 나눈 후 둘은 서로 참을 수 없는 사이가 되었다. 그는 파시스트의 개다. 하지만 그것뿐만이 아니다. 얼굴도 두껍다. 그리고 뒤끝도 살짝 있다. 그래서 존 구티에레스 경위가 크게 애를 먹었을 때, 그는 아주 기뻤다. 브루노는 그 자동차 트렁크에 관한 기사도 썼었다. 다른 사람의 관 뚜껑에 못을 박는 건 언제나 너무 즐겁다. 자기 관뚜껑에 직접 못 박는 건 불편해서 별로다.

존 구티에레스가 가장 바라던 건 남은 직장 생활 동안 책상에 앉아서 상황들을 조종하는 것이었다. 그처럼.

'뭔가 냄새가 나는군.'

34초 전 브루노 레하레타는 피곤하고 지루한 노인이었다. 하지만 지금은 그 방송에서 뭔가 냄새를 맡고 있었다. 그는 존 구티에레스 경위가 마드리드에서 난 교통사고 현장에서 뭘 하는지는 모르지만, 조사해보고 싶어졌다.

그는 여자(진짜 사나이들은 전화를 하지, 오그라들게 왓츠앱으로 연락하지 않는다)에게 전화해서 결근할 거라고 말하면서 자동차 키를 확인하기 위해 재킷 주머니를 뒤졌다. 그리고 시계를 쳐다봤다.

일찍 출발하면 점심시간에는 마드리드에 도착할 것 같았다.

'산투추에서 먼저 들려야 할 곳이 있지. 당연히 중요한 곳.'

그는 그곳을 생각하며 미소를 지었다. 늑대의 미소 같았다.

나갈 때는 아무에게도 인사를 하지 않는다. 아직 아무도 사무실에 오지 않았기 때문이다. 따로 양해를 구할 필요도 없었다. 그는 그들이 자신의 부재를 알아차릴지가 정말 궁금했다.

변명

늦은 오후, 존과 안토니아는 드디어 멘토르가 잡아준 라스 레트라스 호텔에서 몇 시간 눈을 붙인 후 호텔 카페인 보카블로에서 다시 만났다. 이곳은 그랑비아의 모퉁이에 있는 신기한 곳으로 전면이 유리로 되어 있었다. 사방에는 책이 가득했다. 사람들이 그걸 만지지는 않았지만, 책 때문에 멋지게 보이는 곳이었다.

"이제 우린 오르티스에게서 벗어났어요."

존이 말했다. 그리고 안토니아에게 설명했다. 그녀는 그 말을 순순히 받아들이지 않았다.

"지금 어떤 빌어먹을 구덩이에 그 여자가 있다고요. 어쩌면 지하실이나 창고 또는 계란판들을 붙여놓은 방에 갇혀 있을 수도 있고요."

"계란판은 별 도움이 안 된다고 생각했는데요."

"하지만 미친 사람들은 영화에서 보고 그런 걸 따라 하니까요. 그리고 그녀는 혼자 있을 거예요. 가족도 친구도 없이. 무엇보다도 아들을 안을 수도 없어요. 아마 그녀를 묶어놓고 상처를 입혔거나 더 안 좋은 상황일 수도 있겠죠. 그리고 그… 그 남자… 그 파라…."

그러고 나서 그녀는 잠자리에 들 때마다 잊는 보편적인 신리를 다시 한 번 깨닫고 멈칫했다. 세상은 평범하고 이기적이며 멍청한 자들에 의해 움직인다는 걸. 특히 후자들에 의해서. 그리고 파라 경감은 이 세 가지가 다 섞인 흥미로운 사람 같았다.

존이 그를 두둔했다.

"그는 자기가 맡은 일을 하는 거잖아요."

그는 이런 말을 하는 자신을 증오하지만, 그녀는 지금 이 게임이 바뀌었다는 걸 받아들여야 했다.

"그의 일을 우리가 했다고요. 거기는 경찰이 여덟 명이에요. 여덟 명. 데이터베이스도 있고, 사이렌이 달린 경찰차랑 무기, 지원 장비도 있어요. 하지만 그들은 생각할 줄을 몰라요."

안토니아는 다시 멈췄다. 마음이 편해지지 않았다. 어리석음 앞에서는 안도할 수 없기 때문이다. 그 어리석음을 처리하려면 그걸 인정하거나 아니면 자살뿐이었다. 오늘 아침에는 자살을 생각할 겨를이 없었다. 용의자를 쫓다 보니.

"뭐, 상관없어요. 우리는 결국 카를라 오르티스를 찾을 거니까. 그녀가 백만장자라서가 아니라, 아들을 안고 싶지만, 그럴 수 없는 엄마이기 때문이에요."

안토니아의 목소리는 다시 평소같이 얼음장처럼 차가워졌다.

존은 그 순수하고 반박할 수 없는 말에 미소를 지었다. 그녀가 순진해서가 아니라, 그 반대이기 때문이다. 그녀의 결의는 용광로의 열처럼 퍼졌다.

'아, 이 불.'

"우리가 해보죠. 하지만 현명하게 해야 합니다. 고삐 풀린 망아지처럼은 안 됩니다."

그녀는 대답이 내키지 않았지만, 체념하듯 수긍했다.

"알겠어요."

결국, 그들 작업의 본질은 속임수이기 때문이다. 다른 사람들보다 더 똑똑하다고 계속 우길 수는 없었다.

"그런데, 무슨 약을 먹는 거예요?"

존은 마치 그 약이 내키지 않는다는 듯 물어봤다. 왜냐하면 그녀가 너무 걱정되기 때문이다.

"무슨 성분인지는 몰라요." 안토니아는 거짓말을 했다.

"그럼, 그게 무슨 작용을 하는 거죠?"

"중요한 순간에 과도한 자극을 걸러내는 데 도움이 돼요. 실제로 그걸 먹으면 느려지거든요."

"그것들이 늘 필요해요? 중독 같은 건가요?"

그녀는 그런 모욕쯤은 무시한다. 그 질문은 너무 중요하기 때문이다. 사실 다 맞는 말이다.

"아니라고 생각하고 싶어요. 내가 항상 옳은 건 아니지만."

존은 아무 말도 하지 않았다. 그는 누군가를 판단할 만한 사람이 아니었다. 그도 그만두겠다고 맹세한 중독이 있었다. 예를 들어, 사랑에 빠지는 것 같은. 모두가 나름대로 최선을 다해 앞으로 나아간다. 이것이 문제가 되지 않을 거란 걸 안 것만으로 충분하다.

"그 약이 문제가 되지 않을 거란 걸 알기만 하면 됐어요. 그것이 당신의 일을 방해하지 않고 판단에 영향을 미치지 않을 거란 말이잖아요." 존이 말했다.

"정말 뒤끝 작렬이군요."

안토니아는 그가 말하는 의도를 눈치 채고 말했다.

"난 진지하게 물어본 건데."

"어디 그런지 보자고요."

그녀는 만족하게 될 것이다.

"요전에 라 핀카에서, 밴에서 내렸을 때…."

그는 안토니아가 울고 흥분한 혼란 상태였다는 말은 덧붙이지 않았다.

"네, 그랬죠. 그때 일은 말하고 싶지 않아요."

"그 말이 아니라요. 그 범인이 모든 걸 생각하지는 않았다고 했잖아요."

존은 다시 출발점으로 되돌아가려고 했다. 쉽지 않은 일이었다. 조사에는 보통 몇 주의 시간과 열두 명 정도가 필요하다. 카를라 오르티스 사건에는 열두 명이 있을지는 모르지만, 시간은 없었다. 그리고 그들 손에는 알바로 트루에바뿐이다.

"우리가 벗겨야 할 베일이 두 가지가 있어요. 방법과 이유."

"설명해보시죠."

안토니아는 빵과 또 차 한 잔(그녀가 결코 포기할 생각이 없는 절반은 영국인의 습관)을 시키면서 설명했다.

"이 사건에는 정상적인 부분이 전혀 없어요."

"맞아요."

"한번 상상해보죠. 당신이 유럽 최대 은행 총재의 어린 아들을 붙잡은 납치범이라고 상상해보세요. 뭘 하겠어요?"

"돈을 요구하겠죠. 엄청난 돈. 가능한 한 많이."

"맞아요. 지금 이건 수년 전에 레빌라 같은 유명한 사업가의 친척을 납치한 게 아니에요. 10억 페세타. 어떻게 그걸 받아낼까요?"

"금액이 많을수록 무게가 많이 나갈 텐데요."

존은 1988년도에 열두 살 소년이었지만, 그 사건은 기억이 났다. 그가 아빌라의 경찰 아카데미에서 공부한 중요한 사례 중 하나이기도 했다.

"1롱톤이에요. 백만 페세타가 1킬로그램이라고 하지만, 실제로는 1.1킬로그램에 가깝죠."

존은 이미 알고 있던 거지만 그녀의 말을 방해하지 않으려고 정중히 고개를 끄덕였다. 그녀와 있을 때는 때때로 멍청한 척하고 계속 말하게 두어야 했다.

"만일 당신이 테러리스트 조직원이고 소시지 회사에 몸값을 요구한다면, 몸값을 받아내기는 어려워요." 그녀가 계속 말을 이어갔다. "납치에는 항상 두 가지 중요한 점이 있어요. 가족과의 의사소통과 몸값 받아내기. 첫 번째는 거의 해결되었어요."

"아무리 바보라도 인터넷으로 자기 신분은 숨길 수가 있으니까요."

"그런데 연간 수십억 달러를 벌어들이는 은행가에게 몸값을 받아내는 건 누워서 떡 먹기죠. 바레인이나 마셜 군도 또는 조세 회피처에 있는 계좌에 돈을 입금하기만 하면 되니까요."

"라우라 트루에바 같은 사람에게는 식은 죽 먹기라는 거예요."

"금액은 상관이 없거든요. 천만 유로, 억, 십억 유로든. 송금도 5분이면 됩니다. 그런 다음 다시 채워 넣을 테니까요."

존은 생각이 잘 나지 않을 때마다 머리카락을 긁적인다.

"무슨 말을 하는지 알 것 같군요. 이 납치에서는 잘못될 만한 일이 없다는 거군요."

"바로 그거예요. 그의 어머니는 어마한 돈을 줄 수 있어요. 그리고 몸값을 전달하는 과정에서 에세키엘이 잡힐 가능성도 없고요."

"잘못될 게 전혀 없죠."

"그런데 잘못되었어요."

"당신이 생각할 때 그 아이가 범인의 얼굴을 볼 수 있었을 것 같아요? 그래서 아이를 죽이기로 한 걸까요?"

"아니요. 에세키엘은 조심스러운 성격 같아요. 우리가 만났을 때도 스키 마스크를 쓰고 있었잖아요. 참, 사진은 좀 찍었어요?"

존은 전화기를 꺼내 찍을 수 있었던 유일한 사진을 보여줬다. 카메라 버튼을 누르면서 연사로 찍었다.

"이미 이 사진은 멘토르에게 넘겼기 때문에, 파라 손에 있을 수도 있습니다. 우리만 가지고 있을 수는 없었어요."

"잘했어요."

그녀는 사진들을 열고 하나씩 살펴봤다. 73개 중 삼 분의 이는 포르쉐의 창문과 측면만 찍혔다. 나머지는 부분 샷이거나 너무 흔들렸다. 퓰리처상을 받을 정도는 아니지만, 두 장 정도는 어느 정도 건질 만했다. 둘 다 매우 비슷했다. 가장 큰 차이점은 한 사진에서는 에세키엘이 양손으로 핸들을 잡고 정면을 바라봤지만, 다른 하나에서는 그들을 향해서 총을 뽑기 시작했다는 것이다. 두 사진 다 얼굴은 볼 수 없었다.

그녀는 사진을 더 잘 보려고 아이패드로 전송했다.

"멘토르는 이미 그것들을 아구아도에게 보냈습니다."

"잘했군요. 아마도 차이점을 발견할 수 있을 것입니다. 잠시만 기다려보세요…."

그녀는 가능한 한 사진을 확대했다. 오른팔에 무언가가 그녀의 눈을 사로잡았다. 그는 검은색 스웨터와 장갑을 끼고 있지만, 총을 뽑기 시작하는 사진에서는 스웨터가 살짝 올라가 있었다.

그 아래 뭔가가 보였다.

"타투 같은데요." 존은 더 자세히 들여다보기 위해 몸을 숙이며 말했다. "거의 보이지는 않지만, 대략 3센티 정도는 되는 것 같네요."

"아구아도에게 전화를 걸어서 이것을 자세히 살펴보라고 하세요. 이미 그렇게 하고 있겠지만. 그들은 법의학 분석 도구를 가지고 있습니다. 어쩌면 우리에게 다른 내용을 줄 수도 있어요."

문신이 대단한 건 아니지만, 뭔가 단서가 될 수 있다. 그리고 지금은 그 뭔가가 카를라 오르티스의 유일한 희망일지도 모른다. 지푸라기라도 잡는 심정이었다.

존이 아구아도 박사와 이야기를 하고 전화를 끊었을 때, 둘은 똑같은 생각을 하고 있었다.

알바로 트루바의 납치와 그의 시신이 발견된 사이의 시간. 일주일.

"잘못될 일이 전혀 없고, 에세키엘이 그 소년을 죽일 이유도 없었다면, 왜 그랬을까요?"

"돈 문제가 아니면, 분명해집니다. 쾌락을 위한 것도 아닙니다. 그가 정신병자는 아니지만, 적어도 평범한 사람은 아닐 겁니다."

"한 번도 본 적이 없는 경우라고 했잖아요."

"저도 그렇고 다른 사람들에게도 그럴 거예요. 제가 생각할 때 그자는 아주 특정한 뭔가를 위해 납치하고 살인하는 것 같습니다. 그것은 힘과 관련이 있고요."

"두려움과도 관련이 있죠. 당신도 라몬 오르티스가 두려워하는 걸 봤잖아요." 존이 말했다.

"그리고 그는 우리에게 거짓말을 했습니다. 그는 에세키엘이 말했던 내용을 모두 말하지 않았어요. 왜 아버지가 딸의 생명을 구할 수 있는 정보를 숨길까요?"

그들은 아무리 애를 써도 그녀 아버지의 행동에 대한 논리를 찾을 수가 없었다.

"우리가 해야 할 가장 중요한 일은 그 빠진 정보를 찾는 겁니다."

"그런데 우리는 지금 오르티스에게 접근할 수가 없어요."

"알아요. 하지만 이 사건에 대한 첫 번째 단서는 그 이유에 있어요. 그의 살인 동기를 알아낸다면, 그에게 더 가까이 다가갈 수 있을 거예요."

파라 경감은 행동파다. 그는 전화를 받는 즉시, 가능한 모든 수단을 동원했다. 과학 수사대, 법의학자, 시체 수습을 위한 예심 판사까지.

"전적 재량권 보장, 확실하죠?"

대략 9시 정도가 되자 그들이 승마 센터 밖에 하나둘씩 도착하기 시작했다. 11시에는 이미 완벽한 서커스 무대가 설치되었는데, 작은 비둘기들과 코끼리만 없었다. 승마 센터로 가는 통로는 세 대의 순찰차와 여러 대의 민간 차량, 기병대(지형을 고려) 두 부대와 말 수송차량에 막혀 있었다. 그들은 '특별 활동실(LAE)'까지 옮겨왔다. 이것은 붉은 여왕 프로젝트에서 아구아도 박사가 지휘하는 몹랩과 비슷한 트럭이었다. 단, 아직 준비는 덜 되었다. 하지만 이것이 훨씬 컸다. 여기에는 흰색과 파란색에 스페인 국기가 그려 있었고, 50센티미터 높이의 글자로 '경찰'이라고 쓰여 있었다.

완전 극비.

12시가 되자 오후 대회 참가자들이 도착하기 시작했다. 굳이 말하자면, 유명한 사람들이다. 휴대전화를 들고 살고 인스타그램을 하는 사람들, 커다란 카니발에서 문을 열면 차에서 내리기도 전에 사진을 찍히는 사람들이었다.

누가 이것을 예상이나 할 수 있었겠는가?

파라 경감이라면 가능했다.

그리고 실제로 그는 그럴 거라 예상했다. 호세 루이스 파라는 뛰어난 전문가다. 그는 업무 능력이 뛰어나다. 그는 USE를 6년 동안이나 이끌었고, 뛰어난 성과를 냈다. 그는 200건 이상의 납치 사건을 맡았는데, 그중 88.3퍼센트 정도를 해결했다.

파라가 수사본부를 맡았을 때, 그는 부하들이 전문 협상가가 되도록 신경을 썼다. 그는 제일 먼저 부하들을 최고의 환경에서 공부할 수 있도록 지원했다. 뉴욕과 콴티코, FBI 본부로 보냈다. 그러면 그들은 직장에서 최선을 다해 일한다. 언젠가 그는 비가 내리는 날 옥상에서 일곱 시간 동안 한 남자와 대치하며 엽총을 내리도록 설득해야 했다. 그 남자는 그들을 죽이고 자기 머리를 쏴버리겠다고 협박했다. 하지만 파라는 한겨울에 온몸이 흠뻑 젖을 때까지 그가 그 순서를 바꿔주길 바랐다. '이 새끼야, 먼저 너부터 죽고 그들을 죽이란 말이야.' 물론 그 말은 하지 않았다. 협상가들은 절대 그런 말은 하지 않는다. 그들은 매우 부드럽게 말한다.

파라 경감은 6년 동안 승승장구했다. 문제는 그가 그 일을 너무 잘해서 아무도 그를 승진시킬 생각을 하지 않는다는 사실이었다. 하지만 파라는 스스로 승진할 자격이 된다고 생각했다. 그는 미친 사람들과 몇 시간 동안 앉아 있는 일에 지쳐서 경장이 되고 싶어 했다. 경장이 되면 한 달에 400유로나 더 받는다. 만일 대가족의 부모라면 매달 20일부터는 매일 저녁에 파스타나 아무튼 식사를 제대로 챙겨 먹을 수도 있다. 파라 경감은 단백질 신봉자라서 두 팔에 꽤 많은 단백질 덩어리가 있다. 엉덩이에도 살짝. 하지만 드웨인 존슨처럼 보이려면 고통을 감내해야 한다.

물론 승진은 따 놓은 당상이다. 승진하려면 어떤 사건에서든 누구든 고통을 겪어야 한다. 그래서 파라는 나름대로 머리를 굴

려봤다. 만일 카를라 오르티스를 제시간에 구출해낸다면 그 영광이 보장된다. 하지만, 이 일에 성공하지 못해도 그렇게 비극적인 상황은 아니다. 중요한 건 눈에 띄는 굵직한 이야기를 만들어내는 것이다. 돌려서 말하자면, 그의 상관들이 '대중의 압박'을 받아서, 그를 원래 자리에서 물러나게 하고 윗자리로 올려 보내고 싶은 유혹을 느끼게 하는 것이었다. 88.3퍼센트의 사건 해결률을 가진 그가 카를라 오르티스 사건으로 실패율을 1퍼센트 (물론, 평생을 통틀어서) 올리게 된다면, 그에게 무슨 일이 생길까.

당연히 무슨 일이 일어날 수 있다. 카르멜로 노보아가 주요 납치 용의자라는 파라의 주장이 열두 시간도 채 안 되어 지옥으로 떨어졌기 때문이다.

파라는 범죄 현장에 도착해 마치 텔레비전에 나오는 경찰처럼 "좀 나온 게 있습니까?"라고 말하면서 예상했던 주요 용의자가 이제 2차 피해자 같다는 점을 확인했다. 그는 상처 난 목과 전부를 살펴보았다.

사실 이 일은 존 구티에레스와 그 멍청한 인터폴 여자가 도움을 주긴 했다. 어떻게 그들이 그렇게 빨리 그 차를 찾을 수 있었는지는 모르겠지만, 그들 덕분에 시간이랑 거추장스러운 설명도 줄일 수 있었다. 그건 그렇지만 그는 매우 화가 났다. 그들이 제멋대로 행동하지만 않았어도, 벌써 납치범 중 한 명을 잡아넣고, 몇 시간 만에 갇힌 방에서 카를라를 구출할 수 있었을 것이다. 이 모든 건 그 멍청이들이 단독으로 행동했기 때문이다. 어쨌든 그들을 제거했고, 지금까지는 일이 순조롭게 진행되고 있었다. 만일을 대비한 희생양 한 쌍이다. 그리고 그들은 더 가까이에 있다.

지금 그들은 카를라 오르티스의 납치 동기가 금전적인 이유라고 알고 있다. 문제는 그가 그녀의 아버지에게 딱 달라붙어 있다가 납치범의 다음 전화가 올 때 함께 그 자리에 있을 수 있는가였다. 그리고 몸값을 전달할 때도 마찬가지로. 왜냐하면 그녀의 아버지는 돈을 줄 것이기 때문이다. 당연히 그렇게 할 것이다. 돈이 부족한 사람은 아니다.

어쨌든 파라 경감은 이것이 사람들에게 공개되면 그들이 현미경으로 이루어지는 모든 수사 과정들을 낱낱이 지켜볼 것이고, 그럴 때 이익을 챙겨야 한다는 걸 알고 있다.

그래서 그는 모든 진행 상황을 공개한다. 아직 피해자가 누군지는 말하지 않았지만, 조만간 언론에 사진이 나오리라는 걸 알고 있었고, 그럴 때 그가 매우 애쓰고 있다는 걸 분명히 나타낼 것이다. 그렇게 많은 BMW와 벤츠, 그리고 그 안에 탄 사람들이 사진 찍힐 때, 파라는 소나무 숲에서 미소를 지었다.

물론, 속으로만.

겉으로는 행동하는 사람처럼 몸짓하며 지시를 내렸다.

기름

멘토르는 리셉션에 또 다른 아우디 A8의 키를 맡기고 갔다. 키가 검은색이 아니라 검남색이란 것만 빼면 첫 번째 차와 거의 똑같았다. 그는 운전석 앞의 계기판에 직접 쓴 메모를 남길 만큼 예의가 바르다.

이건 망가지지 않도록 친절하게 대해주세요.

-M.

존은 메모를 큰 소리로 읽고 안토니아에게도 전달했다. 안토니아는 그걸 공처럼 구겨서 뒷좌석에 던져버렸다.

"제가 운전할게요." 안토니아가 말했다.

"정말 고맙지만, 사양할게요."

"이제 그 사람 편인가 보죠?"

"나는 내 편이에요. 내 건강 편이죠. 근데 어디로 가는 거죠?"

"라 핀카로 돌아가요."

"당신이 벗기고 싶어 하는 첫 번째 베일이 거기 있을지는 잘 모르겠네요."

"말해봐요. 왜 그가 시체를 거기에 두고 갔을 것 같아요? 알바로 트루에바를 밖에 버리고 갈 수도 있었는데. 게다가 아무 데나 두지도 않고 가족 소유의 집 중 한 곳에 두었어요. 그들이 집을 열두 채 이상 가지고 있어서, 선택권은 에세키엘에게 있긴 해요. 그런데 이상한 건 스페인에서 가장 안전한 주택단지에 그를 두고 갔다는 거죠."

존은 천천히 고개를 끄덕였다. 그는 중심가인 그랑비아를 지나며 감탄하는 중이었다. 이곳은 항상 공사 중이고, 항상 밀린다. 이 속도대로 간다면 코앞에 있는 시벨레스 광장까지 2주가 걸릴 것 같다.

"또, 그는 그걸 아무렇게나 두지 않았어요. 시체와 그 외 장면들을 준비하기 위해 꽤 노력했어요. 그는 우리에게 메시지를 보내고 싶었을 겁니다."

"아, 우리에게는 아니죠. 그는 우리를 신경도 쓰지 않아요."

"그럼 그걸 누구한테 보내는 거죠?"

"모르겠어요." 안토니아는 오랫동안 생각하고 나서 절망스럽게 대답했다. "그래서 혼란스러워요. 그가 연쇄 살인범이라면, 그가 하는 일과 그 일을 아는 모든 사람으로부터 기쁨을 얻으려고 할 겁니다. 내가 만일 납치범이라면 돈을 원하지, 메시지 따위는 남기지 않을 거예요. 특히 트루에바 가족과 맞서는 거라면요."

"저라면 범죄 현장을 그렇게 정교하게 만들지는 않았을 겁니다. 카를라 오르티스도 납치하지 않았을 거고요." 존이 말했다.

"그런데 거기엔 종교적 이유가 있어요. 범죄 현장 전체가 시편 23편을 연상시켰어요."

존은 그 소리를 듣고 자리에서 펄쩍 뛰었다.

"아 그러니까 '…기름을 내 머리에 부으셨으니 내 잔이 넘치나이다' 나는 왜 이걸 눈치 채지 못했을까요?"

"경위님이 이렇게 종교적인 분인지 몰랐네요."

안토니아가 깜짝 놀라면서 대답했다.

"교리 문답자로서 오랜 세월을 보냈는걸요. '나는 나를 사랑하는 친구가 있다'라는 내용 말고도 기억하는 것들이 많죠."

친구와 사랑에 대한 말씀은 정말 사실이었다. 존은 다른 사람들이 대학에 들어가면 연극반에 기웃거리는 것처럼 고등학교 때 교리 문답을 시작했다. 하지만 그 안으로 들어가면 갈수록 그는 듣고 배운 모든 내용 안에 많은 평화가 있음을 발견했다. 그는 자신을 믿어주지 않는 교회는 끝까지 믿지 않았다. 하지만, 예수님이 믿는 게 곧 교회를 믿는 건 아니란 걸 확신했기 때문에 조금도 신경 쓰지 않았다.

물론 안토니아는 굳건한 무신론자다. 이것은 종교의 또 다른 형태로 훨씬 더 경제적이다.

"우리가 자는 동안, 아구아도 박사가 알바로 트루에바 머리에 있던 기름 성분 분석을 첨부한 이메일을 보냈어요." 그녀가 아이패드에서 이메일을 열며 말했다. "몰약 향이 나는 올리브유에요.

그녀가 알아본 바로는 '성유로 쓰는 기름'이라고 불린다네요."

"병자성사[17] 때, 신부들이 죽음의 순간에 이마와 손에 약간 바르는 겁니다."

"그게 뭐 하는 건데요?"

"하느님과의 만남을 위해 준비시키는 거죠. 낙타가 바늘구멍을 통과하도록 기름칠하는 것과 같은 거라고나 할까요."

그들은 둘 다 알바로의 마지막 순간과 그가 겪어야 했던 일은 떠올리지 않으려고 노력했다. 하지만 그럴 수가 없었다.

"혹시 그 기름을 구하는 게 흔한 일이 아니라면, 에세키엘을 추적하는 데 도움이 되겠네요." 존이 낙관적으로 말했다.

"아니, 그건 이미 찾아봤어요. 모든 온라인 상점에서 5유로면 살 수 있더라고요. 엘 코르테스 잉글레스 백화점에서도 팔고요. 마드리드의 모든 밀교 매장에서는 말할 것도 없고요."

"죽을 때 바르는 기름만 파는 시장이 따로 있는 건가요?"

"이건 아로마 치료법이나 및 기타 미신 행위를 할 때도 쓰이거든요."

존은 인간의 힘, 특히 그녀의 능력에 놀라지 않을 수가 없었다. 그는 자신이 상상하지 못했던 완전한 세계가 있다는 사실을 발견할 때마다 놀랐다. '정말 미쳤어.' 그가 생각했다. '상식을 뛰어넘는 정말 대단한 사람이 있긴 있네.' 그리고 나중에 그는 그녀의 놀라움에 충격을 받았다.

---

17   가톨릭의 7성사 가운데 하나로 위급하게 앓고 있는 신자의 고통을 덜어주고 구원해주시도록 주께 맡기는 성사

"그렇다면 지금 우리가 종교적 광신자들을 상대하고 있다고 생각하는 거예요?"

"솔직히는 그렇지 않기를 바라죠. 그런 사람은 이해하기가 훨씬 더 힘들거든요."

이제 세상의 무게가 안토니아 스콧의 어깨에 달려 있었다. 그녀의 얼굴은 어둡고, 두 눈에는 보랏빛 해먹이 매달려 있었다. 에세키엘을 붙잡고 카를라 오르티스를 구해내기 위해 혼자 탄 해먹. 그것은 항상 재앙의 레시피다. 그러나 그걸 그녀에게 알려줘봤자 소용이 없다. 그래서 대신 이렇게 말했다.

"당신은 혼자가 아니에요, 알죠?"

존은 그녀의 어깨를 두 번 두들기고 싶은 충동과 싸우다가, 결국은 의도를 알아챌 수 있을 만큼 어깨에서 가장 가까운 곳을 두 번 두들기고 말았다.

그런데 누가 상상이나 했을까, 그녀가 미소를 지었다.

"고마워요."

'친절한 말까지. 기적은 계속될 것인가?'

그녀는 몇 분 동안(충분히) 입을 다물고 있었다. 그러는 동안 도심을 벗어나 M-40까지 왔다. 라 핀카로 가는 중이었다.

"아니, 저는 그가 종교적 광신자라고 생각하지는 않아요. 이 사건의 경우, 종교적인 부분은 장식일 뿐입니다. 마지막에 바르는 광택제 같은 거죠."

"그러니까 우리는 지금 이유도 모르고 따라가는 거군요."

"근데 그 이유를 알려고 범죄 현장으로 돌아가는 건 아니에요. 방법을 알아보기 위해 온 거죠. 에세키엘이 그 집에 어떻게 들어갔을까요?”

"맞아요. 이것이 당신이 벗겨야 할 첫 번째 베일이에요. 그럼
두 번째는 뭐죠? 그 이유는 어떻게 알 수 있죠?”

"미친 것처럼 보일 것 같은데.”

"절 놀라게 해주시죠.”

그러자 그녀가 그에게 말해준다.

맞다, 완전히 미친 소리다.

카를라

산드라는 대답이 없었다.

카를라는 거듭 그녀를 불렀다. 단, 위험이 사라졌다는 확신이
들 때만. 하지만 산드라는 대답하지 않았다. 카를라는 혼자였다.

그 여자는 잊어버려.

네가 살아남는 것만 신경을 쓰라고.

그 목소리가 카를라에게 말했지만, 그 힘과 명령조가 좀 약해
졌다. 웬일인지 그녀가 혼자 있는 게 아니라 벽 반대편에 또 다른
누군가가 있다는 걸 알면서부터 좀 변했다.

하지만 산드라는 대답하지 않았다.

몇 시간 아니 어쩌면 몇 년이 흘렀을지도 모른다.

카를라는 자고, 눈을 뜬다. 그리고 다시 잠이 든다. 그녀는 나방
이 촛불 주위를 펄럭이는 것처럼 꿈속에 들어갔다 나온다. 눈꺼
풀의 무거움을 견디지 못하고 그 흐름에 몸을 맡기는 매 순간은

독이 든 축복이다. 그 후 몇 분 혹은 몇 달 후 카를라가 깨어난다. 그리고 순간적으로 평화로운 느낌이 들자마자 그 상황에 대한 공포가 뒤따른다. 최악의 상황이다.

그러는 사이사이에 카를라는 통풍구가 열리는 소리를 들은 것 같았다. 문 근처에서 그 소리가 느껴질 때마다 새로운 물병과 초코바가 놓여 있었다. 물을 조금 마시고 하수구 구석에서 소변을 보지만, 초코바는 먹고 싶지 않았다. 배는 안 고픈데, 위에는 아직도 산성이 느껴지고 입에는 떫은 철분 맛으로 가득했다. 또 다른 이유가 있었다. 초콜릿 바에 뭔가 넣었을까 봐 두려웠다.

넌 먹어야 해.

독이 묻었을 수도 있다.

그가 너한테 자비를 베푸는 거야.
그가 원하면 언제라도 널 죽일 수 있잖아.
먹지 않으면, 힘이 안 생기니까,
너에겐 아무런 기회도 없을 거야.

그 목소리는 산드라의 침묵을 메우면서 힘과 존재감을 되찾았다. 이제는 머릿속뿐만 아니라, 주위의 썩은 공기 속에서도 더 크게 들렸다.

카를라는 초코바 포장을 찢고 나서 한 입 베어 물었다. 그녀는 그 목소리를 기쁘게 해주려고 노력했다. 이제 더는 어머니의 초

인종이 울리지 않았다. 다르다. 더 젊다. 더 또렷하다. 더 무자비하다.

"너 누구야?" 카를라가 그 목소리에 속삭였다.

이미 알잖아.

"아니, 몰라."

그 목소리는 더는 대답하지 않았다.

카를라는 초코바를 좀 더 베어 물었다. 포도당과 견과류는 인슐린 수치의 균형을 맞춰주고, 지친 몸에 에너지 일부를 되돌려준다.

넌 할 일을 찾아야 해.
아니면 미쳐버릴 테니까.

'이건 내 머릿속 목소리가 하는 말이잖아.'

카를라가 생각했다. 하지만 그 목소리 말이 맞다. 그녀는 주변을 탐색하기 시작했다. 이번에는 더 자세히. 카를라는 바닥과 벽을 조심스럽게 더듬으면서 그 독방을 자세하게 살폈다. 측면에서는 맨 시멘트만 있을 뿐 별다른 건 없었다.

금속 문 맞은편 벽은 한 변이 10센티미터 정도 되는 작은 정사각형 타일들로 덮여 있었다. 그리고 하수구 구석에 있는 마지막 타일은 약간 헐렁했다. 몇 밀리미터 튀어나왔는데, 만져보니 부드럽고 뽀드득거리며 모래가 좀 섞인 것 같았다. 타일과 회반죽 사이에 손가락들을 끼우면 빠질 수도 있을 것 같았다.

그래서 무슨 도움이 되는데?

'전혀.'

카를라는 또다시 그녀를 세게 누르는 절망의 무자비함을 느끼며 생각했다.

종이봉투

라 핀카의 응대는 그리 따뜻하지 않았다.

댄서도, 색색의 종잇조각들도, 레드 카펫도 없었다.

존 구티에레스는 경비원과 경찰들 사이에서 내려오는 전통적인 대립 관계를 절대 지지하지 않는다. 그의 꿈은 백 살까지 사는 거라서, 각자 자기 방식대로 살아가길 바란다. 그들은 그들 영역에서, 그는 자기 영역에서 각자 살아가면 된다. 물론 그는 보기 드문 경찰이다. 만일 경찰이라면 뼈와 숨과 영혼까지 세타(Z)[18]에 묻어야 한다. 몇 푼 안 되는 돈을 받으면서, 별의별 전화를 다 받고, 쓸데없는 일에 참견하는 것 정도는 약과다. 또한, 승진하고 새

---

18 1960년대 스페인 거리를 순찰하던 차량으로, 경찰들 사이에서 쓰는 '경찰'을 뜻하는 은어

로 시작할 때까지 아랫사람을 무시하고 상사를 미워하는 것도 당연한 일이다.

이런 안 좋은 점들을 그대로 닮은 경비원들은 오늘 밤, 존 구티에레스 경위의 몸집이 거대하고 위협적이지만, 성격은 부드럽고 감수성이 풍부하다는 걸 모르기 때문에 비협조적으로 나올 것이다.

존은 아우디를 정문 옆에 세웠다. 그들은 차에서 내렸다. 경비원들이 차단기 옆에 서 있었다. 한 손엔 담배를 다른 한 손은 허리띠 고리에 얹고(기본자세 1번) 마치 수업 첫날인 양 그들을 가르칠 것이다.

"뭘 도와드릴까요?" (번역: "대체 원하는 게 뭐야?")

"좋은 밤입니다. 저는 경찰 존 구티에레스 경위입니다. 여긴 제 동료고요. 저희가 이틀 전에 여기에 있었는데 기억하실지 모르겠습니다."

"이틀 전 밤에는 제 근무 날이 아니어서요."

물론 거짓말이다.

어둡긴 했지만, 존은 그 둘을 다 알아봤다. 지금 말하고 있는 이 사람은 특히 더. 사흘 정도 된 턱수염, 일할 때 빼는 한쪽 귀걸이, 대략 오십 대. 그는 그제 밤에 거짓말했던 것처럼 지금도 또 거짓말을 한다. 그는 알바로 트루바를 발견한 날 밤에 일하지 않았다고 거짓말을 했었다.

"사흘 전 보안 기록 내용이 필요합니다."

그 경비원은 팔짱을 끼고 두 발을 바깥쪽으로 벌리고는(기본자세 2번) 뜻밖의 반응을 보였다.

"물론입니다, 경위님, 말씀하신 내용을 기꺼이 도와드려야죠."

존은 미소를 지었다.

"대신 먼저 업체 관리자에게 요청 공무원의 이름과 특히 요청하는 녹화 내용을 명시하고 범죄 수사와 관련 있는 자료임을 서면으로 기재해서 보내시면 즉시 보여드리죠. 아시는 것처럼, 데이터 보호법 때문에요."

'물론 맞는 말이지. 지금 카를라 오르티스에게는 존재 자체가 없는 범죄에 대한 서면 요청을 기다릴 시간이 없다는 점만 빼면.' 존이 생각했다.

"보시다시피, 급해서요. 보통 전문가들끼리는 성의 표시에 따라 서류 작업은 건너뛸 수 있을 텐데요."

"얼마만큼의 성의 표시를 말하는 걸까요?"

존은 머리카락을 긁고 주머니도 긁었다. 지갑에 있는 걸 몽땅 털면 50유로뿐이었다.

"50유로 정도."

이건 그가 가진 전부였다.

"그렇다면 5천 유로 정도 가지고 다시 오시죠."

그가 경찰관으로 살면서 빌어먹을 5천 유로를 본 적이 없다는 것을 잘 아는 경비원이 대답했다. 존은 그의 얼굴을 한 대 때리면 어떤 결과가 생길지 진지하게 생각해보고 나서 다시 대답했다.

"그럼 우린 가야겠네요. 정말 감사합니다."

"천만에요. 귀여운 분들."

화가 난 채로 다시 차로 돌아온 존은 운전하며 분노를 쏟아냈다.

"…근데 저 멍청이가 '천만에요. 귀여운 분들'이라고 말한 거죠? 그건 저번에 그들이 손전등으로 우리 얼굴에 계속 비췄을 때 내가 했던 말이에요. 전에 그 시건방을 떨던 놈이 자신이었다는 걸 분명히 말해주려는 것처럼, 내 말을 고대로 따라 했어요. 그런데 멘토르가 왜 보안 자료를 요청하지 않았는지, 그리고 우리가 왜 이걸 해야 하는지 모르겠네요."

안토니아는 존의 말은 별로 신경을 쓰지 않고 자동차의 GPS를 검색 중이었다. 주소가 떴다. 19분.

"지금 어디로 가는 거예요?"

"이제 귀찮게 하지 말아요."

안토니아는 아이패드를 열고 정보를 검색하며 대답했다. 그녀는 웹 페이지를 열고 읽기 시작했다.

"익힐 시간이 19분밖에 없어요."

존은 그녀가 GPS에 입력한 주소의 문 앞에서 멈추자 어안이 벙벙하고 도저히 믿을 수가 없었다.

"지금 여기로 들어가겠다는 거예요?"

"당신의 50유로가 필요해요."

"이건 마지막 남은 50유로라서. 아는 것처럼 지금 고용과 급여가 정지된 상태라."

"금방 돌려줄게요."

존은 안토니아에게 돈을 건넸다. 그녀는 그걸 받고, 숄더백에서 신분증을 꺼내 조수석에 뒀다.

"여기서 기다려요. 그리고 문 잠가요. 낮잠 자다가 도난당하면 안 되니까."

그때까지도 존은 94분 내내 누군가를 저주하는 게 불가능한 일이라고 생각했었다. 하지만 그는 안토니아가 나올 때까지 줄곧 그녀를 저주했다.

존이 그러고 있는 사이, 안토니아가 한 손에는 소박한 종이봉투를, 다른 손에는 50유로 지폐를 들고 돌아왔다.

"자, 이제 라 핀카로 돌아가죠."

존이 다시 경비실 옆에 차를 세우자, 두 명이 그들을 맞았다.

환영 온도는 여전히 영하였다.

"경위님, 서면으로 자료 요청서를 가져오시면, 관리자에게 알려야 하는데, 지금 휴가 중이라서요. 다음 주에 오시면 기꺼이 도와드리겠습니다."

안토니아가 존에게 종이봉투를 건네고, 존은 다시 경비원에게 그것을 전달했다. 시벨리우스 여신의 검은색 로고가 새겨진 소박한 종이봉투였다. 그 아래는 아주 작은 글씨로 '카지노 그랑 마드리드'라고 적혀 있었다. 그 경비원은 기본자세 2번을 하며 그녀를 쳐다봤다.

"이게 뭡니까?"

안토니아는 마치 그 안에 기저귀라도 들어 있는 양 코를 찡그렸다.

"전문가들끼리 성의 표시랄까."

호기심은 용감함으로 이어질 수 있다. 경비원이 손을 뻗어 종이봉투를 집었다. 무겁다. 그는 그것을 연다. 안을 들여다본다. 손전등을 꺼낸다. 다시 그 안을 들여다본다. 그리고 존을 바라본다. 그런 다음 다른 경비원을 쳐다본다.

"5천 유로가 총액인지 1인당인지 몰라서, 우선 확인차 1만 유로를 가져왔습니다만." 존이 설명했다.

그와 그의 동료가 따로 이야기를 나누는 동안(계속 3초마다 종이 봉투를 열면서), 존과 안토니아는 그 모습을 보고 계속 소곤거리며 웃었다.

"대체 이런 걸 어떻게 생각해낸 거예요?"

"전에 라몬 오르티스의 운전사에 대해서 말하는 걸 듣고요."

"그런데 19분 만에 블랙 잭 게임을 배운 거예요?"

"아니요. 게임하는 법은 1분 만에 배웠죠. 남은 18분은 카드 세는 법을 배웠고."

경비실

1만 유로를 주고 나자 경비원 토마스와 가브리엘은 그들에게 우호적이었다. 사흘 정도 수염을 기른 오십 대 토마스가 그들을 경비실 안으로 데리고 들어갔고, 가브리엘은 바깥에서 망을 봤다. 경비실은 일반 경비실보다 훨씬 더 컸는데, 이곳은 존과 안토니아가 접근해야 하는 장소의 대기실에 불과했다.

"이쪽으로 오세요."

그가 뒤쪽에 있는 문을 열며 말했다. 그리고 이어지는 계단이 입구 아래 지하로 이어졌다. 거기에는 사물함과 휴게소, 샤워실, 작은 체육관이 있었다.

"커피 드시겠습니까?"

존은 커피를 한 잔 마실 것이다. 그녀는 차(있다면)를 마실 것이다. 토마스는 5성급 호텔의 아침 식사 공간에서나 볼 수 있는 것과 비슷한 기계로 차를 준비했다.

"사실 저희는 불평할 수가 없어요. 여기에 편의시설이 다 있거든요. 저는 전에 대형 상점에서 일했습니다. 매일 셔츠 밑으로 물건을 훔치는 집시들과 싸워야 했죠. 물론 집시들에겐 아무 감정도 없어요. 가장 친한 친구 중에도 집시가 있거든요, 하지만…."

존은 그가 스스로 무덤을 파기 전에 중간에서 말을 끊었다.

"여기에선 좋은 자리를 얻었군요."

"제가 찾을 수 있는 것 중엔 최고 자리죠. 더군다나 이 나이에."

"당신이 이 자리를 잃을 위험을 감수하고 싶지 않다는 건 이해합니다."

토마스는 그들에게 김이 나는 잔을 건네줬다. 그도 커피를 한 잔했다.

"전 너무 나이가 많아서 이제 다른 직업을 구할 수가 없어요. 게다가 대학생 자녀가 둘이나 있거든요."

"요전에 로스 라고스 별장에서 무슨 일이 있었는지 아세요?"

토마스는 먼 곳을 응시했다.

"이 거래는 그 영상을 보여주는 것만 포함됩니다. 더는 안 됩니다."

"당신 도움이 필요해요, 토마스." 안토니아가 말했다.

존은 20년 동안 경찰 활동을 하면서 많은 사람을 심문했다. 그는 수많은 인종과 다양한 외모와 몸집을 가진 사람들을 만났다. 두려워서 말하고 싶지 않아 하는 사람들, 고집을 부리며 침묵을 자부심으로 만드는 사람들, 뭔가에서 벗어나기 위해 거짓말하는 사람들…. 그리고 가장 최근에 만난 이 사람은 이렇게 말한다.

"내가 당신들을 믿어도 되는지 모르겠습니다."

그래서 우선 그들에게 믿음을 주고, 그 대가로 무언가를 줘야 한다.

존은 안토니아를 쳐다봤다. 안토니아에게 허락을 구했다. 그녀는 고개를 끄덕였다.

"토마스… 우리는 평범한 경찰들이 아닙니다."

"이해가 안 되네요. 당신의 배지를 봤는데, 진짜였어요."

남자가 그들을 의아하게 쳐다보며 말했다.

"진짜죠. 하지만 우리는 다른 경찰들과는 다릅니다."

"저도 압니다. 진짜 경찰은 100유로짜리 지폐 다발을 주지 않으니까요."

"당신이 우리에게 하는 말은 법정에서 사용되지 않을 겁니다. 기록도 남지 않을 거고요. 당신의 도움이 필요한 사람이 있습니다. 그리고 재판을 받아야 하는 사람이 있어요. 당신은 여기서 무슨 일이 있었는지 알고 있잖아요, 토마스."

그러자 그 경비원은 고개를 숙였다. 그가 기본자세 1번과 2번을 하지 않자, 규정대로 하는 바른 사람임이 드러났다. 상사들이 시킨 대로 하지 않으면 부끄러워하는 사람이었다. 입을 닫고 눈을 감는 사람, 그를 봤지만 못 봤다고 하고, 여기서 벌어진 일은 입 밖에도 내지 않는 사람이었다. 말은 간단하게, 할 일은 적게. 공짜란 있을 수 없으니까.

"네, 알고 있습니다."

"그 일에 대해서 당신 말고 누가 또 알고 있죠?"

"가브리엘과 나. 관리자. 그리고 트루에바의 방 담당 여성 직원이요. 그녀가 방에 들어와서 소년을 봤거든요."

"그리고 그녀가 당신을 불렀겠군요. 그리고 당신이 관리자에게 전화했고."

토마스가 고개를 끄덕인다.

"제가 근무를 마칠 때 즈음이었거든요."

"이렇게 하는 게 일반적인 절차인가요? 그러니까 보통 이런 일이 있을 때 경찰이 아니라 당신에게 먼저 알리나요?"

존이 질문했다.

그 남자는 부끄러워하며 아무 말도 못했다. 그의 얼굴은 붉어지고, 손은 난파선에서 나온 마지막 밧줄처럼 컵을 꽉 잡았다.

"토마스." 존은 부드럽게 대하며 계속 말하도록 독려했다.

"이 단지에서는 일이 다르게 진행됩니다. 위험한 곳이 아니지만, 분양할 때 이곳에 들어오는 사람들을 아주 조심스럽게 선택했습니다. 자금 출처도 분명해야 해요. 예전에 여기에 들어오고 싶어 하는 러시아인과 콜롬비아인이 있었어요. 근데 거절당했죠. 그래서 어쨌든 여기 있는 사람들은 특별합니다. 그러니 특별한 도움이 필요하죠."

"이전에도 사건들이 있었나요?"

"이만큼 심각한 사건은 없어요. 이것과는 전혀 비교도 안 되는 일들이죠. 하지만 경찰들은 항상 조용했고, 저희에게 아무 질문도 하지 않았습니다."

"그리고 이번에도 원래 하던 대로 처리한 거군요."

"경찰들은 저희가 이렇게 처리한다고 해서 돈 같은 걸 주지 않아요."

'안 주지. 그런 사건이 생기면 사람들이 나에게 돈을 주거든. 당신과 모든 스페인 사람이 말이지.' 존은 생각했다.

그는 아무 말도 하지 않았다. 커피도 마시지 않았다. 그는 헌법 제24조[19]도 별로 신경 쓰지 않는다.

'내가 점점 냉소적으로 변하고 있어.'

그가 생각했다. 물론, 별 상관은 없다. 어쩔 수 없다.

지금 중요한 건 오로지 에세키엘을 찾는 것뿐이다.

"그날 밤 로스 라고스의 별장에는 누가 있었습니까?"

"없었어요. 이 집은 6, 7개월 전에 완공된 이후로 잠겨 있었어요. 이곳에 오는 사람은 거의 없었어요. 그들이 도시에 산다고 들었고요."

"그럼 당신은 그들이 올 때 미리 알고 있는 건가요?"

토마스가 고개를 끄덕였다.

"보통 이곳 사람들은 집을 사용하기 시작할 때, 어마한 집들이 파티를 엽니다. 물론 저희가 항상 알고 있는 일이죠. 그들이 100명을 초대한다면 먼저 100명의 이름과 필요한 차량 번호를 알고 있어야 하니까요. 그렇지 않으면 여길 통과하지 못합니다."

"그럼 이 근처에서 그 가족을 보지 못했겠네요?"

"제 근무 중에는 한 번도 본 적이 없습니다. 제 근무 시간은 오후 8시에 시작해서 아침 8시에 끝나거든요. 한번은 그 집 인테리

---

19 모든 국민은 자신의 적법한 권리와 이익의 행사를 위하여 법관 및 법원의 효과적인 보호를 받을 권리를 가지며, 어떤 경우에도 무방어에 처하지 않는다.

어 담당자랑 조수가 함께 왔었습니다. 주방 바닥 색상이 마음에 들지 않다고 해서 바꾸러 온 것 같아요. 그들은 아주 일찍 왔었기 때문에 기억하고 있습니다."

'2천만 유로짜리 집을 갖고 있는데 직접 와서 보지도 않다니. 이게 바로 권력이라는 거군.'

"그러면 청소 서비스는? 자주 오나요?"

"매일 오죠. 아무도 살지 않아도 집은 깨끗해야 하니까요. 그들은 아침 7시에 그 집에 들어갑니다. 정확히 언제 나오는지는 몰라요. 한 3시쯤일 것 같아요. 그게 이곳의 일반적인 노동 시간이거든요."

"그렇겠네요. 그럼 그날 밤 이야기를 해보죠. 특별히 눈에 띄는 점이 있었나요? 보통과 같지 않게 이상한 점이라든가?"

"없었어요. 없었을 것 같은데 정확히는 잘 모르겠어요."

"괜찮아요. 교대 근무 때 쓰는 체크인, 체크아웃 목록이 있을 것입니다. 그것과 녹음본을 봐야겠어요."

그곳의 보안 시스템은 정말 놀라웠다. 진정한 첨단 예술 작품 이랄까. 라 핀카의 전체 주변에는 동작 센서가 설치되어 있었다.

"물론, 우리는 그것들을 꺼놓았습니다. 그렇지 않으면 시도 때도 없이 울리거든요. 토끼들 때문에."

직원들 휴게소나 기타 공간에도 단지를 감시하는 공간이 따로 있었다. 사십 대의 보안 카메라의 이미지를 보여주는 모니터가 열 대나 걸려 있었다. 책상 위에도 모니터가 두 대 있는데, 하나는 동작 센서 정보가 나타났다(역시나 꺼져 있음).

"토끼가 많은 편인가요?"

"아주 많이요. 전에는 여기가 초원이었거든요."

"이게 우리에게 도움이 될지 모르겠네요."

"콰잉 시스템이에요. 저희에게는 동작 센서가 필요하지 않아요. 적외선 감지가 있거든요. 이건 경고가 뜨면 보이기만 하지 우리 고막을 괴롭히지는 않아요. 그리고 움직이는 대상의 무게가 20킬로그램 미만이면 경보기가 작동하지 않도록 설정도 되고요."

"하지만 그날 밤에는 적외선 감지 경보가 없었군요."

"아쉽게도 없었어요. 시스템 상으로는 그날 밤 침입은 없었습니다."

"카메라는 전부 단지 바깥쪽에만 설치되어 있나요?"

도착한 이후 거의 끼어들지 않던 안토니아가 말을 꺼냈다.

"물론이죠. 단지 내부의 모든 거리는 사적 공간이라서요. 내부는 녹화할 수가 없습니다."

"그러면 우리에게 필요한 녹화본은 출입문 쪽 녹화본이겠네요."

"그걸 보여주시면 좋겠습니다, 토마스." 존이 말했다.

그 경비원이 해당 파일을 찾기 위해 하드디스크 드라이브를 찾는 동안 존이 안토니아 쪽으로 향했다.

"왜 다른 건 필요 없어요?"

"에세키엘이 알바로의 사체를 들고 울타리를 뛰어넘었다면 적외선 경보기를 울렸겠죠."

"만일 시스템이 고장 났다면?"

그녀가 모르겠다며 어깨를 으쓱했다.

"5~6시간 정도 녹화한 주변 카메라가 40개 나오네요. 아무것도 안 하고 잠자고 먹고 화면만 봐도 꼬박 열흘이 걸리겠어요."

"우린 그럴 시간이 없어요." 존이 말했다.

카를라에게는 시간 여유가 없다.

"그러니 도박 한번 걸어보죠. 아구아도 말에 따르면 피해자는 오후 8시에서 밤 10시 사이에 사망했습니다."

"그는 그 시체를 옮겨야 했을 겁니다. 그러니까 오후 8시부터 시작하면 좋을 것 같네요."

안토니아는 하나의 녹화분을 서로 다른 시간대로 해서 열 대의 모니터에 띄워달라고 요청했다. 가장 위에 오후 8시로 시작해서, 다음은 9시 식으로 연속적으로 보이게 했다. 마지막 모니터는 아침 5시에 시작했다.

이런 식이었다.

20시 | 21시 | 22시 | 23시 | 00시

01시 | 02시 | 03시 | 04시 | 05시

"모니터에 차가 나타날 때마다 영상을 중지하고 안으로 들어가는 걸 확인하죠."

안토니아는 나머지 사람들에게 방법을 설명했다.

"아주 좋은 생각이네요. 확인하는 데 열 시간이 아니라, 한 시간이면 되겠어요." 토마스가 대답했다.

하지만 차가 들어올 때마다 멈추고 들어오는 걸 확인해야 해서 시간이 오래 걸렸다. 그리고 특히 밤 8시와 11시 사이에 수십 번을 멈춰야 했다.

그들은 뭔가 이상한 점을 찾고 있었다. 특이한 장면. 하지만 아무것도 찾지 못했다. 두 대의 택시와 여러 대의 우버 택시를 제외하고, 통과하는 차량은 모두 거주자의 차거나 출입을 허가받은 거주자 친구들의 차량이었다. 출입 허가를 받은 명단은 개인적으로 확인해야 하지만, 며칠이 걸리는 데다가 많은 직원이 필요한 일이었다. 그래서 살인 사건들이 조사하기가 힘든 것이다.

세 시간 후 타임 라인이 종료됐다. 그리고 그들은 지쳐 있었다. 위쪽 모니터들에는 계속 사람들이 들어오고 있는데, 직장에서 힘든 하루를 보내거나 가족과 함께 저녁 식사를 하고 난 후의 모습이었다. 아래쪽 모니터들에는 움직임이 거의 없었다.

갑자기 안토니아가 몸을 꼿꼿하게 세웠다. 그리고 하단 쪽 중앙 모니터를 가리켰다.

"거기. 그 택시."

마드리드 시내에서 가장 흔하게 다니는 택시 차량인 스코다 옥타비아였다. 택시 위쪽 전광판에는 숫자 0이 쓰여 있었다. 장거리 승객을 데리러 갈 때 보통 그렇게 표시된다.

택시를 가까이 확대해보니 가브리엘이 묻지 않고 통과하는 장면이 나왔다. 시간은 03시 52분으로 찍혀 있었다.

"뭐 특별한 게 있나요?"

"이전 영상에서 그 택시를 봤습니다. 9344 FSY. 밤 10시 반에 왔었어요. 누군가를 내려주러."

그렇다. 안토니아는 녹화본을 빨리 돌려서 요금제 2번(야간 할증)을 달고 도착한 택시 장면을 확인했다. 토마스가 택시 운전사에게 무언가를 요청하고 나서 즉시 통과시키는 장면이 나왔다.

이 장면들은 위쪽에서 찍혀서, 이 각도로는 측면에서 차량 번호를 확인할 수가 없었다.

"토마스, 그 택시 기억나세요?"

경비원은 그 장면을 혼란스럽게 바라봤다.

"아뇨…. 전혀 기억이 안 나요. 아마도 어디로 가는지 물어보려고 몸을 구부렸을 겁니다. 그러면 저에게 주소와 이름을 주었을 거고요. 저희는 택시가 들어오면 항상 그렇게 하거든요. 그리고 그 시간대는 차들이 아주 많이 들어와요."

그건 사실이다. 그 장면들은 라 핀카에 들어가기 위해 기다리는 열두 대의 자동차 장면 중 하나일 뿐이고, 지친 가브리엘과 토마스는 자신들이 할 수 있는 범위에서 기계적으로 일하고 있다. 부자들은 별로 잘 참지 못하기 때문에 빨리 확인하고 보낼 수밖에 없다.

이 장면에는 운전자도 승객도 잘 보이지 않는다.

"또 중요한 질문이 있는데요. 누가 택시를 몰았을까요? 공범자가 있었을까요, 아니면 혼자 여길 지나갔을까요?"

존이 안토니아에게 물었다.

토마스와 가브리엘은 그 운전자에 대해 기억하는 게 전혀 없었다. 그저 눈에 띄지 않는 익명의 택시일 뿐. 매일 수많은 차량이 별말 없이 그 차단기를 통과한다. 어쩌면 그들은 에세키엘이 들어오는 걸 봤을지도 모른다.

다른 말로 하자면, 그들은 얻은 수확이 아무것도 없다.

카를라 오르티스에게 남은 시간이 계속 흘러가고 있었다.

불쾌한 밤

존은 안토니아를 병원에 내려줬다.

남은 밤은 아주 천천히 지나갔다. 스콧 할머니에게 전화하기엔 너무 늦은 시간이었다. 그녀는 너무 흥분한 상태라 잠을 잘 수가 없었다. 에세키엘 사건에서 손을 뗄 수 없었고, 그러고 싶지도 않았다. 안토니아는 모든 각도로 모든 정보를 되짚어봤다. 하지만 할 수 있는 게 없었다. 그들은 이 정보를 파라에게 보낼 수 있도록 멘토르에게 택시 번호를 전달했다.

늘 그렇듯이 멘토르는 중앙운영단체(UCO) 또는 국가정보원(CNI) 같은 제삼자가 이 정보를 보낸 것처럼 속일 것이다. 그녀는 지금 자신이 막다른 골목에 있게 될 거라는 걸 알고 있었다. 그래서 최악의 밤을 보낼 때처럼 침대 쪽으로 의자를 더 가까이 붙이고 마르코스의 오른손에 달라붙어 벽을 응시한 채 심전도 소리에 집중했다.

새벽 3시, 아구아도 박사의 이메일이 도착했다.

To: AntoniaScott84@gmail.com

From: r.aguado@europa.eu

안토니아 스콧,

팔꿈치와 손목 사이의 길이와 포르쉐 카이엔의 차내 높이의 비율로 볼 때 에세키엘은 키가 175cm에서 185cm 사이의 남성으로 추정됩니다. 눈은 밤색이고, 나이는 불확실합니다. 이 결과에 관해서 이야기 나누고 싶은데, 가능할 때 전화 부탁드립니다.

또, 경위님이 찍은 사진을 최대로 확장해서 문신을 분리했는데, 첨부 파일에 있습니다. 식별할 수 없는 일종의 방패나 성상의 일부로 보입니다.

이상입니다.

아구아도 박사 드림.

그녀는 즉시 아구아도 박사에게 전화를 걸었다.

"이 시간에 보내실 줄은 몰랐습니다."

"이것 말고는 할 일이 없어서요."

아구아도 박사는 스페인에서 타투를 하는 100개 업체에 문신 사진을 보냈다고 설명해줬다.

"답변을 얻을 가능성이 아주 희박하긴 합니다. 우선 강간 사건에 관련된 거라고 하고, 알아봐달라고 요청하긴 했습니다. 대부분은 답변을 주지 않겠지만, 그 일을 하는 사람 중에는 여성들도 꽤 있어요. 그들 중 누군가가 우리를 도와줄지도 모릅니다."

이 상황은 물에 빠진 사람이 지푸라기도 잡지 못할 정도로 너무 절망적이다. 하지만 그 방법 외에 다른 방법이 없었다.

"드릴 말씀이 또 있는데요." 아구아도가 말을 꺼냈다. "그 내용은 메일에 쓰지 않았는데, 전문적인 내용 같지는 않아서요. 증거를 바탕으로 분석을 하는데, 그 사진으로는 결정적인 근거를 찾지 못해서 나이는 미정이라고 썼습니다. 하지만 사진을 보면 볼수록 이 남자가 오십 대라는 확신이 듭니다."

"그 근거가 뭐죠?"

"전혀 과학적이지는 않아요. 자세나 체격… 그래서 그 부분을 직접 설명해드리고 싶었어요. 직감은 증거가 못 되니까요. 하지만 그냥 알게 되는 것들이 많잖아요. 이게 착각이 아니고, 정말 그 나이라면, 정말 신기할 것 같네요."

그녀는 아구아도 박사의 직감에 대해서 잠시 생각해봤다.

대부분의 연쇄 살인범은 서른 살 이전에 이런 무시무시한 일들을 시작한다. 그것은 그들의 삶에서 펼쳐지는 폭력이 비밀스럽게 고조되며 생기는 자연스러운 결과다. 그들에 관해서 다룬 책이 수없이 많고, 영화와 TV 시리즈도 수십 편씩 만들어진다. 그것들은 그들을 독특한 악당으로 만들고, 특별한 신비감을 불어넣어서 대중이 다루기 쉬운 대상으로 착각하게 한다. 그런 내용은 보통 망가진 어린 시절과 동물 고문, 화재에 대한 매혹, 성적 만족의 욕구들을 다룬다. 이러한 세부 사항은 때때로 연쇄 살인범의 특징이 되지만, 그것들과는 거리가 먼 범죄자들도 많다. 단순화는 사회가 이해되지 않는 사실에 반응하여 생긴 결과인데, 마치 일상적인 현실 위에 캐리커처를 그리는 것과 같다. 스페인에서만 사이코패스가 백만 명이 넘는다. 그들 중 극소수는 살인을 저지르겠지만, 그 외 많은 이들은 겉보기에 정상적인 삶을 살아간다. 인사 담당 이사, 장관, 술집 주인 역할에 만족하며 살아간다. 그런 사람들이 만드는 악은 결코 영화로 만들어지지 않을 것이다.

따라서 우리는 그 외 많은 경우를 알지 못한다. 아니면 너무 늦게 알게 될 것이다. 루이스 알프레도 가라비토는 체포 당시 마흔 두 살이었다. 한 거지가 돌멩이를 던져서 그가 붙잡고 있던 아이를 구해냈다. 그는 불과 6년 동안 175명의 아이를 죽였다.

슬픈 현실은 아직도 과학이 인간 정신의 문턱에서 발을 딛고 있다는 사실이다. 그곳은 깊이가 수십 킬로미터가 되는 집이다. 또 슬픈 현실은 우리가 그들을 이해하지 못한다는 것이다.

"아직 거기 있어요, 스콧?"

"네, 여기 있어요. 오십 대면 이런 행동을 시작하기에는 아주 늦은 나이라고 생각했거든요."

"알아요. 그렇게 되면 모든 게 이상해지죠. 사람들의 눈을 피해가며 매우 느린 상승 곡선을 탄 게 아니라면, 그 나이라면 이미 벌써 극도의 폭력이 나타나고도 남았어야죠."

"겉으로는 모범적으로 보이는 사람이 상상도 할 수 없는 범죄를 저지른 게 이번이 처음이 아니잖아요. 산티아고 데 콤포스텔라에서 온 그 소녀 부모 사건을 생각해보세요."

"맞아요. 하지만 저는 에세키엘이 그간 설명된 어떤 유형에도 속하지 않는다고 생각해요."

"그럼 그의 행동 방식에 정신병적 특징이 있다고 생각하세요?"

"확실히 소시오패스 징후가 있습니다. 나르시시즘. 사디즘. 근데, 저는 왜 언론에서 에세키엘의 이야기가 나오지 않는지 이해하려고 노력 중이에요."

사실 그것이 그녀를 가장 당혹스럽게 하는 부분이었다. 에세키엘은 그의 행동을 전혀 공개하지 않는다. 그 납치범이 공개되는 걸 원치 않기 때문이다. 보통 연쇄 살인범, 정의하자면 나르시시스트는 모든 라디오와 텔레비전에서 자신의 이름을 듣는 것을 즐긴다. 클릭 한 번, 트윗 한 번으로 국가와 전 세계의 관심을 받을 수 있는데, 왜 그는 자기의 상을 달라고 요구하지 않는 걸까?

"이 모든 일에는 우리 눈에서 벗어난 무언가가 있습니다. 핵심 조각."

"그 문신이 우리에게 도움이 될 수 있을지도 모르겠네요. 아무튼 아직 아무것도 찾지 못해서 죄송합니다. 끝까지 계속 찾아보겠습니다. 꼭." 아구아도가 말했다.

"박사님, 감사합니다."

전화를 끊자마자 전화벨이 울렸다. 멘토르다.

"남편을 깨울 작정이군요." 그녀가 전화기를 들었다.

"아주 재미있는 게 있어요. 차량 등록 번호 9344 FSY를 확인했거든요. 우선 그 번호판으로 된 택시는 없습니다. 그건 몇 년 전 르노 메간에 달린 번호였어요. 교통 등록부에 따르면 소유자는 스물세 살이고요."

"위조 번호판이군요."

많이 사용하지 않는 차. 일자 드라이버. 흰색 리벳(50개 상자에

3유로). 망치. 번호판을 교체하는 데는 5분밖에 안 걸린다. 그리고 피해자는 그 사실을 깨닫는 데 며칠이 걸릴 수도 있다. 누가 자기 차를 타기 전에 자동차 번호판을 보겠는가?

"그런 것 같네요. 그 차를 찾아볼 작정입니다. 그 택시가 맞는지."

"아무튼 그 택시 기사는 무슨 일이 일어나고 있는지 알고 있었다는 뜻이군요. 이것은 에세키엘이 혼자서 하는 게 아니라는 뜻이고요."

이것은 그를 사이코패스 살인자로 보기에는 아주 드문 특징이다.

안토니아는 전화를 끊고 다시 벽을 응시했다. 그녀는 계속 머릿속으로 연쇄 살인범과 그들의 동기, 범행 수법을 알 수 있는 수십 건의 사건들을 검토하며, 거기에 없는 범행 수법을 찾아봤다.

그녀의 마음속에는 고요함을 제외한 모든 게 들어 있었다.

브루노

'존 구티에레스는 기자들을 별로 안 좋아하는군.'

브루노 레하레타가 라스 레트라스 호텔 카페에 있는 그에게 다가가며 받은 느낌이었다. 아직 15분 전 아침 7시지만, 존 구티에레스 경위는 이미 샤워하고 잘 차려입고, 향수까지 바르고는 아침을 먹고 있었다. 베이컨을 곁든 달걀 프라이와 오렌지 주스, 토스트 여섯 개, 수영장처럼 가득 담긴 커피.

'저 무식한 놈이 시리얼 그릇에 커피를 부었네.'

존 구티에레스 경위는 보통 기자들을 좋아하지 않는데, 특히 부르노는 딱 질색이다. 그는 브루노가 나타나자마자 적개심으로 가득한 표정을 지었다. 심지어 주먹까지 꽉 쥐었다. 하지만 자칭 바스크 저널리즘의 전설인 브루노 레하레타는 다른 사람들이 모나리자나 시스티나 경당을 감상하는 것처럼 자신을 혐오스럽게 보는 얼굴을 오히려 즐겼다.

"기자 양반 여기서 뭐 하는 거요?"

"경위님도 좋은 아침입니다."

브루노는 존 구티에레스 경위 앞에 앉았다. 그는 접시를 옆으로 치우고 노트북과 펜, 녹음기를 놓을 공간을 확보했다. 존은 마치 사용한 주사기와 6그램의 헤로인을 탁자 위에 놓은 것처럼 그 전문 도구들을 바라봤다.

"도로 집어넣으시죠."

"제가 일을 하는 중이라서요."

"저도 그런데."

브루노가 달걀 프라이 접시를 가리키자, 경위는 그를 사람 취급하지 않았다.

"납세자들 돈으로 아침 식사를 하고 계신 거죠, 경위님?"

"제기랄. 그래, 네 뭣 같은 어머니 돈으로 먹고 있잖아요."

'경찰 식사 수준이 많이 나아졌군. 전에는 하루에 100유로 정도였는데. 그런데 여기에서 가장 싼 방이 300유로인데.'

브루노가 생각했다.

"어머니들 이야기를 꺼내시는군요, 경위님. 당신 어머니께 안부나 전하시죠."

실제로 그녀를 찾는 건 누워서 떡 먹기였다.

존 구티에레스 경감의 어머니인 베고냐 이리온도는 조용한 여성이다. 믿을 만한 여성. 오늘날 경찰 경감 어머니 감으로는 딱 맞았다. 예전에 그녀는 갈등이 생기면, 매사 조심해야 했다. 정육점에 갔을 때 말 한마디 더 했다가 일이 꼬인 적도 있다. 그리고 사방에 밀고자들도 깔렸었다. 하지만 지금은 정반대다. 지금 경찰의 어머니는 누구도 건들 수 없는 존재다. 밤 11시에 산츄츄 지하철역에서 내려도, 무사히 집까지 걸어갈 수 있다. 어쩌다가 한 깡패 무리가 그녀를 발견하고, 그들 중 한 명이 그녀의 가방을 뚫어지게 쳐다봤다. 그러면 또 다른 한 명이 그녀의 팔꿈치를 잡고, 목덜미를 내리친 후에 가방을 들고 자기 자리로 돌아온다. 멍청한 것, 그녀는 그 경찰의 어머니건만. 곧장 네 명이 나타나고 그 깡패를 컨테이너 뒤로 끌고 가서 발로 차고 이를 다 망가뜨려 주면, 그제야 자신이 얼마나 황당한 짓을 했는지 깨닫게 된다. 그런 인간은 그렇게 당해도 싸다.

그렇다, 지금은 모든 사람이 베고냐 이리온도가 사는 곳을 알고 있고, 아무도 이상한 일을 벌이지 않는다. 그것이 경찰 어머니의 장점이다. 하지만 단점은 '모두가 그녀가 사는 곳을 알고 있다'는 사실이다. 즉, 브루노 레하레타가 그녀를 찾는 데는 30분과 10유로, LM 담배 한 보루가 필요하고, 찾아가서 인터폰만 누르면 된다.

베고냐는 솔직하고 믿을 만한 여성이다. 그녀는 아들이 집에 없다고 대답했다. 그가 마드리드에 있고, 하는 일이 무슨 중요한 사건인지는 모른다고 말했다. 브루노는 무슨 일인지까지는 말하지 않아도 된다고 했다. 그녀는 혼자 있다고 했다. 본 것처럼 요즘 젊은 사람들은 아무도 어른을 공경하지 않는다고 했다. 그녀는 그가 어디에 머물고 있는지도 몰랐다. 그리고 왜 그걸 알려고 하냐고 물어봤다. 그는 기사를 쓰기 위해서라고 대답했다. 최근에 아들이 안 좋은 기사에 둘러싸였었는데, 그 기자는 믿음직스러워 보인다며 친절하게 대해줬다.

그렇게 브루노는 라스 레트라스 호텔에 벨보이의 환심을 샀고, 전화번호를 남기면서 시간은 언제라도 좋으니 그가 나타나면 왓츠앱으로 연락 달라고 말했다. 그리고 그에게 50유로를 주었다. 벨보이는 이미 그 경위를 감시 중이라, 그 감시 비용을 잘 알고 있다.

존은 다른 사람이 어머니에 대해 말하는 걸 좋아하지 않는다.

"감히 우리 어머니에게 접근하다니, 한 방을 날려야 할 것 같은데요."

'어머니와 함께 사는 동성애자들은 어떨까?'

브루노는 궁금했다.

"부모님은 안중에도 없군요. 어머니를 집에 홀로 두다니요. 그건 그렇고, 어머님이 당신이 중요한 사건을 맡고 있다고 하시던데."

"휴가차 마드리드에 있는 겁니다."

"그렇다고 치죠. 모두가 가끔은 쉬어야 하니까. 그런데, 어제 왜 그 사고 현장, M-50 도로에 있었죠?"

그 말을 들은 존 구티에레스 경위는 미동도 하지 않았다. 눈곱만큼도.

"다른 사람이랑 헷갈리셨나 보네요."

"헷갈리긴요. TV에서 회색 울 수트를 입고 있는 걸 봤는데. 좀 구겨져 있던데. 지금과는 다르게. 당신은 항상 잘 차리잖아요"

경위는 아무 대답도 하지 않았다. 단, 주먹은 꽉 쥐고 있었다. 브루노는 그의 손이 튀어나오길 바랄 것이다. 그 자체로 뉴스거리가 될 테니까. 그는 비유적으로 말하는 걸 좋아하는데, 파에야용 프라이팬만 한 그의 무시무시한 손이 얼굴을 스치면 다음 주 목요일까지 오래오래 멀리 날아가게 될 것이다. 그의 손과 팔은 완전히 한 세트다. 커다란 돌도 들어서 쉽게 집어 던지는 사람이니. 참, 빌바오에 이런 속담이 있다. 손힘을 약한 정도부터 강한 순서대로 꼽아보자면, 슈워제네거의 팔, 축구선수의 팔, 그리고 '돌 들어 올리기' 경기 선수의 팔이다.

잘 생각해보면, 그의 손이 빠져나오지 못하게 막는 편이 낫긴 하다.

"이봐요, 경위님. 내가 주목하는 건 이 부분이에요. 모친께서는 당신이 중요한 사건으로 여기에 있다고 말씀하시는데, 고르도니스 경찰서에서는 당신이 정직 상태이고 월급도 끊겼다고 말하더군요. 그러니까 법규에 따르면… 잠깐 기다려보세요. 여기에 적혀 있으니까." 그는 자기 노트를 참고하며 말했다. "공무원 기본 법규에 따르면, 당신은 '직무의 행사와 그 상태에 포함된 모든 권리를 박탈당함' 상태이군요."

"그래서 휴가 중이잖아요"

"예, 다행입니다. 고용과 급여가 정직되었기 때문에 경찰로 일하는 건 심각한 범죄 행위가 될 것입니다."

존 구티에레스 경위는 착한 사람이다. 아주 착한 사람이다. 그리고 떡갈나무처럼 잘 참는다. 아니면 거의 그 수준 비슷하게 잘 버틴다. 그런 그의 얼굴색이 살짝 변했다. 두 가지 색, 원래의 건강한 붉은 색에서 풍선껌의 분홍색으로 변했다. 그래서 브루노는 그가 거짓말을 하고 있다는 사실을 눈치 챘다. 그리고 마드리드에 잘 온 것 같다며 스스로를 칭찬했다.

"그렇다면 됐습니다, 경위님, 아침 식사나 즐기시죠." 그는 이미 냅킨을 테이블에 던졌고 식욕을 잃어 보였다. "어쨌든 여기에서 뵙죠. 저도 휴가 중이라서."

"안 만나길 바랍니다."

'오, 또 보자고. 자네가 생각하기 전에 내가 먼저 대답해주지.'

브루노가 생각했다.

들소

"쉽지는 않을 거예요." 존이 말했다.

"뭐 별거 아니죠." 안토니아가 대답했다.

그녀는 방금 전화를 끊었다. 그 약속을 잡아달라고 멘토르를 설득하는 데 거의 한 시간이나 걸렸다. 전화로 소리쳤다가 속삭이기도 하고, 협박도 해보고, 오래된 빚을 갚으라고 독촉하는 등 대체로 통화 분위기는 별로였다.

"지금 뭘 요구하고 있는지 잘 모르고 있는 것 같은데."

멘토르가 안토니아에게 말했다.

하지만 결국 그는 그녀의 요구를 받아들였다.

지금 그들은 은행 건물 정문 앞 아우디에서 멘토르가 올라갈 수 있다고 전화로 말해주길 기다리고 있었다. 안토니아는 멘토르가 해줄 수 있을 거라는 사실에는 추호도 의심이 없었다. 그는 그렇게 할 수 있는 수단 좋은 사람이다. 그리고 그 후에 저 위에서 무슨 일이 벌어질지는 또 다른 이야기다.

안토니아는 창문을 내리고 고개를 내밀었다. 목을 비틀어도 건물 전체 모양을 다 볼 수가 없었다. 카스테야나 길 중간에 10만 톤의 강철, 시멘트와 유리가 서 있었다. 이 모든 것이 들소 한 마리에서 시작되었다고 믿기가 어려울 정도다.

알바로 트루에바의 현조부의 일상은 빈틈이 없었다. 그는 다소 늦게 일어나서 푸엔테 데 산 미겔에 있는 저택 베란다에서 아침 식사로 튀긴 빵조각에 초콜릿을 찍어서 먹고 담배를 피우면서 신문을 읽었다. 〈칸타브리아의 목소리〉 신문을 읽으면서 시가 한 개비. 〈산탄데르의 빠른 소식〉 신문을 보면서 시가 한 개비. 〈공정〉 신문과 〈스페인 통신〉 신문을 읽으며 또 시가 반 개비. 다른 일반 신문들은 질질 끌지 말고 눈썹을 아치형으로 만들며 빠르게 읽어나가야 한다.

돈 마르셀리노 트루에바는 오후에 점심과 꼭 필요한 낮잠을 마치고 나서 하인에게 높지만 가벼운 사륜마차를 준비하라고 명령했다. 그리고 부지런히 농장들을 둘러보았다. 일꾼들이 제대로 잘하고 있는지 확인해야 했다. 그는 한 시간 반의 여정이 힘들지만, 해야 할 의무라고 생각했다. 마차 안장은 패딩이 좋지 않아서 때때로 엉덩이에 약간씩 멍이 들기도 했다. 다른 방법으로는 일꾼들이 일을 제대로 하는지 확인할 수 없었던 걸까?

그가 산책과 뜨거운 목욕을 끝내면, 집사는 그가 저녁 식사에 맞는 옷을 입는 걸 도왔다. 그는 신사답게 항상 정장을 입었다. 그는 테이블의 머리에 앉아 있고 그의 아내는 거기에서 6미터 정도 떨어져 있었다. 가운데 있는 소녀는 굴 숟가락과 달팽이 포크를 혼동하지 않고 칼을 제대로 다룰 수 있을 만큼 나이를 먹었다. 저녁 식사 후 그는 서재로 가서 식물학과 지질학에 관한 연구에 전념했다. 그는 이 둘에 관한 상당한 지식을 갖고 있었다. "신사는 교양이 풍부해야 해. 단, 허풍은 떨지 말고." 그의 아버지가 늘 해주시던 말씀이었다.

빈틈없는 그의 일상은 귀족 가문답고, 땀에 젖은 거친 사람들과는 달랐다. 그래서 어느 날 아침 그의 농장 소작인인 모데스토 쿠비야스가 베란다로 들어왔을 때, 불편함을 느꼈다. 몇 시간이 걸린 것도 아닌데. 모데스토[20]는 이름에 걸맞게 모자를 벗고 거친 갈색의 두 주먹을 비비적거렸다.

"제가 주인님께서 좋아하실 만한 걸 찾았습니다."

마르셀리노는 그 말이 의심스러웠다. 그렇게 아침을 방해하는 건 참기 힘들었지만, 오늘따라 신문 내용이 지루해서, 그의 아내가 항상 읽고(그도 몰래 훔쳐봤던) 프랑스 소설처럼 그 소작농과 함께 모험해보기로 마음먹었다. 최근에 출판된 책 《80일간의 세계 일주》는 신사와 그의 하인의 공적을 담은 이야기다. 그는 소설 속 주인공인 필리어스 포그를 조금 느껴본 후, 기꺼이 모데스토 쿠비야스를 따라 들판으로 나갔다.

그 소작인은 한 시간 정도 걸어가야 하는 동굴로 그를 데리고 갔고, 그 후 일어난 일은 그냥 소문으로 들리는 이야기다.

마르셀리노는 동굴 벽에서 발견한 아름다운 색채 그림에 매료

---

20 '조심성이 많은'이라는 뜻

되었고, 다음 해에 그곳에서 발견한 것을 세상에 알렸다. 안타깝게도 그는 사람들의 지지를 거의 받지 못했다. 그 마을에서는 거의 아무도 알타미라 동굴 벽화가 선사 시대의 유물이라고 믿지 않았고, 심지어 일부는 그가 그린 그림이라며 비난했다.

하지만 이건 너무 떠들썩한 사건이라서, 푸엔테 비에스고 주에 온천 여행을 올 왕비 이사벨 2세까지 그 동굴에 관심을 드러냈다. 그러자 산탄데르의 귀족들은 그의 농장에 나타나 돈 마르셀리노의 아침 식사 시간을 방해하기 시작했다. 하지만 그는 전혀 동요하지 않았다. 왜냐하면, 그들은 귀족이었고, 그는 그들과 사업을 하던 사이였기 때문이다.

"여왕이 당신 땅의 동굴을 보고 싶어 합니다, 마르셀리노."

누군가 말했다.

"여왕 폐하를 맞는다면 매우 영광이겠죠."

마르셀리노는 오만하게 대답했다.

"중요한 건 여왕이 오는 중이니, 당신이 그분과 은행 건에 관해서 이야기를 나눌 수 있을 겁니다." 다른 사람이 말했다.

은행. 작고도 사소한 문제. 그는 은행이 재평가될 수도 있다는 가능성에 얼굴빛이 변했다. 돈 마르셀리노는 서둘러 그러겠다고 했다.

그리고 몇 주 후 여왕이 도착했다. 하지만 이곳에서는 그녀에 대한 험담이 돌고 있었다. 이사벨 2세는 정절 빼고는 존경받을 만한 미덕이 거의 없었다. 중요한 건 여왕이 구레나룻과 수염이 난 젊은 마르셀리노를 보고 사적으로 따로 동굴에 가자고 요구했다는 것이다. 대외적으로는 그저 그녀의 방문 일정이 길어지는 것처럼 보였지만, 동굴 안에 있는 동안 여왕은 기운을 찾아야 한다며 입구에 있는 하녀들에게 와인과 파스타를 가져오라고 큰 소리로 명령했다.

몇 시간 후 돈 마르셀리노는 약간 풀기가 죽은 깃을 세운 채 동굴에서 나왔는데, 거의 마지막 순간에 경제부 장관이 산탄데르 상인들에게 은행 허가증을 낼 줄 거라는 약속을 그녀에게 받아냈다.

여왕은 차에서 그에게 두 번(한 번은 뺨에)의 키스를 날렸다. 그리고 먼지 자욱한 길 속으로 사라졌다. 한 달 후, 자본 5백만 레알로 은행이 설립되었고, 그 결과 그는 산탄데르 항구를 통해 밀 수출을 하게 되었다.

돈 마르셀리노는 그의 고고학적 발견으로 불명예를 입기도 했지만, 아이러니하게도 더 부자가 되어 살다가 죽었다. 그 이후로 트루에바 가족은 그 은행을 키워왔다. 그들의 표어는 딱 두 가지였다. 첫째, 현재 통치자(왕, 대통령 또는 총독)와 절대 논쟁하지 않는다. 둘째, 은행은 조금씩 성장해야 한다.

130년 후, 트루에바는 용의주도한 운영으로 수십만 톤의 이 건물과 15억 유로의 자산을 만들었다. 이곳은 세계 20대 은행에 들어가는, 유럽에서 가장 큰 은행이다.

아우디의 핸즈프리로 전화벨이 울렸다.

"이제 올라가도 됩니다. 단, 한 가지만 말씀드리죠. 스콧, 당신 말을 들어주기 위해 아주 많은 부탁을 해야 했습니다. 그리고 존 구티에레스 경위님, 당신에게 책임을 물을 겁니다."

멘토르가 말했다. 그러고는 전화가 끊겼다.

'물론. 안토니아 스콧을 통제하는 건 식은 죽 먹기지.'

존이 생각하는 동안 그녀는 리모컨 키로 차를 잠그고, 이미 유리문 쪽으로 향하고 있었다. 그는 빠른 걸음으로 그녀를 따라갔다.

그리고 둘 중 누구도 반대편 보도에서 가죽 재킷과 청바지를 입고 헬멧을 쓴 사람이 사진을 찍는다는 걸 눈치 채지 못했다.

카를라

그녀는 산드라의 목소리 때문에 잠에서 깼다. 산드라는 카를라의 이름을 계속 불렀다.

"저 여기 있어요. 괜찮아요?" 카를라가 대답했다.

"너무 졸려요."

"그가 당신을 다치게 했나요?"

이번에 산드라는 울지 않았다. 처음으로 대답을 해줬다.

"그 얘기는 하고 싶지 않아요."

"소리를 들었어요."

"아무것도 듣지 못했잖아요."

카를라는 대답하지 않았다. 그녀는 최근에 몇 시간, 어쩌면 몇 달 동안 거부에 관한 일들을 경험했다.

"아무 일도 일어나지 않았으니, 아무것도 듣지 못했겠죠. 그래도 당신이 뭔가를 들었다면, 왜 말하지 않았죠? 왜 나를 도와주려고 소리를 지르지 않은 거죠?"

'무서웠거든. 당신의 불똥이 내게 튀는 게 싫었거든. 언니가 내 방에서 불을 꺼서 어둠 속에 홀로 남겨졌을 때처럼, 두 귀를 막고

308

말의 피모색들을 외웠거든.'

"당신 말이 맞아요. 아무 일도 일어나지 않았어요."

카를라가 인정했다.

산드라는 긴 침묵 속에 자신을 가뒀다. 카를라는 에세키엘을 엿본다는 구멍에 관해 물어보고 싶었다. 아마도 밖에 신호를 보내는 데 도움이 되거나, 아니면 정보를 얻을 수 있을지도 몰랐다. 하지만 이제 그녀는 감히 먼저 나서지 않았다.

"아이가 있었어요."

조금 있다가 산드라가 말했다. 카를라가 몸을 조금 일으켰다.

"어떤 아이요?"

"남자아이. 지금 당신이 있는 자리에 있던."

카를라는 몸이 두 부분으로 나뉜 것처럼 배와 가슴이 텅 빈 것 같았다. 첫 번째 부분, 그녀의 다리와 머리는 평소보다 더 무겁지만, 신체적 일관성을 유지했다. 두 번째 부분의 절반, 즉 쓸모없는 다리와 어질어질한 머리 사이는 또 다른 악몽의 영역이었다. 카를라는 그 나머지 절반으로 산드라의 말을 알아들었다.

"아이에게 무슨 일이 있었는데요?"

"비명을 많이 질렀어요. 무서웠나 봐요. 그리고 나중에는 그가 비명을 지르지 못하도록 했어요."

카를라는 벽들 사이가 아주 가깝고 지나다닐 수 없는 좁은 독방이 익숙하지 않지만, 이해할 수는 있게 되었다. 그녀는 거기에 있었다. 잡혀 있었다. 탈출할 수 없었고 누구와도 소통할 수 없었다. 기다리고 또 기다리고 기다릴 수밖에 없었다. 그리하여 우주의 새로운 경계처럼 독방의 경계를 정했다. 그녀의 몸은 이 새롭고 작은 지역에서 살기 위해 이곳에 있는 법을 몇 시간 (어쩌면 몇 달) 동안 익혔다. 눈은 보지 않는 데 익숙해졌고, 더는 유령 같은 이미지도 나타나지 않았다. 손가락은 그녀가 어디에 있는지 알려주는 바닥의 미세한 차이를 알아챌 수 있었다. 귀는 피부와 직물의 모든 접촉, 그리고 몸에서 나오는 모든 소리가 확대되고 배가 된다는 사실에 익숙해졌다. 이제 이 독방은 그녀의 성이다. 삶과 존엄성의 마지막 보루를 만드는 경계. 희망, 그것이 존재한다면, 이 안에 있는 희망이다. 에세키엘이 그녀를 홀로 남겨두는 한, 그녀가 이 국경을 넘지 않는 한, 그녀는 구출될 때까지 치러야 할 대가인 기다림을 인정할 수밖에 없었다.

산드라의 말은 코끼리가 아무 생각 없이 내디딘 발로 연못을 뭉개듯 잔인한 효과를 나타내는 망상을 잠재웠다.

"그 소년에게 무슨 일이 있었죠, 산드라? 그 소년은 누구였어요? 구출은 되었나요?"

"조용히 해요. 그가 돌아왔어요. 그는 우리끼리 말하는 걸 좋아하지 않아요."

침묵. 밖. 아마도 몇 걸음. 카를라는 확신할 수 없었다. 지금은 심장이 거침없이 질주하는 소리만 들리기 때문이었다.

"자, 그걸 말해줘야 해요. 그걸 알아야 해요."

그녀는 필사적으로 매달렸다.

산드라는 속삭이며 반복했다.

"비명을 많이 질렀어요."

그리고, 침묵.

사무실

'권력이란 건 이상하단 말이야.' 존이 생각했다.

권력엔 상징들이 있다. 숨 막히는 전경을 감상할 수 있는 건물 최상층의 거대한 사무실. 장벽을 넘고 있다는 걸 깨닫게 해주는 비서들이 딸린 많은 대기실. 바닥에 깔린 융단. 출입 열쇠가 필요한 엘리베이터. 문 앞의 경호원.

하지만 이런 모든 외부적인 것들은 겉치레에 불과하다. 전채 요리일 뿐이다. 주요리가 나오면 기대에 부응할 것이다.

라우라 트루에바는 원래 자리에 있지 않고, 매처럼 높은 곳에서 안토니아를 응시하고 있었다.

사진에서 보던 것보다 훨씬 더 키가 컸다. 마른 몸에 구릿빛 피부, 검은 머리카락, 강철같이 단호한 눈을 가졌다. 거의 매일 신문에 실리는 사진에서처럼 빨간 치마와 재킷을 입고 있었다.

'아무리 사업가라고 해도… 아들을 잃고 난 후에 빨간색 옷을?'

존은 뭔가 이상하다는 느낌이 들었다.

목에는 스카프가 있었는데 한 바퀴 정도 둘렀다. 그녀의 나이를 드러내는 목주름을 덮어주는 우아한 상이랄까. 그녀는 외모의 유일한 약점까지 자세히 연구하고, 기진맥진한 상태까지 미리 리허설을 하는 사람이었다.

"좋은 아침입니다. 앉으시죠"

라우라는 책상에서 빠져나와서 자신과 남편의 초상화가 걸려 있는 소파와 낮은 탁자가 놓인 공간으로 안내했다. 거기에 가려면 장소를 이동해야 했다.

"두 분, 커피나 음료 드시겠습니까?"

비서가 아주 공손하게 물어봤다.

"두 분은 곧 가실 거예요."

라우라는 존이 이미 말하기 시작한 더블 에스프레소 요청을 매몰차게 자르며 대답했다.

그는 브루노 레하레타가 호텔 아침 식사를 망친 것에 아직도 부아가 치밀었다. 아주 해로운 인간이다. 아직 안토니아에게 그에 대해서는 말하지 않았다. 하지만 이걸 어떻게 말해야 할지 몰라서 우선은 기다리기로 한다.

'뭐 별일 아닐 거야.'

그 비서는 상사의 목소리를 완벽하게 파악하고 자리를 비켜 줬다.

'믿을 수가 없군. 커피 두 잔 정도는 이미 다 준비가 되어 있을 텐데, 왜 저러지?' 존은 생각했다.

"이건 아셨으면 좋겠군요, 제가 강제로 어쩔 수 없이 지금 이 자리에 있다는 걸. 이럴 때는 혼자 있고 싶습니다."

비서 뒤에 문이 닫히고 세 사람만 남겨지자 라우라 트루에바가 말을 꺼냈다.

"트루에바 부인, 이해합니다. 끔찍한 시간을 보내고 있다는 걸 잘 알고 있습니다. 하지만 저는 당신도 아들을 위해 이 진실을 밝히길 원한다고 생각합니다."

"지금 이게 다 무슨 소용이 있겠어요. 물론 이게 당신 직업이고 의무겠죠. 하지만 알게 되겠지만, 이 만남을 위해 당신들 상사와 제가 특별한 합의를 했습니다."

그녀가 퉁명스럽게 대답했다.

"은행의 이익을 위해 무엇이든, 맞죠?" 안토니아가 말했다.

옆에 앉아 있는 존은 탁자 아래로 그녀의 발을 찰 수가 없었다. 하지만 지금은 꼭 그래야 할 것 같았다. 라우라 트루에바도 원할 것 같았다. 그녀는 안토니아의 매우 거만한 한 방을 잘 견뎠지만, 얼굴에는 불쾌한 티가 그대로 났다.

"스콧 부인, 당신도 엄마인가요?"

그녀는 대답하는 데 시간이 걸렸다.

"네, 그렇습니다."

"그러면 당신은 제가 치를 희생을 누구보다 더 중요하게 여기겠군요. 이 모든 걸." 그녀는 주위를 가리키며 말했다. "그리고 여기에 있는 것도." 라우라는 바닥을 발로 차며 계속 말을 이어갔다. 발뒤꿈치가 총소리처럼 바닥 위에 울렸다. "이 모든 건 아주 견고하지만, 사실 아무것도 아닙니다. 내일 모든 사무실을 철거하고 본사도 철거합니다. 은행은 그대로 유지되고요. 은행은 이상(理想)이니까요."

"어떤 대가를 치르더라도 보호하려는 이상."

안토니아가 강조했다.

"당신들이 저를 이해한다거나, 적어도 절 판단하지는 않으리라고 기대하지는 않습니다. 당신들은 이미 이 사무실에 들어서자마자 판단을 끝냈을 테니까요. 당신들은 한 엄마를 두고 판단하지만, 제 위치에 있는 여성에게는 그것 말고도 많은 역할이 있습니다. 저는 이미 아들을 잃었습니다. 지금은 은행장으로서 손실을 통제하고 있고요."

"트루에바 부인, 당신만 아들을 잃은 게 아닙니다. 카를라 오르티스가 이틀 전에 실종되었습니다." 존이 말했다.

이 소식은 마치 호수 중앙에 던져진 돌처럼 라우라 트루에바에게 떨어졌다. 그것이 그녀의 얼굴을 가로질러 퍼지고 그녀 왼손으로 빠져나갔다. 감정을 억누르려는 듯 그녀의 입가가 잠시 눈에 띄게 떨렸다.

"그럴 리가요."

"유감이지만, 사실입니다."

"같은… 사람 짓인가요?"

"그걸 알아내려면 당신 도움이 필요합니다. 물론 당신이 무엇보다도 스캔들을 피하고 싶어 한다는 걸 잘 알지만, 이제는 다른 생명이 위태로운 상황입니다. 구할 수 있는 시간이 얼마 안 남았고요."

라우라 트루에바는 자리에서 일어나더니 멀리 창문 쪽으로 다가갔다. 바닥에서 천장까지 유리로 되어 있고, 좌우로 12미터 정도 됐다. 그녀는 팔짱을 낀 채로 오랫동안 그곳에 서 있었다. 이곳의 멋진 전망은 지붕에서 지붕으로 이어지고 멀리 왕궁과 오에스테 공원도 보였다. 하지만 이 은행장은 마음속 풍경 속에서는 길을 잃었고, 그 안은 많이 막혀 있었다. 게다가 가시들과 꺾인 곳들이 많이 있었다.

다시 자리로 돌아온 그녀의 눈은 벌겋지만, 건조했다. 울고 싶은 것과 울 수 있는 것은 다른 문제다.

"지금 제가 말씀드리는 건 엄격하게 기밀입니다. 이 내용을 반복하거나 공개적으로 사용할 수 없습니다. 알겠습니까?"

"네, 부인." 존이 대답했다.

트루에바는 안토니아 쪽도 쳐다봤다. 그녀도 천천히 고개를 끄덕였다.

"알고 계시는지 모르겠지만, 저희는 없는 것과 마찬가지인 존재입니다."

"만일 당신들이 이 거래를 어기게 된다면 후회하게 될 겁니다."

그녀의 목소리는 너무 차가워서 그 위에서 스케이트를 탈 수 있을 정도였다.

존은 그 여자를 적으로 보는 건 가장 안 좋은 생각이라는 것에 의심의 여지가 없었다.

"그 아이는 오후에 사라졌어요. 우린 그걸 몰랐고, 납치범이 전화해서 알았습니다. 전화는 다른 사람이 먼저 받았어요. 그리고 제가 받으니까, 그 남자는 자신을 에세키엘이라고 밝혔습니다."

존과 안토니아는 동시에 자리를 고쳐 앉았다. 그들은 서로를 쳐다봤다. 그러자 라우라 트루에바는 눈을 감고 입술을 꽉 깨물었다. 그녀는 그 시선의 의미를 알아챘다.

"그는 자신이 아이를 데리고 있다고 했고, 저에게 불가능한 요구를 했습니다."

존은 안토니아를 다시 쳐다보고 싶은 유혹을 억눌렀다. 둘 다혀끝에 질문이 맴돌고, 누군가 먼저 질문해주길 바라고 있었다. 결국 먼저 걸음을 내딛는 건 존이었다.

"부인, 실례지만 들어줄 수 없는 요구가 뭔지 알 수 있을까요?"

스페인에서 가장 영향력 있는 여성이자 유럽 최대 은행의 회장인 라우라 트루에바는 숨을 깊게 들이쉬고 눈을 떼지 않고 침묵을 지켰다. 거의 눈에 보일 정도로 죄책감이 스며 나오는 침묵.

"부인, 우선 살인자의 동기를 알아야 합니다."

"그건 라몬 오르티스에게 물어보세요. 그는 에세키엘이 요구한 내용을 말해줬나요?"

이제 안토니아와 존이 침묵할 차례였다.

"그랬을 거예요."

존은 혼란과 분노, 슬픔과 같은 다양한 감정이 문을 두드리는 소리를 들었다. 그는 열쇠로 그 문을 잠그고 두 번 돌린 후, 다시 주머니에 열쇠를 넣었다. 계속 진행되어야 했다. 무슨 단서든 손에 넣어야 했다.

"그것과는 별개로 대표님이 말씀해주실 수 있는 내용이 있을 겁니다."

"별로 없어요. 그는 불가능한 요구를 한 후에, 저에게 5일을 주겠다고 했습니다. 그런 다음 덧붙이기를, 자녀는 부모의 죄를 담당해서는 안 된다고 하더군요. 그리고 끊었습니다."

"그 후에는요? 다시 연락은 없었나요?"

여자는 땅을 쳐다봤다.

"그러고 나서 알게 된 사실은 시체가 발견된 겁니다."

존과 안토니아는 눈빛을 교환했다. 이것은 좋은 소식이 아니다. 납치범과 피해자 가족 간에는 접촉이 필수적이다. 그 보이지 않는 끈은 경찰이 악당을 찾는 최고의 무기 중 하나이기 때문이다.

"그동안 아무런 연락도 없었나요?"

트루에바가 웃었다. 건조하고 쓴웃음이었다.

"뜬눈으로 밤을 새우고, 시계를 봤다가, 전화를 쳐다봤다가. 너무 초조하고 죄책감에 고통까지. 지금도 멈추지 않고 앞으로도 멈추지 않을 겁니다. 이런 걸 뭐라고 부를 수 있을까요. 지옥이라고 할 수밖에 없을 것 같습니다."

"그 심정 충분히 이해합니다."

"사람들이 내릴 수 없는 결정들이 있어요. 누구도 강요해서는 안 되는 선택들. 이제는 가주세요, 제발."

존이 일어섰다. 하지만 안토니아는 그대로 그 자리에 앉아 있었다. 존이 부드럽게 그녀의 어깨를 치자 그제야 반응을 보였다. 라우라 트루에바는 여전히 의자에 앉아 움직임 없이 멍하니 바라봤고, 두 사람은 문을 향해 걸어가고 있었다.

"경위님." 트루에바가 그를 불렀다.

"네, 부인."

"혹시 총을 가지고 다니시나요?"

"물론입니다, 부인."

"만일 경위님이 그 개자식의 머리에 총알을 박는다면, 경위님이나 가족 중 누구도 부족함 없이 살게 될 겁니다."

그녀는 울기 위해 그들이 사라질 때까지 기다렸다.

하지만 울지 못했다.

파라

파라 경감은 지쳤다.

승마 센터의 범죄 현장에서 작전 지휘를 하느라 진이 다 빠졌다. 게다가 여러 언론 매체에서 인터뷰 요청까지 해오는 바람에. 기자들은 인스타그램과 트위터의 전 세계 유명인과 승마계 인물들의 사진첩에 그를 USE의 영웅적 리더로 치켜세우며 그의 사진을 올렸다.

물론 파라는 인터뷰 요청에 응하지 않았다. 그는 바쁜 사람이고 그의 관심은 고성능 레이저처럼 오로지 카를라 오르티스에게 쏠려 있었다. 그는 시저의 아내처럼 좋은 사람이어야 할 뿐만 아니라, 그렇게 보여야 한다.

'무슨 일이 벌어지고 있는지 알아낼 수 있는 순간이 올 거야. 적절한 방식으로.'

그가 생각했다. 그는 전략가이자 최고의 조종자임에 자부심을 느꼈다.

경감은 거의 잠을 자지 못했다. 늦게 퇴근해서 막 이사를 해서 지친 아내 옆에 누웠다. 그들은 이미 결혼한 지 10년이 되었고, 수천 번은 잠자리에 들었으며, 그녀의 몸은 더는 매트리스에서 파도를 일으키지 않는다. 그는 가족 중 가장 일찍 일어나서 평화롭게 자는 아이들을 확인했다. 이른 아침의 축복 가득한 정적이다. 새벽 시간 그는 이미 고등 경찰 본부 2층 사무실에 앉아 있었다. 슬픈 연어색으로 칠해진 곳.

그는 목록들을 확인했다. 많지는 않지만, 단서들은 있었다.

'안전 펜스들이 있으니까.' 그가 생각했다.

그것을 만든 무르시아 회사가 알려지면, 몇 분도 안 돼서 사람들이 빗발치게 전화해서 누가 만들었는지 알아내려고 할 것이다. 이미 파라가 여러 번 전화했지만, 아직 아무도 전화를 받지 않았다.

'참, 그 게이랑 인터폴 명청이가 찍은 도망친 용의자 사진이 있었지.'

그는 그 사진에서 나이를 알 수 없는 남자라는 사실 외에는 아무것도 확인할 수 없었다. 그리고 이 사건은 특수한 상황이라 사진도 공개할 수 없었다.

'죽은 운전사 부검 결과도 가지고 있었지.'

그가 생각한 주요 용의자도 사라졌고, 예비 보고서로 알 수 있는 건 그를 죽인 살인자가 오른손잡이고 사용한 무기는 칼날이 약 12센티미터 정도가 되는 매우 날카로운 칼이라는 것뿐이다.

'쓸 만한 게 없군.' 파라가 생각했다.

하지만 카를라 오르티스의 납치범은 다시 전화할 것이다.

'그 여자 몸값은 아주 비싸니까.'

실제로 그는 그 몸값이 얼마나 될지 궁금했다. 스페인 역사상 가장 비용이 많이 든 구조는 레빌라(10억 페세타)였는데, 오늘날로 치면 약 1,400만 유로 정도 된다. 하지만 이건 이제까지 역대급 몸값으로 기록된 호르헤 보른과 후안 보른의 아버지가 1974년 아들의 몸값으로 낸 6천만 달러 근처에도 못 온다.

파라는 의자에 기대어 앉아서 볼펜 뚜껑을 씹으며(최근에 담배를 끊었음) 그 납치 사건의 세부 사항들을 떠올렸다. 테러리스트 집단인 기마 게릴라 부대원들은 부에노스아이레스의 중심가인 리베르타도르 거리를 막고 가스관을 수리하는 노동자로 위장했다. 그리고 보른의 차가 지나가자 그 테러리스트들은 총알을 쏘아 두 형제를 납치했다. 아버지(국가의 최고 부호, 곡물 상인)는 9개월간 호르헤 보른이 금고를 열도록 설득해도 끄떡도 하지 않고 거부했다. 결국 부자 사이는 절대로 회복되지 않았다.

그 6천만 달러는 오늘날로 치면 2억 5천만 유로 정도 된다. 하지만 카를라 오르티스의 아버지는 그 이상도 감당할 수 있다. 그는 10억, 20억 유로도 줄 수 있다. 그들이 요구하는 대로. 파라가 볼 때 이 사건이 역사상 가장 유명한 납치 사건이 될 것이다. 따라서 이 수사 과정은 길게 갈 것이다. 왜냐하면, 납치범들은 많이 요구할 거고, 그녀의 아버지는 돈을 줄 수 있지만, 모두 현금으로 마련하려면 시간이 걸리기 때문이다.

그들이 다시 전화하겠지. 그러면 우리는 그들을 잡을 거고.

오르티스의 휴대전화도 도청 중이다. 그들의 모든 대화는 감시받는 중이다. 전후로 다….

파라는 만족스럽게 눈을 감았다. 이제 범인이 전화할 때까지 기다리만 하면 된다. 결국은 모두 전화하게 되어 있다.

'그렇게 많은 돈을 벌 기회를 놓칠 사람이 어디 있겠어?'

담장

둘 다 아무 말도 하지 않았다.

차로 돌아오자마자, 안토니아는 GPS에 주소를 치고 창밖을 내다봤다. 존은 그녀가 곧 울음을 터뜨릴 거라는 걸 알았다. 그도 그렇기 때문이다. 그는 지금 어디로 가고 있는지 묻지 않았다. 그냥 운전만 했다.

가까운 곳이었다. 8분 후 그들은 학교 문 앞에 도착했다. 입구에는 영국 국기가 걸려 있었다.

안토니아는 차에서 내렸다. 그런 다음 창문을 두드렸다.

"내릴 거예요?"

정문은 닫혀 있었지만, 그들이 가까이 다가가자 윙윙거리는 소리와 함께 열렸다. 경비실에서 한 사람이 그녀를 맞았다. 조심스러운 미소를 지으며.

"운동장에 있어요. 방금 나왔습니다."

그 사람이 안토니아에게 영어로 말했다.

"메간, 고마워요. 늘 가던 곳으로 갈게요."

그녀도 영어로 대답했다.

안토니아는 복도를 따라 존을 2층으로 안내했다. 큰 창문이 안 뜰로 연결되어 있었다. 안토니아는 양쪽 창을 모두 열고 창틀에 기댔다. 그녀 옆에 자리가 있지만, 거기를 앉아도 되는 건지 잘 모르겠다. 결국 그는 다가가보기로 했다. 안토니아가 차에 있으라고 하지 않았다면, 다 그럴 만한 이유가 있을 것이다. 그곳에는 흰색 폴로 셔츠에 녹색 스웨터, 회색 바지를 입은 많은 꼬마 괴물들이 있었다.

"저 아이예요."

그녀가 손에 공을 든 아이 중 한 명을 가리키며 말했다. 네 살쯤 되어 보였다. 검은 머리에 만 볼트짜리 미소. 틀림없다.

"이름이 뭐죠?"

"호르헤. 호르헤 로사다 스콧."

안토니아가 자랑스럽게 대답했다.

"당신을 닮았네요."

"아빠를 더 많이 닮았어요."

"미소는 당신이랑 판박인데요."

"우리 할머니도 그러셨는데."

"보통 할머니들은 다 현명하시니까요."

"우리 할머니도 그래요. 당신도 그녀를 만나보면 좋을 텐데요. 아주 맘에 들 거예요."

"저는 모든 할머니를 좋아해요. 문제는 그분들이 저를 좋아하냐는 거죠."

안토니아는 잠시 그 말을 생각했다.

"제 생각엔 좋아하실 것 같아요. 그분은 삶을 열정적으로 사랑하고 매우 고집스러워요. 당신처럼. 그리고 둘 다 와인이랑 영국 양모를 좋아하고. 아마 당신도 우리 할머니와 아주 잘 지낼 것 같아요."

그의 다음 질문은 바로 잡을 수 없을 정도로 엉망이었다. 하지만 존은 최선을 다한다.

"지금은 할머니랑 안 살죠?"

그 후 몇 분 동안 그들은 얼어붙었다. 존은 그녀를 불쾌하게 만들었을까 봐 염려됐다. 이제 막 마음을 열기 시작했는데. 존은 그녀처럼 신중한 사람이 멀리서나마 아들을 보여주는 게, 그에게 얼마나 큰 특권인지 알고 있다. 그는 자신의 어리석음을 주먹으로 치고 싶었다.

조금 있다가 그녀가 대답했다.

"마르코스에게 그 사건이 일어났을 때, 호르헤는 한 살이었어요. 저는… 그때 제대로 대처하지 못했어요. 불안 장애를 겪었죠. 그래서 붉은 여왕 프로젝트를 그만뒀어요. 그리고 마르코스의 침대 곁을 떠나지 않았어요."

선생님 중 한 명이 벨을 울리자 쉬는 시간이 끝났다. 아이들은 줄을 서기 위해 달려갔다. 바닥에는 여러 동물의 얼굴 그림 뒤로 줄이 그어져 있었다. 호르헤는 사자 그림 뒤에 서 있었다.

"할머니와 아버지는 저를 다시 기운을 차리게 하려고 애쓰셨지만, 저는 스스로를 가뒀어요."

아이들이 건물 안으로 사라지기 시작했다. 건물은 아이들을 한 줄씩 흡수했다. 마지막에서 두 번째인 호르헤의 줄이 분홍색 문에 의해 삼켜졌다.

"아버지는 저에게서 아이를 데려가고 대신 키워주셨어요. 저도 전혀 거부하지 않았고요. 그때는 다행이었다고 생각해요. 서는 오로지 고통과 죄책감에만 빠져 있었으니까요. 3년이 지났는데도, 그렇게 하는 게 제가 할 수 있는 가장 쉬운 일이었던 것 같아요."

안토니아는 텅 빈 안뜰을 멍하니 쳐다봤다. 여느 학교 운동장처럼 아이들이 떠난 운동장은 회색빛의 우울한 곳이 됐다.

"저는 한 달에 한 번만 아이와 함께할 수 있어요. 그것도 단둘이서는 안 되고요. 아버지는 제가 심리 치료를 받아야 저를 믿겠다고 하세요. 그렇다고 아버지를 비난하고 싶지는 않아요. 다행히도 학교 관계자들이 아버지 모르게 제가 이곳에 와서 아이가 노는 것을 볼 수 있게 해줬어요."

"그러니까, 그들이 당신을 두려워하는군요. 도대체 뭘 어떻게 해야 하는 거죠?"

"음, 우선 학교 운영권을 뺏어야죠."

존이 폭소를 터뜨렸다.

"근데, 교육부 장관은 뭐 하는 건가요?"

"거긴 더 최악이에요. 그는 마드리드 주재 영국 대사예요. 그리고 여기는 영국 학교고…."

"그래도 적어도 아이를 볼 수는 있으니까."

"한동안은 이걸로도 충분했어요."

"근데 무슨 변화라도 있었나요?"

존은 이렇게 물어봤지만, 실제로는 이렇게 물어보고 싶었다.

'무슨 변화가 있어서 저에게 이런 말을 하는 건가요. 무슨 변화가 있어서 나를 여기까지 데리고 온 건가요. 무슨 변화가 있어서 갑자기 이렇게 사람처럼 보이는 건가요.'

그녀가 고개를 저었다. 이곳은 성스러운 곳이다.

"여기서 그 이야기는 하고 싶지 않아요."

토르티야

존 구티에레스는 요리하는 걸 좋아한다.

둘 다 배고파 죽을 지경이라 안토니아는 이른 아침을 먹으러 식당에 가자고 했다. 존은 이 시간에 마드리드 시내 어디에서 잘 먹을 수 있겠냐고 했다. 그러자 안토니아는 그럼 무슨 생각이 있냐고 물었다. 그는 요리할 생각이 전혀 없었다. 안토니아는 여기가 다른 곳보다는 낫다고 했다. 존은 모든 음식에서 종이 맛이 나는 게 뭔지 알고나 있냐고 묻는다. 그러다가 결국 달걀 하나 없는 그녀의 집으로 가기로 했다. 그리고 한 정거장 전에 슈퍼에 들러 감자 한 봉지와 양파, 올리브유 한 병, 자유 방목 달걀 여섯 개를 샀다.

결국 존은 재킷을 벗고 소매를 걷어붙이고 손을 씻었다. 감자 껍질을 벗긴 후 아주 얇게 썰어서 조금 찧었다. 그리고 기름을 넣고 너무 뜨겁지 않은지 확인하면서 그것을 끓였다. 거기에 감자를 넣고 20분을 기다린다. 그러는 동안 양파를 잘라 다른 프라이팬에 넣고 투명해질 때까지 볶는다. 그리고 감자를 꺼내서 식힌다. 약간 식을 때까지 그대로 둔다. 그런 다음 기름을 지옥 구덩이처럼 뜨겁게 달군 후 감자를 넣는다. 이중으로 튀겨주는 게 이 요리의 핵심이다. 이제 여기서부터는 쉽다. 달걀을 적당히 균일하게 섞는다. 감자를 꺼내보면 약간 구워져서 바삭한 상태가 되어 있다. 이제 키친 타월로 닦아서 기름기를 빼준다. 달걀과 섞을 때 굳지 않고 부드러워지게 한다. 달걀과 감자가 서로 잘 스며들도록 섞어준다. 이제 프라이팬에 쏟아준다. 가장자리가 모양이 잡히면, 뒤집는다. 중요한 순간이다. 잘됐다. 이제 내놓는다.

안토니아가 토르티야를 자르자, 황금 기름이 살짝 흘러나왔다. 그리고 맛봤다.

"종이 맛이 나네요." 그녀는 입에 잔뜩 넣으며 말했다.

"망할, 스콧."

물론 그녀가 맛본 것 중에 최고의 감자 토르티야였다. 하지만 그녀는 후각 상실 때문에 그 사실을 모른다. 존은 그 두 사실을 모두 알고 있기에 4분의 3조각에 빵까지 찍어 먹었다. 먹을 만한 곳이 없어서 부엌에 서서 번갈아 가며 접시를 흡입했다. 그러고 나서 네스프레소 캡슐 두 개를 내렸다.

그들은 결국 거실 바닥에 주저앉았다. 작은 창문을 통해 오후의 첫 빛이 스며들어왔다. 그리고 둘 사이에 비치는 빛 속에서 백만 개의 먼지가 춤을 췄다.

"당신 집은 참 아늑하군요."

존은 가구가 없는 맨 벽을 가리키며 말했다.

"마르코스의 그 일이 생기고 나서 다 치웠어요. 꼭 필요하지 않은 건 모두요."

안토니아가 힘 빠진 목소리로 설명했다. 평소보다 더 약해 보였다.

"둘이 아주 찰떡궁합이었군요."

"그랬어요. 마르코스는 특별한 사람이에요. 조각가죠. 그는 다정하고 사랑스러워요…."

"그런데 둘이 어떻게 만났어요?"

"대학에서요. 저는 문헌학을 전공했어요. 그는 미술이고. 우린 친구 생일에 만났어요. 대화를 시작했는데 끝나질 않았어요. 그리고 일주일 후에 그와 살게 되었죠."

"이 건물이 그의 것이라고 했죠?"

"가족 유산으로 받은 거예요. 덕분에 조각 일에 집중할 수 있었어요. 벌써 아트 갤러리 전시를 두 번이나 했거든요. 그렇게 본격적으로 활동을 시작하던 중에 그 일이…."

안토니아는 말을 끝내지 못했다.

"그런데 이건 왜 다시 꾸몄어요?"

존이 주변을 가리켰다. 안토니아는 자기도 모르겠다는 듯 어깨를 으쓱했다.

"내 뇌는… 정상이 아니에요. 저는 다른 사람들이 하지 못하는 일을 할 수 있어요."

"그건 이미 알고 있어요. 근데 예를 들어서?"

존이 커피를 마시며 물었다.

"당신이 태어난 요일을 알 수 있어요…."

"1974년 4월 14일."

"일요일. 전 한 번 보면 절대 잊지 않거든요."

"자 그럼." 존은 주머니에서 껌 통을 꺼내 무릎에 던졌다.

안토니아는 그것을 바라보며 눈썹을 치켜뗬다.

"난 축제에 나온 원숭이가 아니에요."

"자, 제발 즐겁게 좀 해줘요. 들어간 성분은 전부… 지금 우리만 있잖아요."

안토니아는 껌 통을 뒤집어서 성분을 읽고 그에게 다시 던졌다.

"감미료(소르비톨, 이소말트, 말티톨 시럽, 말티톨, 아스파탐, 아세설팜 K), 껌 베이스, 증량제(E170), 향료, 습윤제(E422), 증점제(E414), 유화제(E472a, 해바라기 레시틴), 착색제(E171, E133), 코팅제(E903), 산화 방지제(E321)."

"와아우. 소리아[21] 지역에서 순회공연이라도 하면 돈 좀 벌겠는데요."

"아, 참 너무 많이 먹으면 기억력이 감퇴할 수 있다는 거 잊지 말고요."

"그래서 그런 거면 좋겠네요."

"적색육을 너무 많이 먹던데요."

"꼭 그거 말고 먹을 만한 게 있는 것처럼 말하네요. 근데 그게 가구가 없는 거랑 무슨 상관인지 이해가 안 가는데요."

---

21 유럽 전체에서 고령층 인구가 꽤 많이 사는 지역임.

"대부분 사람은 시간이 지나면 모두 다 잊어버리거나 감정들이 미묘하게 변하죠. 그런데 제 기억력은 거의 완벽해요. 그래서 어떤 기억이 저한테 영향을 주면, 그만큼 상처도 커요. 그래서 마르코스를 생각나게 하는 건 다 없앴어요."

"마르코스만 제외하고."

존은 그것도 원하지 않는 것처럼 말했다.

"전 매일 그의 방에서 밤을 보내요. 그래야 조금 더 견딜 수 있을 것 같아서요. 하지만 낮에는 도망치려고 하죠. 여기에 와서 개인 프로젝트를 하고 있어요. 할 수 있는 한 버티고 있는 거죠."

"늘 그랬나요? 당신의 기억력은?"

"아니요." 그녀는 잠시 후에 말을 이었다. "늘 그랬던 건 아니에요."

그 3초간 멈춤에는 시간의 바다가 있었다. 태풍과 깊은 파도, 거친 소용돌이로 가득하다.

"그들이 아가 같은 당신에게 무슨 짓을 한 겁니까?"

그녀는 한숨을 쉬었다. '아가라⋯.'

안토니아는 존에게 스콧 할머니가 자신을 그렇게 부른다고 말해준 적이 없다. 그녀는 그가 같은 질문을 몇 번이나 해도 대답하지 않았다. 그리고 먼 곳을 바라봤다.

"그건 말해줄 수 없어요."

가장 먼저 그들이 한 일

검은색 거실에 빛이 가득했다. 벽과 천장은 두껍고 소리가 통과할 수 없는 방음 카펫으로 되어 있다. 멘토르가 스피커로 말하면, 목소리가 사방에서 동시에 나오는 것처럼 들렸다.

안토니아는 검은 바지에 흰색 티셔츠를 입고 중앙에 가부좌를 틀고 앉아 있었다. 맨발이다. 방 안 공기는 차갑지만 언제든지 바뀔 수 있었다. 멘토르는 마음대로 온도를 조절해서 상황을 더 복잡하게 만들었다.

"1997년. 데잔 밀키아비치라는 세르비아인이 바르셀로나행 비행기를 납치했습니다. 그는 114명의 승객의 몸값으로 당국에 백만 달러가 든 배낭과 낙하산 두 개를 요구했고, 비행기가 착륙하자 남자는 모든 승객을 풀어줬습니다. 그런 다음 조종사에게 다시 이륙해서 모네그로스 사막으로 가라고 명령했습니다. 사막 위를 날다가 그 남자는 낙하산 하나만 들고 비행기에서 뛰어내렸습니다. 왜 그랬을까요?"

"만약 그가 낙하산을 하나만 요구했다면, 당국은 그것이 그가 쓸 거라는 걸 알고, 그에게 위협을 가했겠죠. 하지만 두 개를 요청하면, 조종사가 죽을 수도 있다는 위험을 감수해야 하니까요." 안토니아가 곧바로 대답했다.

"쉬운 문제였어요. 이제 화면을 보세요."

그녀는 앞에 있는 거대한 모니터를 바라봤다. 어두워진 화면에는 벌거벗은 사람 무리가 카메라를 똑바로 응시하고 있는 스냅숏이 나타났다.

"지금 당신은 어디 있습니까?"

안토니아의 눈은 이미지를 최고 속도로 스캔해서 불일치를 즉시 찾아냈다.

"천국."

"이유는?"

"배꼽이 없는 남자와 여자가 있어서."

"너무 쉬운 문젠데, 너무 느리군요."

모니터 아래에는 빨간색 숫자가 나오는 스톱워치가 있었다. 1,000분의 1초에 가까운 시간을 측정한다. 지금 누른 시간은 02.437초.

"당신이 매일 밤 뭘 할지 말해주면, 매일 아침 그 말해준 걸 하잖아요. 그런데도 저에게 화를 내는군요."

그녀는 피곤했다. 밤에 거의 잠을 자지 못했다. 멘토르가 기억 연습을 하라고 시켰기 때문이다. 거의 여섯 시간 내내 소수를 읊었다. 잘 될지는 모르겠다.

"신호."

숫자는 01.055초에서 멈춘다.

"너무 느리다니까. 가장 빠른 거 같지 않아요."

"잠깐 숨 좀 쉴게요."

안토니아의 눈은 무겁지만, 머리는 가벼웠다. 멘토르는 방에 있는 산소량을 마음대로 조정하고 있기 때문이다. 그녀는 이것을 그만둘 때가 된 게 아닌지 생각했다. 마르코스와 더 많은 시간을 보내는 게 좋을지. 하지만 그는 안토니아의 결석도 잘 이해해주고, 무엇보다 그녀가 이것을 원하고 필요로 한다는 걸 알고 있다. 또는 그렇다고 믿고 있다. 때때로 안토니아는 너무 피곤할 때면, 왜 이곳에 있는지조차 알지 못했다.

멘토르는 매일 안토니아에게 잠재력을 최대한 끌어올리라고 말한다.

"당신은 더 멀리 갈 수 있어요. 아무도 가보지 않은 곳으로 갈 수 있다고. 가고 싶지 않아요?"

멘토르가 그녀에게 물어봤다.

안토니아는 가보고 싶었다.

"방법이 있긴 하지만, 아플 겁니다. 많이 아플 거예요. 그리고 당신은 달라질 겁니다."

안토니아는 그것에 대해 너무 고민하지 않고, 그냥 수락했다. 그들이 준 몇 가지 서류에 서명하고, 가족과 떨어져 몇 달을 보내는 데 동의했다. 그렇게 하면서 의욕을 느꼈다. 그리고 처음으로 예상할 수 없는 장소로 이어지는 문을 통과할 수 있을 것 같다는 직감이 들었다.

그러고 며칠이 지났다.

지금은 확신이 없었다.

그녀는 항상 달랐다. 어렸을 때부터 그랬다.

지붕에서 물이 끔찍하게 새는 것처럼 지난 며칠 동안 머릿속에서 생각들이 쏟아지고 있었다.

원하는 건 이게 아닐 수도 있는데. 어쩌면 그녀가 원하는 것, 정말로 원하는 건 다른 사람과 다르지 않게 사는 것일지도. 덜 다를수록 더 행복하다.

"멘토르 전…." 안토니아가 말을 시작했다.

그녀는 말을 계속할 시간이 없었다. 후회할 시간이 없었다. 문이 열리고 파란색 보호복을 입은 세 명이 들어왔다. 안토니아는 놀라서 고개를 돌렸지만, 항의할 시간이 없었다. 그들 중 한 남자는 그녀의 어깨를 움직이지 못하게 잡고, 두 팔고 그녀를 감싼 후 땅에 쓰러뜨리고, 다른 한 명은 그녀의 머리를 땅에 대고 있었다. 그리고 여자 한 명이 손에 주사기를 들고 있었다.

안토니아는 그 모습을 보고 너무 두려워서 딸꾹질까지 했다. 그녀는 바늘을 끔찍이도 무서워했다. 모든 고통을 두려워하지만, 바늘은 가장 위에 있다.

이걸 '주사 공포증'이라고들 한다. 하지만 그렇다고 해도 소용 없었다. 안토니아의 놀라운 정신 능력은 고통의 가능성 앞에서 무너졌다. 피부는 신체 기관의 넓은 부분을 차지하지만, 보통은 별로 중요하게 여기지 않고, 중요한 기관을 보호하는 단순한 덮개 정도로 치부된다. 피부의 면적은 약 2제곱미터로 거기에는 신경 말단이 집중되어 있다. 1억 개 정도 되는데, 감각 수용기가 위아래로 있다. 만일 상황적 스트레스 자극 때문에 이것들이 동시에 비명을 지르면, 엄청난 소음이 발생할 수 있다.

멘토르는 관찰 부스에서(이제는 콤플루텐세 대학이 아닌 훨씬 작고 더 비밀스러운 장소에 있다) 자그마한 팔순 노인과 이야기를 나누고 있었다. 그는 대머리에 격자무늬 재킷을 입었고, 절반은 앞을 보지 못하고 몸까지 흔들려서 몸 상태는 별로 안 좋은 것 같았다. 마치 한 발은 무덤에, 다른 발은 바나나 껍질 위에 놓여 있는 것 같았다.

그는 훨씬 이전 세대의 사람이다. 그는 아마도 자기 세대에서는 가장 위대한 신경 화학계 천재일 것이다. 그의 정신이 조금만 더 정상이었더라도 분명 노벨상 수상자 명단에 들었을 것이다.

"제가 이 일에 익숙해졌다고 생각하지는 마세요, 누노 박사님."

그 의사는 보랏빛 번개가 치는 것 같은 정맥이 지나가는 한 손을 유리 위에 얹었다. 그리고 그 위를 손가락으로 두드리자, 길고 딱딱한 손톱이 불쾌한 소리를 냈다. 그는 말하기 전부터 안토니아의 팔에 주사기가 삽입되는 모습을 지켜봤다.

"서류에 서명은 한 거죠? 서명은 되어야 합니다. 피험자의 두려움과 불안은 부신수질에서 노르에피네프린[22]의 생성을 유발합니다. 그리고 그건 화합물을 더 효과적으로 만드는 데 도움이 될 것입니다."

인터폰 너머로 안토니아의 비명을 들리자, 멘토르가 그 연결선을 끊었다.

"물론, 우리는 지금 파리를 대포로 죽이고 있는 꼴입니다. 시상하부에 주입된 화합물 한 방울이면 충분한데 말이죠. 하지만, 피험자가 깨어 있어야 하고 바늘을 잘못 삽입하면 죽을 수도 있는 일이라서, 그 방법은 선택하지 않기로 했습니다. 아무튼 이건 다 아주 비협조적인 피험자 때문인 거죠."

그들 눈앞에 있는 안토니아는 계속 다리를 휘저으며 벗어나려고 노력했다. 하지만 여자는 첫 번째 주사기를 마치고, 두 번째 주사기를 꺼냈다. 안토니아의 발차기가 한 단계 더 높아졌다.

"이게 절차상 안전한 일이라고 확신하십니까?"

멘토르가 먼 곳을 쳐다보며 말했다. 12개국에서 이미 시행했고, 백 번은 설명했던 거라서, 누노는 이 질문이 지겨울 것이다. 그는 숨을 들이마셨다.

---

22 교감신경계의 신경전달물질 및 호르몬으로 작용할 수 있는 물질로, 기본적으로 교감신경계를 자극하는 기능을 함.

"제가 발명한 이 화합물은 평생 신경 화학계에 헌신한 제 삶에서 정점을 찍는 일입니다."

'완전 나르시시즘에 빠져 있군.'

멘토르는 바로 인정했지만, 그런 사람들을 혐오한다.

"피험자를 더 똑똑하게 만들지는 않을 겁니다. 그렇게 할 수 있는 건 아무것도 없어요. 하지만 시상하부의 행동을 약간 수정해서 더 많은 양의 히스타민[23]을 생성할 수 있습니다. 그러니까 말하자면, 영구적으로,"

"제가 이해할 수 있도록 설명해주시겠습니까?"

멘토르는 거의 300페이지에 달하는 보고서를 읽었기 때문에 누노 박사의 화합물이 어떤 영향을 주는지 이미 잘 알고 있다. 하지만 등 뒤에서 벌어지는 일에서 주의를 돌리기 위해서 그 노인에게 계속 말을 시켰다.

"히스타민을 추가하면 피험자가 계속 경계 상태에 있게 됩니다. 그들의 인지 능력이 향상되는 거죠. 그녀의 주의력, 인식, 문제 해결 능력, 기억력은 늘 최상의 상태로 유지되는 겁니다. 평범하고 단순한 방법이죠."

"평범하고 단순하다." 멘토르는 그늘진 얼굴로 반복했다.

그는 돌아섰다. 방에 있던 여자는 주사를 끝냈다. 두 사람은 안토니아를 놓아주고 자리를 떴다. 그녀는 무슨 일이 일어나고 있는지 알지 못했다. 사실, 자신의 신체와 자유에 대한 학대를 거의 기억하지 못할 것이다. 아마도 미래에 그 기억의 파편들이 그녀

---

23 신체가 외부자극에 빠른 방어를 하기 위하여 분비하는 유기 물질 중 하나

에게 도착할 것이다. 지금 안토니아는 바닥에 앉아서, 두 팔을 감싸며 멍하니 쳐다보고 있었다. 그리고 한쪽 다리가 간헐적으로 천천히 경련을 일으켰다.

"하지만 피험자의 특별한 지능과 그런 스트레스 하에서 생성된 것으로 보이는 엄청난 양의 노르에피네프린을 고려하면 결과가 수정될 수도 있습니다."

그 의사는 다시 유리 위를 손톱으로 두들겨 말했다.

"분명히… 흥미로울 겁니다."

"이제 끝난 건가요?" 멘토르는 그만 가고 싶어서 물었다.

누노는 코에 걸쳐진 안경을 다시 고쳐 쓰며 공허한 미소를 지었다. 그는 서류 가방에서 멘토르에게 줄 마닐라 봉투를 꺼냈다.

"저는 끝났어요. 친애하는 선생은 이제 시작이지만."

멘토르가 봉투를 열어봤다. 그 안에는 링 바인더가 들어 있었다. 정보를 넘기다가 그의 얼굴이 창백해졌다.

"이게… 필요합니까?"

누노 박사가 다시 웃었다.

멘토르는 그가 멈추기를 바랐다.

"당신이 성공하고 싶다면, 그것만이 유일한 방법입니다."

정답

존은 안토니아를 뚫어지게 쳐다봤다.

"말할 수 없는 건가요, 아니면 말하고 싶지 않은 건가요?"

안토니아는 시선을 돌렸다. 존에게 그 기억의 파편들에 대해서는 말하지 않을 것이다. 해 질 녘에 다가오는 이미지들.

"못해요. 하고 싶지도 않고."

그 후에 그들이 한 일

실험실이 바뀌었다. 이제 더 커졌다. 의자는 12센티미터짜리 나사로 바닥에 고정되어 있었다. 그리고 다섯 개의 검은색 나일론 띠가 천장에 매달려 있었다. 가장 넓은 띠는 허리에 감는 용이다. 나머지 네 개는 손목과 발목용이었다. 이것들은 고정된 띠로 끝에 전극이 내장되어 있었다. 이 전극은 30볼트 충격을 전달할 수 있다.

오늘은 그 끈들을 사용할 차례였다. 안토니아는 전극은 신경도 쓰지 않았다. 훈련 세션 중 큰일은 기억도 나지 않았다. 세션이 시작되자, 그녀가 책상에 앉았다. 앞에 물 한 잔과 알약 두 개가 놓여 있었다. 안토니아는 물 반 컵에 빨간색 알약을 삼켰다. 그리고 남은 물로 파란색 한 알까지 삼켰다. 이 약들은 그녀의 기억을 앗아간다. 예를 들어, 약을 먹고 1분 뒤 파란색 보호복을 입은 두 남자가 그 끈들을 이용해서 그녀를 거꾸로 매단 기억.

멘토르의 음성이 스피커를 통해 울려 퍼졌다.

"당신이 태어나기 전 얼굴은 어땠죠?"

안토니아는 심호흡을 하고 눈을 감았다. 머릿속에서 이리저리 뛰어다니는 원숭이들을 진정시키며 소음을 없앴다. 약 효과가 나면서 그녀는 조금씩 침묵 비슷한 걸 느꼈다.

점점 커지는 어둠 속에서 그녀는 간화선[24]에 집중했다. 수 세기 전에 선(禪) 마스터가 제자들에게 낸 풀 수 없는 질문이자, 멘토르가 각 세션이 시작하기 전에 그녀에게 묻는 말이다.

그리고 침묵 속에서 태어나기 전의 얼굴과 만난다.

안토니아는 눈을 떴다.

세션이 시작됐다. 앞 화면에 이미지가 나타났다. 여섯 명의 사람이 일렬로 카메라를 향하고 있었다. 이 이미지가 모니터에 나타나는 시간은 1초도 안 됐다.

"누가 목에 스카프를 걸고 있었을까?"

---

24 화두를 살펴 깨달음을 얻는 하나의 방편

"3번."

"가장 키가 큰 여자는 누구였을까?"

"6번."

"2번의 손수건은 무슨 색이었지?"

"빨간색."

그녀는 2번이 손수건을 들고 있지 않았다는 것을 깨닫기도 전에 함정에 빠졌다. 전기가 그녀의 손과 발을 고문하고, 그녀를 탬버린의 진동판으로 바꿔놓았다.

안토니아의 등과 발뒤꿈치가 거의 천장에 닿을 때까지 끈이 위로 올라갔다. 화면에 새로운 이미지가 나타났다. 이번에는 숫자들이다. 각각 열 한 자리 숫자 여섯 줄. 화면 아래 스톱워치가 돌아가고 숫자들은 사라졌다. 그녀는 최대한 빨리 숫자를 외우기 시작했다.

스톱워치가 멈췄다. 06,157.

"실수 없음. 좋아."

끈이 20센티미터 정도 내려갔다.

규칙은 분명하다. 정답을 맞히면 20센티미터씩 내려간다. 그리고 땅에 닿으면 훈련이 끝난다. 실패하거나 빨리 대답하지 않으면 다시 전기 충격을 받게 되고, 천장까지 올라가면서 이제까지 했던 모든 내용이 사라진다.

"틀리면 틀릴수록 바닥에서 더 멀어진다."

"통과."

안토니아는 미소를 지었다. 이마에서 떨어지는 땀이 눈을 흐리게 했다.

'이제 바닥까지 2미터 30센티미터밖에 안 남았어.'

행복한 미소는 아니다.

예언자

존은 그녀 안에 있는 고통과 외로움, 추위, 끝없이 이어지는 수많은 밤에 크나큰 슬픔을 느끼고 위로하고 싶어졌다. 그는 한 손을 내밀고, 그녀를 안아주고 싶었다. 하지만 아무것도 하지 않았다. 지금은 뭘 해도 상황이 나빠질 것 같아서.

"일이나 하러 가죠." 안토니아가 애매한 분위기를 끊었다.

"하나만 더요. 전에 뭔가 변했다고 했잖아요. 한 달에 한 번 그리고 발코니에서 아들을 보는 것이 더는 충분하지 않다고요. 왜죠?"

"라우라 트루에바."

존은 그 말을 이해했다. 그 은행장의 용의주도하고 냉담한 진술은 두 사람 모두에게 충격을 주었다. 그래서 그 후 그녀가 가능한 한 빨리 아들을 만나러 가고 싶어 한 것도 전혀 놀라운 일은 아니었다.

"차갑고 무정한 여우."

"그건 모르겠어요. 아마도. 그냥 그녀의 행동을 이해하지 못하겠다는 것만 알겠어요. 에세키엘이 무슨 들어주기 힘든 요구를 했는지 모르겠어요. 하지만 더 가까이 다가가보는 게 중요하겠죠."

존은 잠시 깊은 생각에 잠겼다.

"에세키엘이 했다는 말… 자녀는 부모의 죄를 담당해서는 안 된다… 아이패드에서 한번 찾아보세요. 성경에서 나온 말이에요."

안토니아는 검색창에 넣고 나온 결과를 보여줬다.

> 범죄하는 그 영혼은 죽을지라 아들은 아버지의 죄악을 담당하지 아니 할 것이요 아버지는 아들의 죄악을 담당하지 아니 하리니 의인의 공의도 자기에게로 돌아가고 악인의 악도 자기에게로 돌아가리라
>
> _ 에스겔 18장 20절, (개정 개역)[25]

"에스겔 18장. 당신 말이 맞네요." 안토니아가 대답했다.

"그 근육 경감이 에세키엘을 실명이 아닌 가명이라고 가정하자고 했던 말이 맞았네요. 그 살인자는 이 예언자의 이름을 따왔어요."

안토니아는 일어서서 벽에 몸을 기댔다.

"그렇다면, 교리 선생님, 무신론자가 이해할 수 있도록 설명 좀

---

25 '에스겔'의 스페인어 표기는 '에세키엘'임.

해주시죠. 이 수염 난 남자는 어떤 사람이었죠? 제 기억에 수염이
있었던 것 같은데."

"예언자들은 모두 턱수염이 나고 멋지게 생겼죠. 에스겔은 유
대인들이 바빌론에 포로로 잡혀갔을 때 유대인 선지자였어요. 유
대 백성들은 압제적이고 독재적인 세력의 포로가 되었어요. 그리
고 예레미야 같은 선지자도 이 어려운 시기에 정의에 대해 말했
어요. 그러니까 각자 자신의 잘못을 담당해야 한다는 뜻이에요."

"제가 신학자는 아니지만, 그는 지금 그걸 뒤집어서 이해하는
것 같군요."

"지금 우리가 아는 건 납치된 아들, 불가능한 요청, 그리고 '자
녀는 부모의 죄를 담당하지 않는다'라는 말뿐이에요."

"한 은행의 대표가 도대체 무슨 종류의 죄를 지을 수 있었는지
궁금하네요." 그녀가 말했다.

"글쎄요, 전 생각나는 게 전혀 없는데요."

안토니아는 그를 이상하게 쳐다봤다.

"지금 비꼬고 있는 거군요."

"당신은 신학만큼이나 그런 쪽도 능통하네요."

존은 웃고 싶은 충동을 억누르며 대답했다.

"그래서 납치범은 그 협박 내용에 따라 움직이고 있습니다. 그
는 알바로 트루에바를 납치했고, 그 어머니에게 뭔가를 해야 아
들을 풀어주겠다고 협박했습니다. 그런데 그녀는 거절했어요. 더
이상의 협상은 없었고, 압박도 다른 전화도 없었죠." 안토니아가
말했다.

"그리고 지금은 라몬 오르티스에게 그 비슷한 요청을 했습니

다. 아버지가 아닌 사업가로 보고 요청한 거죠."

"그런데 오르티스는 우리에게 그 내용을 밝히지 않았습니다. 왜일까요?"

"우리에게 판단받지 않으려고 그런 게 아닐지."

"이미 봤잖아요. 라우라 트루에바가 우리의 판단을 얼마나 신경 쓰고 있는지. 아니군요. 돈을 줄 장소가 없고, 다시 전화도 하지 않았다면… 그가 어떻게 몸값을 받겠어요?"

"그는 분명 오르티스가 한 일 중에 뭔가를 알고 있을 거예요. 그래서 공개 성명을 요구한 거죠."

'그나마 이 말은 맞아 들어가는군.' 존이 생각했다.

"그래서 오르티스가 절대적인 비밀을 고집한 겁니다. 트루에바도. 이것이 밝혀지면…."

존이 머리카락을 긁적였다.

"안토니아, 당신 말이 맞네요. 오르티스에게 갔던 그 밤에 그의 행동이 정상이 아니라고 했잖아요. 두려웠겠네요. 아무도 이해하지 못할 두려움, 그의 딸 때문이 아닌 다른 두려움. 이제 그가 무엇을 두려워했는지 알겠어요."

그녀가 천천히 고개를 끄덕였다.

"그는 우리를 두려워했네요." 존이 시계를 쳐다봤다.

"카를라 오르티스에게 남은 시간이 많지 않아요."

"40시간 30분 정도." 안토니아가 대답했다.

정확히는 2,436분이다. 에세키엘이 아버지가 저지른 죄의 대가로 그녀의 심장이 멈추기 전에 17만 번 정도는 뛸 수 있는 시간이다.

"자, 활동을 개시해보죠."

존이 일어서며 말했다.

다른 방법은 없다. 그리고 둘 다 그 방법이 무엇인지 안다.

단서도 없고 모든 방법이 막힌 상태에서 정보를 얻을 수 있는 유일한 장소는 방문이 금지된 바로 그곳이다.

아버지

라몬 오르티스의 출입문에는 두 명의 경호원이 지키고 있었다. 그 백만장자는 라 코루냐로 돌아가지 않았고, 모든 업무 계획을 취소하고 마드리드의 세라노 거리에 있는 아파트에 머물고 있었다. 안토니아는 그곳 주소를 몰랐지만 2분도 채 되지 않아서 블로그와 가십 잡지의 사진을 이용해 그곳을 찾아냈다. 엘 코르테 잉글레스 백화점에서 50미터도 안 되는 거리에 있는 웅장한 건물의 최상층이었다.

존 구티에레스 경위는 오토바이 한 대가 그보다 조금 더 뒤쪽에 세워져 있다는 사실을 모른 채, 집 앞 택시 승차장에 불법 주차 중이었다.

존은 몇 분을 기다렸다가 차에서 내렸다. 그는 짧고 불쾌할 것 같은 만남을 향해 가고 있었다. 그는 경호원들이 그들에게 오르티스 집 근처에서는 환영받지 못할 사람들이라고 경고했던 게 생각났다. 앞으로 벌어질 상황을 가정해본다. 경호원들은 그들이 다가오는 모습을 보는 순간 우쭐해 할 것이다. 검은 정장과 넥타이, 뭔가 토사물을 밟은 것 같은 얼굴을 한 두 허수아비. 그는 그저 신발에 뭔가 들러붙지 않았다는 이유로, 환하게 웃으며 그들을 향해 걸어갔다.

"안녕하세요, 좋은 오후네요."

경위가 그들에게 인사를 건넨다.

안토니아도 상황을 가정해봤다. 그녀는 출입구 옆 카페테리아(유명한 프랜차이즈, 프랑스어 이름이라 별로지만, 스페인어로 아름답다는 뜻)에 뒷문이 있을 거라고 예상했다. 그래서 존보다 조금 먼저 차에서 내려서 그 주변을 한 바퀴 돌았다. 카페테리아에 들어가서 허락도 받지 않고, 바의 맞은편으로 지나갔다. 그녀는 아주 고급 백화점 종이 가방을 든 고객을 응대하고 있는 여자 종업원을 거의 스치듯 지나갔다. 그 여자 종업원은 그녀를 보며 뭐라고 말하지만, 안토니아는 멈추지 않고 여닫이문(작은 원형 창이 달린)을 지나 주방까지 계속 걸어갔다.

구운 아몬드와 갓구운 빵 냄새가 났다. 비록 공장에서 기계가 찍어낸 빵을 저임금 직원이 쟁반이 가득한 수직 오븐에서 재가열한 빵에서 나는 냄새지만. 두 젊은이가 그녀를 이상한 눈으로 바라보지만, 그녀는 가던 길을 멈추지 않았다. 두 번째 여닫이문을 통과하고, 컴퓨터에 고개를 묻고 엑셀을 공부하고 있는 직원 곁을 지나갔다. 그는 너무 집중하고 있어서 처음에는 안토니아가 있는지 알아채지 못했다. 사무실 반대편에는 복도가 있다.

안토니아가 아직 뛰기도 전에 그 직원이 일어나서 비명을 질렀다. 그녀는 그를 무시했다. 유리한 상황이기 때문이다. 이런 침입을 당했을 때, 즉시 본능적으로 반응하는 사람은 거의 없다. 왜냐하면 이런 사람에게 제대로 대처하려면 일상의 현실을 재해석하는 재조정의 시간이 필요하기 때문이다.

"이봐요, 저기요, 부인!"

안토니아는 마음을 굳게 먹고 복도 쪽으로 향했다. 문이 여러 개 있었다. 그녀는 문을 모두 열어볼 시간이 없어서 머릿속에 지도(거리 위치, 카페테리아 바에서 첫 번째 회전, 부엌에서 두 번째 회전)를 그렸다. 머릿속에서는 뒷문을 선택하라고 말해준다. 그곳에 도착해 올바른 선택을 했음을 깨달았다. 그 문은 자물쇠와 걸쇠가 달린 유일한 문이었다. 그런데 걸쇠를 다루기가 힘들었다.

"여기에 계시면 안 됩니다."

뒤에서 관리자의 목소리가 들렸다. 그는 등 뒤에 바짝 붙어 있었다.

"늦었어요. 늦었어요."

안토니아는 뒤도 돌아보지 않고 《이상한 나라의 앨리스》의 흰 토끼를 따라 하며 대답했다.

"치과에 늦어서요."

그 관리자의 손이 안토니아의 어깨에 닿으려는 바로 순간 문이 열렸다. 안토니아는 반쯤 열린 문틈 사이로 미끄러져 들어가서 출입구 쪽으로 나갔다. 그리고 문을 잡고 안으로 당겨서 닫았다.

"저런 미친 여자를 봤나."

안토니아는 문 반대편에서 그 말을 듣는다. 그녀는 그 책임자가 출입구를 통해 그녀를 쫓아올 경우를 대비해 달릴 준비를 했다. 토끼를 따라 한 게 효과가 좀 있었던 것 같다. 문 뒤에서 걸쇠가 닫히는 소리가 들렸다. 이것은 관리자가 볼 때 이 문제가 해결되었다는 뜻이다.

그런데 앞쪽에서 문제가 생겼다. 출입구에서 두 명의 경호원과 말다툼을 벌이는 존을 쳐다봤다. 무슨 소린지 들리지는 않지만, 그는 노점상 같은 몸짓을 하고 있었다. 안 좋은 징조였다. 이런 상황이 너무 과열되면 얼마 안 돼서 파라나 그의 모자란 부하 중 하나가 나타날 것이다. 그다음은 징계. 따라서 그들을 흥분시키면 안 된다. 그들이 흥분하면.

안토니아는 가진 시간이 기껏해야 10분에서 15분 정도 있다고 판단했다. 문제는 엘리베이터가 움직이기 시작했다. 100년 전에 발명된 엘리베이터 중 하나. 스티글레르 유형, 초당 0.5미터 내려가는 마호가니 통, 그리고 엔지니어 슈나이더가 1919년에 철창 안에 이것을 직접 설치했다. 설상가상으로 문 앞을 지키던 경호원이 출입구를 열었다. 그들 중 한 명이 존을 안으로 밀어 넣었다.

그들이 아직 안토니아를 보지 못했지만, 볼 가능성이 커졌다. 그녀는 출입구를 지키는 경호원들이 위층을 지키는 경호원에게 도움을 요청할 경우를 대비해, 직접 걸어 올라가는 방법을 선택했다. 2층 정도에서 지나가는 엘리베이터와 마주쳤을 때 그녀의 직감이 옳다는 게 증명되었다. 그 안의 남자는 검은 양복에 넥타이를 했고, 귀에 무선 케이블을 꽂은 완벽한 경호 복장을 하고 있었다. 그녀는 눈에 띄지 않으려고 벽에 몸을 밀착했지만, 전설적인 엘리베이터 설치자인 하코보 슈나이더는 엘리베이터 내부에 거울을 덧대는 이상한 취향이 있었다. 그것도 사면에 다.

경호원 3번과 눈이 마주쳤다. 안토니아는 계단을 뛰어 올라갔다. 예상보다 10분이나 단축했다. 헉헉거리며 5층에 도착했다. 몸상태가 별로였다.

안토니아는 문을 두드렸다. 종종 가장 좋은 것을 기대할 수밖에 없을 때가 있다. 문을 열어준 사람이 라몬 오르티스였다. 컨디션이 좋은 날에는 칠십 대처럼 보이는 팔십 대 노인. 하지만 오늘은 그런 날이 아니다. 그의 눈은 푹 꺼지고 피부는 회색으로 칙칙했다.

"누구…?" 이윽고 그는 그녀를 알아봤다.

그는 방패처럼 문을 반만 열고 있다.

"시간이 별로 없습니다, 오르티스 씨. 따님도 마찬가지고요."

계단에서(전부 대리석, 위엄 있는 띠 모양 장식들), 경호원 세 명의 발소리가 점점 더 가까워졌다.

"당신과 이야기하면 안 될 것 같소만."

그가 의심스럽게 말했다.

코앞에서 문이 닫히면, 이 게임은 끝난다. 안토니아는 도박을 건다.

"당신은 에세키엘이 요청한 내용을 경찰에 사실대로 말해야 했습니다."

라몬 오르티스가 얼어붙었다. 지금 그의 몸에서 움직이고 있는 건 피부뿐이며, 그 피부는 회색에서 죄인처럼 창백하게 변했다.

"제발. 이게 우리의 마지막 기회일 수 있습니다."

안토니아가 간청했다.

경호원 3번이 그녀를 잡으러 오기 전까지는 6초가 남았다. 다른 사람들에게는 6초가 아주 짧은 시간일 수 있다. 하지만 라몬 오르티스에게는 아니다. 6초 만에 라몬 오르티스의 눈앞에 두 가지 가능성의 결과가 지나간다. 그녀를 집 안으로 들이고 경찰에게 거짓말했노라고 인정해서 사법 방해죄가 되고 모든 진실이 밝혀지도록 길을 터준다. 아니면 그녀를 밖에 세워두고 원래 선택을 고수한다. 그 6초 동안 카를라(어렸을 때 페르시아 카펫에 아이스크림을 떨어뜨리던 모습, 십 대 때 집에 처음 늦게 들어와서 첫 남자 친구와 헤어졌다고 울음을 터뜨리던 모습)의 얼굴이 지나갔다….

경호원 3번은 다가와서 바로 안토니아를 진압했다. 두 팔을 등 뒤로 꺾고 비트는 데 별다른 시간이 걸리지 않았다. 안토니아는 저항하지 않았다. 저항을 한다고 해도 자신보다 30킬로그램이나 무거워서 어쩔 수 없었다. 그러는 내내 안토니아의 시선은 오르티스를 떠나지 않았다.

"제발요."

그녀는 계속 그와 눈을 마주치기 위해 목을 비틀며 반복했다.

'당신 손짓 하나면 이 미친 짓을 멈출 수 있어. 말 한마디면 이 일을 바꿀 수 있다고.'

안토니아는 눈빛으로 말했다. 하지만 그 백만장자는 눈을 돌리면서 천천히 문을 닫았다.

코폴라 감독도 문을 이보단 잘 닫지는 못할 것이다.

브루노

'이게 바로 좋은 저널리즘이 이루어지는 방식이지.'

브루노는 생각했다. 브루노만큼 자신을 뜨겁게 사랑하는 사람은 없었다.

시계를 조금만 뒤로 돌려보자.

그가 전날 오후에 대여한 푸조 시티스타는 눈알이 튀어나올 정도로 비싼데, 하루 사용료가 129유로다. 하지만, 결과적으로 그건 그에게 아주 최고의 투자였다. 회색의 용의주도한 이 오토바이에는 트렁크도 달려 있었다. 브루노는 헬멧을 쓰자마자 마드리드를 돌고 있는 수천 명의 심부름센터 직원으로 변했다. 절대 사람들의 눈에 띄지 않았다. 적어도 존 구티에레스 경위만은 그가 온종일 따라다니고 있다는 걸 눈치 채지 못했다. 그 거친 사내는 아침식사를 서둘러 끝내자마자 차에 올랐고, 브루노는 길에서 존을 기다리고 있었다. 뒤를 쫓는 길이 너무 흥미로웠다. 가장 먼저, 그 차는 라바피에스의 한 살림집으로 향했다. 그 지역은 정치적 올바름으로 표현하자면, 다민족 지역이라고 불리는 곳이다. 하지만 부르노는 거기에 애정을 담아 '모로인 빈민가'라는 별명을 붙였다. 그 지역에는 좁은 일방통행로가 많아서 눈에 띄지 않고 따라가기가 여간 어려운 게 아니었다. 제길. 거기서 존은 젊은 여성을 데리고 나와서 아주 빨리 차에 올랐다. 브루노가 한 번도 보지 못한 여성이었다.

그는 거기에서 카스테야나 거리, 그 은행의 본사까지는 수월하게 따라갔으면 했다. 브루노는 보도 건너편에서 사진을 여러 장 찍었다. 그러더니 다음은 학교로 갔다. 그의 길은 빔보빵 묶는 끈보다 더 꼬여버렸다. 그리고 다시 라바피에스 집으로 돌아가서 거기에 계속 머물렀다. 브루노는 카페에서 아무것도 먹지 못했다.

그들을 놓치지 않기 위해서, 또 한편으로는 돌발적인 일이 벌어지지 않도록 조심하고 있었다. 그는 아무렇지 않은 듯 공장에서 나온 중국산 야자 모양 비스킷을 샀다. 자승자박, 그 산업용 독 덩어리 때문에 금방 속이 쓰렸다.

자칭 바스크 저널리즘의 전설인 브루노는 1980년대와 1990년대에 기억할 만한 머리기사를 장식했었다. 그런 그가 마드리드까지 400킬로미터를 와서, 오로지 직감으로 비자 카드를 박박 긁어 오토바이까지 빌렸다….

'그저 순수한 분노 때문에, 젠장. 모든 것을 붉게 하려고.'

그는 지금 감시하는 일에 지쳤다. 엉덩이가 아프고 속도 거꾸로 뒤집혔다. 존 구티에레스 경위가 뭔가를 할 바라거나, 아니면 우선 제산제를 먹어야 할 것 같다. 두 가지 옵션 다 괜찮다.

'하지만 완전 실패. 난 쓸모없는 노인네다.'

마침내 존과 그의 동료가 다시 밖으로 나왔다. 브루노는 메인 스탠드를 올리고 가스를 넣었다. 15분 후 그들은 세라노 거리에 도착했고 여기서 뭔가 일이 벌어졌다. 아주 어린 여자애가 차에서 내리더니 길모퉁이를 둘러본다. 그리고 경위는 몇 미터를 계속 가더니, 금지 구역에 차를 세웠다. 그것도 고급스러운 저택 입구 앞 택시 승차장에 당당하게. 브루노가 기사를 썼던 것처럼, 주차 위반은 이렇게 매일 벌어지고 있다. 존 구티에레스는 지금 경찰 특권이 없다. 왜냐하면 정직 상태이기 때문에. 그러나 기사를 위해서라면, 이 정도는 괜찮다.

'그래 뭔가 해봐, 구티에레스.'

존 구티에레스는 그의 말을 듣지 못했을 것이다. 하지만 경위는 차에서 내려 정문 쪽으로 다가갔다.

오래된 파모사 인형만큼이나 옛날 사람인 브루노는 생각했다. 당시 빌바오에서 경호원 일은 호황을 누리던 사업이었다. 힘든 일이긴 하지만, 덕을 보는 사람들도 있다. 극우 정치인들은 이 사업에 꽤 재미를 봤다. 브루노는 꽤 많은 경호원을 봤기 때문에, 아주 멀리에서도 그들을 알아볼 수 있을 정도다.

출입구 앞에 있던 두 사람이 긴장하며 경위의 가슴을 손으로 막자, 경위는 건드리지 말라고 대들고, 경호원은 여기에서 여기서 뭐 하냐고 제압했다. 브루노가 계속 촬영하는 화면 속 존은 빈 필하모닉을 지휘하는 것처럼 멋지게 손을 움직였다. 그리고 경호원은 그를 문 안으로 강하게 밀어 넣었다. 그들은 존이 지침을 주고받거나 지원군 보강 요청용으로 사용하는 경호용 이어폰(말할 때는 누르고, 들을 때는 풀어둔다)만 심하게 흔들지 않았어도 그렇게 하지는 않았을 것이다.

브루노는 계속 그 자리에 있었다. 아직 아무것도 건진 게 없었다. 하지만 드디어 그에게 일이 벌어졌다. 그는 자칭 바스크 언론계의 전설이다. 그 집에 누가 사는지 알 수 있다. 사서함을 살펴보면 되지만, 오늘날에는 모든 게 다 인터넷에 있다. 현재 63세인 브루노 레하레타는 이 건물의 맨 꼭대기 층 소유자가 누구인지 확인하는 데 15분 정도 걸렸다.

'젠장.'

그는 스쿱[26]을 건질 수 있다는 예감이 들면 다른 기자처럼 긴장

---

26 scoop. 특종 기사라는 뜻의 영어

하기 시작한다.

'이런 건 독점이나 특종이라고 말하는 게 아니라, 스쿱이라고 하는 거지.'

브루노(이미 말한 것처럼 그는 옛날 사람이다)가 생각했다. 하지만 그게 얼마나 큰지는 아무도 모른다.

그는 존이 나올 때까지 기다렸다. 하지만 대신 다른 사람이 도착했다. 그는 비밀스러운 차에서 내렸지만, 방탄조끼를 입어서 경찰 느낌이 물씬 났다. 건장한 민머리. 콧수염. 브루노 레하레타는 어딘가에서 그를 본 적이 있다. 분명하다. 기억만 해낼 수 있다면….

갑자기 그의 기억이 찰칵 소리를 내고 모든 것이 딱 들어맞는다. 테트리스의 모든 조각이 떨어지면서 딱 들어맞는 것처럼. 국가 경찰 납치 및 갈취 전담부(USE) 호세 루이스 파라. 그가 세계에서 가장 부자인 라몬 오르티스의 집 출입구에 있다니.

팡, 팡, 팡, 팡. 최고의 특종 상이다.

'이게 바로 좋은 저널리즘이 이루어지는 방식이지.'

그는 사진을 찍으면서 생각했다. 브루노만큼 자신을 뜨겁게 사랑하는 사람은 없다.

아직 아무도 나오지 않았지만, 파라나 누구든 출입구로 나올 때까지 기다렸다. 그는 오토바이에서 내려서 핵심부로 들어갔다. 지금 어떤 계획도 없다. 그저 알고 싶을 뿐이다.

그때 그들이 나왔다. 그것도 모두 동시에. 존이 먼저, 그 여자가 그다음, 그리고 마지막으로 파라가 나왔다.

"당신은 팀 전체의 명예를 실추시켰어, 존 구티에레스"

경감이 말했다.

"지금 귓구멍이 뚫렸으면 말 좀 들어요…. 지금 그 택시를 조사해야 한다고요. 최소한 그건 좀 살펴보세요, 안 이상해요?"

"들을 것도 없어. 내가 근처에 오지 말라고 경고했지? 내가 너처럼 개판인 인간과 동료였다니."

"완전 동료 맞지." 존이 돌아서서 그에게 손가락질했다. "덕분에 내부 조사과 사람들의 친구지. 당신은 완전 천박하고 나쁜 인간이야, 파라. 천박하고 나쁜 인간."

"그럼 쭉 영구 직무 정지나 즐기시지, 경위."

그 순간 존은 돌아서서 그에게 주먹을 날렸다. 챔피언을 이기기 위한 정교한 주먹이다. 그것도 아낌없이. 마치 냄비 속에 폭죽이 터지는 것 같은 소리가 들렸다.

파라는 그 주먹을 보지 못했지만 브루노는 봤다. 얼마 안 돼서 많은 사람이 그 모습을 보게 될 것이다. 브루노가 큰 천막 뒤에서 고화질 모바일로 모든 것을 녹화하고 있기 때문이다. 오르티스의 기업 광고판과 함께 찍히다니, 이 얼마나 아이러니한가.

그렇게 강한 주먹으로 뺨을 날린 상황에서, 만일 파라가 더 약했다면 벌써 엉덩방아를 찧었을 것이다. 그리고 그가 덜 침착했다면 벌써 존에게 공격적으로 대응했을 것이다. 하지만 파라(철판 위 새우처럼 얼굴이 빨개진)는 반격을 하지 않고 오히려 웃었다. 이미 자신이 이겼다는 것을 알기 때문이다. 존도 자신이 졌다는 걸 알고 있었다. 그래서 굴욕감이 밀려왔다.

브루노는 계속 존의 뒤를 쫓을까 하다가, 거기에서 멈추기로 했다. 존은 화가 났지만, 거기에서 멈췄다. 이젠 브루노에게 존은 그렇게 중요하지 않았다. 왜냐하면 이미 스쿱을 손에 넣었기 때문이다. 브루노는 존의 차가 지나가자 손을 흔들며 인사했다. 존은 그를 못 본 척했다.

기자는 파라에게 진정할 시간을 줬다. 곧 전직 경위가 될 존 구티에레스에게 풀지 못한 파라의 화가 자신에게 넘어오는 걸 원치 않기 때문이다. 그러다가 그가 차로 돌아가려고 하자 전화기를 들고 그에게 다가갔다.

"실례합니다, 경감님. 괜찮으시다면."

파라는 불이 붙은 눈으로 갑자기 가던 길을 돌아섰다. 그의 분노가 아직 완전히 가라앉지 않아서 그 기자는 한 발 뒤로 물러섰다. 어쩌면 두 발. 그것도 협조적인 태도로 팔을 들어 올리면서.

"당신은 또 누구요?"

"저는 브루노 레하레타라고 합니다, 경감님. 함께 나눌 말이 많은 것 같은데요."

이메일 한 통

그녀는 신분증에 '라우라 마르티네스'라고 적혀 있지만, 그렇게 부르면 대답하지 않는다.

열일곱 살 때부터 그 이름을 사용하지 않았고, 그런 지 벌써 3년이나 되었다. 이제 그녀는 자기 생각이 분명한 성인이다. 자신이 어떻게 불릴지 스스로 선택할 수 있다.

레이디버그.

그녀는 숙달된 기술로 자기 오른쪽 팔뚝에 직접 문신을 새겼다. 에스펙트로에게 밑그림을 들고 있어 달라고 약간 도움을 요청하긴 했지만, 그다음은 쉬웠다. 이름이 새겨진 테필린[27]을 머리에 이고 있는 무당벌레는 그녀의 최고 작품 중 하나로 보기만 해도 자랑

---

27 유대인의 팔에 두르는 성구함

스럽다. 이 여성 문신 예술가는 피부에 직접 광고를 한다.

오늘 레이디버그는 피곤했다. 오후에 작업실로 술 취한 바보 관광객들이 한 명도 두 명도 아닌 세 명이나 찾아왔기 때문이다. 입구에 달린 벨 소리가 아주 소란스러웠다. 그들은 중국어로 문신을 새겨달라고 했다. 그리고 샘플 책자에서 한 개를 선택했다.

"이건 무슨 뜻이죠?"

"자유."

레이디버그가 아주 진지한 얼굴로 대답하며 선불을 요구했다.

그 바보들은 바늘이 피부에 닿자 학대당한 개들처럼 울부짖었지만, 술에 취한 상태이고 친구들 앞에서 서로 센 척하느라 참아냈다. 이들은 어깨에 '젖은 카펫'이라는 글자를 새긴 채 떠났다.

시끄러운 관광객들이 나간 후에는 아무도 오지 않았다. 혹시 운이 좋으면 그녀의 팬티에 들어갈 수 있을까 싶어서 잠깐 들린 에스펙트로만 빼면.

무료해진 레이디버그는 잠시 칸막이 뒤에서 그와 뒤엉겼다. 몇 번 키스를 나눈 후 그는 바로 그녀의 가슴 쪽으로 간다. 그는 그녀의 셔츠를 약간 아래로 내리고 왼쪽 브래지어 위 젖꼭지를 가지고 논다. 그리고 청바지 아래에 있는 발기된 돌덩어리를 내놓는다. 그녀는 절정 상태이고, 그것을 입 안에 조금 넣고 만지작거리지만, 금방 후회하고 만다. 가게에서 할 때는 늘 똑같다. 여기에서는 아무것도 할 수가 없다. 전혀 만족감을 느낄 수가 없다. 적어도 가게 뒷방에 아버지가 있는 한.

레이디버그는 바로 끝내지 않기 위해 좀 더 흥분 상태를 유지했다. 그렇게 조금씩 그에게서 몸을 뗐다.

"이제 됐어."

"이렇게 끝내면 안 되지."

그가 레이디버그의 가랑이에 사이에서 물건을 꺼내며 말했다.

"난 됐어."

"최소한 자위라도 좀."

"됐어. 그건 네가 알아서 해. 내일 너희 집으로 갈 테니 거기서 또 해."

그는 살짝 화가 났지만, 물러섰다.

"그럼 나중에 와."

그는 레이디버그의 눈에서 초록색 머리카락을 떼며 말했다.

"그래, 곧 봐."

레이디버그는 떠나는 그에게 손을 흔들며 대답했다. 하지만 가지 않을 거라는 걸 알고 있다. 할 때마다 배가 아프기 때문이다. 생리 때가 곧 다가오고 있어서 요즘 부쩍 더 흥분하지만, 짜증도 더 많이 났다. 만일 그의 집에 가면, 눕자마자 난리가 날 것이다.

'그러면 모르도르[28]가 되겠지.'

에스펙트로[29]의 실제 이름은 라울이지만, 레이디버그가 이름을 바꿔 부르겠다고 했고, 그도 동의했다. 처음에는 그 이름이 뭔가 낭만적으로 보였는데, 그는 이걸 별로 멋있다고 생각하지 않는 눈치다. 레이디버그는 검은색 옷을 입고 45 그레이브[30], 더 웨이크[31],

---

28 실마릴리온이나 반지의 제왕에 등장하는 나라로, 어둠의 땅이라는 뜻

29 RPG 게임인 〈미들어스: 쉐도우 오브 모르도르〉에서 나오는 '빛의 군주'를 뜻함.

디바 디스트럭션[32]의 음악을 듣는다. 그들처럼 하고 다니기 때문이다. 레이디버그는 조금 지루해졌다. 자신이 걸어 다니는 진부함 덩어리가 되고 있고, 정말 살가운 에스펙트로를 떠나게 될 거란 걸 깨달았다(성숙해졌다는 표시). 더 심하게는 그녀의 가장 큰 불안을 채우게 될 거라는 것도. 즉, MBA를 하고 시민 투표를 하는 넥타이를 한 자유주의자와 결혼하기. 절대 악이다.

'죽기 전에는.'

게다가 아버지를 돌봐야 한다. 그는 뇌졸중이 생긴 이후 일을 할 수 없게 되었고, 뒷방에서 TV로 옛날 영화를 보며 한가하게 시간을 보낸다. 왼쪽 팔은 자유롭게 움직일 수 있지만, 그것도 채널을 바꿀 정도다. 그 외의 모든 건 레이디버그가 돌봐야 했다. 아버지의 식사를 챙기고, 잠자리에 눕히고, 샤워를 시킨다. 불만 하나 없이 음식도 직접 먹는다. 그는 늘 좋은 아버지였다. 단둘이 세상과 맞서고 있다. 세상이 그들을 엿 먹이려는 거라면, 세상은 아주 놀라게 될 것이다.

'아버지는 점점 회복 중이니까.'

레이디버그가 웃으며 생각했다.

사실이다. 의사가 점점 나아지고 있다고 말했다. 앞으로 몇 달 동안 다른 발작이 생기지 않는 한 대화도 나눌 수 있을 것이다. 걷기는 어렵지만, 말 정도는 할 수 있을 것이다. 이제 그는 겨우 마

---

30   45 Grave, 미국 펑크락 밴드

31   The Wake, 미국 고딕록 밴드

32   Diva Destruction, 미국 다크웨이브 프로젝트

흔아홉 살밖에 안 되었다.

아마도 라우라, 아니 레이디버그가 원하는 건 그것뿐이다.

"우리 아버지야, 닥쳐. 안 그러면 거시기를 잘라버릴 테니까."

에스펙트로가 매일 아버지를 돌보는 게 지겹지 않냐고 물어보자, 그를 위협하며 말했다. 그 말이 진심이라는 걸 증명하기 위해 그의 물건을 짓눌렀다. 그리고 나서는 그가 화내지 않도록 키스해주었다.

또 하나 더. 그녀는 자기 직업을 사랑한다. 오늘은 관광객들 덕분에 돈을 벌었다. 우에르타스 거리에 작업실을 낸 것도 그 때문이다. 보통 사람들은 그녀의 재능을 그렇게 높게 사지 않지만, 종종 찐 손님이 나타나기도 한다. 이것을 예술로 생각하는 사람, 그녀에게 그런 사람은 소중하다. 맨살이 아름다운 무언가를 위한 캔버스로 변할 때마다 세상은 조금씩 더 좋아진다.

레이디버그는 기기를 집어 들고 종료 버튼을 클릭했다. 좀 더 서두르면 에스펙트로의 집에 들를 수 있을지도 모른다.

가방을 싸고 있는데 컴퓨터가 꺼지지 않았다.

'메일 때문에 컴퓨터가 안 꺼지잖아.'

레이디버그는 무슨 일인지 살펴봤다.

받은 편지함에 이메일이 있었다. 최근 들어서 메일이 제대로 안 들어오는 경우가 많다. 어제 오후에 온 메일이었다. 레이디버그는 그 메일을 열어봤다. 대용량 메일이라서 휴지통으로 보내기 일보 직전이었다.

이상한 요청이 담긴 메일.

강간범의 문신 확인하기.

스팸 메일일 수도 있지만, 주소를 보니 진짜 같다. 그리고 도움을 요청하는 사람이 여성이었다. 사진을 클릭했다. 레이디버그도 삼촌에게 성폭력을 당한 적이 있다.

"하지만 이제 상황은 예전과 달라. 이제 우리들은 서로서로 도와야 해."

분명하지는 않지만, 문신 이미지 일부, 아주 일부분이지만, 식별 가능한 모양이 포함되어 있다. 그것은 분명 문장(紋章)의 안쪽이었다. 그리고 한쪽에는 뱀처럼 보이는 것이 아래로 감겨 있다….

아니다. 이건 다르다.

"라우라, 모양 그리는 데 소질이 있구나."

어린 시절 처음 그림을 그린 날 아버지가 한 말이다. 〈어벤져스〉캐릭터와 도형들을 붙여놓았었다. 녹색 정사각형, 파란색 원, 빨간색 삼각형은 슈퍼히어로를 표현하는 데 필요한 전부였다. 또래 다른 아이들이 밟힌 거미처럼 보이는 여덟 손가락을 그리던 때였다. 그의 아버지가 옳았다. 그녀는 다른 사람들이 책을 읽는 것처럼 도형을 읽는다. 변함없는 재능.

문장 아래를 기어 다니는 것은 뱀이 아니다. 쥐 꼬리다. 그리고 전에 이 쥐 꼬리를 본 적이 있는 것 같다.

갑자기 어디에서 보았는지 떠오르자 심장이 뛰기 시작했다. 메일에 답장하며 기쁜 마음이 들었지만, 다른 한편으로는 불편했다.

'젠장, 생리가 터졌군.'

파라 경감은 용의주도한 사람이다.

어쩌면 그는 존 구티에레스가 자살골을 넣은 걸 보고 기뻐하고 있을 수도 있었다. 그의 새로운 친구, 바스크 기자의 예상치 못한 도움 덕분에. 그 기자는 꽤 나이가 들어 보였다. 하지만 얼마나 녹화를 잘했는지 모른다. 녹화 영상이 존에게 올가미가 되었지만, 그가 쓰는 기사도 경감의 등에 짐을 지웠다.

'어떻게 보면… 오히려 낫지.'

조만간 뉴스가 나올 건데 누군가 독점권을 얻고 이야기에 약간의 색을 덧입히는 게 낫다. 약간의 영웅주의. 적절한 앵글, 완벽한 앵글. 그러면 다른 모든 미디어가 따라올 것이다. 요즘 사람들은 별로 생각하지 않고, 첫 번째 주자가 한 말을 그저 반복하기만 한다. 그러면서 뉴스에 대해서 말한다.

파라는 산후안과 통화하며 경찰 본부로 돌아갔다.

"들어보지도 못했는데, 대체 택시 이야기가 뭐야?"

"별로 중요하지 않은 것 같아서요…."

"그건 내가 결정해, 안 그래?"

산후안이 침을 삼켰다. 파라의 눈에는 수화기 건너편에서 겁에 질린 개처럼 웅크린 채 있는 그가 훤히 보였다. 그는 늘 뭔가 '제대로 못 했어.'라는 말을 들을까 봐 두려워한다.

"CNI(국가정보원) 메일을 받았습니다."

파라는 쿠아트로 카미노스 로터리로 진입했다. 그는 앞 차가 먼저 가도록 양보하고, 심지어는 로터리에 머물러 있으면서 그의 의무 사항도 아닌데 방향 지시등으로 지시도 했다. 왜냐하면, 그는 교육을 잘 받은 운전자이기 때문이다.

"젠장! CNI라고?"

"언제 어떻게 알았는지는 몰라도, 우리가 하는 일을 알고 있었습니다. 그들은 그 위조 번호판을 단 택시가 이 납치 사건과 연관이 있는지 조사해보라고 했습니다."

산후안이 말했다.

"그러니까 CNI의 이메일을 받았는데 중요하지 않다고 생각했다는 거네…."

"오늘 아침에 받았고, 아시다시피 오늘은…."

"산후안, 분명히 말하는데 곧 편하게 쉬게 될 거야. 내가 자네 머리를 날려버릴 거니까."

산후안이 잠시 받은 상처를 다독이며 불쌍한 표정으로 전화기를 바라보는 동안 파라는 그 일을 매듭지어보려고 애썼다. 전에 CNI 쪽 사람들을 만난 적이 있는데, 파렴치한 놈들이었다. 하지만, 그들은 식탁에서 남긴 음식을 발견하면 개들이 먹을 수 있도록 부스러기를 자주 떨어뜨린다.

"그 택시를 조사해봐. 조심해서. '티메오 다나오스 에트 도나 페렌테스(Timeo danaos et dona ferentes, 나는 비록 선물을 가져와도 그리스인이 두렵다)' 그리고 이 모든 빌어먹을 일들도."

"티메오 뭐라고요?"

"산후안, 이 자식. 창피하게 왜 이래."

그가 본사에 도착하자, 산후안은 서류 더미와 후회로 가득한 표정으로 사무실 문에서 그를 기다리고 있었다.

"오늘 정오에 카니야스 경찰서로 그랑비아 데 오르탈레사 쇼

핑센터 앞 공터에 택시가 한 대 있다는 익명의 제보가 들어왔습니다. 차는 반쯤 불탔습니다. 더는 연기가 안 나는 걸로 봐서 새벽녘에 불을 피운 것 같습니다. 경찰서에서는 이 사건을 별로 신경쓰지 않았습니다. 이게 우리가 수사하는 사건이라고 하니까 그때서야 견인차로 그 차를 끌고 왔습니다."

파라가 한숨을 쉬었다. 그가 수색 명령을 내리지 않았더라면, 분명 폐차장으로 향했을 것이다.

"그쪽에 과학 수사대는 보냈어?"

"가는 중입니다. 하지만 택시 쪽에 있던 요원 중 하나가 보낸 사진을 좀 보세요."

파라가 그 사진을 봤다. 그러고 나서 두 번째 사진을 쳐다봤다.

"그 여자 아버지에게 보여줬어?"

"확인했습니다."

"잘했어, 산후안."

산후안은 이제 꼬리를 흔들며 좋아하기만 하면 됐다.

두꺼비

존 구티에레스는 울고 싶은 걸 겨우 참았다.

오후 내내 그들은 세다세로스 거리에 있는 국회 근처 카페에서 우울하게 보냈다. 둘 다 음료는 입에도 대지 않았다. 그들은 서로를 쳐다보지도 않았다.

안토니아는 오르티스의 문에서 일어난 일만 말하고 다른 말은 거의 하지 않았다. 그나마 그것도 냉담하게 설명했다. 목소리에 굴곡이 없이. 감정도 없이.

그저 있는 그대로 사실만 전달했다.

a) 라몬 오르티스는 협조하지 않음.

b) 카를라 오르티스에게 남은 40시간 중 5시간을 낭비했음. 뭐로?

c) 결국 존 구티에레스 경위의 경력을 망치는 일로.

안토니아는 존에게 분노했다. 쌀쌀맞고 창백한 분노였다.

"때리지는 말았어야죠. 그가 당신을 제압하도록 내버려뒀어야 했다고요."

존은 아무 말도 하지 못했다. 그녀의 말이 맞는다는 걸 알고 있기 때문이다. 게다가 그녀는 부르노의 존재 자체를 모르고 있었다. 하지만, 존은 택시 승강장에서 차를 빼서 세라노 차들 속으로 들어가려고 할 때 보도에서 손을 흔드는 그의 모습을 봤다.

'그 개자식이 온종일 따라붙었군.'

이것은 꽤 나쁜 소식이다. 안토니아도 알고 있어야 하는 소식이다.

그녀는 계속 창밖만 내다보고 있었다. 그 머릿속에 무슨 생각이 있는지 누가 알겠는가. 그는 안토니아에게 사과하고 부르노에 대해서도 털어놓고 가능한 한 빨리 그 짐을 내려놓고 싶었다. 그의 목구멍 위로 독을 품은 녹색 두꺼비가 올라와 입 밖을 엿보며 나오고 싶어 했지만, 자존심이 이를 꽉 물게 해서 그것을 안에 가뒀다. 그 두꺼비는 다시 그의 몸속으로 내려가서 내장을 계속 갉아먹었다.

'적어도 이 정도는 감수해야지.'

카를라 오르티스를 기다리게 만든 것에 비하면 작은 처벌이다.

볼펜과 수첩을 든 여종업원이 다가와서 더 원하는 게 있는지 물어봤다. 그 말은 정확하게 말하면, 음식을 더 먹든지 아니면 나가달라는 소리다. 그가 고개를 들어 없다고 말하려는데, 카를라 오르티스가 눈앞에 환영으로 나타났다. 옆 테이블에서도 보이고, 들어오는 입구에서도, 창밖에서도 길을 건너고 있었다. 이제는 사방 어디를 봐도 그녀가 보였다. 하지만 그는 거리로 뛰쳐나가서 사방으로 그녀를 찾아다니고 싶은 욕구를 억눌러야 했다. 그는 지금 자신을 유혹하는 상상이 다른 게 아닌 절망임을 알았다. 무언가를 움켜쥐려고 하지만, 손가락 사이로 공기만 잡히는 그런 절망이었다.

"괜찮아요, 감사합니다."

그는 카를라 오르티스가 아닌 오십 대의 뚱뚱한 여종업원을 바라보며 대답했다.

그 종업원은 그의 눈에서 무언가를 감지했지만, 더는 말하지 않았다. 그녀는 수첩 위에 볼펜을 두 번(심 밖으로 딸깍, 심 안으로 딸깍) 딸깍거리며 말했다.

"그럼 필요한 만큼 있다 가세요."

황량하고 숨 막히는 세상에서 이 친절하고 작은 몸짓은 신선한 공기의 숨결 같았다. 그는 감사하다며 탁자 위에 10유로 팁을 남겼다. 굳이 따져보자면 여종업원은 그보다 돈이 더 많을 것이다.

세상이 그에게 준 작은 위안은 부르노 레하레타라는 놈에 관한 이야기를 꺼낼 힘을 줬다.

"스콧, 할 말…."

존이 말하기 시작했지만 안토니아는 한 손을 들어 그를 막았다. 다른 한 손은 그녀의 주머니 안에 있었다. 휴대전화가 울렸다.

"좋은 소식이길요."

아구아도의 말을 들은 그녀의 표정이 달라졌다. 기쁜 건 아니지만, 어둠이 좀 걷히는 것 같았다.

안토니아는 그 내용을 존에게 설명했다.

"차로 가죠." 그가 먼저 말했다.

"필요 없어요. 걸어서 10분 거리예요."

카우보이 영화

길모퉁이에 레이디버그의 작업실 네온이 빛나고 있었다. 주황색으로 크게 '타투'라고 쓰여 있었다. 레이디버그는 이메일을 보낸 이름 모를 박사의 동료 경찰관을 기다려달라는 요청 때문에 우선 일을 멈추기로 했다. 그 시간에 가게를 연다는 건 더 많은 관광객들이 와서 더 많은 한자를 새길 수 있다는 뜻이다. 그들이 도착했을 즈음 작업실에는 푸석푸석한 금발의 사십 대 네덜란드인이 누워 있었다. 그는 목에 '강함'이라는 단어를 새겨달라고 했다.

레이디버그가 칸막이 뒤에서 그들을 힐끔 쳐다보고 말했다.

"앉으시죠." 그녀가 대기실의 의자를 바늘로 가리키며 말했다. "거의 끝나가요."

소독약 냄새가 나는 칸막이 뒤에서 네덜란드 남자가 나왔다. 이어서 고스 스타일을 한 젊은 여성이 나왔다. 그녀는 검은색 탑과 검은 청바지를 입고 있었다. 그의 목은 빨갰는데, 귀 아래쪽에 두 개의 새로운 모양의 문신이 자리 잡고 있었다. 그 젊은 여성은 카운터 아래 상자에서 드레싱을 꺼내서(문신이 작아서, 부피가 큰 봉대를 감을 필요가 없다) 빨간 부위에 얹었다.

"그런데 왜 '진드기'라고 새긴 거죠?"

안토니아는 그 네덜란드인의 목을 가리키며 물었다.

문신해준 여자를 바라보는 그의 눈이 혼란스러웠다.

"왓 더즈 쉬 세드?(저 여자가 뭐라고 하는 거예요)?"

"쉬 세드 댓 유 아 스트롱(당신보고 강하대요)."

레이디버그는 팔에 알통 표시를 보이며 대답했다.

"하하, 가라파타(굴린 'r' 발음은 못 함)[33], 스트롱."

그 네덜란드 남자는 그녀가 말해준 뜻을 믿으며 기뻐했다. 그러고는 문신 비용 50유로와 팁으로 5유로까지 줬다.

그가 나갔다. 문에 달린 종소리가 사라지자마자 레이디버그는 안토니아에게 향했다.

"저기요, 내 사업을 망치려고 작정하셨나 봐요."

안토니아는 오늘 처음으로 미소를 지었다. 그녀의 미소를 보고 존도 미소를 지었다.

"저 사람이 며칠 동안은 중국 식당에 가지 않기를 바라야겠네요."

안토니아는 네덜란드 남자가 방금 떠난 문을 향해 손짓하며 말했다.

---

33 '가라파타(garrapata)'는 스페인어로 진드기라는 뜻으로 발음 시 'r'을 굴림.

"그건 걱정할 필요 없어요. 중국인은 재미있는 북경어 단어를 달고 있는 라오와이[34]를 보는 것이 즐기거든요. 절대 저 비밀을 밝히지 않을 거예요. 그건 그렇고, 저는 레이디버그라고 합니다."

반지를 잔뜩 낀 손을 내밀며 말했다. 존과 안토니아도 차례로 소개했다.

"잠깐 실례할게요…."

그녀는 문 표시를 '닫힘'으로 바꾸고(내부에는 '열림'이라고 표시되어 있는데, 생각해보면 약간 혼란스럽긴 하다) 문을 잠갔다.

"근데 만다린어도 할 줄 알아요?" 존이 속삭였다.

"말보다는 읽는 쪽이요."

안토니아는 겸손하게 대답했다. 레이디버그가 돌아왔다.

"근데 아주 빨리 오셨네요."

"근처에 있었거든요." 존이 대답했다. "저희가 찾는 문신에 대한 정보가 있다고 하셨다고요?"

"네, 맞아요. 잠시만요."

그녀는 뒷방으로 이어지는 작은 공들이 달린 커튼 뒤로 사라졌다가 검은 덮개가 달린 부피가 큰 링 바인더를 가지고 돌아왔다. 노란색 자체 접착테이프 번호가 바인더 등에 1997~1998년도 표기가 되어 있었다.

레이디버그는 탁자 위에 그것을 올려놓고 펼쳤다. 그 안엔 폴라로이드 사진이 가득했는데, 시트에 하나씩 고정되어 있었고, 그 위는 접착 필름으로 덮여 있었다.

---

34 북경 사람이 타지방 사람을 바보 취급하여 부르는 말

"여기 근처에 있었는데…."

그녀가 앞뒤로 페이지를 넘기며 말했다.

레이디버그는 끝에서 4분의 3지점에서 멈추고는 페이지를 뒤집었다. 거기에는 사진이 딱 한 장만 들어 있었다. 플래시로 비춘 네 개의 오른팔. 그 팔의 주인들은 섬광 때문에 흐릿한 어둠 속에 있었다. 네 팔에 모두 같은 문신이 새겨 있었다. 출혈 반점이 있는 주변의 진홍색 피부는 크고 끈끈한 근육으로 덮여 있었다.

그 타투 디자인은 우아했는데, 사실적이기보다는 코믹에 가까운 스타일이었다. 날카로운 이빨을 가진 쥐는 몸을 덮는 문장(紋章)을 들고 있었다. 문장에는 읽을 수 없는 게르만 문자가 새겨져 있었다. 사진의 해상도가 좋지 않아서 글자가 거의 제대로 보이지 않았다.

존은 맥박이 빨라지자 마음을 진정시키려고 애썼다. 저들 중 한 명이 에세키엘일 수도 있다. 그 팔 중 하나는 알바로 트루에바를 죽인 팔이다. 카를라 오르티스를 잡고 있고, 포르쉐 카이엔에서 그들에게 총을 쏜 사람이다.

"계산서가 필요할 것 같은데요. 회계 장부나 그 비슷한 거라도. 이들이 누군지 알아봐야 합니다." 존이 말했다.

"부인, 경위님. 아가씨라고 부르기엔 너무 남성우월주의 같은 느낌이 들어서요. 여러분을 도와드리긴 힘들 것 같네요. 그 당시 자료는 남아 있는 게 없어요. 제가 태어나지도 않았을 때고, 당시 아버지 상황이 아주 안 좋으셨거든요."

'제기랄, 밀레니엄 세대군. 그나저나 우리 어머니한테 부인이라고 부르는 사람은 보통 1970년생이던데….'

존이 생각했다.

"그럼 아버님께서도 이 문신 일을 하셨나요?"

안토니아가 끼어들었다.

"네, 저는 이제 막 시작했지만, 당시에는 아주 잘됐거든요."

"그럼 아버님과 얘기를 나누고 싶은데요."

레이디버그는 자신의 고스 스타일을 살짝 포기하고 한숨을 쉬었다. 레이디버그는 이것이 위노나 라이더가 연기했던 미나 하커[35]의 가슴에 못을 박는 일이라고 생각하긴 했지만, 지금 이 한숨은 그것보다는 오히려 두꺼운 쿠션에 앉을 때 빠져나가는 공기에 가까웠다.

"저도 그래요. 못 믿으시겠지만. 절 따라오세요."

그녀는 작은 공이 매달린 커튼을 지나 복도를 따라 땀과 나방 냄새가 진동하는 뒷방으로 안내했다. 그 안에는 창백하고 몸이 뒤틀린 남자가 있었다. 휠체어와 30인치 TV. 카우보이 영화. 그곳의 유일한 빛은 화면에서 나오고 있었고, 〈오케이 목장의 결투〉에서 난무하는 총질은 이 남자 얼굴에 날카로운 그림자를 드리웠다.

"아빠. 사람들이 아빠를 보러 왔어요."

하지만 의자에 앉은 남자는 커크 더글러스가 버트 랭커스터에게 결혼식에 가지 않고 장례식에만 참석한다고 설명하고 있는 텔레비전 장면에서 눈을 떼지 않았다.

"아빠."

---

35   영화 〈드라큘라〉(1992)의 인물

그녀가 다시 그를 불렀다. 그리고 그의 곁에 웅크린 채 왼손을 잡았다. 그러자 그는 레이디버의 손을 천천히 사랑스럽게 쓰다듬었다.

그 남자는 딸의 손을 꼭 쥐었다.

"요즘 아빠에게서 받는 건 이게 전부예요. 1년 반 전에 뇌졸중을 앓았고, 그 이후로 조금씩 회복되고 계세요. 아주 조금씩요." 그녀가 말했다.

안토니아와 존의 얼굴에는 절망이 그대로 드러났다. 에세키엘의 정체를 알 만한 가장 강력한 단서를 찾을 수 없게 되다니… 그걸 손에 쥔 사람은 사실상 식물인간이나 다름없다.

'신은 너무 잔인한 면이 있어.' 존이 생각했다.

"그럼 아버님께 직접 여쭤봐도 될까요?"

안토니아가 물었다.

레이디버그는 그녀의 검은색 입술을 물어뜯으며 그 말을 곱씹었다. 그녀의 코 피어싱이 떨렸다.

"직접 물어본다고 큰일이 나는 건 아니지만. 하지만 저를 통해 질문하는 게 좋을 것 같아요."

안토니아는 그에게 대신 사진을 보여달라고 부탁했다.

대답이 없다.

"그 문신 기억나십니까?"

대답이 없다.

"그 사람들은 기억나세요?"

대답이 없다.

이어지는 일곱 개의 질문에도 아무런 대답이 없었다.

"소용없어요. 기분이 좋은 날에도 고작 손으로 가리키는 정도 예요. 그 이상은 아니에요. 이게 어떤 상황인지도 모르실 거예요." 레이디버그가 대답했다.

존은 안토니아가 그런 상황을 잘 알고 있을 거란 생각이 들었다. 그녀는 강하고 사랑스럽고 예의 바른 사람과 함께 사는 것이 어떤 것인지 알고 있을 것이다. 그녀의 남편은 말을 잘했고, 꿈을 꾸었으며, 농담하고, 먹고, 웃고 노래도 했다. 그는 생동감 있고 행복하며, 주변 사람들에게 기쁨의 원천이자 오래 함께해온 존재 였다. 그런데 그런 그가 순식간에 다른 사람으로 변했다. 기억 속 환영은 지속적인 관심을 요구하지만, 그는 그녀에게 고통과 좌절, 의무만 줄 뿐이다. 이제 그는 모든 기억과 따뜻함, 행복을 흡수해 버리는 블랙홀일 뿐이다. 그는 그녀에게 임무 완수로 얻는 만족 감만 남긴다.

안토니아는 아무 말도 하지 않았다. 그리고 계속 생각했다. 불 가능한 장애물을 피하는 방법을 찾으려고 했다. 멘토르가 훈련(고 문) 세션 전에 종종 반복하는 선문답이 있었다.

'멈출 수 없는 힘이 움직일 수 없는 물체와 부딪히면 어떻게 되 는가?'

모든 선문답처럼 이 질문에도 답이 없다.

'하지만 그것이 우리가 그녀를 찾는 일을 멈춘다는 뜻은 아니 다.' 안토니아가 생각했다.

"손으로 가리킬 수는 있다고 하셨죠?"

그녀가 레이디버그에게 물었다.

"제 생각엔 인제 그만 가시는 게 좋을 것 같아요."

레이디버그가 일어서며 대답했다. 그녀는 그들이 떠나기를 바랐다.

"제발요. 이건 너무 중요한 일이에요. 이분 말 좀 들어보세요. 이 부인의 말을요."

존이 끼어들며 덧붙였다.

고스 스타일의 그 젊은이는 존을 불신의 눈빛으로 쳐다봤다가, 다시 안토니아를 바라봤다.

"네, 종종 가리킬 때도 있으세요."

"저희는 이 문장 속에 뭐라고 쓰여 있는지 알아야 합니다. 정말 큰 도움이 될 거예요."

레이디버그는 잠시 깊은 생각에 잠겼다. 그런 다음 샘플 책자를 찾으러 입구로 갔다. 그녀는 그것을 바닥에 놓고 사진 두 장을 빼봤다.

거기에는 장식된 알파벳이 하나 들어 있었다. 그 글자가 담쟁이덩굴과 단검, 룬 문자, 두개골 사이에서 간신히 보였다.

"아빠, 그 사람들이 무슨 문신을 새겼는지 기억나세요?"

그녀가 부드럽게 질문했다. 그녀는 그에게 어둡게 나온 게르만 문자 사진을 다시 보여줬다.

대답이 없었다.

레이디버그는 그의 눈앞에 두 장의 종이를 들고 있었다. 그래도 텔레비전을 보는 눈앞을 막지는 않았는데, 그를 화나게 하고 싶지 않은 것 같았다. 화면 속 커크 더글러스는 피를 토하고 손수건을 입에 막고, 그 유명한 보조개와 턱을 닦고 있었다.

휠체어에서 남자는 왼손을 움직였다. 아주 느리게.

침묵은 절대적이다. 종이의 반대편에 있는 안토니아와 존은 그가 무슨 글자를 가리키는지 볼 수가 없었다. 몇 분 동안 그가 글자들을 가리켰고, 그 시간은 엄청나게 느리게 갔다.

"N, B, Q. 아빠 이 글자를 문신하신 거예요? NBQ?"

남자의 손이 딸의 손을 꽉 쥐었다. 안토니아와 존은 서로를 바라봤다. 딱 세 글자. 모든 것을 바꾸는 글자.

두 사람은 너무 애써준 레이디버그와 그녀의 아버지에게 서둘러 감사 인사를 전한 후 그녀가 가게 밖으로 나올 때까지 기다렸다.

이후 레이디버그가 큰 소리로 말했다.

"그는 경찰이에요."

세 글자

존 구티에레스 경위에게는 아직 친구들이 남아 있다.

많지는 않지만, 몇 명은 된다. 그의 전화를 받은 친구는 마드리드에 가본 적이 없는 나바로 출신 동료 체마 바란디아란이다. 그와는 최소 20년 정도 된 사이다. 그들은 아빌라 아카데미에서 처음 만났고, 그 이후로도 종종 따로 만났다. 그들은 어두운 제비들의 탈출구인 아빌라에서 승급 모임으로 다시 만났다. 체마. 세련된 녀석. 존은 그와 함께 샤워했다가 경고를 받은 적도 있다. 거기선 이런 것들도 경고 감이다. 하지만 그는 별로 신경 쓰지 않았다.

한마디로 체마는 걸어 다니는 백과사전이다. 학구적이다. 눈썹이 하얗게 셀 정도로 책을 아주 열심히 본다. 하지만 소설이나 시처럼 여유롭게 볼 수 있는 책들은 안 좋아한다. 그는 경찰 역사책을 좋아한다. 그는 경찰청 인사과에서 일하고 있다. 그래서 경찰청 돌아가는 일들을 잘 알고 있다. 체마가 그에게 이야기를 들려줬다.

"그건 1937년 리스본에서 시작되었다고 말할 수 있어. 어느 날 아침 포르투갈 총리 겸 독재자가 한 친구의 개인 예배당에 미사를 드리러 갔어. 테러리스트들, 어디 쪽이었는지는 기억이 잘 안 나는데, 아무튼 그들이 하수 처리장에 폭탄을 넣고 터뜨렸지. 하지만 그들 계획대로 되지는 않았어. 폭발하긴 했는데 아스팔트 아래의 터널 속에서 터져서 차가 찌그러지고 파편이 좀 튀는 정도였거든. 하지만 아무튼 그렇게 선례를 남긴 거지.

최초의 지하 경찰 부대는 1958년 마드리드에서 창설되었어. 육군에서 근무한 37명의 인원으로 시작했지. 그곳의 공식 임무는 지하에서 벌어지는 범죄를 예방하는 것이었어. 전선과 수처리 재료 약탈, 은행과 보석상에서 지하 구멍을 통한 절도 같은 사건 말이지. 하지만 사실 그들은 대원수(Generalissimo)[36]에게 살라자르 스타일의 폭탄을 설치하지 못하게 방어하는 데 더 많은 시간을 들였지. 독재자들은 이런 세세한 것들에 신경을 아주 많이 쓰거든.

누군가가 안전하게 지하에 폭탄을 설치하는 건 시간문제였어. 몇 년 후 밝혀졌고. 1973년 12월 20일, 최근 역사상 가장 잔인한 갱단에서 세 명의 테러리스트가 루이스 카레로 블랑코[37]를 저세상으로 보냈을 때 그의 운전사와 경찰 경위도 암살했어. 게다가

---

36 군대의 가장 높은 군인 계급

37 스페인의 군인, 정치인으로 1973년 프랑코의 후계자로 총리에 취임했지만, 불과 반년 후에 바스크 조국과 자유(ETA) 단원에 의한 차량 폭파 테러로 암살됨.

네 살 소녀에게 심각한 상처를 입혀서 그녀는 평생 후유증을 앓고 있고. 당시 세 명의 테러리스트는 그의 차 아래 터널에 폭탄을 설치했어. 이들은 아주 똑똑했지. 그들은 실패한 살라자르 폭파를 잘 연구했거든. 테러리스트들도 세부 사항에 신경 쓰는 경향이 있지. 그들은 폭파가 적절한 방향으로 향하도록 모래주머니를 놓았고, 폭파의 위력으로 클라우디오 코엘요 거리에 직경 8미터의 구멍이 뚫렸더라고.

그 차는 공중으로 날아서 250명의 아이가 공부하는 예수회 학교의 옥상에 떨어졌는데, 그곳은 1,800킬로그램의 고철이 떨어질 만한 공간은 되었으니까. 우연히도 학교에서는 그 일이 일어나기 이틀 전에 방학했는데, 물론 테러리스트들이 이거까지 고려한 건 아니었지. 그들은 그렇게까지 자세히 신경 쓰지는 못하거든. 하하하, 카레로 블랑코 테러에 대한 우스갯소리들이 얼마나 웃기는지 말도 못 해. 알지?

지하 경찰 부대는 1973년 사고가 있었던 그날 아침에는 아주 완벽하지는 않았지만, 부대는 어느 정도 규모도 갖추었고 안정화된 상태였어. 스페인에 민주주의가 꽃피자 정치인 및 기타 인물에 대한 위협이 계속되었지. 마드리드는 갈수록 더 큰 도시가 되었고. 그래서 도시의 지하 시설을 감시하는 지하 경찰 부대의 역할도 커졌고, 인력도 더 필요했어. 시간이 지나면서 보안 문제는 더욱 복잡해졌지. 1996년에 경찰은 지하 경찰에 새로운 부대를 만들었어. NBQ 부대라고. 폭발물뿐만 아니라 핵, 생물학적 및 화학적 위협의 전문가들로 구성된 팀이지. 처음에는 네 명으로 시작했어. 네 대의 기계들이지. 우리가 보유한 최고의 부대."

체마가 단정 지었다.

'그 부대를 만들었을 때, 그들이 어떤 문신을 했는지는 확실히 알고 있지.'

존이 속으로 받아쳤다.

"그들에게 무슨 일이 일어났는지 알아? 그 첫 번째 부대의 네 명에 대해서?"

체마는 잠시 답변할 시간을 가졌다. 그가 컴퓨터에서 정보에 대한 검색어를 입력하는 소리가 들렸지만, 알아낼 수 있을지는 의문이었다.

"그중 두 명은 아직 활동 중이네. 다른 한 명은 스페인을 떠났는데, 잘은 모르겠지만 지금 멕시코에 사는 것 같아."

그가 잠시 멈췄다.

"그럼 나머지 한 명은?"

"그 사람은 죽었어. 공식적으로는 터널에서 죽었다고 나오네. 근데 사람들은 그가 너무 착해서 자살했다고들 해. 6개월 전에 차 사고로 딸을 잃어서 아주 힘들어했었나 봐."

'한 명은 없고, 세 명이 남은 거군.'

체마는 전화를 끊기 전에 다른 말을 덧붙였다.

"이봐 뚱땡이(아빌라에서 존에게 붙여준 이해할 수 없는 별명), 여기 경찰청에서는 모두 그 이야기를 하던데. 내일 아침 독수리들이 널 찾으러 갈 거라고."

독수리들. 내부 조사과 사람들이다. 파라가 존을 고발했기 때문이다. 그래서 별로 놀라지 않았다. 만일 그들이 내일 아침에 그를 체포한다면, 세아 베르무데스 빌딩으로 데려가서 그의 얼굴에

선기스탠드를 비출 것이다. 이미 상황은 끝났다. 물론 포주 트렁크에 있던 마약 사건도 다시 짜낼 것이다. 그곳에 가면 많이 다칠 수도 있다. 하지만 만일 지난 3일 동안 그가 무엇을 했는지 그들이 자세히 살펴보게 된다면, 존은 많은 설명을 해야 할 것이다. 만일 그렇게 하면 안토니아를 배신해야 할 수도 있다.

'그녀와 감옥 중 하나를 선택하게 되겠군.'

"고마워, 체마."

"몸조심하게."

존은 우에르타 거리의 벤치에 앉아 있는 안토니아에게 돌아왔다. 그리고 이야기 중에 좋은 부분만 골라서 해줬다. 그는 그녀의 의문점들을 확인해줬다. 그의 안에 있던 녹색 두꺼비가 인크레더블 헐크로 변했다.

안토니아는 그가 두꺼비를 안에 가둬두려고 치아를 꽉 무는 모습을 보지 못했다. 그녀는 그 미친 사건이 시작된 후 그들이 얻게 된 첫 번째 실제 단서에 집중하고 있었다. 그 네 사람 중 한 명은 반드시 에세키엘이어야 했다. 그래야 알바로 트루에바의 범죄 현장에서 M-50을 따라 도망친 혼란스러운 길과 단서를 남기지 않는 그의 능력이 설명된다. 그녀가 여전히 불쾌하게 기억하는 그의 운전 방식도 마찬가지다(그렇다, 그는 인간이다).

그녀는 멘토르에게 파라 경감의 전화번호를 요청했다. 멘토르는 마지 못해 그 번호를 넘겼다. 그는 썩 내키지 않았다.

"내 상황이 별로 안 좋아요." 그가 말했다.

그녀는 그 말을 신경 쓰지 않았다. 지금은 어리석은 자아들과 싸울 시간이 없다. 중요한 건 살인범의 마감일까지 아직 32시간이 남아 있다는 사실 뿐이다. 아직은 카를라 오르티스를 구할 수 있다.

그녀는 파라에게 전화를 걸어서 말했다.

"경감님, 에세키엘에 대해서 아셔야 할 정보가 있습니다."

파라

"누구십니까?" 파라는 누군지 알아채기도 전에 말부터 뱉었다. "아. 맞다. 존 구티에레스가 사방에 걸고 다니는 열쇠 양반이군요. 인터폴 양반, 내가 지금 시간이 있으면 '당신 친구'와 당신이 뭘 하고 있는지 샅샅이 알아볼 텐데 말입니다."

"경감님께서 저희를 높이 평가하지 않는다는 건 압니다. 하지만 이것은 우리와 당신 일보다 훨씬 더 중요한 일입니다."

"내가 가지고 있지 않은 정보라…" 경감은 유머의 표시라기보다는 개 짖는 소리에 가깝게 마른 웃음을 내뱉었다. "당신들 맘대로 움직이더니 이 조사를 하려고 했던 거군요."

"아마도 승마 센터에 가기 전에 당신에게 전화를 걸었으면 좋았을 텐데요…"

"아마도. 아마도. 아마도." 파라는 최고의 명가수, 사라 몬티엘 목소리를 흉내 내며 그녀를 조롱했다. "그 덕분에 이 조사에 중요한 정보를 발견했다고는 하지 않겠죠."

"맞아요. 저희는 에세키엘의 정체를 의심할 만한 강력한 증거들을 얻었습니다…"

또다시 개 짖는 소리가 들렸다. 그러나 여기에는 기쁨이 담겨 있었다. 건강에 해로운.

"경찰관? 이런 아주 많이 늦는군, 인터폴 양반. 에세키엘이라는 이름을 쓴 사람은 니콜라스 파하르도예요. 지하 부대의 경찰관. 몇 년 전에 죽은 걸로 나와요. 하지만 오류였어요. 지난주에 도난당한 택시 운전대에서 그의 지문을 찾아냈거든요. 불로 태우기 전에 표백제를 뿌려서 흔적을 철저히 지웠지만, 그 와중에 흔적이 남았더라고요…. 그리고 차를 옮기다가 트렁크 밑에 카를라 오르티스의 신발도 발견했어요. 거기에는 그녀의 발자국과 에세키엘의 발자국도 있었어요."

반대편은 침묵하는 중이었다. 실망한 눈치였다.

"경감님, 누가 경감님께 그 택시를 찾아보라고 했는지 생각해보시죠."

'아니, CNI(국가정보원) 일을 어떻게 알고 있지?'

파라의 머릿속에서 경보가 울렸지만, 너무 바빠서 거기까지 신경 쓸 겨를이 없었다.

"무슨 말을 하는지 모르겠군요. 내가 아는 건 우리가 곧 파하르도의 집 안에 들어갈 거라는 것뿐입니다. 죽은 사람으로 되어 있는데 2년 동안 전기, 수도, 가스 비용을 낸 흔적이 있어요. 그리고 그는 반 지하실에 살고 있어요. 경위에게 안부나 전해줘요."

파라가 전화를 끊었다. 그는 전화를 끊자마자 '경위에게 오늘은 빨리 자라고 하세요, 내일 힘든 하루가 기다리고 있을 테니.'라고 말해주지 못한 게 후회스러웠다. 가장 좋은 대답은 늘 좀 더 지나고 나서야 떠올랐다. 예를 들면, 있던 장소에서 나와서 계단을 올라갈 때 생각난다. 더 최악은 잘 때, 반쯤 졸린 상태로 좀비처럼 일어나서 오줌을 눌 때, 그때 어떤 바보에게 해줘야 했던 완벽한 대답이 생각난다. 그럴 때면 잠이 화들짝 달아난다. 그리고 다시 자려고 해도 잘 수가 없다. 머릿속에 하지 못한 말만 맴돈다.

마침내.

밴(흰색이고 다른 차와 비슷하게 생김)이 길모퉁이에 주차되어 있었다. USE 요원 전체가 그 안에 타고 있었다. 파라가 모두 다 끌고 왔다.

거기엔 팀에서 가장 거친 클레오도 있었다. 그녀는 팀 내 유일한 여성이다. 그녀는 항상 어머니이자 동시에 냉혹한 이모의 모습을 보여주려고 노력한다. 그리고 파라가 부러워하는 말솜씨를 가진 가장 영리한 오카냐도 있다. 그는 최고의 협상가다.

오십 대지만 모두 합친 것보다 더 많이 돌아다니는 노인네 히랄데스도 있었다. 총을 든 미겔 리오스[38]라고 할까. 어린 포수엘로는 막 학업을 마쳐서 올리브처럼 파릇파릇하지만, 심지는 강철이다.

코를 만지고 잇몸을 자주 문지르는 가장 공격적인 세르베라도 있었다. 그는 안으로 들어가기 전부터 흥분해서 총을 쏘는 바람에 파라의 눈 밖에 난 상태였다. 그가 경찰이 된 것 자체가 심각한 일이다. 그에게 밖에 있으라고 해야 할지 고민이 됐지만, 그렇게 하면 다른 사람들의 사기가 꺾일 것 같았다. 나중에 본때를 보여 줄 것이다. 우선은 이 일을 잘해야 한다.

그리고 물론 그의 이인자인 오른팔 산후안도 있었다. 항상 그는 경감의 그림자를 밟고 다닌다. 그리고 그의 엉덩이까지 핥는

---

38 스페인 로큰롤 개척자 중 한 명인 노장의 음악가

다. 그들은 욕하고, 웃고, 껌을 씹고, 바닥을 찼다. 그들은 다시 서로 욕한다. 이건 그들만의 비밀 언어다. 서로에 대한 사랑을 숨긴 코드랄까.

분노하고 싶어 하는 사람들. 모두를 향해서. 그들은 경감의 아이들이다. 그의 가족이자 그의 피붙이들이다. 그는 그들을 위해, 그들은 그를 위해 생명을 바칠 것이다.

그들은 모두 기대하는 눈빛으로 그를 바라봤다. 그의 명령을 기다리고 있었다.

아직 이르다. 그는 걱정할 만한 게 없는지 확인하고 싶었다. 그는 싸움으로 치면 여덟 번째인 식스토를 데리고 그 구획 주위를 산책하고 있었다. 그는 그 개를 데리고 왔다. 그는 일과가 끝나면 그 래브라도를 산책시키는 평범한 남자일 뿐이다. 평범한 옷, 반바지와 운동화, 셔츠를 입고 걷는다. 루세로 같은 노동자 지역에서 어울리는 옷차림이다.

식스토가 그 구획을 한 바퀴 돌고 산 풀헨시오 거리 위쪽, 반 바퀴, 산 카누토 거리 아래쪽, 다시 밴을 타고 이동하는 데 10~15분이 걸릴 것이다. 모든 것이 정상이란 게 확인되면 즉시, 작전이 시작될 것이다.

그는 밴에서 내리기 전에 그들에게 말해줄 영광스럽고 영감을 줄 만한 문구를 생각해내려고 애썼다. 하지만 아무 생각도 나지 않았다.

'분명 오늘 밤이 되면 좋은 말이 떠오르겠지. 내가 할 말. 최고의 문장이…'

그는 그렇게 생각하며 체념했다.

카를라

카를라는 산드라를 계속 불렀다. 처음에는 속삭이기만 했다. 이름을 부르고, 30까지 세고 다시 산드라를 불렀다.

카를라는 조금씩 초조해지자 목소리를 높이고, 결국엔 고래고래 소리를 지르며 손바닥으로 벽을 치면서 산드라의 이름을 불렀다. 하지만 돌아오는 건 세 번의 금속 문 두들기는 소리뿐이었다. 두려움에 콧물과 눈물을 쏟으며 웅크리고 있던 그녀는 그 소리에 고막이 터질 것 같아서 문 반대편으로 자리를 옮겼다.

몇 초도 안 돼서(어쩌면 몇 시간도 안 돼서), 산드라가 대답했다.

"그가 우리끼리 이야기하는 걸 싫어한다고 했잖아요. 당신이 그를 화나게 했어요."

이제 대답하지 않는 쪽은 카를라였다. 그녀는 다리를 웅크리고 손으로 얼굴을 가린 채 계속 흐느꼈다.

성의 새로운 경계들, 그녀의 팔과 가슴 사이의 거리다. 그 몇 센티미터 안 되는 안에서 그녀는 편안함을 얻었다.

"이제 그는 나갔어요. 하지만 내가 그가 돌아왔다고 알려주면, 조용히 해야 해요. 그게 규칙이에요." 산드라가 말했다.

카를라는 손바닥으로 눈을 닦고 콧물도 훔쳤다.

"상관없어요. 지금 나를 죽이면, 우리는 한꺼번에 끝나니까."

"당신이 그렇게 말할 줄 알았어요."

카를라는 7부가 된 옷을 잡아당기고 브래지어 끈을 조정했다.

"그게 무슨 말이죠?"

산드라는 잠시 망설였다.

"음, 당신이니까요."

"무슨 말이냐고요? 내가 누군데요?"

카를라가 공격적으로 되물었다.

벽의 반대편에는 불쾌한 침묵이 흘렀다.

"산드라?"

"그런 식으로 대답할 거면, 서로 말하지 않는 게 낫겠어요. 저는 이미 가지고 있는 문제만으로도 충분해요."

'어이가 없네. 지금 빌어먹을 사이코패스 손에 있는데, 내 말투까지 신경 쓰다니.'

카를라가 생각했다. 그러나 카를라는 그 말은 입 밖에 내지 않았다. 그녀와 등을 지고 싶지 않았다. 그녀는 혼자 있고 싶지 않았다. 지금 그것이 그녀의 가장 큰 공포라는 것을 깨달았다. 어둠 속에서 혼자 죽어가는 것.

산드라는 그다지 똑똑하지 않을 수도 있고, 지금 일어나는 일 때문에 감정이 아주 격해졌을 수도 있다.

'젠장, 나도 그런데.'

하지만 지금 그녀에겐 산드라뿐이었다.

"내 말투가 불편했다면 미안해요."

"괜찮아요. 이제 정상으로 돌아온 것 같네요."

조금 있다가 산드라가 대답했다.

"근데 그게 무슨 말이에요?"

"당신 같은 사람은 사과하는 데 익숙하지 않잖아요. 부자는 다 그렇죠."

카를라가 크게 심호흡을 했다.

"그가 나에 대해서 말해줬나요?"

이건 좋은 소식이었다. 에세키엘이 그녀가 누군지 안다는 건 무언가를 원하기 때문이다. 그녀의 몸이 아닌 다른 것을.

"나를 당신과 비교했어요. 그는 당신이 중요하다고 했어요. 아마 그래서 아직 거기에는 들어가지 않았을 거예요. 그래서 저를 데리고 있는 거겠죠."

카를라는 천천히 침을 삼키며 한마디 한마디를 신중하게 선택했다.

"산드라, 난…"

그녀는 멈췄다. 산드라가 방금 한 말에는 대답할 수가 없었다. 그냥 할 수가 없었다. 왜냐하면 그녀가 생각하는 대로이기 때문이다. 그것이 사실이기 때문이다.

카를라는 세계에서 가장 부자의 상속인이다. 그리고 산드라는 택시 기사다. 일부 분개한 트위터에서는 두 사람의 삶이 똑같은 가치가 있다는 기준을 가지고 있을지 모르지만, 여기 어둠 속 살인자의 굴에 갇힌 그녀는 그 말을 인정할 수가 없었다.

"우리 둘 다 여기서 나갈 거예요. 약속해요."

카를라가 말했다.

산드라는 이제야 그녀의 수동적이지만 공격적 적대감이 이해가 갔다. 카를라가 평범한 회사원이었다면 둘 다 희생자가 되었을 것이다. 하지만 살인자의 소굴에서조차 희생자들이 구별됐다.

"지킬 수 없는 약속 같은 건 하지 말아요. 그는 나를 이용하고 싶은 것 같아요. 당신에 대해서는… 다른 생각을 하고 있어요." 산드라가 말했다.

카를라는 그녀가 그 말을 계속 이어가길 바라며 기다렸지만,

끝내 하지 않았다. 그 침묵 속, 그 미지의 영토에서는 용들이 살고 있었다.

"산드라, 그가 무슨 생각을 하는 거죠? 알고 있는 게 있다면 말해줘요. 말해주세요, 산드라."

카를라가 간청했다.

"쉿. 조용해요. 그가 돌아왔어요. 화가 났어요. 무슨 일이 있는 것 같아요."

산드라가 말했다.

기억

안토니아가 두 눈을 감았다.

그녀의 감정을 설명하는 단어를 그녀만의 단어장에서 찾는 건
그리 어렵지 않았다. '아준수아크(Ajunsuaqq)', 이뉴잇족[39] 언어로
'물고기를 물고, 재 안에서만 찾기'란 뜻이다.

너무 노력을 쏟고 나니, 기뻐할 것도 자랑스러워할 것도 없었
다. 하지만 그들이 그렇게 해서 카를라 오르티스를 구해낼 수 있
는지는 별로 중요하지 않았다.

존은 안토니아 옆에 앉아 있었다. 아주 조용했다. 그녀는 파라
가 말한 내용을 그에게 전했고, 그는 고개만 끄덕였다. 사람들이
그들 앞에서 지나가지만, 안토니아는 신경 쓰지 않았다. 대신 온

---

39 캐나다 북부 및 그린란드와 알래스카 일부 지역에 사는 종족

라인 신문 자료실에서 필요한 정보를 검색했다. 어떤 정보는 찾기 어려운데, 그 뉴스는 가벼운 사건이었다. 중요하지 않다.

'나르바에스 거리 아래 지하에서 일어난 가스 폭발. 유일한 사망자. 경찰 니콜라스 파하르도. 정기 점검. 파하르도는 알려진 친인척이 없음.'

자살에 대한 언급은 한 건도 없었다. 존이 말한 것과 다른 내용은 무엇일까? 딸.

그녀를 찾는 건 덜 힘들었다. 니콜라스 파하르도가 사망하기 6개월 전.

'M-30의 치명적인 사고. 자동차가 M-30 교량의 기초 공사용 말뚝에 부딪혔다. 브레이크 자국은 없다. 경찰은 자살이라고 생각한다. 희생자는 스무 살의 여성으로 이니셜은 S. F다.'

안토니아는 그 사진들을 확대했다. 소방관들이 파손된 차량 주위를 샅샅이 살피고 있었다. 하지만 특별한 건 없었다. 차의 절반이 사라졌고 압축되어서 빈 통처럼 납작해졌다. 이렇게 세게 부딪히려면 아주 빨리 달렸어야 한다.

전화벨이 울렸다.

"여보세요."

"부인, 저 토마스입니다."

그녀는 눈을 깜빡였다. 지금, 이 순간 너무 생각 속에 빠져 있어서 외부 세계의 현실에 적응하기 위해 열심히 노력해야 했다. 그러자 기억이 났다. 토마스. 라 핀카의 경비원.

"뭔가 기억나면 전화하라고 번호를 남겨주셔서요. 먼저 동료분께 전화했는데, 통화 중이라서 부인께도 한번 해본 겁니다."

안토니아는 여전히 사고 사진에 집중하고 있어서 암묵적 표시인, '아하' 또는 '음'이라고만 대답했다. 그 사진에는 전체 그림과 잘 맞지 않는 무언가가 있었다. 봐야만 하는데, 볼 수 없는 게 있었다.

"오늘 교대 근무를 시작하려고 할 때였습니다. 가브리엘과 제가 이야기를 하고 있는데, 갑자기 택시 한 대가 누군가를 데리러 왔어요. 이번에는 저희가 자세히 살펴봤어요. 그 일이 있고 난 후로는 택시 내부를 아주 살살이 살펴보거든요. 이제 그냥 지나치는 법이 없죠."

토마스가 말을 이어갔다. 또다시 '아하'라고 대답했다.

"근데, 택시 기사가 여자였습니다. 요즘은 매우 평범한 일이긴 하죠. 5년 전만 해도 생각할 수 없었지만. 이게 남자들이 하는 직업 같았으니까요. 아무래도 한밤중에 모르는 장소로 낯선 사람을 데리러 간다는 게…. 아무튼 중요한 건 가브리엘과 제가 눈이 마주치면서 동시에 생각이 난 게 있었어요. 놀랍지 않나요? 그러니까 당신이 기억이 안 났고, 동료도 마찬가지인데, 갑자기 펑하고 생각이 나는 일 말입니다. 그것도 동시에. 똑같은 내용이 기억나는 거죠. 그 생각들과 연관되는 내용 중 하나일 겁니다. 빨간색은 피, 보라색은 과일 뭐 그렇게 연결되는 것처럼 말이죠. 암튼 제가 그냥 가브리엘에게 말을 하고 있었는데…."

안토니아가 그의 말을 끊었다.

"그래서 뭘 기억해내셨죠, 토마스?"

그는 목소리를 가다듬는다.

"음, 그 택시 기사는 여자였습니다."

카를라

카를라는 다시 잠을 청했다. 하지만 점점 더 약해지고 지쳐갔다. 그녀는 어둠이 사라지고 전부 희고 아름다운 거대한 빛의 벽으로 바뀌는 꿈을 꾼다.

그런 다음 밖에서 나는 소음과 목소리를 들었다.

"경찰!"이라고 외치는 어른들의 목소리.

그들은 그 이름을 부르며 소리쳤다.

그녀는 그들이 올 거라는 걸 알고 있었다. 시간문제일 뿐이란 걸 알았다. 아마도 몇 분이 걸릴 것이다. 그리고 그들은 이미 여기에 있다. 마침내 그녀를 찾았다.

심장이 뛰고 천장 높이를 잊고 일어서려다가 머리가 부딪쳐서 피가 많이 나지만 상관없었다. 고통도 느껴지지 않았다. 그녀는 금속 문까지 기어가서 두드리며 통풍구를 통해 비명을 질렀다.

"여기! 여기! 저 여기 있어요!"

원주민 단어

순간 안토니아는 얼음이 됐다. 세상도 멈췄다.

"방금 뭐라고 하셨죠?"

"그 사람은 여자였어요." 토마스가 반복했다. "지금 생각해봐도 여성 운전사가 너무 늦거나 너무 일찍 근무하는 경우는 드물거든요…."

그녀는 다른 말은 하나도 들리지 않았다.

'무르-마(Murr-ma).'

이건 호주 원주민인 와지만의 언어인데, 이 언어는 전 세계 열 명 정도가 사용하고 있다. 이 뜻은 그들이 지금까지 해온 일을 나타낸다.

'무르-마.'

물속에서 발가락으로 무언가를 더듬더듬 찾으며 걷기. 그건 매우 어려운데, 다른 감각들이 서로 협력하기 때문이다. 그럴 때는 상황만 나빠질 뿐이다.

"여보세요?"

그녀가 전화를 끊었다. 양손이 필요했다. 그녀는 사고 사진을 최대로 확대했다. 노란색 르노 메간이다. 번호판은 잘 식별되지 않았다. 그녀는 사진을 캡처해서 포토샵 익스프레스 앱으로 전송해서 초점 필터를 적용했다. 그러자 나타났다.

9344 FSY

'무르-마.' 맹목적으로 찾기. 하지만 이제 그녀는 이전과 달리 엄지발가락에 무언가가 만져져야, 물속으로 몸을 던질 수 있다. 안토니아는 퍼즐 조각들을 모아서 맞춰봤다. 10분의 1초 동안 모든 요소를 눈앞에 늘어놓았다.

- 파하르도의 딸은 M-30 도로의 차 사고로 사망했다.
- 그 차 번호판은 2년 후 에세키엘이 알바로 트루에바의 시신을 옮기기 위해 사용한 택시에서 다시 나타난다.
- 그 택시는 경찰서에서 약 1킬로미터 떨어진 공터에서 불에 탔는데, 소독제에 담근 것처럼 깨끗하다.
- 익명의 전화가 그 위치를 알려준다.
- 전혀 흔적을 남기지 않던 그 남자가 두 가지를 남긴다.
  a) 카를라 오르티스의 신발 한 짝.
  b) 핸들에 다른 흔적.

– 에세키엘은 핸들에 손대지 않았다. 운전기사는 여자였기 때문이다.

곧바로 깔끔하게 정리된 결론이 나왔다.

안토니아는 존의 재킷 소매를 잡고 일으켰다.

"무슨 일이에요?" 존은 제자리로 돌아와 물었다.

"그들에게 알려야 해요. 지금 알려야 한다고요. 지금 바로."

"뭘 알린단 거예요?"

"존, 그들이 어딨죠?"

그들은 그 사실을 모르고 있었다. 그녀가 파라에게 전화를 걸었다.

뚜, 뚜, 뚜.

안토니아는 음성사서함에 메시지를 남기지 않는다. 그리고 소리쳤다.

"파라, 내 말을 들어요. 들어가지 마세요, 다시 말하는데, 들어가지 말아요. 다 함정이에요!"

파라

그들은 아파트 문 앞에서 자리를 잡았다. 그 집 입구는 출입구에서 한 계단 내려오는 아래층에 있었다. 이 건물에서 유일한 반지하 집이다.

USE 요원들은 MP-5 기관단총으로 무장하고 계단과 층계참을 차지하고 있었다. 반지하 창문은 산 카누토 거리를 향하고 있지만, 막혀 있고 작았다. 아무도 거기로는 빠져나올 수가 없다. 그리고 혹시 몰라서 기자와 함께 식스토를 밴에 남겨두었다. 영웅적인 구조를 하려면 누군가가 필요하니까. 그 남자는 이 기사의 독점권은 얻은 셈이다.

'이제 됐어.'

파라는 머릿속으로 계획을 점검하고 나서 생각했다. 그의 가장 큰 고민은 니콜라스 파하르도가 궁지에 몰렸다고 생각하면, 인질을 다치게 할지도 모른다는 것이다. 하지만 그때를 대비해서 골드 마우스도 데리고 왔다. 그는 베두인에게 모래도 팔아먹을 인간이다.

물론 그가 총을 쏘지 않을지 걱정도 됐다. 그가 미쳤더라도 경찰은 경찰이니까. 파라는 그를 과소평가하지 않고 총도 준비했다. 그들은 모두 MP-5 기관단총으로 무장하고 방탄조끼로 몸을 보호했다. 선두에 있는 클레오는 일이 잘못될 때 보호막이 될 방패를 머리 쪽에 들고 있었다. 그것은 뚫을 수 없는 강철과 방탄제에 사용하는 강력 섬유인 케블라로 만들었고, 크기는 1미터 정도다.

파라의 다리 부분에서 뭔가가 울렸다. 순간 휴대전화를 끄지 않았다는 사실을 깨달았다. 그의 부하가 그랬다면 절대 용서하지 못했을 일인데, 그만 깜빡했다. 그는 전화기가 꺼질 때까지 바지 아래로 끊기 버튼을 눌렀다.

'자, 이제 가자.'

명령을 내리려고 하는데 중요한 게 빠졌다. 그는 목 주변을 더듬으며 줄을 잡아당겼다. 목에는 펜던트가 달려 있었다. 그 안에는 한 천사가 숲으로 들어가는 소녀 위로 날개를 펼치고 있다. 그것은 경찰들의 수호성인 쿠스토디오 성인이다. 그는 그것에 입을 맞췄다. 그렇게 하는 게 전혀 부끄럽지 않았다. 옆에 있던 포수엘로는 십자성호도 그었다. 그는 밀레니엄 세대고 그가 유일하게 신에 대해 참고하는 내용은 그 영화[40]에 나오는 모건 프리먼뿐이다. 아무튼 옆에서 그런 행동들이 줄줄이 이어졌다.

'바로 지금이다.'

경감은 폭파 장치 담당인 산후안에게 손짓을 보냈다. 산후안처럼 비쩍 마른 손이라도 14킬로그램의 납과 철의 조밀한 혼합물만 있으면 이런 문을 부술 수 있었다.

펑!

'자, 두 번 정도는 해야.'

펑!

두 번째 타격에서 자물쇠가 깨지자 클레오는 온 힘을 다해 소리를 지르며 가장 먼저 방패를 들고 안으로 들어갔다.

"경찰이다! 손 들고 나와! 카를라 오르티스를 찾으러 왔다!"

다른 사람들도 그녀를 따라 서둘러 들어갔다.

들어가자마자 흙으로 가득 찬 방이 눈에 들어왔다. 벽에는 가구가 쌓여 있었다. 소파와 테이블. 바닥에는 종이들과 금속들, 전선들이 있었다. 할로겐 조명 중 하나만 작동하지만, 천장 조명은 켜져 있었다.

"경감님!"

클레오는 땅에 있는 뭔가를 발로 차며 그를 불렀다.

여자 구두였다. 전에 오르탈레사의 황량한 공터에서 찾았던 건 나머지 왼쪽 신발이었다. 파라는 클레오에게 뒤쪽의 어두운 복도

---

40   다큐멘터리 영화 〈신의 이야기(The Story of God)〉

로 움직이라고 손짓했다. 나머지는 두 줄로 그녀를 따랐다. 그들은 서로의 등을 덮었다. 그래야만 한다.

그 경찰은 손에 방패를 들고 복도로 들어갔다.

복도 옷장 안에 교묘하게 위장된 드럼통이 첫 번째 폭탄이었다. 거기에는 차아염소산나트륨과 염산 및 아세톤의 혼합물 40리터가 들어 있었다. 즉, 표백제랑 파이프 클리너, 매니큐어 제거제다. 이 세 가지를 적절한 비율로 섞어놓고 살짝 밀기만 하면 된다. SIM 카드를 통해 인터넷으로 전송된 신호는 전기 기폭 장치를 활성화하고 정확한 폭발을 위해 마그네슘(크리스마스 조명탄에 들어 있는)과 섞인 화약(모든 폭죽에 있는)으로 채워진 플라스틱 용기를 차례대로 폭파했다.

파하르도가 준비한 폭탄은 다이너마이트를 비롯한 여느 플라스틱 폭발물과 달랐다. 이런 것들의 폭발로 생성된 가스는 초당 1만 미터 이상으로 퍼질 수 있다. 이 염소 폭탄은 인테리어 매장인 르루아 메를랑에서 30유로도 안 되게 살 수 있는 재료로 만들어졌지만 초속 4,500미터의 폭발 속도를 보인다. 이것은 충격파 뒤에서 따라가지만, 개 꼬리처럼 따라가면서 공기를 불로 변환하기에 충분하다.

좁은 복도에는 경찰이 있는 방향 외에는 다른 출구가 없었기에 그 충격파가 클레오를 가장 먼저 강타했다. 그것은 방패의 가장자리 강철 부분으로 그녀의 얼굴을 쳐서 광대뼈와 눈썹을 꺼지게 한 다음, 코를 부수고 누군가 카드를 입으로 분 것처럼 그녀를 땅에 내동댕이쳤다. 그의 곁에 있던 산후안은 별로 운이 안 좋았다. 그의 몸이 공중에서 1미터 이상 튀어 올라 머리는 천장에 부딪히고, 등은 복도의 문턱에 부딪혀 갈라졌다. 공기의 압력이 너무 세서 중력과 산후안의 몸을 통과하는 전류와 우열을 다툰다. 이 세 가지 힘은 힘줄이 견딜 수 있는 수준이 아니기 때문에 그의 쇄골을 부러뜨리고 목의 척추를 분리하며, 팔꿈치에서 왼팔을 마른 가지처럼 두 개로 나누어버렸다.

불이 타오르면서 쇳조각이 날아왔다. 파하르도는 그 통 안쪽에 두꺼운 나사 층도 붙여놓았다. 이것은 아연 도금 강철과 나비나사로 제작되었는데, 아주 짧은 거리에서 나사는 폭발로 인한 강력한 회오리에 의해 회전하며 물체에 부딪혔다. 폭발로 인해 지상으로 튕겨 나가는 클레오는 방패 덕분에 대부분의 파편을 피했다. 하지만 그 나사 중 하나가 카고 바지의 천과 종아리의 부드러운 피부를 파고들어 결국 대퇴골 안쪽에 박히고 50센트 동전 크기의 상처를 남겼다. 다른 나사는 오른손의 집게손가락을 뚫고 변덕스럽게도 왼쪽 손톱을 살짝만 스치고 지나갔다. 세 번째 나사는 왼쪽 눈구멍을 꺼뜨리고 안구를 터뜨렸다. 하지만 다행히도 나비나사 중 하나가 뇌에 깊숙이 도달하기 전에 이마돌기에 박혔다.

결국 산후안은 산산조각이 났다. 그 속도로 날아오면 방탄조끼도, 그것을 만든 어머니라고 해도 어쩔 수가 없다. 그의 장기들은 땅에 닿기도 전에 뭉개졌다.

아직 복도에 들어가지도 않은 사람들은 충격파로 땅에 내동댕이쳐졌다. 클레오의 방패가 폭발물 일부와 강철에서 튕겨 나온 후 파편의 대부분을 분산시켜서 천장에 박히게 했지만 말이다.

하지만 방에 남아 있는 여섯 명은 두 번째 폭탄 소리를 듣지 못했다. 첫 번째는 고작 40리터짜리 드럼통이었다. 그런데 소파와 거실 한쪽에 쌓인 가구 아래에 다른 200개가 더 있었다. 물론 공간이 더 넓다.

첫 번째 폭발 이후에 설정된 타이머가 두 번째 폭탄을 터뜨리는 순간 요원들은 여전히 아무것도 모른 채 발을 딛고 있었다. 이제 그들의 몸은 충격파와 폭발 물질에 대한 저항력이 훨씬 더 약해졌을 것이다.

이 두 번째 폭탄에는 쇳조각이 달리지 않았다. 굳이 그럴 필요가 없었다. 낮은 커피 탁자는 세르베라의 머리를 향해 초당 4천 미터로 날아가고 멜라민판 모서리에 머리가 잘려 나갔다. 그리고 빙 돌아서 라켓으로 탁구공을 치는 것처럼 포수엘로의 옆구리를 쳤다. 그 신입의 갈비뼈는 마치 설탕으로 만들어진 것처럼 녹아내렸고, 뼈가 폐를 찔렀다. 그 폭발력으로 세 조각이 난 소파는 다른 방향으로 날아갔다. 가장 넓은 조각은 파하르도가 딸과 함께 TV를 보며 앉았던 지점에서 몸을 세우고 있는 히랄데스에게 곧장 날아가 등을 때리고 척추를 부러뜨렸다. 그러면서 그를 반대쪽 벽 쪽으로 날려서 두개골을 부수고 몸을 납작하게 만들었다.

그리고 토요일에 이케아에서 산 헥타르 플로어스탠드가 앞쪽으로 발사됐다. 무거운 철 지지대는 제멋대로 회전하면서 일어나려고 애쓰는 오카냐의 오른쪽 발로 향했다. 무릎 일부분이 아닌 전체 다리가 뽑혀서 흰 뼈를 드러냈다. 전에는 피부와 살이 있던 곳에 붙어 있던 다리 한쪽이 바닥으로 떨어졌다.

파라는 그나마 나은 편이었다. 세르베라의 몸이 첫 번째 폭발로부터 그를 보호했고, 포수엘로가 두 번째 폭발로부터 그를 보호했다. 목에 파편이 꽂혀 있었다. 그중 하나는 유난히 길어서 피부를 뚫고 살 속에 파고들어서 다른 쪽에서 나와 있었지만, 그는 살아날 것이다. 적어도 잠깐은.

경감이 소리쳤다. 고통과 공포, 분노. 고막이 부서져서 이런 비명을 들을 수가 없었다. 그의 부하들도 마찬가지였다. 그는 오카냐가 다리(이제 반이 더 짧아짐)를 움켜쥐고 있는 모습을 보고 그를 도우려고 미친 듯이 달려갔다. 클레오는 비명을 지르고 계속 성인 축제일 표에 적힌 모든 성인을 떠올리며 저주를 퍼붓지만, 파라는 그 말을 알아들을 수가 없었다. 나머지는 다소 조용한 편이었다. 산후안은 폐가 없어서, 세르베라는 머리가 없어서, 나머지는 의식이 없어서.

염소 폭탄의 문제는 단지 터져서 누군가를 죽이기만 하는 게 아니다. 진짜 문제는 나중에 연소 되면서 생기는 아주 유독한 주황색 - 황색 가스다. 그 빽빽한 가스가 먼저 클레오에게 다가왔다. 그녀는 숨을 참으려고 했지만 공포가 밀려와서 공기를 삼킬 수밖에 없었다. 마치 액체 불을 빨아들이는 것 같았다. 이 불은 호흡기관으로 흘러 들어가 폐에 가라앉아 그 안에 불을 질렀다.

그녀의 등 뒤에 있는 파라는 완전히 귀가 먹어서 클레오가 질식하고 있는 것도, 산소가 부족한 것도 보지 못하고 숨을 쉬기 위해 고군분투하며 연기가 자욱한 복도를 빠져나오려고 애썼다. 그는 그녀가 다쳤음에도 불구하고 상황이 어떻게 돌아가는지 제대로 보지 못했다. 클레오가 어떻게 손가락으로 문을 붙잡고 있는지, 연기 중에 얼굴을 피하려고 노력하는지, 숨을 쉬려고 노력하는지 보지 못했다. 그녀의 손가락이 힘을 잃을 때까지 어떻게 떨리고 있는지 보지 못했다.

그는 오카냐의 생명을 구하는 데 정신이 팔려서 다른 두 방향에서 그에게 다가오는 연기는 보지도 못했다. 최고의 협상가인 골드 마우스는 지혈대를 받을 수 없다면 출혈로 1분 안에 죽을 것이다. 그가 벨트를 벗을 수 있다면.

이 상황에서 파라 경감에게 많은 걸 요구하는 건 무리였다. 균형과 안정을 유지하는 데 도움이 되는 감각 기관인 내이(內耳)가 폭발로 충격을 받은 상태였다. 그리고 그는 연기가 그를 감싸고 첫 번째 가스가 분출될 때 곧 독이 퍼져 죽게 될 거란 걸 알았다.

그 가스는 호흡기의 수분과 반응해 즉시 산으로 변한다. 파라는 무슨 일이 일어나고 있는지 알지만, 그는 강할 뿐만 아니라 용감하다. 그는 공기, 깨끗한 공기를 달라는 폐의 요구를 들어주지 않는다. 왜냐하면 그런 건 없기 때문이다. 그래서 극심한 고통을 견디며 비틀거렸다. 그리고 문이 있을 것 같은 쪽으로 몸을 질질 끌고 가며 오카냐의 팔을 잡아끌었다. 그러면서 서로 다른 두 가지 욕구를 느꼈다. 토하기와 숨쉬기. 오카냐의 80킬로그램(한쪽 다리 무게 빼고) 몸무게를 끌어당기는 데 근육 힘을 너무 써서 그나마 조금 남은 산소까지 사라지고 있었다.

그의 시야가 가스 때문에 흐려졌는데도(눈의 수분과 반응하여 천 개의 날카로운 산성 검으로 변함) 문을 찾은 건 기적이었다. 하지만 기적은 일어난다. 어쩌면 그 펜던트 덕분일 수도 있다.

파라는 층계참에서 1초 동안 깨끗한 공기를 마셨다. 물론 그 연기는 계속 뒤따르며 먹잇감을 포기하지 않았다. 하지만 폐로 공기를 한 모금 마시고 안으로 집어넣어도 별 도움이 안 됐다. 염

증과 자극을 받은 기관지가 반항해서 위장 경련이 더욱 심해졌다. 경감은 무릎을 꿇고(그 순간 어린 아들 루카스가 일주일 전에 그의 등에 올라탔던 기억이 났다), 헛구역질을 하며 두 손으로 배를 움켜쥐었다. 그는 누런 점액 몇 방울을 토해냈지만, 그 때문에 엄청난 비용을 치렀다. 유독한 연기가 이제 그를 둘러싸고 있었다. 그는 지금 계단이 어디 있는지 모르고, 더 최악은 오카냐를 놓친 것이다.

'널 여기에 혼자 두지는 않을 거야. 난 널 여기에 두지 않을 거라고.'

그는 더듬더듬 바닥에서 동료를 찾기 시작했다. 그의 왼손은 그의 얼굴을 찾았고, 그의 오른손은 방탄조끼의 어깨끈을 잡고 끌어당기기 시작했다. 어디로 가는 걸까? 그도 모른다. 그는 무릎을 꿇고 보지 못하는 채 뭔가 도움이 될 만한 걸 찾았다. 하지만 아무것도 찾지 못했다.

갑자기 오른손이 계단의 난간을 찾았다. 그는 조난자가 구조물을 발견한 것처럼 그것을 꽉 잡았다. 그는 자기 몸을 위로 끌어당기고 계단에 무릎을 꿇었다. 그리고 오카냐의 몸을 잡아당기는데 계단에 걸려서 위로 올라올 생각을 하지 않았다. 한 계단이 20센티미터 정도밖에 안 되는데, 거의 에베레스트 등정 수준이었다.

파라는 열한 번째 계단까지 올랐다. 공기보다 무거운 가스가 추격을 포기하기 직전이었다. 그는 오카냐의 얼굴을 옆에 놓을 때까지 마지막 힘을 다해 계속 그를 잡아당겼다. 기절하기 직전이었다.

여전히 한 손으로 계단 난간을 잡고 다른 손으로 오카냐를 잡고 있는데 사이렌 울리는 소리가 들렸다. 그의 마지막 생각은 그가 밴에서 내리기 전에 하지 못했던 말이었다.

'내 신호로 지옥문이 열릴 것이다. 최고의 문구는 항상 나중에야 찾아온다.'

에세키엘

니콜라스 파하르도는 몸에 경련을 일으키며 화면에서 멀어졌다. 계속 보고 싶지는 않았다. 모든 게 끝났다.

그의 앞에 노트북은 아직 켜져 있지만, 웹캠은 꺼져 있었다. 그들의 비명이 흘러나오던 스피커에서는 정적만 흘렀다. 폭발로 그의 오래된 아파트와 은신처 사이의 통신이 끊겼다. 하지만 침입자들을 제거할 수 있을 정도의 연결은 되었다.

그녀가 옳았다. 그들은 결국 그의 흔적을 찾게 될 것이다.

'하지만 우리는 그들보다 더 똑똑했어. 자랑하면 안 돼. 경찰들이 죽었잖아.' 그가 생각했다.

에세키엘은 노트를 들고 와서 새로운 고백서를 쓰기 시작했다.

> 나는 다섯 째 계명을 범했다. 그렇게 하기 싫었지만, 어쩔 수가 없었다. 이 임무는 너무 중요하다. 강자를 겸손하게 하고, 그들의 힘이 정의의 힘에 버금가지 않음을 가르쳐주는 것 말이다. 하느님의 능력은 모든 사람에게 미치고, 나는 그분의 뜻을 행하고 있다.

그는 쓴 종이를 뜯어서 불을 붙였다. 종이는 타올랐지만, 니콜라스는 다른 때처럼 자신의 죄가 연기로 사라지는 것을 느끼지는 못했다. 이번에는 죽은 사람들만 생각났다. 그가 죽인 사람들은 강하지 않고 부자도 아니었다. 그들은 그와 똑같은 사람들이었다.

'하지만 그들은 그 악마를 섬겼어. 그들은 부와 탐욕의 악마인 맘몬을 섬겼지. 아무도 두 주인을 함께 섬길 수는 없어.'

니콜라스는 자신의 영혼이 진흙으로 가득 찬 담요처럼 여전히 더럽고 무겁다는 것을 깨닫지 못한 채 혼잣말을 했다.

그는 조심스럽게 준비한 첫 번째 폭탄을 세세한 부분까지 신경 써서 터트렸다는 게 자랑스러웠다. 실패할 수 있는 요소가 많았지만, 그 모든 걸 해결했다. 하지만 이후에는 스피커로 비명만 들었다. 고통의 비명, 절망의 비명, 불신의 비명. 죽음의 비명. 그리고 그제야 그는 그 일을 한 사람이 자신임을 깨달았다. 그는 함정을 끝내고 모두를 죽일 폭탄을 작동시킬 두 번째 버튼을 누르기 전에 잠시 망설였다. 그리고 곧 손을 뗐다. 하지만 그의 위에서 몸을 기울여서 컴퓨터의 키를 누른 사람은 바로 산드라였다. 망설임 없이, 후회 없이.

니콜라스는 고개를 숙였다. 그는 그녀의 싫어하는 표정을 마주하고 싶지 않았다. 그녀는 그에게 등을 돌리고 복도 아래쪽으로 걸어갔다. 그는 검은 스크린과 정전기, 그리고 불로는 청소할 수 없는 오염된 영혼과 함께 홀로 남겨졌다.

저 끝에서 카를라 오르티스가 계속 비명을 지르며 문을 두드리고 있지만, 산드라는 비명을 지르게 놔두라고 그에게 경고했다. 그는 자신의 고통을 증폭시키고 죄악을 생각나게 하는 소음을 싫어하지만, 그녀의 말을 꺾고 싶지는 않다.

그는 노트의 새로운 장을 폈다.

나는 근본적으로 좋은 사람이다.

그가 썼다. 잠시 멈추고 단어를 주의 깊게 읽어봤다. 그 글자들은 노트 위에서 혼란스러워하고, 줄 위에서 춤을 추며, 순서를 바꾸면서 의미를 잃는다. 그는 종이를 찢어서 바닥에 던지고 다시 쓰기 시작했다.

나는 좋은 사람이 아니다.

이번에는 그 글자들이 제자리에 그대로 있다.

일곱 개의 스냅 사진들

존과 안토니아는 스냅 사진들 너머로 이어지는 삶의 시간, 시간이 정지된 순간, 연속성이 없는 시간을 분명하게 기억하지 못할 것이다.

1. 안토니아가 카폰으로 멘토르에게 소리쳤다. 존은 아리아사 거리 코너, 산 비센테 거리.

경사면에서 신호등이 빨간불인데도 달리고 있었다. 싸구려 양복을 입은 삼십 대 남성을 피해간다. 그는 왼손에 병 한 개를 들고 있었다. 자동차 앞 유리에 사과주가 조금 떨어지고 있었다. 빨간색 신호등은 이 호박색 방울을 반짝이는 피로 물들었다.

2. 존은 산 카누토 거리 입구에서 교통을 차단하는 경찰에게 배지를 보여줬다. 그는 한 손으로 무언가를 가리키며 줄 아래로 미끄러지는 안토니아

를 잡으려고 했다. '금지'와 '통과'라는 단어 사이에서 그녀의 등이 그 줄에 닿자 직각삼각형 모양이 부등변 삼각형으로 변했다. 그녀는 원래 이런 일들을 잘 알아채지만, 이번에는 그러지 못했다.

3. 두 명의 SAMUR(시 긴급 구조 지원 서비스) 구급대원이 들것 위에 등을 지고 있었다. 한 사람의 두 팔은 부상자의 가슴을 누르고, 다른 한 사람의 두 손은 그 얼굴에 마스크를 씌웠다. 구급차의 불빛은 이미 세르베라를 싣고 병원으로 향하고 있고, 그 안에는 기이한 빛이 구급대원들의 얼굴을 감싸고 있다.

4. 산소마스크로 얼굴을 가린 한 소방관이 은색 응급 보온 담요로 덮인 채 보도에 줄지어 있는 다른 세 구와 합쳐질 또 다른 시신을 끌어오고 있었다. 담요의 알루미늄 표면이 경찰차나 소방차 불빛의 반사광을 반사하지 않고, 흡수하는 것처럼 보였다. 마치 그것들 아래에 있는 시신들이 주변의 공기에서 마지막 생명의 숨결을 뽑으려는 것처럼.

5. 안토니아는 땅에 떨어진 펜던트를 줍기 위해 몸을 굽혔다. 그녀의 손가락이 그것을 스쳤다. 구급대원들이 파라 대위에게 심폐소생술을 하던 중 실수로 떨어뜨린 것이다. 구급대원은 존에게 경감의 성과를 이야기했다. 존의 얼굴이 일그러졌다. 그 대원의 입술은 마치 키스를 준비하는 것처럼 앞으로 마중 나와 있었다. 그것은 '영웅(heroe)'이라는 단어의 네 번째 글자인 모음 '오'를 만들고 있었다.

6. 안토니아는 한쪽 팔을 차창에 기댄 채 울고 있었고, 위로하러 다가간 존의 왼손을 뿌리치며 쳐다보지도 않았다. 존은 SAMUR 구급차가 파라 경감을 데려간 곳에 시선을 고정했다. 비가 내리기 시작했다. 보도의 핏자국을 지우지 않고 더 오래 신선하게 유지하는 가벼운 실비가 내리기 시작했다.

7. 안토니아는 몽클로아 병원 앞 인도에 발을 내디뎠다. 그녀는 존에게

413

인사도 하지 않고 아우디에서 내렸다. 그녀의 눈에서는 아직도 눈물이 흐르고 있다. 그리고 그녀 뒤에는 슬픔과 두려움, 의심, 그리고 헤아릴 수 없는 엄청난 고통을 보여주는 존의 시선이 있다. 또한 오늘 밤 그를 혼자 두지 말라는 간청도 있었다. 아마도 그들이 만난 이후 처음 있는 일일 것이다. 그 순간 그는 그녀가 그를 필요로 하는 것보다 더 그녀가 필요하다. 하지만 그에게서 등을 돌리고 있는 그녀는 그걸 알아채지 못했다.

카를라

아무도 오지 않는다.

금속 문은 여전히 정확히 같은 위치에 있었다. 여전히 어둠은 짙고 벽은 습기가 차고, 그녀의 목엔 상처가 그대로 있었다.

카를라는 울지만, 눈물은 흘리지 않는다. 기침으로 변하는 작고 거친 숨을 내뿜을 뿐이다. 그녀는 바닥으로 쓰러졌다. 머리 상처에서 계속 피가 흘러서 코와 누관 사이의 구멍에 고였다. 그녀는 피가 눈에 들어가는 것을 느끼고 짜증이 났지만, 아무런 조처도 할 수가 없었다.

그 희망과 에너지의 폭발로 비싼 값을 치러야 하고, 이제는 거기에 붙은 이자까지 갚아야 한다. 그녀의 몸은 마음만큼이나 지쳤다.

카를라는 그냥 죽기로 한다. 죽음만이 여기에서 탈출하는 길이다. 몸이 호흡을 멈추고, 심장을 멈추고, 뇌로 가는 혈류를 막는다. 그리고 두둥실 뜬다. 보통 사람이 죽으면 육체는 닻처럼 땅에 머물고, 영혼은 떠오른다고 한다. 만화에서처럼, 미키 루크가 꽃미남 시절에 찍은 코폴라 감독의 영화에서처럼. 만일 모두가 그렇다고 했다면, 그것은 사실이어야 한다.

순간, 카를라는 정말 그런 일이 일어나는 걸 느꼈다. 그녀의 영혼이 위로 올라가고, 벽을 통과하고, 건물 위를 날아가지만, 이건 신이 아니라 그녀의 소식을 기다리며 깨어 기다리는 아버지를 만나기 위해서다. 카를라는 그의 이마에 키스해줄 것이고, 그는 그녀의 존재를 알아차릴 것이다. 그러고 나서 그녀는 열과 빛까지, 덧없는 새벽이 오기 전에 펼쳐진 광대하고 푸르른 평원까지 계속 올라갈 것이다.

하지만 카를라는 죽지 않았다. 어둠이 계속된다.

"그거 들었어요?"

산드라가 그녀를 부르자, 그때서야 카를라는 최악의 현실로 되돌아왔다. 하지만 카를라는 대답하지 않았다. 대답한다는 것은 다시 돌아오는 것을 의미하기 때문이다. 이것은 빛이 멀어지고 있다는 것, 여전히 고통받고 피를 흘리며 두려움으로 떨리는 육체에 묶여 있다는 것을 인정하는 셈이다.

"카를라, 그거 들었어요?" 산드라가 또 물었다.

카를라가 항복하고 말았다. 그녀는 알고 싶다.

"무슨 일이 있었나요?"

"사람들이 당신을 찾으려고 했어요. 하지만 실패했고요. 그리고 지금 그들은 모두 죽었어요."

"우리 아버지가 갚아주실 거예요. 그래야 해요."

카를라가 말했다.

"아마도. 아직 그에게 시간이 남았으니까."

'뭔가 다르게 들리는데.' 카를라가 생각했다.

더는 그녀와 이야기하지 마.

그녀와 이야기하지 말라고 말했어.

"시간? 시간이 정해진 거예요?"

"걱정 마요. 내가 도와줄 테니." 산드라가 말했다.

여전히 쇠약하고 혼란스럽고 출혈로 이지러운 카를라가 조금 몸을 일으켰다. 이제 산드라의 목소리가 뭔가 다르게 들리는 이유를 알 것 같았다. 벽 뒤에서 말하는 게 아니다. 산드라는 금속 문 반대편에서 말하고 있었다.

"산드라! 지금 밖에 있군요! 이 문을 열어야 해요, 빨리!"

"지금 당장 하죠." 산드라가 대답했다.

산드라가 문의 왼쪽으로 걸어가는 소리가 들렸다. 그리고 세게 잡아당기는 소리가 나자 뭔가 장치가 움직이면서, 무거운 금속판이 위로 올라갔다. 문 바닥이 1센티미터, 그다음 4센티미터, 그리고 8센티미터 위로 올라갔다.

그런 다음 다시 문이 아래로 툭 떨어지고, 그 금속이 부딪치는 소리가 방 전체에 메아리쳤다.

"한 번만 더요, 산드라. 당신은 할 수 있어요."

산드라는 카를라에게 이해할 수 없는 말을 했다. 하지만 금방 말이 아니란 걸 알아챘다. 그녀는 웃고 있었다. 칼날처럼 날카로운 웃음이었다.

'왜 웃는 거지? 아니야. 아니, 아니, 아니야.'

"아, 지금 에세키엘과 함께 있군요."

카를라가 두려움에 몸을 웅크리며 말했다.

산드라는 아직도 주체할 수 없다는 듯 웃음을 멈추지 않았다. 카를라는 멀리서 들리는 그 웃음소리에 미칠 것 같았다.

"이 여자, 지금 뭐라는 거야. 아직도 눈치를 못 챈 거야? 난 에세키엘과 같이 있는 게 아니야. 내가 에세키엘이라고."

카를라는 얼음같이 차가운 주먹이 그녀의 몸 안을 휘젓고, 내장을 할퀴더니 목구멍을 막는 느낌이 들었다.

"산드라, 원하는 게 뭐죠?"

"당신에 대해서? 아무것도. 당신이 가만히 조용히 있길 원하지."

"아버지에게 얼마를 요구한 거죠? 내 생각엔 분명히…."

"카를라 오르티스, 늘 협상하는군. 상속인 공주, 이번에는 돈 문제가 아니야."

"그러면 뭘 요구한 거죠?"

"그냥 텔레비전에서 몇 마디 하라고 했지."

"무슨 말인지 이해가…."

"그냥 그에게 당신들 브라질 의류 작업장에 관해 이야기하라고 했어. 아르헨티나와 모로코와 터키, 방글라데시의 작업장들에 대해서도."

카를라는 돌아서서 문으로 다가가 환기통을 들여다보려고 했다.

"산드라, 그 장소들은 내가 하나하나 다 설명해줄 수 있어요. 언론에서 말하는 거랑 달라요."

산드라는 다시 웃는다.

"그 이야기는 아껴두시지. 내가 당신 컴퓨터 비밀번호를 몰랐다면, 그 말을 더 믿었을 텐데. 내가 그 안에서 발견한 것 중 하나가 있는데 말이야. 시침질 제거하는 데 작은 손가락이 더 좋다는 게 사실이야?"

"우린 그 나라들에 많은 도움을 주고 있어요. 거기 아이들은 그러니까 그곳의 동의 하에 일하고 있는 거라고요…."

세 번 연속으로 빠른 분노의 타격이 그녀를 침묵시켰다. 문에 너무 가까워서 날카로운 못들의 울림이 그녀의 귀를 가득 채웠다.

"닥쳐, 나쁜 년. 너희 집은 얼마짜리지? 5백만 유로? 네 차는 또 얼마고? 네가 입은 그 비싼 발 데스 데뷔땅뜨 드레스는 얼마지? 빌어먹을 2만 유로야, 이 여우 같은 년. 고작 몇 시간 동안 주하이르 무라드가 만든 그 걸레를 자랑하자고 천 명 아이들의 한 달 월급을…."

산드라의 말이 너무 빨라져서 다음 말은 알아들을 수도 없을 정도였다. 그녀는 잠시 계속 말을 하다가 혼자 웃고 있지만, 카를라는 도무지 아무것도 이해가 안 됐다.

카를라는 그녀의 말에 대답하고 싶었고, 그런 분위기와 국제 시장의 복잡성에 관해 이야기하고 싶었다. 이 모든 것들에 대해서 얼마나 오해하고 있는지에 대해서. 하지만 그녀는 입술을 꽉 다물고 기다릴 뿐이었다.

'다시 문을 치기 전에 뭐든 말해야 하는데.'

"미안, 미안." 산드라가 겨우 마음을 가다듬고 말했다.

"가끔 나도 나를 걷잡을 수가 없어서 말이지. 여기 내 머리에 뭔가 제대로 돌아가지 않는다고들 하는데, 그 빌어먹을 정신과 의사들이 뭘 알겠어, 안 그래? 도대체 누가 알겠어. 제정신인 세상에서 감옥에 갇히는 사람은 당신이 될 텐데. 그래서 나는 사실 내가 그렇게 미친 건 아니라고 생각해, 안 그래?"

산드라는 얼굴이 환풍구에 닿을 때까지 몸을 굽히고 목소리를 낮췄다. 그녀는 비밀을 속삭이는 오랜 친구다.

"이봐, 난 너랑 잘 지냈어. 넌 전에 거기에 있던 어린 소년보다 나랑 훨씬 더 잘 맞더라고. 그 빌어먹을 거짓말쟁이, 그 녀석이 나를 어떻게 속이려 했는지 상상도 못할 거야. 하지만 넌 아니야, 카를라. 넌 아주 잘 있었어."

카를라는 가능한 한 온 힘을 모아 다음 질문을 했다.

"그럼 나한테 시간이 얼마나 남은 거죠?"

"26시간이 조금 못 남았네. 하지만 걱정할 필요는 없을 것 같아. 분명 네 아버지는 내 요청을 들어줄 테니까. 결국, 그것은 네 죄가 아니라 그의 죄거든. 그리고 아버지라면 딸이 자기 죗값을 치르지 않도록 무슨 일이든 하겠지. 안 그래?"

산드라는 자리를 떴지만, 그녀의 웃음은 짙고 유독한 안개처럼 한동안 계속 벽에 남아 있었다.

한 장의 사진

"모든 사람을 구할 수는 없어."

스콧 할머니가 말했다.

안토니아가 그녀를 깨웠다. 영국 시골은 아직 새벽 다섯 시도 채 안 됐다. 하지만 할머니에게 시간은 별로 중요하지 않다. 그녀는 특별한 재료로 만들어진 것 같다. 그 재료는 그녀에게 뭔가를 요구할 때만 빛나고 그 특징이 드러난다. 어떤 사람에 대해서 중요한 특징을 안다는 건 안토니아가 책임감 있게 행동하는 데 큰 힘이 된다. 할머니는 열네 번째 통화음이 울리고 영상통화를 받았을 때 여전히 졸린 얼굴이었지만, 웃고 있었다. 그녀는 손녀가 중요한 내용이 아니면 이렇게 전화할 사람이 아니란 걸 알기 때문이다.

"그는 거기에 있었어요, 항상. 내 눈앞에요. 만일 우리가 어젯

밤에 르노 메간의 번호판을 확인했다면…."

안토니아는 택시의 위조 번호판을 발견한 지 고작 26시간이 지났다는 사실이 믿기지 않았다. 그녀의 잘못, 그 엄청난 잘못은 그 번호판이 아무 차에서나 훔쳐 온 거라고 가정한 것이다. 26시간. 에세키엘이 말한 시간에서 남은 시간이자 카를라 오르티스에게 남은 시간이기도 하다.

"아가, 네 어깨에 세상의 무게를 다 짊어질 수는 없단다."

그러나 스콧 할머니는 그녀가 그렇게 하리란 걸 잘 알고 있다. 그녀가 마르코스에게 일어난 일에 대한 죄책감을 혼자 다 짊어진 것처럼 융통성 없게 말이다. 분명 그녀의 어깨에는 아직도 죄책감을 짊어질 공간이 많이 남아 있다. 할머니는 그것이 그녀가 받은 형편없는 가톨릭 교육과 어머니에게서 받은 스페인 피 때문(무덤에 갈 때까지도 절대 인정하지 않았지만)이라고 비난했다.

"할머니, 여섯 명이나 죽었어요. 제가 16분 전에 정확한 결론을 내리지 않아서."

보통 스콧 할머니는 손녀에게 무한한 인내심을 보이지만, 때로는 그 인내심이 구석구석으로 숨기도 한다.

"인제 그만 징징대. 네가 그 폭탄을 설치한 것도 아니고, 그 여자를 납치한 것도 아니잖아. 참, 전에 네가 말했던 그 아프리카인들 단어가 뭐였지?"

할머니가 말하는 '아프리카인들'은 자신만의 언어를 가지고 있는 가나 남부에 사는 부족이다. 그리고 할머니가 말하는 단어는 하나가 아니라 두 개다.

'파야로 즈위그비(Faayalo zweegbe).'

"물을 찾으러 가는 사람만 물병을 깰 수 있다. 알아요, 할머니. 하지만 그건 목마름으로 죽어가는 마을에서 그저 기다리는 사람에게나 말해주세요."

'카를라 오르티스나 파라 경감의 부하들에게나 말해주라고요. 죽은 여섯 명과 생사를 오가는 한 명. 그리고 지금 심각한 상황인 경감에게요….'

"아가, 이제 상처 좀 그만 핥으렴. 하지 않은 일에 대한 후회는 그만하라고. 너는 네가 도와준 사람들 때문에 행복해한 적 있니? 네 이름조차 모르는 사람들 때문에? 너의 보물 같은 사람들 말고 말이야. 오로지 너는 네가 잘못했다고 생각하는 사람들만 관심이 있고, 계속 기분 나쁘기 위해서 그 병실로 달려가잖아. 그런 건 너에게 아무 도움도 안 돼. 아무튼, 난 다시 눈 좀 붙이마."

할머니는 전화를 끊었다.

안토니아는 스콧 할머니와 같은 분이 이런 무례한 표현을 하는 데 당황한다. 그 말에 일리가 있다는 걸 알지만, 보통 상황은 그런 식으로 움직인다. 도움을 주지 못한 사람들만 신경이 쓰이고 중요하단 생각이 든다. 피해를 본 대상들이 가장 중요한 인물들일 때는 더 그렇다. 예를 들어, 침대에 누워 있는 한 남자. 영원히 머릿속에서 길을 잃은 채 있는 그 남자.

"당신이 너무 그리워." 안토니아가 그에게 말을 건넸다.

하지만 마르코스는 대답하지 않는다. 심진도의 심장 박동수는 여전히 변함이 없었다.

안토니아는 아이패드 잠금을 해제하고 사진 어플을 열었다. 즐겨찾기 파일에 사진이 딱 한 장 있었다. 그녀와 마르코스가 함께 생일 케이크를 들고 있는 모습이다. 그는 케이크를 보고 그녀는 카메라를 바라보고 있었다.

언제나처럼 안토니아는 사진 속 자신을 경멸의 눈빛으로 바라보는데, 사진 속 그 사람이 지금의 그녀가 아니기 때문이다. 사진 속 그녀는 몇 주 후에 일어날 일을 예측 못하는 무지한 낯선 사람이다.

안토니아는 잠이 든다.

꿈을 꾼다.

마르코스는 지금 그의 작은 작업실에 있다. 끌은 사암에서 건조한 당김음 소리를 뽑아낸다. 그녀는 이 일이 수천 번 일어났기 때문에 앞으로 무슨 일이 일어날지 알고 고통스러워한다. 그녀는 거실에 있지 않고, 단서와 보고서, 사진이 든 서류 더미 앞에 있다. 그녀는 그의 옆에 서서 어깨 너머로 그가 작업하고 있는 조각품을 바라보고 있다. 앉아 있는 여인상이다. 손은 허벅지 위에 놓여 있고 등은 앞으로 구부러져 있는데, 얼굴의 고요함과 대조되는 공격적인 자세다. 여인상 앞에는 그녀를 일어서고 싶게 만드는 무언가가 있지만, 그녀의 다리는 아직 돌에 묻혀 있고 끌은 아직 다리를 풀어주지 못했다. 그는 절대 그 일을 완성하지 못할 것이다.

대문 초인종이 울린다. 그녀는 그에게 계속 하던 일이나 하라고 하며 그를 막고 싶지만, 그녀의 목은 작업실 바닥에 널려 있는 형체 없는 돌조각처럼 건조하다. 그녀는 자신(다른 여자, 헤드폰으로 음악 볼륨을 높인 어리석고 무식한 여자)이 무언가를 외치는 소리를 듣는다. 그리고 그는 망치를 반쯤 완성된 조각품 옆 탁자에 내려놓는다. 그리고 끌을 흰색 작업복에 넣고 초인종을 확인하기 위해 간다. 안토니아, 진짜 안토니아, 무슨 일이 일어날지 알고 있는

423

안토니아는 그를 따라가려고 한다. 하지만 천천히, 아주 천천히, 그가 어떻게 문을 여는지, 우아한 양복을 입은 낯선 남자와 마르코스가 어떻게 싸우는지 보지 않기 위해 아주 천천히 따라간다. 그녀가 복도까지 왔을 때, 이미 마르코스와 그 낯선 남자는 바닥에서 뒹굴고 있다. 끝은 이미 낯선 남자의 쇄골에 튀어나와 있고, 그의 피는 마르코스의 가운에 튀었다. 그 낯선 남자가 물러나면서 총을 두 발 쏜다. 한 발은 안토니아, 진짜 안토니아, 복도에서 기다리고 있는 안토니아를 지나서, 헤드폰 볼륨을 최대로 높이고 서류에서 눈을 떼지 않고 있는 그 무지한 여성에게 이른다. 그 총알은 호르헤가 자는 나무 침대 모서리를 스치고, 그녀의 몸통 깊숙이 들어가는 대신 살짝 빗나가서 등으로 들어가 어깨로 나온다. 총알의 부드러운 탄도. 심각한 결과 없이, 몇 개월만 회복하면 된다. 아기 침대도 다시 색칠하면 된다.

하지만 다른 한 발은 그렇게 운이 좋지 않다. 그것은 마르코스의 전두골을 명중한다. 의사들은 필사적으로 그를 치료하고 뇌에 퍼지는 큰 덩어리를 뽑아내야 한다. 사람들은 이 총알이 벽에서 튕겨 나온 거라고 한다. 그리고 그것이 마르코스가 낯선 남자 위로 몸을 던졌기 때문이라고 한다.

악몽은 절대 그 장면을 분명하게 보여주지 않는다. 늘 악몽은 여전히 그녀의 귀에 울리는 두 번째 총알의 굉음과 함께 끝난다.

그리고 안토니아는 깨어났다.
그러고 나면 그 밤은 내내 후회가 가득했다.

카를라

카를라는 또다시 울었다. 하지만 이번 울음은 그녀에게 속았다는 분노와 수치심 때문이다. 산드라가 감금 생활 동료라고 생각했던 모든 믿음을 쏟아내고, 밀려드는 분노를 위한 공간을 만들기 위해서는 우선 토해야 할 것 같았다. 그 분노로 피부가 저리고 목과 이마, 귀가 부풀어 올랐다. 주먹을 꽉 쥐면서 그사이에 공기가 아닌 산드라의 목이 비틀려 있는 상상을 했다. 그녀는 산드라의 두개골을 납작하게 만드는 상상을 하며 안간힘을 다해서 한 발로 문을 밀고 있었다….

'기다려.'

문이 조금 양보한다.

카를라는 다시 한 발로 힘을 주지만, 딱 몇 밀리미터만 열리고, 더는 안 됐다. 아까 문이 바닥으로 떨어질 때, 정확히 제자리에 떨어지지 않고 살짝 어긋났다. 문틀에 딱 들어맞지 않을 정도만. 의미 없는 작은 틈만 생겼다.

카를라는 좌절감에 휩싸였다. 그때 목소리가 그녀에게 말했다.

네가 할 수 있는 일이 있을 거야.

넌 내 말만 들어.

그 어느 때보다 그 말이 강하게 느껴졌다. 그녀는 그 목소리가 유일한 친구라는 걸 알았다. 항상 그래왔다. 그리고 그녀는 다른 사실도 알고 있다. 그 목소리가 누구인지 안다. 바로 또 다른 카를라다. 또 다른 카를라는 더 강하고 결단력이 있으며, 자신이 해야 할 일을 정확히 알고 있다. 그 카를라는 허락을 구하지 않고, 즉시 행동한다.

그녀도 이제 행동할 것이다.

카를라는 하수구 모퉁이 쪽으로 향했다. 그곳에 있는 타일 하나가 습기로 회반죽이 헐거워져서 움직였다. 많이 움직이는 건 아니지만, 밑으로 손가락 하나가 들어갈 정도는 됐다.

카를라는 뭐가 손에 끌릴지, 어떤 곤충 발이 닿을지, 어떤 뾰족한 것이 닿을지 생각도 하지 않고, 무조건 타일과 벽 사이에 집게 손가락을 넣었다. 시멘트가 부서지는 게 느껴졌다. 많지는 않고, 알갱이 몇 개뿐이었다. 아주 조금.

그녀는 아버지를 생각했다. 사람들이 그의 제국이 어떻게 시작되었는지 물어보면, 그는 셔츠 세 벌을 팔면서 시작했다고 대답한다.

카를라는 한 손가락으로 알갱이를 긁기 시작했다.

한 번에 조금씩.

친절한 얼굴

리셉션에 있는 그 여자(이름은 메간이다)는 로맨스 소설에 푹 빠져 있었다. 메간은 아무것도 하지 않는 지루한 시간을 견디기 위해 책을 많이 읽는 편이었다. 그나마 급여가 적은 이 일의 몇 없는 장점 중 하나다.

완벽하게 매니큐어를 칠한 손가락이 유리문을 두드렸다. 그녀는 옷을 잘 입었고, 웃고 있었다. 친절한 얼굴이다. 메간은 망설이지 않고 바로 전자식 열림 버튼을 눌렀다. 그렇게 친절한 얼굴을 믿지 않을 사람은 아무도 없을 테니까.

그 친절한 여자가 문을 열고 들어오자 메간은 살짝 짜증스러워하며 책을 옆으로 치웠다. 그녀는 지금 소설 속 여주인공이 맥켈터의 사악한 라이벌 일당인 그와 화해하게 될지 궁금해서 죽을 지경이었다. 그 책 표지에는 여주인공의 뒷모습이 보인다. 하

427

지만 그건 중요하지 않다. 뭐니 뭐니 해도 이 소설의 주인공은 맨가슴에 스코틀랜드 체크무늬 치마를 입은 남자다. 꿈꾸는 듯한 복근과 대리석으로 조각한 듯한 근육들이 13세기 고원지대의 전형처럼 보이지는 않지만, (붐 치카 와 와!)[41] 그게 무슨 상관이란 말인가.

"좋은 아침입니다. 헤이스팅스에 오신 것을 환영합니다. 무엇을 도와드릴까요?"

그 여자는 메간에게 다가갔다. 한 손은 등 뒤에 있다. 그리고 웃고 있었다.

다시 자세히 살펴보니, 그 여자의 얼굴은 그다지 친절해 보이지 않았다.

---

41 이성에게 끌릴 때 내는 소리

제3부

안토니아

안녕, 사랑하는 그림자들
안녕, 증오의 그림자들.
나는 이 세상에서 두려운 게 없네.
이제 죽음이 나를 데려가기에.

_ 로사리아 데 카스트로(Rosalía de Castro, 스페인의 시인)

타이틀

이번에는 피로감이 죄책감보다 강했다. 악몽에서 깨어난 지 몇 분도 안 돼서 지친 안토니아는 다시 곯아떨어졌다. 하지만 전화벨 소리 때문에 역청처럼 끈적하고 빡빡한 꿈에서 빠져나왔다. 밖에는 햇살이 거침없이 쏟아지고 있었다.

"텔레비전 켜봐요." 멘토르가 시켰다.

"몇 번?"

"아무거나."

그렇다. 1에서 5번까지는 탁자에 앉아 떠드는 것만 나오는데, 출연진들의 얼굴만 바뀐다. 하지만 모든 채널이 속보를 내보내려고 정규 프로그램을 중단한 모양이었다. 그녀는 주제가 뭔지 기다릴 필요도 없었다. 화면에 겹쳐진 해시태그는 이미 상상했던 걸 분명하게 보여주고 있었다.

"언제 보냈죠?" 그녀는 시계를 보며 물었다.

"1시가 좀 지나서요."

"한 시간 반 전에 바스크 기자가 자기네 신문 웹사이트에 이걸 실었어요."

"그런데 지금 전화하는 거예요?"

"위층 사람들과 회의를 하느라. 안토니아, 이제 이 사건에서 빠져요. 다 끝났어요."

그녀는 그 말을 듣고도 믿을 수가 없었다.

"장난치지 마요."

"위에서 내린 명령이에요."

"하지만 이제 이름을 알잖아요. 그 사람이 누군지도 알고, 우리가 할…,"

"이제 너무 위험해요." 멘토르가 중간에서 말을 잘랐다. "다른 일이 또 있어요. 그 기자가…."

안토니아는 텔레비전 채널에서 그 기자를 본 적이 있다. 시끄럽게 떠드는 무지한 사람들과 함께 탁자에 앉아 있었다. 60대 거의 은퇴할 나이의 남자, 지저분한 회색 머리를 뒤로 묶은 말총머리. 안토니아는 즉시 그를 알아봤다.

'어제 세라노 거리에서 존에게 인사한 사람인데. 저 미소를 지으면서. 글라스 웬(Glas wen).'

이 단어는 웨일스어로 '푸른 미소'라는 뜻이다. 우리의 최악의 적이 고통 앞에서 짓는 사악한 미소.

"…분명 그 기자는 당신들이 M-50 도로를 달렸을 때 텔레비전에서 존 구티에레스 경위를 봤을 거예요. 그는 존이 포주와 얽

432

했던 사건에서 책임을 뒤집어씌우며 비난했던 사람 중 하나거
든요."

"여기까지 그를 따라온 거군요." 그녀가 속삭였다.

"그는 뭔가 꿍꿍이가 있다는 걸 눈치 챘습니다. 아마도 독점 기
사를 얻기 위해 파라와 이야기를 했을 거예요. 이런 일들은 비일
비재하니까요."

"당신이 존을 이 일에 밀어 넣었잖아요." 그녀가 말했다.

"이미 당신에게 말했듯이, 존 구티에레스는…."

"당신이 존을 이 일에 빠트렸어요. 당신은 다리가 부러진 인형
이 항상 필요하니까. 이 일을 이 지경으로 만든 건 당신이에요."

"원하는 만큼 날 비난해요. 단, 아무것도 하지 말아야 해요."

"이제 17시간 남았어요."

"이제 경찰의 문제예요. 이건 명령이라고요. 이제 거기에서 손
떼요."

"그럼 카를라 오르티스는요?"

"다른 싸움들이 생길 거예요. 당신이 계속 여기에 있으면."

멘토르는 전화를 끊었다.

멘토르의 논리는 압도적이고 계산적이다. 체스에 남아 있기 위
해 말을 희생한다. 어쨌든 중요한 건 계속 경기를 하는 것이기 때
문이다. 오늘 하루는 나중 100일과 맞먹을 수 있다. 체스와 관련
된 옛날 우화에서처럼 말이다. 첫 번째 칸에 쌀 한 톨, 두 번째 칸
에 쌀 두 톨, 세 번째 칸에 쌀 세 톨. 이렇게 두 배씩 놓다 보면 마
지막에 셀 수 없이 많아진다.

'카를라 오르티스에게나 그렇게 말해요, 그녀의 아들에게나 말

하라고요.'

그때 문 두드리는 소리가 났다.

소리만 들어도 안다.

안토니아는 대답하는 데 오래 걸렸다. 사실은 그러고 싶지 않았다. 왜냐하면 속에서 끓어오르는 분노가 탈출구를 찾고 있기 때문이다. 그리고 여기 코르크 마개 뽑는 기구가 문을 두드리고 있다. 문에 다가갔지만, 여는 대신 잠가버렸다.

"당신과 말하고 싶지 않아요." 안토니아가 대답했다.

반대편에서 존이 문에 기대고 있는 게 느껴졌다.

"당신에게 말하려고 했어요. 그런데 기회를 찾지 못했어요."

존은 목소리 주름 사이로 비탄이 스며들었다.

"세 시간 11분 동안이나 세다세로스 카페에 함께 있었어요. 완전한 침묵 속에서. 그때가 기회였을 텐데요."

"겁이 났어요. 부끄럽기도 하고."

그러자 그녀가 폭발했다. 잔인하고 불공평한 방법으로.

"당신의 두려움과 수치심이 카를라 오르티스를 죽였어요."

안토니아는 존에게 상처를 주고 싶었다. 그녀의 모든 고통을 자기 영혼에서 다른 영혼으로 옮기고 싶었다. 물론 고통은 그녀에게서 떠나지 않고 늘어날 뿐이다.

나무 문에 기대었다가 떨어지는 존의 무게가 느껴졌다.

긴 침묵이 흘렀다.

안토니아는 그의 발 움직임이 신경 쓰였다. 문과 바닥 사이에 뭔가가 미끄러져 들어오고, 테라초(인조석의 일종) 위로 금속의 속삭임이 들렸다. 약이 든 작은 상자였다.

안토니아는 바닥에 주저앉았다. 상자를 받아 꽉 움켜쥐었다.
울려고 해보지만 울지 못한다.

재회

안토니아는 여전히 바닥에 앉아 있었고, 정신을 차리려고 애썼다. 10~12분이 흘렀을 것이다. 다시 문 두드리는 소리가 났다. 그녀는 존이 돌아왔을 거로 생각하고 자리에서 일어나 잠금을 풀고 곧장 문을 열었다.

"미안해요, 나…."

그녀는 금방 말을 멈췄다. 존이 아니다.

광대뼈가 깊게 파인 키 크고 마른 남자는 그녀가 그곳에서 굳이 만나야 한다면 솔직히 세상에서 마지막으로 보고 싶은 사람이다. 주 마드리드 영국 대사, 전 바르셀로나 총영사, 대영제국 최고 훈장 사령관 피터 스콧 경이 단호하게 입구에 들어섰다.

"아버지." 그녀가 놀랐다.

"안토니아." 그가 인사했다.

그들 사이에는 키스도, 포옹도, 기쁨이나 따뜻한 기운도 없었다. 저기압과 폭풍우의 가능성이 있는 한랭전선과 비슷했다. 복잡했다.

피터 경(그 당시는 '피터'로만 불렸음)이 바르셀로나에 도착한 건 1982년이었다. 월드컵이 열리던 해였다. 전 세계가 독일이 이탈리아에 패하는 것을 지켜보는 동안, 피터 스콧은 사르덴야 거리에 있는 자신의 아파트로 들어왔다. 투우장에서 좀 떨어진 곳이었다. 그는 어머니에게 전화를 걸어 투우가 얼마나 야만적인 전통인지 모르겠다며 말했다. 당시 그는 그저 직업 공무원에 불과했다. 그날 그는 영사관에서 행정 업무를 처리하느라 힘들었다. 그리고 오후에 람블라 거리를 산책하고 커피를 마시며 18세기 영문학이라는 비밀스럽고 특별한 취미를 즐기고 있었다.

당시 그는 윌리엄 블레이크의 〈순수와 경험의 노래〉에 푹 빠져 있었는데, 곁을 지나던 여자가 걸려 넘어지는 바람에 바지 위에 커피를 쏟아졌다. 그 액체는 뜨거웠지만, 피터는 개의치 않았다. 그는 그 여자의 검은 눈동자가 더 걱정스러웠다. 약간 작은 키에 짙은 갈색 머리, 그리고 피부는 거의 투명할 정도로 하얬다. 그녀는 사과도 제대로 못할 정도로 너무 창피해했다. 그녀가 바닥에 깨진 컵 조각을 주워주는 동안, 그가 읽던 책도 도자기 조각과 커피 웅덩이 사이로 떨어졌다. 그녀는 표지를 보고 읽었다.

"어떤 망치가? 어떤 사슬이? 어떤 용광로에서 너의 뇌가 만들어졌을까?"

피터는 그가 가장 좋아하는(가장 아름답고 끔찍하고 가슴 아픈) 시구를 듣고 놀라서 그녀에게 대답했다.

"스페인에서는 블레이크를 아는 사람이 많지 않은데요."

낯선 여인의 미소가 람블라 거리 전체를 밝히고, 몬주익에서 반사되어 피터의 마음을 녹였다.

"그는 알아볼 가치가 있는 사람이죠. 저는 영어학을 전공했거든요." 그녀가 대답했다.

그리고 11개월 후, 화창한 9월의 오후, 피터 스콧과 파울라 가리도는 산타 마리아 델 마르에서 결혼식을 올렸다. 그리고 1년 후, 그녀의 아버지가 '메리'라고 부르고 싶어 했던 검은 눈의 소녀가 태어났다. 이름을 그렇게 지은 건 메리 셸리(피터는 메리 셸리[42]를 높게 평가하지 않았다.) 때문이 아니라, 메리 울스턴크래프트[43] 때문이었다.

"난 상관없어. 어차피 이 아이 이름은 안토니아가 될 테니까. 돌아가신 우리 어머니처럼 말이지." 파울라가 말했다.

6년 후, 그는 많은 일과 노력 끝에 영사로 임명되었다. 그렇게 가족의 행복이 완성되었다. 그와 파울라는 미친 듯이 사랑했고, 그들은 어린 소녀도 미친 듯이 사랑했다.

영사로 임명되고 1년 후, 어느 날 아침 파울라는 일어나자마자 구토를 했다. 그리고 옆구리에 둔탁한 통증을 느꼈다. 그리고 8주 후 췌장암으로 세상을 떠났다.

그 후 안토니아는 3년 동안 스콧 할머니와 살았다. 안토니아에게 남은 가족은 그녀가 전부였다. 그녀의 아버지는 일하러 갔고,

---

42 《프랑켄슈타인》의 작가
43 18세기 영국의 작가이자 여권 신장론자

그녀는 안중에도 없었다. 안토니아가 바르셀로나로 돌아왔을 때, 그녀를 맞아준 남자는 더는 예전의 아버지가 아니었다. 가정부 비용을 내주는 사람일 뿐이었다. 파울라의 죽음에 그의 마음은 메말라버렸다. 마치 그 죽음은 마지막 날 떨리는 손가락 사이에 사랑의 의미를 움켜쥐고 그녀를 데려간 것처럼, 그를 이기적이고 우울한 사람이 되게 만들었다. 안토니아는 그의 인생에서 불필요한 존재였고, 영원히 닫힌 상에 대한 각주였다. 하지만 말도 안 되는 이유로 그 장은 계속 열려 있고, 살아서 숨 쉬고 있었다. 그리고 그녀의 똑똑함, 아주 어렸을 때부터 파울라를 매료시켰던 그 광채는 그에게는 불쾌함 그 자체였다. 그러나 안토니아는 어머니의 분별력을 갖지는 못했다. 그녀의 지능은 오히려 칼날과 올무가 되었다. 아버지의 사랑을 받지 못한 그 소녀는 그와의 갈등을 피하려고 아주 일찍부터 그 능력을 숨기는 법을 배웠다.

그래서 안토니아는 가능한 한 빨리 마드리드로 유학을 떠났다. 아버지는 그녀가 붉은 여왕 프로젝트에 참여하기 전, 이미 마르코스와 만나고 있을 때 대사로 임명되었다. 그 기간 동안 그들은 총 다섯 번 만났다.

그녀는 아버지가 왜 자신을 그토록 미워했는지 이해하는 데 오랜 시간이 걸렸다. 그는 안토니아에게 증오에 가까운 감정(4분의 3은 거부, 4분의 1은 분노)을 느꼈기 때문에 딸을 바라볼 수가 없었다. 그녀가 그를 이해하기 위해서는 마르코스의 그 일이 일어나야 했다. 안토니아는 아들인 호르헤가 눈앞에 나타날 때마다 마르코스에 대한 가슴 아프고 고통스러운 기억이 생생해졌다. 이처럼 아버지도 자신을 볼 때마다 어머니가 떠올랐을 거라는 생각이 들었다. 하지만 안토니아는 그 일에 대해서 아버지에게 사과하거나, 아버지를 용서하지는 않았다. 크든 작든 그녀가 지금 하는 것처럼 해로운 감정과 싸울 수 있기 때문이다. 그리고 어쨌든 자녀들은 원하지 않고 원할 수도 없는 현재, 계속되는 현재에 살고 있으므로 사랑 외에는 아무것도 알면 안 된다. 그리고 3년이 지난 지금에서야 인정하지만, 안토니아는 아들의 기대에 부응하지 못했다. 아마도 아버지가 그녀를 위해 있지 않았던 것처럼, 그를 위해 거기에 있었던 것은 그녀가 아닌 그녀의 아버지였다. 안토니아가 너무 고통스러울 때 아버지는 호르헤를 돌봤다.

아마도.

하지만 안토니아는 동의하지 않았다. 그래서 피터 경은 싸웠고 판사 앞에서 호르헤의 양육권을 얻어냈다. 그는 그녀에게 아들을 만나기 전에 먼저 치료를 받으라고 요구했다. 그리고 그는 수년간 안토니아와 떨어져서 호르헤를 양육했고, 개인적으로 그녀가 미친 사람 같은 짓을 하고 있다고 확신했다.

복잡한 관계였다.

안토니아가 옆으로 물러서자 아버지가 병실로 들어왔다.

피터 경은 마치 자신의 집인 양 안으로 들어왔다. 파울라가 식당에서 만난 좋은 가문의 젊은 영국인이자, 약간 거만한 사람은 방금 모든 것에 대한 준비 운동을 마친 상태였다.

"그는 어떠니?"

그는 침대를 가리키지만, 마르코스가 아닌 창문을 쳐다보며 물어봤다.

물론 그는 그들의 결혼식에 참석하지 않았다. 그랬다면 너무 많은 것을 요구했을 것이다. 그러나 그는 직접(안토니아는 확신한다) 서명한 카드를 보냈다.

"혼수상태잖아요. 뭘 더 알고 싶으세요?" 그녀가 되물었다.

피터 경은 몸을 돌려 안토니아를 쳐다봤다. 영어와 스페인어를 똑같이 생각하는 그녀는 이번에는 자신의 특별한 단어집이 아닌 스페인어에는 없는 영어 단어에 의지할 수밖에 없다. '스테어(stare: 응시하다).' 누군가를 빤히 쳐다보는 것은 마음을 불편하게 하는 방법이다. 그건 그녀의 아버지에게 전에 썼던 방법은 아니다.

"어딨니, 안토니아?"

그의 목소리에는 안토니아가 한 번도 들어보지 못한 뭔가가 들어 있었다. 두려움.

"누구요?"

"호르헤 어디 있냐고."

그 순간 그 세 단어에 우주가 둘로 갈라졌다. 그 두려움은 아버지의 목소리에서 튀어나와 저전압 전류처럼 피부에 닿아서 손끝에서 귀까지 윙윙거리며 횡격막을 수축시키고 가슴을 조였다.

"학교에 있잖아요. 학교에 있다고 말해주세요."

"학교에 없어. 누군가 호르헤를 수업 시간에 데려갔어. 여선생은 의식이 없는 상태로 병원에 있고, 리셉션에 있던 여성은 죽었어. 둘 다 칼에 찔렸고. 그리고 아이들이 그 사람이 여자라고 말했고. 그들은 지금 겁에 질려 있어."

모든 것이 비현실적으로 들렸다. 마치 다른 사람에게 일어난 일처럼.

'하지만 이미 전에 이 비슷한 느낌을 받은 적이 있어. 내가 이 병원에서 깨어났을 때.'

마르코스는 중환자실에서 죽어가고 있었고, 그녀는 무력한 상태에서 비극이 일어나기 전의 모든 순간을 되짚었다. 마치 눈을 감고도 강한 빛이 망막에 머물듯이 영원히 꿈속에 있다고 박박 우기면서.

'이런 일이 또 벌어지진 말아야지.'

안토니아는 서둘러 일어나서 휴대전화와 숄더백을 집어 들었다. 그리고 그 안에 전화와 아이패드를 넣었다.

"가야 해요."

"아무 데도 못 가, 안토니아. 이 일을 해명할 때까지. 학교에서 그러는데 네가 며칠에 한 번씩 내 허락도 없이 아이를 보러 왔었다고 하더구나. 그 리셉션 여자가 문을 열어줬다고. 아마도 그 범인은 그 여자가 아는 사람이어야겠지. 세 시간 전에 어디 있었지?"

안토니아는 아무런 대답도 하지 않았다.

아버지의 불신으로 인한 고통은 그녀를 흘낏 쳐다봤다. 그녀는 목숨을 걸고 달리다가 뒤늦게서야 비가 내리기 시작한다는 걸 알아차린 사람처럼, 뒤늦게 그 고통을 알아챘다. 그녀의 뱃속은 롤러코스터의 꼭대기에 도달했을 때처럼 공허했다. 숨 쉴 때마다 그릇에 담긴 달걀흰자를 치대는 포크처럼 피가 관자놀이를 쳐댔다.

안토니아는 아버지를 무시하고 문 쪽으로 향했다. 존에게 전화해야 한다. 멘토르에게 전화해야 한다. 해야 한다….

"안토니아, 내 손자 어디 있냐고?"

그녀는 계속 걸어가고 그에게 무언가를 말하려고 돌아서다가 양복을 입고 벽돌벽처럼 막아선 사람들에게 부딪혀 넘어졌다. 안토니아는 바닥에 쓰러지고 즉시 커다란 손이 그녀를 붙잡고 있다는 걸 알아챘다. 그리고 동시에 두 손목을 꽉 조여오는 플라스틱 끈을 느꼈다.

"아무 데도 못 간다고 했잖아. 함께 경찰서 가는 거 빼고."

그녀의 아버지가 말했다.

에세키엘

물에서 재 같은 맛이 났다. 요즘은 모든 게 그렇다.

침대로 쓰던 짚 매트의 위치가 바뀌었다. 전에 그는 딸 산드라와 함께 복도 끝 방을 썼는데, 그녀가 그 방에서 매트를 빼달라고 했다. 아이를 벽에 묶어 뒀는데, 아이에게 공간을 충분히 갖게 해주고 싶다고 했다.

니콜라스는 언제부터 산드라와 함께 있는 것이 싫어졌는지 생각해본다. 언제부터 욕과 무시를 웃으며 넘기게 되었는지도 모르겠다.

'넌 쓸모없는 늙은이야. 너희 아버지가 널 때린 건 당연한 일이야.'

그런 다음 산드라는 그의 충격을 진정시키기 위해 어깨에 손을 대거나 미소를 지어 보였다.

'언제부터 이런 일이 시작된 걸까?'

니콜라스는 모르거나 기억이 안 나는 걸 수 있다. 때때로 그는 산드라에게서 멀어지고 싶었다. 그녀를 옆으로 치우고, 뒤도 돌아보지 않고 도망치고 싶었다. 하지만 그는 산드라가 곁에서 멀어졌던(죽어 있던) 몇 개월이 어땠는지 떠올려봤다. 그가 얼마나 역청 구덩이에 가라앉아서 빠져나올 수 없었는지. 거리로 나와서 지하철을 타고, 사람들에게 둘러싸이고, 저기 딸을 잃은 한 남자가 가고 있다는 그들의 미묘한 시선이 목과 등에서 느껴지면 기분이 어땠는지.

'넌 쓸모없는 늙은이야. 너희 아버지가 널 때린 건 당연한 일이야.'

나중에 산드라가 돌아왔다. 그냥 돌아왔다. 어느 날 밤 그녀가 문을 두드렸고, 모든 것이 멀쩡했다. 아니, 모든 건 아니다. 다른 사람이 되어서 돌아왔으니까.

니콜라스는 그 사실을 인정하고 싶지 않았고, 산드라의 생각 뒤에 숨어 있는 진실도 알고 싶지 않았다. 그는 산드라의 강력한 의지가 자신에게 영향을 미치는 것을 포기하고 싶지는 않았다. 다시 돌아온 후 산드라는 그를 공격하고 자극하는 에너지를 뿜어내고 있었다.

하지만 이제 더는 좋은 에너지가 아니다. 이제 그 에너지가 독이 되고 있다. 산드라가 걸어온 길은 분명해 보였지만, 우회로들이 생겼다. 그녀는 그것들을 뜻밖의 일들이라고 부른다.

'저 소년. 저 애는 여기 있으면 안 돼.'

그는 너무 어렸다.

니콜라스는 이곳에서 벗어나는 상상을 하듯, 산드라와 맞서는 상상을 했다. 간단하게 말하자면, 그녀는 단순하고 악의가 없다.

그 상상이 시작되자마자, 그것이 고뇌와 혼란에 대한 해결책으로 감지되자마자, 니콜라스에게 외로움이 다가온다. 끔찍하고 차갑고 비인간적인 외로움.

전에도 이랬을까? 돌아오기 전에도?

니콜라스도 기억이 잘 안 난다. 이전에 대한 구체적인 이미지가 떠오르지 않았다. 멜로디의 조각들은 남아 있지만, 가사는 너무 멀리 있나. 그는 터널을 통과한 긴 여정과 아버지가 된 느낌이 떠올랐다. 그는 기억하고 싶지 않은 일, 밤에 일어난 일, 산드라의 침실에 갔던 순간들, 그가 그의 아버지가 되어보고, 산드라가 그가 되었던 순간들을 떠올린다. 하지만 그는 그 이미지들이 그의 진짜 일은 아니라는 듯 그것들을 버린다. 그것들은 진짜가 아니다. 만일 그랬다면 그것들에 맞는 고백이 적힌 종이들을 태워버렸을 것이다. 게다가 산드라가 돌아온 후, 다시는 그런 일이 벌어지지 않았다.

이제 그는 산드라가 가르쳐준 방법인 색다른 휴식을 얻기 위해 그녀에게 간다. 그가 무릎을 꿇으면, 산드라는 벨트를 잡고 그의 등을 때린다. 그의 아버지가 그가 죄를 짓지 못하도록 때렸던 것처럼. 그녀가 그와 함께 죄를 짓기 직전에 했던 것처럼.

니콜라스의 혀와 입천장에서 다시 재 같은 맛이 났다. 그는 이런 혼란한 느낌이 별로였다. 산드라가 돌아온 이후로.

그는 탁자 위에 총을 놓았다. 무기의 무게와 형태가 그에게 이상한 결단력을 불러일으켰다.

'이건 문이다. 문.' 니콜라스가 생각했다.

그는 입에 그 총을 넣었다. 금속이 치아에 스치자 그것을 물었다. 총에서 나오는 기름, 금속에서 재 같은 맛이 났다. 약간 누르기만 하면 된다. 그러면 평화만 남을 것이다.

그는 방아쇠를 당기지만, 총은 다시 딸깍 소리만 났다.

'넌 쓸모없는 늙은이야. 너희 아버지가 널 때린 건 당연한 일이야.'

산드라의 발소리가 점점 가까워지자, 니콜라스는 서둘러 총을 탁자 위에 내려놓았다.

다음번에. 다음번에는 꼭 하고 말 것이다.

"다 준비됐어?"

산드라가 물었다. 니콜라스가 고개를 끄덕였다. 그는 아주 많이 노력했고, 그녀가 시킨 모든 걸 했다.

산드라는 그를 보며 미소를 지었다.

롤스로이스

안토니아 스콧(160센티, 50킬로그램)은 문 앞에서 차까지 끌고 가는 남성(190센티, 87킬로)을 뿌리칠 가능성을 계산해봤다. 제로다. 그가 대사관 보안요원들처럼 영국 SAS(육군 공수특전단) 장교라는 사실까지는 생각할 필요도 없었다. SAS는 '피시 앤 칩스'를 먹는다는 것만 빼면, GEOS(특수부대)나 해병대와 비슷하다.

SAS는 자신의 주어진 임무를 다했다. 그는 안토니아를 몸으로 밀어붙이고 투덜거리며 뒤쪽 덜 붐비는 복도로 끌고 갔다. 세 걸음 뒤에서 피터 경이 그들을 따르고 있었다. 그들은 계단을 내려가 종양학과 구역(늘 가장 눈에 안 띄는 곳)을 지나 안토니아가 이 병원에 3년간 있으면서 한 번도 보지 못한 옆문을 통해 병원을 빠져나왔다. 그들은 최소 인원의 이동을 고려해 모든 것을 미리 조사했다.

447

밖에서 기다리고 있는 롤스로이스 팬텀(두 번째 SAS가 차 문을 열어놓고 대기 중)은 영국 대사의 공식 차량인데, 그렇다고 피터 경이 이 차를 자랑스러워한다는 뜻은 아니다. 다른 상황이었다면 50만 유로짜리 자동차를 타는 상황에 감사할 수도 있었겠지만, 지금 아니다. 지금 그 차를 타면 자신과 호르헤, 카를라 오르티스 모두가 끝장이란 생각만 들었다.

따라서 차에 오를 수가 없었다. 하지만 이 상황을 피할 방법이 전혀 떠오르지 않았다. 겁에 질려 땅에 몸을 던지고, 비명을 지르고…. 이런 행동은 상황을 악화시킬 뿐이었다.

안토니아는 그것을 깨닫기도 전에, 이미 차의 운전석 뒷좌석에 앉아 있었다.

"아버지 지금 실수하시는 거예요."

그녀는 옆자리에 앉은 아버지에게 말했다. 두 명의 SAS가 그의 앞에 앉아 있었다.

"안토니아, 정말 그랬으면 좋겠구나." 그는 그렇게 말하지만, 그녀를 믿지 않는다. 그는 이미 그녀의 잘못이라고 판단 내렸다. 그는 안토니아가 3년 동안 제정신이 아니었다고 보기 때문이다.

'나는 이제 삶을 끝내고 싶지 않다.'

안토니아는 이렇게 생각했고, 이것이 정말임을 깨달았다. 수년 동안 자신을 통제하고 매일 저녁 3분 동안 모든 걸 끝내는 자살을 상상했는데, 단 4일 만에 모든 게 변했다.

'이대로 끝낼 수는 없지.'

자동차 문이 닫혔다. 안토니아는 필사적으로 주변을 둘러보며, 있지도 않은 탈출구를 찾았다.

그녀를 끌고 온 바로 그 SAS 운전자가 차에 시동을 걸었다.

그 순간 차가 부딪친다.

30초 전

존 구티에레스는 불의를 참지 못한다.

안토니아의 말은 그가 인정하겠다고 마음먹은 것보다 훨씬 더 많은 상처를 남겼다. 그는 카를라 오르티스를 함께 찾는 일에서 그녀에게 모든 기대를 걸었고 모든 걸 의존했다. 물론 인생은 직선이 아니고, 장애물이 없는 길도 아니다. 오히려 존이 빌바오에서 가져온 배낭과 같다.

'그리고 너의 거짓말들.'

그것들은 한낮 꿈이었다.

존은 직업도, 목표도, 희망도 없이 아우디 A8에 앉아 있었다. 종탑 위 반의반만 남은, 상처 입은 종과 같다. 호텔에서는 내부 조사과 친구들이 그를 기다리고 있었다. 그러나 그는 그들이 원하는 대로는 하지 않을 것이다. 그들이 그와 이야기를 하고 싶다면 이맘때 너무 아름다운 보트소 갤러리와 그 개집(빌바오 사람들이 구겐하임이라고 부르는 곳)[44]으로 와야 할 거다. 강어귀에 자리를 잡은 구겐하임이 6월의 햇살에 반짝이고 있었다. 지금 속도를 내면 빌바오에 도착해서 늦은 저녁이라도 먹을 수 있다. 그는 어머니를 만나 슬픔을 덜어내고 앞으로 더 나쁜 시간이 오지 못하게 막을 것이다.

---

44   구겐하임 미술관에는 제프 쿤스의 '퍼피(puppy)'가 설치되어 있음

하지만 당연히 그 순간, 그는 무장한 덩치 큰 남자가 안토니아를 차로 끌고 가는 장면을 목격하게 됐다.

그는 단 한 번도 '일단 시작한 일은 끝을 맺어야 한다.'라는 가르침을 신봉한 적이 없다. 그가 처음 이런 상황들에 휘말린 건 나흘 전이었는데, 그건 다른 선택의 여지가 없었기 때문이다. 하지만 이제 그가 숭배하고 초를 꽂고 기도하는 성당의 이름은 '내 동료(안토니아)는 건들지 마, 성모 마리아 교회'이다. 그래서 그는 더는 생각하지 않고 곧장 차에 시동을 걸고, 가속 페달을 밟고서 기어를 넣어서(사이코패스들과 어울리면서 배운 작은 속임수) 롤스로이스 옆쪽으로 박았다.

'자, 두 번째가 간다.'

거부

그 충격은 안토니아를 막고 있던 왼쪽 뒷유리를 산산조각 냈다. 그리고 롤스로이스의 운전석을 망가뜨리고 아직 안전띠를 하지 않은 그녀의 아버지에게 덤벼들었다. 운전석과 조수석에서는 에어백이 튀어나왔지만, 어떤 이유에서인지 이 50만 유로짜리 자동차는 뒷좌석 승객은 에어백이 필요 없다고 판단한 것 같다.

피터 경의 이마가 옆 창문에 부딪히면서 진홍색 거미가 달린 거미줄을 남겼다. 그리고 그의 흰 머리는 이제 피로 흠뻑 젖어 있었다.

안토니아는 27년, 아니 28년 동안 하지 않은 친밀한 자세로 그의 가슴에 머리를 대고 있었다. 하지만 그녀는 연락처를 찾지 않는다. 오른쪽 귀에서 20센티미터가 좀 안 되는 곳에서 뛰는 아버지의 심장 소리를 분명히 들을 수 있었지만. 대신 안토니아가 찾는 건 문손잡이었다. 그녀의 손목은 끈에 묶인 채로 앞으로 뻗어 있었다.

"안 돼…."

안토니아의 아버지는 여전히 충격에서 벗어나지 못한 채 중얼거렸다.

안토니아는 가까스로 문을 열고 몸을 일으켜서 아버지 위로 넘어갔다. 아버지의 신장 부근을 무릎으로 쳤다는 걸 알지만, 전혀 미안하게 생각하지 않았다. 하지만 몸이 반쯤 나갔을 때 피터 경이 그녀의 다리를 잡고 뒤로 당겼다.

"이러면 상황만 더 나빠질 뿐이야." 그가 말했다.

하지만 그의 딸은 그곳에서 벗어나려고 아버지의 다리와 가슴과 팔을 발로 세게 찼다.

'어떻게 여기에서 더 나빠질 수 있을까.'

두 명의 SAS는 에어백과 사랑스러운 포옹을 멈추기 시작했다. 차 반대편에는 존이 서 있었다. 그는 그녀보다 이런 경험이 좀 더 많을 뿐이다. 그는 다시 차 시동을 걸고 그녀에게 차에 타라고 손짓했다.

안토니아는 존을 바라보고, 고개를 저으며 거부했다.

그리고 반대 방향으로 뛰어가며 존과 아버지에게서 멀어졌다.

'안토니아, 달려.'

분명해진 통화

세 시간 후, 안토니아는 더는 도망치지 않았다. 물론 아직은 안전하지 않았다.

그녀는 병원과 옆 건물인 요양원 사이의 좁은 골목으로 몰래 들어가 SAS를 따돌렸다. 그리고 모퉁이를 돌자, 몇 가지 선택지가 나타났다. 그녀의 앞에는 만사나레스 강이 흐르고 있다. 강 건너편에는 작은 단독 주택들이 있는데, 그곳에 들어가면 쉽게 발각될 것이다.

안토니아는 요양원에 들어가기로 했다. 서둘러야 한다는 걸 알았지만, 사람들의 시선을 끌지 않으려고 천천히 걸었다. 끈이 채워진 손 앞에는 숄더백이 매달려 있었다. 계단에 도착한 그녀는 다시 내려와 지하 2층까지 달려갔다. 거기에는 근처 병원과 연결되는 터널이 있었다. 그녀는 앞문을 나와서(아버지로부터 6미터도 안 되는 거리에서 두 손으로 머리를 붙잡고 도망치기 전 방향 쪽을 바라보았다) 봄비야 공원 쪽으로 길을 건넜다. 그리고 그곳에 있는 쓰레기통 날카로운 가장자리를 이용해서 플라스틱 수갑을 풀었다.

존은 보이지 않았다. 아우디가 사라졌다. 그들이 존과 함께 도로를 많이 돌지는 않겠지만, 적어도 그를 아주 빨리 잡지는 못할 것이다.

'우리는 언제쯤 사냥감이 되는 걸 그만두고 사냥꾼이 될 수 있을까?' 안토니아가 생각했다.

그랑비아 길에는 맥도날드가 있다. 아마도 지구상에서 가장 눈에 띄지 않고 있을 수 있는 장소일 것이다. 분당 수백 명이 드나드는데, 그 시간에는 더 북적였다. 오후 여섯 시, 스페인 사람들의 오후 간식과 외국인 관광객들의 이른 저녁 식사가 어우러진 때였다. 안토니아는 자리가 없어서 입구에 있는 둥근 의자에 앉아서 무릎에 쟁반을 올리고 쿼터파운드 치즈버거와 특대 감자, 맥플러리를 먹었다. 할 수 있는 한 에너지를 많이 얻어야 한다. 지금은 그들이 그녀를 찾고 있을 것 같지는 않고, 시간이 좀 더 걸릴 것 같지만, 창가를 등지고 앉았다. 혹시라도 그녀의 사진이 시스템에 입력되어서 재빠른 요원이 알아볼지도 모르니까. 아니, 아버지가 벌써 그녀를 경찰에 신고했을 것이다. 분명 살인 담당부는 이 사건에 착수해서 그녀와 이야기하고 싶어 할 것이다. 물론 USE에는 도움을 요청할 수가 없다. 이미 에세키엘이 그 부서를 처리했으니까.

'결국 우리는 그가 원했던 바로 그곳에 있다. 그가 자신을 찾아주길 원한 바로 그때 우리는 그를 찾았다. 이전도 이후도 아닌 바

로 그가 원하는 때에.'

살인 담당부 요원들은 USE 요원들보다 사건들을 좀 더 침착하게 처리하는 편이다. 그들은 더는 고객의 항의를 받지 않고, 고객들에게 더 피해를 줄 수도 없다. 도주자를 잡는 건 시간문제다. 사실 사건 과정은 항상 그들에게 유리하다. 도망자는 결국 도망치다 지친다. 영원히 달릴 수가 없다. 특히 오늘날은 도망자에게 필요한 모든 것(먹고 마시고 잠자는 것)에 전자 흔적이 남는다. 현금으로 1킨탈[45] 정도 양을 들고 다니지 않는 한 그 흔적을 피할 수가 없다.

하지만 그녀에게는 해당하지 않는 말이다. 그녀는 비상시를 대비해 항상 휴대전화와 케이스 사이에 20유로 지폐를 끼워 다닌다. 쿼터파운드 치즈버거는 꼭 필요한 긴급 지출이긴 하지만, 덕분에 이제 남은 돈은 9유로 45센트뿐이다.

'아, 아이스크림은 주문하지 말걸.'

안토니아는 너무 신중해서 신용카드는 사용하지 않는다. 또, 휴대전화를 켜두는 건 훨씬 더 위험한 일이다. 그 작은 장치가 폭풍우 속 배의 등대처럼 그들을 그녀에게 곧장 인도할 테니까.

하지만 그것을 끄거나 없앨 수가 없었다. 곧 걸려 올 전화를 기다리고 있기 때문이다. 그래서 멘토르의 전화 세 통과 존의 전화 여섯 통은 그냥 끊어버렸다. 그녀에게 가장 큰 상처를 준 사람은 할머니였는데, 딱 한 통만 왔다. 그녀는 문제가 생길까 봐 그 전화도 끊었다. 전화 회선이 잡히지 말아야 했다.

---

45   스페인 옛날 무게 단위로 약 46킬로그램 정도

안토니아는 빨간 알약 하나를 위해서 음료를 조금 남겼다. 과도한 자극(사람, 조명, 대화, 자동차, 안절부절못하는 생각들)이 그녀를 미치게 만들기 때문에, 생각을 멈추고, 통제력을 되찾고, 정보를 걸러내야 했다. 이 알약은 개당 딱 40분만 효과가 있다. 두 개밖에 남지 않았다는 경고를 확인했다.

안토니아는 휴지통에 쓰레기를 버리고 기리로 나섰다. 손에 휴대전화를 들고 몬테라 거리로 나가서 푸에르타 델 솔 광장 쪽으로 내려갔다. 움직이고 있으면 계속 자유로울 수 있다. 그리고 그녀가 자유로워야 호르헤를 구할 수 있다.

안토니아는 계속 걸었다. 그리고 카날레하스 광장에 거의 도착할 때 즈음, 전화가 걸려왔다.

"안녕하세요, 스콧 부인."

어떤 남자의 목소리가 들렸다. 진지하고 건조했다.

"제 아들이 괜찮은지 알고 싶습니다."

"아들은 멀쩡합니다."

"그 아이와 이야기하고 싶은데요."

"그건 안 될 겁니다. 하지만 절대 상처는 입지 않을 겁니다. 자녀가 부모의 죗값을 치러서는 안 되니까요."

"그런데도 당신은 계속 자녀들이 죗값을 치르게 하잖아요, 안 그래요?"

"나는 하느님의 일을 할 뿐입니다."

"그렇게 말한다면야. 아들과 얘기 좀 하게 해주면 안 되겠습니까?"

"안 된다고 했습니다."

"그렇다면 에세키엘과 이야기하고 싶습니다."

"이미 이야기를 하고 있잖아요."

"당신은 에세키엘이 아니잖아요. 당신은 그 사람의 메신저일 뿐입니다. 그녀와 통화하게 해주세요."

전화기 반대편에 굴욕적인 침묵이 흘렀다. 안토니아는 그가 전화를 끊었다고 생각했다. 그녀는 다시 현기증을 느끼고, 위장에 압박을 느끼며, 굴복할 수 없는 공포를 느꼈다.

그런데 뭔가가 더 남았다. 멀리서 덜컥거리는 소리가 났다. 안토니아는 나중에 그곳에 갈 경우를 대비해서 그런 상황을 머릿속에 등록한다. 중요할 수도 있다.

그때 전화에서 새로운 목소리가 들렸다. 부드럽고 사랑스러운 여성의 목소리였다.

"축하해요, 안토니아 스콧."

안토니아는 이유도 모르게 그 여자의 목소리를 학교에 나타난 친절한 얼굴과 연관 지었다. 그러나 그 소리를 듣기 위해 잠시 멈추면, 진짜로 자세히 들어보면, 그 아래 벌레가 기어가고 있는 것 같았다. 시체의 손가락처럼 두껍고 창백한 벌레들.

"내 아들과 이야기하고 싶습니다." 안토니아가 요구했다.

"아버지께서 이미 그 부분에 대해서는 매우 명확하게 말씀하셨습니다만. 그런데, 어떻게 이걸 알았죠?"

사실 안토니아도 몰랐다. 의심은 에세키엘의 정체가 폭로되면서 시작됐지만, 과녁을 맞힌 것은 블라인드 샷이었다. 물론 그녀는 그 말을 믿지 않을 것이다.

"이건 내 일이니까요."

그 여자가 웃었다. 그리고 그 웃음 속, 올랑거리고 위협적인 가면 아래에 벌레들이 고개를 내민다.

"위대한 안토니아 스콧. 항상 신비하군요. 좋아요. 스콧, 당신에게도 같은 규칙이 적용됩니다. 나는 라우라 트루에바와 라몬 오르티스가 받은 것처럼 당신의 죄들에 대한 고해성사 내용을 말해주겠습니다. 들을 준비가 되셨나요?"

안토니아는 대답하지 않았다.

"듣고 있죠?"

"네."

"아들을 다시 보고 싶은가요?"

"그렇다는 걸 알잖아요."

"스콧, 당신의 죄는 교만입니다. 다른 부모의 죄에 비하면 아주 작은 죄입니다. 따라서 벌도 더 적어야죠. 당신의 속죄 방법은 기다리는 겁니다. 열두 시간 동안. 내일 아침 7시까지 잘 지키면, 호르헤를 사람들의 눈에 보이는 곳에 놓아줄 것입니다. 선한 사마리아인이 그를 찾을 수 있는 곳에."

"다른 대안은 뭐죠?"

"대안은 우리를 찾는 것입니다. 이미 매우 가까워서 성공할 수 있을 겁니다. 하지만 한 가지만 알아두세요. 당신의 성공은 곧 당신의 실패라는 걸. 이해했나요?"

그녀는 이해했다. 아주 잘 알아들었다.

"그렇다면 카를라 오르티스는 어떻게 되는 겁니까?"

"그녀의 운명은 당신과는 상관이 없습니다. 그것은 그녀 아버지의 손에 달린 거죠. 그는 해야 할 참회가 있습니다."

"그런데, 산드라, 왜 이런 일을 하는 거죠?"

다시 벌레 같고 전염성이 있는 잔인한 웃음이 들렸다.

"왜냐고? 당신처럼 그렇게 능력 있는 사람이 아직도 그 이유를 알아내지 못했다는 사실이 더 놀랍군요. 할 수 있어서 하는 겁니다. 이렇게 하는 이유는… 재미있기 때문이죠."

그리고 산드라가 다시 웃었다.

"내일 봐요, 안도니아 스콧."

녹차

안토니아는 첫 번째로 눈에 띄는 주점으로 들어가서 마음을 진정하려고 애쓰며 선택 방법들을 생각해봤다. 그녀는 카운터 쪽에 앉았다. 위장을 막는 정크푸드와 뇌에서 튀어나오는 정보를 소화하고자 우선 녹차를 주문했다.

멘토르와 통화하는 동안 여종업원은 금속 주전자(물을 컵 안보다 받침 접시에 더 잘 따를 수 있게 디자인됨)에 끓는 물을 계속 붓고 있었다.

"당신 휴대전화가 켜져 있는데 왜 아직도 잡히지 않고 있는지 궁금하지 않아요?"

그녀도 그 이유를 물어보려고 했다.

"무슨 짓을 한 거죠?"

"우리는," 멘토르 같은 사람들은 항상 어떻게 해야 할지 모르는 일에 대해서는 복수형으로 말한다. "당신이 없는 곳에 있는 것처럼 보이도록 모바일 SIM을 재전송했어요. 그러니까 우리 팀의 새로운 괴짜의 말에 따르면 당신은 지금 아프가니스탄에 있는 셈이죠. 당신은 나에게 빚을 하나 진 거예요."

"당신이 이제까지 내게 진 빚 중에 하나를 빼면 되겠네요."

"그래도 그렇게 오래가지는 못할 거예요. 다 합쳐서 한 시간 정도면 그들이 알아챌 거예요. 경찰에도 괴짜가 있으니까요. 그때까지 휴대전화가 꺼져 있는지 잘 확인해야 해요."

여종업원은 그녀 앞에 잔을 놓았다. 엄지와 검지로 설탕 봉지를 잡고 흔들었다.

'한 시간이면 많이 남았군.'

"지금 상황이 얼마나 안 좋은 거죠?"

"영국 대사의 손자가 사라졌고, 카를라 오르티스 납치가 모든 뉴스를 도배하고 있어요. 그 납치범이 한 여성은 죽이고 다른 여성은 찔렀어요. 폭탄으로 경찰 여섯이 숨지고 두 명이 중상을 입었고요. 그리고 당신은 그 사건의 유일한 연결 고리예요."

"그냥 나쁨 정도네요, 안 그래요?"

멘토르는 성난 코를 쿵쿵거렸다.

"스콧, 난 이렇게 비꼬는 법을 배우기 전의 당신 모습이 더 좋아요. 당신 아버지는 지금 당신을 찾으려고 혈안이 되어 있어요."

이걸 선택하지는 않겠지만, 마지막으로 그녀가 할 수 있는 건 경찰서에서 밤새 의자에 묶인 채 질문에 답하는 것이다.

"당신 아버지는 당신이 뭔가를 알고 있다고 주장하지만, 호르헤를 납치한 여성에 대한 설명을 들어보면 용의자가 다양해요.

그들 중 한 명은 비옷을 입은 페파 피그[46]의 어머니고요."

'열아홉 명의 증인들이 네 살짜리 아가들이니 그럴 만도 하지.'

"그 여선생님이 중환자실에서 나오고 나면, 모든 게 분명해질 수 있을 거예요. 하지만 그동안 당신을 붙잡히게 할 수는 없어요. 프로젝트를 위험에 빠뜨릴 수 없다고요." 멘토르가 말했다.

안토니아는 그 말을 듣고도 믿을 수가 없었다. 종종 멘토르의 냉정함은 그녀보다 더했다.

"그들이 내 아들을 데리고 있어요. 그건 아시죠?"

"그러니까 잡히면 안 돼요. 만일 잡히면, 그를 구할 수 없을 테니까요. 그러니까 당신이 먼저 그자를 잡아야 합니다. 그가 어디에 있는지 찾아서 우리에게 알려주세요. 나머지는 우리가 알아서 할 테니까."

이렇게 잔인하다니. 이렇게 간단하다니. 정말 있을 수 없는 일이다.

안토니아는 숨을 크게 쉬었다. 알약의 효과가 슬슬 떨어지자, 세상이 속도를 내기 시작했고 수많은 감정이 문을 두드렸다. 안토니아는 휴대전화를 세게 쥐고 왼손으로 주먹을 쥐고 허벅지를 두드렸다. 한 번 두 번. 여종업원이 그녀를 이상하게 바라봤다.

'진정해. 진정하란 말이야. 결국 네가 원하는 건 쇼를 펼치고 경찰에 신고하는 거야.'

그녀는 스스로를 다독였다. 하지만 아무리 진정하려고 해도 그러지 못할 것이다. 그녀의 두뇌 화학이 그렇기 때문이다. 그리고

---

46 영국의 유치원 어린이용 애니메이션 텔레비전 시리즈 등장인물

바로 지금, 항상 압박을 받는 것이 자연스러운 기능처럼 수정된 시상하부가 실제로 압박을 받고 있었다. 산드라는 마치 내일이 없는 것처럼 혈류에 히스타민 폭탄을 던지고 있었다. 그녀는 자신을 둘러싼 모든 정보의 최후를 알고 있었다. 회전이 멈추지 않는 슬롯머신의 최후.

구석에서 책을 읽는 척하지만, 사실은 무릎 위를 덮은 재킷 아래를 만지고 있는 남자의 최후.

삐걱거리는 욕실 문의 최후.

텔레비전 소리, 카페 입구에 놓인 한쪽다리가부러진의자의최후,그남자왓츠앱울리는소리의 최후.

'그만해.'

"여보세요?"

"전 못하겠어요…."

"스콧? 아직 약 남았어요? 지금 얼른 하나 먹어요."

안토니아도 알고 있다. 그녀는 주머니에 손을 넣고 금속 상자를 꺼냈다. 남은 두 알약 중 하나를 꺼내다가 바닥에 떨어뜨렸다. 그곳에는 땅콩 껍데기랑 사용하다 버린 이쑤시개, 올리브 씨, 기름이 잔뜩 묻은 냅킨이 떨어져 있었다.

'안 돼!'

그녀는 몸을 굽혀서 먼지들 사이에서 그것을 찾고, 목구멍 쪽으로 밀어 넣은 다음 세균 걱정 따위는 하지 않고 씹었다. 이번에는 열까지 세지 않고 약이 마법을 발휘할 때까지 기다리지도 않았다. 시간이 없다.

"니콜라스 파하르도에 대해서는 뭘 알아냈죠?"

"우선, 그는 죽지 않았어요. 사람들이 그를 사방으로 찾고 있지만, 시간이 걸릴 겁니다. 그 사람은 자기 흔적을 지우는 방법을 잘 알고 있으니까요. 그가 삶과 연결하는 유일한 연결 고리는 청구서가 나가는 은행 계좌지만, 사람이 죽으면 종종 이런 일이 생기죠. 이 돈에 대해서 이의를 제기하지 않거나, 소유자가 사망했음을 은행에 알리지 않으면 잔액이 있는 한 돈이 청구되니까요."

"멘토르, 제가 이용할 수 있는 정보를 주세요, 뭐든."

"그의 기록 파일을 이메일로 보냈어요. 많지 않은데 그게 다예요, 스콧. 그들이 알아낸 유일한 사실은 그가 딸의 자살 후에 병가를 받았다는 것뿐이에요."

"참, 알고 보니 그의 딸도 죽지 않았어요." 그녀가 말했다.

"뭐라고요?" 멘토르가 놀랐다.

"별거 아니에요. 설명하려면 너무 길어요. 우선 계속하세요."

멘토르는 그녀의 예상치 못한 발언 이후 다시 이야기의 끈을 잡기 위해 고군분투했다.

"그리고 그는 업무에 복귀한 지 일주일 만에 터널 붕괴로 사망했습니다. 그게 답니다."

'별거 없군.'

"그나저나 존은 어쩌고 있어요?"

"화가 아주 많이 났어요. 5분마다 저에게 전화해대네요. 당신을 돕고 싶어 해요, 스콧."

"아마도, 안 될 거예요."

'그가 거짓말을 한 이후로는. 더는 그를 믿을 수 없다. 그리고 그는 발뒤꿈치에 내부 조사과를 달고 있다. 게다가 기자들까지.

내가 그에게 전화하면 오겠지만, 함께 있으면 무슨 일이 일어날지 아무도 모른다. 모든 일을 망칠 수 있다. 멘토르도 믿을 수 없다. 나는 지금 아무도 믿을 수가 없다. 모두 호르헤에게 너무 위험한 사람들이다.'

"당신 마음대로 해요. 휴대전화는 끄고요. 그리고 그를 잡아요."

그는 전화를 끊었다. 그녀도 휴대전화를 끈다. 그리고 아이패드를 열고 비행기 모드로 전환한 다음 주점의 와이파이에 연결해 그가 보낸 파하르도의 파일을 내려받았다.

대단한 내용은 아니지만, 그 안에 그에 대한 대략적인 이야기가 들어 있었다.

카를라

마지막으로 세게 잡아당기자, 타일이 그녀의 손으로 떨어졌다. 검지와 중지에 피가 많이 나고 손톱이 부서지고 부러졌지만, 결국 타일 조각을 뜯어냈다.

그녀는 오른손 손가락을 빨고 피와 손톱 조각, 모래를 뱉으면서 왼손으로 그것을 붙잡고 있었다. 카를라는 10센티미터짜리 정사각형의 세라믹 타일을 손에 넣었을 때 나타난 자신의 동물같이 원초적이고 사나운 표정을 볼 수가 없었다.

그녀는 거친 손끝에서 나오는 불쾌함과 고통과 슬픔을 무시하려 애쓰며 옷을 벗었다. 치마에 타일을 조심스럽게 감싼 다음 그 타일을 모서리가 위로 향하게 해서 벽에 기대어 세워뒀다.

카를라는 몇 시간 동안 이 순간을 생각해왔다. 생각한 것이 거의 실제로 연결될 때까지, 해야 할 모든 일을 자세하게 시각화했다. 한 손날로 쳐야 한다. 정중앙을 퍽. 절대로 모서리에 흠집을 내거나, 아무렇게나 쪼개면 안 된다.

완벽해야 한다. 어둠 속에서 보이지 않지만 정확한 일격.

치는 방향을 여러 번 생각해봐.
부드럽게. 그런 다음에 해.

카를라는 그녀를 조수석으로 밀어내듯 상황을 점점 더 조종하는 또 다른 카를라에게 순종했다. 하지만 어떻든 상관없었다. 이곳에서 나갈 수만 있다면 뭐든지 할 것이다. 산드라의 목을 직접 조르기 위해서라면 뭐든지.

카를라는 타일을 손으로 내리칠 때 그것이 산드라라고 생각했다. 옷 속에서 부드럽게 바스락거리는 게 느껴졌다. 천이 제 기능을 잘해서인지 타일이 어떻게 부서졌는지 소리가 들리지 않았다. 이제 어떻게 조각이 났는지 걱정하며 옷을 펼쳐봤다. 지금, 이 순간 그녀의 삶에서 가장 중요한 건 이 타일이다.

몇 개의 작은 조각이 옷에서 떨어지고 나머지는 천 위에 미끄러졌다. 그녀는 앞이 보이지 않는 중에도 그것들을 초조하게 뒤져봤다. 타일이 부스러기가 되었다면, 이전 시간의 모든 노력이 물거품이 된다.

그러면 넌 죽게 될 거야.
알겠지만 그는 널 도와주지 않을 거야, 안 그래?

시간이 걸릴 수도 있다⋯. 어쨌든 아주 중요한 결정이니까.

만일 마리오가 여기에 잡혀 있고,
네가 회사에 불을 질러야 한다면,
어떻게 할 거야?

아직은 시간이 있다. 아직은 아버지가 결정할 수가 있다. 아직
은 증명할 시간이 있다⋯.

그에게 그 제국보다 중요한 게 있을까?
이런 멍청이. 그는 요구대로 하지 않을 거야.
그는 널을 버렸다고. 네가 널 위해서 싸워야 해.
네가 기댈 수 있는 사람은 아무도 없어!

카를라는 한 걸음 물러서고, 또 다른 카를라에게 조금 더 많은
통제권을 줬다. 그녀는 타일 조각에 찢어진 옷을 뒤적거리다가
조각들 사이에서 거의 완벽한 반쪽을 찾아냈다. 본능적으로 그것
을 꽉 붙들었다. 다시 옷도 입지 않은 채 하수구 위의 벽 쪽으로
다가갔다. 그리고 임시로 만든 도구의 끝부분을 회반죽과 다음
타일 사이에 찔러넣기 시작했다. 이제 움직임이 훨씬 더 빨라졌
고, 적어도 손가락 통증은 없었다. 두 번째 타일을 떼어내는 데는
한 시간도 채 걸리지 않았다.

카를라는 납치범들에게 이 일을 들키지 않기 위해 매우 조심스
럽게 그것을 집어 들었다. 그리고 밖에서 들리는 모든 소리에 주

467

의를 기울였다. 그때 벽 반대편에서 울음소리가 들렸다. 아이, 어린 소년이었다. 마치….

'마리오!'

그녀는 일어나서 엄마가 여기 있고, 모든 것이 잘될 것이라고 소리치려고 했다. 하지만 그 목소리가 그녀를 막았다.

이건 속임수일 뿐이야.

벽 반대편에는 아이가 없어.

그녀는 의심스럽지만 결국은 자신의 상상이 만들어낸 소리임을 깨달았다. 네 살짜리 아이가 벽 반대편에 있을 리가 없다. 그리고 있다고 해도 그녀의 아이가 될 수는 없다. 그것은 산드라가 그녀를 고문하는 또 다른 속임수일 뿐이다.

카를라는 또 다른 카를라의 말을 따랐다. 그녀는 자신을 잘 보살펴야 했다. 그것뿐이다.

카를라는 옷 위에 두 번째 타일을 놓고 모퉁이로 돌아갔다. 적어도 타일이 열 개 정도 더 필요할 것 같았다. 그런데 시간이 부족했다. 그녀는 이것이 실패할 계획이라는 걸 알지만, 기꺼이 싸울 준비가 되어 있었다. 또 다른 카를라는 그녀에게 반박할 수 없는 진실을 보여주었다. 인생은 아무것도 아니다. 두 개의 무한한 암흑 사이의 섬광일 뿐이다.

하지만 그녀는 마지막 순간까지 그 섬광을 누릴 것이다.

참회

게임에서 이길 수 있는 유일한 방법은 게임의 규칙을 이해하는 것이다. 에세키엘이 게임을 시작한 후로 모든 것은 '무르-마', 즉 물속에서 발가락으로 무언가를 더듬더듬 찾으며 걷기였다.

'인제야 게임이 분명해지기 시작하는군.'

안토니아가 생각했다.

평범한 복무 기록을 가진 경찰 니콜라스 파하르도는 1996년에 입대했다. 그는 고등 교육을 받은 적이 없다. 그리고 언쟁 후 받은 심리 평가에서 '사회성이 그리 뛰어나지 못함'이라는 결과와 대중과 직접 하는 활동은 참여하지 않는 편이 낫다는 평가를 받았다.

'존이 여기에 있었다면, 이것이 완곡 표현이라고 말하겠지.'

안토니아가 생각했다. 그녀는 그가 그리웠다. 하지만 그것은 위험한 감정이었다.

심리학자는 니콜라스 파하르도가 경찰 시험을 통과했다는 사실에 놀랐다. 보통 신경증은 단계적으로 진행되는데, 그는 자신의 단점을 숨기는 능력을 갖췄을 것이다. 적어도 단순한 상황에서는. 하지만 상황이 복잡해지면 가라앉은 것들이 수면 위로 떠오르기 마련이다. 그러면 상사들이 분개할 수밖에 없다. 하지만 그들은 그가 공무원이기 때문에 어떻게 처리해야 할지 모른다.

그럼에도 불구하고 그는 군에도 있었다. 1993년과 1994년에 보스니아에서 두 번의 임무 수행을 했다. 폭발물 처리 경험. 그래서 그들은 그를 NBQ 부서에 넣었다.

딱 맞는다. 그는 정치인들이 폭탄 테러를 당하지 않도록 터널만 드나들면 됐다. 밖에서 길을 건너는 노파들을 직접 도울 필요가 없었다. 네 명의 동료가 팔에 새긴 쥐처럼 어두운 구멍들만 돌아다니면 됐다.

그런 상황은 그에게도 유리한 게, 관계 문서에 별 기록이 없는 것만 봐도 알 수 있다. 단, 개인적인 내용은 조금이었다. 1997년 15일의 결혼 휴가. 1998년의 또 다른 15일의 육아 휴가. 2007년의 1주일의 사망 휴가. 괄호 안에 아내라고 적힘.

사망 원인은 적히지 않았다. 하지만 안토니아는 결론을 내릴 수 있을 것 같았다. 2006년부터 심리 검사가 반복되기 때문이다. 치료사들은 하나같이 같은 평가를 했는데, 검사 중에 관심 대상인 스트레스가 나타나지 않았기 때문일 가능성이 컸다. 2008년에 단 한 명의 치료사만 그 행동의 뿌리를 더 깊이 파헤치려고 했고, 그 보고서는 과히 충격적이었다.

이 환자는 중하층 가정, 잔인하고 폭력적인 아버지 밑에서 자랐다. 만일 성적 학대가 아니라면, 심각한 신체적 벌을 받았을 가능성이 크다. 그리고 정서적 발달과 성격은 이런 유독한 환경의 영향을 많이 받았다. 직업적 출발은 군대였는데, 스트레스가 많은 이곳의 상황이 그의 PTSD(외상 후 스트레스 장애)를 악화시켰다. 모방을 통한 뛰어난 직무 능력에도 불구하고 이 환자는 기본적인 사회적 능력이나 실제적인 대처 전략이 부족하고 심신이 미약하다. 일상 업무가 그의 PTSD 장애를 더 악화시켰다. 따라서, 지금 하는 일을 즉시 그만둘 것을 권유한다.

'그가 죽은 것으로 알려져서 다행이네. 아니었다면 이 정보를 얻지 못했겠지. 그 심리학자의 서랍에서 절대 나오지 않았을 테니까.'

그리고 어쩌면 절대 나오지 않았을 수도 있다. 그가 계속 일을 했기 때문이다. 스페인에서 메워지지 않은 수만 개의 빈자리와 경제 위기 동안, 누군가는 파하르도를 쫓아낼 수 없다고 결정했을 것이다. 전반적으로 그들의 일은 폭발성 냄새를 감지하는 것으로 여행 가방 앞에 앉아 있는 공항 개와 크게 다르지 않았다. 그래서 그들은 그에게 패치들을 붙였다. 리스페리돈[47] 패치. 올란자핀[48] 패치. 지프라시돈[49] 패치.

그렇게 그는 무너지고 있었다.

---

47 조증 및 정신분열증 치료용 비전형적 약물

48 조현병, 조울증에 사용되는 비정형적 약물

49 조현병과 양극성 장애 등을 치료하는 데 사용되는 항정신성 약물

그리고 2년 전 어느 날, 그 일이 벌어졌다. 산드라 파하르도는 자살을 꾸몄다.

　　안토니아는 파하르도와 딸의 관계가 어땠을지 상상해봤다. 엄마 없이, 어린 시절 심각한 학대를 겪어서 매우 심각한 정신적 문제를 안고 있고, 이성 동료는 전혀 없는 아빠 밑에서 자란 소녀. 그 열 살짜리 소녀는 어떻게 되었을까? 열한 살에는. 열세 살과 열네 살, 그녀의 몸이 변했을 때는 어땠을까. 그의 상사들은 그의 행동에 대해서 눈을 감았지만, 그가 지하에서 수색하는 폭탄들보다 훨씬 더 위험한 시한폭탄이라는 것을 잘 알고 있었다.

　　안토니아는 이 두 사람의 삶이 어땠는지 궁금했다.

　　닫힌 문 뒤, 거실과 침실에서 무슨 일이 있는지 누가 알까? 매일, 매년, 수천 번의 아침을 맞으면서 두 사람 사이에 무슨 일이 일어나는지 누가 알 수 있겠는가?

　　알 수 없다. 하지만 그 통화를 하면서 직감했던 부분을 확인할 수 있었다. 택시 운전대의 지문이 니콜라스 파하르도의 것임을 알게 된 순간, 안토니아는 그가 에세키엘이 아닐 거라고 추론했다. 그리고 그녀는 파라와 그의 부하들이 위험에 처해 있다는 걸 깨달았다.

　　안토니아는 산드라와 그녀의 아버지 사이에 무슨 일이 있었는지 모르지만, 한 가지는 알고 있었다. 즉, 안토니아는 약한 부분이 적응하고 진화하여 가장 강력한 부분이 된다고 믿었다. 먼저 산드라는 고통을 일으킨 사람을 지배하는 법을 배울 때까지 많은 고통을 겪어야 했을 것이다. 그리고 어느 날 다른 사람들에게 그 고통을 줄 수 있을 때가 왔다고 결정한 것이다.

그러니까 어린 시절 니콜라스의 아버지가 저지른 죗값을 치른 사람은 산드라였다. 그리고 산드라는 이제 다른 사람들에게 기꺼이 값을 치르게 하는 사람이 되었다. 그녀는 라우라 트루에바와 라몬 오르티스에게 했던 것처럼, 그들이 할 수 없는 속죄를 그들에게 강요했다.

니콜라스와 산드라는 그들이 '성공'이라고 정의한 것을 포기하도록 강요한다. 그녀가 안토니아에게 그 불가능한 선택권을 주었던 것처럼.

안토니아가 아들의 생명을 구하려면 산드라가 이기게 두어야 한다. 열 시간 30분 동안 아무것도 하지 말고 가만히 있어야 한다. 그녀 아버지의 결정대로 카를라 오르티스를 버려야 한다. 에세키엘이 요구한 속죄가 무엇이든 간에 그녀의 아버지는 절대 그것을 따르지 않을 것이다.

그러면 호르헤가 살게 될 것이다. 다른 삶 덕분에 얻게 되는 삶. 최근 3년 동안 해왔던 것과 똑같은 것만 해야 하는 삶. 즉, 아무것도 하지 않는 삶.

'아니, 그런 일은 일어나지 않을 거야.'

안토니아가 생각했다.

'난 그 여우 안 믿어. 내 아들이 그 손에서 1초도 더 있게 하지 않을 거야. 카를라 오르티스의 아들이 그의 어머니를 다시 못 보게 하지 않을 거야. 난 그녀를 포기하지 않을 거야.'

그것은 그녀 자신을 포기하는 일일 테니까.

안토니아는 이상한 고통을 느끼기 시작했다. 라우라 트루에바의 결정(아들의 목숨을 버림)이 끔찍하다는 생각이 들지만, 자신도 똑같은 상황에 놓였고 같은 결정을 내리게 될 거라는 이상한 기분을 지울 수가 없었다.

'내가 이해하기 시작한 이 아이러니는 곧 사실이 될 거야.'

안토니아는 스스로 놀랐다.

'맞다. 때로 사랑은 우리를 복잡한 곳으로 데려간다. 하지만 우리는 결코 자신을 포기할 수가 없다.'

그녀는 타투 숍에서 조건 없이 아버지를 보살피는 그 소녀를 떠올렸다. 하지만 그녀는 자기 자신은 포기하지 않았다. 다른 사람이었다면 그런 상황에서 아무도 아버지에게 다가가는 걸 허락하지 않고, 옳은 일보다는 사랑을 먼저 선택했을 것이다. 하지만 그녀는 아버지에게 그 영화에서 눈을 떼라고 말하고, 그들에게 집중하라고 강요했다.

순간 번개가 쳤다.

"커크 더글러스, 개자식, 커크 더글러스!"

안토니아가 크게 소리 질렀다.

"손님, 무슨 말씀이신지?"

하바나 억양의 여종업원이 물었다.

안토니아는 그 말이 귀에 들어오지 않았다. 그녀의 발이 물속 모랫바닥에서 방금 그들이 찾고 있는지도 몰랐던 퍼즐 조각 하나를 발견했기 때문이다(무르-마!).

그리고 갑자기 에세키엘을 부술 수 있는 방법을 찾아냈다.

안토니아는 시계를 쳐다봤다. 준비할 시간이 많지 않았다.

'길을 찾아야 해. 그리고 두 통의 전화를 해야 해.'

한 통의 전화

첫 번째 전화는 멘토르에게 했다.

"미쳤어요? 전화 끄라고 했잖아요."

"전화번호가 필요해요."

"이제 더는 보호해줄 수가 없다고, 안토니아. 지금 경찰에서 당신이 어디에 있는지 벌써 알 거예요. 이제는 뛰는 편이 좋을 거고."

"전화번호부터 알려줘요."

"누구 번호?"

안토니아가 그에게 대답했다.

"미쳤어? 그건 못 줘, 안 줄 거야."

"그래요. 그럼, 저는 이 주점에서 조용히 앉아 있어야겠네요."

"안토니아…."

"벌써 사이렌 소리가 들리는 것 같아요."

"당신은 정말 참기 힘든 사람이야."

또 한 통의 전화

결국 멘토르가 알려준 번호로 두 번째 전화를 걸었다.

세 번째 신호음이 들리자 누군가 전화기를 들었다.

"다 알고 있습니다."

오래된 수법은 맞다. 그래도 확실한 방법이다.

협박

'레티로 공원, 오도넬 쪽 문. 카사 아라베 앞.'

그 사람이 알려준 주소다.

안토니아는 공원 문이 자정에 닫힌다고 쓰여 있는 표지판에 기
댄 채 그 사람을 기다리고 있었다. 공원 마감 시간에서 18분이나
지났지만, 공원에서 사람들이 계속 나오고 있었다. 도서 박람회
기간에는 개장 시간이 더 길다. 늦게까지 부스를 떠나지 않는 서
점들이 있기 때문이다.

그녀는 30초마다 시계를 확인했다. 카를라 오르티스에 남은 시
간은 단 여섯 시간 30분이다.

390분.

23,400초.

크고 검은 자동차가 나타났다. 그녀는 표지판에서 떨어져서 팔짱을 풀고 다리에 힘을 주고 등을 밀어서 차를 향해 걷기 시작했다. 그리고 차의 뒷문을 열고 들어가 앉았다.

앞 좌석에 두 사람이 앞을 향하고 있었다. 세 번째 인물이 구석에서 기가 꺾여 앉아 있었다. 자동차 라이트도 꺼져 있고 엔진도 꺼져 있었다. 내부의 유일한 빛은 가로등에서 나오는 빛으로, 색칠된 창을 간신히 통과했다. 어두운 곳에서 나누기에 가장 적합한 대화들이 있다.

"지금 저를 협박하고 있다는 걸 알고 계시겠죠."

구석에 앉은 인물이 말했다. 그의 닳아빠진 목소리는 속삭임에 불과했다.

"네, 그게 제 계획입니다."

"당신이 원하는 게 뭐죠? 돈인가요?"

안토니아는 고개를 저으며 필요한 것이 무엇인지 설명했다.

"그게 다인가요?"

"네, 그게 답니다."

"당신은 아주 귀중한 비밀을 가졌군요, 스콧 부인. 많은 사람이 살해해서라도 갖고 싶어 하는 비밀을."

"저에겐 그렇게 중요하지는 않습니다."

그 사람이 몸을 앞으로 기울이자, 그녀의 얼굴이 처음으로 드러났다. 가로등 불빛 속에서 보긴 했지만, 라우라 트루에바는 불과 이틀 만에 10년이나 늙어버린 것 같았다.

"그런데 그걸 어떻게 알았죠?"

안토니아는 커크 더글러스를 생각했다.

'개자식 커크 더글러스.'

"당신 사무실에 있는 초상화요." 그녀가 대답하기 시작했다. "죽은 소년은 턱에 보조개가 있었어요. 당신도 남편에게도 없는 보조개를. 보조개는 부모 중 한 명이 꼭 가지고 있어야 유전이 됩니다. 이론적으로 다른 친척에게서 물려받았을 가능성도 있지만, 그 확률은 5,000분의 1입니다."

"그건 몰랐네요." 라우라 트루에바가 말했다.

'알 리가 있나.'

"당신의 행동 때문에 제 생각이 정리되었습니다. 분명 당신은 죄책감을 느꼈습니다. 하지만 아이를 죽게 한 엄마처럼 행동하지는 않았어요. 사실 저는 그 아이가 진짜 알바로였다면 무슨 일이 벌어졌을까 궁금하긴 합니다."

"저도 그래요, 믿지는 않겠지만. 답을 알고 있는데, 행동이 다르게 나온다고 말하고 싶은 마음입니다. 하지만 그러면 거짓말이 되겠죠."

그녀는 그 말을 이해했다. 영혼은 러시아 인형처럼 작은 독립된 칸으로 구성되어 있다. 계속 열면 마지막 인형을 찾게 된다. 그리고 그 얼굴은 가장 큰 인형의 얼굴과 절대 같지 않다. 그 마지막 얼굴은 비열하고 잔인할 수 있다.

"당신이 우리에게 한 거짓말은 이뿐만이 아닙니다. 당신은 처음부터 우리에게 거짓말을 했습니다. 에세키엘은 학교에서 그를 납치하지 않았습니다. 그렇죠? 그랬다면 혼란스럽지 않았을 겁니다."

"맞아요. 우리가 평소 사용하는 집 근처에 있는 푸에르타 델 이에로의 별장에서 벌어졌어요. 그래서 혼란스러웠어요."

라우라 트루에바가 그녀의 말을 순순히 인정했다.

"그럼 그 아이는 누구였죠?"

"우리 집 가정부의 아들입니다." 라우라는 부끄러움이 섞인 낮은 목소리로 인정했다. "알바로와 동갑이고 키가 같아요. 그들은 우리와 함께 살고 평생 가족이 되었죠. 그들은 여름에 우리와 함께 산탄데르로 여행을 가기도 해요. 그의 어머니가 우리 집의 모든 걸 관리합니다."

"그래서 해변에서 당신 아들과 함께 찍은 사진이 있었군요."

"그가 찍힌 유일한 사진이었어요."

"그의 이름이 뭐였죠?"

"하이메. 하이메 비달. 착한 아이였어요. 알바로와 친구였고요. 그 아이는 좋은 학교에 다녔는데, 제가 모든 걸 책임졌어요. 물론 알바로랑 똑같지는 않지만요…. 하지만 그에게는 어울리지는 않았을 거예요…. 그래도 좋은 학교였어요."

"사립학교."

"맞아요."

"그래서 에세키엘이 그를 데려갔을 때 교복을 입고 있었군요."

그녀는 당시 일어난 일을 즉시 시각화했다. 하이메, 뒤에 교복, 재킷, 넥타이. 개인 보안이 없는 주택단지에서. 파하르도는 근처 차 안에서 알바로가 자기 열쇠로 별장 문을 여는 것을 지켜봤다.

"우리는 그 아이가 통학버스에서 내렸다는 걸 알고 있었어요. 거기에서 집까지 600미터밖에 안 되는데 집에 오질 않는 거예요. 그래서 그의 어머니가 걱정했어요. 그런데… 그 사람이 전화했어요. 그는 제게 알바로를 데리고 있다고 말하더군요."

"그리고 당신은 그 납치범의 실수를 지적하지 않았고요."

"두려웠어요!" 트루바는 자신을 변호하면서 울음을 터뜨리기 직전이었다. "만일 그가 알바로가 아니라서 다시 돌아온다면? 나는 내 아들을 보호해야 했어요!"

"에세키엘이 당신에게 무엇을 요구했죠?"

그녀가 다시 자리에 등을 기댔다.

"그건 이제 중요하지 않아요. 내가 받아들일 수 없었던 요구였으니까요."

"그리고 가정부의 아들이니까 더 그랬겠죠."

그 은행장은 창에 있는 버튼을 눌렀다. 열리는 좁은 틈은 내부의 열을 약간 식혀줬다.

"당신은 그 어떤 말로도 내게 상처를 줄 수 없어요, 스콧 부인."

"아니요. 제 생각엔 아닙니다." 안토니아가 잠시 생각한 후 말했다. "사람들이 그 아이 어머니에게 뭐라고 했죠?"

"그 사실. 하나의 사실요. 누군가 알바로라고 착각하고 하이메를 데리고 갔다는 것. 어떤 대가를 치르더라도 그를 찾기 위해 최선을 다할 거라는 것."

"그리고 그들은 당신에게 그 시체를 전해준 거군요."

라우라 트루에바는 침묵했다. 안토니아는 이 여자가 재판장 앞에 서지 않을 거고, 절대 판사와 그와 동등한 배심원단 앞에서 자신의 행동을 정당화해야 하는 굴욕을 겪지 않을 것임을 잘 알고 있다. 그녀는 어떤 처벌도 받지 않을 것이다. 하지만 그녀는 혼자서 자신에게 이 숙제를 내는 것 같았다.

열린 창틈 덕분에 아주 눈곱만큼은 안정이 됐다.

꽉 닫고 있는 것보다 낫다.

"이제 끝났나요?" 트루에바가 묻는다.

"제가 부탁한 걸 주시면요."

"알레한드로."

앞 좌석에 앉은 남자 중 한 명이 돌아서서 검은 천 가방을 건네 줬다. 그러자 트루에바는 안토니아에게 그것을 전해줬다. 그 안에 무거운 금속이 만져졌다.

그녀는 총을 꺼냈다. 그 금속은 희미한 빛 속에서도 위험하고 치명적으로 보였다. 그리고 그나마 얼마 남지 않은 빛까지 흡수하려는 것처럼 보였다.

"근데 사용할 줄은 아십니까?"

남자는 안토니아에게 물었다.

"아니요."

그 남자는 이해할 수 없다는 표정으로 돌아서며 총을 꺼내 설명했다.

"4세대 글록 권총입니다. 탄창으로 열일곱 발. 안전장치가 없으니 쏘고 싶을 때 방아쇠를 당기기 좋습니다."

안토니아는 총을 받아서 숄더백에 넣었다. 그리고 문을 열고 나가려고 몸을 일으켰다.

"예전에 당신 파트너에게 한 제안은 당신에게도 유효합니다, 스콧 부인." 트루에바가 말했다. "그 새끼 머리에 총알만 박아도…"

하지만 그 말을 끝내기도 전에 안토니아는 차에서 내렸다.

라몬

노년은 밤이 더 무섭다.

노인의 지혜와 평정심이 젊은이보다 뛰어나다는 사람들의 믿음은 가장 큰 거짓말이다. 노년이 되면 가장 시급한 욕구들, 탐욕스러운 욕망, 게걸스러운 굶주림, 급한 성격에서 벗어난다는 것. 노인은 참을성이 있고, 노인은 전쟁보다 평화를 선호하며, 노인은 경청할 줄 안다는 것. 그리고 그들은 말할 때, 시간과 인내로 세워진 구릿빛 글씨가 새겨진 대리석 망루에서 말하고, 그들의 생이 다하면, 그 지식은 다음 세대를 위한 본보기나 추억으로 굳어진다는 것.

'전부 다 헛소리야.'

라몬 오르티스가 생각했다. 노인들은 비타협적이며 편견으로 가득 차 있으며 일을 하는 방법도 딱 한 가지뿐이다. 노인은 자존심과 돈이나 애국심 때문에, 또는 위의 세 가지를 합친 것 때문에 전쟁을 시작하는 사람들이다. 노인도 적극적이고 굶주린 십 대들과 똑같은 욕구가 있다. 아마도 몸이 허락하면 기절할 때까지 술을 마시고, 배가 터질 때까지 먹고, 거시기가 떨어질 때까지 그 짓을 하며 하루를 보낼 것이다. 연간 판매되는 20억 개의 비아그라 알약이 그 사실을 증명한다. 하지만 그의 몸은 그것을 허락하지 않는다.

한때 견고하고 활기찬 기계였던 라몬 오르티스에게 남은 것은 불명예와 지병들을 담고 있는 자루뿐이다. 매일매일 두세 시간 얕고 간헐적인 잠을 자는데, 뼈가 아프고 목이 까끌까끌하며 속옷에 소변이 젖는다. 며칠에 한 번씩 의사를 찾아가고, 항상 또 다른 탄식과 함께 또 다른 처방을 받아야 했다.

그에게는 죽은 두 아내에 대한 지속적이고 고통스러운 기억이 있었다. 한 명은 그의 전성기에 떠났고, 또 다른 부인은 죽은 지 1년이 채 되지 않았다. 비록 그의 정신은 여전하지만, 신체적 욕구는 줄어서 음식도 적게 먹는다. 그의 정신은 옅은 그림자와 같고, 가려워서 긁고 싶지만 손가락 사이로 공기만 잡히는 환각지[50]를 앓는 군인 같았다.

해가 진 뒤, 피로가 차가운 담요처럼 어깨를 감쌀 때, 눈이 따가울 때, 다리가 더는 무게를 견딜 수 없을 때, 노년은 죽음보다 더 나쁜 형벌이다.

라몬은 몇 명의 노인을 알고 있다. 어떤 사람들은 자신의 병을 비웃고 무스(스페인식 트럼프의 일종)에 빠져 지내고, 와인을 즐기며, 또 해가 지기만을 바란다. 또, 자기 운명을 저주하는 사람들도 있고, 모든 것을 속에 간직하는 사람들도 있다.

거의 모두가 아침마다 거울을 보는데, 다시 반사되어 오는 얼굴을 알아보지 못하고, 누가 그들에게서 푸른 4월을 훔쳐 갔는지, 어떻게 이런 일이 일어날 수 있었는지 의아해하기만 한다.

그가 아는 모든 사람은 예외 없이 점점 더 큰 이빨로 하루하루를 집어삼키는 늑대 앞에서 겁에 질린 아이들에 불과했다. 그가 아는 모든 사람은 예외 없이 모자 안에서 알리바바의 램프[51]를 얻

50　절단된 팔·다리가 아직 그 자리에 있는 것처럼 느끼는 증상

51　'모자 안에서 알리바바의 램프'는 호아킨 사비나의 〈거리에서 그것을 말해 줘(Dímelo en la Calle)〉라는 노래 가사 중 일부임.

을 수 있다면, 모든 것을 바칠 것이다. 그들은 세 가지 소원 중 하나만 이루면 된다. 지금 아는 것을 유지한 채, 다시 스무 살로 돌아가는 것이다. 젊은 시절로 돌아갈 기회가 생기면, 이번에는 제대로 뭔가를 해보고 싶어 한다. 그렇게만 할 수 있다면, 그들은 가지고 있는 것을 버리고 아는 사람들과 작별을 고할 것이다. 집을 비롯한 재산, 가족 및 친구들과 모두. 물론 자녀들과도 망설이지 않고 이별할 것이다. 영혼의 어두운 밤, 그의 눈은 영원한 젊음의 비약을 파는 탐욕스러운 악마를 찾아 어두운 구석을 살핀다. 하지만 그림자들은 삶의 모래시계처럼 텅 비어 있다.

모두가 그것을 위해 모든 것 바칠 것이다.

'난 아니야.'

라몬 오르티스는 예외적인 사람이다. 위대한 업적을 이룬 사람들의 삶을 살펴볼 때 그들의 성공은 재능과 지성, 일 및 운의 조합으로 해석되어야 한다. 하지만 그는 여기에 다섯 번째 요소를 추가한다. 그에게는 흔들리지 않는 의지가 있다. 그는 삶을 일, 그러니까 영원히 이어질 피라미드의 돌 하나하나, 알갱이 하나하나로 천천히 짓는 건물로 정의한다.

만일 어떤 사람에게 손에 총을 쥐여주고 당신 머리를 날려 버리지 않으면, 딸을 죽이겠다고 말하면, 말을 마치기도 전에 총소리가 울릴 것이다.

하지만 만일 라몬 오르티스 같은 사람에게 평생을 해온 일을 무너뜨리라고 한다면….

"난 뭐든 할 거야. 헤수스, 뭐든."

그들은 집 거실의 안락의자에 앉아 있었다. 그는 방의 맞은편

끝에 있는 플로어 램프를 제외한 모든 조명을 껐다. 어떤 대화는 어둠 속에서 하는 게 가장 좋다.

"알아요, 라몬. 아주 잘 알죠" 그의 변호사가 말했다.

'당신이 원하는 무엇이든… 이것만 빼고'

헤수스 토레스는 30년 이상 라몬 오르티스의 개인 고문으로 일했다. 30년 동안 그는 자신이 아주 높이 평가하는 스위스 시계나 좋은 위스키처럼 특월한 기교로 각 상황에 맞게 조정하는 법을 배웠다.

그는 손에 있는 유리잔을 바라봤다. 놀랄 만한 스코틀랜드 산. 아랍 족장이 지난겨울 라몬의 생일에 준 선물이다. 달모어 트리니타스 위스키. 64년 숙성. 전 세계에 단 세 병. 개당 10만 유로 이상. 라몬은 아무 생각 없이 술 진열장에서 그걸 꺼냈다. 그는 그것을 열어 탁자 위에 놓고 밝은 캐러멜색의 술을 세 손가락으로 잔에 붓고 조용히 시계를 응시했다.

토레스는 천 유로짜리 한 모금을 마시고 그 맛을 즐긴 후 삼키기 전에 입에 머금고 있었다. 첫 번째로 건포도, 커피, 헤이즐넛, 쓴 오렌지 어쩌면 자몽의 강력한 맛. 박하와 사향 물론. 그런 다음 무스카트 포도, 마지팬, 당밀의 물결을 삼켰다. 그리고 떠날 때는 트러플, 흑설탕, 호두 껍데기의 뒷맛이 남는다. 그가 하는 개인 고문의 일 처리처럼 훌륭한 위스키다.

처음에 느껴지는 그의 말투와 뉘앙스, 섬세함, 이후를 위해 남겨둔 또 다른 모습들, 그것들이 만들어가는 미래의 모습들까지 다양하다.

요즘 토레스의 역할은 고문이 아니라, 고해성사를 듣는 신부

같았다.

"헤수스, 그 애는 내 딸이잖아. 내 영혼을 다해 아이를 사랑한다고."

"네, 라몬. 그리고 따님은 당신의 삶이죠. 걱정하지 말아요. 감히 어떻게 하지 못할 거예요. 내일 전화를 걸어 돈을 요구할 거예요. 그리고 카를라는 무사히 돌아올 겁니다."

백만장자는 그 말에 확신이 없었다. 그는 딸의 사진을 무릎에 올려놓고 왼손으로 그것을 붙잡고 있었다. 오른손에는 휴대전화가 들려 있었다. 늦은 시간이라도 전화 한 통이면 충분했다. 30분 안에 전국의 모든 텔레비전 방송국에서 기자 회견을 할 수 있었다. 그러면 60분 안에 그 소식이 전 세계에 알려지게 될 것이다.

'노예 노동으로 부자가 된 것을 인정하고 회사를 닫는다고 발표한 백만장자.'

참혹한 헤드라인이다.

"아직은 전화할 시간이 있어."

"그건 당신 결정이에요. 그렇게 해야 한다고 생각한다면 그렇게 하세요. 전화해요."

라몬은 그를 바라봤다. 어둠 속에서 그의 두 눈은 두 개의 균열로 흑요석 심연으로 열려 있었다.

"헤수스, 자네라면 어떻게 하겠나?"

'만일 내 아들이라면, 그들이 아이 머리털을 만지기도 전에 온 세상에 불을 질렀겠지.'

그 변호사는 생각했다. 그러나 그렇게 대답하지 않았다. 지금 그의 아들은 손자들과 함께 집에서 안전하게 있다. 그리고 그는 위험하지 않다. 이건 토레스의 일이다. 아직 은퇴하려면 2년이나 남았고, 일흔에 은퇴하면 요트에 앉아 술을 마실 계획이다. 오르티스가 매달 주는 돈이면 계속 많은 양의 스카치위스키를 살 수 있다. '이 술처럼 이렇게 좋지는 않겠지만.'

"제가 어떻게 할지는 중요하지 않습니다. 지금 고용 중인 거의 20만 명의 사람들의 복지와 고용은 제 책임이 아니니까요. 백만 개 이상의 간접 일자리도 그렇고. 평생 저축을 투자한 대부분 주주에 대한 책임도 저에게는 없어요."

변호사가 대답했다.

'분명히 이 술만큼 좋지는 않을 거야.'

그는 달모어를 한 모금 마신 후 생각했다.

"맞아, 이건 내 책임이지. 이건 무거운 짐이야."

라몬 오르티스가 말했다. 울음이 터질 것만 같았다.

'이봐 늙은 친구, 돈이 계속 흐르게 해. 공주는 우발적 사고를 당한 거라고. 필요한 건 돈이야.'

"왕관을 쓴 머리 위에는 불안이 함께 자리 잡고 있죠, 라몬. 위대한 사람은 어려운 결정을 내려야 합니다."

그는 진지한 목소리로 말했다.

오르티스는 소파에서 몸을 떨고는 전화 잠금을 해제했다.

토레스는 미간을 찌푸렸다. 그가 마지막으로 한 말은 실수였다. 그것은 분명 그의 자부심을 높였지만, 두 가지 결정을 비교시켰다. 도덕(신은 오르티스가 그렇게 단순한 것에 지배되지 않는 사람이란 걸 알고 있다)이 아닌, 어려움을 기준으로 비교하게 했다. 두 결정의 비용이 같을 수는 없다.

'조금 조절 중이군.'

"더 작은 사람이 더 쉬운 결정을 내릴 겁니다. 하지만 당신은 이미 선택했군요. 그리고 언제나처럼, 당신은 가장 어려운 길을 선택했습니다."

'이제 됐어. 웅장함과 위엄의 뒷맛과 함께 아첨의 손길.'

토레스는 생각했다. 그는 한 모금 더 마셨다.

'분명 왕에게 어울리는 위스키야.'

라몬 오르티스는 다시 전화를 잠갔다. 아니다, 그와 같은 사람은 다른 사람들처럼 행동할 수 없었다. 겁에 질린 노인들은 위협 앞에서 평생의 일을 무너뜨릴 수도 있다. 하지만 그와 같은 사람은 다른 사람들을 새하얗게 질리게 하고, 떨리며 뒤로 물러나게 만드는 결정을 내려야 한다. 그와 같은 사람은 다른 사람들을 겁먹게 하는 결정을 내리는 데서 오는 슬픔 정도는 감수할 수 있다.

사랑이냐 책임이냐.

"헤수스, 정말 어렵군." 그가 말했다.

"올바른 일을 하는 것은 극소수에 불과합니다."

토레스가 대답했다.

'이 어려운 시기에 자네가 내 옆에 있어서 다행이야.'

백만장자는 생각했다.

이메일

　맨홀 뚜껑은 에르모시야와 헤네랄 파르디냐스 거리 모퉁이에 있었다. 특별할 건 없다. 매일 수백 명의 사람이 밟는 소박한 철제 원형일 뿐이다.

　안토니아가 주위를 둘러봤지만, 아무도 오지 않았다. 거의 새벽 한 시고 그 지역에는 술집이나 관광객도 없다. 그녀는 라우라 트루에바와의 약속 장소로 가는 길에 잡화점에 들러 마지막 남은 9유로 중 7유로로 쇠지레를 샀다. 그것을 맨홀 뚜껑의 가장자리 한쪽 끝에 넣을 예정이었다. 처음에는 꿈쩍도 안 했지만(여기에서 는 존이 필요하다), 여러 번 해보니 뚜껑과 가장자리 사이에 쇠지레 끝이 들어갔다. 여기서부터는 간단했다. 뚜껑이 열리는 순간, 수천 악마가 포효하는 것처럼 소리를 지르면서 있는 힘을 다해 그것을 밀어냈다.

그 아래 사다리들이 있었다. 다섯 시간 남짓 남았다.

'틀리지 않았으면 좋겠는데.'

그녀는 하수구 가장자리에 앉아서 휴대전화를 켜고(이제 그녀가 가는 곳은 따라올 수 없어서, 찾아도 상관없다), 스콧 할머니에게 메일을 보낼 비디오 메시지를 녹화했다.

"할머니, 저예요. 할머니가 가르쳐 주신 대로 저는 옳은 일을 할 거예요. 잘 안 되더라도, 그냥 이것만은 알아주셨으면 해요…."

그녀는 잠시 멈췄다. 이 두 마디를 하는 데 많은 시간이 필요했다.

"…할머니 사랑해요. 그리고 좋은 쪽으로 봐주세요." 그녀는 떨리는 미소를 지으며 말했다. "결국 제 말이 맞았어요. 할머니는 아흔세 살까지 사셔서 우리 모두를 묻어주실 거예요."

그녀는 할머니에게 이메일을 보내고 존에게 마지막 전화를 걸었다. 물어볼 필요가 없지만, 어쨌든 한다. 그리고 존은 대답할 수 있는 유일한 대답을 했다.

안토니아는 휴대전화를 끄고 마지막으로 차가 없는 조용한 거리를 한 번 더 살펴봤다. 폭풍이 몰아치고 공기가 거칠고 거세다. 집들은 불이 꺼져 있었다. 창문 너머로 평범한 사람들은 일상에 지쳐서, 발아래에 숨어 있는 괴물들의 존재를 모른 채 자고 있었다.

안토니아는 미소를 지으며 어둠 속으로 내려가기 시작했다.

행복한 미소는 아니었다.

딜레마

"나는 물 위에 지어졌고, 내 벽들은 불로 지어졌다."

안토니아는 용기를 얻기 위해 큰소리로 외쳤다.

안토니아는 마드리드를 생각하면 다른 사람들처럼 푸에르타 델 솔 광장이나 프라도 미술관 또는 알칼라문이 떠오르지 않았다. 대신 푸에르타 세라다 광장 벽화가 생각났다.

처음 마드리드에 공부하러 왔을 때, 그녀는 영국 대사관이 소유한 많은 집 중에 하나를 사용하지 않기로 했다. 그녀는 아버지의 영향에서 벗어나고 싶어서 카바 바하 거리에 작은 원룸을 얻었다. 그때는 지금과 완전히 달랐다.

그리고 매일 오후, 수업하고 돌아오면 광장에 있는 카페에서 커피를 마셨다. 날씨가 좋으면 알베르토 코라손의 대형 벽화 앞에 있는 테라스에 앉아 수업 노트를 살펴봤다. 보라색 배경에 그려진 벽화에는 물에 잠긴 돌이 부싯돌과 부딪혀 불꽃을 내고 있다. 그리고 그 위에 그 말이 쓰여 있었다.

"나는 물 위에 지어졌고, 내 벽들은 불로 지어졌다."

그녀가 반복했다. 이번에는 낮은 목소리로. 여기 아래에서 소리가 이상하게 들렸다.

맨홀을 통해 대략 1.5미터 아래로 내려가자 지금의 지하 통로가 나타났다. 그녀는 마지막 2유로를 투자한 손전등을 처음으로 켜보려고 잠시 멈췄다. 자신의 이름을 페페라고 소개한 중국 잡화점 주인은 그녀가 바지 뒷주머니에 건전지를 몰래 넣는 걸 눈치채지 못할 정도로 친절했다. 안토니아는 손전등에 배터리를 끼우고 행운을 빌며 버튼을 눌렀다. 결국, 잡화점에서 2유로짜리 손전등을 산 건 신념에 따른 행동이었다.

LED 불이 들어왔다. 안토니아는 지하 작업장으로 들어가 우회로와 터널, 계단 사이를 탐색하기 시작했다. 이곳은 광섬유, 전화선 및 전기선들이 지나가도록 설계된 지하 공동구다. 그녀는 지금 맨홀 가까이에 있었다. 원하는 것을 찾으려면, 훨씬 더 안으로 들어가야 했다. 게다가 길이 있다고 모두 다 지나갈 수 있는 건 아니다. 여기저기 온갖 종류의 잔해물이 떠다녀서 악취가 나고 차가운 물도 건너야 한다. 그녀는 그것들이 허벅지에 묻거나 옷에 달라붙는 건 별로 생각하고 싶지 않았다.

안토니아는 여러 번 길을 잃고, 발길을 되돌려야 했다. 신발에서는 물이 떨어졌고, 다리는 무릎 위로 흠뻑 젖어 있었다.

시간이 흘렀다. 마드리드 사람들이 잊긴 했지만, 12세기로 거슬러 올라가서 코라손의 벽화는 마드리드의 첫 번째 상징이다.

그때 성벽은 부싯돌과 돌로 만들었는데, 밤에 침략자들의 화살이 불꽃을 일으켜 마치 불타는 것처럼 보였다. 그녀는 건축 측량사 포럼에서 내려받은 지하 도면들로 현 위치를 살펴보는 동안, 주문을 외우듯 벽면에 쓰여 있었던 그 아름다운 문구를 조용히 계속 읊조렸다. 20여 년이 훨씬 넘는 오래된 도면이기 때문에 찾기가 쉽지는 않다. 하지만 그녀가 찾는 건 20년이 아니라 1,100년이 된 곳이었다.

9세기에 이 도시를 건설한 아랍인들은 마드리드를 '물이 풍부한 곳'을 의미하는 '마헤리트(Magerit)'라고 불렀다. 말대로 이곳에는 수십 개의 개울과 도랑, 늪이 있었다. 그리고 그 아래에는 천만 년 전에 형성된 대수층이 있는데, 면적이 2,600제곱킬로미터 이상이고 일부 지점에서는 깊이가 3,000미터가 넘는다.

'물 위에 지어진 곳.'

안토니아는 마침내 일곱 개의 중간 터널이 거대한 하부 수로로 연결되는 3층 높이의 열린 공간인 지하 하수도까지 갔다. 손전등에서 나오는 광선이 진흙투성이의 액체를 쏟아내는 거대한 콘크리트 입구를 통과할 때 그녀는 자신이 아무 냄새도 맡을 수 없다는 사실에 기뻐했다. 곳곳에 찌꺼기와 먼지가 쌓여 있었다. 형태가 없는 젖은 휴지들이 주 터널을 양분하는 격자창에 쌓여 있었다.

도면에는 더는 표시가 없었다. 안토니아는 시계를 봤다. 새벽 네 시가 지났다. 너무 많은 시간을 낭비하고 있었다. 그리고 잃어버린 것은 이뿐만이 아니다. 그녀의 앞에는 일곱 개의 터널이 있다. 어떤 곳은 포기하고 계속 앞으로 나아가야 했다. 모두 다 통과

할 수는 없다.

'500미터 이내에 있어야 한다. 하지만 지금 잘못 우회하면 치명적일 수 있다.'

그녀는 지나온 곳의 마음 지도를 불러와 방향을 정하는 데 도움이 될 만한 길을 찾으려고 애썼지만, 찾을 수가 없었다.

머리는 너무 가득 차 있고 너무 긴장해 있으며, 산소 부족과 피로까지 겪고 있었다. 안토니아는 마지막 빨간 알약이 들어 있는 금속 상자가 들어 있는 주머니에 손을 넣었다. 선택해야 했다. 지금 약을 먹으면 목적지에 도착했을 때 그 효과가 끝날 수도 있다.

딱 40분, 그 후에는… 끝.

안토니아는 다시 시계를 쳐다봤다.

'어디로 가야 할지 모르겠다. 그리고 난 모든 길을 다 탐색할 수는 없다. 만일 약을 먹지 않으면, 제시간에 도착하지 못할 것이다. 만일 약을 먹으면, 제시간에 거기에 도착해도…'

산드라 파하르도와 그녀의 아버지를 맞설 상태가 안 될 것이다. 그녀는 그걸 알고 있다.

안토니아는 구역질 나는 웅덩이 한가운데 바닥에 앉아 혀 아래쪽에 약을 놓았다.

'이번만. 이게 마지막이야' 그녀는 생각했다.

캡슐을 깨물었다. 그런 다음 제정신을 향하는 계단을 내려가면서 10에서 0까지 셌다.

카를라

기하학은 멋진 학문이다.

카를라는 과학 과목들에서 좋은 성적을 받은 적이 없었다. 노력하고, 노력했지만. 아버지가 과학을 너무 중요하게 여기셔서 아주 열심히 하긴 했다. 하지만 잘하지는 못했다. 그녀는 성인이 되어서 회사의 제조 작업장에서 일해야 했다. 그것은 그녀가 몇 달 동안 옷을 접는 매장 근무에서 시작해서 회사의 한 지점을 맡는 것으로 끝나는 경영자 훈련 과정의 일부였다. 꼭대기로 올라가는 사다리 과정 중 하나로 아버지는 그녀를 봉제 작업장으로 보냈다.

그 작업장은 그녀의 실제 생활과 거리가 먼 곳이었다. 이곳은 돈을 적게 들이고도 잘 차려입고 싶어 하는 세상이었다. 그리고 그녀와 아버지가 이들의 욕구를 채워주고, 그 대가로 불편한 질문을 받지 않고도 쉽게 백만장자가 될 수 있게 해준 세상이다.

라몬은 그녀를 갈리시아에 있는 작업장 중 한 곳으로 보냈다. 연차보고서에 끼워 넣을 수 있는, 잘 벌고 잘 웃는 노동자들과 함께하는 사진을 찍을 만한 곳으로.

그곳에 간 둘째 주에 그녀는 쩡쩡한 산업용 재봉틀 바늘 뒤에서 해야 할 일에 관한 설명을 들었다. 기계를 작동하자, 피드롤러가 미세하게 움직였다. 그리고 바늘 하나가 흰색 실로 10미터짜리 천을 박고 지나가고 나서야 멈췄다. 무시무시한 대각선으로.

"모든 직선의 시작 부분은 약간만 빗나가도 원래 가야 할 목적지에서 아주 멀어지게 됩니다."

작업장 직원이 그녀에게 말했다.

카를라는 그 배움을 기억 깊숙이 저장해두었다. 지금까지도. 그녀는 입고 있던 옷을 타일 크기의 약 두 배인 직사각형 조각으로 찢었다. 어둠 속에서 하기 쉬운 작업은 아니었다. 그런 다음 첫

번째 타일을 그 안에 감싸고 문과 벽면 틈 사이에 끼웠다. 들어가
지 않았다. 작은 틈이라도 만들기 위해 손으로 문을 밀어봤지만,
꿈쩍도 하지 않았다. 전에는 조금 더 밀어낼 수 있었지만, 몇 시
간째 몸을 구부리고 타일 작업을 해서인지 근육이 거의 반응하지
않았다. 힘도 거의 남지 않았다.

'잠깐이라도 잠들 수 있다면. 몇 분만이라도 눈을 감을 수 있
다면.'

해봐. 그렇게 하면,

절대로 눈을 뜰 수 없을 테니까.

카를라는 너무 피곤하고 지쳐서 아주 멍한 상태였다. 그녀는
머릿속으로 한 걸음 물러서서 또 다른 카를라에게 조금 더 자리
를 내어줬다. 그녀는 문에 등을 대고 밀어봤지만, 맨발로 더러운
발바닥이 축축한 바닥에서 미끄러졌다. 마침내 적당한 자세를 찾
았다. 얼굴을 위로하고 바닥에 누워서 다리로 벽에 힘을 줬다. 그
리고 오른손 손바닥은 문 위로 뻗고, 왼손으로 타일을 끼워봤다.

움직인다. 들어간다.

문이 몇 밀리미터만 움직였을 뿐인데, 그녀는 등 끝에서 목덜
미까지 성취감이 솟아오르고 열렬한 기쁨으로 자축했다. 자기 자
신에게 상을 주는 건 그녀 마음이지만, 그것은 함정이기도 했다.
이제는 멈출 수가 없었다.

다음은 아래쪽에 다른 타일을 끼웠다. 첫 번째 타일이 떨어지
지 않도록 조심하면서.

'5센티미터. 딱 5센티미터가 필요해. 타일을 뜯을 시간이 조금만 더 있었더라면…'

"하지만 없어. 계속해."

이번엔 머릿속에서 또 다른 카를라가 하는 말이 아니었다. 이번에는 그녀가 직접 목소리와 목구멍, 성대를 사용했다. 카를라는 또 다른 카를라와 숨 쉬는 공기를 함께 나누고 있다는 걸 깨달았다. 그리고 해가 뜰 때까지 또 다른 카를라가 계속 숨을 쉰다면, 아마도 그녀가 숨 쉴 수 있는 공기는 남아 있지 않을 것이다. 이전의 상태보다 더 줄어들 것이다.

만일 계속 숨을 쉬게 된다면.

여행

안토니아는 빨간 알약 덕분에 몇 분 동안 방법들을 차분히 생각하고, 그녀 앞에 놓인 길 중 하나를 결정할 수 있었다. 그 결과 선택 가능성은 단 세 개의 터널로 축소됐다.

그녀는 중간 길로 가야 한다는 흔한 생각은 맘에 들지 않고, 더 지저분하고 무거운 공기가 가득한 왼쪽 길도 별로였다. 게다가, 마지막 오른쪽 터널에는 쥐가 뛰어다니고 있었다. 어둠 속에서 쥐가 찍찍거리는 소리가 들렸다.

'좋은 신호군. 쥐는 나와 같은 산소를 호흡하니까.'

안토니아는 결국 오른쪽 길을 따라갔다.

그 길은 조금씩 위로 올라가는데 그러다가 갑자기 방향이 바뀌고, 200미터 더 가면 다시 두 갈래로 갈라졌다. 바닥에 흐르는 물살이 훨씬 더 빨라져서 앞으로 나가기가 어려웠다. 그중 왼쪽 길은 너무 좁아서 통과하기가 힘들었다. 이 길은 주요 길보다 작아서 몸을 구부려야 했지만, 가다 보면 새로운 갈림길이 나왔다. 아무튼 이곳은 거의 무릎을 꿇어야 할 정도로 낮은 2제곱미터의 공간이었다.

'여기야. 여기에서 니콜라스 파하르도가 죽었어.'

안토니아가 그 지점을 찾는 데 도움이 될 만한 정보들은 거의 없었다. 그의 사망 보고서에는 '78번 하수도 교차점에서 300미터 떨어진 곳에 사용하지 않는 물길이 끝나는 곳'이라고만 쓰여 있었다. 파하르도는 거기에 있었다.

'카레즈'는 11세기 전 아랍인들이 건설한 수로다. 높이가 1.9미터, 너비가 70센티미터인 하수관이다. 고대 마헤리트의 원주민이 지하에서 발굴한 잊혔던 수백 개의 지하 통로 중 하나다.

카레즈는 19세기까지 도시에 물을 공급하던 주요 수단이었고, 이후 현대 건축 기술과 자재가 그 파라오식 작업을 대체했다. 물은 지구의 중심에 판 긴 터널을 통해 100킬로미터 이상을 흘러간다. 쓸모없고 잊힌 그 건축물들은 여전히 경이롭다.

보고서에 따르면, 파하르도의 동료가 들고 있던 가스 탐지기는 이전 터널을 조사하던 중 폭발했다. 앞서가던 그는 그 소리를 못 듣고 계속 수로 안으로 들어갔다. 동료가 그를 불렀지만 이미 늦었다. 카레즈 내부에는 분기점에 산소 대신, 메탄 봉지가 하나 놓여 있었다. 동료가 그를 계속 불렀지만, 그 순간 폭발이 일어났다. 그리고 터널 일부가 무너졌다. 그리고 그의 동료는 도움을 요청하러 나갔다. 그 장소가 너무 좁아서 니콜라스 파하르도의 시신을 회수하는 데 6일이나 걸렸다.

아직도 그 잔해가 카레즈 구조물에 남아 있었다. 경찰용 테이프는 한쪽이 떨어지고, 다른 한쪽만 마지못해 매달려 있었다. 기술자들은 동료의 시신을 꺼내기 위해 터널을 청소했지만, 아직도 그 안에 파편들이 많이 남아 있었다.

'그런데 동료들이 거둬간 건 그의 시체가 아니야.'

안토니아는 파편 더미 위를 기어가며 생각했다. 돌 때문에 팔뚝과 무릎을 찢겼지만, 결국 다 통과했다. 기침하면서 먼지로 뒤덮인 맞은편으로 나올 때, 그녀는 자신의 직관이 옳았음을 점점 더 확신했다.

자세한 정황은 없었지만, 그녀는 충분히 알 수 있었다. 파하르도는 그의 동료를 속였다. 그들을 따돌리고 시야에서 충분히 벗어났을 때 그는 폭탄을 터뜨렸다. 메탄만으로는 카레즈 지붕에서 그렇게 많은 파편을 떨어뜨릴 수 없었을 것이다. 그는 그 방정식에 자신만의 재료를 추가해야 했다. 하지만 가스 경보기와 동료의 증언 때문에 아무도 그 외롭고 귀찮은 남자가 저지른 사고를 철저하게 조사하지 않았다. 그들은 단지 그의 시체만 꺼내왔다.

'몸. 파하르도와 비슷한 유니폼을 입고 피부색이 비슷한 시체는 반 톤 정도 나가는 잔해 아래에서 불타고 부서졌다. 아무도 다시 살펴보지 않은 시체. 그들은 단지 그를 빨리 매장하고 그 사건을 덮었다. 그는 바로 그들의 코앞에 있었다. 그리고 그들은 그를 보지 못했다.'

안토니아는 그런 상황에서 에세키엘의 마음이 어떻게 움직이는지 이해하기 시작했다. 여전히 많은 세부 사항들이 필요했다. 그녀는 산드라 파하르도가 어떻게 죽음을 위장할 수 있었는지도 분명하게 알 수가 없었다. 물론 그렇게 할 수 있는 기능한 이론들이 많긴 하지만. 또한 니콜라스 파하르도가 자신을 대체할 시체를 어디에서 얻었는지도 알 수가 없었다. 물론 경찰에게는 아주 간단한 일이긴 하지만.

'나라면 어떻게 그것을 했을까? 영안실에 있던 시체일 수도 있지. 아니면 콤플루텐세 대학 의학부에서 가져왔을 수도 있고.'

그 대학 지하실에는 통제되지 않은 수백 구의 시체가 빽빽이 들어차 있는데, 신원불명의 시체들은 학생들의 수업용으로 쓰인다. 그녀는 한때 복잡한 사건 때문에 그곳에 갔었다. 수백 구의 시체, 포름알데히드로 가득 찬 정맥과 동공, 하얀 시트 아래에서 바짝 마른 팔다리가 보이는 곳이다. 그 제멋대로 있는 팔다리들, 혀가 부풀어 오른 채로 잘린 머리들, 그리고 다른 사람들이 미래와 현재를 살 수 있도록 과학에 몸을 바쳤다가 지금은 잊힌 온갖 종류의 신체 부위들. 그중 하나를 들것에 옮기는 건 너무 쉬운 일이었을 것이다….

'그만.'

그 모든 세부 사항과 절차가 흥미롭지만, 그녀의 생각이 계속 꼬리에 꼬리를 물어서 편해질 수가 없었다. 빨간 약의 효과가 그대로만 있어 준다면, 안토니아는 복잡한 생각 속에서 몇 시간 동안 빠져 있을 수 있다. 하지만, 그녀는 그럴 수가 없었다. 시간이 부족했다.

이제 중요한 것은 그가 어디에 있느냐다. 하지만 그의 방법을 충분히 이해하자 에세키엘이 숨어 있는 곳을 점점 더 확실하게 알 것 같았다.

그자는 우리보다 똑똑하다고 과시하는 걸 좋아한다. 첫 번째 근거는 그자가 사고로 부서진 차에서 빼온 가짜 택시 번호판이었다. 그런 다음 자신의 오래된 집에 죽음의 덫을 놓았다. 모든 것은 그가 알고 있던 반경 안에 있다.

그러면 죽은 사람, 돈을 사용하거나 서류에 서명할 수 없는 사람은 어디에서 몇 달 동안 숨어 있을 수 있을까? 마드리드의 피부 아래의 비밀들을 하나하나 완벽하게 꿰고 지하의 물고기처럼 움직이던 사람은 어떤 곳을 선택할까?

안토니아는 멀리서 들리는 전화기 진동 소리에서 단서를 얻었다. 그곳은 파하르도가 죽음을 속인 장소에서 200미터도 채 되지 않았다. 그녀는 수로를 따라갔다. 시간이 얼마 남지 않았다. 하지만 그런 와중에 잠깐 멈춰서 휴대전화 음성 녹음 어플을 켰다. 계속 가기 전에 분명하고 큰소리로 음성 메모를 저장했다.

카레즈 끝에 문이 있었다. 오래된 문이다. 손잡이로 무거운 바퀴가 달린 철문. 그녀는 바퀴를 움직이는 핸들에 손을 얹었다. 그것을 돌리려고 하는데, 잘 살펴보니 거기에 있어서는 안 되는 무언가가 보였다.

검은색 전선. 끈으로 만들어진 지레 장치들 뒤에 위장되어 있었다. 전선을 고정한 접착제 조각 중 하나가 접착력이 떨어져서 약간 덜렁거리지 않았다면, 그것을 보지 못했을 것이다.

안토니아는 손전등으로 문 위쪽 전선까지 비춰봤다. 문틀 위에 정체를 알 수 없는 회반죽으로 만든 길고 두꺼운 조각이 교묘하게 놓여 있었다. 그것을 보니 에세키엘은 이 정체를 알 수 없는 회반죽에 전기 자극이 닿지 않기를 바랐다는 확신이 들었다.

'전선 끝부분에 접점이 있군. 바퀴가 돌아가면… 펑.'

그녀는 죽을 뻔했다. 하지만 그녀는 승리의 함성을 억눌렀다.

이 폭탄 장치는 딱 한 가지를 의미한다. 에세키엘이 아주 가까이 있다는 것. 안토니아는 폭탄 처리에 대한 지식이 없다. 하지만 그 장치는 초보 수준이다. 기본 장치에 전선 하나만 더한 것이다. 아무도 거기에 들어가지 않을 거라고 확신한 누군가가 만든 마지막 보호 장치. 오로지 만약을 위해서 해놓은 장치다.

'전선이 접점에 닿지 않을 정도로 아주 많이 잡아당겨야 한다. 그러고 나서 바퀴를 돌려보자.'

카를라 오르티스를 위한 시간이 얼마 남지 않았다. 그래서 그녀는 다른 생각은 하지 않고 오로지 전선 끝을 잡아당기는 데 최선을 다했다. 눈을 감고, 이를 꽉 깨물었다.

다행히도 폭발이 일어나지 않았다.

안토니아는 삐걱거리는 소리를 내며 문을 여는 두 개의 지레에 불평을 쏟으며 엄청나게 열심히 바퀴를 돌렸다. 시계를 본다. 아침 여섯 시, 카를라 오르티스에게 남은 시간은 47분.

그 문을 넘어가기 전, 마지막으로 생각나는 사람은 존이다.

'부디 지금 어디에 있든 두 눈을 크게 뜨길.'

카를라

일곱 번째 타일은 도저히 끼울 수가 없었다.

그녀는 이전 타일들을 조심히 끼우면서 몇 밀리미터씩 공간을 늘려나갔다. 이 일은 꽉 찬 책장에 마지막 책을 끼워 넣는 작업과 비슷했다. 이것을 할 때 가장 좋은 방법은 책 두 권을 충분히 빼서 그사이에 세 번째 책을 끼워 넣는 것이다.

문과 틀 사이에 긴 타일들의 힘으로 조금씩 문이 올라가면서 바닥에 몇 센티미터 정도 틈이 생겼다. 하지만 충분하지는 않았다.

카를라는 그 안에 손을 넣어봤지만, 손목에서 걸렸다. 타일이 하나 더 필요했다. 하지만 일곱 번째 타일은 저항했다. 이전 타일들을 떠받치고 있는 무게가 이미 너무 무거워서, 마지막 하나가 들어갈 만한 공간을 만들 수가 없었다. 물론 한 손바닥으로 동시에 그것들을 잡고, 떨어지지 않도록 위쪽으로 힘을 줘야 하는 건 말할 필요도 없다. 그리고 이 모든 과정은 한 손, 즉 왼쪽으로만 해야 한다. 왜냐하면, 문을 밀어내려면 오른손이 필요하기 때문이다.

몇 시간 동안 팔을 들고 있다 보니 근육이 너무 뻣뻣해졌다. 혈액 순환을 위해 잠시 멈췄지만, 힘이 빠지고 탈수상태라 몸이 말을 듣지 않았다. 그녀는 힘의 한계에 부딪혔다. 언제든지 기절할 수 있는 상황이었다.

'내가 할 수 있는 건 여기까지야.' 그녀가 생각했다.

"괜찮아." 또 다른 카를라가 그녀의 목소리로 대답했다. 점점 더 진짜 카를라가 되어가는 또 다른 카를라. 지금 명령하고 있는 또 다른 카를라. 여기까지 끌고 온 또 다른 카를라.

"그래, 포기해. 이 고통이랑 피로도 생각해야지. 목표 지점에서 4밀리미터 떨어진 곳에서 인제 그만 포기해."

'제발 날 좀 그냥 내버려 둬.'

"사람들이 여기 있는 널 찾아서, 아버지의 판단이 옳았다는 게 증명되길 바라. 너를 구하기 위해 모든 것을 망칠 필요가 없었다는 걸 말이지."

'아니야, 아니야.'

"너는 한 번도 아버지의 기대에 미친 적이 없잖아."

굴욕을 당해서 분노한 카를라는 마지막으로 온 힘을 다해 밀어 본다. 마침내 문이 조금 움직였다. 그녀는 타일을 넣을 만큼 충분히 문을 떠받쳤다. 그렇게 일곱 번째 타일이 들어갔다. 겨우 3분의 1 정도만 들어갔다. 너무 지쳐서 호흡이 곤란하고, 몸이 축 처졌다. 뻣뻣한 팔다리에 통증이 밀려왔다.

"멈추지 마. 지금이야말로 가장 중요한 일이 시작될 때라고." 또 다른 카를라가 속삭였다.

카를라는 그 말을 듣고 몸을 돌려 다시 틈 사이에 손을 넣었다. 하지만 그렇게 하려는 순간 찰나의 생각이 머리를 스쳤다. 어둠 건너편의 한 사람, 어린 시절에 봤던 알 수 없는 형체는 칼을 든 남자의 실루엣으로 변하고, 그 사람은 어둠에 숨어서 날카로운 칼을 들고 그녀의 손바닥을 찌르기 위해 손을 뻗기만을 기다리고 있었다.

'용기를 내자.' 그녀가 생각했다.

손을 내밀었다. 팔뚝 중간에서 끼었지만, 손끝에 두꺼운 줄이 스쳤다. 줄을 당기기만 하면 된다. 하지만 좀 멀리 있다.

"줄을 당기려면, 줄을 잘라야 해."

카를라는 다시 팔을 넣었다. 다시 손을 내밀었을 때는, 손가락 사이에 반쪽 타일이 단단히 고정되어 있었다.

터널

존 구티에레스는 방치된 터널들을 좋아하지 않는다.

미관상 문제 때문이 아니고, 그 안에서는 거의 아무것도 보이지 않기 때문이다. 불빛이 없어서 승강장에서 뛰어내리다 더러워지고 찢긴 정장 바지도 확인할 수가 없다. 그리고 방치된 터널이 짜증 나는 또 다른 이유는 이 안에 폭발물이 가득하기 때문이다.

'빌어먹을 폭탄 장치들. 빌바오에선 이런 일이 없는데.'

존이 생각했다.

"지하철 운행이 시작되자마자 아침 여섯 시에 들어가야 해요. 여기까지 오려면 시간이 아주 빠듯할 거예요."

안토니아 스콧이 다섯 시간 전 전화로 해준 말이다.

"다른 사람도 부를게요. 당신과 나만 있으면…."

"안 돼요, 존. 내 아들 일이에요. 이 일에 다른 사람이 끼는 건 싫어요."

존은 그녀의 지시 사항을 기억하려고 애썼다.

"참, 한 가지 더요. 가까워질수록 폭탄을 만날 확률이 높아요. 터널이 아주 넓어서 폭탄 장치가 땅바닥에 있거나 바로 위쪽에 있을 가능성이 크고요. 조심해요. 보이지 않는 곳은 절대 밟지 말아요." 그녀가 말했다.

고야역 한적한 승강장에 첫 열차가 지나가자마자, 존은 철로 위로 뛰어들었다. 우회로는 오래된 자물쇠로 잠겨 있는 두꺼운 금속 문 뒤에 가려져 있었다. 겉보기에 멀쩡한 자물쇠는 고정되어 있지 않다. 존이 손잡이를 돌리면 자물쇠가 문과 함께 움직였다.

'자, 이제 시작해보자고.'

터널 안의 오래된 공기가 싸했다. 벽마다 액체가 스며 나오고 페인트는 습기로 얼룩져 있었다. 2호선 열차 소리만이 침묵을 깼다.

"170미터 정도 될 거예요. 터널은 끝의 직선을 제외하고는 거의 전체가 곡선이지만 조심해야 해요. 그들이 당신이 접근하는 모습을 본다면, 당신은 시장에서 파는 오리 꼴이 될 거예요."

안토니아가 말했다. 말인즉슨, 마지막 30미터는 손전등을 끄고 깜깜한 채로 가야 한다는 것이다. 존은 땅을 주시하면서 아주 천천히 걸었다. 바닥에는 냄새나는 녹색 진흙탕이 쌓여 이전에 선로가 깔려 있던 자국을 덮고 있었다.

'보이지 않는 곳은 밟지 말아요.'

존은 발을 놓을 위치를 매우 신중하게 선택했다. 진흙탕이 시멘트를 완전히 덮지 않아서 존은 건조한 쪽에만 체중을 실었다. 때때로 대각선으로 걸어야 할 때도 있고, 90센티미터 정도의 보폭으로 걸어야 할 때도 있었다.

그는 아주 천천히 앞으로 갔다. 아직은 다행이다.

첫 번째 함정은 거의 눈에 띄지 않는 가는 줄이었다. 그 줄은 터널 이쪽에서 저쪽을 가로질러 있는데 한쪽은 벽에 달린 쇠고리에 연결되어 있었다. 다른 쪽 끝은 진흙탕 아래로 가라앉았다. 존은 몸을 구부리고 손수건을 꺼내서 구멍들 안에 있는 녹색 진흙을 제거했다. 전에 레일이 박혀 있던 곳이었다.

뭔가를 감싸고 있는 파란색 전선 줄이 아래쪽에서 튀어나와 있었다. 존은 그것이 무엇인지 몰랐고 그 가는 줄이 끊어지면 어떻게 될지 확신이 없었다.

그는 다시 일어나서 조심스럽게 그 줄을 넘었다. 존은 긴장을 풀지 않았다. 그리고 다행이다. 두 번째 함정은 바로 직후에 나타났다. 하지만 이번에는 줄이 아니었다. 그리고 정말 우연히도 손전등이 벽에 있는 적외선 방출기의 렌즈에 반사되는 바람에 그것을 보게 되었다. 모든 전자제품 판매장에서 10유로로 하는 손전등. 엘리베이터에 있는 것과 같은 제품이다.

그는 젖은 벽에 몸을 붙이고 바닥에서 0.5미터 떨어진 센서를 통과하기 위해 묘기를 부려야 했다. 순식간에 벗어난 후 안도의 숨을 내쉬었다.

그는 자신이 두 센서 간의 통신을 방해했다면, 주변 세계가 벌써 폭파되지 않았을까 생각했다. 펑.

그리고 80미터 앞에 세 번째 함정이 있었다. 이번에는 줄이 거의 보이지 않을 정도로 바닥에 아주 가깝게 설치되어 있다는 걸 제외하면 첫 번째와 같은 상황이다. 사실, 그는 그 위를 지나갈 때 그것을 보지 못했다. 그것을 밟지 않은 건, 그저 우연이다. 그는 앞에 놓인 두 번째와 세 번째 적외선 센서를 보고서야 그 존재를 알게 되었고, 식은땀이 줄줄 흘렀다. 높이만 다르다. 바닥에서 50센티미터와 1미터.

'아우 정말 환장하겠네.' 존이 생각했다.

그곳에서 무슨 일이 벌어질지 훤히 보이기 때문이다.

더는 바닥에는 줄이 없을 거라 믿으며 기어가는 것 외에 다른 방법이 없었다. 그는 그 줄과 평행한 상태로 몸을 진흙 속에 던져서 센서 아래로 기어갔다. 그리고 반대편에서 나타났다. 아주 메스꺼울 정도로 악취가 나는 진흙이 잔뜩 묻은 얼굴과 손, 옷. 코를 찌르는 냄새가 정말 역겨웠다.

그는 참지 못하고 계속 엉금엉금 기는 채로 구역질을 했다. 메스꺼움은 그의 몸을 장악한 후에 마치 전류 아래 근육처럼 무의식적으로 움직이게 했다. 그는 침을 뱉고, 삼키고, 침을 더 뱉었다. 눈을 떴는데 '아직 살아 있어, 제기랄, 아직 살아 있네.'

그가 정신을 되찾는 데 잠시 시간이 걸렸다.

더러운 게 느껴졌다. 존은 몸을 닦을 손수건도 없어서 재킷을 찢어서 수염에 묻은 끈적끈적한 흙을 털어내고 내부 실크 안감을 사용하여 최대한 깨끗이 손을 닦았다. 그리고 이제 쓸모없는 옷은 뒤에 남겨뒀다.

'이걸 고칠 수 있는 세탁소는 없어.' 그는 생각했다.

이제 셔츠만 입고 있었다. 그 아래 방탄조끼에 '경찰'이라는 글자가 비쳤다. 아주 많이는 아니지만. 이 셔츠는 이집트산 면이라 비싸게 샀다.

드디어 결정을 내려야 할 때가 왔다. 조금 후 이 터널이 어떻게 끝날지 감이 오기 때문이다. 지금은 손전등의 LED가 진흙으로 덮여 있어서 선명하지는 않지만, 곡선 벽 뒤에서 희미한 빛이 나오는 게 보였다.

"마지막까지 똑바로 뻗은 구간이 나올 거예요. 거기에 도착하면 손전등을 끄세요. 켜놓고 있으면 금방 들킬 거예요."

안토니아가 강조했다.

"그런데 마지막 구간에 함정이 있으면 어떡하죠?"

그녀는 그 말에는 아무 대답도 하지 않았다.

존은 손전등을 껐다. 지금은 눈앞의 희미한 빛을 따라 무조건 걸어가야 할 때다.

존은 팔과 등을 벽에 붙이고 아무 말 없이 어둠 속을 걸어가면서 몸을 아주 많이 의식하고 있었다. 근육은 긴장으로 뻣뻣해졌다. 위가 꽉 막히고 횡격막을 밀어냈다. 심장은 통제 불능으로 뛰고 있었다. 혈액은 귓가를 때렸다. 그리고 이를 너무 악물어서 턱이 아팠다. 눈은 정보에 목말라 있고, 손가락 끝은 쭉 뻗어서 습기가 있는 곳을 하나하나 감지했다. 세상은 심연이고 어둠은 피난처가 아니라 위협일 뿐이다.

죽음에 대해서 생각해보니, 피할 수가 없을 것 같았다. 내일 또 다른 날이 있을 줄 알고 하고 싶었지만 미루었던 모든 일을 생각한다. 그리고 '안녕히 계세요'라고 마지막 인사를 하지 못한 어머니를 생각한다.

30미터. 30미터 더 나갔다. 다음 발이 그 줄을 무사히 넘어갈 건지 아니면 두 개의 적외선 센서의 회로를 끊게 될지 알 수가 없었다. 다음 발이 마지막이 될지도 모른다. 그는 왜 앞으로 나아가야 하는지도 모르겠다. 두려움이라는 녹슨 통 안에 있다 보니 확신이 사라졌다. 의무와 명예, 선함은 이제 아무 의미도 없이 쌓인 말과 글에 불과했다. 그의 몸은 이 일을 꺼리고 살아남기만을 간절히 바랐다.

'만일 100살까지 살고 싶다면, 나처럼 살지 마.'

존이 생각했다.

비밀

카레즈와 함정 문 반대편에는 지하 공동구가 있었다.

하지만 이건 며칠이 지난 것만 같은 몇 시간 전, 안토니아가 이 여행을 시작할 때 발견한 것보다 수십 년은 더 오래되었다. 지금은 방치되어 있었다. 거기에는 그곳을 지나던 사람들의 흔적만 남아 있었다. 벽에 '카스티야 진공관, 당신의 라디오에 가장 적합한 진공관, 마드리드의 사서함 242'라고 쓰인 광고가 붙어 있었다. 또 '이상적인 흡연은 당신을 날씬하게 해줍니다! 담배 제조 회사 매장에서 판매 중'이라고 쓰인 다른 광고지도 붙어 있었다.

'30년이군.'

안토니아가 머릿속으로 계산해봤다. 이곳은 지하 공동구이기 전에 일반 사람들이 지나다니던 터널이었다. 수십 년 전에 운행이 중단된 이곳은 갑자기 막힌 것으로 추정된다. 벗겨진 벽돌 벽이 아마도 거리로 나가는 길을 막고 있을 것이다.

터널의 반대편 맨 끝 쪽은 거의 반세기 동안 폐쇄된 장소로 이어졌다. 지금 에세키엘의 소굴이 된 바로 그곳이다.

마드리드 지하철은 내부에 많은 비밀을 간직하고 있다. 그중 하나는 수십 년 전에 버려진 무인역이다. 그 역은 당시 고야역과 디에고 데 레온역을 연결하는 2호선에 들어가 있었다. 1932년에 개통했으나 26년 후 노선이 바뀌고 4호선이 개통되면서 폐쇄되었다. 그 거대한 기반 시설은 일반인 출입이 금지되었지만, 지하철 직원들은 다른 용도로 사용했다. 지하철 운행이 끝나는 밤이 되면, 지하철 운전사들은 마지막 여행을 했다.

이것은 '머니 트레인(money train)'으로 알려졌다. 60명의 건장한 남자들은 낮에 매표소에서 받은 수천 개의 동전을 큰 자루에 모아서 급행열차에 실었다. 그런 다음 그들은 고야비스 무인역까지 가지고 가서 승강장에 놓인 크고 긴 탁자에 자루들을 던졌다. 그곳에서 그들은 새벽까지 별로 값이 안 나가는 산더미처럼 쌓인 동전들을 세었다. 낮에는 셀 수 없었던 그 동전들은 금고 장인 피쉐 보슈가 디자인한 두 개의 거대한 금고에 쌓였다. 그리고 가장 오래되고 신뢰할 만한 직원 두 사람만이 상자의 비밀번호 조합을 알고 있었다.

하지만 1970년대 초, 그 장소는 버려졌다. 직원들은 다른 부서로 이동되었고, 머니 트레인은 폐지되었다. 새로운 징수 방법들이 생겼기 때문이다.

고야비스는 말 그대로 전기도 끊긴 유령 역이 됐다. 그 길은 다른 역들이 생기는 바람에 폐쇄된 부분까지 연결된다. 그리고 거

기로 이어지는 거의 200미터 되는 터널은 문으로 막아두어서 더
는 아무도 건너지 않는다.

모두가 잊은 곳. 완벽한 은신처.

안토니아는 앞에 있는 복도를 골똘히 생각했다. 끝 쪽에는 승
강장으로 내려가는 두 개의 계단이 있었다. 필요한 걸음 수를 셌
다. 그녀는 손전등을 껐다. 벽은 흰색 타일로 덮여 있는데 먼지가
쌓였지만 거울처럼 빛을 반사했다. 적들에게 자신의 존재를 알리
고 싶지 않았다.

나머지 길을 갈 때는 어둠 속에서 움직여야 했다. 시간이 더는
직선이 아니고, 빠르게 타오르는 모닥불 속에서 사라졌다. 그의
삶(그가 누구고, 왜 그러는지)은 아무 의미가 없다. 가장 중요한 것은
불확실하고 위험한 현재다. 이제 호르헤와 카를라 오르티스 그리
고 그녀 자신의 운명은 그녀에 손에 온전히 달린 게 아니다.

안토니아가 계획을 실행해도 존이 맡은 역할을 하지 못하면,
이 모든 엄청난 노력은 아무 소용이 없다. 이제 평생 필사적으로
거부했던 일을 해야 한다. 다른 사람을 믿는 일.

에세키엘

니콜라스의 밤은 유령으로 가득 차 있었다.

그는 힘들고 위험할 다음 날을 대비해 힘을 비축하기 위해 잠
을 자려고 고군분투했다. 그가 어젯밤에 깊게 생각했던 죽음(적절
한 축복 같은 탈출구)은 이제 불가능해 보였다. 벌레가 죽지 않고 불
도 꺼지지 않는 지옥은 진짜다. 유령들이 말해줘서 알게 된 내용
이다. 오늘 밤에도 그 유령들은 그를 만나려고 줄을 선다. 그리고

짚 매트와 베개로 쓰는 옷더미 사이로 몰래 들어와서 잠 못 이루는 밤 내내 그를 고문한다. 유령들. 그가 피를 뽑아 죽인 소년, 그의 오래된 집에 온 경찰들. 그의 딸 산드라. 그녀는 말없이, 걸맞지 않은 삶을 사는 사람의 반쯤 풀린 슬픈 눈으로 그를 바라볼 뿐이다.

산드라의 그런 표정을 보니 몇 달 동안 도피했던 생활들이 떠올랐다.

'넌 죽지 않았어. 난 네가 죽지 않았으면 좋겠어.'

에세키엘은 짚 매트에 누워 뒤척였다. 그는 눈앞에서(어쩌면 꿈에서) 깃털이 검은 새가 떠나기 전에 알을 낳는 둥지를 본다. 그는 불에 타는 듯한 피부 때문에 잠에서 깼다. 머리가 무겁고 팔이 아플 정도로 고열이 났다. 하지만, 땀은 안 났다. 그는 셔츠 주머니에 이부프로펜 알약들을 넣고 다닌다. 이제 은색 알루미늄 포장지에 한 알만 남았다. 그는 그것을 뜯었다. 그러자 모든 투명 칸이 비고, 작은 은색 막들만 슬프게 매달려 있었다.

살짝 몸을 일으켜서 가스램프 키를 돌렸다. 파란색 가스통은 거의 다 써서 곧 바꿔야 하지만, 아직 승강장의 넓은 부분을 밝힐 만큼은 된다. 벽에는 두 개의 크고 높은 금고가 놓여 있었다. 그것들 사이에 복도가 있는데, 따라가다 보면 한때 그들이 사무실로 사용했던 방이자, 지금 (아직 죽지 않은) 소년 곁에서 자는 산드라가 있는 방이 나온다. 그 아이는 이곳에 와서 계속 울었는데, 이제는 지쳐서 포기한 것 같다.

산드라가 일어났다. 그는 그녀가 사무실 문을 여는 소리를 듣고 그곳으로 향했다. 니콜라스는 산드라가 무슨 말을 할지 알고 있다. 밤이 지났고, 그 시간이 다가왔다. 그 여자도 유령들과 함께 했을 것이다. 산드라는 잔인한 방법을 생각했다. 또한, 카를라의 시체를 어떻게 처리할지도 그에게 이미 설명했다. 그들은 새벽에 카를라를 아버지의 매장 중 한 곳 앞에 버릴 것이다. 누구나 볼 수 있는 곳에. 산드라는 숨어 있는 시간은 끝이 났다고 말한다. 이제는 그녀의 작품을 세상에 알릴 때가 왔다.

하지만 니콜라스는 내키지 않았다. 그는 탁자 위의 노트를 찾았지만, 너무 멀리에 있었다. 그리고 마른 갈색 얼룩이 묻은 파란색 작업복을 입은 그녀가 이미 거기에 있었다. 따라서 고해성사의 안도감을 얻으려면 몇 시간은 기다려야 했다. 그때까지 새로운 죄가 추가될 것이다. 그리고 그 작업복에 더 많은 얼룩이 생길 것이다.

"잘 쉬었길."

산드라가 말했다. 그녀의 목소리에는 아이러니나 잔인함이 없었고, 유령에 대해서도 알지 못하는 것 같았다. 달콤함도, 진정한 관심도 없다. 그 중립적이고 무서운 목소리에는 자신의 욕망, 자신의 욕구에 대한 설명 외에는 아무것도 없다.

니콜라스는 그 순간(그 짧은 순간) 유령들이 옳았다고 확신했다. 몇 달 동안 그의 생각을 가리고 있던 안개가 걷히고 현실이 있는 그대로 보였다. 그는 산드라에게 떠날 거라고 말할 것이다. 아니, 아무 말 없이 떠날 것이다.

그러자 안개가 다시 걷히고 그 결정도 그를 떠나며, 그 순간이 지나간다.

"이제 그 여자를 잡아 와." 산드라가 명령했다.

그가 시계를 쳐다봤다. 검정. 나일론 줄. 큰 사각형. 이 장소에 안 어울리는 기계, 혼돈의 미로 속 질서의 하인.

"아직 11분이 남았는데."

산드라가 어깨를 으쓱했다.

"더 길게 끌어봤자 소용없어."

그녀는 두꺼운 가죽끈을 가져왔다. 위급하고 불안한 몸짓으로 그에게 그것을 내밀었다. 산드라의 손에 독사 두 마리가 매달려 있는 것만 같았다. 그는 그것을 더 길게 늘이고 싶었다. 몇 시간 동안 그것을 미뤘다. 유령이 출몰하는 밤을 보낸 후 그가 마지막으로 원하는 것은 그 고문 기구를 묶고 그 가죽끈 아래로 여성의 부드럽게 떨리는 살을 느끼는 것이었다. 그리고 어쩌면 내일, 그의 노트를 쓸 수 있게 되었을 때, 그에게 벌어지는 일에 대한 의미 있는 이야기를 찾는 것이다. 그가 하는 일에 관한 이야기.

"무슨 문제 있어?"

산드라의 눈에 이상한 빛이 감돌았다. 물론 위협도 있지만, 다른 것도 들어 있었다. 계산 중. 그는 산드라에게 평가받고 있다는 걸 모른다. 그녀는 계속 그의 덕을 볼 수 있는지, 아니면 힘 빠진 말을 버릴 때가 되었는지 결정을 내리려고 한다. 그는 그런 건 몰라도, 주인이 집을 떠나 몇 시간 동안 혼자 놔둘 때 개가 느끼는 것 같은 위험을 감지했다.

"전혀." 니콜라스가 손을 뻗어 끈을 잡으며 말했다.

그녀가 아직 끈을 놓기 전에, 목소리가 들렸다.

"좋은 아침, 두 분을 방해해서 죄송합니다."

아주 오래전 니콜라스는 딸과 함께 동물원에 갔다. 뱀 전시

관에 버마 비단뱀이 있었다. 그들이 가까이 다가가자, 그 파충류는 소리 쪽으로 정확히 고개를 돌렸다. 방금 산드라처럼.

승강장 하단 계단 쪽에서 들리는 소리였다.

"여러분이 하시려던 일을 망쳐서 죄송하네요."

안토니아 스콧의 목소리가 들렸다.

산드라는 니콜라스의 손에 끈을 넘겼다. 그녀는 탁자 위에 몸을 기대서 총과 손전등을 집었다.

"그 애를 죽여. 여긴 내가 알아서 할 테니까."

산드라가 그에게 명령했다.

니콜라스가 두려운 건 명령이 아니라, 그러면서 나타나는 그녀의 미소다. 마치 그 침입자를 기다리고 있었다는 듯한. 마치 그것이 세상에서 가장 원하는 일이라는 듯한.

카를라

3분 전.

굵은 줄이 거의 끊어져 갔다.

팔뚝은 군데군데 찢기고 어깨는 몇 시간 동안 같은 자세를 유지했다고 난리지만, 이제 몇 가닥 남지 않았다.

카를라는 사력을 다해 이 일을 해냈다. 부드럽게 찢어지는 소리와 함께 줄이 끊어지는 순간, 거대한 금속 문의 무게가 팔을 짓눌렀다. 도저히 참을 수 없는 고통이었지만, 그녀는 온 힘을 다해 매달려 있는 밧줄을 놓치지 않았다.

타일 조각을 치아 사이에 끼운 채, 끈을 당기기 시작하자 팔뚝이 녹슨 문 가장자리에 끼고, 피부가 점점 더 찢어졌다. 왼손으로도 그 끈을 잡고 계속 잡아당겼다. 하지만 그녀의 마음에는 희망도, 생존하리라는 확신도 없었다. 그저 계속 숨을 쉬고 싶은 마음만 간절했다. 통증은 그다음 문제로 견딜 만했다. 그 고통은 생명이고, 초인적인 힘도 생명이다. 견딜 수 없는 갈증, 폐에서 끓어오르는 부식성 액체, 그녀에게 노력을 그만두라고 애원하는 것도 생명이다. 그리고 항복은 곧 죽음이다.

두 뼘. 세 뼘. 문이 올라가면서 덧대 놓은 타일들이 바닥에 떨어지고, 그녀 귀에는 그 소리가 소방차 사이렌처럼 크게 울렸다. 서둘러야 한다. 그들이 이 소리를 듣지 못했을 리 없다.

카를라는 자신이 만든 구멍을 통해 조금씩 기어가기 시작했다. 그녀는 밧줄을 놓을 수가 없었다. 놓으면 문이 아래로 떨어질 것이다. 만일 타일들이 떨어질 때, 소리를 듣지 못했다면, 문이 떨어지는 소리가 납치범들에게 경고의 소리가 될 수도 있다.

멀리서 목소리, 여자의 고성이 들렸지만, 신경 쓰지 않았다. 몸이 거의 밖으로 빠져나왔다. 하지만 그녀는 여전히 한쪽 팔을 쭉 뻗은 채 금속 문을 간신히 지탱하고 있었다.

그 독방 맞은편에 나타난 사람은 또 다른 카를라다. 그 옛날 카를라는 이제 결혼식장에서나 만나서 인사하기 전에 귀에 이름을 미리 알려줘야 하는 먼 친척처럼 보였다.

힘이 빠지자 그 문은 또 다른 카를라의 오른팔 위로 부드러운 소리를 내며 떨어졌다.

어린 시절 카를라(옛날 카를라)는 차고 문이 닫히는 것을 막기 위해 아버지보다 앞서 달려간 적이 있다. 커다란 수평 개폐 차고 문이었다. 그녀는 문이 완전히 닫히기 전에 센서를 만지기 위해 손을 뻗었다. 하지만 이미 늦었고, 그 문에 끼고 말았다. 그 옛날 카를라는 비명을 지르며 병원까지 가는 내내 울었다. 결국 팔뚝에 못생긴 흉터가 생겼고, 그 부근의 근육은 수십 년이 지난 후에도 약간 꺼져 있다.

하지만 또 다른 카를라, 새로운 카를라는 작은 신음도 내지 않는다. 그녀는 그 타일을 입에서 떨어뜨리지 않고, 뺨 안쪽을 깨물면서 팔에 느껴지는 고통을 잊으려고 애썼다. 카를라는 이제 덫에 걸린 동물 신세였다. 위험하다. 그곳에서 빠져나가기 위해 자신의 팔을 물어뜯을 수도 있을 것이다. 그녀는 몸을 돌려 쪼그려 앉아야 했다. 그리고 마지막 남은 힘을 다해 문을 들어 올려서 팔을 빼야 한다.

문이 딸각하며 제자리를 찾았다.

자유다.

불확실한 어둠 속에 혼자 있으니 이전에 느껴보지 못한 두려움이 밀려왔다. 거친 바다를 헤엄친 후에 해안에서 익사할 것 같은 두려움이랄까. 이제 몸은 그녀에게 어떤 방향이든 뛰어 도망치라고 시킨다. 복도 한쪽에서 희미한 빛이 보였고, 직감적으로 그 방향은 아닐 거라는 생각이 들었다. 그녀는 알고 있다. 새로운 카를라는 모든 것을 알고 있다. 반대편에는 더 깊은 어둠뿐이고, 거기에서 빛의 섬은 단 하나뿐이다.

한 문에서 빛이 나오고 있었다.

그녀의 독방 바로 옆에 방문이 있다. 나무와 유리로 된 문. 엄마를 부르는 아이의 울음소리가 들리는 문.

'이건 함정이야. 도망쳐. 도망치라고.'

하지만 그녀는 도망칠 수가 없었다. 그 소리가 뭔지 알아야 했다.

'뭔지 알아야 해.'

카를라는 나무 문 쪽으로 몸을 돌리면서 생각했다. 몸은 알 필요 없다고 절규했지만, 이번에는 그 진실을 외면하는 데 너무 오랜 시간이 걸렸다.

그 방은 가스램프가 켜진 작은 사무실로, 가구들은 옆으로 치워져 있고 바닥에 매트가 놓여 있었다. 맞은편에는 파이프 위에 덕트 테이프로 두 손이 묶여 있는 어린 소년이 있었다. 아이는 회색 바지와 녹색 스웨터를 입고 있었다. 두 눈은 발갛게 푹 꺼져 있고, 너무 울어서 목소리도 쉬었다. 카를라가 방에 들어오자, 그는 겁에 질린 채 그녀를 쳐다봤다. 그녀는 아이의 눈을 통해 자신을 보고 나서야 자신의 상태를 깨달았다. 브래지어와 팬티 외에는 아무것도 걸치지 않고 흙과 땀으로 뒤덮인 피투성이 유령.

카를라는 소년 옆에 무릎을 꿇고 앉았다.

"이름이 뭐니?"

그는 자신을 괴롭히기 위해 어둠 속에서 나타난 새로운 괴물에게서 시선을 돌렸다. 울려고 입을 벌리자, 폐가 다시 부풀어 올랐다.

"안 돼, 울지마. 진정해. 내 이름은 카를라야. 널 도와주러 왔어."

카를라는 아이가 대답하거나 그녀의 존재를 알아챌 때까지 기다리지 않았다. 왜냐하면 낭비할 시간이 없기 때문이다. 가지고 있던 타일 조각으로 아이를 묶고 있던 덕트 테이프를 자르기 시작했다. 카를라는 처음으로 그것을 눈으로 확인했고, 그 임시 도구가 얼마나 작고 한심한지를 깨달았다. 하지만 그것이 그녀를 여기까지 데려왔다.

소년은 콧물을 빨면서 큰 눈으로 카를라를 봤다. 그는 더럽고 피로 덮인 괴물이 자신을 돕는 이유를 이해할 수가 없었다.

그 순간 갑자기 그는 카를라의 어깨 너머로 시선을 돌렸고, 그의 눈에는 다시 공포가 서렸다.

'오, 안 돼.'

그녀는 너무 늦게서야 실수를 저질렀다는 것을 깨달았다. 카를라의 뒤에 있는 칼을 든 남자는 카를라의 머리카락을 잡고 잔인하게 땅에 패대기쳤다.

"이렇게 하면 안 되지. 이러면 안 되는 거라고!"

머리가 콘크리트에서 튕기면서 카를라는 얼굴을 하늘로 향하고 망연자실한다. 칼을 든 남자는 카를라에게 달려들어 손으로 그녀의 목을 조르기 시작했다.

'착한 일을 하려고 할 때 얻을 수 있는 결과가 바로 이런 거군. 이것이 네가 얻는 결과야.' 카를라가 생각했다.

칼잡이의 손가락들이 카를라의 기관지를 짓누르는 동안, 이해할 수 없는 부당함을 느낄 뿐이었다. 어둠 속에서 지내는 동안 그녀는 신과 선, 악이 그저 대문자로 된 단음절일 뿐이라는 걸 깨달았다. 그러나 그녀의 내면에는 일종의 보편적 균형에 따라 여전히 희망의 숨결이 남아 있었다. 그것이 그 아이의 울음에 이끌려 방으로 들어가게 했다. 지금 아이의 다리는 그녀의 얼굴 고작 몇 센티미터 떨어진 곳에서 떨고 있었다. 그의 작은 신발에는 공에 맞아 눈과 손 일부를 잃은 스펀지밥이 있다. 카를라는 마지막 남은 기력으로 정신의 끈을 놓지 않았고, 문득 아들 마리오도 그 신발을 가지고 있던 게 생각났다. 흠집이 난 부분까지 똑같았다. 이건 그녀의 회사에서 나온 신발이다. 그런 흠집은 해당 부서에 이메일로 통지했을 수 있는 결함이다. 아무튼 그래도 전반적으로는 튼튼하면서도 사랑스러운 신발이다.

카를라의 두 눈에는 현기증이 날 것 같은 새하얀 빛이 다시 가득 차올랐다.

'난 죽겠구나.'

카를라가 생각했다. 불신도 두려움도 후회도 없다. 오직 패배뿐.

그 순간 무슨 소리가 들렸다. 청각은 잠에서 깰 때 뇌에서 가장 먼저 시작되고 가장 늦게 사라지는 감각이다. 단호한 남성의 목소리였다. 그녀는 그가 하는 말이 무슨 뜻인지 모르겠다. 하지만 그 손가락들은 그녀의 목을 누르던 걸 멈췄다. 카를라는 다시 몸을 조절하고, 폐를 움직이기 시작하며, 다시 공기를 한 모금씩 마시고, 어떻게 생명이 그녀를 가득 채우는지를 느꼈다….

그 순간 총소리가 들렸다.

미끼

안토니아는 아주 천천히 앞으로 나아갔다.

그녀는 유일한 희망이 존의 손에 달려 있다는 걸 알고 있었다. 그녀는 미끼에 불과한데, 둘 중 한 명을 문에서 떨어뜨려 놓는 역할을 해야 하고, 존에게 기회를 주어야 했다.

안토니아는 자신의 목소리가 복도에 크게 울려 퍼지는 동안은 최대한 천천히 움직였다. 그녀는 방금 울린 타일 소리가 두 사람 중 한 사람을 다른 쪽으로 끌고 가는 역할을 할 거라고 믿었다.

안토니아는 둘 중 산드라가 헷갈릴 거라고 확신했다. 산드라는 그녀를 직접 해치우고 싶을 것이다. 안토니아는 천천히 움직였다. 가능한 한 아주 천천히. 그녀를 둘러싼 세상은 그녀의 위치를 폭로하기 위해서 공모한다. 시멘트가 발아래에서 바스락거리고, 옷의 마찰이 벽들의 속삭임을 끌어낸다. 움직임 하나하나가 고발 같았다.

안토니아의 머릿속은 점점 더 무언가로 가득 차올랐다. 약 효과가 완전히 사라지자 안토니아는 긴장 속에서 제정신을 붙잡기 위해 싸워야 했다.

"놀랍네, 저 소리. 안 그래?"

안토니아의 목소리가 복도에 메아리쳤다. 어디에서 나는 소리인지 전혀 알 수가 없었다.

산드라는 계단을 오르고 있었다. 그 뒤에 있던 안토니아는 산드라가 들고 있는 손전등의 반사광을 볼 수 있었다. 그녀는 어둠 속을 샅샅이 살피며 앞에 유일하게 난 길을 따라 걸어가고 있었다. 빛줄기가 복도의 입구를 비췄다. 그런 다음 몸을 숙이더니, 계단 끝 쪽에서 갑자기 모퉁이를 돌았다. 그리고 총을 두 발 쐈다. 그러자 총알들이 복도를 가로질러 회전식 출입구 옆에 있는 반대쪽 벽에 박혔다. 하지만, 공기 외에는 아무것도 발견하지 못했다. 손전등은 안토니아가 그들을 속이기 위해서 미끼로 사용한 전화기를 비췄다. 그 안에는 중간중간 멈추면서 녹음한 음성 메시지가 잔뜩 들어 있었다.

산드라는 뒤늦게서야 속임수라는 걸 눈치채고, 좌절하는 신음과 함께 전화기를 발로 밟아 부수고 다시 계단 아래로 뛰어 내려왔다.

사무실

그 계획은 아주 단순했다.

'내 목소리를 듣자마자 내 쪽으로 오겠지.'

존은 기적적으로 살아남아 터널에서 나타났다. 줄을 밟지 않았거나, 밟았더라도 덫들이 다 작동되지 않은 것 같았다.

그의 앞에는 버려진 역이 있었다. 가스램프 불빛 덕분에 왼쪽에 있는 승강장이 보였다. 그 불빛은 유령 같은 거품을 만들고 벽에 어두운 그림자를 그렸다. 가장 가까운 복도 쪽에서 싸우는 소리가 들렸다.

존은 승강장에 오르기 위해 몸부림을 쳤다. 오르는 동안 완전히 벌거벗은 느낌이었다. 올라가려면 두 손을 지지해야 했다. 그런 다음 그는 복도로 들어갔다. 그는 한 발 앞에 다른 발을 놓고 무릎을 살짝 구부리며 앞쪽으로 권총을 겨눴다. 등 뒤에서 두 발의 총성을 들리긴 했지만, 어쨌든 계속 앞으로 니갔다.

'가장 중요한 건 내 아들이에요, 존. 무슨 소리가 나도 날 도우러 오지 말아요. 앞으로 계속 나아가요. 그리고 그를 찾아요.'

그는 눈앞에 닥친 일만 생각했다. 복도 끝에 사무실이 있고, 그 안에서 시끄러운 소리가 들렸다. 밖에서 엿보니 한 남자가 반쯤 벗은 여성 위에 걸터앉아 맨손으로 목을 조르는 모습이 보였다. 그녀의 다리는 그의 몸 아래에서 떨리고 있었다.

"손들어, 경찰이다! 두 손 머리 위로 올려."

존은 남자의 어깨뼈 사이에 총을 겨누며 소리쳤다. 그 남자는 잠시 멈췄다. 존은 등 뒤에서도 그녀가 얼마나 놀라는지를 느낄 수 있었다. 그녀는 그 순간에 이 일이 멈춰질지 예상도 못했다.

"머리 위로 두 손 올려. 입 아프게 하지 마, 파하르도. 빌어먹을, 이제 다 끝났어."

존이 더 세게 말했다. 니콜라스 파하르도가 그를 향해 몸을 돌리자, 또 다른 가스램프의 빛 속에서 그의 얼굴이 윤곽을 드러냈다. 그의 뒤에서 눈을 크게 뜨고 있는 안토니아의 아들이 보였다.

'살아 있구나. 살아 있어. 우리가 딱 맞게 왔어.'

존은 계속 파하르도에게 총을 겨눈 채, 벨트에 손을 얹고 수갑을 뺐다. 그러고는 파하르도의 손목 한쪽에 하나를 채웠다. 하지만 다른 손까지는 채우지 못했다. 그는 카를라 오르티스의 숨 쉬는 소리를 듣지 못했다. 또한 그를 쓰러뜨리는 두 발의 총소리도 듣지 못했다. 그저 바닥에 쓰러지기 전에 고통만 느낄 뿐이다.

카를라

칼을 든 남자가 몸에서 떨어지자 카를라는 재빨리 소년에게 기어갔다. 그녀의 생각은 놀라울 정도로 텅 비어 있고, 기억들도 사라졌다. 두려움과 고통도 마찬가지다. 지금은 그녀가 반 자르다가 만 덕트 테이프를 풀어주는 것 외에는 중요한 게 없었다. 타일들이 아직도 바닥에 있었다. 카를라는 너무 약해진 손가락으로 그것을 집어 들고 테이프를 계속 잘랐다. 은색 층과 접착제가 있는 층 사이의 섬유까지 잘라야 하는데, 고작 테이프 표면만 긁고 있었다. 그녀의 손은 헝겊으로 만든 인형 손 같고, 머리도 잘 돌아가지 않았다. 더 많은 공기를 마시려고 노력하고, 현기증과 흐린 시야 너머로 끊어야 할 4센티미터의 테이프에 집중했다. 그녀의 연약한 손(오른손은 이제 말을 듣지 않고, 왼손은 늘 별로 도움이 안 된다)에 있는 타일은 쓸모가 없었다. 그래서 카를라는 아이의 손목에 기대어 치아를 사용했다. 예전에 치과 의사에게 뽑지 않겠다고 우겼던 그 송곳니로 테이프를 끊었다. 물론 그걸 뽑았다면 교정 기간을 몇 개월 줄일 수도 있었겠지만, 그녀는 모든 이를 다 가지고 있고 싶었다.

카를라는 테이프를 물고 뜯고 갉았다. 테이프를 당기다가 송곳니 중 하나가 세로로 부러졌다. 고통이 느껴지는 동시에 테이프가 끊어졌다.

"뛰어. 뒤돌아보지 말고 달려."

카를라가 소년에게 말해다.

그 소년은 일어나서 칼을 든 남자 옆을 지나갔다. 그 남자는 좀 전에 그녀의 목을 졸랐던 것처럼 이번에는 그 경찰관 위에 올라

타서 목 졸라 죽이려고 하고 있었다. 아이는 문을 나서고 복도의
어둠 속으로 사라졌다.

승강장

안토니아는 웅크리고 있던 계단 쪽에서 산드라가 왔던 길로 다시 뛰어가는 소리를 들었다. 먼저 전화로 유인하고 반대편 계단으로 내려갈 때 공격하려는 계획은 수포가 됐다. 함정을 감지한 산드라는 그녀보다 먼저 승강장으로 돌아갔다.

안토니아는 일어서서 그녀를 쫓아 계단을 내려갔지만, 상대편과 한 팀으로 뛰고 싶다는 약한 마음이 들었다. 흐린 조명 속 승강장이 눈앞에 보이자, 여러 생각들이 모여 0.1초 만에 슬프고 섬뜩한 이야기를 만들어냈다.

알바로 트루에바 대신 잘못 납치된 십 대 하이메 비달이 죽은 탁자. 간헐적으로 깜박이는 가스램프가 가스가 부족하다고 경고했다. 옷의 흔적들, 포장 음식 통, 공포를 일으키는 사람들의 놀랍고 평범한 일상. 오래되고 위협적인 벽의 균열들. 구석구석의 먼지들, 가까이 다가가면 달려드는 바퀴벌레.

'짚 매트, 땅에 남겨진 고문의 수단들…'

그녀는 숨을 쉴 수가 없었다. 뇌에 정보가 너무 많아서 거르기가 힘들고, HD 비디오와 현실 세계 이미지가 겹치면서 며칠 동안 이곳에서 일어난 일을 생생하고 정확하게 알려주는 모든 자극을 통제하기가 힘들었다.

'난 계속해야 해. 계속해야 해.'

그녀는 비틀거리며 승강장을 따라 계속 걸었다. 총을 들고 있는데, 저 끝에서 산드라가 복도 쪽으로 총을 겨누고 있기 때문이다. 그녀가 누구를 쏘려고 하든, 안토니아는 그녀를 막아야 했다. 그녀는 눈을 비비고 산드라를 향해 조준했다. 그녀의 뇌는 손가락에 총을 쏘라고 명령했지만, 그 데이터 흐름을 추적하고 전송하는 데 오랜 시간이 걸릴 것만 같았다.

산드라가 두 발을 쏜다.

안토니아가 한 발을 쏜다.

안토니아가 쏜 총알은 산드라를 지나쳤다. 그저 그녀 뒤에 안토니아가 있다는 걸 알려줄 뿐이었다. 산드라는 금고 중 하나 뒤에 숨어 있었다. 안토니아는 몇 번이나 눈을 깜박이며 진정하려 애쓰며 또 다른 금고 뒤에 몸을 감췄다.

복도 끝에 있는 사무실에서 니콜라스가 바닥에 깔린 존의 목을 조르며 죽이려고 애쓰는 사이, 존의 곁을 지나 그곳에서 빠져나온 호르헤가 승강장 쪽으로 달려오고 있었다.

산드라가 있는 곳을 향해 곧장 달려온 그는 그녀의 손이 닿는 곳까지 왔을 때 잡히고 말았다.

호르헤가 발길질하며 계속 난리를 쳤지만, 그의 허리띠를 붙들어 공중으로 들어 올렸다. 그리고 머리에 총을 겨누었다.

"움직이면 죽여버릴 거야, 빌어먹을 코흘리개."

산드라가 그의 귓가에 속삭이고 자리에서 일어섰다.

"네 아들은 내 손에 있어. 가까이 올 생각도 하지 마."

"호르헤!" 안토니아기 외쳤다.

아이는 엄마의 소리를 듣고 비명을 지르며 다시 발길질을 시작했다. 아이는 엄마에게 가고 싶어 했지만, 산드라의 힘에는 꼼짝도 할 수가 없었다. 산드라는 아이를 방패로 삼아 승강장에서 뛰어서 터널의 어둠으로 들어갔다.

카를라

카를라는 이상한 평화로움을 느꼈다. 출혈과 질식, 탈수를 겪은 대가다. 그녀는 벽에 기대서 눈을 감았다.

'이제는 쉴 수 있어.' 그녀가 생각했다.

하지만 할 일이 또 있었다. 그것이 무엇인지 생각은 안 나지만, 중요한 것 같긴 하다.

카를라는 다시 눈을 떴다. 그 경찰은 여전히 바닥에 있고, 죽어가고 있었다. 카를라는 그 사실을 알고, 그 일에 대해 뭔가를 해야 한다는 생각이 들었다. 그가 그녀를 구해준 것처럼, 그녀도 그를 구해야 한다. 하지만 카를라는 약하다. 그럼에도 불구하고 일어서서 비틀거리며 칼을 든 남자 쪽으로 기어갔다. 공터에서 죽어가던 카르멜로가 생각났다.

'그는 우리 가족이었는데.'

그녀는 아직도 왼손에 타일을 들고 있었다. 뾰족한 타일. 그녀는 그것을 왼손에 쥐고 휘둘러 남자의 목에 단검처럼 찔러넣기 위해 팔을 들어 올렸다.

그 순간 남자는 무언가를 감지하고 갑자기 얼굴을 돌렸다. 그 힘이 카를라의 찌르기와 더해져서 타일 끝이 그의 대동맥을 눌렀다. 그 남자는 믿을 수 없다는 듯 카를라를 바라보고 경찰의 목을 누르던 손가락들을 떼면서 자신의 목에 들어온 이상한 물건을 빼려고 애썼다. 그는 동맥에서 계속 피를 쏟다가 바닥으로 쓰러졌다. 바닥에는 카를라의 무릎을 흠뻑 적시고도 남을 크고 따뜻한 웅덩이가 생겼다.

죽을 때까지 시간이 걸린다. 카를라는 그의 마지막 순간, 출혈을 참으려는 애처로운 투쟁, 부풀어 오르고 흩어져 있는 눈의 세세한 것들을 놓치지 않았다. 꼭두각시 인형의 텅 빈 두 눈. 영화 속 여주인공들은 악당을 끝낼 때 지옥에나 가라고 말하지만, 그녀는 그럴 필요성을 느끼지 못한다. 아무 감정도 느껴지지 않았다. 그냥 해충을 제거한 걸로 끝이다. 신발 밑창으로 민달팽이를 짓누르는 것처럼.

'이제 된 건가? 이제는 쉬어도 될까?'

그녀의 몸이 대답을 대신했다. 그 몸은 경찰관의 가슴팍으로 떨어졌다. 그의 심장 뛰는 소리가 들리지 않았다. 카를라는 암흑 세계에 굴복하기 전, 너무 늦었다는 막연한 슬픔을 느꼈다.

지면으로부터 3미터

안토니아는 기절하기 직전이었다. 그녀는 곧 그럴 거라는 걸 알고 있었다. 그녀의 뇌는 조용한 상황에서 최상의 기능을 발휘하도록 프로그래밍이 되어 있다. 하지만 위협적인 상황이 생기면 뇌에서 히스타민을 통제할 수가 없고, 뛰어난 머리로 받아들이고 관리해야 하는 정보들이 입력될 때마다 하나하나 다 반응하게 된다. 살인적인 사이코패스가 아들의 머리에 총을 겨누고 인간 방패로 삼아 폭발물이 설치된 터널을 통해 탈출하는 것은 안토니아(그 누구라도)가 충분히 상상할 수 있는 위험천만한 상황이었다.

그녀는 벽에 붙은 오래된 광고부터('퍼실 세제는 스스로 씻는다') 반쯤 마신 코카콜라 캔까지 완벽하게 기억하고 있다. '살아 있는 느낌.'[52]

안토니아는 마른 피 웅덩이에서 50센티미터도 채 되지 않는 곳에 있는 탁자 다리 옆에서 일어섰다. 손에 든 총의 무게가 산드라와 아들을 삼켜버린 검은 반원 쪽으로 그녀를 끌고 갔다. 그녀는 휘청거리며 승강장에서 내려가다가 시멘트에 발이 걸려 넘어지고 말았다. 머리가 둘로 쪼개질 것만 같았다. 다시 일어났다가, 또 발이 걸려 넘어졌다. 아주 딱 맞춘 시간, 어둠 속에 불꽃이 나타났다. 산드라가 그녀를 쏘았고, 안토니아는 총알이 그녀의 머리카락을 스쳐가는 걸 느꼈다. 윙윙거리는 소리가 그녀의 귀를 아프게 했다.

"따라오지 마, 스콧!"

안토니아는 그녀의 말을 듣지 않았다. 그녀의 머리는 매우 가까이에서 떨어진 그 총알을 녹슨 나사와 같은 거라고 처리했다. 그리고 개의치 않고 아들이 있는 쪽으로 계속 걸어갔다.

안토니아는 어둠으로 들어갔다. 터널 안으로 들어갈수록 점차 정신이 들고, 평온을 되찾는 데 도움이 됐다. 그녀를 자신을 둘러싼 어둠을 이용할 수 있었다. 벽에 달라붙어서 심호흡하고 눈을 감았다. 머릿속에서 소음을 비워내고 한쪽에서 다른 쪽으로 점프하는 원숭이들도 조용히 시켰다. 그리고 열에서 하나까지 천천히 셌다.

'태어나기 전에 너의 얼굴은 어땠지?'

그녀는 다시 눈을 뜨고 터널 속으로 계속 들어갔다. 앞쪽에서 호르헤가 반항하는 소리가 들렸다.

"네 아들은 나한테 전혀 도움이 안 되는군, 스콧." 전능하고 위

협적인 산드라의 목소리가 벽에 울려 퍼졌다. "이 터널에 함정들이 있는 거 알지? 그런데 내가 손전등을 안 가져왔지 뭐야. 그래서 애가 계속 발길질을 하고 집중하지 못하게 방해하면, 혹시라도 그 함정을 만날지도 몰라."

공포에 휩싸인 안토니아는 다시 눈을 감고 심호흡을 해야 했다.

"호르헤. 호르헤, 엄마 말 말을 들어."

"엄마! 엄마, 도와줘!"

그녀의 아들은 절망적으로 울고 있었다. 그러자 그녀의 영혼은 고통과 불안으로 찢어졌다. 하지만 진정하지 않으면 아들을 도와줄 수 없다. 아이를 진정시키지 않으면 안 된다.

"호르헤, 움직이면 안 돼. 조용히 하고 엄마 말을 들어야 해. 네가 움직이면 위험해져. 아주 위험해. 가만히 있어야 해. 엄마 말 듣고 있니?"

"집에 가고 싶어! 할아버지 보고 싶어!"

'할아버지', 그 말을 떠올리는 그녀의 영혼이 갈기갈기 찢어졌다.

"곧 할아버지한테 가게 될 거야, 내 사랑. 하지만 지금은 가만히 있어야 해."

소년은 발차기를 멈췄다.

"이러니까 훨씬 낫네." 산드라가 말했다.

산드라가 아이를 바닥에 내려놓는 소리가 들렸다. 정상이라면 아이 몸무게는 45킬로그램 정도 나간다. 그녀는 소리만으로 벌어지는 상황을 해석하려고 노력했다. 이제 그녀는 그의 손을 잡고 앞으로 끌고 나아가야 했다.

안토니아는 터널이 구부러지기 시작하는 지점으로 다가가고 있었다. 한 손이 나타났다가 뒤로 뺐다. 예상한 대로 산드라는 그녀를 기다리고 있다가, 승강장에서 나오는 가느다란 빛의 잔해에서 포착한 움직임을 향해 총을 쐈다. 안토니아는 그 폭연이 순간적으로 산드라의 눈을 멀게 하리라는 것을 알고 총성이 들리자마자 이동했다. 반대편 벽을 향해 대각선으로 달리고 나서, 이 전에 있었던 곳에 자리를 잡았다. 그렇게 그녀가 방금 떠나온 벽을 향해 산드라가 쏜 총을 피했다.

"산드라, 넌 도망 못 가. 그리고 카를라 오르티스는 구출될 거야. 너는 다 실패했어."

안토니아는 산드라가 소리 들리는 곳을 정확하게 알 수 없도록 손으로 입을 막고 말했다.

웃음, 벌레 같은 웃음, 전염성 있는 잔인한 웃음.

"아직도 이게 카를라 오르티스 때문에 생긴 일이라고 생각하는 거야? 아니면 알바로 트루에바? 내가 그 멍청이 니콜라스 파하르도에게 한 바보 같은 이야기를 아직도 믿는 거야? 넌 사람들이 대단하다고 말하던 것보다는 별로네, 안토니아 스콧."

안토니아는 점점 더 천천히 걸었다. 산드라의 목소리가 점점 더 가깝게 들리고 울림도 줄어들었다. 그녀로부터 6~7미터 이내에 있을 것이다. 만일 산드라가 안토니아가 다가오는 소리를 들었다면, 찾으려고 너무 애쓰지 않을 것이다.

안토니아는 그 말에 대답하려고 몸을 돌렸다. 꼭 그럴 필요는 없지만, 계속 말하려면 그렇게 해야 했다. 그녀는 목소리를 승강장 쪽으로 향하게 하고 다시 입을 손으로 막아서 목소리를 흐릿하게 만들었다.

"근데 누가 나에 대해 말해줬지, 산드라?"

"그런데 벌써 말해줘야 하는 건가…. 넌 모든 걸 기억하는데, 너에게 상처 준 사람은 기억 못 하는 거야? 악과의 싸움에서 무슨 결과가 남았지?"

안토니아는 할 말이 없어서, 아무 대답도 하지 않았다.

"하지만 그가 날 찾아냈어, 안토니아 스콧. 그는 나를 선택했고, 나를 더 좋게 만들었지. 그는 나에게 파하르도를 조종하는 법을 가르쳐줬어. 그는 널 위해 에세키엘을 만들어낸 거야. 우리가 선지자의 이름을 선택한 건 우연이 아니라고. 선지자는 큰 권능으로 말하잖아. 예언자는 오실 분을 선포하는 거라고."

안토니아는 너무 공포스러워서 경련이 일어날 정도였다. 증오 때문이기도 하다. 인제야 처음부터 무슨 일이 일어난 건지 냉정하고 예리하게 이해했기 때문이다. 그들이 그녀를 어떻게 가지고 놀았는지를.

'그 남자. 이런, 내가 이렇게 멍청했던 건가.'

하지만 지금은 그것을 생각할 겨를이 없었다.

안토니아는 계속 산드라에게 더 가까이 다가갔다. 호르헤가 다시 엄마가 근처에 있다는 걸 직감적으로 느끼고, 소란을 일으키는 소리가 들렸다.

"그만둬, 스콧." 산드라가 말했다. 이번에는 그 목소리에 잔인함 이상의 것이 담겨 있었다. "그만하지 않으면, 우리 셋 다 죽을 거야."

두려움. 그녀는 두려워하고 있었다.

'우리 주위에 폭탄이 있는 게 분명하군.'

안토니아는 아들을 구할 방법을 찾기 위해 머리를 굴렸다. 그 순간 이것이 세상에서 가장 똑똑한 사람을 위한 일은 아니라는 걸 깨달았다. 이건 어머니를 위한 일이다.

"호르헤." 안토니아가 아이를 불렀다. "이제 엄마 말 잘 들어. 너는 지금 위험해. 우리는 게임, 그러니까 학교에서 하는 게임을 할 거야. 알과 오리 게임, 기억나지? 너는 아주 조용하고 얌전한 알이고, 엄마가 네게 말하면…."

안토니아는 입을 손으로 막는 걸 깜빡했다. 산드라는 목소리가 어디에서 나오는지 알았다. 그러고는 어둠 속에서 총을 들어 올렸다.

안토니아도 총을 들었다.

"덕(Duck)!" 그녀가 소리쳤다.

호르헤는 학교 운동장과 수업 시간에 수없이 해봤던 것처럼 땅에 몸을 던진다. 덕(duck)은 영어로 오리이고, 수그린다는 뜻도 있다(이중 언어 교육의 장점).

산드라가 총을 쐈다.

안토니아도 쐈다.

양쪽 불꽃이 거의 동시에 깜박이며 어둠을 가로질렀다. 산드라의 총알은 안토니아의 눈에서 몇 밀리미터 떨어진 벽에 박혔다. 안토니아의 총알은 산드라의 어깨에 박히고, 그녀를 어둠 저편으로 넘어뜨렸다.

호르헤가 엄마에게 달려오자, 그녀는 그를 붙잡고 바닥으로 몸을 날린 후, 그의 몸을 덮었다.

그 순간 폭발이 일어났다. 불이 그들 위로 지나갔다. 안토니아
는 팔과 그을린 머리카락에서 타는 듯한 열기를 느꼈다. 1톤의 잔
해가 천장과 벽에서 떨어지는데, 어떤 건 매우 가까이에서 떨어
졌다.

먼지와 연기가 거치자, 둘 다 아주 잘 살아 있었다. 호르헤는
어둠 속에서 어머니를 껴안았다.

"엄마, 나 잘했어?"

"정말 잘했어, 호르헤." 그녀가 말했다.

"나 할아버지한테 가고 싶어."

"아까 들었어." 안토니아가 마지못해 인정했다.

그리고 3년 만에 처음으로 무언가를 했다. 그녀는 아들의 이마
에 뽀뽀해줬다. 부드러움이 가득한 뽀뽀. 그녀가 그에게서 입을
뗴는 순간, 그동안 아들 없이 어떻게 살 수 있었는지 어리둥절하
고 의아했다.

카를라

카를라가 깨어났을 때 가장 먼저 보이는 건 그녀에게 몸을 구
부리고 있는 한 여성이었다. 웃기 전까지 그녀의 얼굴에는 별 특
별한 것이 안 보였다. 하지만 그 미소에는 빛이 가득하다.

그 경찰도 거기에 있었다. 얼굴은 빨개지고 목은 멍이 들었지
만, 어쨌든 괜찮아 보였다. 카를라는 그가 자신의 생명을 구한 것
이 기억났다. 그는 그 사실에 기뻐했다.

전화가 여러 곳에서 왔다. 카를라는 무슨 일이 일어나고 있는

지 제대로 몰랐다. 경찰관이 말하고, 여자도 말했다.

'내가 충격을 받은 모양이군.'

그녀가 생각하며 그 사실에만 몰두했다.

그런 다음 그들은 그녀를 오래되고 냄새나는 터널 안으로 안내했다. 그들 옆에는 함께 가고 있는 소년이 있었다. 모든 것이 꿈에서 점점 사라져가는 색조를 띠고 있었다. 끔찍한 곳으로 질질 끌려갔지만, 안전한 느낌이 들었다. 악몽이 다가오겠지만, 아직은 시간이 있을 거다. 지금은 마치 마법의 양탄자를 타고 태양을 찾아 나가는 것처럼, 둥둥 떠 있는 것 같았다.

그 길 중간에는 두 명의 경찰과 응급구조사 한 명이 있었는데, 그들은 상처에 소독제를 바르고 담요로 어깨를 덮고 체액을 공급했다. 그들은 크고 넓은(뚱뚱한 건 아님) 경찰과 한 여자, 아이를 데려왔다. 그리고 작은 사다리까지 카를라를 옮겼다. 그 반대편에서는 거리와 평범한 삶, 자유의 소리가 들렸다. 이제 끝이다.

카를라는 그곳에 올라가는 걸 거부하고, 몸을 움츠리며, 사다리를 꽉 붙들었다.

"저 사람들과 같이 가고 싶어요. 저를 구해주신 분들이에요."
그녀가 뒤를 가리키며 말했다.

작은 여자가 몸을 굽혀 아들을 껴안고 카를라를 가리키며 덩치 큰 경찰관에게 몸짓한다. 하지만 그 경찰은 고개를 저었다. 둘은 잠시 말다툼하는 것 같았다. 결국 큰 경찰은 어깨를 으쓱하며 카를라에게 다가왔다.

"성함이 어떻게 되세요?" 카를라가 물었다.

"존 구티에레스입니다, 오르티스 부인."

"제 생명을 구해주셔서 감사합니다."

"저도 감사합니다, 부인. 우리는 비겼습니다."

"제 잘못으로 총을 두 번이나 맞으셨잖아요. 제가 더 빚졌습니다."

존은 몸을 돌려 셔츠의 구멍 두 개를 가리켰다.

"빌바오에서 이런 건 그냥 조그만 총알에 불과합니다. 조끼까지 입어서 멍도 들지 않았을 겁니다."

카를라는 웃고 싶었지만, 간신히 미소만 지었다.

그는 위쪽 빛의 원을 가리켰다. 그곳에는 오매불망 멀리서 그들을 지켜보는 두 사람이 보였다.

"날 기다리고 있는 건가요?"

"아버님이요? 물론, 알렸습니다. 물론 저기에 계실 겁니다. 이미 저 위에. 지금 우리는 그의 집 근처에 있어요."

카를라는 아버지를 만나면 무슨 말을 할지 생각했다. 그의 배신, 아버지의 비겁한 배신을 비난할 것인지를. 그들만 있는 건 아닐 거다. 멀리서 사진가들의 불빛, 기자들의 즉흥 연대기, 카메라에 대고 말하는 소리가 생생하게 들렸다. 마침내 그들은 지면에서 불과 3미터 떨어진 곳에 있었다. 멀리 떨어진 삶.

공개적으로 그에게 망신을 주는 것. 이것이 분명 최고의 복수일 것이다. 하지만 그것은 많은 파괴를 의미하기도 한다.

"자 이제, 유명해질 준비 되셨나요?" 그녀가 존에게 물었다.

"저는 이미 유명합니다. 나쁜 쪽이지만. 이번에는 언론에 조금 좋게 나오겠네요."

"자, 먼저 올라가세요, 경위님. 그리고 제가 위로 올라가면 어깨에 제 팔을 두르고 아버지에게 데려가주세요."

존은 정중하게 고개를 끄덕이고 올라가기 시작했다. 카를라가 그를 따라갔다.

여전히 그녀는 아버지에게 무슨 말을 해야 할지 모르겠다. 하지만 결정하기까지 불과 몇 미터도 남지 않았다.

또 다른 방해

안토니아 스콧은 하루에 3분만 자살을 생각할 수 있다.

다른 사람들에게 그 3분은 아주 짧은 시간일 수도 있다. 하지만 그녀에겐 아니다.

그녀가 죽을 방법을 생각하는 3분은 그녀만의 3분이다. 그녀는 그것을 버리지 않는다. 그 시간은 사라지지 않는다. 그 시간은 신성하다.

전에는 제정신을 유지하는 시간이었지만, 지금은 그녀의 탈출열쇠다. 그 시간은 그녀의 머리에 명령한다. 그 시간은 아무리 시작이 안 좋아도 항상 끝은 있다는 걸 떠올려준다. 항상 탈출구가 있다는 것을. 모든 것을 시도해 볼 수 있다는 것을. 이제 그녀는 거의 낙관적인 삶을 살고 있다. 과학자들이 공식들을 만드는 데 시간을 투자하는 것처럼, 그녀는 그 3분을 투자한다. 비록 결국에는 공장에서 일하게 되더라고, 우주 비행사가 되길 꿈꾸며 노는 아이처럼. 그 시간은 그녀에게 도움이 된다. 이제는 그녀에게 살아갈 힘을 주는 시간이다.

그래서 그녀는 3층 아래의 계단에서 들리는 아주 익숙한 발걸음 소리가 그 의식을 방해하는 게 너무 싫다.

안토니아는 그가 작별 인사를 하러 오는 것임을 확신했다.

그리고 이제는 그게 별로 내키지 않았다.

피쿠스

존 구티에레스는 작별 인사하는 걸 좋아하지 않는다.

게으름의 문제가 아니다. 대개 그의 이별은 짧고 간결한 편이라서, 길고 감정적인 대화를 나누거나 술에 취해 우정을 더 돈독하게 하거나, 함께 새벽까지 만찬을 나누지 않는다. 그는 어깨를 두어 번만 두드려줘도 쉬는 것만큼의 평화를 얻는 사람이다. 슬픈 표정도, 절대 숨기지 않을 희망도, 미리 앓는 그리움도 없다.

헤어지면서 존을 힘들게 하는 건 아무것도 없었다. 왜냐하면, 원래 너무 많은 관계를 맺지 않고(그는 일부일처제), 사람들이 떠날 때 아파하지 않기 때문이다(진정한 일부일처제).

그런 존이지만, 안토니아 스콧에게 작별 인사를 하려니 힘들었다.

어쩌면 그래서 엘리베이터를 타지 않고 계단으로 올라왔을지도 모른다. 그 순간을 늦추기 위해서.

"엘리베이터 있는 거 알지 않아요?"

존은 거대한 식물 뒤에서 힐끔 쳐다봤다. 그는 이 큰 걸 6층까지 직접 들고 올라왔다.

"엘리베이터에 안 들어가서요." 그가 거짓말을 했다.

"근데 그게 뭐예요?"

그녀는 마치 집에 머리 세 개 달린 원숭이가 나타난 것처럼 거대한 피쿠스를 가리키며 물어봤다.

"피쿠스예요."

"그건 이미 보고 있는데, 왜 가져 온 거예요?"

존이 거실 한구석에 놓은 이 화분은 너무 크고 무거워서 함께 지낼 수밖에 없을 것 같았다. 아니면 그것을 옮길 트럭을 따로 부르던가.

"다시 집을 꾸밀 때가 된 것 같아서요. 이렇게 조금씩 하면."

존은 재킷 소매에 묻은 흙을 닦아내며 말했다.

"난 식물들을 잘 못 키워요. 있는 족족 다 죽인다고요. 엄밀히 말하면 그것도 초능력이죠. 아마 당신이 문을 나서기도 전에 저것도 죽을 거예요."

존은 속으로 웃었다. 이렇게 똑똑한 여자가 아직도 이게 플라스틱으로 만든 나무란 걸 모른다니.

'아마 시간이 걸릴 거예요.'

"위험을 감수해야겠네요." 그가 말했다.

안토니아는 어리둥절한 표정으로 피쿠스를 바라봤다.

풍자나 은유나 유추 같은 수사학적 표현들이 그녀의 레퍼토리에는 없지만, 사람은 변한다. 심지어 그녀도 그것을 할 수 있다.

"아랫집, 그러니까 왼쪽에서 세 번째 집에 사는 가족들이 이사할 거래요. 다른 도시에서 좋은 일자리를 찾았다네요."

"기쁜 소식이네요."

"그러니까… 당신이 이 집에 관심이 있을지도 모른다는 생각이 들어서요. 그러니까, 혹시 서둘러 빌바오로 돌아가지 않는다면요."

존은 잠시 생각에 잠겼다. 아주 오래는 아니다.

"그런데 여기서 제가 어머니와 뭘 하며 살겠어요?"

"여기에도 빙고장이 있어요."

"그럼 저도 다른 사람들처럼 반찬으로 집세를 내면 되나요?"

"어머님이 요리를 잘하세요?"

존은 어머니의 코코차를 생각하며 속으로 씩 웃었다.

"이봐요, 너무 맛있어서 기절할 거예요."

둘 다 말없이 피쿠스를 바라봤다.

"그래서 우리는 함께하는군요." 존이 말했다.

"그럴 것 같네요."

"그런데 이제 다음에 오는 건 뭐죠?"

안토니아도 그게 궁금했다.

카를라 오르티스가 극적으로 구조된 지 8일이 지났고, 그 먼지도 이제 거의 가라앉았다. 이미 언론은 죽음을 맞은 경찰들을 잊었고, 니콜라스와 파하르도와 딸의 신상 정보의 부족으로 슬슬 그 이야기도 사라지고 있었다. 이제 관심사는 축구팀의 승리와 연예인들의 몰락으로 쏠리고 있다.

문제는 과학 수사대가 '산드라 파하르도'라고 표시된 시체 구덩이에 누가 묻혀 있는지 확인하기 위해 시험관을 가지고 알문데나 공동묘지로 갔다는 것이다.

그리고 5일 후 나온 결과는 예상 밖이었다.

"DNA 분석이 결정적이에요. 그 무덤 속 여자는 니콜라스 파하르도의 딸이에요."

멘트로가 전화로 소식을 그 전했다.

"얼마나 정확한 거죠?"

"99.8퍼센트"

"확실한 결과군요." 안토니아가 인정했다.

"하지만 그 정보는 공개되지 않을 겁니다. 공식적으로 이 사건은 종결되었습니다."

'정말 놀랍다.'

안토니아 스콧은 고민이 생겼다.

시체 한 구는 부족하고, 또 다른 한 구는 남는다. 무덤에 있는 여자가 니콜라스의 딸이라면, 터널에서 그녀가 쏜 그 여자는 누구란 말인가? 위장 폭탄을 터뜨리고, 반 톤의 잔해를 떨어뜨리며 도망친 여자는 그 누구일까?

그 여자의 사체(부족한 시체)는 아직도 발견되지 않았다. 안토니아는 그 미스터리를 해결하려고 애쓰고 있다. 그 여자가 자신에게 무슨 말을 했는지, 어떻게 접근했는지에 관한 생각을 멈출 수가 없었다. 그녀는 안토니아를 알고 있는 것처럼 보였다. 안토니아는 그것이 광기라고 생각했지만, 뭔가 설명하기 힘든 친숙함이 느껴졌다.

지금은 분명하게 보이는 게 없었다.

어떤 식이었든 산드라가 마지막으로 한 말들이 그녀의 뇌리에 계속 울려 퍼졌다.

'넌 모든 걸 기억하는데, 너에게 상처 준 사람은 기억 못 하는 거야? 악과의 싸움에서 무슨 결과가 남았지? 그는 나를 선택했고, 나를 더 좋게 만들었지. 그 남자. 우리가 선지자의 이름을 선택한 건 우연이 아니라고. 선지자는 큰 권능으로 말하잖아. 예언자는 오실 분을 선포하는 거라고.'

"그럼 이제 다음에 오는 건 뭐죠?" 존이 물었다.

안토니아는 그를 이 일에 끌어 들어야 할지(또는 그에게 그 일에 대해서 얼마나 말할 수 있는지) 판단이 서지 않았지만, 결국 침실에 있는 벽장으로 간다. 그러고는 부피가 큰 갈색 파일을 들고 왔다. 오래된, 손때가 묻은 파일.

그녀는 피쿠스를 등진 채(모든 것에는 시간이 필요하다) 바닥에 앉아, 파일 내용을 펼치기 시작했다. 이미 불편함 정도는 감수하기로 한 존이 그녀 옆에 앉았다.

"멘토르가 우리가 할 다른 일을 찾는 동안, 어쩌면 당신이 내 개인적인 일을 도와줄 수 있지 않을까 생각했어요. 이건 내가 아직 해결하지 못한 유일한 사건이에요."

"예전에 멘토르가 말한 적이 있어요. 그게 뭔지는 말하지 않았지만. 지구상에서 가장 똑똑한 인간이 해결할 수 없는 사건이란 게 도대체 뭡니까?"

그녀는 그 질문에 대답하지 않고, 어떻게 복잡한 상황을 다시 조정해볼까 생각했다. 가택 침입. 경찰은 반자동 기계를 사는데, 범죄자들은 자동 기계를 샀다. 경찰은 방탄조끼를 입지만, 그들은 그것을 뚫을 수 있는 총알을 사용했다. 그녀는 혼자서도 일할 수 있는 특별한 머리를 갖고 있고, 그들은….

"당신보다 똑똑한 사람은 늘 있으니까요."

그녀는 파일에서 작은 지퍼팩을 꺼내 존에게 건넸다. 거기에는 판지가 들어 있었다. 존이 그걸 뒤집자, 사진이 보였다.

언뜻 삼십 대 중반으로 보이는 우아하게 생긴 남성이다. 금발 웨이브 머리. 그가 차에 오르는 순간에 찍은 사진이다. 존이 보기에는 영화 〈트랜스포팅〉에 나온 스코틀랜드 배우와 닮은 것 같았다. 하지만 그 말을 하긴 어렵다. 이미지가 흐릿하다.

"이게 그가 나온 유일한 사진이에요. 사실, 그는 이 사진이 존재하는지도 몰라요. 알았다면, 그것을 없애고 그것을 본 사람을 모조리 죽이려고 할 거예요. 그는 약간 극단적인 편이에요."

"이 자가 누군데요?"

"청부 살인자요. 아마도 잘은 모르지만, 세상에서 몸값이 가장 비싼 사람일 거예요. 물론, 실력이 최고죠. 그는 그 어떤 살인도 우발적 죽음으로 만들 수 있습니다. 심지어 가장 복잡한 살인들도요. 그는 미국과 중동, 아시아에서 일했습니다…. 3년 전에는 유럽에 정착했고요."

존은 놀랐다. 유럽에는 꽤 많은 청부 살인자가 있고, 이들은 모두 법 집행 기관에서 어느 정도 명성이 자자하다. 결국, 그가 아는 사람은 널리 알려진 사람이란 뜻이다.

"근데 저는 왜 이 사람 소식이 금시초문일까요?"

"그건 그가 전형적인 총잡이가 아니거든요, 존. 이 사람은 악마예요. 그는 피해자에게 직접 접근하지는 않아요. 그가 가장 좋아하는 방법은 누군가에게 그 대신 죽이도록 강요하는 겁니다."

존 구티에레스 경위가 머리를 긁적였다.

"신중한 사람인 것 같군요."

"세상에서 가장 위험한 사람이에요, 존. 악마 같은 인간. 내가 그자를 잡는 걸 좀 도와줬으면 좋겠어요."

"이름이 뭐죠?"

"진짜 이름은 몰라요. 아무도 모를 거예요."

그녀는 잠시 머뭇거렸다. 그리고 마침내 3년 동안 큰 소리로 말하지 않았던 그 이름을 입 밖으로 낸다. 그가 이 집에 들어온 이후로, 그녀를 쏜 이후로, 마르코스를 혼수상태에 빠뜨린 이후로 그렇게 모든 것을 훔쳐 간 이후로 한 번도 내뱉지 않은 이름.

"스스로 미스터 화이트라고 하더군요."

작가의 말

    여기에서는 이 소설을 쓸 때 영감을 주거나 문서화 된 실제 사건에 대한 몇 가지 세부 사항을 덧붙이고 싶다. 정확한 이유는 잘 모르겠지만, 그런 내용을 높이 평가하는 독자들이 있기 때문이다.

    우선 안토니아의 지능 부분부터 시작해보자. 그녀는 우리의 현실과 동떨어진 인물이 아니다. 그녀의 정신 과정을 만들기 위해 나는 두 여성이 위대한 정신 능력을 얻은 방법을 참고했다. 바로 지능지수(IQ)가 228(숫자는 논란의 여지가 있지만)인 마릴린 보스 사번트(Marilyn vos Savant)와 16세에 이미 미시간 대학의 추상 수학 교수였던 에디스 스턴(Edith Stern)이다. 특히 IQ가 205였던 에디스는 혼자서 일하는 성향이 아니었다. 그녀의 아버지인 아론 스턴(Aaron Stern)은 딸이 태어난 지 이틀 만에 기자 회견을 열어 딸을 천재로 만들겠다고 발표했다. 그는 그녀가 태어난 지 몇 주 만에(엄마와 떼어놓고) 동물과 유명한 건물 및 개념을 보여주는 카드로 작업하며, 이 목표를 위해 모든 시간을 바쳤다. 그 결과 그녀는 두 살 때 알파벳을 완전히 익혔다. 현재 에디스는 자신의 이름으로 128개의 특허를 보유하고 있고, 실시간 컴퓨팅[53]에 가장 큰 영향을 주는 사람 중 한 명이다. 이 방법은 비인간적이고 꼭 권장할 만한 건 아니지만, 처음 사용된 방법은 아니다. 4세기 말에 살았던 테온은 당시 딸인 히파티아(Hypatia)와 그런 작업을 했는데, 그녀는 천재로 인정된 최초의 여성이다. 히파티아는 수학과 철학, 천문학 분야에서 탁월했다. 하지만 종교적인 광신도 무리에게 살해당하고 말았다. 그녀에 관한 흥미진진한 책들이 많이 나왔으니 꼭 찾아보길 바란다.

참, 나는 승마 센터가 있는 라스 로사스 지역의 마하라카브라 절벽에 대한 지형을 마음대로 지어냈다. 로사스 이웃들께서는 양해해 주길 바란다.

안토니아 스콧의 존재의 궁극적인 원인인 피터 스콧 경과 파울라 가리도의 사랑을 시작하는 시는 〈호랑이(The Tyger)〉이다. 실제로 이 시는 지금까지 쓰인 시 중 가장 아름다운 시이다. 스페인어 번역본도 있는 이 차분한 시는 영혼의 아름다움과 두려움, 혼란으로 채워져 있다. 호랑이로 구현된 악과 블레이크의 대화에서는 이렇게 자문한다.

---

53 사용할 수 있는 자원이 한정된 상황에서 작업 수행이 요청되었을 때, 이를 제한된 시간 안에 처리해 결과를 내주는 것.

호랑이여! 호랑이여! 불타는 호랑이여
밤의 숲속에서, 어떤 불멸의 손, 눈이
너의 대단한 균형을 생각해낼 수 있었을까?

시인인 윌리엄 블레이크는 어린 양과 악몽을 창조할 수 있는 신에게 호랑이에 대해서 질문한다. 시 전체가 다 훌륭하지만, 내가 볼 땐 안토니아의 어머니가 미래의 남편에게 낭송하는 구절이 가장 의미 있는 것 같다. 결국 그녀는 악을 물리치는 것이 유일한 목적인 두뇌를 만드는 용광로가 되었다.

"태어나기 전에 너의 얼굴은 어땠지?"라는 문장은 선문답으로 저항할 수 없는 힘의 역설이다. 해결할 수 없는 주장들을 하는 논리 연습은 항상 나를 매료시킨다. 사실, 중국어 단어 '마오뚠(máodùn: 모순)'은 안토니아가 자신의 어휘에 포함할 수 있는 특별한 단어 중 하나다. 문자 그대로 하면 '창과 방패'를 뜻한다. 어원학적 기원으로 볼 때 이 말은 3세기 철학서인《한비자》에 나온다.

거기에는 한 남자가 창과 방패를 팔려고 했던 방법에 관한 이야기가 나온다. 무기를 사러 나온 사람들이 그에게 이렇게 질문했다.

"그 창은 얼마나 좋은가요?"

"어떤 방패라도 뚫을 수 있습니다!"

"그렇다면 당신의 방패는요?"

"어떤 창이라도 막을 수 있습니다!"

"그러면 만약 당신의 방패가 당신의 창을 막으려 한다면요?"

그러자 남자는 뭐라고 대답해야 할지 말문이 막혔다.

그리고 이 마지막 해명은 필요하지 않을 것 같지만, 한다면 독자들이 내게 편지를 쓰는 수고를 좀 덜어줄 수 있을 것 같은 느낌이 든다.

그렇다.

안토니아와 존은 돌아올 것이다.

붉은 여왕

초판 1쇄 발행 2022년 05월 18일

지은이   후안 고메스 후라도
옮긴이   김유경
편집   김혜영
디자인   기경란

펴낸 곳   주식회사 해와달콘텐츠그룹
브랜드   시월이일
출판등록 2019년 5월 9일 제2020-000272호
주소   서울특별시 마포구 양화로 183, 311호 (동교동)
E-mail   info@hwdbooks.com

ISBN   979-11-91560-23-7 03870